新☆ハヤカワ・SF・シリーズ

5028

エターナル・フレイム

THE ETERNAL FLAME

BY

GREG EGAN

グレッグ・イーガン

山岸 真・中村 融訳

TOKYO HAYAKAWA BOOKS

A HAYAKAWA
SCIENCE FICTION SERIES

カバーイラスト　Rey.Hori
カバーデザイン　渡邊民人（TYPEFACE）

エターナル・フレイム

登 場 人 物

カルラ……………………物理学者、カルロの双
パトリジア
ロモロ｝……………カルラの生徒
アッスント………………カルラの上司
オネスト…………………記録学者

カルロ……………………生物学者、カルラの双
アマンダ
マカリア｝……………カルロの同僚
トスコ……………………カルロの上司
シルヴァーノ……………カルロの友人

タマラ……………………天文学者
アーダ……………………タマラの同僚
タマロ……………………タマラの双、農民
エルミニオ………………タマラの父、農民

イーヴォ…………………化学者
マルツィオ………………機器製造者

1

「カルロ！　頼みを聞いてくれ！」

　後眼をひらいたカルロは、友人のシルヴァーノが作業場に出入りするための梯子《はしご》をおりてくるのを見た。語調からすると、気軽な用件ではなさそうだ。

「どうしたんだ？」カルロは顕微鏡から体ごと振りかえった。いま調べていた小麦の花びらの断片が、一瞬、明るい残像となって、壁の柔らかな赤い光の中に浮かぶ。

　シルヴァーノは梯子をおりきらずに止まって、「おれの子どもたちのうち、ふたりを殺さなくてはならない」といった。「だが、自分ではできん。おれはそれほど強くない」

　カルロはその言葉を理解するのに時間がかかった。ほんの二、三日前にこの友人の双の姿を見ていたし、そのとき彼女は〈孤絶〉の女の例に漏れず、やせ細っていたからだ。

「よくまあ四人になったもんだな？」とカルロは尋ねるようにいったが、じっさいは人数の問題ではなく、シルヴァーナが出産したこと自体を信じたくなかったのだ。シルヴァーナが研究活動を辞したとはカルロは聞いていないし、たとえ出産が計画されたものだったとしても、シルヴァーノとシルヴァーナはその話をひと言もカルロにはしていなかった。もしかして、この頼み事とやらは悪い冗談なのでは。ふたりの個室まではるばる足を運んでみたら、シルヴァーナはそこにいるのではなかろうか、いままでどおりのひとつの体で。

「おれも驚いた」シルヴァーノが返事をした。〝嘘だというのか〟と声を荒げもしなければ、この難事の原因になりそうなことを説明しようともせず――つまり、嘘を塗りかためるようなことはなにもつけ加えなかった。カルロは苔光の中で可能なかぎりじっくりと相手の顔を観察して、この話が嘘のたぐいだという希望を捨てた。

顕微鏡の光を消して作業台《ベンチ》から体を離し、手のうちのふたつでガイドロープをつかんで作業場の中をすばやく動きまわりながら、必要となるだろう薬や器具を集める。ハタネズミやトガリネズミを安楽死させるための体重あたりの投与量は正確に知っていたし、そこから外挿して計算するのは手間ではない。具体的ににをするとと約束させられたわけではないが、シルヴァーノの依頼を実行することになるとしたら、少しの遅れがむずかしさを増加させる。

備品入れに使う小さな箱を手に取って、中身を詰めながら梯子にむかう。シルヴァーノが先に立って、敏捷に梯子をのぼっていった。通廊に入って横に並んで移動し、ふたりのつかんだロープがわびしい音を立てるようになってから、カルロはようやく抜け道を考える気になった。

「いまだれも配給権を売りに出していないのは、確かなんだな？」カルロは尋ねた。絶望的にわずかな見こみしかないが、中継所に寄り道をして確認することはできる。

「ここ三旬《ステイント》、見にいっていたよ」シルヴァーノが答えた。「値段を問わず、だれも売りに出していない」

ふたりの後方の通廊に少人数のグループが入ってきた。ゆるやかに彎曲《わんきょく》した壁に、その声が反響する。カルロは移動のペースを速めつつ、小声で訊いた。「じゃあ、きみたちは子どもを作る計画をしていたのか？」

「違う！　おれはただ、シルヴァーナが極端な節食をやめられる手立てを見つけたかったんだ」

「そうか」追加分の配給権を手に入れるという安直な手段にすがるのはだれもがすることだが、そんなわずかな期待に頼っても失望を招くだけだ。

「シルヴァーナの研究は困難を増す一方だった」シルヴァーノが話を続ける。「彼女は集中することがまったくできなかった。心配せずにふつうに食事ができるようにしてやるだけでも、意味があると思ったんだ。追加分の配給権を得てもおれたちにはなんの義務も生じないし、使い道のないままで終われば、転売できるだろうって」

「なら、どうして待っていられなかった？」カルロは怒りのこもった声で問いただした。「たったの三旬《ステイント》で、何人が死ぬと思っていた？」

シルヴァーノはうなりながら身震いをはじめた。

「シルヴァーナはひもじさに耐えられなくなっていた。ずっといいつづけていたよ、『いまやりましょう、そうすれば少なくともわたしの娘は、自分が苦しむ番が来るまでに数年生きられる』」

カルロは言葉を返さなかった。愛する人が自分の体に、あなたは飢餓の時代を生きているのだ、といい聞かせつづけるという苦行に耐えているのを見守るのも、とてもつらいことではあるが、その自損的行為が結局はまったくの無駄だったとわかるのは、信じられないほど残酷な話だ。

ふたりは個室の区画に通ずる内側方向の梯子に着いた。カルロはここで引きかえさないよう、自分に鞭打った。ひと世代前なら、いまの彼のような立場に置かれた人は、友人を助けるために自分自身の配給権の十二分の一を手放すと申しでただろう。そして必要な人数の配給権提供者がそろい、新しい子どもたちを養えただろう。カルロの両親もそうした行為に参加した。だがそれ以降、小麦の収量は増えていなかったし、カルロは自分の家族の割当量をいまより減らして、子孫たちにいっそう不安定な境遇を強いる覚悟もできていなかった。シルヴァーノが必要な数のそんな権利提供者を見つけられる可能性はといえば、ゼロだ。

梯子の入口でためらったのは、シルヴァーノのほうだった。カルロはいった。「きみはここに残れ。あとで呼びに戻ってくるから」そして通廊を進みはじめた。

シルヴァーノがいった。「待ってくれ」

カルロは動きを止め、なにを怖れているのかはっきりしないが不安な気持ちになった。どうしたらこれ以上のひどい事態になるというのか？　どちらの双のペアを生き残らせるかの決めかたについて、ややこしい指示をされるとか？

「おまえとカルラがもしかして……？」シルヴァーノはつっかえながら切りだした。

「ここまで来て、その話はなしだ」カルロはいった。語調はやさしかったものの、友人にわずかな希望もあたえないようじゅうぶん注意した。

「そうだな」シルヴァーノは悲惨な声で同意した。

カルロはいった。「長くはかからない」

シルヴァーノたちの個室までの通廊で、カルロは人の姿を見なかったが、横一列に貼られた選挙ポスターの前をのろのろと進むあいだ、同じ三つの顔に繰りかえしじっと見つめられつづけた。どのポスターも、**『ご先祖さまたちが誇れる社会を』**というスローガンを謳っている。シルヴァーノにまだ姿が見えているという事実があるので、躊躇しているわけにはいかない。

カルロはカーテンを脇に押しのけながら、ガイドロープをたどって中へ入っていった。火の点いているランプはなかったが、苔光のもとでも、居間に人けがないのはひと目でわかった。シルヴァーナのノートがキャビネットに整然と詰めこまれている。悲しみと怒りに心が痛んだが、いまはそれに思いわずらっているときではない。カルロは寝室に入っていった。

シルヴァーノは子どもたちを、タール塗り布でくるんで、それを部屋を横切るロープのうちの二本に結びつけていた。この子たちの親たち自身が同じ布にくるまって、ほろ苦い結末にむかって体をじっと寄せあっているところを、カルロは思いうかべずにいられなかった。カルロは年長の友人たちのだれにも――ましてや自分の父に――大胆にもこんなことを訊くことは、とてもできなかった。最後の瞬間にあなたの双の心をよぎったのは、どんなことだと思いますか。自分はいま新しい命を作りだしているという知識から、女たちはどんな慰めを得ているのでしょうか。だが少なくともシルヴァーナには、彼女が予期していた二倍の慰めを気まぐれな自然がもたらそうとしていることなど、知るよしもなかっただろう。

　カルロは布の包みにそろそろと近づいた。布が動くのは見えたが、ありがたいことにいまのところ音はしていない。布は大雑把な筒状に巻かれ、布の二辺沿いの穴に通された紐で両端をしっかりと縛られていた。片方の端の紐をほどいて、結び目をゆるめはじめたカルロは、この干渉に赤ん坊たちが反応するのを感じて、手が震えた。心の一部分はこの責務から逃避して、非現実的な別の解決策を思い描いていた。もし、必要な数の友人たちではなく、全乗員に助けを求めることができるとしたら？　ある女が〈孤絶〉を守るために、自分の体に飢えという苦しみを課したなら、乗員すべてが彼女の子どもたちに、かんたんな行為で返礼するくらいは当然だ――彼女の家族と親しいかどうかに関わりなく。全員の食事のそれぞれからパン屑のかけらがふたつ三つ減っても、惜しがる人はいないだろう。

　だが、その考えにはごまかしがあった。見知らぬ人たちのあいだで負担を分けあっても、負担は小さくはならない。嘆願がこの山の隅々から届くようになったら――ひとりの人の生涯にいちどではなく、一旬《スティント》にいちどの頻度で――結局は塵も積もってもとの木阿弥だ。長期的に見れば、問題になるのは収量と養うべき人口だけ。配給対象者数がいまより少しでも増えたら、一回の不作で配給制度は根こそぎ崩壊する——そして小麦をめぐる争いのあとに生存者は残っていないだろう。

布の片方の結び目がほどけた。カルロは薄暗い筒の中を覗きこんでから、両手をさし入れて、いちばん手前の赤ん坊をつかんだ。その女の子は手肢のないちっぽけな塊で、目はまだあいていなかったが、口は食べ物を求めてしきりに動いていた。その子の振動膜は震えていたが、膜はまだ音を出せる堅さになっていなかった。

カルロの両手の中で女の子が身もだえした。カルロは子どもをあやすときの一連の甲高い声を発したが、効果はなかった。この子はカルロが自分の父親でないことがわかるのだ。自分を守ってくれると約束した人ではないことが。カルロは腕をおろして、床の砂の上に別のタール塗り布を敷いた寝床に女の子を置いた。

次に筒から引っぱりだしたのは、最初の女の子の双ではなく、姉だった。ふたりとも痛ましいほど標準より小柄だが、ふたりとも同じくらい健康そうだ。子どもたちに行きわたる母親の肉がもともとわずかしかないのだから、双のペアの片方はすでに自然要因で死んでいるのではないかという希望に、さっきまでカルロはすがっていたのだが。あるいは、生き延びられそうな確率がふたつの双のペアで見るからに違っていて、カルロ自身が選択する必要がまったくないという期待も、かなわなかった。

ふたり目の女の子を寝床に置く。ひとり目はすでにずるずると移動し、のたくっているせいで体がタール塗り布からずりあがっていた。「そこにおとなしくしていてくれよ」意味もなく、カルロはふたりに頼んだ。

なんらかの本能で、女の子たちの兄たちは、生まれた場所の奥の暗がりに引っこんでいた。カルロは布の両端から紐を抜きとり、布全体をひらいて苔光にさらした。派手な模様の布が広がるのを背景にした男の子ふたりは、ありえないほどちっぽけで、か弱そうに見えた。そしてふたりはこの瞬間を選んではじめて声をあげ、父親を求めて悲しくうなった。シルヴァーノをもっと遠くに行かせておけばよかった、とカルロは思った。もしカルロ自身がこの子どもたちの父親だったら、まさにこの瞬間に気が狂って、子どもたちの数を半分にするために自分が送りだした男を、殺そうとするだろう。

（こんなことはまちがっている、正気じゃない、これは赦されないことだ）もしここでカルロが手を引いたら、その先はどうなる？　シルヴァーノに同情した二、三人の友人たちが手をさしのべて、五人家族が飢えることのないようにするだろう。だが、その友人たち自身にも子どもができたときには、慈善行為の代償は急激に増大する——さらに、シルヴァーノの子どもたちに子どもができたら、そんな状況を維持するのは不可能だ。

カルロが自分の双に、こう宣言するのでなければ。「このふたりは、今日からぼくたちの子どもになった。ぼくたち自身の子どもとして育てる。きみはホリンをたくさん飲んだほうがいい。ぼくがこの子たちを処置する心の強さを持てなかったせいで、きみをこういう目にあわせることになってしまった。きみの体は何期《エイジ》も受けつがれていくはずだったのに、男であるぼくの体と同様、このまま終わりを迎えてもらうほかはない」

カルロはロープにつかまってのろのろと移動し、近くにいたほうの男の子をつかみ取った。子どもは身をよじってうなり声をあげた。カルロは手の幅を広げ、男の子の振動膜を覆って音を弱めようとした。「どっちの子が、おまえの双なんだ？」カルロは怒ったようにつぶやいた。寝床の縁に手をかけてしゃがむ。生後まもなくから双には自分の双がわかり、父親は例外なくその結びつきを見てとるが、分裂する場に居合わせなかった赤の他人にどうやって確信を持てというのか？

男の子をかかえて、いっしょに生まれた女児たちの脇に順に並べてみる。このときにはカルロ自身もうなり声をあげていたが、抑制というものを知らないこの男の子のような大声ではなかった。この四人の体がまだ接触しあっていたときのようすを、思いうかべてみる。隔壁が柔らかくなって皮膚と化し、分離する以前の状態。最初にできる隔壁がふたつのペアを分け、二番目の隔壁が双と双を分ける。カルロはさまざまな動物でそのプロセス全体を、嫌というほど観察してきた。なにも持っていない手のひとつで、カルロは男の子の胴の下面をつついた。この子がそこで双とつながっていたときのほうが、兄と横に並んで結合していたときよりも、時間が経っていない。皮膚のすぐ下に通常は見られない硬くなった場所があり、そこは平らだが不規則な形をしていた。カルロは女の子たちのひとりで、同じような場所を探した。どこにもそんなものはない。姉のほうを確かめると、男の子にあった隔壁の名残の鏡像が見つかった。

カルロは寝床の上にかがんだ姿勢でためらい、こうならずにすむ道はなかったものかと考えつづけた。もし、四人ともが友人どうしである自分たちふた組の双がずっと前から契約を結んで、こういう事態になったときには残る三人でその子どもたちを養い、もうひと組の双は子どもを持たない、ということにしていたらどうだっただろう？　それはこれまでだれひとり思いつけずにいた、単純明快な答えなのだろうか——それとも、その安全保障策のせいで疑心暗鬼が生じ、先手を打ってそれを利用されるのではと戦々恐々としつづけることになったのだろうか？　カルラはシルヴァーナのように本気になってギリギリまで節食をしたことはいちどもない。そんなカルラにとって、この契約のもとで送る人生はどんなものになっていただろう——

あなたはもっと自制するべきだ、と迫る理由が大いにあるシルヴァーナからそのことをやかましくいわれつづける人生というのは？

選んだほうの男の子の双を手にのせたカルロは、子どものそれぞれを別々のなにも持っていない手にしがみつかせた状態で、ロープ伝いに居間へ移動した。備品を入れてきた箱から、透明石製の瓶ふたつと注射器一本を取りだす。ひと組の新たな腕を成形し、ひとつ目の瓶の蓋をあけて、中の橙色の粉末を注射器いっぱいに詰めた。鋭い鏡石の先端を男の子の頭蓋の基部に当てたとき、カルロは自分の体が嫌悪感で震えだすのを感じたが、この子を腕の中に抱いてあやしたい、自分自身の子どもにならいく注ぐだろう愛情と庇護をこの子にもあたえてやりたいという衝動を直視することで、それを抑えた。注射器の針を子どもの皮膚に刺し、二枚の骨のプレート——どの生物にも共通するこの部分の解剖学的構造が、ハタネズミのそれと大差ないのはわかっている——のあいだに通せる場所を探りはじめたとたん、針の先が深くもぐっていった。角度を変えて針を押していれば、抵抗の減ったところが骨のあいだの狭い肉の通廊だとわかる、とカルロは考えていたのだが、子どもの頭蓋はまだ完全には骨化していなくて、力をかけたら針が貫通してしまったのだ。

カルロは男の子の体をまわして自分とむきあわせてから、注射器のプランジャーを押しこんだ。子どもの目がぱちりとひらいたが、まだ視力はなく、やたらとあちこちに動き、眼球を通って放散される黄色の光に輝いていた。薬そのものは脳の小さな領域にしか届かないが、薬の触れた部位は無意味な光信号を途切れなく送りだし、それがまたはるかに離れた部位で同様な狂乱的反応を誘発する。まもなく組織全体の光を作る能力が尽きるだろう。カルロの考えでは、そんな状態で思考や知覚にまわせる能力の余裕はないはずだ。

男の子の目が動かなくなり、カルロは針を引きぬいた。男の子の双が振動膜をしばらく震わせていたが、今度はその子のうなり声が聞きとれるほど大きくなってきた。「ごめんよ」カルロはささやいた。「ほんとうにごめん」親指で体側をなでてやったが、それは女の子を動揺させただけだった。カルロは注射器に橙色の粉末を詰めなおし、女の子の頭蓋の後ろにすばやく針を刺すと、生まれつつあったその子の心の光が野火のように燃えあがり、そして消えていくのを見守った。

カルロが手を離すと、力の抜けた子どもたちの体は床に漂い落ちていき、その間にカルロは、子どもたちを支えるのに使っていた腕を再吸収した。全身に力が入らず、殴打された気分だった。落ち着きを取りもどすために数停隔《ポーズ》取ってから、新たな腕を二本押しだして、二本目の瓶の中身を注射器に詰めた。青い粉末がひと粒、手のひらにこぼれ落ち、炎の上をさっとなでたような感覚が走った。カルロは皮膚の損傷箇所を集めて小さな塊にすると、硬くした二本の指先でそれを切りとった。

男の子を床から拾いあげる。世界ひとつ分、離れたところで、この子の兄が助けを呼びつづけていた。カルロはもういちど針を刺しこみ、手早くすませたいのをこらえて、毒が刺し口から飛び散って室内に漏れることがないようにゆっくりと毒を送りこんだ。男の子の目はすでに前からどんよりしていたが、今度は眼球表面のなめらかな白い膜が、紫色がかった灰色に変わりはじめた。

プランジャーをそれ以上押しこめなくなると、カルロは慎重に針を引きぬいて、死んだ男の子をキャビネットの脇におろした。注射器をまた詰めなおして、男の子の双のほうをむく。カルロが女の子をつかんだとき、その子の体が痙攣した。それ以上の活動がないか確かめるためにカルロはしばらく時間を取ったが、女の子はじっとしたままだった。女の子の脳に針をすべりこませて、青い粉末の流れを送りこむ。

カルロは奥の部屋に戻った。さっき命を奪わないことにした男の子を、双の脇の寝床におろしてから、ガイドロープに結ばれたままだったタール塗り布の端をほどいた。居間に引きかえし、ふたつの死体を分離前と同じ位置に並べて、布の上に転がす。布のなにものっていない部分を折りかえして結び、全体を紐でしっかりと縛る。それから、持ってくるときに使った箱に注射器と瓶をしまった。

通廊にいるシルヴァーノに近づいていくと、友人は全身を苦悶によじらせた。「その子たちを見せてくれ！」シルヴァーノはカルロに懇願した。

「個室に行って、おまえの子どもたちの世話をしてやれ」とカルロは答えた。シルヴァーノの近隣の住人で、自分の個室に戻る途中の女がふたりのほうへやってきたが、カルロがかかえているものに気づくと、無言で離れていった。

「おれはなんてことをしたんだ？」シルヴァーノが泣き叫んだ。「おれはなんてことをしたんだ？」カルロは押しのけるようにしてシルヴァーノの脇を通り、急いで通廊を進んでいったが、シルヴァーノがようやく個室に入っていくまで、梯子のところで立ち止まっていた。いまのシルヴァーノの救いになるのは、生き残った子どもたちを世話してやること――抱きしめてやり、食べ物をあたえてやり、自分たちは安全なのだとわからせてやること――だけだ。

カルロは自分の作業場がある階層を通りすぎ、自分の研究対象である苗が育っている試験用の畑を通りすぎ、冷却ポンプの機械が振動している脇も通りすぎて、底に着くまで梯子をおりていった。岩の下にある宇宙空間を思い描きながら、ロープ伝いに外縁通廊を進む。

カルロがエアロックに近づいていくと、そこからひとりの男が出てきた。ヘルメットを脱いだ男は、カルロが手にしたタール塗り布をひと目見ると、視線を逸らした。カルロの知っている男だった。リノという名前の製粉者だ。

「火災監視ほどの時間の浪費はないね」冷却袋から抜けだしながら、リノは不平をこぼした。「これまで何交替勤務《シフト》これをやったか、もう覚えていないが、いまだに閃光ひとつ見たことがない」

カルロは子どもたちの死体を床に置き、リノに手伝ってもらって六本腕の冷却袋におさまった。カルロはもう何年も外に出ていなかった。カルロが監視当番から完全に外されるほどに、作物栽培学は重要視されているのだ。

リノが新しい空気缶を所定の位置にパチンと填《は》め、カルロの皮膚の上を空気がなめらかに流れることを確認した。

「ヘルメットは？」

カルロはいった。「そんなに長い時間、外に出るわけじゃない」

「安全ベルトは必要か？」

「頼む」

リノは壁の掛け釘からベルトを一本取ってくると、カルロに手渡した。カルロはそれを胴にくるりと巻いて、しっかりと締めつけた。

「気をつけてな、兄さん」リノがいった。その呼びかけに皮肉の気配はなかったけれど、人々がときどき使う親しみの強くこもった呼称が死刑宣告を意味する言葉でもあることを、カルロはいつも、残酷なほど馬鹿げていると感じていた。

カルロは死体を運んでエアロックに入ると、ドアを横にすべらせて閉め、気圧をさげるためにせっせとポンプを動かしはじめた。カルロがポンプをひと押しするごとに、葬送布の結ばれていない端が空気の流れにはためいた。カルロは命綱を適切な長さだけリールからほどいて、リールのブレーキをしっかりと固定し、命綱を自分のハーネスに鉤《かぎ》で留めた。それからしゃがんで、まだ残っていた空気が奔流のように出ていくのに備えてから、床のハッチを引きあけた。

ハッチの側面に延びる短い石の梯子のおかげで、外面の縄梯子までおりるのは容易だった。カルロは四つの手で梯子の横木をつかみ、残りのふたつで子どもたちをかかえた。カルロの頭がハッチの下に出ると、古い星々が引く光の尾――天からえぐり出された、けばけばしい色の長いすじ――がいきなり正面にあらわれる一方、後方の直交星群はほとんど点のようだった。ちらりと見おろすと、古い星々が光を切りとられる前にもっとも明るく輝く遷移円を背景に、火災監視用プラットフォームが影になって浮かびあがっていた。

カルロは命綱がピンと張るのを感じるまで縄梯子をおりていった。子どもたちを送りだす前になにをいってやればいいのか確信が持てず、なかなか手を離すことができない。この男の子はほんとうなら、三ダース年生きて、彼自身の子どもたちに悼まれながら死んでいったことだろう。この女の子はほんとうなら、その子どもたちの中で生きつづけ、彼女の肉はあらゆる男よりも長く残ったことだろう。　そういう定型が守られないとしたら、人生《ライフ》とはいったいなんなのか？　父親が自分の家族の半分を殺してくれと殺し屋に泣きつき、その理由が残りの家族を飢えから救うためでしかないとしたら、命《ライフ》とはいったいなんなのか？

（では、この子たちにこんな結果を招いたのはだれだ？）母親でないことだけは、まちがいない。母星にのうのうと残って、自分たち自身に迫っている問題から救ってもらえるのを待っている大馬鹿な先祖たちか？　小麦の収量をほとんど増やせなかった、過去三世代の作物栽培学者たちか？　だがしかし、もし四世代目の作物栽培学者が成果をあげたとして、それで事態がよくなるだろうか？　確かに、もしカルロと同僚たちが収量を増加させる方法を発見すれば、それは短い猶予期間をもたらすだろう。だが、それは四人の子どもを持つ家族の増加ももたらし、やがて人口がふたたび増えて、結局はそっくり同じ問題が繰りかえされることになる。

　どんな奇跡が起これば、飢餓と嬰児《えいじ》殺しに終止符を打てるのか？　どれだけ大勢の単者や未亡人が男と同じ生きかたをすることを選択しても、大半の女は、ふたりの娘のうちのひとりが子どもを作らずに死ぬことを強制される社会体制の到来を考えるくらいなら、ギリギリまで節食をして、娘がひとりだけ生まれるという期待に賭けるだろう。

　さらに、より誠実に考えるなら、それは女だけの問題ではない。たとえ、カルラの意見を聞いてみたら、このふたりの子どもたちを自分たちの子として育てる気があるとわかったとしても、カルロには、そうすることで自分の実の子を持って父親になるという機会を捨て去る覚悟は、できなかっただろう。

「ぼくたちを赦してくれ」カルロは心の底から願った。命なき包みに目を落とす。「ぼくたちみんなを赦してくれ。ぼくたちは進むべき道が見つからずにいるんだ」

　カルロは子どもたちが自然に腕からすべりだしていくのを止めず、そして葬送布が宇宙空間の奥深くへ去っていくのを見送った。

2

ハーネスで観測ベンチに固定された状態で精いっぱい体を伸ばして、タマラは望遠鏡の台座の方位ハンドルをまわした。体の横にあるハンドルを苦労して一回まわすごとに、巨大な装置がほんの一弧鳴角《アーク・チャイム》ずつ動く。タマラにはまだ余力があるが、それを発揮しても無駄だった。ギアを損傷しかねない過度のトルクを防ぐために、調速機が回転速度を制限しているからだ。ハンドルが静かに絶え間なくカチカチと鳴る音は、いつもなら心安らげて、沈思黙考を誘われるのだが、いまは機械の平穏な無関心ぶりが、タマラにはどうにもじれったかった。

望遠鏡がようやく、タマラが最後に〈物体〉を観測した方角をむくと、タマラはベンチに横たわり、身をくねらせて接眼レンズの下の位置に入りこんだ。映像が焦点を結ぶと、そこにはタマラにとってこれ以上は望めないすばらしい光景があった。つまり、いつもどおりの平凡な星の尾しかなかったのだ。

星の尾はどれもタマラの記憶とぴったりだったから、座標の設定をまちがえたわけではない。ほんの一日前にそれをとらえていた望遠鏡の視界から〈物体〉が逃げだすのは、これで二度目だ。そのすばしこさは、タマラがこれまでに見たことのない速さで〈物体〉が天を横切っていることを示している。

ふたつ目の方位ハンドルをまわしていくと、やがて小さな灰色の光の染みを視界のてっぺんにとらえることができたので、高度を調節してそれを視界の中央に据えた。望遠鏡の解像力の限界でも、〈物体〉は単なる点でしかなかった。この宇宙にはなにひとつ、その幅を知ることができるほど〈孤絶〉の近くにあるものはないが、三世代のあいだ、天でその位置を変えることのない直交星群でさえ、ここまで拡大すれば色の尾が見える。〈物体〉の映像が点状をしているということは、その動きが遅いということだ——そして動きの遅い物質が、タマラが観測したようなすばやさで天を横切ることが可能な唯一のケースは、それが〈孤絶〉の近くにある場合だ。

　タマラは数字をエンボス加工してある座標ハンドルに指先を走らせ、数値を胸に記録すると、〈物体〉の昨日と今日の位置が作る角度を算出した。計算が進むにつれ、前腕にシンボルが咲き乱れる。一日おいた観測のあいだに灰色の染みが移動した二回とも、その角度は約二弧停角《アーク・ポーズ》だった——ただし、二回目の移動のほうが一回目よりもわずかに大きい。〈物体〉のじっさいの速度が変わったとは思えないので、背景となる星々に対して進行速度があがったことが意味するのはただひとつ、それがすでに測定できるほどのところに近づいているということだ。

　正確な予測をするには角度の変化はあまりにも小さすぎたが、タマラはごく大雑把な数字を出してみずにはいられなかった。たぶん、短ければ四旬《スティント》——あるいは、長ければ五ダース旬《スティント》——くらいの期間内に、〈物体〉は〈孤絶〉に最接近する。どれくらいまで接近するかは、〈物体〉がどれくらいの速さで宇宙空間を移動しているかがわからなければ予測不能だが、目で見てとれる色の尾がないことから、その速度の上限が割りだせる。結論は、〈物体〉はいちばん遠くて九グロス大旅離《セヴエランス》の距離のところを通過するというものだ。天文学的観点からすると、これはきわめて近い。母星とその主星の距離の約十二分の一だ。〈孤絶〉の歴代の乗員で、存命中に別の種類の固形物質にそこまで近づいた者はひとりもいない（次ページ上図）。

　タマラは、観測所を飛びだしてこの知らせを広めてまわりたい衝動をこらえた。作業規範には、衝突寸前

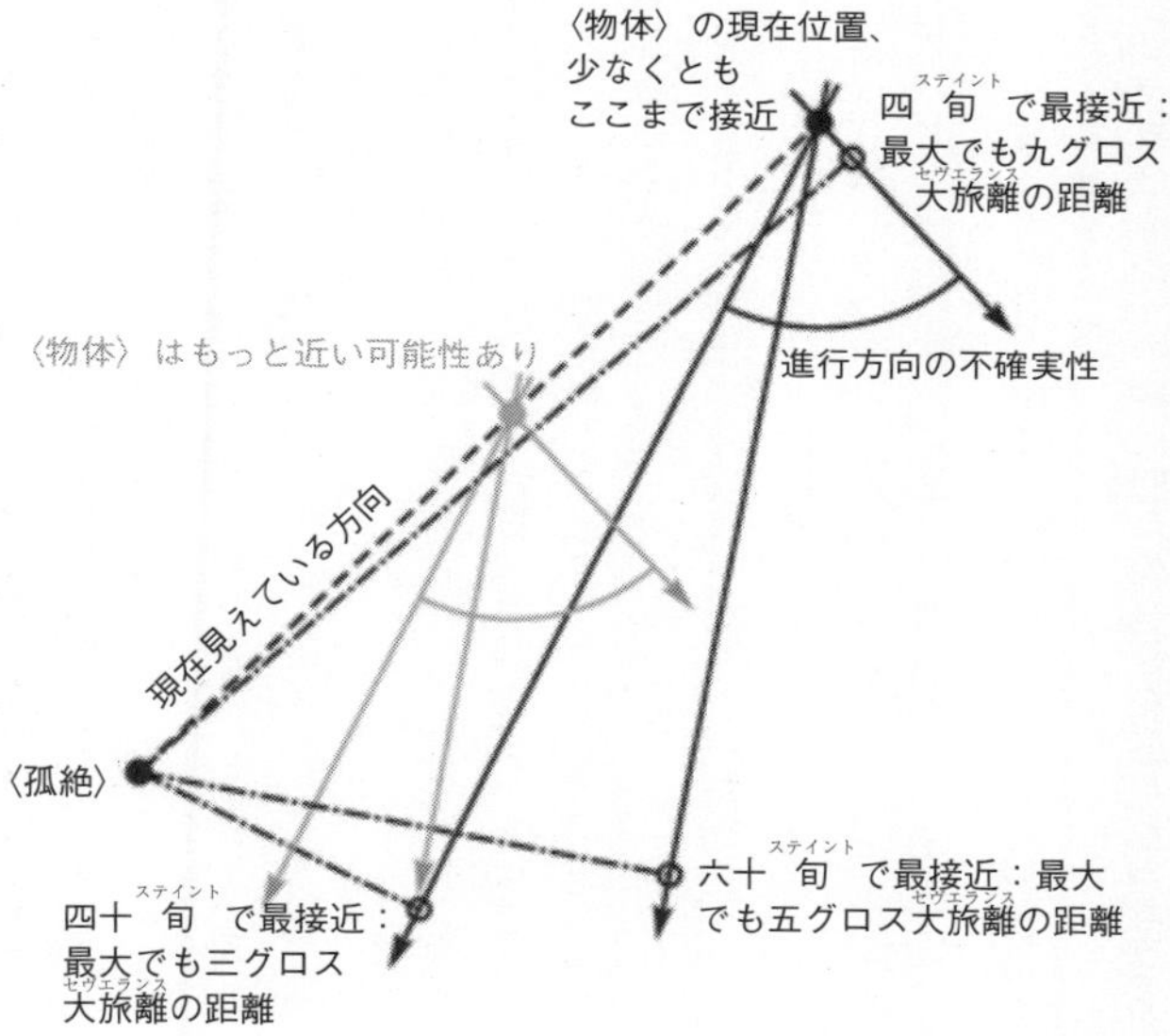

という事態にでも直面しないかぎりは自分の勤務時間《シフト》を完遂すべしと書かれている。だがこのシフトの残りも、時間の無駄にはならないかもしれない。〈物体〉に旅の道連れがいるのは大いにありうることだった。同じ母天体から生じて、類似の軌道をたどっている破片だ。なのでタマラは、星の多色の帯に浮かぶ別の光の斑点か暗い影を追い求めて、割りあてられている天の区画をきっちりと調べていった。いつもと同じに傷ひとつない領域が次から次へと続いたが、探索に飽きてきて、自分の腸が空っぽであることに考えが逸れはじめたときには、タマラは〈物体〉そのものに注意を戻して、発見の興奮を味わいなおした。

　シフトをこなしたタマラは——新たな発見はなかった——ハーネスから抜けでて、観測所の基部にあるハッチから体を押しだした。望遠鏡の固定された台座とわずかずつ回転しているその下の岩とを隔てている間隙を漂って越えると、その勢いに運ばれて出入口のトンネルに入り、〈孤絶〉本体に戻った。ガイドロープをつかみ、それを伝ってオフィスにむかう。オフィスには、自分のシフトの開始に備えているロベルトと、資格試験のための勉強中で、航法測定天文学の技術に関するぼろぼろになったノートひとそろいを熟読しているアーダがいた。

「どうやら、わたしたちには旅のお仲間ができそうよ！」とタマラは発表し、同僚の観測者たちに三つのデータポイントを提供して、ふたりが自分でも計算してみるのを待った。

「確かに近そうではあるな」ロベルトが認めた。

「明るさは？」アーダが訊く。

「第五等級」タマラはいった。

「で、タマラはそれを見ただけなの？」

「地平線近くの物体を観測するのがどんなに大変かは、知ってのとおりよ」

タマラはふたりの声に怒りの気配を感じた。自分のしたことが特別な技能を必要とするようなことではないのも、この幸運がとくに評価されないだろうことも、わかっていた。だが、いま前途にあるものは、万人に対してひらかれている。大量の直交物質を前例のないくわしさで観察する機会が。

「距離を確定できる手段があればなあ」ロベルトが嘆いた。

「それは視差のある世界がうらやましいってこと？」

タマラは冗談をいった。母星では、天文学者が視差を用いるのはかんたんだった。半日待っていれば、視点は惑星の幅分、移動する。半年待てば、軌道の幅分になる。その基線を測定したら、あとは視点と対象が作る角度の変化から新たなデータが得られる。だが、日々移動しているのを〈孤絶〉自体だと考えるにしても、〈物体〉のほうだとするにしても、両者の相対速度がわからなければ、連続する観測結果のあいだに基線を固定することはできず、そうなると角度だけから突きとめられるのは遭遇時の距離ではなく、タイミングがせいぜいだ。

ロベルトがじれったげにうなった。「この代物は、形状が細かくわかるくらい近くまで来るかもしれない――もしかして、構造上の特徴や衝突クレーターさえ見てとれるかも……ありうる話だろう？　もしそうなったとき、その規模がわかったなら、観測結果の意味がどれだけ増すことか！」

アーダがいった。「赤外線の色の尾を調べられたら、それはまちがいなくわかるでしょうね」

「もうちょっと感激してくれてもいいんじゃない？」タマラは不平をいった。「ふたりの友人に生涯最高の発見を伝えたのに、もっといい話になりえたんじゃないかという空想ばかり聞かされるなんて！」

アーダが気色ばんだ。「空想ですって？　わたしは真面目にいっているの！　化学者たちがこれまで赤外線をまったく重要視しなかったのは、そうするだけの理由がなかったからよ」

紫外線に反応する化学物質はロケットの発進以前から知られていたが、スペクトルの赤外線側の端では、まだだれも同じ業績を達成するにいたっていなかった。動きの遅い物体の色の尾を紫外線撮影しても、大して役には立たない。無限に速い紫外線でさえ、それと色の尾の紫色との間隔は、色の尾の紫色と赤の間隔よりも短いのだから。しかし、赤外線の尾は、目に見える部分の何倍もの長さに伸びているはずだ。

「で、これがそうするだけの理由になるだろうっていうのか？」ロベルトは面白がるようにいった。「わたしがこの前、化学者に頼み事をしたときには、燃料問題を解決するまで待ってくれといわれたがな」

アーダがいった。「たぶん、気晴らしをしたくてたまらない化学者が見つかるはず。昔からの問題を解決できずに半生を送ってきたなら、もっとかんたんな課題に手を出してみる気になるんじゃない？」

「いいや、化学者はみんな、なんとしても栄誉を手にしたがっていて、そんなことには見むきもしない」ロベルトがいい切った。「いまにも帰還の手段が発明されるかもしれないというときに、赤外線感光紙の発明に時間を浪費するやつがいると思うか？」

タマラは自分が化学者になったつもりで考えてみようとした。〈孤絶〉に貯蔵されている太陽石は、通常のかたちで燃焼された場合、かろうじて山を停止させられる量しかなく、ましてや子孫たちを母星に連れもどすのはとうてい無理だ。この不安を呼ぶ事実を、タマラは子どものころから理解していたが、燃料問題を自らの職業と定めた人々にとって、天文学者の些細な関心事に興味を持つ理由などあるだろうか？　直交星群団《クラスター》とその周囲のデブリはよけるべき障害物にすぎず、この危険の分布状態に関する統計データの収集は価値のある作業ではあったが、針路の正面にある物質を発見するのに、赤外線の色の尾は必要なかった。

しかしながら、〈孤絶〉が回転をはじめる前の時期には、宇宙空間に散らばった直交物質の塵が〈孤絶〉の外面に付着して岩を発火させる危険があったというが、それがどんな仕組みなのかについて、化学者がひとり残らず、最低限でも小さな好奇心をいだいていることはまちがいない。〈物体〉表面の衝突クレーターのどれかの大きさが確定できれば、この謎の反応を説明する手掛かりになるかもしれない、という発想を化学者たちに売りこめないだろうかとタマラは考えた。問題は、過去に〈物体〉にぶつかった通常物質の岩は、そのとき非常に大きな速度を出していただろうから、その結果として生じた可能性がいちばん高いのは、クレーターではなく、すべてを跡形もなく消し去る火の玉だということだ。〈孤絶〉自体が、直交物質と速さが最終的にある程度一致する、この領域で唯一のふつうの物体であることはほぼまちがいない――だから、通常物質と直交物質とのゆっくりした接触がまた起こることがあるとすれば、それはふたたび、〈孤絶〉の上で起こるだろう。

顔をあげて友人たちを見たタマラは、自分が非常に重要なことを見落としていたのに気づいた。半ば無益な昔からの観測方法で満足するのを否定した点で、ロベルトは正しかった。かんたんに自分たちの手に入るところにもっといい手段があるかもしれないと主張した点で、アーダは正しかった。だが、ここまでは三人ともが、大胆さを大きく欠いていた。

タマラはいった。「行ってみればいいじゃない?」

ロベルトがまばたきした。「なんだって?」

アーダは興奮してはしゃいだ声をあげた。「つまり、〈孤絶〉のエンジンを始動して……?」

「違う、違う!」タマラはアーダの言葉をさえぎった。「〈孤絶〉は大きすぎるし、小まわりがきかない。それにそんな大量の燃料を浪費するのは馬鹿げている。この旅専用のもっと小さなロケットを作るの――〈物体〉まで操縦していって、望みの距離まで近づけるような乗物を。そしたら、好きなだけ測定ができるし……いろんな実験もできる。ひょっとしたら、サンプルを持ちかえることだって」

アーダが航法士マニュアルを掲げもち、畏敬の念に近い新たな敬意を持ってそれを見つめた。タマラがその同じノートで勉強していたときに考えていたその利用方法は、次世代に理論を教えて、無限に遠い将来、母星への旅が開始されるのを待つあいだに知識が衰退していくのを防ぐことしかなかったのだが。

ロベルトの唖然とした表情が、純粋な歓喜のそれに置きかわっていった。「直交岩の最小の粒が、安定石の解放剤になるとしたら」ロベルトはいった。「大量の同じ物質が、〈孤絶〉の燃料問題にいったいなにをもたらすと思う?」

タマラはいった。「その答えを見つける手伝いを頼んだら、化学者たちの興味を引けそうね」

3

カルラはランプの頂部のバルブをひらいて、解放剤をひとつまみ分、太陽石の上に落とした。突然のシューッという音と爆発的な輝きに驚いたカルラは即座に、砂で炎を覆うために消火レバーに手を伸ばした。だが、ほどなく、やかましい音はおさまって規則的なぶつぶついう音になり、ランプの覆いの隙間から漏れだす光線はきわめて強いままだったが、それも安定したようだった。

解放剤はカルラが自分で調合したもので、ノコギリバナの根から活性成分を抽出し、それを砕いた粉末石で希釈し、その際には比率を三回チェックし、さらに混合物を攪拌《かくはん》機にかけて塊が残らないようにした。だが、それだけ念入りに準備しても、カルラの不安を消し去ることはできなかった。あらゆる種類の炎はコーネリオの境界を越えて正の温度に入りこむが、太陽石に点火するという行為は、英雄譚《サーガ》から邪《よこしま》な生き物を呼びだすようなものに感じられた。その生き物は作業台の上で、いろいろな芸当をして気を惹いてくるだろうが、そいつがほんとうは、ふたつの領域のあいだにひらいた裂け目を通して、そいつが棲む輝かしい混沌の世界を丸ごともたらそうとしているのは、わかりきっている。

ランプの炎の上にレンズがあって、光が自然に拡散するのを部分的に打ち消していた。カルラは、レンズを通った光の行く手に小さな鏡を置き、留めネジつきのホルダーに斜めに据えられた鏡は、作業台上部の穴を通して光線をまっすぐ下に送った。カルラはひざまずいて、垂直の光線をさえぎるように三角形のプリズムの位置を合わせると、その下の空間を手のひらでなぞって、輝くスペクトルが皮膚の上をすべっていくのを見つめた。太陽石を使うのには不安もあるが、これほど純粋でくっきりした色を作りだす光源はほかにない。

作業台の下の床に、頑丈な透明石製のコンテナが置かれている。強度のために角が丸みを帯びているがほぼ箱形で、ここの重力の強さは摩擦力だけでそのコンテナを固定していた。コンテナの底には、磨きたての平らな長方形の鏡が塡まっている。プリズムから出たスペクトルは鏡の上に広がり、鏡の一辺から多色の細い帯が鏡の下に敷かれた方眼紙にこぼれ落ちて、各々の色相の位置がすぐわかるようになっていた。カルラは両端の赤と紫色の位置に印をつけた。その両端の先に残っている空間の鏡石は、不可視の波長にさらされているはずだ。鏡に反射したスペクトルのうち、半分は作業台上部の下側に映り、もう半分は隣接する壁に届いているが、カルラはスペクトルが鏡の幅におさまるよう調整する気にはならなかった。反射したあとのスペクトルはもはや実験とは無関係だし、壁の縞は気分を引きたたせる装飾になる。

カルラが使っているプリズムは、作業場の昔の管理人が光学櫛に合わせて較正《こうせい》したもので――整然と書かれた計算表には、発進からほんの一ダースと四年後の日付がある――これのおかげでカルラは、方眼紙の各々の線に正確な波長を割りふることができた。半ダースの抽出検査で全体の較正を確かめてから、時計に目をやる。マルツィオに聞かされた話と、光線の強さの関係から、カルラは最初の露光として一日間を予定していた。

マルツィオは〈孤絶〉でもっとも尊敬されている機器製造者だ。四年前、マルツィオは、観測ドームから透明石のパネル越しに撮るのよりも鮮明な映像を欲した天文学者たちから、宇宙空間で機能する広視野カメラの製造を依頼された。そうしたカメラの大半と同様、マルツィオの設計は感光性の紙を活性化させるガスがレンズに残留物を残さない工夫として、鏡で光の道すじを脇に逸らせていた。マルツィオが作った装置は申し分なく機能したが、最近たまたま会ったとき、カルラはマルツィオから妙な話を聞いた。その装置の鏡には、彼がこれまでに作ったカメラの同様の部位では見られなかった早さで曇りが生じているという。それはだれも予想していなかったことだった。磨きあげた鏡石の反射性が徐々に失われるのは、空気との緩慢な化学反応の結果とされてきたのだ。

空気に満たされたカメラの中では鏡になんの問題も起こさなかったように思える活性化ガスが、真空中では異なるふるまいをするのではないか――だがそれでも、本来の役割は完璧に果たしている――とマルツィオは推測していた。そして、鏡の曇りがまったく新しい現象だという形跡は見られない、ということも認めた。それは通常の条件下であらわれる薄膜と区別がつかなかった。空気がないところでは発生が早まったにすぎない。

カルラはこの件に関してはなにもうまい説明をつけられなかったが、マルツィオの言葉がずっと引っかかっていた。『空気でないとしたら、なにが鏡を曇らせたのだ？』露光によるものか、それとも単に時間経過のせいか？　それに関してカルラが好きに実験できるよう、新しいカメラを丸ごとひとつ作ってもらうのは無理な話なので、カルラはいまここでおこなっている単純なテストを計画した。プリズムを使って露光の影響を調べ、時間の影響のみを調べるためには、別の鏡を真空のコンテナに入れて、光を通さない箱の中に隔離してある。

カルラは作業台の脇に立って、注意深くランプを見つめた。太陽石の使用はアッスントに懇願して認可してもらったものだが、ここで使っているひと握り程度の量は、〈孤絶〉の冷却システムが毎日燃やしている分に比べれば無に等しい。「この実験の目的はなんだ？」アッスントにはいらだたしげに問われた。次の評議会で彼自身がこの決定の正当性を説明せねばならず、そのためにはできるだけ簡潔な要約が必要だった。

「物質の安定性を理解することです」

「それで、そのために曇った鏡がいったいなんの役に立つんだ？」

「もし鏡の表面が真空中で変化するなら」カルラは説明した。「それは化学反応ではなく、もっと単純なにかです。もし鏡石の中の輝素が光に反応して再配列しているのだとしたら、操作したり研究したりできる、適度に不安定なシステムが手に入る可能性が――」

「きみの目の前で爆発するようなシステムとは違って、ということだな」アッスントは、輝素は単なる仮説上の存在だったといずれ判明すると信じている――物質は目に見えない粒子の集合体ではなく、連続体だと考えるほうを好む――学派のひとりだが、最後には太陽石六挟重《スクルード》の使用要請書にサインしてくれた。

カルラは安全規則を再読した上でサインした。太陽石ランプは、無人で置き去りにされてはならない。カルラは自分の机に移動してその前に立ったが、光学の生徒たちの課題を採点しながら、後眼はシューッと音を立てるランプのるつぼから離さなかった。最初の半ダースをすぎると採点はうんざりする作業になったが、カルラは休憩を取るまでの時間をできるだけ引きのばした。

メイン施設を使っている年長の実験者のだれかが引退して、そこの作業台に空きができるまでのあいだ、カルラは記録学者のオネストと共同で、この狭苦しい作業場を使うようにいわれていた。とはいえ、彼女とオネストはたいてい、可能なかぎり時間が重ならないシフトを選んで、たがいをわずらわせることがないようにしてきたし、ひとりきりで作業をすることには利点があった。

時計が四回目の時鐘《ベル》を鳴らし、カルラは作業をやめて時計のぜんまいを巻くと、戸棚のところに行って落花生の袋を取りだした。ひとつの手に窪みを作って、いい香りのごちそうを三粒、手のひらに振りだすと、指に包みこんで、心躍らせるにおいを閉じこめた。全身が愉悦の期待にぞくぞくして、カルラを悩ませはじめていた無気力感を振るい落とす。カルラはこのタイミングを完璧に把握していた。喉の筋肉が待ちきれなくて危うくごくりと動きそうになる寸前、カルラは落花生をぽいっと袋に戻して、すばやく戸棚にしまった。（わたしは落花生をちゃんと飲みこんだのよ）カルラは自分にいい聞かせ、口の中に指を三本入れて、唇を手で拭った。（後味もしているでしょ）

課題の山にふたたびむきあって、ふと採点ずみの分を振りかえる。男のほうが女よりも出来がいいことに、カルラは気づいた――大差はないし、すべてでもなかったけれど、パターンは見まちがえようがない。カルラは腹立たしい思いで机の脇を殴った。そのせいで、三歩《ストライド》離れたところのランプがシュッと音を立てて、炎を揺らした。自分が最終学年のとき、あまりにも大勢の女たちが脱落するのを目にしたカルラは、自分の生徒たちには同じことが起こらないようにすると決意していた。つねに自分のクラスの女たちには、実験に参加し、問いを発し、質問に答えるよう促して、空腹で気が遠くなっているうちに授業が終わっていたということがないようにしているが、これからはもっと注意を払って、気が逸れている生徒を見つける必要がある。

シルヴァーナが行った場所へむかうことになりそうな生徒たちを。

「そうね」カルラはつぶやいた。「そして落花生の袋を渡してやるの。それで問題は解決」

「これがここにあっても、ほんとうに平気？」カルラはオネストに尋ねた。

装置類に目を走らせたオネストは、礼儀正しくはあったが、怖じ気づいてはいなかった。「危なそうだと思ったら、とにかく火を消しますから」オネストはいって、ランプの消火レバーを手で示した。「再露光すれば、あなたの実験は問題なく終わらせられるんですよね？」

「もちろん」カルラは答えた。オネストにランプの管理を引きうけてもらえたのは、ありがたかった。生徒のだれかに頼むこともできたが、数歩《ストライド》離れた机にオネストがずっといることになるのは変わりないのだから、これは理にかなっている。

「今夜、これから双に会うんですか？」オネストが訊いた。なるべくふつうの雑談として発した質問に聞こえるよう、努力している。

「一両日中には」カルラは自分とカルロとの取り決めを公にしていて、もっと多くの人々が同じ方策を試してみればいいのにと思っていたが、その話を聞かされた同僚の大半は、決まり悪げにするかうろたえるかだった。

「そうですか」いったん持ちだした話題から、オネストは離れた。「きのう、〈ブユ〉の名簿に名前を載せてきました。抽選の」

「〈ブユ〉？」

「みんな、小型ロケットをそう呼んでいるんです」オネストが説明した。

「それ関連の話は、まだちょっと早すぎない？〈物体〉がどれくらい遠くにあるのかさえ、まだわかっていないのに」カルラは自分の声にいらだちを聞きとった。プロジェクトを実現に導くのに必要となる機材待ちとはいえ、天文学者たちの計画が着々と進行していることに、カルラがいらだつ理由などあるだろうか？最初に〈物体〉発見の報を聞いたときには、カルラも興奮したのだ。

オネストの皮膚から、いちばん新しい食事のにおいがした。

オネストはコンテナの中の鏡を見おろした。「これは赤外線に感光しないんですよね？」

カルラはいった。「もしするとしても、なんらかの色の尾を記録するには、半年間の露光が必要だわ」

「でしょうね」オネストは背中のほうに腕を伸ばした。「お疲れでしょう、カルラ。もう帰ったほうがいい。あとはわたしがちゃんと注意して見ていますから、だいじょうぶですよ」

カルラの新しい個室は、作業場よりも六階層、〈孤絶〉の軸に近かった。壁の赤い輝きの中、梯子に次ぐ梯子をのぼる。どの縦穴も同じに見えて、移動中のある時点でカルラは現在位置がわからなくなったが、気分はどんどん軽くなっていて、そのどれくらいが軸に近づいているせいで、どれくらいが空腹のせいかはわからなかった。

個室に着いたカルラはホリンを口にして、緑色の薄片をゆっくりと噛んだ。体はほかの食べ物をもっとほしがったが、カルラは寝床の砂に横たわって、タール塗り布の位置を整えた。

予定していたより一時隔《ベル》早く目がさめたカルラは、ほんの四歩離《ストライド》むこうの戸棚にあるパンのことを考えた。

（食べるはずのものを、食べるはずの日に、でも少しだけ早く食べたからといって、なにが変わるというの？）

だが、その答えはわかっていた。食事をするはずの時間には、習慣の面からだけでも、またお腹が減っているだろう。そして、一日の中ごろにはいつもの倍以上に空腹を感じていて、夕方には飢餓感のあまり、一日二度目の食事をせずにいるのは自分との戦いになってしまうだろう。カルラの体は、夜には植物光、昼間には日光という母星のサイクルを経験したことはいちどもないが、ほかのどんな日程表よりも日周のスケジュールを押しつけられるほうが楽だった。食事のタイミングをその体内リズムとの同期からズラしたりしたら、カルラは最良にして最強の味方を失うことになる。

半覚醒状態でタール塗り布の下に寝そべって、苔光の中で時計を見つめながら、カルロが隣にいるところを想像した。彼が彼女を腕で包みこみ、ふたりの子どもたちの名前を決め、子どもたちを愛し、守ることを約束しながら、彼女の飢餓感を追いはらうところを。

オネストがいった。「花火なし、中断時間なし、問題はまったくなしでした」

カルラはほっとした。「ありがとう。明かりのせいで仕事に集中できないなんてことはなかった?」ランプから漏れる光で、部屋じゅうに明るい斑点や暗い影ができていて、昨日はそれに慣れてきていたカルラの目も、いまはコントラストの強さに痛んだ。

「いえ、全然」オネストは、第一世代物理学者のひとり、サビノのノートを復元しようとしていた。近年のそれは悲惨なありさまで、染料のにじむ破れた紙に目をすがめて日々を送るオネストを、カルラはうらやむ気になれなかった。

オネストは自分の仕事道具をしまって、作業場を出ていった。カルラは採点を全部すませていたので、次の光学の授業に備えて自分のノートを見直しながら、この分野の未解決問題がいかに腹立たしいほど手に負えないかを、どうやったら生徒たちが怯《おび》えて逃げださないようにしつつ伝えられるかを考えようとした。カルラが教えていることの大半は、サビノの時代から変わっていない——そして議論の余地なきエレガントさと一貫性を持つその遺産の大部分は、不変のまま時代を超えて受けつがれていく価値があるだろうが、ほかの部分は手に負えない難題だった。

ヴィットリオの方程式が重力を質量と関連づけてい

るように、ネレオの方程式は光を、彼が輝素と名づけた仮説上の粒子の〝光源強度〟と関連づけているが、その方程式を改良することはこれまでだれにもできていなかった。サビノは、見た目は離れているふたつのちっぽけな鉱物粒子をひとまとめにしておけるのを示すことで、ネレオの方程式が暗示する力が実在することを実証した。しかし、ネレオの発想のすべてをそっくりそのまま受けいれていると、単純に真実ではない予測にたちまち行きつく。

　岩や花の根元的な構成物質がなんであれ、それは光を作る特性を持っているか、持っていないかのどちらかだ。その特性は移り変わるものではない。〝光源強度〟がエネルギーそのものと同様の確実さで保存されることは、数行の計算で証明できる。従って、物質は光源強度を持つなにかで作られているはずで、そうでなければ花が輝くことはないだろうし、燃料が燃えることもないだろう。問題なのは、光源強度を持つあらゆるものが、いくらかの光を、目に見えても見えなくても、常時、放出していなくてはおかしいということだ。物質に光を放出させずにおけるのは、絶対的静止状態——または同じく人工的に生みだされる純粋な高周波振動——だけだろう。だが、光を放出する物質は、そのプロセスによって変化せずにいることはできない。光のエネルギーは、逆の種類のエネルギーを作りだすことで、埋めあわされる。この新たに得たエネルギーを、花は養分を作るのに使うことができるが、岩はどうしているのだろう？　解放剤を振りかければ岩は燃えあがるが、なぜ岩にはそういう助けが必要なのか？　なぜ太陽石の鉱脈という鉱脈は、何累代《イーオン》も前に爆発を起こして吹っとんでいないのか？

　露光の完了前には実験装置をあまり覗きこまないよう、カルラは自制していた。十二時隔《ベル》がきっちり経過したとき、カルラは透明石のコンテナの脇にひざまずいて、スペクトルの位置が、きのう方眼紙につけた印と一致したまま変わっていないことを確かめると、立ちあがって太陽石ランプを消した。オネストは作業場の一角にあるふつうの炎石のランプを点けていた。カルラはその光を強くして、あたりがはっきり見えるようにした。

コンテナを作業台の下から引っぱりだして、もっとよく観察できるように傾ける。透明石が光をとらえて、それ自身の反射で混乱させられたが、鏡の光沢が減じているのはほぼまちがいないとカルラは思った。針を取ってきてコンテナを密封している樹脂に小さな穴をあけ、空気が甲高い音を立てて中に戻っていくのを、まだかまだかと待つ。

圧力が安全な状態まで等しくなると、カルラは封を完全に切り裂いて蓋を外し、下に接着した方眼紙が剝がれないように注意しながら、鏡を取りだした。

光が当たる位置に鏡を掲げる。まちがえようのないくすんだ白い薄膜が、一様かつ完全に鏡を横断して生じていた――だが縦断方向では違っている。薄膜は長方形の一方の端から、約半分の地点まで広がって、そこで唐突に消えていた。カルラは方眼紙の較正メモを太腿に呼びだした。曇りの生じた範囲は、スペクトルの赤外線から緑色までの部分と一致していた。

なぜ緑色で終わっているのか？　太陽石の光線の強い光は、輝素を揺すって振動させ、次にそれ自身に光を放出させて……鏡石の規則的な構造から抜けだすのに必要なエネルギーをあたえ、鏡石の表面を曇らせ、光沢を損なう。しかし、その効果がこうもはっきりと光の色で線引きされているのは、いったいどんな理由があるというのか？　固体の理論が主張するところによると、物質が安定していることを期待できるのは、光の最大周波数よりも固有振動数が大きいエネルギーの谷に輝素が落ちついている場合のみだ――だから少なくとも、その好ましい共振振動数は発光を生じさせて物質の崩壊を促進させることはできない。しかし光が、緑色の赤側では輝素を揺すって解放する力を持っていて、青側では持っていないのは、いったいどんな理由があるというのか？　あらゆる色の光は共振振動数よりはるかに低いのだから、反応は唐突な断絶などいっさいなしに、スペクトルの変化に合わせてなめらかに変わっていくべきなのだ。

　カルラは目の前で鏡をおもて裏にひっくり返しながら、このすべてがなんらかのミス、人為的なまちがいだという可能性があるだろうかと考えた。もしかすると、コンテナの外にあったなにかの障害物が、スペクトルの青の側を邪魔したのでは——オネストが夜の途中で、作業台の下に置いていたなにかとか？　いや、それは馬鹿げている。なぜオネストがそんな真似をするのか？　それに、たとえオネストが故意に実験を妨害したとしても、露光のあいだここにいた時間は、カルラのほうがずっと長い。青い光は鏡に届いていた。この結果が色と因果関係があることは、事実だった。

　鏡が炎石の光でキラッと光ったとき、鏡の表面を違うかたちで曇らせているなにかが一瞬目に飛びこんできて、すぐまた見えなくなった。白い床に白い糸があるのをちらっと見てとったが、またわからなくなったような感じ。悪態をついて、同じ動作を何度も何度も繰りかえしているうちに、カルラは自分がうっすらとした別の境界線を目にしていたことに気づいた。さっきまでは一様にぴかぴかして新品に見えた側の鏡の半分に、じっさいは反射性が微妙に変化している部分がある。緑色で完全に終わっているとカルラが考えていた曇りは、じっさいは——はるかに薄まって——もっと先の、ほとんど紫色の端まで続いていた。そしてその先は？　カルラはもはや、その部分の表面には変化がないままだと決めこむ気にはなれなかった。確実にいえるのは、自分の視覚の識別力をすでに限界まで酷使しているということだけだ。

だが、曇りの濃度が少なくとも二ヵ所で突然変わっているのは確かだった。光が及ぼした劣化の程度は、二回いきなり変化していて、その原因は色にある。

太腿の較正メモの隣に、カルラは変化が生じた地点の波長を書きつけた。それを記憶にとどめてから、輝素の配列をスケッチしはじめ、計算式を殴り書きして、その数字から意味を見出そうとした。もしかすると、鏡石の構造に由来するなにかの自然な長さのスケールを光の波長が越えたときに、鏡石の反応になんらかの変化が生じるのかもしれない。いちばん近くの隣接する輝素どうしは、光の最小波長とおおよそ同じ距離だけ離れているものと考えられているが、より大きな距離であらわれるそのほかの規則性もある。

だが、ふたつの数字と既知のいかなる幾何学的配列に関する数値にも、一致するものはなかった。

カルラは作業場を歩きまわった。波長でないとしたら、周波数はどうだろう？　変換をおこなう。緑色の端は三ダース三ジェネロソ周期毎停隔《ポーズ》、紫色の端は二ダース七ジェネロソ周期毎停隔《ポーズ》。だが、鏡石の中であれ、ほかのなんの物質の中であれ、輝素が振動しているはずの周波数を特定することは、ある桁の範囲内までしかできない――固体の既知の特性と、ネレオの力の強さにどうしても束縛されるのだ。では、この光の周波数をなにと比較したらいいのか？

おたがいどうしとだ。ふたつの周波数の比は五対四だった。ぴったりではないが、非常に近い。

カルラは細心の注意を払って曇りの位置を再測定すると、なにもかもを再計算した。

測定によって生じざるをえない不確実さの範囲内で、比はほとんど五対四といってよかった。

4

カルロはいった。「そうさせてもらえるなら、あなたのチームに戻らせてください。小麦の研究はすっぱりやめます。もういちど動物の研究をしたいんです」

トスコは手を伸ばしてガイドロープをつかむと、作業台から離れた。「いったいなにがあったんだ？」トスコが尋ねた。「きみは絶対に、かんたんにあきらめる人ではないと思っていたんだが」

カルロは、ハタネズミの不安げなうなり声を頭から締めだそうとした。むかい側の壁面に取りつけられた檻の中の動物は、三、四ダース匹になるはずだ。カルロは短期間で植物界の幸せな静寂に慣れていた。

カルロはいった。「過去三年でぼくの最大の業績がなにか、ご存じですか？　小麦の花が全部同時にひらいたり萎《しぼ》んだりするようになる農場がある一方、それ以外の農場では植物がふたつのグループに分かれて、交替で光を生成するのはなぜかを、解明したことですよ」

「わたしならそれを、くだらないことのようにはいわないがね」トスコがいった。「もちろん開花の時間をズラしたほうが、収量が多いのだろう？」

「そうです」カルロは答えた。「近くの植物の半分が眠っているということは、光の生成を抑制する周辺光が少ないということです。けれどその差はわずかで、ほとんど意味はありません。ぼくがじっさいに探していたのは、一日のうちで花がひらいている時間のほうを長くしておく方法です——が、なにを試しても、その目標には少しも近づけませんでした。なんの進捗も得られないなら、研究分野を変えたことがそもそものまちがいだったと、認めるほかありません」

トスコは作業場を包みこむように、いちばん上のひと組の腕を伸ばした。「それで具体的にはなにをするつもりなんだ、わたしたちのところに戻ってきたら？」カルロのかつての同僚のアマンダがそばの作業台でトカゲを解剖するのを、まわりに集まった生徒たちが見守っている。そのむこうの一画では、マカリアという別の研究者が、遠心分離機に組織サンプルを詰めると、安全シールドをさっとおろしてあとずさった。有機物の中の密度が異なる成分はそれ自体では安定しないことがあり、結果として爆発することがありうる。

カルロは勇気を奮いおこすのに一瞬を要した。いままで、これを人前で話したことはなかった。「四児出産を抑制する方法を見つけたいと思っています」

「そうか」トスコの声に熱はこもっていなかった。「わたしたちのどちらもまだ生まれていないうちに、どれだけの数の薬でそれが試されたか知っているかね？　その研究でハタネズミの数が一定に保たれていたのは、致死的な薬が単に効果のなかった薬の帳尻を合わせていたからにすぎない」

「なら、薬以外のなにかが必要だということでしょう」カルロはあえてそういってみた。

「四児出産の抑制法ならわかっている」トスコがいった。「その解決法は、わたしたちが望むような好ましいものではないかもしれないが――」

「信頼性もありません」カルロは言葉をはさんだ。

「完璧な方法ではない」トスコもそれは認めた。「だが、完璧な処置法などというものはない。通常の条件下で四人の子孫を生むのは、女の体の生来の性質だ。なんにせよ、そうした根本的なプロセスへの干渉は本質的に、女の体に害をあたえるということだ」

「ホリンは完璧ではありません」カルロは異論を唱えた。「ですが、それが害や苦痛をもたらしていますか？」

「出産を引きのばすのは、産児の数を変えることと同じではない」

　カルロはそれに反論できなかったが、その前にトスコがいったもっと広くいわれている言説を受けいれることもできなかった。「女の体は、二児出産する能力も生来持っています。正常ならそれは飢餓によってのみ誘発される、というのは意味をなすことです。問題は、その誘発がどのようにしておこなわれるのか？　もしそのプロセスを詳細に理解できたら、飢餓という前提抜きで同じレバーを押すことができるはずだと思いませんか？」

　トスコがいった。「わたしたちの体には付属のレバーなどない。問題にむかって当てずっぽうで薬をぶつけるのでないとしたら、どこから手をつけるつもりだ？」

　カルロは躊躇したが、いま自分の計画をわざわざ控え目に説明する理由はなかった。「ぼくがやりたいのは、分裂のプロセス全体を可能なかぎり徹底して調べることです。二児出産する種《しゅ》と四児出産する種の両方のメカニズムを――信号レベルにいたるまで――解明し、それからもっとも安全かつ有効な干渉地点を探ります」

　トスコは皮肉っぽくブンブン音を立てた。「それはまた遠大な計画だな。そのほうが小麦の収穫量増加よりも楽にできると考えているのか？」

「たぶんそんなことはないでしょう」カルロは認めた。「しかし、これに成果をおさめたほうが、ずっと価値があります」

「ここを離れるとき、きみは」トスコが過去のことを思いださせる。「小麦の配給量を倍にして、そして引退して自分の子どもたちを育てるつもりだ、とわたしにいっていたのだが」

　カルロは身をすくめた。もしその目標にむかってなんらかの意味ある前進をなし遂げていたなら、若き日の大言壮語も少しは空虚でなく感じられたかもしれないが、それでも、方向のまちがった野心の埋め合わせにはまったくならない。「では、もしだれかが、ぼくのいっていたことをほんとうに達成したら、どうなるでしょう?」カルロはいった。「ひと世代かふた世代はたっぷり食べることができるでしょうが、そのあとは増加した人口が収穫の増加を上まわります。ぼくたちに必要なのは、安定性です。ぼくの歴史の知識が正しいとすれば、発進時の〈孤絶〉では、出産を強制する家族から逃れてきて、子どもを作らずに死ぬのを厭《いと》わない女がとても大勢いました。なので、人口のバランスはそういうかたちで維持できるかのように見えていたのでしょう。子どもを四人作る女がひとりいたら、自主的に子どもをまったく作ろうとしない女がひとり出てくるだろうと。けれど、いまの〈孤絶〉は、もはやそういう文化ではありません」

「ああ、そうだな」トスコは思いをめぐらすようにカルロを見つめ、なにもいおうとしなかったが、こんなことを考えているのではないかとカルロは思った。『女の飢餓を受容するのが、いまの文化だ。それでじゅうぶんに機能しているのに、なぜそのままにしておかない?』

「ぼくに自分の案を試させてください」カルロは嘆願した。ほかに打つ手がなければ、独力で研究を進めることも可能ではあるが、以前の指導者と彼のチームの支援があれば、あらゆることがずっと楽になるだろう。「その結果起こりうる最悪の事態ってなんです? ハタネズミの生殖周期について、無用な知識を得ることですか?」

トスコがいった。「最悪の事態は、もし小麦の収穫が減った場合、きみが前の仕事にとどまっていればよかったと思いはじめることだ。だが、この研究をやり遂げる忍耐力が自分にあると、きみが心から信じているなら——」

「それはまちがいありません」カルロはいい切った。

トスコは疑わしげだったが、もう議論する気はなくて、こういった。「自ら進んで地位を捨てて、古い友人たちのもとに復帰しようとする作物栽培学者を、拒めるわけがないだろう？」

山の軸をくだっていくのは、今回はカルロの番だった。双に会うために、カルラのひとり暮らし用の新しい個室にむかう。友人の大半からは、不完全別居は考えうる最悪の状況に思えるといわれたが、カルロはこの方法を選んでいる人の数を、前回の人口調査の結果から調べていた。完全別居はいい考えとはいえない。自発的分裂の危険性がより高い状態に女を置くことになり、ホリンをどれだけ使っても、その危険を完全に排除することは不可能だ。だが、同居を続けて、意志の力のみを頼りに生殖を遅らせようとするのは、なおよくない。記録によればそうした状況での出産の半分以上が、計画されていたより早くに起きていた。うまく切りぬけるには、自分は双に見捨てられたのではない——待っていればいずれ、彼女の子どもたちはちゃんと世話をしてもらえる——ことを女の体に理解させつつ、早期出産の危険を最小限にすべくあらゆる手を尽くすほかはない。

カルロが個室に着いたとき、カルラはいなかった。苔光であたりを見まわすにはじゅうぶん足りたので、ランプは点けなかった。カルロはふたりで食べるパンを四つ持ってきていた。夕食用と朝食用。空《から》の戸棚にそれをしまう。

おもての部屋を抜けて寝室に入ると、タール塗り布が宙に浮いていた。冷気孔からのかすかな上向通風で弱い重力に逆らっている。

通廊のガイドロープが鳴るのを聞いて、カルロは個室の入口に戻ってカーテンをあけた。カルラは彼の姿を目にすると、興奮気味にうなり声をあげた。「いい知らせをいくつか聞かせてあげる」

「なんだ――〈ブユ〉の搭乗権を手にしたとか？」

「もしそうなら、それもいい知らせだけれど」カルラは、個室内に引きかえすカルロのあとについてきた。

「このほうがもっといい」

カルロはおもての部屋のランプに点火すると、カルラの脇でガイドロープにつかまって、曇化実験の説明を聞いた。ネレオの力やヤルダの難題に関するカルロのあいまいな記憶を、カルラは過去に数えきれないほど新たにする必要があったので、その実験結果の重要性をすぐには把握できなくてもカルラは許してくれると、カルロにはわかっていた。

「五対四」カルロはいった。「そのなにがそんなに特別なんだ？」

「偶然では、比が小さな整数になったりはしないものなの」カルラが答えた。「もし比が、数ダースといくつか対数ダースといくつかだったら、意味はなかったでしょうけれど、この結果は、比の数字が物理学そのものに潜むものであることを、非常に強く示唆している。四つのなにか、そして五つのなにか……変化は一種の遷移を示している」

カルロが物理学を理解するには、幾何学に翻訳するほかなかった。胸に波形の線を浮かびあがらせていく。

「それはこんな風に図にしてもいいのかな、異なる数の周期を同じ時間内におさめるという？」（次ページ上図）

「違う、違う、違います！」カルラはたしなめるようにいった。「それじゃあ逆よ！」

「なにがまちがっているんだ？」カルロは尋ねた。

「これで五対四の周波数比になっているだろう？」

「確かにね」カルラは同意した。「でもわたしは、結びついた整数が大きくなると、周波数はさがるという仮定で作業をしているの。でもあなたは、それとは正反対の方向で描書した。あなたの方向に進むと、もっと高い周波数でまた別の変化が起こることになる――〝周波数六〟、赤外線の領域内で――そしてその先で

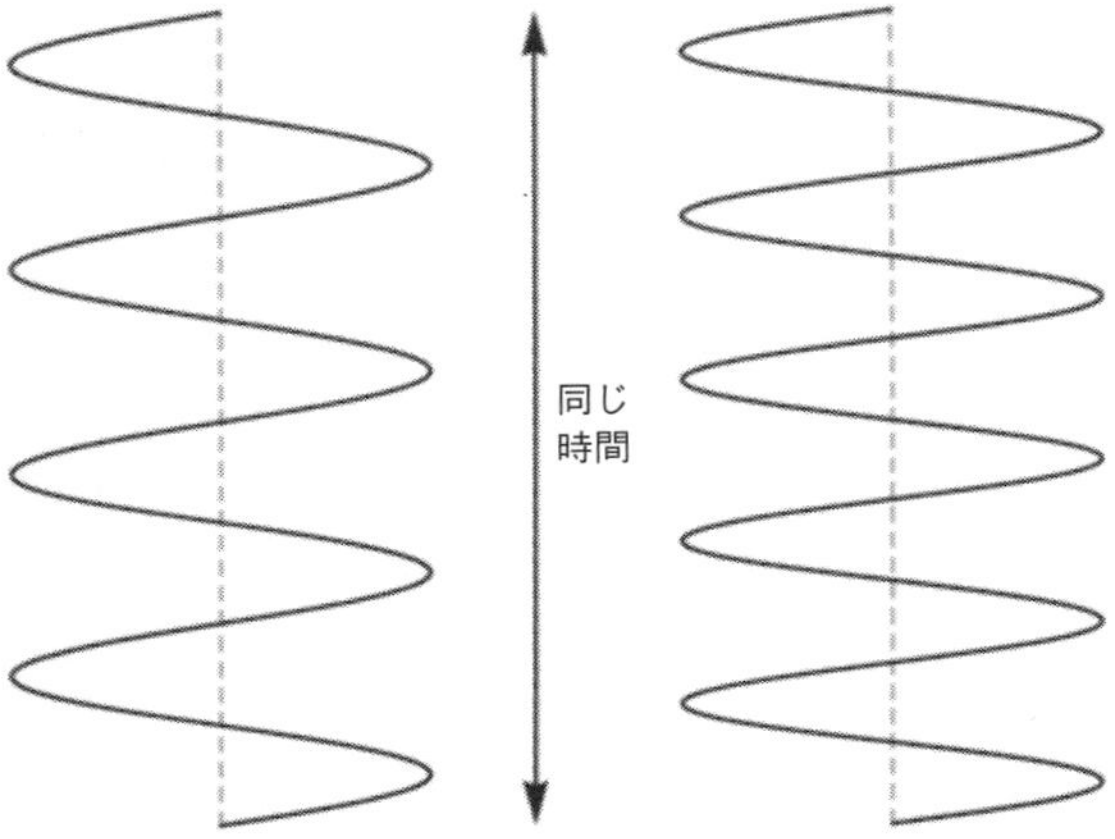

低いほうの周波数の四周期　　高いほうの周波数の五周期

は、鏡の曇化率はもっと大きくなっていく。そこでおかしいのは、曇化率のパターンがそのまま続くなら、マルツィオの鏡は、二年ではなく、一旬《スティント》ごとに磨きなおす必要が生じたはずだということ」

「なるほど」カルロはいった。「じゃあ、どういう図を描けばよかったんだ？」

「わたしにもまだわからない」カルラは認めた。「いまのところわたしにいえるのは、周波数の四倍がある数を上まわるとき、光は強い曇化効果を生じるということ。周波数が低くなって、同じ標的に当てるためにそれを五倍する必要があるときには、その効果は突然劇的に弱まる——六倍する必要があるときには、さらに弱まる。その時点で効果はすっかり消えることさえありうるかもしれない。それを確かめるには、ずっと長時間の露光が必要になる」

　カルロはその話をよく考えてみた。「逆方向にそのパターンをたどったほうが、もっとかんたんなのでは？　もし魔法の数字が四、五、六と進むにつれて効果が弱まるとしたら……三はどうなんだ？　周波数を三倍にするだけで標的に到達する波は、超高速の曇化を引きおこすはずなんじゃないか？」

「そんな波は存在しないわ」カルラが答えた。「標的は光の最大周波数の三倍より大きいから、三倍しても標的には絶対届かない」

「そうか」カルロにも少しだけ話が見えてきた。「それは鏡石にとってはいいことなんだな？　もしそれほどかんたんに劣化するとしたら、きっと鏡石はそもそも存在していなかっただろう」

「そのとおり！」カルラはうれしそうに目を大きく見ひらいた。「ここで起きていることがなんであるにせよ、それは安定性の境界を示している。そしてもしかすると、鉱物という鉱物、固体という固体に、こういう〝標的数〟があるのかもしれない――ただし、硬石とかそういったケースでは、それは光の最大周波数の六倍でさえ届かないくらいに高いということもありうる」

カルロはいった。「経験則を聞くと、とても単純だ。でもそれを理論と整合させるのが、むずかしい部分なんだろうね――ネレオの方程式や、輝素モデルと？」

「ええ」

「それで……？」と先を促す。

「それでいま現在」カルラは認めた。「わたしにはどうやったらそれができるか、まったく見当がつかないわ」

カルロは、トスコとの面会の件をカルラに話した。カルラには、動物生理学のグループに戻るという考えについて、前もってなにも話していなかったし、いまもなんの正当化もできなかったが、カルロは相手の顔を見つめながら話した。カルロが新しい研究プログラムの話にさしかかったところで、それまで言葉をはさまずに落ちついて話を聞いていたカルラが、あとずさりしそうになった。この話題についての、もっとも抽象的かつ非個人的な説明の仕方だったにもかかわらず。二児出産分裂と四児出産分裂を比較し、いくつかの種《しゅ》において両者間の移行を可能にしているメカニズムを突きとめること。

その話を聞くのがカルラにとって苦痛な理由は、カルロにも理解できた。淡々と研究分野を変える話をしながら、カルロはその裏で、自分にはする権利のない約束をささやいていた。ぼくは飢餓とおさらばする手段を見つけようとしているんだ——もしきみにはまにあわなくても、ぼくたちの娘のために。権利がない理由は、これまでにも人々がそれに挑み、失敗してきたからだ。飢餓に突き動かされた無数の女たちが、そして女たちの苦しみを目にして突き動かされた無数の男たちが。〈孤絶〉の人口はいま、おぞましい安定状態にあり、人々のあいだには、やっと手にしたその現状にしがみついて、飢えに耐えることだけが現実的な道だ、という暗黙の合意があった。

カルロはこれ以上そんな生きかたに耐えられなかったが、周囲の人々ができるだけ目を背けやすくなるよう、この新しい道は静かにたどらなくてはならないことは理解していた。正直でいるために話すべきことをすべて話しおえると、カルロは会話を光と物質の謎の話に戻した。その分野で成功をおさめられなかったら、ここに住む人々は帰還の手段を持たないまま、飛行任務《ミッション》全体が失敗に終わって、母星の先祖たちを全滅させることになるだろう——だが少なくとも、人々の決意を鈍らせ、真の目標への到達を妨げるような、どうしようもない中途半端な解決策に苦しめられることにだけはならない。

5

「トカゲの皮ですか？」タマラは信じられないという声で問いかえした。

「トカゲの皮だ」イーヴォが繰りかえす。「ジャングルにも使い道はあるのさ」

「いつもそこで探すんですか、ほかが全部うまくいかないときは？」

イーヴォがいった。「それはなにを探しているかによる。光について考えるとき、人は決まって花のことを思いうかべるが、たいていの動物の組織も、なんらかの光学活性を持っているんだよ」

タマラはなんとか、同意するようなつぶやきを漏らした。新しい化学物質を発見する必要に直面したら、だれもが考慮すべき最初の行動は、トカゲを遠心分離機に放りこんで、なにが抽出されてくるかを調べることだ、と思っているかのように。

「それはどんな波長についての話ですか？　そしてどんな感光度の？」

「こっちに来て、自分で見てごらん」イーヴォは四つの手でガイドロープをすばやくたどりながら、化学者の占有区域の奥深くへタマラを連れていった。

円筒状の空洞の中心を移動しながら、タマラは作業中のイーヴォの同僚たちを眺めた。大半の人が壁に固定された作業台にハーネスで体をつないでいるか、回転したり振動したりしている各種装置を注視しているが、ひとりだけ八本腕の化学者が楽しげに宙に浮かんで、正面にある無重力クラスターから数本の試薬瓶をつかみ取ると、めまいがするほどすばやい一連の動作で中身を混ぜあわせていた。その処理がうまくいくにはすばやさが必須なのだろう、としかタマラには推測できなかったが、その化学者の後眼と視線が合って、あわてて目を逸らした。彼の気を散らして、空洞全体が地獄と化してはたまらない。

イーヴォが交差するロープに移り、その先にある自分用の作業台でハーネスにすべりこんだ。大きな遮光箱が作業台の上部に取りつけられている。イーヴォは箱の蓋を跳ねあげて、ロープにつかまったままのタマラに、中身が見えるようにした。

「中にあるのは、ごくふつうのランプがひとつだけ」イーヴォはいいながら、球形の硬石の囲いを手で示した。「レンズ、プリズム……まったく標準的な装置だ」イーヴォはプリズムを溝から外すと、確認させるためにタマラに手渡した。まるで、これが巧妙な詐欺ではとタマラに疑われるのを懸念しているかのように。だが、タマラが提示している報酬は、詐欺師にはほとんど価値がない。〈物体〉を訪れようとするいかなる試みも、もしタマラたちが距離の計算を少しでもまちがえたら、ひどいアンチクライマックスにしかならないのだから。それでもタマラは、ホストに対する礼儀として、プリズムを手近なランプの光にかざした。軸を中心にプリズムを回転させると、タマラの正面にゆらめく色の連なりがあらわれ、それは同じようにカットされたほかの透明石が作りだすものと少しも変わらなかった。

タマラがプリズムを返すと、イーヴォはそれを填めなおしてから、光源から約一指離《スパン》の位置に据えられた、樹脂塗りの黄色っぽい未感光の紙を指さした。「これは単体で永久記録を取ることはできない。ふつうのカメラを取りつける必要がある。活性化ガスはいっさい必要としないが、有効性を維持できるのは準備後二、三日だけだ」

「なるほど」タマラは自分の計画でそれを考慮に入れることを心にメモしながら、その結果、トカゲ圧搾機《プレス》を〈ブユ〉に積みこむことになったりしませんようにと思った。

イーヴォがランプの囲いを軽く叩いて、若干の解放剤を振りおとして炎石に接触させ、やがて炎の出す熱いガス自体が解放剤の粉末を燃料の上にまき散らすようになった。イーヴォは蓋を閉めると、ランプの反対側にあるスリットから箱を覗きこむよう、タマラを手招きした。

タマラは頭をスリットのもっと近くにさげられるよう、ロープ沿いに後退しながら、自分が歪んだ姿勢になっていることを一瞬意識した。適切な位置が決まって最初に気づいたのは通常のスペクトルで、紙を透過しているので弱まってはいたが、大きさもむきもプリズムの形状から予想できるものとなんら差はなかった。

タマラは気を散らされないよう、ひとつを残して全部の目を閉じた。イーヴォがいった。「可視スペクトルをさえぎりたかったら、右側にレバーがある」タマラはそれを探りあて、不透明なスクリーンを色の帯の上にスライドさせた。残っているものに視覚が適応するまで待つ。

灰色の中から、ゆらめく黄色の光がぼやけた垂直な縞になってあらわれてきた――スクリーンで隠されたスペクトルの赤の端から、はるかに離れたところに。

タマラは蛍光の強さを測定した。この効果が線形に変化するならば、〈物体〉からの赤外光は、裸眼で見てとるにはあまりにも弱い反応しかこのトカゲ紙に生じさせないだろうが、たぶんカメラとじゅうぶんな長時間の露光でとらえることができるだろう。

「これの波長は？」タマラはスリットの前から動かないまま、イーヴォに尋ねた。タマラは相手の答えを鵜呑みにするつもりでいたので、イーヴォが答えをいったあと、それをすぐさま分度器や較正曲線で検証してみろといい張ったりしないといいなと思った。

「約二スカルソ微離《スキャント》だ」

タマラは前腕上ですばやく計算をしてみた。その波長の光は赤い光と比べて、約八分の一の速度で移動し、可視光の尾を一ダース倍伸ばす。もし、それでうまく〈物体〉の速度を測れないとすると、〈物体〉はジョギングとほとんど変わらないペースで移動していることになる。それよりわずかでも遅ければ――そしてもっと近ければ――〈物体〉にむかって投げたロープを手でたどって、そこまで行って帰ってくることができるだろう。

「おめでとうございます」タマラはいった。「あなたは宇宙空間への旅の権利を勝ちとりました」タマラが箱から体を離すと、イーヴォはそれをひらいてランプを消しながら、いまタマラに告げられたことを無言で考えこんでいるようだった。だれでも少なくとも火災監視の数シフト分、〈孤絶〉の外に出たことはあるが、山が視界から姿を消すところまで宇宙空間を移動するというのは、だれにとっても考えるだにひるんで当然だった。

「それよりも直近のこととして」タマラは言葉を継いだ。「あなたには準備会議のすべてに出席していただく必要があります。あなたが考えておいでのいかなる実験も、〈ブユ〉が確実に支援できるようにするためです。これを成功させられるチャンスは、いちどきりになるでしょうから」

「チャンスはいちどきり？」イーヴォが問いかえした。「それは厳しいな」

「〈物体〉は直線軌道に乗っています」タマラはいった。「ひとたび〈孤絶〉を追い抜いたら、二度と戻ってくることはありません」

イーヴォがいった。「確かにな。そして〈物体〉は、今後何世代《ジェネレーション》ものあいだ、それなりの大きさがある直交物質の塊としては、われわれの手の届くところに来る唯一のものになるだろう。どれほど入念にこの旅の準備をしても、どれほど大きなサンプルを持ちかえることができたとしても、われわれがしなくてはならないことのすべてをカバーすることはできまい」

タマラはいった。「では、なにか提案をお持ちですか？　もし〈孤絶〉が〈物体〉と速度を一致させたら、わたしたちは母星との直交性から外れてしまうことになります。母星の問題を――大幅にではないにせよ――少しでも早く解決しなくてはならないというプレッシャーがかかることを、だれが望むでしょう？」〈孤絶〉の存在意義はひとえに、疾走星への対応策を発見するのに必要なだけの長い時間を、住人たちにあたえることにある。もし滅亡の危機に瀕した惑星の時間が、〈孤絶〉の乗員から見てじりじりと前進をはじめたら、それがたとえどんなにゆっくりであっても、有利な要因が失われることになるだろう。

「わたしは〈孤絶〉の針路変更は望まない」イーヴォがいった。「だがそれは、速度を一致させられないということではない」

タマラは一瞬、理解できずにイーヴォを凝視したが、そこで相手のいわんとすることがわかった。

タマラはいった。「化学者になにか質問すると、その答えに漏れなく爆発がついてくるのは、なぜなんです？」

イーヴォがうれしそうにブンブンいった。「小規模の爆発は」とイーヴォ。「〈物体〉の針路を変更できるかもしれない。そしてそれを、〈孤絶〉の脇を通りすぎていくさまを孫たちに物語って聞かせるつかの間の驚異から、好きなだけ長いこと研究し利用することのできる資源へと変えるのだ。さらに、もしこいつが、山が回転する前に山腹に小さな発火を引きおこしていたのと同じ物質でできているとしたら……われわれは適切な量の安定石を〈物体〉に投げつけてやるだけでいい。それで〈物体〉は、それ自体が一種のロケットになる」

「きっとそうでしょう」とタマラは返事をした。「ですが、その適切な量をどうやったら知ることができるでしょう——すべてを粉々に吹きとばすことも、真新しい恒星を作りだすこともなしに？」

「熱量測定だ」というのがイーヴォの答えだった。「サンプルを採取して、それを〈物体〉自体から安全な距離のところまで運び、安定石との反応で解放されるエネルギー量を正確に測る」

タマラは、宇宙空間で直交物質のギザギザの山の脇を流されていく自分たちふたりを思いうかべた。タマラが必死で〈ブユ〉の針路を制御しようとする一方で、イーヴォは試薬の瓶をジャグリングしている——彼がその規模を調整しようとしている爆発は、ふたりともを殺した上に、獲物まで消しとばすかもしれないし、あるいは、流浪の旅からの帰還への道をひらくことのできるエネルギーの貯蔵庫を、子孫たちにもたらすかもしれない。

6

パトリジアはガイドロープを伝って教室の前に出ると、振りかえってクラスにむかって話した。「光波によってかんたんにエネルギーの谷から解放されてしまう程度の弱さで鏡石と結合している、いくつかの輝素があると仮定します。そしてその光波に押し流された輝素が、やがて光自体と同じ速さで移動するようになったとします。ここで光の幾何学を輝素の動きの幾何学と比較すると、その輝素の各々が光の周波数と比例するエネルギーを最終的に持つようになることがわかるでしょう」

いつもは恥ずかしがり屋のこの生徒が、その関係を説明した図を胸にスケッチするのを、カルラは見守っ

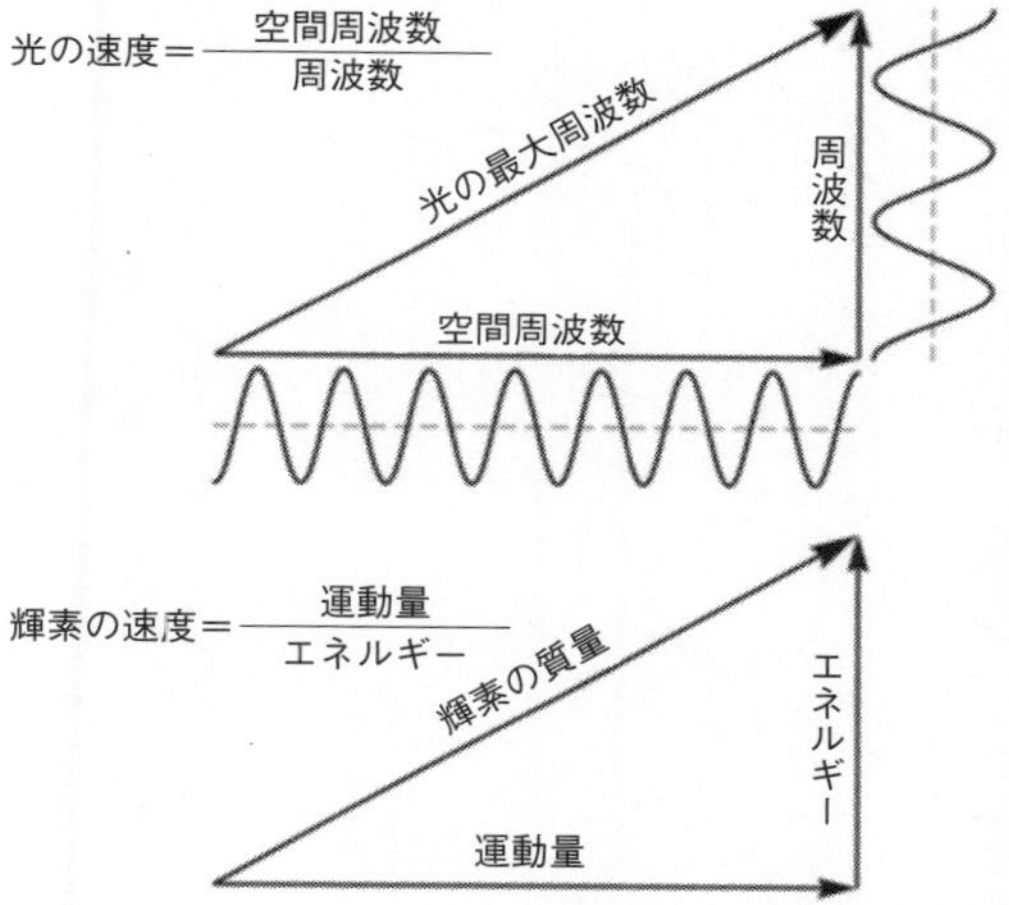

た（図上）。

「所定の場所で鏡石を曇化させるには」パトリジアが話を進める。「一定量のエネルギーが必要になります。ここで、周波数が最高の光の場合には、四個の輝素がその量のエネルギーを運べると仮定します――つまり、鏡石の中のある位置《サイト》がその輝素に四回ぶつかられたなら、わたしたちが曇化として観察する損傷を鏡石は被《こうむ》ることになります。けれど、光の周波数が低くなるにつれて、輝素一個あたりのエネルギーもまた低くなるので、同じ閾値《しきいち》に到達するためには五個の輝素が必要になる地点がいずれやってきます。曇化が起こることに変わりはありません――しかし、それは突然、ずっと長い時間がかかるようになり、露光時間が同じ場合には曇化はずっとかすかなものになります」

パトリジアは遷移点にある輝素のエネルギー・ベクトルを四つ並べて描き、続いて五個の粒子で同じ閾値に達する第二の並びを加えた（次ページ上図）。「いずれ同じ

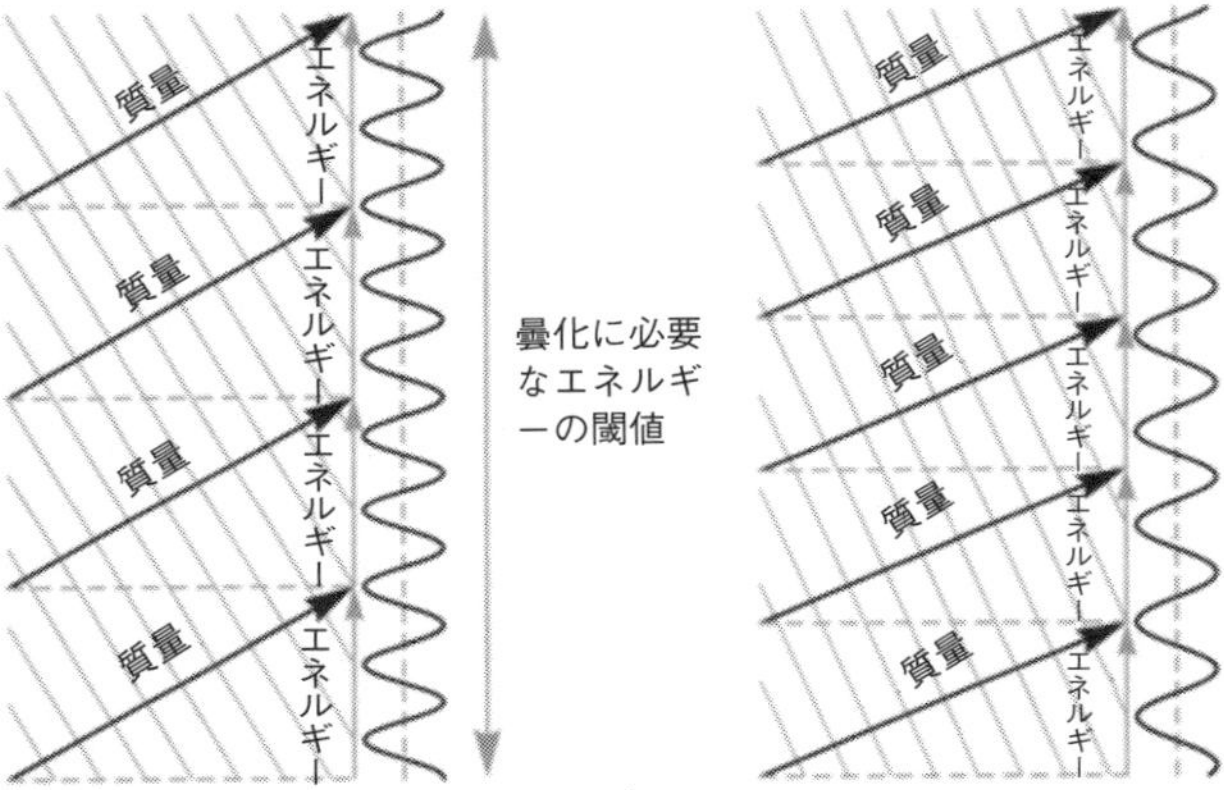

より高い周波数の光の速度で進む四個の輝素

より低い周波数の光の速度で進む五個の輝素

ことがふたたび起こります。周波数がそれよりも低いと、五個の輝素でさえじゅうぶんではない地点が来るのです。そしてそのふたつの臨界周波数の比は、正確に五対四になるでしょう」

カルラはこの若い女の独創性に驚嘆するほかはなかった。ヤルダのなした偉大な発見――ほかならぬ、この〈孤絶山〉でなされた――は、時間周波数と空間周波数は直角三角形の直角をはさむ二辺をなす、というもので、その二辺の比は、光が移動する速度によって決まり、そしてほかのなにが変化しても、斜辺の長さは固定されたままだ。

だが、固体のエネルギー、運動量、質量もまた、直角三角形をなす。この三角形の斜辺もまた、物体の質量によって固定されていて、物体の速度がほかの二辺の比を決める。

両方の場合における速度が同じになるようにする――――物質の粒子である輝素の速度を、光のパルスと一致させる——と、ふたつの三角形は同じ形をとり、対応する各辺の関係は固定されて、変更不能になる。粒子のエネルギーは、波の周波数と比例するものになる。だから、曇化の変化が光の周波数の整数倍と結びついているのは説明不能なわけではなく、光と歩調をそろえたいくつかの粒子が、当然ながら整数倍でエネルギーを運んでいるのだ。

カルラはこの日、予定していた授業内容を先送りにして、光学のクラスの生徒たちに曇化の結果についての討論を促したのだった。「これはあなたたちが立証しようと思ったアイデアを、それがどんなに突飛なものでも、主張するチャンスよ」とカルラは焚きつけた。「たとえ完全無欠にできなくても、たとえ自力では修正できない飛躍や不備があってもいいから。わたしがあなたたちに教えてきたあらゆることにも飛躍や不備は含まれているし、発進以前から人々が頭をさんざんひねってきた謎もあります——でもこの問題に取りくむのは、あなたたちがはじめてです。ヤルダもネレオもサビノも、示唆をあたえてくれることはできません。だからこれはあなたたちにとって、これまで学んできたことの先へ進むチャンスなのです。古い発想がなにを見落としているかを探ってもいいし、そんなものはぶち壊して、新しいなにかの構築に取りかかってもいい」

どの生徒も自信がなくて用心深かったので、最初のうち議論はゆっくりと進んだ——平均的な生徒たちは、指名でもされなければまったく乗ってこようとしなかった。だが、とりとめのないやりとりが半時隔《ベル》続き、質問や説明やしだいに熱のこもってくる意見が交わされたあと、生徒たちのうち三人が勇気を出して、曇化に見られる奇妙なパターンに関する独自の奇抜な説明をスケッチした。

ロモロが唱えた説は、鏡石にぶつかる光は物質内部に音波を発生させることができ、そうした波の方程式におけるなんらかの小さな非線形性が、異なる調和振動のあいだをエネルギーが移動し、はじめの音波よりずっと高い周波数である輝素の固有振動の周波数にまでエネルギーが移ることを可能にしている、というものだった。パラディオは、適切な周波数の光は振動する輝素を適切なタイミングでキックすることができ、それによって配列内で隣接する輝素どうしを押しつけて近づけ、その結果たがいをエネルギーの谷から引きずりだす、という案を提出した。しかし、二、三の特定の共振周波数のところだけが飛び飛びに曇化して縞になるのではなく、層状のパターンになる理屈をつけるのは、その理論のどちらでもむずかしそうだった。

　パトリジアの説明は、しっかりと層状パターンの理由になっていた――彼女が使ったエネルギーと周波数のアナロジーはとてもシンプルかつエレガントで、カルラは自分がそれを考えつかなかったのが恥ずかしいほどだった。だが長所は長所として、全体としてのその理論はかならずしもつじつまが合ってはいなかった。

　カルラはできるかぎりやんわりと、まず第一の問題点を指摘した。「その理論は、光に押し流される輝素があることが前提ね？」

「はい」パトリジアは認めた。「どんどん速く押し流されて、やがて波自体の速度で移動するようになります」

「では、その輝素といっしょに移動していたら、輝素はどんな風に見えるかしら？　輝素と速さを一致させたら、なにが見える？」

「輝素は動いていないように見えるでしょう」と答えたパトリジアはとまどっていた。そんなことは明白なのでは？

「そして、光波はどんな風に見える？」

「やはり動いていないように見えます。あらゆるものが同じ速度で動いてるからです」

「光のパルスも同じ速度で動いている」カルラはいっ

た。「あなたが想像したかたちで。けれど、パルスの履歴は、波面に対して四空間で垂直になる。すると、波面はどうふるまう?」

「あっ」パトリジアは視線をさげて、ガイドロープからふらっと離れた。「波面は後ろに進みます。そして輝素はパルスといっしょには移動しないことになるから——まったく異なる速度で後ろに進む、ふたつの波面間のエネルギーの谷にとらわれる」

カルラはいった。「そう。パルスの動きは、波面の動きではない! これはおかしやすいまちがいね。わたしもいまだにときどき、その違いを混同するわ」

カルラは、パトリジアが言葉でいったシチュエーションをスケッチした(下図)。「輝素が一定の速さで移動するようになるには、それはエネルギーの谷にいなくてはならない。じっさいにそれが起こると考えられるのは、光源が非常に高強度の場合だけで、そうでなければ谷の深さはじゅうぶんにならないでしょう。け

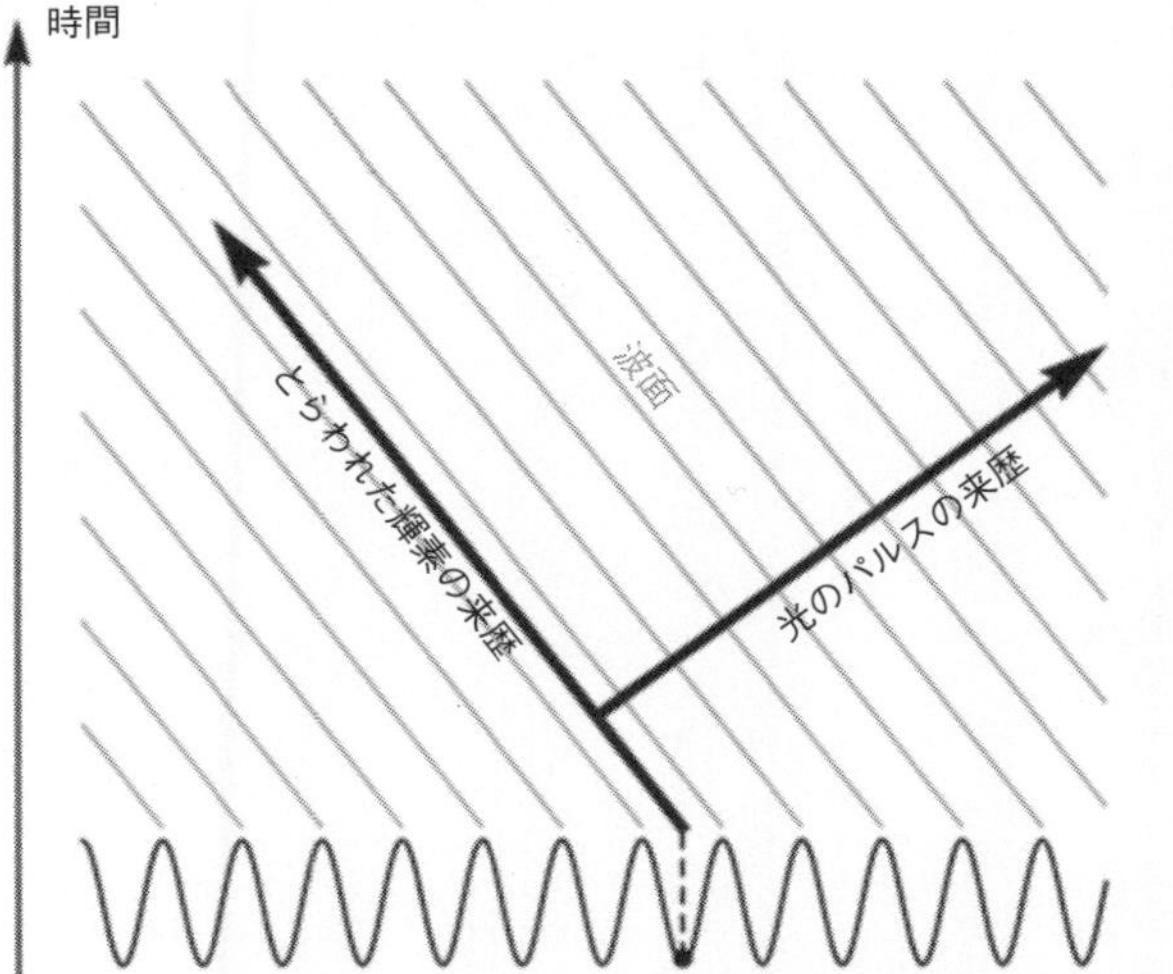

れど、もしそれが起こったなら、輝素はパルスではなく、波面に対して静止することになる」

「そうですね」パトリジアはしょげたようにいうと、教室の後ろに戻りはじめた。

カルラはいった。「待って。ここにはもうひとつ、議論に値する別の問題があるわ」

パトリジアは恥をかかされていると思ったようだ。

「いまのひとつだけで、まちがいとしてはじゅうぶんでしょう？」

「もうちょっとだけ我慢して話を聞いて」とカルラ。「ふたつのまちがいが、たがいを打ち消しあうこともあるから」

「符号のまちがいの場合には！」ロモロが言葉をはさんだ。カルラは手をあげてロモロを黙らせると、あらためてパトリジアのほうをむいた。「移動可能な輝素が四個または五個あって、その総エネルギーが閾値に達すれば曇化を引きおこせる、としましょう」カルラはいった。「でもその四、五個の輝素が、エネルギーの谷にとらわれている別のひとつの輝素にぶつかって、それを弾きだして解放するには、谷の深さと等しい運動エネルギーの移行を必要とする。真のエネルギーが増加するにつれて運動エネルギーは低下するのだから、移動可能な輝素が光のパルスの速度と一致することが前提であるあなたの最初のアイデアは、成立しない。けれど、もし輝素が光のパルスではなく、波面といっしょに移動するのなら、なにもかもが逆転する。光の周波数が高くなるほど、光のパルスは遅くなるけれど、波面は速くなる。だから、光の周波数が高くなるほど、波面間にとらわれた輝素はより速く移動して、より多くの運動エネルギーを運ぶ」

パトリジアはその説明をじっくり考えた。「結論は正しい方向を指すことになりますね」パトリジアはいった。「でも、数字のほうは成立しなくなりませんか？　四個なり五個なりの輝素が運動エネルギーの閾値を超える周波数は、五対四の比にならないのでは」

「ならないわ」カルラは認めた。「それにもちろん、ほかにいくつもの問題を解決しないと、この説は成立しない。衝突をくわしく分析して、いったいどれだけの運動エネルギーが移動可能な輝素からとらわれている輝素へ移るかを調べる必要があるし、そのとき生じるあらゆる発光に説明をつける必要もある。どうしたらそうした影響のすべてが、五対四という単純な比になれるのかは、理解しがたいものがある」

パトリジアがいった。「おっしゃるとおり、馬鹿げた話です」教室内の、さっきまでいた場所に戻ろうとする。

「全然馬鹿げてなんかいないのよ！」カルラはパトリジアの背中に声をかけた。この入り組んだシナリオ丸ごとを破綻から救う方法はわからなかったけれど、その複雑さは回転物理学の全盛時代になされたどんな洞察よりも美しい洞察で包まれていた。

「さて」カルラはいった。「曇化をうまく説明できる理論は、見つかりませんでした。では今度は、新しい実験を考えてみましょう。最初の実験の結果を理解するのに役立つものを」

ロモロがいった。「なにが輝素を鏡石の中の定位置から叩きだしたのにせよ……その輝素はいったいどこへ行ったんでしょう？」

「新しいかたちの安定した配置を見つけたんでしょうね」カルラはいった。「その結果が曇化なのはまちがいない。輝素が再配置されて、通常の鏡石の構造を取れなくなった結果が」

「でもそれなら、二種類の異なる曇化が観察されるはずでは？」ロモロが反論する。「幾分かの輝素を失った鏡石と、ほかの部分が失った分の輝素を得た鏡石と？」

「曇化はたぶん不均質なんでしょう」カルラは答えた。「けれどそれは、顕微鏡でさえ観察できないほどの小さなスケールでのことなのだと思う」

アゼリア――授業時間の大半を、ぼんやりと宙を見つめているだけだった生徒――がいきなり話に入ってきた。「どうしてこうしたことの全部が、真空中ではより速く起こるんでしょう？　空気がもたらす違いって？」

カルラはいった。「空気は磨かれた表面を曇化から保護するようなかたちで、それと反応しているに違いないと思います。わたしたちは空気が曇化を生じさせたと考えてきましたが、むしろ、空気が生じさせているのは、曇化を受けつけない薄い層であるようです」

アゼリアは納得しなかった。「仮にその層が、鏡石が鏡として機能することを妨げないとするなら、光は明らかに、層がないときと同じかたちで物質と相互作用するに違いありません。だとしたら、輝素も同じかたちで再配列されるはずでは？」

カルラは答えを返せなかった。じつのところ、周波数限界の驚くべき単純さに夢中になりすぎて、曇化する物質それ自体については面倒な細かいことをほとんどなにも考えずにいた。

話しはじめる前からロモロが得意げな表情を浮かべているのを、カルラは見てとった。「輝素は真空中に出ていくんです！」ロモロは断言した。「それ以外にありますか？　空気は、輝素が逃げだすのをむずかしくするかたちで鏡石の表面を若干変化させているに違いありません――でも空気がなければ、光は輝素を宇宙空間に運んでいけるんですよ！」

遊離輝素だとでも？　カルラは懐疑的な言葉を返そうとして振動膜が張りつめるのを感じたが、そこでそのアイデアが笑い飛ばすようなものではないことに気づいた。炎は少量の遊離輝素を含んでいるのだが、それを燃焼で出る不安定な残骸の中から検出するのは不可能だし、絶えずほかの物質と衝突しているのに長いこと遊離したままでいると考える理由もない、という発想は昔からある。だが、輝素のみでできたごく弱い微風が鏡石の板の上を漂って真空中に流れだしていく、というのは大いに異なるシナリオだ。

「それは正しい可能性がある」カルラはいった。「では、そのアイデアをどうやってテストするか？　もし、鏡石の入ったコンテナの中に希薄な遊離輝素のガスがあるとしたら、どうやってそれがわかるのか？」

　沈黙が数停隔《ポーズ》続いたところで、アゼリアがじれたように訊いた。「見るだけでわかるんじゃないですか？　ほとんどのガスは透明だけど、輝素はふつうの気体とは全然違うはずです」

「輝素は光を散乱するはずね」カルラは同意した。「そしてあなたたちはみんな、適度な強度の光が遊離輝素と接したらなにが起こるかを、計算できるはずです。では三日後の授業までに、その答えと、それを観察するための方法案を考えてきてください」

　教室から生徒がいなくなると、カルラは刺すような不安を感じた。こんな風に授業計画を破棄してしまって、自分はどこにむかうつもりなのか？　自分は五対四の比という、興味をかきたてるひとつの発見をした——そしてしばらくのあいだは、その発見自体が気分を引きたたせてくれた——が、発見したものに説明をつける手掛かりすらつかめていないし、時間が経ってみると、曇化という問題全体が以前よりも混沌として見えた。自分自身が受けついだときよりもひとつ多くの問題を次の世代に残すことを、誇れるわけがあるだろうか？

　カルラは戸棚に手を入れて、ボロボロになった本の山の奥に隠した落花生を探した。（ネレオの理論の穴は、これでいくつになった？）とてもたくさんだが、まだ打ち止めではない。ひとつの例外には困惑させられるが、それがふたつになると途方に暮れさせられ……一ダースくらいになるとひとつにまとまって、まったく新しい世界の見かたを示してくれる。カルラが不安に思うべきなのは、混沌や混乱ではなく、自分が目にする例外だけでは、中途半端にしか新しい見かたを知ることができないという可能性だ。

7

カルロは突然、針を刺すスポットを正しく特定できているのかいないのか自信がなくなって、親指と人差し指で注射器をもてあそんだ。拘束された雌のハタネズミに癒着した雄が、凶暴な目でカルロを見あげてにらんでいる。とらわれの双にはなにもしてやれないが、双から分離したら彼女を苦しめているおまえにふさわしい罰をあたえてやるからな、というかのように。カルロには憐れむことしかできなかった。長年にわたって生物学者たちは、捕獲されているというだけでなく、野生の先祖たちなら用心して行為を先送りにしただろうストレスや劣悪な環境のもとでも生殖する系列を作りだそうとしてきた。人目を避けられる見こみがない檻の中のハタネズミは、生殖の機会があればそれを逃すわけにはいかなくなる。

「わたしがやりましょうか？」アマンダが申しでた。「あなたは少し腕がなまっているかもしれない」

カルロが参照した実験計画案には、この系列のハタネズミが一匹残らず持っている皮膚の模様上の目印について書かれていたが、その記述は説明のために模様を単純化した図をもとにしていた。いま三年間のブランクののちにふたたび動物の実物とむきあったカルロは、各個体ごとにどこが計画書のいう特徴にあたるかを特定するのがどれほど厄介な作業になりうるかを、思いだしはじめていた。

説明用の図には、両肩のすぐ後ろに三本のくっきりした黒い縞の交点が描かれていた。この被験体では、その交点の頂点の角に注射することになっている。だがカルロの目の前でクランプで締めつけられている雌の縞は境目がはっきりせず、縞と縞のあいだには色が徐々に薄れている半微離幅《スキャント》の部分があった。だからといって、この作業はやりようがないわけではない。動物の体全体から見てここに注射すると決めれば、それも位置を正確に特定したことになる。だがカルロがそんな作業をする必要に迫られたのは、ずいぶん前のことだった。

「そうだな、きみがかまわなければ――」カルロは脇に寄って、注射器をアマンダに手渡した。アマンダはすばやく雌の皮膚に針を立てて目盛線の深さまで刺しこむと、プランジャーを押して少量の抑制薬を送りこんだ。雄が甲高い怒りの鳴き声をあげた。アマンダは針を引きぬくと、檻の蓋を閉じた。カルロは手を伸ばしてレバーを動かし、雌を締めつけていたクランプをゆるめた。なんらかの予期せぬ力学的影響が分裂のプロセスを邪魔するのは避けたい。

「ありがとう」カルロはいった。「まだ昔の勘が戻ってこないんだ」

「それはわかる」アマンダがいった。「わたしの問題はその逆。目の前に石を置かれたら、そこに解剖用の線が見えてくる」

カルロは自分のほうが、アマンダに対して、自信たっぷりに実験計画を実演してみせる立場であり、それは自分が監督していないときでもいくつかの実験をアマンダにまかせられると納得するための第一歩だ、と考えていた。しかし、前にふたりがいっしょに作業していたとき、カルロは二年しかアマンダの先輩ではなかったし、自分がまだ昔の経験の差という強みをどうにかして持っているつもりになっていたのは、いまでは愚かに思えた。カルロの世界を満たしているのは、架空のハタネズミではなかった。そこには小麦の花びらの幻覚が散らばっていた。

雄が体を自由にしようとして、身をくねらせて手肢をバタバタさせはじめた。どうやら雄の満足がいくまで信号の交換は終わったようだが、雄の胸の皮膚は、交換をしていたときの場所に貼りついたままだった。雄は変化中の雌を四本の足全部でつかんで、自分の体を雌から無理やり引きはがすと、大あわてでちょろちょろと走りまわり、檻の中をガイドロープのように縦横に伸びる小枝にしがみついて、大きな警告の鳴き声を発した。

「分裂時にこの実験をやってみた人はいなかったの？」アマンダが尋ねた。

「だいぶ昔に、ずっと質の悪い抑制薬での実験はあった」アマンダがそれについて聞いたことがないなら、その実験はなんの成果もあげなかったということだ。カルロは他人が実施ずみの実験を繰りかえすことに時間を浪費したくはなかったが、以前より小さな範囲の組織内で信号を遮断でき、かつ副作用も少ないと思われる新しい調合薬をトスコが発見していた。「ぼくは、信号の伝達をさえぎれる魔法のスポットを発見して、子孫の数を半分にできる、と期待しているんじゃない」カルロはいった。「でも、なんらかの結果を出すには、分裂に影響をあたえる経路について、作れるかぎりで最良のマップが必要になる。いまの微量の投薬でさえ、一ダースの別個の経路に干渉しているから影響を見るのはむずかしいだろうが、それでもそれは、現在の最新マップの大幅な改良につながる」

アマンダがいった。「わたしは顕微手術で、トカゲの指《し》節《せつ》骨を制御する経路の特定にある程度成功したわ」

カルロはその話に興味を引かれた。「顕微鏡下で脚に切り込みを入れて……特定の足指を麻痺させることに成功したのか?」

「完全にじゃないけれど」アマンダは答えた。「いろんなことを推測するには、傷をどんどん増やす以外に手段がないから——特定の足指への経路を切断しようと思ったら、ほかのものも切断するほかはない。それにもちろん、トカゲは一、二鳴隔《チャイム》のうちに信号を別の経路に切りかえるか、脚全体を再吸収して再構成してしまう」

雌のハタネズミは交尾姿勢のときすでに手肢がなかったが、いまでは胴体が変形してほとんど特徴のない楕円体になりつつあった。カルロはかろうじて、最初の隔壁が生じる徴候の浅い縦方向の溝を見分けられた。注射がどんな違いをもたらしたにしろ、分裂そのものの開始は抑制しなかったのだ。

「じゃあきみは、トカゲを麻痺させる方法がわかったわけだ」カルロはいった。「でも、その逆をすることを考えたことは?」

アマンダは小さくブンブンいった。「おなじみの黄色い閃光・筋肉の痙攣? 確かにあれは生徒たちの心に刻まれるけれど、その方向に知るべきことがそんなにあるとは思えない」

「ぼくが考えているのは、痙攣よりも微妙なことだ」カルロはいった。「想像してみてくれ、脳からの経路を遮断して……かわりに、きみが作った運動信号を送りこむことを」

アマンダは疑わしげだった。「たとえそんな介入ができる機械的仕組みを作りだせたとしても、信号の適切な時系列は知りようがない。うんざりするほどトカゲの明滅する組織を顕微鏡で見つめてきたわたしが、そこで起きていることを書きうつせるようには絶対にならないというんだから、それは確かなの」

「それについては、アイデアがいくつかある」カルロは打ちあけた。ハタネズミの胞胚《ほうはい》は、いままではその半分ずつがうっすらとした線できれいに分割されているのが見てとれたが、その線の位置は中線から一定の度合いだけズレていて、雌の子どもたちにより多くの肉を割りあてられるようになっていた。まもなく父になる雄が、自分をとらえている者たちの意図がくじかれたのを知っているかのように、勝ち誇って甲高い鳴き声をあげた。だが、勝利を祝うのはまだ早い。昔の実験では、同じ場所に注射された抑制薬によって、雄の子どもが二匹とも死産となったのだ。

「アイデアって？」アマンダが先を促す。

「探針《プローブ》を刺して、感光紙テープを組織の中に通すんだ」カルロは答えた。「時間上での光の変動を、空間上での変動に変換する。一連の運動の来歴全体を目の前に広げて、ゆっくりと読みとれるようになるだろう」

アマンダはじっくり考えてから、「それはうまくいくかもしれない」アマンダは、ふたりがともにつかんでいたロープのうちの一本の握り位置を変え、短い震えがカルロの体を通りぬけた。

「信号のパターンの複製も可能になる」カルロはいった。「たぶん、それを修正することも。そして修正した信号を、光の透過度を変えられる紙テープを光源の前で動かすことで、体に送りかえしてやる。そしてこれのすばらしいところは、そうしたければ信号を体のまったく別の箇所に送りかえせることだ。もしかすると、まったく別の動物に送りこむことさえできるかもしれない」

アマンダは小さくブンブンいった。嘲笑しているのではなく少しもなく、カルロの大胆な言葉を面白がっている。「それがあなたの狙いなの？　二児出産する動物の分裂開始の信号を記録して、それを四児出産する種《しゅ》の本来の信号のかわりに送りこむことが？」

「自信はない」カルロはいった。「たぶん、楽観的すぎるだろう。種が違えば、そんなやりかたで突きとめられるレベルにとどまらない差があると思う」

「でもその方法は、薬を使うのよりは説得力がある」アマンダは認めた。「わたしなら、試す価値もないとはいわないわ」

ふたりが無言で見守る中、最初の隔壁が分裂をはじめた。割れて、光沢のあるもろそうな薄板状の組織をいくつも生じ、それぞれの薄板は分かれた隔壁のどちらかにくっついている。雄が近寄ってくると、前足でその部分を叩いて、分離を早めようとした。

カルロは同僚をちらりと見て、自分がこう尋ねたら、相手はどう反応するだろうと思った。『きみの肉もこういう運命をたどるという知識は、十二点満点で何点の慰めになる？』

胞胚が完全に分離すると、雄は半分になったうちの片方をかかえて、後ろ足二本で小枝の足場をしっかりつかみ、ぎごちなくあとずさりしながら檻のむこうへ運んでいったが、途中でもうひと組の肢を成形して作業を楽にした。ふたつになった胞胚を引きはなすこの作業を動物たちが絶対に欠かさない理由が、カルロにはわからなかった。カルロの知るかぎり、生まれたばかりの双にはかならず自分の双がわかり、それは最初に目にするものや嗅ぐにおいがなんであろうと無関係で、双をわざと兄や姉と取りかえた場合でさえなんの問題も起きないようだ。もしかすると、これは雄のハタネズミにとって、分裂のプロセスを可能な範囲で支援するというきわめて強い本能を持っているほうが——胞胚が分離しないときに、なんの役にも立たずにそばにいるよりも——好都合だというだけのことかもしれず、その衝動が厳密に必要といえる域を超えた行動につながっても、害があるわけではない。

二番目の隔壁はまだ変化がなかったが、幼いハタネズミの片方のペアは、まだ肉が結合して手肢のないボール状のままだが分離した個々のアイデンティティに目ざめようとして、すでに体を引きつらせたり、くねらせたりしはじめていた。

アマンダがいった。「いまのところ、どの子も健常そうね」

「ああ」もうひとつのペアものたくりはじめ、カルロは本能的な安堵感を覚えずにいられなかった。実験からわかったことはなにもない——新しい抑制薬は、同じスポットに投与した場合、以前の薬と同様の損害をあたえるほどの効力を持たない、ということを除いて。この結果には失望すべきなのだろう。だが、四匹の子ネズミが生き長らえている姿に喜び以外のものを感じるのは、不可能だった。

分離が遅いほうのペアに父ネズミが近づくと、子どもたちの皮膚を前足でなでで、二匹をくっつけたままにしている隔壁を引っぱった。

カルロはアマンダのほうをむいた。「次の実験に進もう。この子たちに奇形がないかのチェックは明日できるが、毎日六組のペースで交尾させないと、このマップを完成させるには永遠の時間がかかってしまう」

8

「ノズルは修理した」マルツィオがタマラに告げた。

「いつでも発射できる。あとは時間を決めてくれ」

タマラは前腕で計算をおこなった。〈孤絶〉の回転周期はほぼ七分隔《ラプス》だが、必要があって回転周期を日時に換算する際の計算を単純にするだけの目的で、それを微調整して七分隔《ラプス》ぴったりにするために燃料を使う価値があるとは、だれも考えなかったようだ。計算を終えたタマラは、自分の腕をマルツィオの腕に押しつけ、数字を感知した相手がそれを自分でチェックできるようにした。

「これで正しいようだ」マルツィオがいった。「きみの部署の人々に、まにあうように連絡できるかな？」

タマラは作業場のむこうにある時計にもういちど目をやった。「だいじょうぶです」信号ロープに駆けよって、観測所のそれぞれにメッセージを送る。中継係に居眠りをしている者がいなければ、これできちんと通告できたはずだ。山頂ではロベルトのシフトがちょうどはじまったところだろう。反対側のドームでだれが当直中かは知らなかったけれど、観測者は皆、ここ数日、このときに備えていた。タマラは最初のビーコンの追跡を自ら手伝いたかったが、そんな特権行使のために発射をこれ以上遅らせるのは馬鹿げた虚栄心でしかない。それにこうしていれば、興奮は余さず味わいつつ、大変な仕事はなにもせずに、この重要な出来事全体を見ていることができる。

マルツィオの子どもたち、ヴィヴィアーナとヴィヴィアーノがビーコンを台車に載せて、エアロックに運んでいった。その装置は、硬石の梁《はり》でできた幅約二歩離《ストライド》の立方体の枠組みに組みこまれていた。太陽石の粉末や、解放剤、圧縮空気など数本の円筒形のタンクが、密閉されていない燃焼チェンバーの周囲に配置される一方、パイプや機械仕掛けのすべては透明石のパネルの裏に手際よく詰めこまれている。

マルツィオは子どもたちのあとを追いながら、タマラにもついてくるよう手招きした。小麦畑を別にすれば、この作業場の面積は〈孤絶〉で最大だ——弧を描く床のあちこちに一ダースの機器製造者のチームが散らばって、同種のビーコンを組みたてている。台車が脇を通ると、どの作業グループも仕事の手を休め、全員に共通の目標を祝して喝采した。

マルツィオがいった。「もしうまくいかないことがあっても、あまり落ちこむなよ。必要な設計変更をする機会はいくらでもあるのだから」

「〈ブユ〉とは違って、ですね」

「いや、〈ブユ〉ならだいじょうぶさ」マルツィオは請けあった。「修理作業員を乗せていくことになるのだから。建造がもっとも困難なのは、保守点検作業をいっさいせずに完璧に機能する機械だ——こちらの手を離れたら、ただのひとつも調節をするチャンスもなしに」

一行はエアロックへくだっていく斜路に着いた。ヴィヴィアーナとヴィヴィアーノがヘルメットと冷却袋を着用するあいだ、タマラは準備の邪魔をしないよう、後ろにさがっていた。ここでのタマラは見物人にすぎない。彼女がいてもいなくても、発射は予定どおりに進む。

ヴィヴィアーナがエアロックのドアを持ちあげて脇に寄り、ビーコンの台車を双がチェンバーに運びこむあいだ、ドアを支えていた。それから彼女も双に続いて中に入ると、バネ仕掛けのドアがバタンと閉じた。ふたりがポンプを作動させるのを、タマラは窓越しに見守った。

「まだ失敗する要素があるでしょうか？」タマラはマ

ルツィオに尋ねた。「あなたはノズルを修理した。ほかはただの機械仕掛けです」

「宇宙空間に出ていく機械仕掛けだ」マルツィオが返事をする。「空気も重力も邪魔しなければ、機械の作動は容易になる、と考えているのかもしれないが——熱があるのは変わらないし、摩擦があるのも変わらないし、可動部にはさまって動かなくする塵が漂っているのも変わりがない。奇妙な事態が表面に発生して、粘着性を持ったり不透明になったりといった予期せぬ変化を起こすこともありうる。じっさい、わたしの友人のひとりは、空気のない場所での鏡石の曇りかたに、非常に興味をそそられていたよ」

タマラはカルラの発見を耳にしていたが、それはほかの物理学者たちからあまり真剣に相手にされていないように思えた。「どんなものにもパターンを見出す人はいますからね」とタマラはいった。

ヴィヴィアーナとヴィヴィアーノはエアロックの外に出るところだった。タマラは冷却袋の棚に歩いていくと、自分用にひとつを選んだ。後眼で見ていたが、マルツィオはいっしょに来ていない。

「外に出てご覧にならないんですか？」

「わたしはもう歳だ」マルツィオがいった。「あれは吐き気がする」

「足もとに星々が見えることがですか？」

「いいや、冷却袋に入ることがだ」

「ああ」皮膚をこする生地がちょっとチクチクする以外に、タマラには冷却袋に気になることはなかった。選んだ冷却袋にもぐりこんで、肩から若干の肉を再分配して胸の形を適切なものにし、マルツィオに頼んで体と冷却袋がうまく合っているかチェックしてもらってから、体熱を宇宙空間に運びさってくれる空気が入ったシリンダーを取りつけた。

エアロックを抜けて外部斜路の上に立つと、タマラは冷却袋の体側のスロットから安全ハーネスを引っぱりだし、それを斜路の側面についているガイドレールにしっかりと結んだのを確認してから、ハーネスに手肢を通してきつく締めた。

マルツィオの子どもたちは斜路の先までくだっていた。たがいのロープに絡まらないように、ふたりのハーネスはむかいあった側面のレールに結ばれている。ふたりはバネ仕掛けの発射プレートをクランクで固定しおえていて、ビーコンをすべらせて台車からプレート上の定位置に移動させた。その摩擦によるきしり音がタマラの足伝いにかすかに伝わってきたが、自分の冷却袋から空気が漏れる心強いささやきにほとんどかき消された。ふたりが作業を終えると、タマラはねぎらいのしるしに一本の手をあげ、ふたりも同じ動作を返してきた。バネはビーコンが無事に斜路を離れる助けになるだろうが、ビーコンに速度の大半をあたえるのは〈孤絶〉の回転だ。一年と経たずに、このビーコンは三グロス中旅離《セパレーション》の彼方にいるだろう――そしてそのころにはそれが、同様の装置で構成された、宇宙空間を漂う巨大な格子の散在する点のひとつにすぎなくなっていて、それぞれの点が予測どおりのかたちでちまちまと点滅していることを、タマラは願った。星々を基準に自分の方向を定めることはいつでも可能だが、自分の位置を知ることはそれとはまったく別だ。先祖は、自分たちの太陽や近隣の星々を航宙に役立てられたが、いま、乗員が迷子になることなく〈孤絶〉を離れようとしたら、目印となる光を、予定している旅路に応じた規模で自ら作りだす必要がある。

ヴィヴィアーナが発射プレートの横のタイマーに起動時間をセットした。ビーコンの軌道を本来必要とされる精密さで選択するのは不可能だが、発射のタイミングが合っていれば、ビーコンは確実に、おおよそ正しい方向へ進む。ヴィヴィアーノがビーコンの中に手を伸ばして安全レバーを外し、空気バルブが次にひらかれたときに太陽石と解放剤が燃焼チェンバーに入っていけるようにした。そしてふたりは、プレートの裏の安全な場所までさがった。

発射タイマーのもっともすばやく動く三つのダイヤルが、一直線に並ぶ予定の位置にむかって回転するのを、タマラは星明かりで見つめた。皮膚の上の数字がチクチクとした刺激で予定時刻になったことを知らせた直後、バネのかすかな振動が岩を伝わって届いた。ビーコンは斜路からきれいに飛びだして、視野の下に消えていった。タマラは斜路の縁へ突進して下方を凝視したが、黒い点となった機械は星の尾のあいだに失われて、すでに見ることができなかった。タイマーを振りかえって、観測者のベンチの脇で回転している同様のダイヤルに、ロベルトが指先で触れているようすを思い描く。ひとつの手は時間を追い、ひとつは望遠鏡の座標ハンドルに置いて。〈孤絶〉の反対側の端では、別の同僚のひとりが同じことをしているはずだ。

閃光が見えたとき、タマラは目をかばうために腕を一本あげたが、筋肉を動かすよりも前に光はもう薄れつつあった。粉末にした太陽石の燃焼は速くて明るい。ロベルトは観測にフィルターを用いているだろうが、刺すような光は指先で読みとった測定値と結びついて、その数字を脳に焼きつけるだろう。タマラはぼうっとして目が半ば見えなくなったが、これでビーコンの光が、〈ブユ〉の慎ましい器具を使ってでも、宇宙空間を越えて見えることに確信が持てた――なにも壊れず、なにも動作不良を起こさず、〈ブユ〉が発進もしないうちに直交物質の粒がビーコンを火の玉に変えることもないかぎりは。

二回目の閃光を待つのは無駄だった。〈孤絶〉の回転で斜路は上に移動していて、ビーコンは山のむこうに隠れている。だが、ロベルトとその対になる観測者には、測定を繰りかえして、ビーコンが閃光を発した一連の地点すべてを軌道に沿って三角測量するチャンスが、ビーコンが休止状態になるまでに数ダース回はあるだろう。そのあと、次に閃光が発せられるのは、〈ブユ〉発進の一旬《ステイント》前になる。

ヴィヴィアーナとヴィヴィアーノは、なにも積んでいない台車を押してエアロックに引きかえしていた。斜路の縁に残ったタマラは、手の一本を命綱に巻きつけて、その心強い張力を感じていた。自分が乗りだそうとしているのは、愚者の飛行ミッションではない。ただ無闇に宇宙空間に出ていこうとしているわけではないのだ。〈ブユ〉の旅がはじまるはるか前に、自分たちは周辺の宇宙を、光と、幾何学と、数字で包みこんでいるだろう。


農場の中央の小道をタマラが進んでいくあいだに、小麦の花がひらいていった。しなやかな灰色の袋が広がって、花びらの赤い輝きが空洞じゅうを満たし、壁や天井の苔光を圧倒する。畑はかすかな煙のにおいに覆われていたが、野焼きの跡は目につかなかった。

タマラは手を伸ばして、植物の黄色の茎を指先でなでた。収穫に増減はあるが、農場自体は永遠不変に思えた。だが、タマラが記憶している祖父の話では、いまタマラの左側にある切りたった岩壁が、祖父の親たちの時代には土に覆われた畑だったという。当時の天井は低くなかったし、第二、第三、第四の農場が頭上に層をなしていることもなかった。最初にこうした空洞を山から掘りぬいた時点では、遠心力による重力という構想はどこにもなかった。タマラはときどき、エンジンに再点火されるのができるだけ先のことならいいのに、と考えてはいけないことを考える。直近の子孫たちのだれもが農場を再度、さらに再々度、一から作り直さなくてすむように。だがもしかすると、そのときまでには有能な作物栽培学者たちが小麦の収量を激増させて、〈孤絶〉の方向転換段階を通じて全乗員が貯蔵された小麦で食べていくことが可能になっていて、農民たちは三年間の休暇を取れるかもしれない。

「ただいま！」空き地が近くなったところで、タマラは声をあげた。だれの姿もない。タマラは貯蔵穴のところへ行って、前の日に製粉したときに残しておいた小麦粉の小袋を取りだした。

タマラがパンを作りおえたとき、タマロと父のエルミニオが戻ってきた。ふたりとも大鎌とランプを持っている。ランプの火は消えていたが、それとは違う火に由来する煙のにおいが、ふたりの皮膚にはまとわりついたままだった。

「状況はひどいの？」タマラは訊いた。

「片はついた」父が力強くいった。「発生したのは二、三平方歩離《ストライド》内だけで、もう全部燃やした」

タマラはほっとして目を見ひらいた。小麦の胴枯れ病は花びらの裏側の茎に近いところにあらわれるので、花がひらいているときに見つけだすのはほぼ不可能だ。苔光の中でランプを手に巡回して、眠っている花を調べる以外に発見の方法はない——そして、感染した植物を即刻焼却する以外に、対処法はなかった。

男ふたりは腰をおろして、タマラが準備した食事をいっしょに食べた。ふたりが自分たちだけの貯蔵穴を近くに持っていることも、毎朝タマラが出かけるとすぐに、ふたりがもういちど食事をしていることも、タマラにはわかっていた。だがタマラの中にはまだ、そういう情報は情報として知らないふりをして、家族の日常生活を自分がじかに接している事柄だけからなるバージョンとしてつなぎあわせていられる部分があった。毎夕、タマラはパンを三個作って父と双と分けあっているし、出かけて戻ってきたときに、タマラの小麦や小麦粉の蓄えは前に使ったときと同じ量がかならず残っている。だから家族三人全員が等しく禁欲的に暮らしているという非の打ちどころのないストーリーを、タマラは自分にいい聞かせることができた。それが作り話であるのを忘れたことは一瞬たりともなかったが、飢えに屈したときの最終結果を思いめぐらせてどれだけ時間をつぶすよりも、その作り話のほうが状況を耐えられるものにしてくれた。

「ビーコンはどうなってる?」タマロが尋ねてきた。

「宇宙に出たわ、ついに!」タマラは発射のようすをくわしく話した。「その後ロベルトから連絡があって、どうやら軌道をきちんと確認できたようなの。だから計画を進めて、ほかのビーコンをあとに続かせる予定。次のを一旬《ステイント》未満で準備しなくちゃ」

話しながらタマラは、タマロが不安を募らせていることに気づいた。「おまえが航宙システムをうまく操れることは疑っていない」タマロがいった。「だが、あの大間抜けのイーヴォに不安があるんだ」

タマラは自分があの老人を、その気はなしにけなしたことがあっただろうかと訝《いぶか》った。イーヴォのトカゲ紙を冗談のネタにせずにいるのはむずかしいとはいえ、イーヴォが自分の専門分野に精通しているのはまちがいない。「あの人はちょっと変わり者だけれど」タマラはいった。「間抜けじゃないわ」

「あいつは無責任だ」タマロは振動膜からパン屑を払いおとした。「孫たちの姿を目にしたら、それで男にとっては、自分の人生の意味などどうでもよくなるものだ」

「そんな一般化は馬鹿げている」タマラはいらだちを感じながら言葉を返した。「それに、あの人が〈ブユ〉に関するすべての判断をくだすわけじゃないし。評議会も、わたしたちが計画していることをいちいち審査するための専門家を独自に指名している。当人たちは遠征に参加しないから、異なる視点から審査できる人たちをね」

父がいった。「いちどたりとも目にしたことのない代物の専門家になんて、どうやったらなれるんだ?」

「それに自分では〈ブユ〉に乗らないやつらが」タマロがいいつのる。「〈ブユ〉の乗組員の身の上を案ずる理由があるか?」

「どっちかに決めて」タマラはいい返した。「無責任なのはイーヴォなのか、それともあとに残るアドバイザーたちなのか？」

「どっちも、〈物体〉をつかまえることを、人の生き死により気にする連中だ」タマロは激していた。「この貴重な直交物質の塊を宇宙空間で山から一定の位置に固定してしまったら、そこで〈ブユ〉はお役御免なんだろう？」

タマラはいらいらしてうなった。「自分のいったことを、よく考えてみてくれる？〈物体〉をつかまえられるのは、現場での精密なロケット操縦ができた場合のみ。〈ブユ〉が損傷を受けるのは、現場で状況を制御しきれなくなった場合のみ。ふたつは同時には起こりえないの！ 後者の事態が生じる危険をおかさずに、前者を達成することはできないわ」

タマロは頭をわずかに傾げて、自分がいいすぎたかもしれないことを認めた。「だが、変わらない事実はある。イーヴォは年寄りで、ほとんど寿命だ。イーヴォが自殺ミッションをする気だなんていうつもりはないが、栄誉を得る機会と危険とのどちらを重視するかとなれば、彼はもっとも慎重なルートを選ぼうとはしないだろう」

「それで、わたしになにをさせたいの？」タマラは問いただした。「イーヴォを同行させるという申し出を撤回しろとでも？ その役割を、もっと若くて失う
ものがより多い同僚にゆだねるよう、イーヴォにいえというの？」

タマロがいった。「そうじゃない。だが、おまえ自身があとに残ることはできるだろう。おまえのかわりをする別の年寄りを見つけるんだ」

タマラが父に目をむけたのは、〈孤絶〉の住民をこんなふたつの別個のカテゴリーに分類することに少々文句をつけるのでは、と期待したからだ。犠牲にできる老いた男たちと、生きるに値する人生のある人々。

だが父は、やさしく咎めるような表情で見つめかえしてきた。双のいうことをよく聞け、おまえのことを心から考えているんだぞ、というかのように。

「わたしは正航法士よ」タマラは感情を抑えた声でいった。「わたし抜きでのミッションはありえない」

「天文学者は全員、航法を学んでいるものと思っていたが」タマロが反論する。

「そうよ、でもミッションに関連する事柄についてじゃない！　ほかの人たちが学んでいるのは、〈孤絶〉の針路を定めるときに使われた方法と、いつか〈孤絶〉を母星へ導くときに必要になるだろう方法について。そこには、このミッションに応用できるものはなにもないわ」

　タマロは動じなかった。「つまりおまえは、〈ブユ〉専用に新しいシステムを考えだしたわけだ。そしてそれを他人に教えることは不可能だといっているのか？　必要な観測技術や計算能力を持っている天文学者は、ほかにだれもいないと？」

　どうして自分をこんな風に追いつめることになってしまったのかよくわからないまま、タマラは言葉に迷った。「もちろんそうじゃない」タマラは認めた。仮にタマラの代役を務めるような事態が生じたときに必要なことのすべては、すでにアーダに教えてある。

「でも、〈物体〉を発見したのはわたしだし、遠征を提案したのもわたし。わたし以上の適任者が出てこないかぎりは、わたしはこのロケットに席を占める権利がある。同僚たちもそれを認めているし、評議会も認めている。だいたい、イーヴォがミッションにとって大きな危険になると考えているのなら、わたしがいっしょにいて、つねに目を光らせていると思えば安心できるでしょ！」

　父がいった。「いまのおまえは取り乱している。このことはまたあとで、みんなが冷静なときに話そう」

「わたしは完全に冷静よ！」タマラはいい返した。だが父は席を立ち、話し合いは終わった。

一家が花壇で床に就く前に、タマラは貯蔵穴から一回分のホリンを取ってきた。エルミニオが子どもたちにお休みをいって、虫除け草のむこうに横になった。タマロはタマラと共用の窪みに散らばっていた花びらや藁を払いのけると、寝床をふたつに分ける位置に自分の大鎌を置いた。

その長い硬石の刃をはさんで、タマラは双の脇の土の中に体を落ちつけた。「わたしを信じてよ」タマラは小声でいった。「イーヴォに馬鹿な真似なんかさせないから」

返事はなかったので、タマラは目を閉じた。タマロが彼自身の命を危険にさらそうとしていると思いこんだら、自分もこれくらい怒っただろうか、とタマラは考えた。家族に悲嘆と苦悩をもたらしかねないのに。自分たちの子どもを孤児にしてしまいかねないのに。ひとりきりで子どもを作ることを考えるとぞっとするのを、タマラは認めざるをえなかった。

もしタマロが虚栄心から危険な愚行に飛びこんでいこうとしたら、もちろんタマラはそんなことはやめろと説得しようとするだろう。だが、もしその目標がする価値のあるもので、もしタマロにそこに参加したいと思う理由があるとしたら、自分はタマロのいうことに耳を傾けようとしただろう、とタマラは思いたかった。

9

自分が教えている光学のクラスの一ダースと三人の生徒たちが小さな作業場へぎゅう詰めになっていくあいだ、カルラはこの人だかりがどれくらいの注意を引くだろうかと案じながら、通廊にちらちらと目を走らせていた。このクラスの教師に任命される前にカルラがアッスントからいい聞かされたひとつのルールは、決して事前に結果を予測できない実験を生徒の前でおこなってはならないというものだった。「前もって必要なだけ何度も実験を実施して」とアッスントは念を押した。「確実に全体を時計仕掛けのごとくにおこなえるようにするんだ。研究者なら、自分の作業場でしじゅう物事がうまくいかないことは知っている――そしてその理由の解明が仕事の大半を占めることも。だが、科学の現場の混乱ぶりを見せて、まだ基礎を学ぼうとしている段階の若者たちをとまどわせたいとは、きみも思わないだろう」

カルラはそのアドバイスが完全に見当違いだとはいい切れなかった。自分が生徒たちから、ともかく権威ある存在と思われているのは、生徒たちの目の前にさしだすことを選んだ事象を説明できるからなのだ。『レンズの像はここに焦点を結びます――方程式が告げていたとおりに！　光学櫛はこの角度で、赤い光を回折させます――ジョルジョの公式と完全に一致して！』自分の曇化実験の話をクラスの生徒たちにするのは、この分野が停滞にはほど遠いことを――新たな発見がいまもなされていて、各人の研究をこつこつ続けていれば最前線の一部に加われるかもしれないことを――生徒たちに確信させるいい方法のはずだった。だが遊離輝素を追い求めているいま現在、カルラは自分たちがなにを見つけることになるのか、からっきし見当がつかずにいた。

だが、いまさら実験を中止することはできない。なんとか笑いものになることなくこの授業をやり遂げるほかはなかった。

カルラも作業場に入って、静かにするよういうと、生徒たちに作業の割り振りをはじめた。まずは、輝素の供給源に使う予定の鏡石を磨く作業。「この部屋はあまり広くないから、動作はくれぐれも、ゆっくりとかつ慎重に。なにかを壊したら、即座にわたしにいうこと。それから、太陽石に触れてしまった人がいたら、エアロックに直行してもらいます」

カルラたちが新たに立案した実験では、曇化の実験装置に単純な変更が必要だった。輝素の発生を最大にする一方、可視の迷光を最小にするという目標のためには、鏡石の表面は赤外線以外にさらされてはならない。同じランプから出た別の光線を——こちらは可能なかぎりの明るさを保つために、各色に分光されていない——鏡石の上の真空を横切らせ、半円形のレールに取りつけられた接眼鏡を用いて、その光線から散乱する光をさまざまな角度からチェックする。

万事が進行するのをカルラは後ろにさがって眺めていたが、アゼリアがまちがえて低圧チェンバーのバルブをまわしかけたときだけは、直接に手を出した。

「わたしたちが使っている低圧チェンバーは、ほかの作業場や工場でも使用する」カルラは説明した。「低圧チェンバーは使用されるたびに排気される——いまアクセスバルブにロックがかかっているのは、それが理由よ。もしあなたがこのバルブを無理やりあけることに成功していたら、それは〈孤絶〉内部と宇宙空間を直結する経路をひらいたということで、わたしたちはそういうことが起こるのを防ごうとしているの」

やがて実験装置の組み立てが完全に終わると、カルラは前に出て、光学器具の照準をダブルチェックした。

「いい出来よ、みんな！」なんとかひるむことなく太陽石に着火してから、作業場の隅の炎石ランプを消すよう、パトリジアに声をかける。太陽石ランプから漏れる光の大半をさえぎるよう気を配ってあったし、真空のコンテナ内を横断した光線は最終的に非反射性の黒いスクリーンにぶつかるので、苔のない作業場はいまやほとんど完全な闇に包まれていた。

ロモロが先ほどから、主役を務めるべく旋回接眼鏡の脇で待機していた。だがその方向から身動きする音がしないので、作業に取りかかるようカルラは促した。たぶんロモロもカルラと同様、こんな大胆な予測にプライドを賭けたことで不安になっているのだろう。光が、固体から輝素を引きはがして、宇宙空間に吹きとばす。

「第一回観察、光線の軸から三弧時角《アーク・ベル》」ロモロの報告がはじまった。長い沈黙があって、「なにも見えません」とロモロがいった。

「目の焦点を接眼鏡に合わせなさい、ゆーっくりと」カルラは指示した。「なにも見えないというときには、あなたの目は、接眼鏡が光を示している位置を越えたところに焦点を合わせてしまっている可能性がある。うっすらとした像がそこにあるのを気づきもしないいま、視線がそれを通りぬけているの」

ロモロがいわれたことを試すのを、カルラは待った。もしコンテナ内に輝素があるなら、それらは光をあらゆる方向に散乱させているはずで、光線に対して垂直の視野がコンテナの壁からの迷反射を含むことは、いっさいないはずだ。接眼鏡の主レンズは光線自体と同じ幅なので、観察者の裸眼の瞳孔よりずっと広い範囲から光を集めることができるが、もし単にそこに輝素がほとんどなくて、目に見えるような光の散乱が起こらないとすれば、話はそれで終わりだ。

「まだなにも見えません」ロモロがあきらめたようにいった。

「それじゃあ」カルラはいった。「角度を変えてみて」それでなにか変化が生じるとはカルラには思えなかったが、これだけ苦労しておいて、ひととおりの観察結果を集めずに終わるのは馬鹿げている。

クラス一同は闇の中に立ちつくして、ロモロがあとからあとから否定的な結果を告げるのを辛抱強く聞いていた。ネレオその人までまっすぐ遡る計算によれば、適切な周波数で前後に小さく振動する輝素は、その名のとおり光を作りだすはずだ。粒子を個々に見れば、ほかの方向よりも振動の軸方向にやや多めの光を出している――だが、そうした振動がランダムに偏極した光によって引きおこされているとすれば、個々の偏りは全体として均《なら》されるので、希薄な輝素のガスが作りだす輝きがどんなに弱々しくても、それはどの角度からでも見えることになる。

「あっ、なにかが見えた！　赤みがかった光が見える！」ロモロの声は、カルラ以上に驚いているように聞こえた。ロモロは六弧鳴角《アーク・チャイム》の角度までさがって、ほとんど光線自体を覗きこんでいたので、コンテナ内部のなにかではなく、その壁に散乱した光を見ているだけかもしれない。

カルラはいった。「手を伸ばして、赤外線の上にシャッターをおろすレバーを引っぱりなさい」それでも輝きが残っているなら、それは鏡石から舞いあがる仮説上の輝素の風とはなにも関係がないことになる。

レバーがカチッと音を立てるのが聞こえた。「赤い光は消えました」ロモロがいった。「なにも見えません」

「シャッターをもういちどあげて」カルラは指示した。

「あげました。そうしたら光が戻ってきました」

「きっとあなたは可視光をさえぎるレバーを引いたのよ、赤外線じゃなくて！」カルラはそういい切ると、自分の前にいた生徒たちのあいだをすり抜け、それから手探りで作業台の角をまわりこんだ。かすかな灰色の斑点になっている光線の終端地点を見てとったカルラは、自分の居場所を理解し、装置のなにがどの位置にあるかを把握した。

カルラは可視光の上にシャッターをおろすはずのレバーに手のひとつをのせ、続いて赤外線シャッターのレバーに手を伸ばした。そこにはまだロモロの手がのっていた。ロモロは驚いてブーンと音を立て、自分の手をどけた。「ぼくは違うレバーを握っていたんですか？」ロモロが恥ずかしそうに尋ねた。

「いいえ」カルラは答えた。「そうじゃないわ」

カルラはロモロに脇にどいてもらって、自ら接眼鏡を覗きこみ、赤外線と可視光を順にさえぎってみた。どちらをさえぎった場合も、赤みがかった光は消失する。となると、次のような結論が避けがたくなる。赤外光が鏡石から真空へ運び去っているなにかが、可視光を小角度に散乱している――そしてそのプロセスで、赤い光をより多く散乱する傾向があるのだ。輝素の散乱はスペクトルの赤の端でのほうが強いことは予測されていたが、小角度というのは意味をなさない。たぶん鏡石は非常に細かい塵を放出していて、その塵は反応性があり、赤外線がさえぎられるとすぐにコンテナの壁に引っつくのかもしれない。もしその塵の粒子が透明なら、光線の軸からいくらかの光を屈折させられるだろう。

カルラは自分の推測を生徒たちに説明してから、塵に反射した後方散乱が見えないかと期待して、接眼鏡をぐるりとほとんど半回転させた。なにも見えなかった。ロモロが見つけた光に戻る。接眼鏡を光線の軸にさらに近づけると、全体としての明るさは少しだけ増したが、赤みはあいまいになった。

だがその変化を量であらわすのは、この複雑に色合いが混ざりあった中ではむずかしかった。カルラはパトリジアに、炎石ランプを再点火するようにいった。

「ここで見えているものがなんなのか、わたしにはわかりません」カルラは白状した。「けれど、いちどにひとつの色だけを散乱させるようにすれば、調べるのが容易になると思います」

カルラの指示に従って、パラディオとディーナがプリズムと色選択溝孔《スロット》を可視光線の途中に取りつけた。

「緑色からはじめましょう」カルラはいった。

ふたたび闇になった作業場の中で、カルラは身をかがめて接眼鏡に目を当てた。接眼鏡は、さっき最初に散乱があらわれた位置に戻してある。なにかを見てとれる範囲では、光線からいちばん遠い位置だ。今回は光線のほとんどがさえぎられているので輝きは弱まっていて、カルラの目がそれを捕捉できるように順応するまでに一分隔《ラプス》近くかかったが、輝きはやはりそこにあった。

そしてその輝きは赤かった。純粋な赤。コンテナを横切っている緑色の光は散乱して——そのプロセスで赤に変わっていっていた。

カルラは途方に暮れた気分だった。もし自然が、わざとカルラを笑いものにしようとしているなら——生徒たちに、おまえたちの光学の教師は光についてなにも知らないと決定的に知らしめるつもりなら——これに勝る手段はあるまい。

カルラは気を落ちつかせた。これはなんらかのかたちで説明がつくはずだ。ここで投げだしたりさえしなければ。「薄暗いところでも、物がよく見える人はいる？」カルラは尋ねた。ややあって、ユーレイリアが返事をした。「火災監視のシフトを最近やったのは、役に立つでしょうか」

「理想的ね」

カルラは接眼鏡の前の位置をユーレイリアと交替した。

「なにが見える？」カルラは訊いた。

「赤い光が」ユーレイリアははっきりと答えた。

カルラは可視光シャッターのレバーを探りあてて、

シャッターを途中まで閉めた。「今度はどう？」

ユーレイリアからは一、二停隔《ポーズ》、答えがなかった。

「さっきより薄暗い赤い光が」

「色はさっきと違っている？」

「わたしにわかるかぎりでは、違いません」

カルラは闇の中の生徒全体にむかって、「わたしが光の強さを弱めた理由は？」と問いかけた。

パトリジアが作業場の隅から答えた。「もし輝素が光波のエネルギーの谷にとらわれているなら、その谷の中を行ったり来たりして転がっているはずです——光線の周波数とは異なる周波数で、輝素自身の光を放出しながら」

「では、わたしが光線を薄暗くしたときにも散乱が赤のままだったことは、なにを意味するの？」カルラはパトリジアに重ねて問いかけた。

パトリジアがいった。「それが意味するのは、その説明が正しいはずはないということです。それらの谷の正確な形は、光の強さによって変わる。弱い光線は谷を浅くして……輝素をよりゆっくりと行ったり来たりさせ、輝素が放つ光の周波数を小さくする」

「そのとおり」とはいったものの、カルラはひとつの純粋な色がまったく違う色合いを生じさせられる方法を、ほかに知らなかった。白色光は選択的に濾光《ろこう》していくことができ、見た目をあらゆるかたちに変えられるが、単一の周波数しか持たない波からはじめた場合には、その波は触れたあらゆるものをまったく同じ速さで振動させて、まったく同じ色合いの光をさらに生じさせることになるはずだ。

カルラはシャッターをまた完全にひらいた。そして手探りで作業台をまわりこむと、プリズムの正面で可視光線の色を決めているスロットつきスクリーンを調節して、可視光線を緑色から青に変えた。

「いまなにが見えた？」カルラはユーレイリアに訊いた。

「光が緑色に変わりました」

カルラは光線が黄色になるまで、スロットを押しもどした。

「今度は？」

「なにも見えません」ユーレイリアが答えた。「まっ暗になりました」

カルラはついうれしくなって、ブンブンいった。

「青い光は緑色になり、緑色の光は赤になり、黄色の光は赤外線になった」少なくとも、それぞれの変化は同じ方向へのものだ。カルラはこうした奇妙な結果に単純な説明をつけてクラスを感心させることを、すっかりあきらめていた。カルラたちはまったく新しい変則的事態を発見したのだ。安定性の問題そのものに匹敵する謎。いまできるのは、それを受けいれることだけだ。

そして、もっとデータを集めること。

カルラは作業場の明かりを点けるように命じると、パラディオとディーナに、光の経路にもうひとつのプリズムを、今度は接眼鏡のすぐ裏に取りつけるよう指示した。それから生徒たちに順に、コンテナを横切る各色の光線について、散乱する光の周波数をさまざまな角度で測定させた。

実験はさらにもういちど、カルラを驚かせることになった。角度が最小のとき、紫色の光は散乱光の中にふたつの別々の色を作りだしたのだ。ひとつは紫色からほんのわずかに色合いが変化しただけだったが、もうひとつは紫色とは大きく離れた赤のほうに変化した。角度をもっと大きくすると、ふたつの色はたがいに近い色に変化して——直後に散乱は完全に消えた。青い光でも同様のことが起こるようすが見られたが、こちらの場合、最大散乱角度をあまり下まわらないところで、二番目の色が可視域を越えた。

カルラはすべての測定結果を胸の上で図に記してから、皮膚に染料を振りかけて、生徒たちが手もとに置

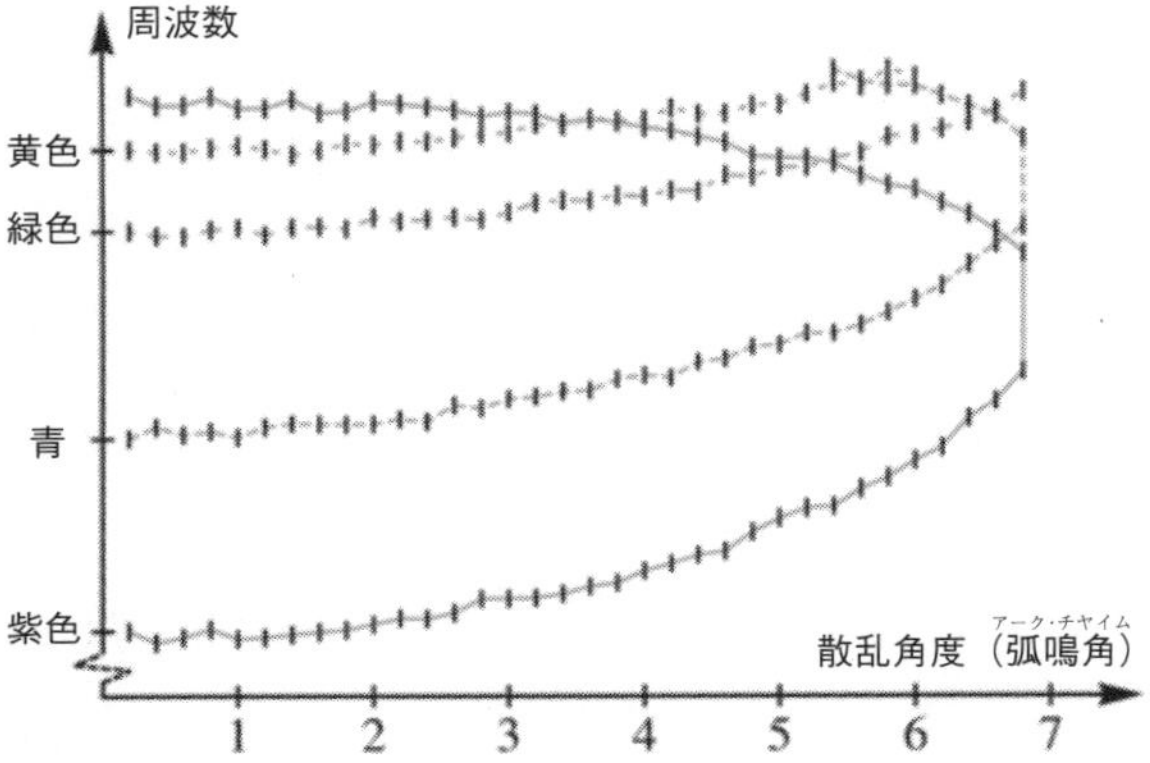

いておけるよう複写を作った（図上）。「これを記念物だと思うといいわ」カルラはロモロにいった。「もしかすると、あなたの孫たちが光学を学ぶようになるころには、この実験はサビノがネレオの力を測定した実験と同じくらい有名になっているかもしれない」
「よくわからないんですが」ロモロがいった。「ぼくたちはコンテナの中に遊離輝素を見つけたんでしょうか、そうじゃないんでしょうか？」
　カルラはいった。「その質問は、六年後にあらためてして」

10

カルロは声を立てないように振動膜を張りつめてから、探針《プローブ》を自分の手首の肉に深く刺しこんだ。針を目盛線の位置まで沈めようと懸命になっているあいだは、痛みは耐えがたさを増していったが、針が所定の位置に達して動きを止めると、我慢できるものになった。

「〈孤絶〉のハタネズミたちは、あなたの犠牲に感謝しているわ」アマンダが皮肉っぽくいった。

カルロはかろうじて、うるさそうにブンブンと音を立てた。動物たちに不必要な苦しみをあたえるのが嫌なのは確かだが、カルロが自分自身を被験体にしたのは、憐れみより、そのほうが手っ取り早いという理由が大きかった。現在使われているプローブは太すぎて、麻酔と回復という面倒な手順抜きで動物たちがそれに耐えられるとは思えない――それに、合図したら特定の行動をするようにハタネズミを訓練している時間で、計画案にある各々が半ダース旬《スティント》がかりのこまごました実験を終わらせられるだろう。

カルロは針の刺さったショックから肉が回復するまで一分隔《ラプス》ほど待ってから、指を慎重にピクピク動かしてみた。麻痺してしまった指はなかった。次なる問題は、カルロが反対方向の失敗をしていないかだ。もしプローブが運動経路の束から離れすぎていたら、そこでのやりとりを見張るのは不可能だ。

アマンダは光記録機の脇の作業台にハーネスで体を固定していた。カルロは身振りで、アマンダに接眼鏡を覗くよう告げてから、自分のすべての指を同時に動かした。

アマンダがいった。「なにも見えないわ」

「わかった。少し回転させてみる」

カルロの手首から突きだしている硬石のチューブのてっぺんには、プローブ先端の透明石の内側で主鏡を保持している内筒に、クロスハッチ模様のついたリングが取りつけられている。そのリングの上で、同じ筒がもっと長いチューブの側面に挿しこまれていて、そのチューブが光を記録機に運んでいく。注意深く、カルロはそのリングをまわしはじめ、下方の鏡を別の方向にむけようとした。いま動いている部品でカルロの肉に触れているものはないので、この調節は痛みを伴わないはずだったが、じっさいには内筒と外側のチューブのあいだの摩擦でプローブ全体が回転をはじめたので、カルロは作業を中断して、プローブを固定するための新しい手をひとつ生みだす必要があった。

カルロはもういちど、プローブの刺さった手の指をピクピクさせた。アマンダがいった。「来た！　今度は光が見えたわ！」

カルロは六本の指を、一本ずつ動かしてみた。アマンダはそのすべてで脳からのメッセージを見てとったが、右から二番目の指がいちばんはっきりとわかった。カルロは角度をだんだん小さくしながら鏡をさらに左右にまわして、通過する光が可能なかぎり明るくなるよう調節した。プローブを引きぬいて経路のもっと近くに再挿入する気がカルロにあれば、よりよい結果が得られただろうが、痛みをこらえてまでする価値はないと思えた。信号が見えさえすれば、機械が役に立つかどうかはわかる。

カルロは選んだ指の先端を円を描くように動かしはじめ、できるかぎりなめらかにその動きを繰りかえした。「これは見えているか？」とアマンダに尋ねる。

「ええ。具体的には説明できないけれど、周期的なのはまちがいない」

それは先入観抜きの判断ではなかった。アマンダは接眼鏡を覗きこんでいるときでも、後眼でカルロの手を見ていたからだ。だがうまくいけば、ふたりはすぐにもっと客観的な方法で信号の特性を見きわめられるようになるだろう。

「記録機をスタートさせて」カルロはいった。

アマンダは光の方向を転じて接眼鏡に導きいれている鏡を引きぬくレバーを弾いてから、紙送り装置の歯止めを外した。カルロは機械のブーンという音を無視して、指で円を描くことに意識を集中しようとした。全身をじっとさせて待機しようとする衝動の強さに、カルロは驚いた。以前、記録機のテストをしていたときには——自分の肉のかわりに、ランプに照らされた不透明な樹脂の板を使った——いつも紙テープが破れはしないかと緊張して耳を澄ませていたせいだろう。

「終了」アマンダが告げて、装置の蓋をあけると巻き枠《スプール》を外して、カルロとふたりで見られるように紙テープを少し引っぱりだした。

なんの痕もついていなかった。

カルロはがっかりしたが、あまり意外ではなかった。技能を持つ機器製造者がひとり残らず〈ブユ〉やその関連プロジェクトで手いっぱいなので、カルロはこの装置の光学部位や機械仕掛けの大部分を廃物から回収した部品でまかなわざるをえなかった上に、その部品を組みたてる仕事をしたのはまぎれもなく、熟練していない自分自身の手だったのだから。カルロがもっとも怖れていた失敗は、すぐ調子の悪くなる活性化ガス供給システムがまたも作動を停止して、紙テープがじゅうぶんな感光性を得ないまま機械を通過してしまうことだった。

「もしかすると、観察鏡がそのままなんじゃないか」そうだといいのだがと思いつつカルロはいった。

アマンダが接眼鏡のほうにかがんだ。カルロはまだ機械的に指を動かしていた。アマンダがいった。「途中で引っかかっているのでなければ、それはないわ。接眼鏡からはなにも見えないから」アマンダは観察鏡を再挿入するレバーを押した。「やっぱりなにも見えない」

「じゃあぼくは、無意味に自分をいじめていただけなのか？」カルロは冗談をいった。「ハタネズミたちは喜ぶだろうな。たぶんほかのなにかが照準から逸れたんだ」

「待って、いまのはなに？　あなたは指を――」

カルロはさっきから指をじっとさせていた。「止めていた」

アマンダがいった。「あなたが指を止めたとき、光の爆発が起きたわ」

カルロはもういちど指を動かしはじめた、ゆっくりと慎重に。「いま、なにが見えている？」

「これは……記録開始時点と同じ感じに戻った」

カルロはいった。「紙テープの残りの部分を見せて」

アマンダは巻きとられていた紙を全部伸ばした。記録開始時点の紙には何本もの黒いすじがずっと続いて

いて、染料の濃度が複雑なパターンで増減していた。紙テープの最後四分の一だけに、すじがなかった。

カルロはいった。「接眼鏡をもういちどチェックして」

アマンダが返答した。「信号はいまも見えている」

カルロは気を散らそうとした。とにかく、まわしている指以外のことを考える。「アマンドは元気か？」カルロは尋ねた。

「ええ」と答えたアマンダは、そんなことを訊かれて驚いていた。「新しい仕事に移ったばかりで、主冷却システムのメンテナンスを――あ、信号がまた消えた」

「これは、光学装置が断続的に故障しているか」カルロはいった。「でなければ、ぼくの指は、なにをする必要があるかを休みなく教えられなくてもだいじょうぶか、のどちらかだな。もし指示が単純なパターンに従っているだけなら、肉はまもなくそのメッセージを

理解するし、脳は同じことを繰りかえすのをやめる。そのあとで――」

カルロは指を動かすのを中止した。

アマンダがいった。「また、あの光の爆発が起きた。〝いましている動作をやめろ〟信号？」

「どうもそのようだ」

「これをテープに記録すべきよ」アマンダが提案した。

カルロは同意した。ふたりはそのあと一時隔《ベル》半をかけて、数ダースの異なる動作をはじめたり止めたりする信号を捕捉した。プローブの位置が適切で記録機の作動も順調なあいだに、考えつくかぎりのことを試そうとしたのだ。記録用紙を使いはたしたときには、カルロはまだ完全には満足していなかったが、プローブを抜きとって、酷使された肢を再吸収する理由になることならなんでも歓迎する気分になっていた。

アマンダがカルロを残して部屋を出ていった。ふたり組のハタネズミを経路抑制実験で番《つが》わせる準備がしてあるのだ。カルロはハーネスで作業台に固定されたまま、紙テープの記録に目を通した。

カルロが試したすべての反復動作には、すばらしいことに、おおよそ周期的なパターンがあった。それどころか、記録テープのそれぞれを輪にし、各周期を次の周期の横に並べて紙テープで大きな螺旋を作ったら、同じ指示が各動作ごとに届いているのが一目瞭然になるだろう。そのあとパターンは、〝やめろ〟信号が来るまで薄れている――これはどの動作の場合にも、まったく同一といってよかった。

だが、もっと細かいスケールでは、紙テープのすじは謎のままだった。個々のパルスの明るさと継続時間には非常に大きな幅があるし、繰りかえし見られる形《モチーフ》もなかった。なのにカルロの肉は、こうした指示をどうやって解読しているのだろう？　これはあらゆる収縮を記述した、各筋繊維への詳細な命令なのだろうか？　それともこれは、一連のシンボルや音がつなぎあわさって単語を形成する古い身体言語かなにかにより近いものなのだろうか？

トスコはかつて画期的な研究をおこなった。トカゲの肢の肉を実験開始前の位置で色分けして染料で染めることで、それが再吸収されたあとでほかの可変な部位のどこにでもあらわれることを示したのだ。ある日にはどこかの指の一部だった肉は、翌日には平気で肢の中央の一部になっている。だがその実験は、ある特定の瞬間に肉がなんの役割を演じているかを〝知っている〟のか、それともそれはすべてが脳に帰することなのか、という問いには答えていなかった。体が変形するたびに、脳は新しい指先の肉に『いまはおまえが指先だ』と告げて、両者がのちのやりとりで指先的なふるまいを当然のことと思うようにしているのか？　カルロが反復動作で記録した信号――最初の数回は詳述されていたが、やがて指自身にゆだねられた――は、脳があらゆることを細部まで管理しているのではないことを示唆しているのだろうか？　だが、最初に脳が出している指示は、ありうる指の動きの全目録が前から存在し、そこから選んで指定しているにすぎないと考えた場合より、はるかに詳細かつ複雑なものに思えた。

カルロは作業場のむこうにあるトスコの作業台に目をやった。最初の染色実験から九年経ったいまも、トスコはまだその実験を繰りかえしている――だがそれは、怠惰や惰性によるものではない。技術の改良とさらなるデータの収集を続け、大変な手間をかけて、トカゲがさまざまな姿形になるときに体内でどのように肉が移動するかを示したマップを作成しているのだった。

この分野の歴史では、九年という時間はなにほどでもない。生涯もなにほどでもない。目の前の紙についた染料のすじを見つめていたカルロは、いまの自分には、解決すべきひとつの単純な実用上の問題があるこそのとおりだよ」

とに気づいた。光がもっとも明るかった部分で、紙はもっとも黒くなっている。この記録した信号を体に送りかえそうというのなら、光源をこれとはちょうど正反対のかたちで調節する方法が必要になる。紙の黒い部分で、光を明るくする方法が。

アマンダが、ふた組のハタネズミを番わせたとりあえずの結果を持って戻ってきた。二度目の抑圧テストで生じた仔たちは、すべてが死産だった——だがこれまで同様、分裂で生じたのは四児だった。

アマンダは作業台からテープの一本を手に取って、近くのランプの光にかざした。

「それで……これからこれを、感光性を得たもう一本のテープの横で走らせるのね？」アマンダが訊いた。「そして、濃度を逆にしたかたちでパターンを複製する」

カルロは一瞬、驚きのあまり言葉もなくアマンダを見つめた。それからわれに返って、答えた。「ああ、

11

「空気だ」イーヴァがいった。「空気こそは、もっとも激しい炎が燃料を完全に消費したときに残るものだ。それ以上に安全で、それ以上に安定したものはない。想像しうる最悪のケース——もし、直交岩がわれわれの固体すべてに解放剤として作用する場合だ——においても、空気の噴流を使って岩を処理することが可能なはずだ」

タマラは小さな室《チェンバー》を見まわして、イーヴァが言及した事態に対して自分の感じているひそかなスリルを、ほかにだれかが共有しているだろうかと考えた。万能解放剤——いかなるものでも発火させられる物質——以上に怖ろしいものがあるだろうか？　そして、そのような危機を巧みに切りぬける手段——掌握不能な事態を見えない手の中におさめる方法——を見つけることほど、気分を高揚させるものがあるだろうか？

〈ブユ〉搭乗抽選の当選者であるマッシマは、耳にするひと言ごとに不安を募らせているようだ。彼女がこの小旅行を当てるチャンスに申しこんだころにはまだ、爆発云々という話はほとんど出ていなかった。評議会からプロジェクトの監査を指名された化学者のウルファは、いつもどおり冷静かつ事務的に、イーヴァが話すのに合わせて手際よく何行ものメモを自分の胸に浮かべている。少しでも興奮したようすを見せているのは、天文学者間のミニ抽選会でほかの六人の同業者を相手に副航法士の座を得たアーダだけだった。

そのアーダがいった。「空気だけで岩からサンプルを分離できなかった場合は、どうするんですか？　もし〈物体〉が硬石のようなものでできていて、かけらが剥がれそうなところもなかったら……どんな高圧でも、空気の噴流で硬石を刻むことはできません」

「そういう状況の場合」イーヴォが答える。「飛塵を使って岩の表面に切りこむ必要がある。少量の粉末石を砕いて噴流に添加すれば、粉末石と直交岩との反応が、噴流をはるかに強いものにするだろう」

「それは岩自体も消費されるという仮定ですね、粉末石のみならず」ウルファが指摘した。

「自らが作りだした炎の中で消費されない解放剤を、なにかご存じかな？」イーヴォがウルファに尋ねた。

「いいえ」ウルファは譲歩した。「しかし、わたしたちの知っている解放剤は、植物からの不安定な抽出物です。固い岩板の作用の仕方がそれと同じだと仮定することはできません」

「仮にだが炎が生じたなら、熱が最低限、岩を脆弱にする」イーヴォがいった。「そしてもしそれでもじゅうぶんでなければ、粉末石のかわりに硬石を使えば、噴流の研磨性を強化できる」

ウルファがいう。「これはわたしたちが過去いちども出会ったことのない物質です。もし、燃えている硬石でもそれを削れなかった場合はどうしますか？」

イーヴォはいらだって小さなうなりを漏らした。「直交物質が魔法めいた耐久力を持っているなどと信じる理由はない！ 直交物質の輝素の矢を逆むきにしたら、通常物質に対する化学的性質に影響を及ぼすかもしれないが、岩そのものをより固くしたり、熱への耐性を高めたりすることはありえない」

その点では、タマラはイーヴォに同意せざるをえなかった。それは回転物理学の初歩だ。ある岩が、その〝未来〟――ネレオの矢によるもの――がたまたまタマラたちの過去をむいていたというだけの理由で頑丈さを増すというのは、綱渡りの途中でむきを変えて反対方向に進めば綱が強度を増す、と期待するくらいに馬鹿げている。

ウルファは冷静さを崩さなかったが、立場は変えなかった。「その話はわかりますよ、イーヴォ。ですが、もしそうした仮定がまちがっていた場合になにが起こるかを問うのが、わたしの仕事です」

「もしいかなる手段でも岩をまったく切り刻めなかったら……そのときは、われわれにはそれを切り刻めないということだ」とイーヴォ。「ほかにどう答えようがある？」

「そして、あなたがサンプルを採取できなかったとしたら」ウルファがさらに追及する。「〈物体〉を捕獲する際にあなたが使おうと考えている手法の微調整を、どうやっておこなうつもりですか？」

イーヴォは数停隔《ポーズ》、黙りこんだあと、「実地で反応を起こす以外に、選択肢はないだろう。安定石を〈物体〉に投げつけて、結果を観察する——安定石の量は徐々に増やすことにすれば、過度の危険をおかすことはない」

「しかしそれでは、生じさせた力を測定する手段がありませんよ」ウルファがいった。

「即座にはわからない」イーヴォは認めた。「その力が〈物体〉の軌道を変えはじめるまでは。わずかずつ量を増やしながら、ひたすら試行錯誤を重ねていくだけだ。押す力をかけたいと思う地点に安定石を投下して、累積効果が観測できる大きさになるまでそれを続ける」

ウルファは質問を中断して胸に染料を振りかけると、紙を胸に押しつけた。それから、タマラに問いかけた。

「あなたはいまの話を実行可能だと思いますか？」

「困難なものになるでしょうね」タマラはその点を認めた。「各ビーコンが見えるのは一時隔《ベル》にいちどだけですから、もし〈物体〉を繰りかえしそっと押して、そのたびにその動きをチェックするとすれば、それは時間のかかる作業になります。一旬《スティント》はむこうにいることになるでしょう」

「するとあなたがたは、より多くの冷却用空気や、より多くの食べ物が必要になる」ウルファがいった。

「それは飛行計画にどのような影響を及ぼすことになりますか?」

「食料はどれだけ増えても、その質量は無視できるでしょう」タマラは、〈ブユ〉乗組員の女の割合についての冗談をいいたいのをこらえた。「しかし、持っていく冷却用空気を増やすことは検討に値すると思います。高体温で死ぬのはほんとうに苦しいですから」

マッシマがいった。「お話の途中ですみませんが」

その声を聞いて、全員が彼女のほうをむいた。マッシマはこれまで出席した準備会議で、ほとんどひと言も発言していなかった。

タマラは、自分がうっかり生じさせてしまった恐怖を打ち消そうとした。「いまの話は要するに、空気をじゅうぶんに積んでいくよう注意を要するということよ。わたしたちが決して馬鹿げた危険をおかさないことは、保証を――」

マッシマは手をあげてタマラの発言を止めた。「それはわかっています。でも率直にいって、わたしにはこの任務に貢献できる専門知識がなにもない。なのに、わたしがみなさんといっしょに行って、貴重な空気を使いはたす理由はないでしょう?〈ブユ〉に見物人の席を用意してもらったことには感謝します。こんな体験は生涯にまたとないでしょうし、わたしの子どもたちに残してやる最高の話になるでしょう。けれど正直なところ、この数旬《スティント》、ここで話を聞いてきて、わたしにはもうこの役を務めることができなくなりました。みなさんのご幸運をお祈りしますが、旅の話はみなさんが帰還したときに聞かせてもらうことにします」

タマラはどう対応したらいいのかわからなかった。再考するよう頼みこむのは、相手を困らせるだけだろう。

アーダがいった。「その決断をされたことに敬意を表します、マッシマ。戻ってきたらすぐに、なにがあったかを全部、喜んでお話ししますね」

マッシマが室を出ていくのを見ながら、評議会は新たな乗組員を抽選の申込者から選ぶことにこだわるだろうかとタマラは思った。もしそうでないなら、専門家をもうひとり連れていくことが可能になるかもしれない。航法士をふたり乗せるのが念のためだというなら、化学者の身になにか起きたときに備えて、ふたり目がいてもいいだろう。

イーヴォは、機器製造者に依頼したいと思っている機械類の説明に移った。必要なときに〈ブユ〉が空気の手を使えるようにするためのものだ。ウルファがこまごまとどうでもいい質問をいくつかしたが、イーヴォがマルツィオのところに下書きを持っていって試作品を作らせることを、最終的に認めた。

会議が終わってから、タマラは通廊でアーダをつかまえた。

「乗客が逃げてしまうほど怖がらせるなんて、自分のしたことが信じられないわ」タマラは嘆いた。

「あなたが悪いんじゃない」アーダがいった。「彼女が自分で決めたことよ」

「ところで、あなたの双は、この件をどんな風に受けとめている？」タマラはアーダに尋ねた。

「少しねたんでいるわ」アーダは正直にいった。「でも立ち直れるでしょ」

「アードはあなたのことを心配していない？」

アーダがしばらく考えているあいだも、ふたりはロープ伝いに先へ進んでいた。「しているかもしれない。でも、わたしがこんなチャンスを手にすることはもうないだろうことも、わかっている。つまり、わたしが〈孤絶〉を母星に導くことはないということ、そうでしょ？　それに、天を観測していてほんとうに重要なものを見つけだすことも、絶対にないだろうし」

タマラはブンブン音を立てながらいい聞かせた。

「あなたはこの先わたしより多くの年月を、観測者として送ることになるのよ！」

「かもしれない。でも、〈物体〉をしのぐものなんてある？」

「わたしたちにとって、まったく思いがけないものならば」タマラは答えた。「わたしたちはやっと赤外線を観測に利用しはじめたばかりよ」

「〈孤絶〉の打ち上げ時には」アーダが考えながらいう。「世界が自分の肩にかかっているというなにがしかのプライドを、だれもが感じていたことはまちがいない。そして、もしわたしたちが母星に戻ることがあるとすれば、帰還をなし遂げた世代の全員が英雄扱いされるでしょう。でも、その中間のこの最低な状況に生まれてきて、それをどうすることもできなかったら、なにができるっていうの？　うぬぼれが強い人なら、自分はいずれ〈永遠の炎〉を発見することになるという空想をいだいて一生を送れるかもしれない。そうでないわたしたちは……ギリギリまでの節食をはじめたり、なにか〈大計画〉に貢献するようなささやかなことをして、満ち足りた気分になろうとしながら子どもができるときまでの時間をすごすの」

それはなんとも希望のない考えかたのように、タマラには思えた。「節食は別にして、もしわたしたちが母星に、疾走星以前の時代に生まれていたとしたら、物事はそんなに違っていたかしら？」

アーダは首を傾げて、その指摘を受けいれた。「大きな都市には、それぞれ〈孤絶〉よりもたくさんの人がいたけれど、一生涯で会える人の数なんて限られている。それに、もしわたしが街から街へ、トラックや列車で旅していたとしても、自分の自由を満喫するんじゃなくて、旅のあいだじゅう天をじっと見あげて、ロケットで飛んでいけたらいいのにと考えていたと思う」

「そしてあなたは、もうまもなく、街から街へ旅することになるわ」タマラは冗談をいった。〈物体〉に人が住みつくことはないだろうが、最新の測定によると、そのサイズは〈孤絶〉に匹敵する。「両方の世界を満喫できるでしょう」

「いわれるまでもないわ！」とアーダ。「あのね、自分がどれだけ幸運かはわかっているの。この牢獄をしばらくのあいだ抜けだせるばかりでなく、旅は有益な結果をもたらすはずなんだから。アードはその点を理解しているから、やめろといわれたことはいちどもない」

タマラは黙っていた。ふたりは行き先が別になる分かれ道に来た。

アーダがいった。「あなたの双は違うっていうこと？」

「話をしている最中なの」タマラはいった。「いま、タマロには危険しか目に入っていないけれど、だいじょうぶ、最後にはちゃんと納得させるから」

12

カルラが本の奥に隠した落花生に手を伸ばしていたとき、だれかが教室の入口近くのロープをたどってくる音がした。カルラはどぎまぎして、すばやく戸棚を閉めた。こんな馬鹿げた真似をしなくても、空腹を我慢できるくらいに強くあらねばならないのに。

パトリジアが入口に姿を見せた。「いまお時間よろしいですか、カルラ？　質問したいことがあるんです」

「どうぞ」架空の食事をもらったつもりになっている腸がうねっていたが、カルラは穏やかな声と落ちついた表情を保った。

パトリジアはロープを伝って部屋の正面に来ると、

「この前の曇化についての発言で、恥をかいたのはわかっています」としゃべりはじめた。

「それは違う」カルラは断固としていった。「わたしは突飛なアイデアを聞かせてほしいといったのだし、あなたはそれを発表する勇気があった。そのアイデアが途中で行きづまったからといって、恥をかいたことにはならない」

「じつは、また別の突飛なアイデアを思いついたんです」パトリジアが打ちあけた。「でも今回は、ふたりだけで聞いていただけるだろうかと思って」

「かまわないわ」

「お時間を無駄にすることにならなければいいんですが」パトリジアがいった。「どうにも考えに集中できないときがあって、それが馬鹿げたまちがいにつながっていくんです。知っているはずのことが……どこかへ行ってしまって」

　最後の言葉にこめられた苦悩は、聞くだにつらいものだったが、カルラにはどうしてやることもできなかった。カルラとしては、このかわいそうな女の子に、節食をもう一、二年先延ばしにするようにとはいえなかった——のちのちパトリジアがほんとうに節食の必要があるときに、あと少しばかりの若々しい活力と明晰さがあればと思いながらずっとつらい戦いをする、というリスクと引き替えになるのだから。

「まちがいをおかすのは、わたしたちみんなが同じよ」カルラはいった。「あなたのアイデアを聞かせて。ぜひ聞きたい」

　パトリジアはつっかかえながら話しはじめた。「最初の部分は、基礎力学にすぎません、まったくの。でも、先へ進む前に、いっしょに確かめておきたいんです」

　時間がかかりそうな話になってカルラはうろたえたが、全力でそれがおもてに出ないようにした。授業中ずっと落花生のことを考えていたのだが、一時隔《ベル》丸ごと耐えられたのだから、もう数分隔《ラプス》その欲求を抑えていることはできるだろう。

カルラはいった。「続けて」

「静止した粒子があるとして、それに約三倍の重さの別の粒子がぶつかったとします」パトリジアがいった。「わたしの考えでは、衝突の前後の両者のエネルギー・運動量ベクトルはこのようになります」(図下)

「わたしもそれで正しいと思う」カルラは答えた。左側のひとつ目の図は衝突の履歴を描いたもので、右側のふたつ目は同じ四つのベクトルを再配置して、それらを支配する幾何学的ルールがひと目でわかるようにしていた。「あなたは三角形の法則をそのまま用いたのよね? エネルギー・運動量ベクトルの和は保存され、それぞれの長さは単純に粒子の質量で決まり、変化しない。ゆえにそれらのベクトルは、衝突で形が変化しない三角形のふたつの辺をなし、第三の辺――エネルギー・運動量の合計――は固定されている」

パトリジアはほっとしたようだが、まだまだ自信な

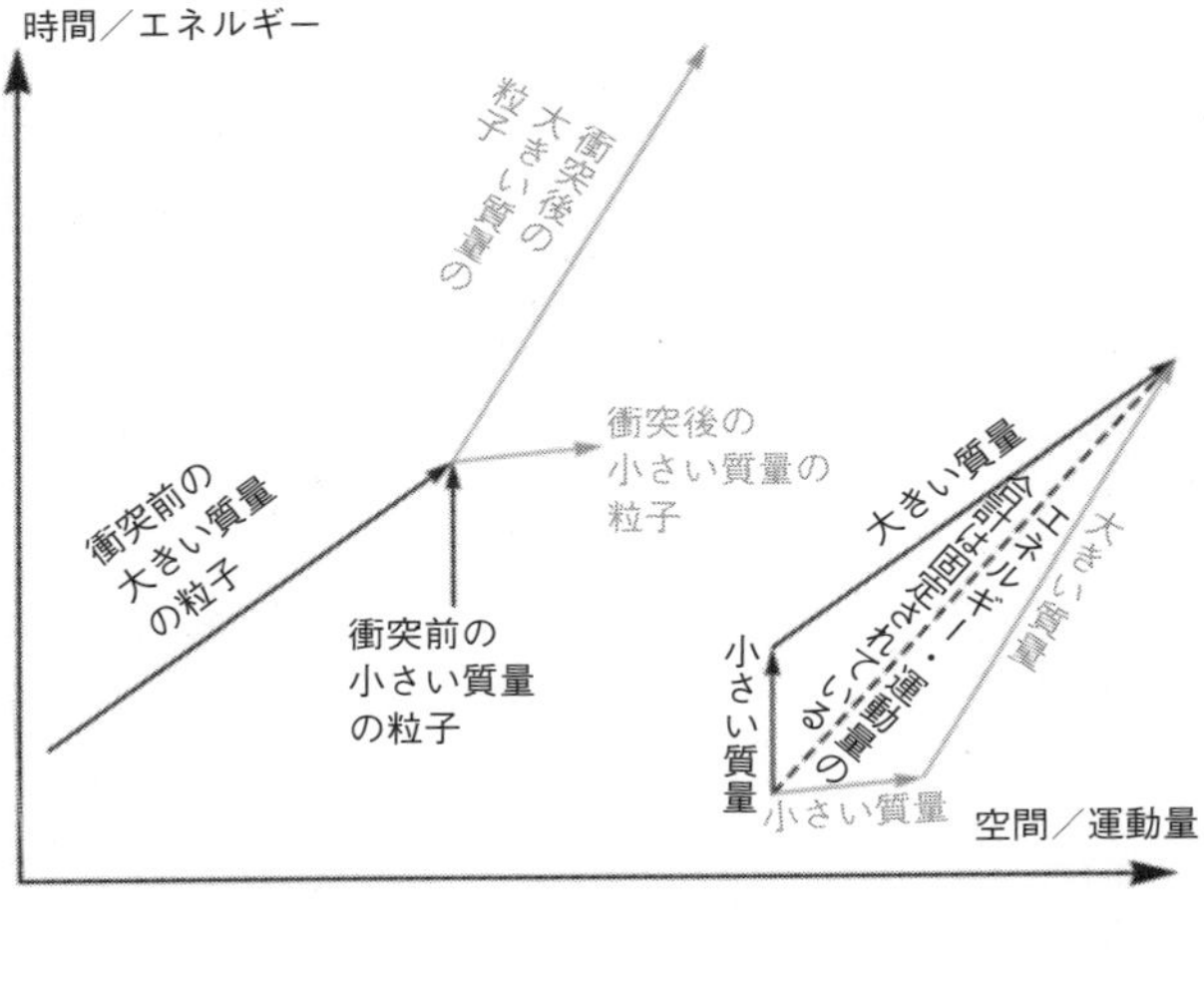

さげだった。「そして、このような衝突のあらゆる可能性は、三角形をその第三の辺を軸にして回転させることで得られますよね？」

「ええ」

「それには、正面衝突でない場合も含まれるのでは？　単に三角形を外に回転させれば……？」パトリジアは、もしふたつの粒子がたがいの軸からズレて衝突して、もとの軸のどちら側にも散乱し、衝突に別の空間次元を導入したら粒子の運動量がどうなるかを示す、いくつかの例をスケッチした（図下）。

「ここまではなにもまちがいはないわ」忍耐の響きをわずかに帯びた声で、カルラは請けあった。話をどこへ進めようとしているにせよ、パトリジアが立脚している基礎は正しい。先に進んでだいじょうぶだ。

パトリジアがいった。「同じ仮定のもとに、初期エネルギーが異なる二、三の場合について、重い粒子の最終的なエネルギーを計算しました」パトリジアはポ

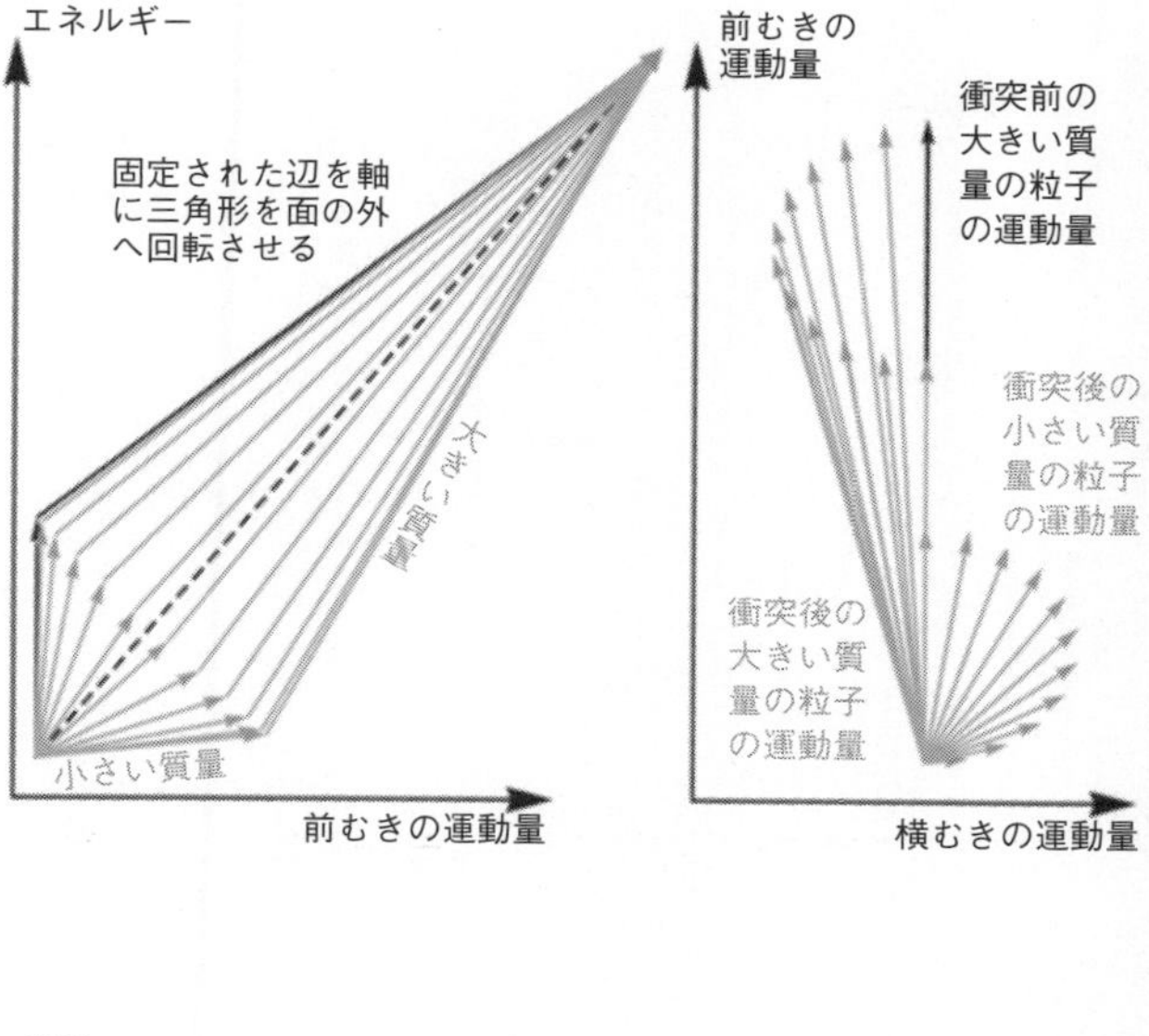

ケットをひらいて、一枚の丸めた紙を取りだすと、それをひらいた（図下）。

今回、カルラはすぐには返事をしなかった。自分でも同じようなグラフを描いたことがあったはずだ——とっくに忘れてしまったが、力学をはじめて学んでいたころのなにかの演習で——が、パトリジアの作ったグラフは、ひと目でわかるレベルを超えていた。「この角度は、重いほうの粒子が衝突後にどれだけ軸からズレるかを測ったものね？」カルラは訊いた。

「そうです」パトリジアがいった。「その角度は衝突自体の詳細——斜めにぶつかるか、正面からか——によって決まりますが、わたしはただ最終結果をはっきりさせたかったんです。保存則が許容する、角度とエネルギーの可能な組み合わせを。この曲線でなにに驚くといって、散乱の最大角度はつねに同じになるんです！　軽いほうの粒子が最初に停止しているならば、重いほうの粒子がぶつかって針路を変えられる角度に

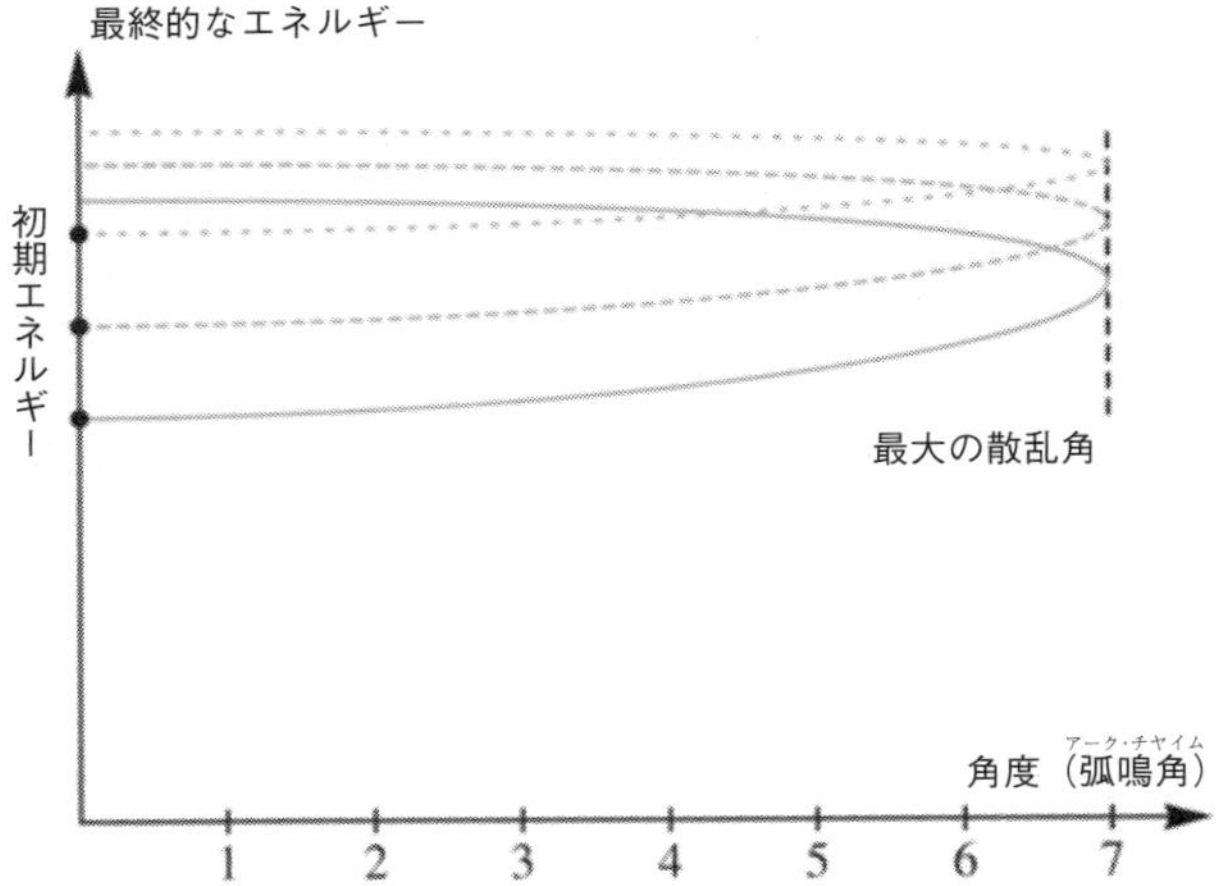

は最大値が存在し、それは質量比によってのみ決まります——衝突のエネルギーはそこに関係してきません」

「ふうむ」記憶にあるかぎりで、カルラはその結論に気づいたことさえなく、それが真であるという幾何学上の単純な理由もなにも思いつかなかったので、胸の上でしばらく代数に取りくんだ。その結果、パトリジアのいうことは非の打ちどころなく正しいことがわかった。散乱の最大角度は同じで、それはエネルギーと関係がない。

　カルラの空腹によるいらいらは、いまでは知的関心で抑えこまれていた。パトリジアは、重さが最初の輝素の三倍の輝素をもうひとつ加えることで、カルラの曇化理論を救おうというのだろうか？

　パトリジアがいった。「光の散乱実験で測定したデータを使って、これとまったく同じ形の曲線を描くことができます」そして別のグラフをポケットから取り

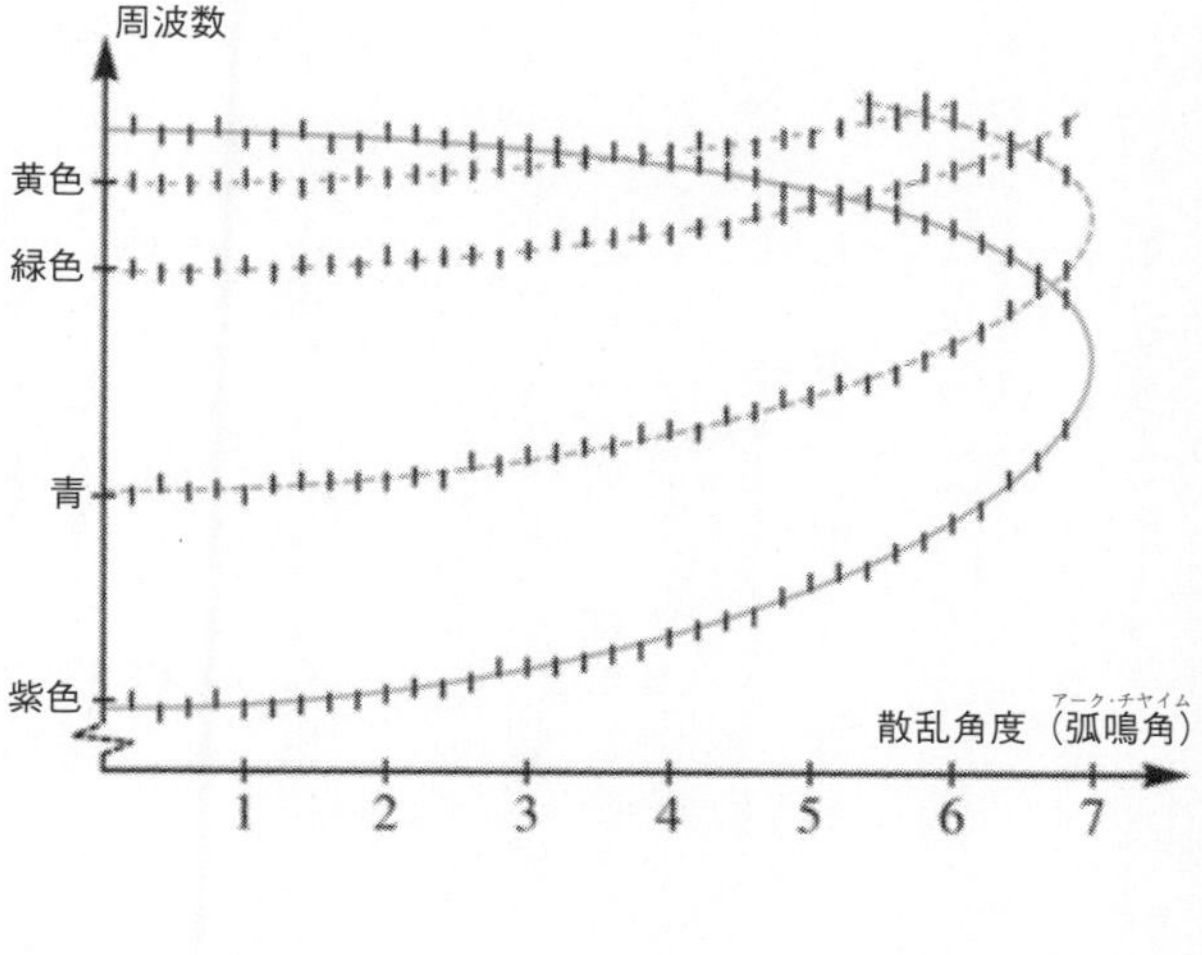

だした（前ページ下図）。

「この四つの曲線にはすべて同じ質量比を使いました、約三対十の」パトリジアが説明する。「その質量比は最大散乱角度からすぐに求められます！　そうなると、あと決めなくてはならないパラメーターは、縦軸のスケールだけです」

　カルラは手を伸ばして、パトリジアからグラフを受けとった。たったふたつの数の選択を賢明におこなうことで、パトリジアのモデルは、あらゆる点を曲線上に含んでいた。このようなパターンは偶然には起こりえない。それらの曲線が意味するのは、輝素に散乱される光は、ぶつかる相手の約三倍重い粒子とまったく同じようにふるまう、ということだった。

　ただし……このグラフが示しているのは粒子のエネルギーではなく、波の周波数だ。この縦軸になっているのは、じっさいの測定ではプリズム通過後の光の屈折角度で、そのあとそれを、光学櫛に対するプリズムの較正を用いて波長と周波数に換算したのだった。なら、その話にどうやってエネルギーが入りこめるのか？　光波のエネルギーはその明るさで決まる——カルラたちはその測定を試みたことさえない。

「あなたは」カルラは尋ねた。「ここでなにが起きているのだと思う？」

　パトリジアはいうだけいってみるという調子で、

「これは、光の速度で移動するなんらかの種類の粒子が存在する、ということですよね？　輝素と違って波頭にとらわれることなく、けれどじっさいに光とともに移動している」

「そして、わたしたちが鏡石から解放した輝素が、この粒子を散乱している？」

「はい」

「で、それからどうなるの？」カルラは怒ったように訊いた。「この謎の粒子を押していた光が、その粒子について、いこうと決める？　力学の諸法則から、その粒子のみについては、衝突後にどのように動くはずかはわかる……そして光波は、もともとの関係を維持するために、それ自身の速度を調整し、それ自身の周波数を調整して粒子の動きに合わせて動く？　光がこの粒子を進ませているの――それとも、この粒子が魔法のように光を引っぱりまわしているの？」

　パトリジアはすくんでいた。カルラは自分の声がひどく辛辣になっていたことにようやく気づいた。「ごめんなさい」カルラはいった。「話にならないといっているんじゃないの。わたしも混乱しているのよ。どうしたらこれを理解できるのか、わからない」

　パトリジアが顔をあげて、カルラと目を合わせた。いったいなにがこの議論をむずかしくしているのか、ふたりともわかっていた。パトリジアがいった。「わたしはこの結果を利用して曇化実験に説明がつけられないかを、考えようとしたんです。もし、光波がこの粒子につき添われなければならない理由が存在するとしたら――とりあえずこの粒子を、〝輝物質〟と呼びませんか」

　カルラはブンブンとせせら笑いそうになるのをこらえた。〝輝物質〟は、光は〝発光微粒子〟でできているという説を――ひとかけらの証拠もなしに――最初に唱えた第九期《エイジ》の思想家メコニオの信奉者たちが用いていた言葉だ。ジョルジョが二重スリット実験によってその概念を葬りさり、その墓の上にネレオとヤルダが波動説という山を丸ごと築いたのだった。メコニオの誤謬を理由にパトリジアが非難されるいわれはないが、その名称は余計なものを引きずりすぎている。

「呼び名は〝光子《フォトン》〟にしましょう」カルラは提案した。

「語源は異なるけれど、意味は同じになる」

「光を生じさせるものが輝素と呼ばれているのだから、光につき添う粒子も同じ語源であるべきなのでは？」

「両者が混同されやすくなるわ」カルラはいった。

「光子のほうが意味がはっきりするから、まちがいなく」

パトリジアは別にかまわないというようにうなずいて、「光子は光のパルスの速さで動くというのが、大原則です」と話を続けた。「けれどそれが真であるとすれば、ある特定の周波数の光を生じさせることは、特定のエネルギーを持つ光子を作りだすことを意味することになります。ゆえに、あるプロセスが特定の周波数の光を生じさせるとすれば、それはその反応に関わるエネルギーの量に奇妙な制限を課すことになる。光子をひとつ、あるいはふたつ、あるいは三つ……と作りだすことはできるけれど、その数は自然数に限られる。半分の光子を作ることはできません」

「待って!」カルラは割りこんだ。「光波自体のエネルギーは? それは光子のエネルギーとどういう関連があるの?」

パトリジアは弁解するようにうなった。「なんともいえません。とりあえず、それがとても小さいということはいえるのではないでしょうか? 光のエネルギーの大半は、じっさいは光子のものなのでは?」

「これはあなたの理論よ」カルラはいった。「続けて」

パトリジアはガイドロープを握ったまま不安げにむきを変えた。「鏡石の輝素のエネルギーの谷が、すべて一定の深さだと仮定します。輝素は多少の熱エネルギーも持っていて、谷底から持ちあがりますが、もし持ちあがる度合いにあまり差がないなら、谷からのぼり出て真空に出ていくには——そしてあとに曇った面を残すには、やはり一定量のエネルギーがいることになるでしょう」

「議論の出発点としては妥当ね」カルラは同意した。「ネレオの理論によれば、輝素はとっくの昔に勝手に谷を出ていてもいいはずだった——自身の熱振動が光を生みだし、ひたすら運動エネルギーが増加することによって——が、これまでほかのだれもこの安定性の問題に解答をあたえられなかったのに、パトリジアがそれをやってのけられる見こみは、ほとんどなかった。

「単一の周波数の光を鏡石に当てたら」パトリジアがいった。「輝素はやがて光と同じように振動するようになり、それ自身の光を生じさせます。ところで、光を生じさせることは光子を一個作りだすことでもあります。ここで、一個の輝素は光子を一個作りだすと仮定しましょう。それによって輝素は一定量の運動エネルギーを得ますが、それだけでは谷を出るには不じゅうぶんかもしれない。二個でも、あるいは三個でも不じゅうぶんかもしれませんが、しかし四個ならじゅうぶんと仮定します。すると、四個の光子を作れば、輝素は谷を脱出し、鏡石は曇る」

　カルラはその話の先をたどった。「けれど、もし鏡石にぶつかる光の周波数がもっと低かったら、各光子のエネルギーも小さいということになり、同じ結果を出すために五つの光子が必要になる地点が、突然やって来る。それが、曇化パターンにあらわれる最初の変化地点となる。その地点の片側では四個の光子がエネルギー間隔を橋渡しするけれど、反対側では五個必要になる」

　パトリジアがいった。「そうです。わたしが前に思いついた、谷にいる輝素が、光に押し流される異なる数の〝さまよう輝素〟に衝突されて……云々というナンセンスとは、完全にさようならです！　周波数比における〝四〟と〝五〟は、谷を脱出するために輝素が作りださなくてはならなかった〝光子の数〟にすぎなかったんです」

　一旬《ステイント》前だったら、カルラはこの新しい説も最初のと同じくらいナンセンスだといっただろう。ロープをピンと弾く場合なら、弾きかたしだいでロープを伝わる波を自由自在に強くでも弱くでもできるのに、なぜ光の場における波はそうではなくて、振動の強さを段階的にしか変えられないといった奇妙な制約やなにかにつきまとわれるのか、と。だが、光の周波数を、同じ速度で移動する粒子のエネルギーの代理物として扱うことにすれば、散乱のデータをまとめたパトリジアのグラフは、ひとつの粒子が別の粒子と衝突した際に予想されるとおりのかたちで〝光子〟がふるまうようすを示して、この仮説上の粒子に命を吹きこむ。

カルラはいった。「メコニオの天才を讃えるのはあとにして、このアイデアをテストする方法はなにか考えているの？」

「完全に新規の実験はまだ思いついていません」パトリジアが認めた。「でも、もともとの実験において、わたしたちが測定したことのないものがあります」

「それはなに」

「曇化パターンの各々の部分があらわれるまでに要する時間です」

カルラはその点をもっとくわしく調べる価値があることを理解した。「各々の光子を作りだすのに一定の時間がかかるとすれば、その後さらに、所定の曇化濃度に達するために、ある層と比べて次の層が必要とする余分な時間はすべて同じであるはず。そして、わたしたちは露光時間をもっと長くして、痕跡を残すのに六つの光子を必要とするようなもっと低い周波数による別の層を生じさせる必要がある」

パトリジアがいった。「異なる周波数で光子一個を作りだすのにかかる時間は、同じではないと思います。もし光子を作りだすためには、このプロセスを推進する光が一定の数の周期を経ることが必要なのだとしたら、どうでしょう？」

「たとえば……パン製造器の取っ手をまわすように？問題なのはまわす回数であって、どれだけの時間まわしているかではないとしたら、ということね」光子を作りだすのに必要なものはなにか、カルラには見当もついていなかったので、回数と時間のどちらが正解かを、あっさりと判断する術《すべ》はなかった。「紫色の光の周期は、赤い光のわずか一倍半。ふたつの可能性のどちらが結果に一致するかをテストするには、相当に長い露光が必要になる」

パトリジアが歓声をあげた。「じゃあ、じっさいにこの理論をテストするんですね？」

「もちろん」カルラは答えた。「わたしたちはそのためにここにいるのよ、でしょう？」

パトリジアが部屋を出ていくと、カルラは戸棚から落花生を取りだして、いつもの儀式を執りおこなった。においを楽しみながら、カルラは自分が議論を性急に進めすぎて、あまりに多くの問題点をスルーしてしまっていたことに気づいた。

輝素は自分が露光されてからどれだけ時間が経ったかを、どうやって〝知る〟のか？　光の周期を数えるためにせよ、単に時間経過を記録するためにせよ、タイマーの役割を果たす物理量はなんなのか？　輝素のエネルギーではない。もしそうなら、曇化パターンに断絶は起きなかっただろう。パトリジアの理論が成立するかどうかは、半分の光子を作ることはできないという公理が正しいかどうかにかかっているが、なにかが光子を作るプロセスを記録しているのでもないかぎり——作りかけの光子というようなものがありえないとすれば——なぜそうした粒子のひとつを作りだすのに、ある一定の時間がかからなくてはならないのだろうか？

散乱曲線は美しい。エネルギーと周波数の結合は美しい。だが、全体としての理論は、まだなんの意味もなさなかった。

カルラは落花生をしまいこみながら、どうやってアッスントを——物質を作る粒子の存在を疑っている相手を——説得しようかと考えていた。今度は光の粒子を追い求められるように、これまでの六倍の太陽石をあたえてください、と。

13

シルヴァーノは友人ふたりの前で宣言した。「評議会への立候補を決めたよ」

カルロは不意打ちを食らった。励ましの言葉をかけるのが礼儀だと思いついたときには、心からいっているような響きを持たせるには手遅れになっていた。

「わたしたちも無理やり駆りだされるわけね？」カルラが冗談をいった。

「ああ、それは選挙運動を手伝ってくれる人がどれくらいいるかによるな」シルヴァーノは手を伸ばして、息子のフラヴィオがガイドロープを離れて漂い、空中で手足をじたばたさせはじめているのをつかまえた。

シルヴァーノの家族の新しい個室はそれ以前のより重力が弱いが、シルヴァーノが引っ越さずにはいられない気分だったのは無理もない、とカルロは思った。

カルラがいった。「一　旬《スティント》に六日は遊説に同行してもいいわ、そのかわりに、うちの学部の太陽石使用割り当てを緩和してくれるなら」

「うーむ」シルヴァーノは戯《たわむ》れでも軽はずみな約束をするつもりはなかった。「〈ブユ〉がなにを発見するかしだいだな。直交岩でエンジンが動かせるとわかったら、太陽石は使いたい放題にしていいよ」

カルロはいった。「選挙ではなにを訴えるつもりだ？」

「農場の拡張だ」シルヴァーノが答えた。

「拡張？」カルロは困惑した。「新しい畑の層を山に押しこむなんていう賭けに出る気になる構造技術者が、見つかると思うのか？」

「違う、違う！　その方法が限界に達しているのは、だれもが認めていることだ。おれたちは別の可能性を探らなくてはならない」フラヴィオが父の手の中から逃げだそうとしはじめた。ロープにつかまっている双のところに戻りたがっている。シルヴァーノが手を放してやると、フラヴィオは不器用にロープを伝っていった。

「可能性というと……？」カルラが先を促した。「〈物体〉を調査に行ったシルヴァーノがいった。

〈ブユ〉は、なにを発見することになると思う？〈物体〉が激烈に反応する物質でできていて、それを一部とする新種の燃料として使えることがわかるか、そうでなければ、〈物体〉がふつうの岩にすぎないと判明するかだ」

カルロはカルラと目配せを交わした。カルラは可能性がそれで全部だとは思っていなかったが、とりあえずそこは追及しないでおく気になっていた。

「もし前者だった場合」シルヴァーノが話を続ける。「エンジンを全面的に改造してこの新しい反応を利用できるようにすることで、われわれは給剤機室のいくつかを農業用に改造できる可能性が得られるはずだ。だが後者だった場合はもっと有望だ。燃料問題は解決できないだろうが……われわれは大量の新しい土地を確実に手にすることになる」

先にその言葉の意味を理解したカルラは、感嘆の叫びをあげずにいられなかった。「〈物体〉を農場に変えようというのね？」

「当然だろう？」シルヴァーノが応じる。「〈ブユ〉がなにを見つけることになるにせよ、それを最大限に活用する準備をしておくべきだ。もし〈物体〉がふつうの岩だとわかったなら、われわれはなんの妨げもなく、その中を掘りすすみ、空洞を作って、自転させ——」

カルロはいった。「だが、もしそれがふつうの岩だったら、〈ブユ〉にはそれを停止させることができないだろう」〈物体〉を捕獲するという発想はひとえに、それがかつて〈孤絶〉の斜面を発火させた岩粒と同じくらい劇的に安定石と反応する、という仮定にかかっていた。

「それは確かにいえる」シルヴァーノは認めた。「その場合われわれは、従来型のエンジンで停止作業をおこなえるだけの燃料を積んだ、次なる遠征を早急に実施する必要がある。だが、それが意味するだろうことを考えてみろ。長い目で見れば、収穫を四倍にすることも造作ないんだ」

カルロは返事をしなかった。シルヴァーノのいう計画が不可能だと断定はできない。だが、〈孤絶山〉自体を同様に変化させるのにかつて要した総労働力――それも、空気と重力、そして惑星ひとつ分の資源の恩恵を被《こうむ》りつつの話――は、現在の〈孤絶〉の人口を圧倒的に上まわるものだった。

カルラがいった。「手堅い話しかしないといって、あなたを批判できる人はいないでしょうね」

「われわれにはこうしたなにかが必要なんだ」シルヴァーノがいった。「われわれ自身の大いなるプロジェクト、われわれ自身が生きているあいだにじっさいに達成できるだろう共通の目標に奉仕することが」

「われわれ自身のプロジェクト？」声音は親しげなままだったが、カルラは腹を立てていることを隠そうともしなかった。「あらゆることが、そういうかたちで分類されるようになるってわけ？　これはわれわれのためになるのか、それともやつらのか、っていう？」

「おれがそんなことをいっているんじゃないのは、わかっているだろう」シルヴァーノは、カルラが見せた不快感にいらだった。「たとえおれたち全員が、母星の先祖たちを救う天才的計画に取りくむ技能を持ちあわせていたとしても、だれひとりとしてその成果を自分の目で見られる可能性は、ほんのわずかさえない。あるいはきみの場合は、鏡が曇る理由の根本を喜々として考えていられるかもしれない――そしてあるいはそれが、一、二期《エイジ》のうちにはなんらかの成果につながるかもしれない——だが、おれたちのほとんどにとって、正気を保っているためには、おれたち自身の子どもたちや孫たちのためになにかしてやることを考えるしかないんだ。おれたちがじっさいに……その身になって考えてやれる世代のために」それは、単に相手の身になって考える以上に密接な結びつきのことをいいかけたが、いま話している相手が彼女自身の孫を抱きかかえることはありえないのを、寸前で思いだしたかのように聞こえた。

「なにを公約にするかには、じゅうぶん注意しろよ」カルロはシルヴァーノに忠告した。「〈物体〉はおまえがいった計画のすべてに関わるが、結果がどう転ぶかはわからない。収穫が四倍になるという見通しを強調しすぎたら、失望した投票者への対処を迫られることになるかもしれない」

シルヴァーノは当惑していた。「それはもういったじゃないか。どう転んだ場合でも確実に人々に利するようにするためにこそ、おれは立候補するんだ。もし〈物体〉を農地化できない場合には、燃料問題の解決がまちがいなく人々の士気を大いに高めることになるだろう——だがわれわれは農業用の新たな土地を見つける準備をする必要がある、〈ブユ〉がなにを発見するにせよだ」

「それがロケット燃料でも岩でも、あなたは選挙に勝てるというのね?」カルラはこの件を面白がっていた。「選挙ポスターがどんなものになるか、目に見えるようだわ」

シルヴァーノの個室を辞したあと、カルロはカルラのほうをむいていった。「〈物体〉を農地化することになる可能性があると思うか?」

「可能性なら、どんなことだってある」カルラがいった。「でも、〈物体〉丸ごとが安定石並みに不活性で、わたしたちがそこに依存するようになったら、燃料問題は単に未解決なんじゃなくて、二倍深刻になる」

「そうだな」子どものころ、〈孤絶〉には母星に帰還するための必要量にはるかに及ばない燃料しか積まれていないのを最初に知ったとき、カルロは先祖たちを罵った――そしていま、シルヴァーノがまったく同じことをしようと本気で考えている。「だが、非拡張政策を訴えて評議会に立候補する気になるか？　『収穫の増加は忘れてください、みなさん！　新しい岩を減速させる手段がないというのに、ひと山分の食糧が増産できるようになっても無意味です！』」

カルラはあきらめたようにブンブンいった。「それはまあないわね。でも、シルヴァーノを心底責めることもできない。あの人は自分がせざるをえなかったことを、自分の息子にもさせたくはないのよ」返事をしないでいるカルロを、カルラはちらりと横目で見た。

「あなたが取りくんでいる解決策のほうがよりよいものなんでしょうけれど、それが実現可能だと思える人はなかなかいないわ。空飛ぶ山を農場に変えられることは、わたしたちみんなが知っている。でも、じゅうぶんに食事をした女が子どもをふたりしか生まなくなるというのは、人をハタネズミに変えるという話に近いように聞こえる」

「正確には、ニシテイボクハタネズミだ」カルロはいった。「二児出産するのはね。だが、ニシテイボクハタネズミには雄がいないから、じっさいにはそれも役に立たない――出産で結局、頭数《あたまかず》が倍になる。これまでのところ、捕食も飢餓も病気もなしに動物の個体数が安定していた例は、ひとつも知られていない」

「弱気にならないで」カルラがいって、伸ばした手をカルロの肩に置いた。「それは過去数累代《イーオン》の生物の歴史にすぎない。それが物理法則だというわけじゃないわ」

14

小麦光が消えゆくころ、タマラは空き地で目をさました。藁や花びらを体から払いおとしてから、もうしばらくじっと横たわって、皮膚に感じる土の感触をたっぷり味わった。自分は農民の双として育ってきたのだと、つくづく思う。無重力に近い場所にある個室で眠れる人がいるのが、理解できない。観測所での作業に困難を覚えたことはまったくないし、〈孤絶〉の軸近くで丸一日すごすこともたびたびあったが、来る夜も来る夜もタール塗り布で固定されて、作り物の寝床の不毛な砂の上で体を冷やそうとしなくてはならないというのは、想像可能な最高に悲惨な不眠症への早道に思えた。

立ちあがって、あたりを見まわす。タマロがすぐそばに立っていた。父もすでに起きていたが、姿は見えなかった。

「おはよう」タマロがいった。心ここにあらずな感じで、挨拶も形ばかりのものにすぎなかった。

「おはよう」タマラは気怠《けだる》く伸びをして、顔を天井にむけた。ふたりの頭上で苔が目ざめつつあった。通廊では同じ種《しゅ》の苔が絶え間なく発光しているが、ここでは小麦に夜を譲ることを学んでいた。「だいぶ前から起きていたの？」

「ほんの一、二分隔《ラプス》だ」タマロが答えた。

「そう」タマラはだいぶ前から半醒半睡状態で、タマロが隣にいないのを感じていた気がした——大鎌を押しても押しかえされなかったからで、目をあけて確かめはしなかったが。「さあ、いろいろやらないと」タマラはいった。急ぎの仕事はなにもなかったが、タマロがこんな風によそよそしいときは、タマラが早く寝床を離れてくれれば、家族そろっての朝食の前にこっそり食べ物にありつけるのに、と思っているのが常だった。たぶん、父はいまそうしているのだろう。

タマロがいった。「いま話をしていいか？」

「なにかしら」タマラは双のもとに歩みよった。

「マッシマのことを耳にした」とタマロ。

「ええ、残念だわ」

「おまえはいちどもその話をしてくれなかった」

タマラはそっけなくブンブン音を立てた。「残念といっても、わざわざ話すほどのことじゃないから。マッシマがいっしょに行ってくれたらうれしかったけれど、ミッションに影響はないわ」

タマロがいった。「彼女は危険をおかす価値がないと判断したということだ」

「そうね、それはあの人の自由よ」タマラはいらいらしてきた。この件でタマラとマッシマが比較の対象になると、タマロは本気で思っているのだろうか？

「あの人はどっちみち見物人でしかなかったのだから、ごく低い危険度を基準に判断したことを責められない」

「行かないでくれとおまえに懇願しなくちゃならないのか？」タマロが訊いた。傷ついたような声になっていた。「もしおまえの身になにかあったら、それがおれにとってなにを意味するか、考えたこともないのか？」

タマラは手を伸ばして、安心させるようにタマロの肩を握りしめた。「あるに決まっているでしょう。でも、慎重第一でやるから、絶対に」アーダが自分の双を説得したときになにをいったかという話を、タマラは思いだそうとした。「わたしたちは〈孤絶〉打ち上げの興奮を分かちあうには、生まれるのが遅すぎたし、帰還者の一員になるには早すぎた。もし今回みたいな機会を手放すようなら、わたしはなんのために生きているの？　わたしたちが子どもを作るまで、ぶらぶらして待っていろと？」

「おれがこれまでおまえに、子作りの圧力をかけたことがあったか？」タマロが憤然として問いつめた。

「そういう意味でいったんじゃないわ」

「おまえが職に就いているのを、おれはいつだってうれしく思ってきたんだ！」カルロがいった。「安全な仕事をしてくれてさえいれば、今後もおれからひと言の不平も聞くことはなかっただろう」

タマラはどうにか癇癪《かんしゃく》をこらえた。「話を聞いていなかったのね。わたしにはこの仕事をすることが必要なの。化学者が燃料問題を片づけるのを手助けするチャンスという面もある――それだって、決して些細なことじゃない。でも、〈ブユ〉を飛ばすことこそ、まさにわたしにぴったりの仕事。技能面でも、気質の面でも、情熱の面でも。もし、〈物体〉みたいな岩が遠くを通りすぎていくのを眺めて人生を送るほかないとしたら、わたしはそれを最大限に有効活用しようとするでしょう。でもこれは、わたしが持てる能力をすべて試せるチャンスなのよ」

タマロが冷ややかにいった。「そしておまえは、おれたちが子どもを持てない危険と引きかえに、それをするんだな？」

「もう……」タマラはいまや腹を立てていた。よもや自分の双がこんな安っぽい反論を持ちだすなんて。「もしわたしがあっちへ行って死んでも、あなたはそんなに待たずに、いい未亡人と出会えるわ。そういう人たちには自分と死んだ双の配給権を売ってしまった人も多いのは確かだけれど、あなたはわたしの分を手に入れるわけでしょ？　文字どおりの魅力的な代理双になるのよ」

「これを冗談だと思っているのか？」タマロは激怒していた。

「冗談になんかしようがないでしょ？　真実なんだから。わたしが死んでも、あなたは父親になれる。だから、この件で自分のほうがわたしより多くのものを危険にさらしているみたいに、すねるのはやめて」

　不快さも露わに、タマロはタマラから遠ざかった。

「おれはほかのだれかと子作りをするつもりはない」タマロはいった。「おれたちの母さんの肉が、おれの子どもたちの肉になるんだ。おまえがどんなに長く母さんの肉を借りていても、それはおまえのものじゃない。とりわけ、おまえが勝手に危険にさらしていいものじゃない」

　タマラは嘲《あざけ》るようにブンブンいった。「いつの時代の話をしているの？　あなたみたいな馬鹿な人は、顔も見たくないわ！」タマラは双を押しのけるようにして小道に出ると、空き地の外へ進んだ。タマロがあとを追ってきて、うるさくつきまとうものと半ば予期していたが、何度、後眼で盗み見しても、タマロはタマラが置き去りにしてきた場所に身動きもせずに立っていた。


　小道が曲がってタマロの姿が見えなくなると、タマラは奇妙なことにめまいがするような戦慄を感じた。わたしはタマロを見捨てようとしているんだろうか？　なんにせよタマラは、タマロが探しにきて謝るまでは農場に戻ってくる気はなかった。寝るのは観測所の隣の研究室でもできる――重力のない寝床になるが、耐えられるだろう。

　眠りについた小麦の花のあいだを闊歩《かっぽ》しながら、タマラは罪悪感がうずきはじめるのを感じた。彼女は自分にとって〈ブユ〉がどんな意味を持つかをタマロにわかってほしくはあったが、やりこめて黙らせたいわけではなかった。もしタマロの怖れているのが、父親になる機会を失うことなら、タマラが死ぬ可能性よりも、縁を切るとタマラに脅されるほうが、タマロはより心乱されるだろう。その場合、タマロのではなく、タマラの子どもたちが、タマロの分の配給権も受けつぐ規則だ。いま自分はタマロに、どんな運命を押しつけようとしているのか？　孤独な死か、それとも……もうひとつの選択肢はなんだ？　どこかの未亡人と秘密に子どもたちを作って、その子たちを隠しておくのか？　そして自分の農場の収穫からその子たちの食べる分をごまかして、やがて監査係につかまる？　タマロがタマラの自主性を受けいれられるところまで成長する必要があるのは確かだが、タマラがどれだけ無情になろうとしたところで、そこには限界があった。タマラはいまもタマロを愛していたし、ふたりが作る子どもたちをタマロに育ててほしいといまも思っていた。ふたりとも、激したはずみでいろいろいってしまったとはいえ、その思いを変えられるものがあるとはタマラには想像できなかった。

引きかえして即座に和解する努力をしようかと考えてから、タマラは決意を固めた。ふたりのどちらにとっても、こんな風に諍《いさか》いをかかえたままでその日を送るのはつらいだろうが、タマラはタマロに、その痛みを感じさせる必要があった。もしかすると、ふたりの父がタマロに理を説いて聞かせるかもしれない。何度となく議論でタマロの味方をしている分、父は自分の娘がどれほど強情になれるかをわかっている。もしさっきのやりとりを父がこっそり聞いていたら、タマラのいうことを受けいれる以外のどんな助言を、息子に対してできるだろう？

タマラは農場の出口まで来ると、歩調をゆるめることなく目の前のドアの取っ手を握った。取っ手はわずかだけまわったが、そこで引っかかった。ドアにまっすぐ歩みよったタマラは、安定石の板と前へ進む胴体とのあいだで、伸ばした腕を押しつぶしかけるかたちになった。

悪態をつき、腕の痛みがおさまるのを待ってから、もういちど取っ手をまわそうとしてみる。四回試して、タマラは気づいた。取っ手が引っかかっているのではない。ドアに鍵がかけられているのだ。

前にドアの鍵を目にしたのは、タマラが子どものときだった。それをしまってある貯蔵穴のひとつを見せながら、その道具はとてつもない脅威に対抗するための道具だと父が話してくれたが、その脅威は英雄譚《サーガ》に出てくる作り話のように思えた。森から逃げだして〈孤絶〉を征服しようと暴れまわる樹精だとか、飢えで正気を失って、畑から小麦を奪いとろうとする暴徒の群れだとか。

タマロが別の道を走ってタマラの先まわりをすることも、まったく不可能というわけではない。だがそれには畑を突っ切る必要があり、音を立てずにそれはできない。

だから、この朝ふたりが言葉を交わすよりも前、タマラが目ざめもしないうちにタマロがドアに鍵をかけたか、さもなくば父がほんとうにふたりの話を聞いていたかだ——そしてタマラの側に立ってタマロに話をしようとするどころか、この問題の解決策はタマラを強引に農場に閉じこめておくことだと判断したのだ。

「横暴なろくでなしども！」少なくともふたりのうちひとりが近くに隠れていて、この言葉を耳にしていることをタマラは願った。

怒りの中でも、タマラは慰めと安堵を覚える理由がひとつあることに、はっと気づいた。ふたりがこんな馬鹿な真似に出たのが、発進当日ではなく今日でよかった。ふたりがすべてを左右するタイミングで不意打ちをしてきたなら、タマラを数時隔《ベル》のあいだ閉じこめたままにしておくのは、困難ではなかっただろう。そしてタマラが姿をあらわさなかったら、アーダとイーヴォには彼女抜きで出発する以外に選択肢はなく、そしてタマラの幼稚な家族は望むとおりの結果を得ていただろう。だが双と父は彼女を懲らしめて満足するのを、待つことができなかったようだ。

タマロが小道をこちらへやってきた。

「鍵はどこ？」タマラは問いただした。

「父さんが持っていった」ドアのほうに首を振って、父がその外側の、タマラには手の届かないところにいるのを示唆する。

「それで、どういう計画なの？」

「おれはおまえに、何度も何度もチャンスをやった」タマロがいった。「だがおまえは耳を貸そうとしなかった」言葉に怒りは感じられなかった。くたびれて、あきらめたような声だった。

「これでどうなると考えているの？」タマラは質問した。「これからの三日間だけでも、わたしがいくつもの会議に出席するものと思っている人が、どれだけいるかわかっている？　大勢の友人や同僚のうちのだれかがわたしを捜しにくることは、まちがいないといっておくわ」

「めでたい知らせを聞いたら、そうではなくなるさ」

タマラはまじまじと双を見つめた。もし父が農場の外にいって、タマラは出産したという話を人々にしたら、これは私的な家族問題の範疇を超える。タマラが監禁者たちを赦して、だれにもなにもいわないと誓ってここから出ていくというわけにはいかなくなる。タマラがまだ生きているというだけで、男たちが嘘をついていたことが明るみに出るからだ。

「おまえのホリンは全部焼きすてた」タマロがタマラに告げた。「わかっているだろうが、おれは決しておまえに無理やりいうことを聞かせるつもりはないんだ。いまこうなっているのは、おまえが選んだ結果だ」

タマラは双の顔に、わずかでも確信のなさが見られないかと探った――自分の目標の正当性についてではなくとも、それを達成できる可能性について。だが、記憶にある人生最初のときからタマラが愛してきた男は、いまやふたとおりの結末しかありえないと確信しているように見えた。

タマロに誘発させることにタマラが同意して、彼の子どもたちを出産し――彼がまちがいなくその子たちを心待ちにしていることを慰めとするか。

あるいは、タマラがホリンなしでここにとどまり、やがて体が勝手なことをはじめるか。そしてタマラはひとりきりで出産し、その場合、監禁者たちと自分の子どもたちからともに、それなしではやっていけない配給権を奪うことになるのが、タマラにとっての唯一の勝利となるだろう。

15

太陽石ランプのシューッという音が、笑いを誘うキーキー音に近いところまで高まった。まだ残っている燃料粒がるつぼの中を跳ねまわる音が聞こえる。粒がごく小さくなっているので、表面から噴出する熱いガスがわずかでも非対称だと、小型ロケットに早変わりしてしまうのだ。次の瞬間、残りの粒も完全に燃えつきて、ランプは光も音も出さなくなった。

オネストが炎石ランプのところに行って、その光を強めてから、自分の机に戻った。

通常の光のもとだと、作業場はくすんで見えた。カルラは真空にしたコンテナの封に穴をあけ、空気が流れこむのを待ってから、封を剝がして鏡を回収した。

まず自分で検分してから、パトリジアに手渡す。それを調べまわすパトリジアの顔は冴えなかった。

ここ数日、曇化がカルラたちの予想していたかたちで進行していないのは明らかだった。第一の層はほんの二鳴隔《チャイム》の露光で、鏡の脇に置かれた対照カードと一致した。第二の層は二日かかった。その時点ですでに、個々の光子を作りだす時間が個々のケースで同じにはならないことははっきりした。しかし、その時間は光の周期に比例するのではないかというパトリジアの発想も、目の前で起きていることを説明できないことに変わりはなかった。第二と第三の層を隔てる境界の両側のほぼ等しいふたつの色合いについては、光の周期は事実上同一だった——だが、第二の層で曇化反応を完了するのに必要な五個目の光子があらわれるのに必要なのは二日だけだったが、さらにもう一個の光子があらわれるのをその二倍の期間待っても、第三の層は初期状態のままだった。

カルラは一連の結果を胸にスケッチした（次ページ上図）。

「光子理論は、ひとつの層から次の層へ切りかわる周波数の説明にはなる。でも、タイミングはどう説明すればいいの？」

「もしかすると、それらの谷から熱として漏れだしているエネルギーがあるのかもしれません」パトリジアが意見をいった。「そして、その分を埋めあわせるのに時間がかかっている」

「埋め合わせの手段は？」

「より長時間の露光によって」

「でも、露光時間をより長くしても、より多くの光子を作りだすことしかできないでしょ！」カルラは反論した。「それに、もし光子の数がここに描書したのと違っているとしたら、周波数の五対四の比はどこから来るの？」

パトリジアは自分を責めるようになった。「そうですよね。理屈に合わない考えでした」

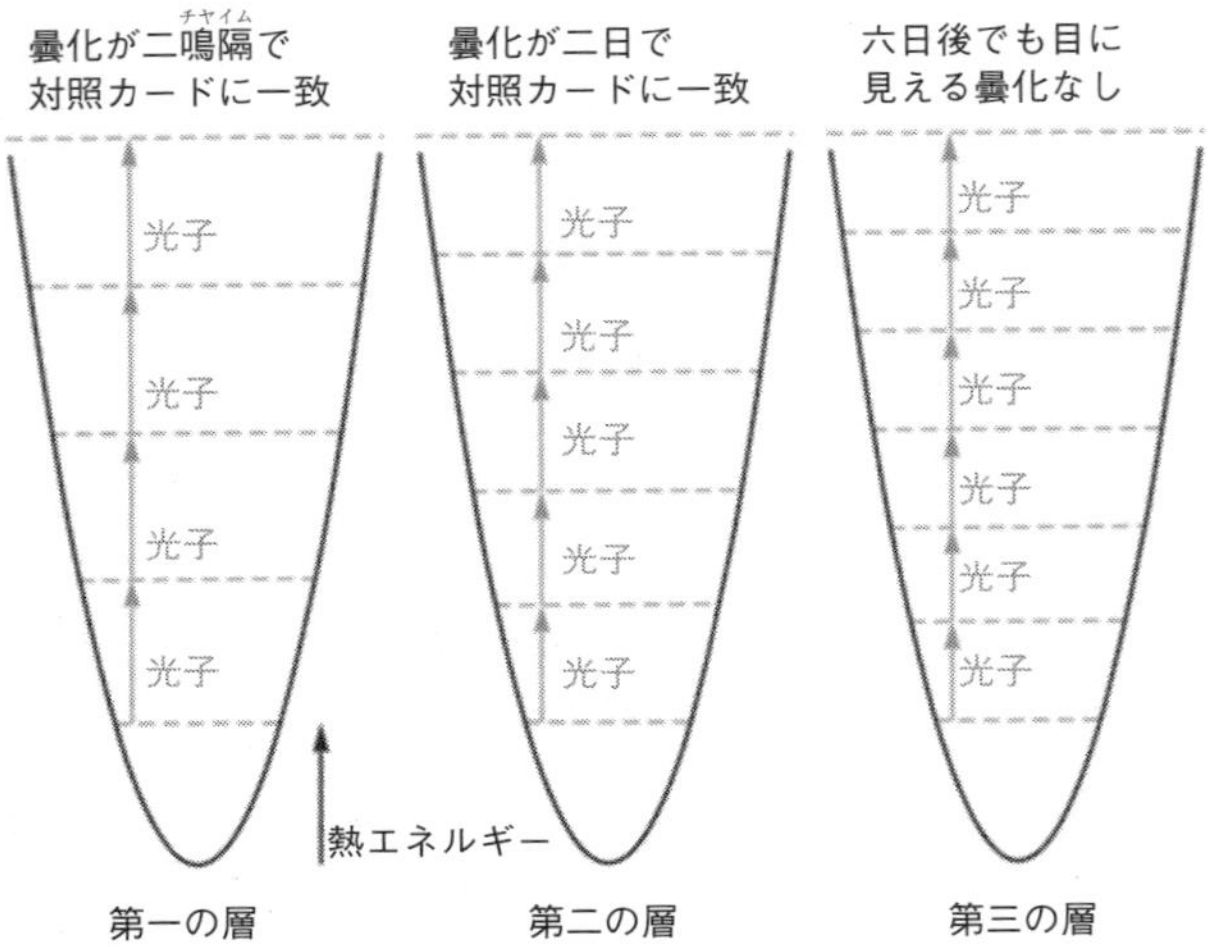

カルラはオネストが書類からちらっと目をあげたのに気づいた。オネストは神経に障る照明を六日間我慢させられてきたかと思ったら、今度はカルラたちふたりが、結果が出せなかったという実験結果に説明をつけようとぐだぐだ話すのを聞かされているのだ。「うるさかったならごめんなさい」カルラはいった。

「うるさくなんかないですよ」オネストが返事をした。「でも正直いって、この二時隔《ベル》はほとんど仕事になりませんでしたがね」

「なにか理由が？」

「あなたがたの理論のことで頭をひねっていたんです」オネストがいった。「そして、あなたがたが自分でも頭をひねっているのを見ているうちに、黙っていられない気分がどんどん強くなってきました。ぶしつけすぎなければ、意見をいわせてもらえるでしょうか」

カルラはいった。「かまわないわ」

オネストが近寄ってきた。「ネレオはある粒子、輝素が、ヤルダの光の場の源泉として機能していると仮定しました。もしあなたがたが話していたことをぼくが正しく理解しているなら、あなたがたはとても異なる役割を果たすまったく新しい粒子の存在を仮定しています。場そのものの中の波といっしょに移動して、波のためにエネルギーを運ぶ粒子を」

カルラはパトリジアのほうを振りむいた。この理論はパトリジアのもので、定義も批判への反論も彼女の仕事だ。パトリジアがいった。「そのとおりです」

「なら、ここでもパターンを当てはめてはどうです？」オネストが提案した。「光の場が粒子というかたちであらわれていると信じる理由があるなら、ネレオ自身の粒子がそれと違わなくてはいけない理由がありますか？　輝素もそれ自身の場の中の波と関連しているはずなのでは？」

パトリジアはわけがわからないようすだったので、カルラは割りこむことにした。

「その考えが正しければ、魅力的な対称性があることになりそうね」カルラはいった。「波という波には、その粒子が。粒子という粒子には、その波が。でもわたしは、それだと理論が不必要に複雑になると思う。〝輝素の場〟が存在する証拠がなにもない以上、そういうものを理論に含めることでどんな利点があるのか、ちょっと見当がつかない」

オネストは礼儀正しく頭をさげた。「話を聞いていただいてありがとうございました。もうお騒がせしません」

オネストが自分の机に戻る途中で、パトリジアが声をかけた。「あなたがいっているのは、輝素を定常波として扱えということですか？」

オネストが振りむいた。「その種の具体的なことはなにも考えていませんでした」オネストはいった。「ふたつの粒子の扱いかたがあまりに違うので、奇妙に思えただけです」

　その答えを聞いてパトリジアは確信が揺らいだが、自分が展開してきた思考のすじ道にこだわった。「輝素が光子と同じ種類のルールに従っているとしましょう」パトリジアがいった。「輝素にはそれ自身の波があり――そして光波と同様、その周波数は粒子のエネルギーに比例する」

　カルラはいった。「そこまではいいわ。でも……」

「もし輝素がエネルギーの谷にとらわれたなら」パトリジアが続ける。「その波もまたとらわれるはずです。とらわれた波、つまり定常波は、特定の形を取ることしかできない――各々が異なる数の頂点を持つ波」

　カルラは自分がもう顔をしかめていないことに気づいた。パトリジアが前に出した案と違って、これは空腹による混乱が生んだナンセンスではなかった。オネストの提案は単純素朴に聞こえた――だがいまカルラは、腹立たしいほどに才能があるが、ときどきポカもする自分の生徒が、そこからどんな結論を導こうとしているかがわかった。

　輝素の定常波は、それが取ることのできる各々の形について、特定の周波数で振動する。太鼓の倍音を律しているのが、これと同じ種類の原理だ。太鼓の皮の共振モードの幾何学が、太鼓の出せる特定の音を決定し、各々の音が独特の高低《ピッチ》を持つ。

　だがパトリジアのルールは、周波数をエネルギーと結びつけていた――ゆえに、とらわれた輝素は特定のエネルギーしか持てないことになる。曇化を生じさせるために越えなくてはならない間隔を、谷の頂点にいちばん近いエネルギーが決め、その間隔を中途半端に飛びこえることはできない。ひとつの輝素が光子五個分のエネルギーを蓄積してから六個目を待つことはできないのだ。ひとたび最高のエネルギー準位に到達したら、もう休憩所はない。この旅はすべてか無かだ。必要な総数の光子をいちどに作って、谷を脱出するか……作れないか。

カルラとふたりで議論しながら、パトリジアが要旨をスケッチした（図下）。オネストは傍観しながら、自分の提案が有益だったとわかってうれしそうだが、奇妙な結論にはたじろぎ気味だった。

「わたしにはまだ、タイミングの細かい部分がわからない」カルラは正直にいった。「でも光子を別個に、ひとつずつ作ることができないなら、それに必要な時間が光子の数に比例すると考える理由はない」

「この中に定量化できる部分があるでしょうか？」パトリジアが質問する。

カルラは答えた。「輝素波を方程式にすることはできるかもしれない。輝素のエネルギーについてとにかくわかっていることを、波の周波数に翻訳する。輝素の運動量についてとにかくわかっていることを、波の空間周波数に翻訳する」

その発想は単純明快に思えたが、作業に取りかかる

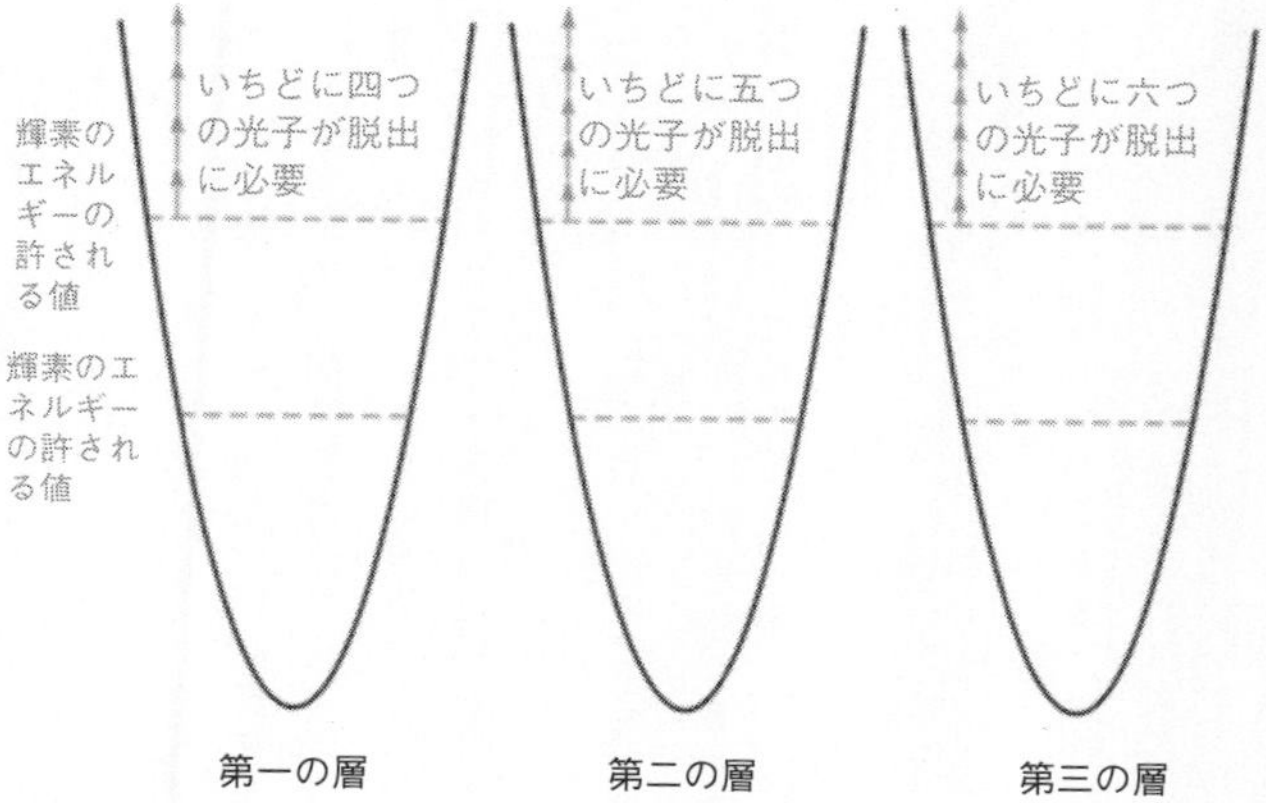

のとほぼ同時に問題にぶつかった。振動する波の変化率を計算すると波の周波数に比例した係数がかかり、かつ四分の一周期のズレが生じる。もとの波のあらゆる頂点で、変化率はゼロを越えて下にむかい、一方、もとの波のあらゆるゼロの地点で、変化率は谷底の最小値になる。光方程式を考案したとき、ヤルダはもう一歩先へ進むことができた。二次の変化率にはもう四分の一周期のズレがあって、もとの波からのズレは二分の一周期になる――もとの波を上下逆にして、周波数の二乗倍した形だ。

もとの波の定数倍はかんたんに結合できる。ヤルダが書きあらわそうとした幾何学的関係――四つの次元すべてにおける波の周波数の二乗の和が、定数になる――は、単にその関係式の各項に波の強さをかけて、周波数の二乗を二次の変化率で置きかえることで、波動方程式に落としこむことができた。

だが、固体の中の輝素の場合、運動量とエネルギーの関係式には位置エネルギーが含まれ、それはエネルギーの谷の中での位置に依存する。この関係式を、エネルギーの二乗だけを使って書きあらわすことはできない――だから、周波数の二乗だけで話をすることはできない。半分で止めて周波数自体を含むようにすることは、波を上下逆にする演算の平方根を取ることを意味する――マイナス1の平方根を波動方程式に入れるということだ。

「どうもわたしたちは、複素数で行きづまっているみたいね」カルラは言明した。「そのことはなにを意味するかしら？　わたしたちの仮定がまちがっていたということ？」

パトリジアもカルラと同様に混乱しているようだったが、まだあきらめる気になっていなかった。「計算を先まで進めてみましょう」パトリジアが提案した。「このすべてが意味をなすかどうかを判断するのは、最終的な答えを見てからにすべきです」

計算をかんたんにするために、異なる偏極を持つ光のようなベクトルでなく、ひとつだけの数字で――複素数ではあるけれど――あらわせる場を選んだ。また、輝素はゆっくり動くものと仮定した。放物線的なエネルギーの谷――扱いがもっともかんたんな理想化――の場合は方程式を厳密に解くことができた（図下）。

パトリジアが最初から推測していたとおり、それぞれ異なる形を持った一連の解があった。そうした形は実数だけであらわすことができた。ただし波の時間変化によって、その値はエネルギーに対応した周波数で複素平面上の円を一掃した。

いくつかの解は同じエネルギーを持っていたが、それはエネルギーの谷の形を理想化した結果にすぎなかった。カルラは計算を押しすすめ、ネレオの力によって固体中でじっさいに作られるような谷に近い、より現実的な形を使った場合の効果をなんとか計算できた（次ページ上図）。

放物線的なエネルギーの谷の中にいる輝素波の形

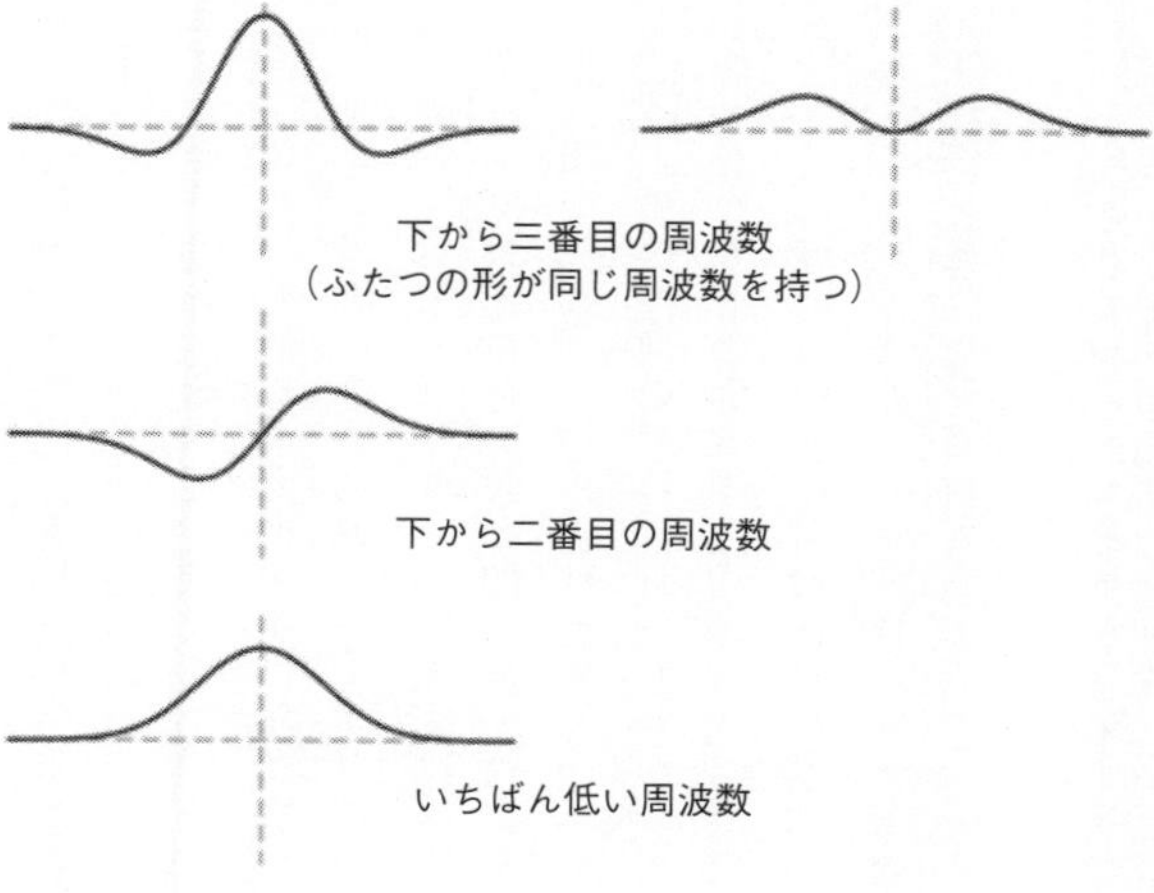

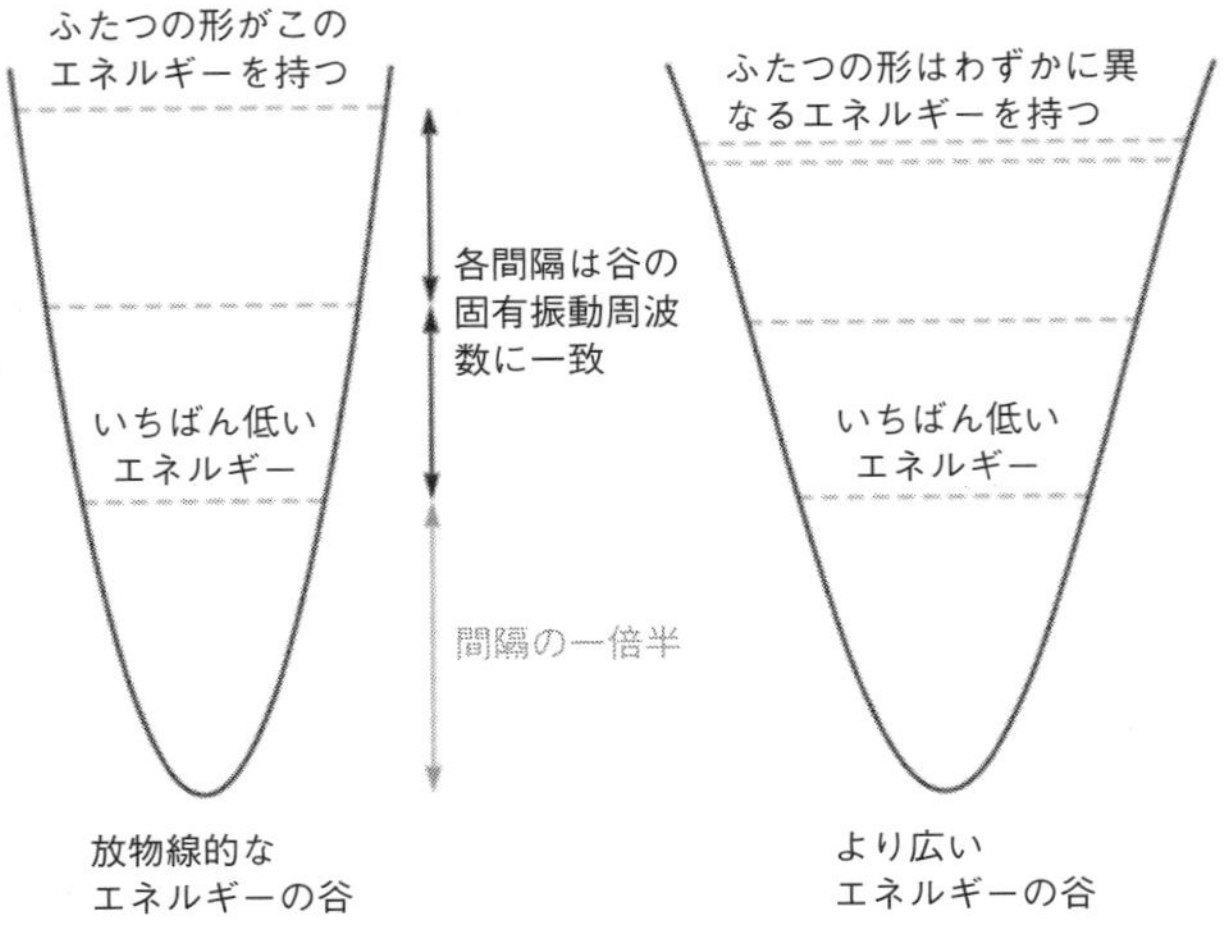

谷が放物線的な場合には、輝素が——粒子として——そうした谷の中で振動すると考えた場合の固有周波数によって、すべてのエネルギーが定められる。許されるエネルギーの値の間隔はすべて正確にその周波数に対応し、一方、いちばん低いエネルギーは谷の底からその間隔の一倍半だけ高い位置にあった。より現実的な谷の場合、すべてのエネルギーが少しだけ減少し、より高いエネルギーに対応する複数の解のあいだにあった完全な一致は損なわれ、理想化された単一のエネルギー準位が間隔の狭い複数の準位に分裂した。

オネストがいった。「谷の固有周波数が、光の最大周波数より大きいと仮定します。それは固体に関するもともとの理論の根底にある仮定です。でもそれをあなたがたのいまの話に直すと、なにを意味していることになるのですか？」

カルラはしばらく考えてから、「それが意味するのは、エネルギー間隔が光子の質量を越えるということ

――だから、一個の光子を作りだすだけでは、間隔を飛びこえるのに必要なエネルギーは絶対に得られない」

「そして、もし谷が完全な放物線でなかったとしても」オネストが推測を続ける。「主エネルギー間隔の重要性は変わらない、ですね？　より小さな間隔も出てきますが、主間隔がじゅうぶん大きければ、そこより上にのぼるためには複数の光子が必要になるようなエネルギー準位が、やはり存在する」

「そのとおり」カルラはいった。「そして、もし谷がじゅうぶん深ければ、それらの間隔の大きさはやがて、そこを横切るために六個か七個の光子を作る必要があるほどになる」

パトリジアがカルラのほうをむいた。「それは……安定性の問題が解決したということなのでは？」

カルラはその問いを一心に考えた。この問題に対する古い見方では、エネルギーの谷の壁がとても急勾配で輝素が光の最大周波数の何ダース倍もの速さで転がって行き来していたとしても、放物線的な形から少しでもズレるとより低い周波数成分が運動に出てきて、その中には光を生成するのにじゅうぶん低いものもある。そうした光の放射がどんなに弱々しかったとしても、輝素はエネルギーをゆっくりと獲得して谷を這いあがっていき、最後には脱出するだろう。

しかし、それはエネルギーがどんな値でも取れる世界での話だ。輝素を波として考える新しい理論では、じゅうぶんに急勾配な谷はエネルギー準位のあいだに越えられない間隔があり、谷の形にどうしても生じる不完全さは、そうしたエネルギー準位のいくつかを分裂させるにすぎない。オネストが指摘したとおり、もし、もとのエネルギーの梯子にある横棒の間隔が非常に広ければ、もとの横棒の近くにいくつか余分な横棒をつけ足したとしても、それで急に梯子が登攀《とうはん》可能になるわけではない。谷の不完全さがその安定性を損なうことは、もはやない。

「ある一定数の光子を作りだすのにどの程度の時間がかかるかは、まだわかっていない」カルラは慎重に発言した。「しかし四個作るより五個作るほうが相当長くかかり、六個作るには、太陽石からの光線の助けを借りてさえはるかに長い時間がかかる、ということならわかっている。そこでなにが起こっているかを理解できれば、固体の中には安定したものがある理由の説明に、近づくことになると思う」

パトリジアが最初の二、三の輝素波の形を自分の胸にスケッチした。「もしこれらのうちのふたつの解——違うエネルギーを持ったふたつの波を足したら、どうなるでしょう？　その和はやはり方程式を満たします……では、この結合した波はなにをあらわしているのか？　それぞれのエネルギーに対応した、ふたつの輝素？」

カルラは答えた。「それは違うように思う。わたしたちは単一の粒子のエネルギー・運動量の関係を翻訳することで、波動方程式を発見した。そして、異なる割合でふたつの解を足したら、どうなる？　たとえば、一方の解を四分の一、もう一方を四分の三の割合で」

「それは……前者のエネルギーを持つひとつの粒子と、後者を持つ三つの粒子、にはなりませんかね？」パトリジアはあまり確信なさげだった。この数のゲームのむかう先が、たぶんわかっているのだろう。

「じゃあ、無理数ならどう？」カルラはいった。「第二の解に二の平方根をかけて、第一の解に足したら。それでもやはり、粒子は一個だけよ」

パトリジアはいらだたしげになって、「それらの波にかける数なんて、好き勝手に選べます！」といった。「それが周波数を変えることはないから、エネルギーを変えることもない——輝素のエネルギーを、です。粒子のエネルギーとは別に、波がなにかそれ自体のエネルギーを持っているのでないとしたら、波のサイズを倍にしたり、三倍にしたりすることは、現実的にはどんな意味があるというんです？」

カルラは不安になっていた。もし輝素波が振幅に依存するようなそれ自体のエネルギーをじっさいに持つとしたら、理論のすばらしい利点である離散的なエネルギーの段階が消えてしまうだろう。「もし波の全体的な大きさを無視するとしたら？」カルラは示唆してみた。「あるいはいっそ、なんらかの基準を使ってそれぞれの解の大きさを規格化するの。それでも、ふたつの解を特定の割合で結合することがなにを意味するかを、問うことはできる。もし、いちばん低いエネルギーの波からはじめて、それより一段高いエネルギーの波をそこに十二分の一だけ結合させたら……それは物理的にはなにを意味することになる？　それはふたつの値のあいだの十二分の一のところにあるエネルギーを持つ粒子をあらわすことはできない」そちらの方向に進むと、連続的なエネルギーという概念に逆戻りすることになり、ここまでのすべてを無意味にしてしまう。

パトリジアが両腕を広げて降参した。推測のタネが尽きたのだ。

「ある部分はひとつのエネルギー、ほかの部分は別のエネルギー」カルラはつぶやいた。「そんなものがあるなら、部分的に谷にとらわれていて、部分的に遊離しているひとつの輝素だって存在するってことね！」

もはやなにひとつすじが通らなかった。エネルギー準位を発見したときにカルラが感じた高揚は、いまでは消えうせていた。輝素方程式の解がなにを意味するのか、二、三の特別な場合以外はいっさいわからないとしたら、そんな方程式に真剣に取りくむ理由などあるだろうか？　もしカルラがこのナンセンスを、安定問題の解答としてアッスントに押しつけようとしたら、アッスントは彼女に、残りの人生を三歳の子どもに波長と速度の関係を教えることで送らせようとするだろう。

そのとき、カルラの頭の中で、自分がさっきいったことが、ほかのだれかの発した言葉であるかのように再生された。部分的に谷にとらわれていて、部分的に遊離している。どのような割合でも組みあわせられる、ふたつの解。その割合が、いままで見つけられなかったタイマー――曇化の実験で輝素が光の中にどのくらいの時間いたかを記録している方法なのかもしれない。エネルギーは時間とともに這いあがることはできない……しかしふたつの解の割合には、それができる。輝素はとらわれた波としてスタートしたとしても、遊離した解を徐々により多く取りいれていくことができる。

この直感にどんな意味があるかはわからないが、それをテストするのに必要な道具なら、すべてそろっている。カルラはいった。「光をぶつけて輝素を谷から出すのにどのくらい時間がかかるかを知りたいなら……谷のエネルギーに光自体によるエネルギーを単純に足して、それが時間経過とともに輝素波に正確になにをするかを計算すればいいんじゃない？」

パトリジアはわずかにたじろいでいた。「それは長い計算になりそうですね」

「ええ、でしょうね」カルラはパトリジアに断言した。「だから計算に取りかかる前に、食事休憩の必要がある」オネストのほうをむいて、「いっしょに食べない？　わたしの配給割り当てで、みんなでパンを食べましょう。お祝いをして、力を満タンに補充して――そしたら、この方程式から本物の予言を引っぱりだす作業の開始よ」

16

光記録機との接続をチェックしながら、アマンダがカルロのほうにかがみこんで、ささやいた。「これがうまくいったら、大公会堂に興行を持ちかけるべきね。こんなに客の入った演し物は、もう何年もなかったから」

どう見ても、カルロたちが信号実験の装置を据えた作業台のまわりには、常日頃の動物生理学研究室にいる人数を合わせたざっと倍の人々が集まっていた。だれがこれだけの人に声をかけたのかは知らないが、大勢を前にした気後れを背負いこむまでもなく、カルロは不安な心持ちだった。二本の腕を少しでも動かしたら、それぞれの手首に刺さっているプローブの位置がズレる危険があったが、カルロは緊張した背中の肉をほぐそうとして、肘から先に動きを伝えることなしに両肩をまわすことに成功した。

ふたつのプローブは、それぞれの手の一本の指にむから信号を拾うように調整されている。アマンダが光記録機を始動させ、カルロは正面の作業台に留めてある紙に書かれた指示をなぞって、一連の動きを左手の実験対象の指で実行していった。個々の動きひとつひとつはきわめて単純なのだが、並べられている順番にはなんの関連性もないので、指示を追うには注意を集中するほかなかったし、カルロは意図的にリハーサルをいっさいしていなかった。カルロの最初の反復実験にあらわれた周期性は、見る人の目をとらえるし、それはそれで意味のある結果だったが、今回の実験では、自分の肉がパターンを感知して勝手にそれを繰りかえさないようにしたかった。

演し物《パフォーマンス》の第一段階が終わると、アマンダが記録機から紙テープのスプールを取りはずして、作業台に固定された心棒にするっと填めこんでからテープを引っぱりだし、別の心棒に填めたスプールに全部を巻きとらせていった――テープをもつれさせたり傷つけたりすることなしに検分できる、いちばん単純な方法だ。強い信号がテープを最初から最後まで黒く染めていたので、カルロはほっとした。これならもっといい結果を得ようとして、プローブでカルロの肉をほじくりまわす必要はないだろう。

「このテープを使うことにする?」アマンダがカルロに確認を取った。

「そうしてくれ」痛みはひどくはなかったが、プローブという不自然な物がそこにあることに体が注意を引きつづけるせいで、落ちつくことができなかった。

アマンダはスプールを変換機に装填し、失敗の原因になりうる接触ローラーの塵や紙のケバがないか点検しおえると、ふたつの巻頭保護テープ《リーダーテープ》――記録テープ自体についているものと、別のスプールに巻かれた未感光の感光紙のもの――をいっしょにして機械装置の中心部分をくぐらせてから、各々を巻きとるためのスプールに取りつけた。そしてランプを点け、装置の蓋を閉めて、ぜんまいを巻くと、駆動装置を作動させた。機械がヒューンと音を立てているあいだ、見学者たちは根気よく待っていた。これほど行儀のいい観客は、どこのマジックショーにもいるものではない。

トスコがいった。「感光紙の反応を飽和させていないことはチェックしたのか? 限定強度の範囲外になると、輝度に変化があっても被覆剤が均一化してしまう」

「チェックずみです」カルロが手短に答えた。アマンダが言葉を足した。「適切な露光範囲内になるよう、すべてを較正してあります。オリジナルの光度曲線を再現はできませんが、ひずみはすべて、信号の自然な変動と同等な範囲におさまるはずです」もし脳そのものが同じ動作について毎回毎回、まったく同一の連続信号を送りだしているのではないとしたら、肉は日々受けとっている生物学的メッセージの場合と同じくらいの誤差を、この人工版でも許容範囲とするに違いない。

スプールの終わりをテンションアームが感知して変換機が小さくゴツッと音を立てて、駆動装置を停止させた。アマンダが複製テープを変換機から外して、カルロが精査できるようゆっくりと最初のスプールに巻きもどしていった。オリジナルの記録テープで紙がいちばん黒い部分は、変換機の中でランプの光をさえぎって、第二のテープの同じ部分をほとんど透明に保ち、一方、オリジナルのテープでいちばん透明な部分――プローブからの信号が最弱だったときに露光した部分――がさえぎる光ははるかに少ないので複製テープは黒ずんで、ほぼ不透明になる。

カルロの見たところ、活性化ガスの量の突然の増減を示す複製テープの色調の急激な変化はなく、被覆剤の飽和を示唆する色の濃淡の無変化が続いているところもなかった。光の記録は細心の注意を要する技術だが、カルロとアマンダの経験は結果を出しはじめていた。

「どう思う？」アマンダが自分なりの結論を出しているのはまちがいなかったが、その声は中立に保たれていた。もしカルロがこのテープは使いものにならないと宣言したいなら――それはこの実験を中止するいいわけになる――その判断はカルロしだいだった。

「問題ない」カルロは宣言した。その言葉を発しながら、自分の前腕が不同意のしるしに引きつるのをカルロは感じた。硬石の針が手首を突っ切っているのは〝問題ない〟どころではなかったし、カルロの肉は一摘重《スクラッグ》残らず、この先もっと奇妙なものが侵入してくることを知っていた。

アマンダが複製テープを光再生機に装填し、リーダーテープを巻取スプールに挿しこんだ。次にアマンダは、カルロの左手のプローブから出ている接続アームを光記録機のソケットからそっと引っぱりだすと、新しい機械のほうにぐるりとむきを変えた。その配置が完了すると、調節すべきことがもうひとつ残っていた。アマンダは手を下に伸ばして、プローブそのものをつかみ、針の底の鏡に取りつけられたリングをまわした。それまでその鏡は針の底からカルロの腕沿いに上をむいて、脳から届く光の幾分かをとらえていた。それがいまでは運動経路をくだってカルロの手の中へ、光の行き先のほうをむいていた。

「なぜハタネズミを使わないんだ？」トスコの生徒のひとりが、別の生徒にささやいた。

「針が大きすぎるからだよ」

「じゃあ針を小さくすればいいじゃないか？」

「黙ってろ、でないと次はおまえがハタネズミ役だぞ」

カルロはいった。「針を小さくすると、じゅうぶんな光をとらえられなくなる。プローブを縮小するには、もっと高感光性の紙を開発することが先決だ」

「準備はいい？」アマンダがカルロに尋ねた。カルロが生徒たちに気を取られているあいだに、アマンダは再生機のぜんまいを巻いて、ランプを点けおえていた。

カルロは左腕の力を抜いていった――できるかぎり制御を手放し、やって来るものに逆らわない心構えをする――だがそこで、筋緊張のかすかな変化がプローブの位置を変えかねないのを感じた。だがじっさいには、この腕全体を自分のものではないように思う必要はなく、先刻の自分自身の残影《ゴースト》が体を勝手に動かしはじめたときに、干渉しようとする衝動を抑えこんでいられればそれでいいのだ。

「準備完了」カルロは答えた。

アマンダが再生機の駆動装置を作動させた。カルロは視線を腕の先にさげていき、指の一本を凝視した。

それはいま、カルロの指示なしに動いていた。

ひんやりした吐き気が腸と食道を掻きまわし、口から肛門まで食物管をゆるませた。カルロはそれに逆らい、朝食に食べたものをなんとか体内にとどめた。指から伝わってくる感覚に、痛みはいっさいなかった――だが脳の一部は、ある種の寄生虫に肉が乗っとられていて、この引きつりはそいつがもっと深く入りこんでいくのを警告する前兆にすぎない、といいつづけていた。カルロはこの嫌悪感の原因がいったいどこにあるかをなんとか理解しようとした――注意力の焦点を、皮膚の伸縮に、筋肉の緊張に、関節の位置関係に、順にあわせていく――が、同じ動きを自発的におこなったときには感じなかったものは、なにひとつ見出せなかった。それでもカルロには、正直な感覚を状況から切りはなして、それが以前と同様に無害であるといい切るのは不可能だった。肉が自分勝手に動いているという状況に、冷静に対処などできるものではない。

再生が終わったとき、カルロは安堵に身震いした。寄生虫の幻がしばらくつきまとい、肥えた死骸が皮膚の下に閉じこめられたままに感じたが、指を数回曲げると、それは消え去った。カルロは自分が平静さを失っていて、指の演じている動きをオリジナルの指示書と照合できなかったことに気づいた。アマンダのほうを見て、判断をあおぐ。

「オリジナルをかなりそっくりなぞっていた」アマンダがいった。「省かれたりあいまいだったりした動きもいくつかあったけれど、ほとんどは正確に再現されていたわ」

見学者の数人がにぎやかにお祝いの言葉をかけてきた。カルロは消耗した気分だったが、吐き気が引いていくと、満足したような歓声をあげることができた。この公開実験全体が粗雑で不愉快なものではあったが、これで重要な原理が実証されたのだった。カルロたちがもうひとひねりを加えてそれを再現できたなら、その重要さはいっそう増すだろう。

アマンダはすでに、テープを巻きもどしはじめていた。「一、二分隔休《ラプス》ませてくれ」カルロはアマンダにいった。

「第二段階は今日やらなくてもいいのよ」アマンダが答えた。

「右手首に刺した大釘を無駄にしたくない」アマンダから顔を逸らしたカルロは、トスコに無言で見つめられているのに気づき、それから視線を少しだけ動かして、トスコの生徒たちに話しかけた。「きみたちは今日この日を、新しい学問分野が誕生した日として記憶することになるだろう」カルロは宣言した。「光記録機は脳の信号の研究に大変革を起こすことになる――そして光操り人形は異なる種《しゅ》におけるそうした信号を比較する最良の手段だ」装置の性能を向上させられれば、一匹のハタネズミの脳から出た指示を、遠いいとこの体で再生して、信号のどの部分が両方の種で同じかたちで解釈されるかを調べられるようになるだろう。いろいろと細かい差異は出るだろうが、どの種でも肉は肉に違いなくて、すべてが共通の祖先を持つ。時間と忍耐力があれば、カルロたちも古文書学者がその分野なりの比較対照の過程を経て古い彫り板を解読するのと同じ確実さで、この言語を分析して、細部にいたるまで解明しつくすことができるはずだ。

カルロは実験を続行するよう、アマンダにうなずいた。アマンダは最初のプローブから接続アームを外して、カルロの右手のほうにむきを変えた。左手首からすぐにでも針を引っこぬきたくてたまらないのを、カルロはこらえた。抜きとり作業がつねに順調に行くとは限らず、カルロは公衆の面前で苦痛に大声をあげたくはなかった。

右手のプローブに再生機を接続した状態で、カルロはしばらく、心の準備を整えた。左手での最初の実験はそんなにひどくなかったし、今度はなにが起こるはずかわかっている。腸も落ちついていて、恥をかくこともないだろう。

「準備完了」カルロはいった。

アマンダが駆動装置を作動させた。

カルロたちがプローブの目標にしていた指は、動かないままだった。「なぜだ？」いらだったカルロは硬石が肉に食いこむのを感じるところまで、前腕をわずかに動かした。そのとたん、右手全体が跳ねるように動きはじめた。六本の指全部が曲がったり左右に振れたり、まわったり引きつったり、頭を罠に突っこんだ長虫のようにのたくったり。

ひと言発すれば信号を遮断できたが、カルロはこの最終段階が最後まで演じられるのを見たかった。プローブがズレた状態であっても、そこから有益な結果が得られる可能性はある。侵犯されているという気分は前よりも激しかったが、カルロはあと二分隔《ラプス》それに耐えられると思った。アマンダをちらりと見ると、カルロの右手の引きつりをまじまじと観察して、それがどれくらい指示書に従ったものかを判断しようとしていた。カルロが確信を持てるのは、ひとつの些細な点だけだった。指の何本かはほかとは異なる動きをしているので、すべての指が正しい動作をしていることはありえない。

再生機がゴッッと音を立てて停止した。カルロの安堵感はまたたく間に消え去った。指がまだのたくるのをやめていない。「仕方ないな」カルロはつぶやいた。指をくるくるまわす動きを記録した最初の実験が、肉に自律性がある可能性を明らかにしたとするならば、こうなるのはまったく驚くべきことでも怖れるべきことでもない。カルロはいうことを聞かない自分の手に、強く、はっきりと、やめろといってやればいいだけだ。

カルロは自分の指に、じっとしろと命じた——しかし、この布告はまったく効果がなかった。

カルロはじれてうなり声を発し、怖がっているというよりいらだっているのだと、見学者たちに対してと同時に自分にも納得させようとした。拳を握ろうとしてみたが、体は新たな知らせを返してきた。もぐりこんだ寄生虫がその肉を支配していて、カルロからの指図を受けとる気がない。

「彼の手は出産するんじゃないかな」集まった人々の後ろのほうでだれかが冗談をいった。

「コネクターを外してもらえないか？」カルロはアマンダに指示し、その際うろたえていない証拠に一音節ずつていねいに発音した。アマンダがその作業を終えると、カルロは腕を振って作業台から遠ざけ、体のどこがまだ自分の制御下にあるのか、自由度を調べていった。肩のところでは、思いどおりに腕を動かせた。肘関節で肢を屈伸させられた。カルロは自分の支配に従う広大な領域を頭に思いうかべ、反逆者のちっぽけな領土を思いうかべ、確定的な領地奪回を思いうかべた。だが、爽快な武勇伝的想像は、すべてが絵空事にすぎないままだった。手首から先は、怒れるトカゲの子どもたちを自分の腕に継ぎはぎしたほうがまだマシな状態だった。

カルロは腕を後ろに引いて作業台をぴしゃりと打ち、自分の手に少々の分別を叩きこんでやろうとした。もういちど、さっきより強く打つ。三度目で、プローブの針が手首にさらに深く食いこんだ。耐えがたい痛みだったが、それは正しくて、必要なものに感じられた。

「カルロ？」アマンダはまだ浮き足立ってはいなかったが、どうしたら助けになれるか、カルロの指示を求めていた。

「腕の制御は失われていない」とアマンダに請けあうためにその言葉を発するのは、ひと苦労だった。いまの一連の動作は完全に自発的なものだ――少なくとも、いうことを聞かない手が設けた基準からすれば――たとえ、その腕を傷つけたいという衝動がどんどん抑えがたくなっているにしても。

だが腕を打ちつけても意味はなく、なにも変化はなかった。作業台にぶつけられた手は、相変わらず元気にのたくっている。

「切りおとしてくれ」カルロはいった。

「本気？」アマンダはトスコのほうを見た。

「切りおとせ！」カルロは声を荒げて繰りかえした。

「その手を再吸収はできないの？」

その提案にカルロは嫌悪を感じながらひるんだ。

（こののたくる寄生虫を胴体の中に、体の奥深くに運びいれて、あとはどこでも好きなところに行かせろというのか？）

だが、じっさいは寄生虫などいない。カルロの手は単に損傷を受けて、機能障害が出ているだけだ。その手はほかの怪我に対処するのとまったく同じかたちで、再編成される必要があった。

カルロは肩のところから肉を胴体に引っこめはじめた。腕をなんとか約三分の一短くしたところで、体が逆らってそのプロセスを止めた。異常を来した手をそれ以上近づけることは、腐って毒になったものを口にすることと同然に感じられた。そしてもしかすると、カルロの体が正しいのかもしれなかった。もし体が有害な寄生虫を抑えこめないのと同様、この肉を再編成することもできないとしたら？

「ぼくには無理だ」カルロはついにそういった。「切りおとすほかはない」

アマンダがいった。「わかった」

トスコがだれかにナイフを取りにいかせた。カルロはすっかりあきらめて、前腕を作業台にのせた。果たしてこれが、二児出産を安全で容易なものにする道なのか？　たとえカルロが正しい信号を見つけたとしてさえ……正気の女が自分の体のこれほど近くまで機械を近づけさせる気になるには、いったい何年、いや何世代にわたる精緻化が必要だろう？

見学者のあいだを手渡しされてきたナイフが、最後にトスコに届いた。作業台に近づいてくるトスコに、カルロはいった。「アマンダがぼくのアシスタントです」

「お好きなように」トスコはアマンダにナイフを渡した。

「場所を指定して」アマンダがカルロに頼んだ。カルロはプローブの二微離《スキャント》上の位置を指さした。

カルロの背中側のだれかが小馬鹿にしたようにいった。「光の時代へようこそ」

作業台にもっと強く力をかけられるように、アマンダが自分のハーネスを再調節した。そして片手でカルロの前腕を固定すると、すばやくナイフを振りおろした。

カルロはできたばかりの傷口の上に皮膚を収縮させて、ほとんど密封してから、残っている腕をできるだけ急いで胴体に引っこめた。痛みが全力で襲いかかってきたときには、それは幻肢から生まれたものになっていた。肩のまわりのたるんで穴のあいた皮膚はまだズキズキしたが、切断された手首はもう存在せず、それが脳に送った焼けつくような苦悶のメッセージは意味のない場所に消えていった。

だが作業台の上では、カルロが失った指がまだのたくりつづけていた。

17

これで八夜連続、タマラは農場のドアの脇の、だれかが外に近づいてきたら絶対に目をさますくらい近くに寝床をこしらえていた。

　父がひとつしかない鍵を持って外へ出たのなら、いずれは戻ってくる必要がある。タマロが父に伝言を伝えられる方法を――助力を求めるためにせよ、あるいは孫が生まれたことを知らせるだけのことであっても――タマラはなにも思いつけなかった。だから父はほどなく、事態がどうなっているかを自分で見に来ないわけにはいかなくなるはずだ。

　わずかでも音がするたびに気になって、タマラの眠りは断続的だった。だが半分眠っていても、タマラは周囲の音を分類していた。岩の壁のかすかなきしり、作物のあいだを吹きぬけていく空気、地面を全速力で横切るトカゲ。小麦光が消えていく中で目ざめたタマラは休息できた気がしなかったが、一睡もするまいとがんばったりしたら完全な機能不全になってしまうのはわかっていた。

　空き地からここへ来るとき持ってきたパンの蓄えを食べつくしてから、もう二日間食事をしていなかったが、タマラはドアから目を離す危険をおかさないことにした。少なくともあと一日は食べなくても平気だ。タマロが自分用の鍵をどこかに隠している可能性も排除できなかったが、たとえそうだとしても、タマロが農場から出てくるのを父がいつまでも辛抱強く待っていられるとは、とても思えなかった。計画に狂いが生じる要因はいくらでもある――さらに早期決着への期待が強ければ強いほど、長引く沈黙は父にはこたえるだろう。

タマラはドアにぐったりと寄りかかってすわり、苔光を見あげながら、父はほんとうに、娘がもう出産したと人々に告げてまわるなどという賭けに出るつもりなのかを、判断しようとした。女たちが生まれる子どもの数を変えようとしてギリギリまで節食している現状で、標準的出産体重などというものは存在しないし、子どもたちが学校へ通うようになるころには、実年齢と家族が申告した年齢が数旬《ステイント》違っていても発育状況に明白な差はなくなっているだろう。だから、父たちの嘘がいずれ暴かれることは、必然にはほど遠い。

だが、観測所のタマラの友人たちは、子どもたちに会えるのはそこへ連れていけるくらい大きくなってからだと思うだろうが、近隣の農場の人々は誕生から数日中に訪ねてくるのがふつうだ。だからここで賭け率が変わって、父にとっては、人々になにもいわずにいることが最善の手になる。タマラは自分の農場へ行き来する途中でしょっちゅう隣人たちと出くわしているが、もしたまたま一、二旬《ステイント》くらい顔を合わせることがなくても、気にする人はいないだろう。

そうなると残る最大の危険は、タマラがたどったらしい運命の噂が、同僚たちやその直接の知り合いを越えて広がることだ。〈物体〉への遠征のリーダーが、人もうらやむその地位をなげうつという事態が広く注目を集め、タマラのその意外な選択——あるいは格好の話題になる不運——が、仮に彼女が農民やメンテナンス作業員だった場合よりも早く、広く拡散するはずだと考えることは、現実味のない虚栄心ではなかった。

もし父が嘘をいいふらし、しかしそれをどういうわけか隣人たちには伝えていないのが判明したら、人々は厄介な問いをぶつけはじめるだろう。父はいろいろいいわけしたり、これは家族内のプライベートな問題だといい張ったりはできるだろうが、それが限界だ。父の運が尽きるまで生き延び、父の嘘より長く命を保てれば、だれかがタマラを捜しにやってくる可能性はあった。

朝の半ば、タマロが小道をタマラのほうへむかってきた。

「わたしはまだここにいるわ」タマラはいった。「ひとりだけのわたしがね」

「パンを持ってきた」

「どうして？　虫除け草でわたしを麻痺させてから、思いどおりにできるとでも考えているの？」

タマロはこのほのめかしがなんの根拠もないもので、罪のない男に対するいわれなき中傷であるかのように、ひどく傷ついた風を見せた。タマロがいった。「おれがほんとうにおまえにそんな真似をするような極悪人だったら、警告なしでとっくの昔にやっていると思わないか？」

「これまでは、そんなことをしたら子どもたちに悪影響が出るかもしれないと怖れていただけで、それがいま、危険をおかす気になったのかもしれない」

タマロはタマラの数歩離《ストライド》手前で立ち止まり、タマラの正面の地面にパンを放りなげた。「そういうおまえは、子どもたちが父親なしになる危険をおかすつもりなのか？」

「わたしにとっては、どっちでも変わりないわ」タマラは冷淡に言葉を返した。「それが問題になるときには、わたしはもうここにはいない。それに、わたしの子どもたちがあなたを忌み嫌うかどうかを、わたしが気にかける理由がある？　あなたが腹いせに子どもたちを殺すとは思わない――あなたは父さんがそんな真似をしないか、戦々恐々とすることになるでしょうね。あなたは子育てから退場して、父さんに孫を育てさせることになるだろうから」

「自分のいったことを、よく考えてみろ」タマロが悲しげにいった。それが権利であるかのように、タマラへの失望を表明するのをいっこうにやめようとしないのは、いっそ現実離れしてさえいた。

「でもこれは父さんの思いつきなんでしょ？」タマラは相手の痛いところを突いてみせた。「あなたは毎日毎日どうにもならない憤りをぶちまけてはいたけれど、この家族の遺産を救う英雄的行為に出るよう、父さんが駆りたてた」

「おれたちはこんなことをしたくはなかった」タマロがいった。「おまえが道理に従わなかったのは、ほかのだれのせいでもない」

「じゃあ、これがそれだというの？　道理？」

「おまえの仕事をかわれる高齢の男を探すことはできたはずだ」とタマロはいい張った。「おまえが行かなかったら〈ブユ〉がおれたちにもたらしえないだろう成果を、ひとつでもあげられるか？」

「その謎の〝おれたち〟ってだれ？」タマラはいった。「あなたからは何度もその言葉を聞いたけれど、ふつうの文法の法則的にはどうであれ、わたしはまるっきりそこに含まれていないみたいね」

「もしそうだとしたら、それはおまえが自分で自分を除外したんだ」

「ああ、それもわたしのせいってわけ」

タマラの皮肉に気づかなかったというより、そんなことはどうでもいいというように、タマロは首を傾けてその言葉を認めた。

「あなたはわたしをまだ、ひとりの人として見ているの？」タマラは尋ねた。

「おまえを愛するのをやめたことは、一瞬たりともない」タマロが答えた。

「ほんとに？　わたしを、それとも子どもたちを？」

タマロは嫌な顔をした。「選べというのか？」

「いいえ。そのふたつを、分けて考えてほしいだけ」

「なぜだ？」

「もしそれができないのなら」タマラはいった。「動物と変わりがないから。ただの生殖本能の塊よ」

タマロはそういわれて考えこんだ。「じゃあ、もしおれが単なる友人か隣人だったとしたら、おまえは、おれをどう感じると思うんだ？　もしおれがおまえの子どもを育てる定めになかったら、おれの生死をおまえが気にかけることはあったか？」

「こんな不愉快な真似をされる前だったら」タマラはいった。「長い目で見ればそれがあなたに対して自然が用意している道だからというだけの理由で、あなたを長虫の餌にする気にはならなかったのは、確かね」

「なら、もしおまえが命を危険にさらすのをおれが止めようとしたら、それを殺人同然のことだと思うのか？」

「それはないわ」タマラはいった。「わたしが〈ブユ〉に乗るのを思いとどまらせたいと思っていることで、あなたを責めているわけじゃない。もし立場が逆だったら、たぶんわたしは同じくらい必死に、〈ブユ〉に乗らないでとあなたを説得したでしょう。殺人も同然なのは、いまあなたがしていることよ」

タマロは一分隔《ラプス》沈黙した。それからいった。「おまえは自分が、何年待てたと思う？　もし寝床に大鎌がなくても、おれとは違って、おまえが夜中におれを起こしたくなることは絶対になかった、といえるか」

「わからない」タマラは正直に答えた。「でも、〈物体〉を見つけてからあとは、遠征に出かけるまで、大鎌を取りさってもいいとあなたにいうことは、絶対になかったでしょう」

タマロは両腕を広げた。「いったいどうしろというんだ？」

「ここからわたしを出して」

「おれは鍵を持っていない」タマロは断言した。「もしそうしたくても、おれにはドアをあけられない」

「信じられないわ。あなたも鍵を持っているか、なんらかの手段で父さんと連絡しているかよ」

「信じる信じないはおまえの自由だ」

タマラはいった。「わたしたちのあいだに信頼がなにも残っていないのなら、分かれるべきよ。離縁の責任はわたしにある、とわたしからあなたの友だちみんなにいってほしければ、そうするわ」

タマロはむっとした。「おれをそんな風に思っているのか、プライドからおまえにこだわっているだけだと？　それとももっとひどいことを――おれは世間がなにをいうかを気にかけているだけだとか？」

「いいえ」タマラは少し引きさがった。「わたしはあなたが、子どもたちを食べさせていく心配をしているのだと思っている。だからわたしは喜んで、配給権をあなたに正式譲渡するつもりよ」

タマロがタマラを凝視した。このいっさいがはじまってから、タマロが心底ショックを受けているのをタマラが目にしたのは、これがはじめてだった。

「どうしてそれが信じられる？」タマロがいった。「そんな合意をおまえが尊重する理由がどこにある？」

「立会人のもとで署名すれば、わたしに選択肢なんかなくなるでしょう？　好きなだけ近隣の人たちを呼びあつめればいいわ、わたしはその人たちの前で譲渡証書に署名するから」

「だがそうしたら、おまえは自分自身の子どもたちのことはどうする気だ？」

タマラはいった。「本人と死んだ双の配給権を持っている男やもめを見つけることになるでしょうね。ええ、そんなことができる保証はないわ。だから、男と同じ死にかたをする覚悟が必要になるでしょう」

タマロがその話を熟考しているのがわかった。そのこと自体に、タマラは希望を感じた。もしタマロがタマラを解放する術《すべ》を持っていないなら、損得を計算する意味はないはずだからだ。

「わたしが死の危険をおかす覚悟をしているのは、知ってのとおりよ」タマラはいった。「そう思っていいたからこそ、こんな真似をしたんでしょう」

タマラの言葉は決断にむけてタマロを後押ししたようだったが、タマラが希望をいだいていた方向にではなかった。「自分の家族の配給権を、わざわざ取りあげる必要がどこにある？」タマロが詰問する。「たとえおまえがおれに対して、おまえの子どもたちの父になることを拒否したところで、その子たちがおれ自身の母さんの肉であることに変わりはないんだ」

ああ、また母さん云々か。この母さんべったりの息子にふた言三言の教えを書きのこす先見の明を、エルミニアが持ってさえいれば。

タマラはもううんざりだった。かがんでパンのひとつを拾いあげる。「じゃあいいわ。楽なかたちで決着をつけましょう。わたしが空腹のままでいたほうがいいし、いますませてしまうなら、そのあいだだけわたしが我慢すればすむ話」

「なにをいっているんだ？」

「あなたと争うのはもう嫌なの」タマラはものうげにいった。「こんなことは望んでいなかったけれど、ほかにどうしようもない」

タマロは混乱して、じっと突っ立っていた。「本気なのか？　いま、その気になっているのか？」

「わたしの体は何日も前からその気よ」タマラは力強くいった。「夜中は一睡もしないで、あなたが隣にいたらと思っていた」請うようにタマロを見つめ、「このために和解することはできないの？　慈悲を見せて、愛されていたと感じながら終わりを迎えさせてはくれないの？」

タマロは恥じたように視線をさげた。「つらく当たってすまなかった」タマロがいった。「したくてしたことじゃなかったんだ」

タマロがふたたび顔をあげたとき、タマラはうれしそうにブンブン音を立てた。パンを投げすてて、タマロを手招きする。

タマロが手の届く距離よりもう少し近づくまで、タマラは辛抱した。身をかわされて追いかけっこに持ちこまれたら、空腹のタマラにたぶん勝ち目はない。そしてタマロに抱きしめられる前に、タマラは相手の首をつかんでまわれ右をさせた。そしてタマロの脚を蹴って宙に浮かせ、自分も膝を曲げて体を前に倒すと、タマロをうつ伏せにして地面に押さえつけた。

タマロの後眼が下からタマラをにらみつけていた。それをひとつの手で覆いかくし、腕をもう二本生やす。タマロも新たなひと組の腕をじたばたさせて自由になろうとしているが、その腕は短いし力が弱くて、わずらわしい以上の役には立っていなかった。

「鍵はどこ?」タマラはやさしく尋ねた。タマロから答えはなかった。「どこにあろうと、きっと見つける」いいながらタマラは、新しい二本の手をタマロの体に走らせた。最初は振動膜のすぐ下から。指先を尖らせて敏感にしたまま、ポケットのありかを告げるひだを探す。

タマロの皮膚に触れていると、タマラにはもう長年覚えがないほどタマロの体臭が強くなって、子どものころふたりで格闘ごっこをした記憶がいやでもよみがえった。当時タマラは、体格の差を活かしてタマロを負かすことをまったくためらわなかったが、怒りに駆られてそうしたせいでタマロに怪我をさせたときには、いつも恥じずにはいられなかった。だが、いまは情に流されるわけにはいかない。タマロはもはや双ではなく、タマラにとっては看守にすぎず、しかもタマラが生きつづけたいなら必要とする秘密を握っている。

タマラはタマロの体をくまなく探ったが、ポケットはひとつもなかった。「どこにあるの?」タマラは問いつめた。タマロは、タマラが知っている貯蔵穴のどれかに鍵を埋めたりはしなかっただろうし、タマラが農場じゅうを掘りかえすのは一年がかりになる。

タマロがいった。「だからいっただろ。父さんが唯一の鍵を持っているんだ」

「口をあけて」タマラはいって、タマロに横をむかせた。

「おれからおりろ！」

タマラはタマロの下顎をぎゅっとつかんで、引きさげた。タマロが自分の指先を尖らせてタマラの手を刺しはじめたが、タマラは皮膚を硬化させて、手を放さなかった。いまや空腹で目がまわり、思考が明晰かも疑わしかったが、体力は失われていなかった。

内側が見えるくらいに大きく、タマロの口をあけさせることができた。二本の指を伸ばしてタマロの口の両側に入れ、頬骨の両側に突っかい棒をしたかたちで関節を固定化させて、指が曲がらないよう苦労する必要をなくす。それから五本目の肢を胸から成形し、長くて細いその先端の周囲を花びらのように取りまく小さな指を環状に生やした。

まず上顎をチェックし、それから舌を脇にどけて、その下を探る。

「おまえはここで出産することになるんだ」タマロがザマを見ろという声でいい張った。「おまえがなにをしようともだ。そしておれは生まれた子どもたちを、自分の子どもたちであるかのように愛する。子どもたちは、おれが父親でないことすら、絶対に知ることはない」

タマラは新しい手をタマロの食道に突っこんで指を広げ、自身の不快感と、主道から枝分かれした筋肉の細管の収縮に耐えた。咀嚼《そしゃく》された食物と消化樹脂を掻きまわして、硬いなにかに指がぶつかるのを待つ。鍵は小さくはないので、全体が側道の底まで入りこむとはない。だが、その底の深さに限度があるわけではなかった。

タマロがうなり声をあげた。とてもかすかなので、タマラにはタマロの振動膜が揺れているのがほとんど感じられないほどだったが、それは本人の意思に反してタマロの苦痛を物語っていた。タマロが鍵を飲みこんだと、自分は本気で信じているのだろうか、それとも相手に屈辱を味わわせようとしているだけなのだろうか、とタマラは思った。次はどうする――タマロの肛門に肢を突っこむのか？　端から端までタマロを切開するのか？

タマラはタマロの喉から腕を引きぬいて、汚れた腕を再吸収し、そこにくっついていたどろどろの塊が胸をすべり落ちるままにしておいた。

「配給権を受けとって」タマラはタマロに頼みこんだ。「あなたにあげられるのは、それだけよ」

「おれがそんな妥協をする理由がどこにある？」タマロが答えた。

「この命はわたしのものなの」タマラはいった。「それのなにが理解できないっていうの？」

タマロは無言だった。たとえタマラに両脚を持ちあげられて地面に頭を叩きつけられても、タマロは自分がある意味、タマラと同じ道をたどっているのだとは少しも認めることなく死んでいくだろう。では、そんなことをしてタマラはなにを得られるというのか？　だれにも邪魔されたり、隠し場所を変えられたりすることなく、鍵を探して農場を調べてまわる機会だ。

タマロをそんな目にあわせるのは、ごくたやすい。手早くすませることもできる。そのあとで、まちがいなく、嘆き悲しむことになるだろうが、その行為そのものがもたらす満足感に比べたらなにほどでもないだろう。タマロにこういってやれるのだ――今度こそ、わたしがどれほど強情かわかったでしょ？　自分の脳をまっぷたつにされることの否定的側面てやつが、これでようやくわかったでしょ？

その華々しい光景を頭の中で紡ぎ、タマロ相手に浮かれた報復の舞いを踊ることを誓いつつ、それでもタマラは、タマロを握る力を無理やり弱めていった。タマロがタマラの手を振りはらって、地面を這って逃げ、どろどろになった食物の残滓《ざんし》を吐きもどした。そしてタマロは立ちあがると、小道を小走りに遠ざかっていった。

タマラは目をつむった。ほかに希望がいっさいないなら、どんなことだってする気になるだろう。だが、父の嘘は本人に跳ねかえって、だれかがタマラを捜しにくることになるはずだ。

18

カルラはアッスントのオフィスの入口でおとなしく待っていた。やがてアッスントが作業から顔をあげて、入ってくるよう手招きした。「いい知らせと悪い知らせがあります」ロープを伝ってアッスントのデスクにむかいながら、カルラは告げた。「ですが最高の知らせは、悪い知らせをいい知らせに変えられる可能性があることです」

アッスントはうんざりしたようにブンブンいってみせた。「きみが絡むことで、単純でないことはないのか?」

「わたしは可能なかぎり単純にしているのですが」カルラは答えた。「それ以上単純にならないんです」

「とにかく、いい知らせを聞かせてくれ」

カルラはポケットから紙を一枚取りだして、アッスントに手渡した（図下）。

「これが、ふたつだけのエネルギー準位しか持たない輝素を考え、その準位の差に周波数を合わせた光線を当てた場合に起こることです」

アッスントが待ったをかけた。「それはどういう意味だ？　〝準位の差に周波数を合わせ〟る？」

「ああ」カルラは、エネルギーと周波数が置きかえられると考えることが、自分の第二の天性となっていたことに気がついた。ここからは意識的に努力して、本能的におこなっていた翻訳の裏側を細かくたどっていかなくてはならない。「粒子と波が同じ速さで動いていると想像した場合、粒子のエネルギーは波の周波数に比例し、その比率は両者の共通の速さを変化させても一定であるでしょう。速度をゼロにすると、その比率は粒子の質量を波の最大周波数で割ったものになり、

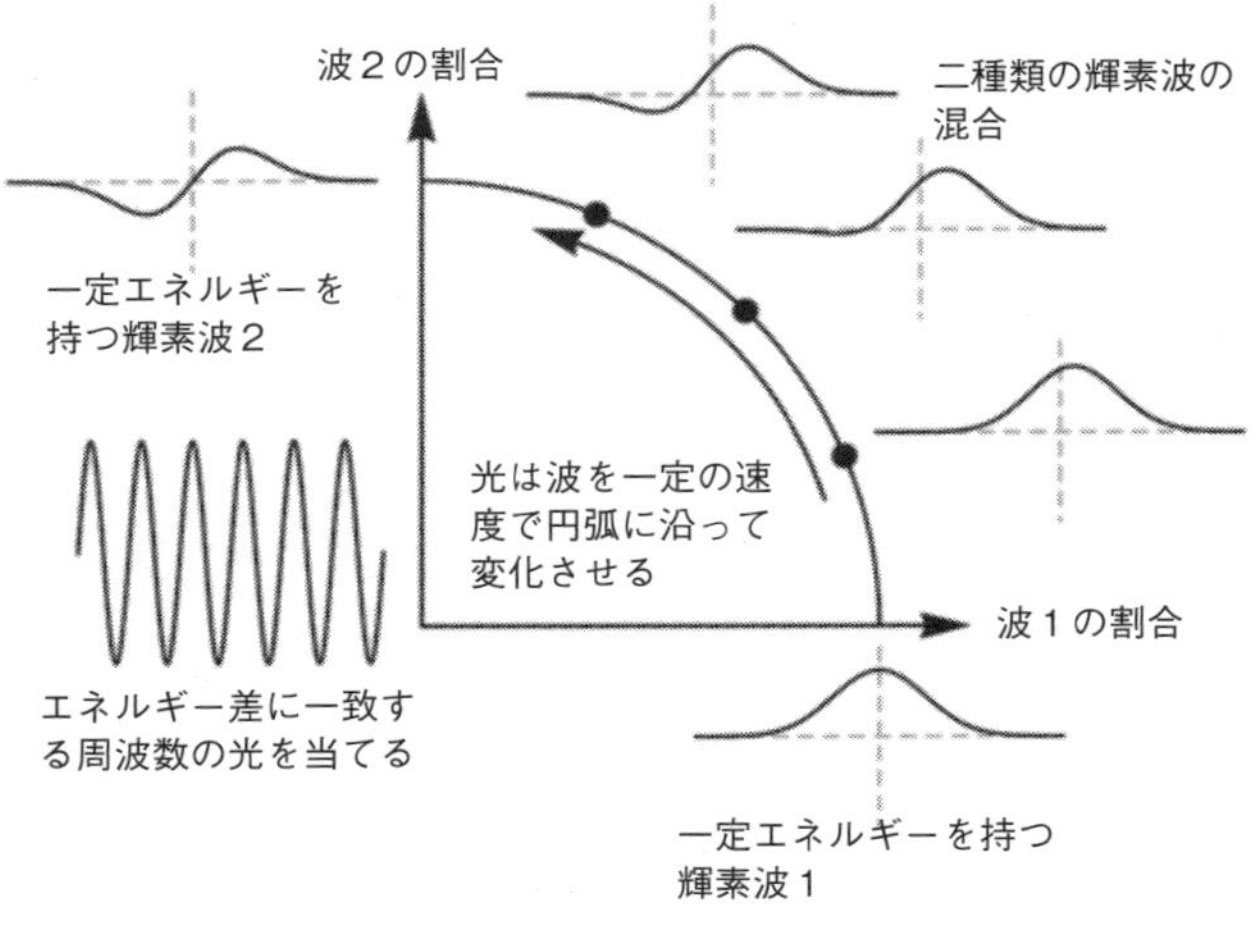

その値はほかのすべての速度でも同じになります」

「それはただの幾何学だ!」アッスントがいった。「波の伝搬ベクトルは粒子のエネルギー・運動量ベクトルと平行になるだろう。それによってベクトルのすべての成分が、たがいに対し一定の比率を持つように固定される」

カルラはいった。「そうです。しかしもう一歩踏みこんで、同じ比率があらゆる波とそれに対応する粒子についても当てはまる、と仮定しましょう。それが輝素波と輝素であれ、光波と光子であれ。この比率が普遍的な定数であると仮定しないかぎり、いかなる物理も意味をなしません。この比率をわたしは〝パトリジアの定数〟と呼んでいます。この構想そのものは彼女がいいだしたことですから。じっさいにこうした粒子の質量は、対応する波の最大周波数を……単に違う単位で測ったものであるかのようなのです」

アッスントは一瞬むっとしたようだったが、こういった。「時間と距離のように、ということか?」

「おそらくは」カルラはその比較をあまり押しすすめたくなかった。片方は宇宙《コスモス》に関する根本的な事実であり、そこに疑問の余地がないことを証明するのを、ほかならぬ〈孤絶〉が手を貸してきたことだ。対するもう一方は、心そそられるが、まだ実地に立証されていない推論だった。

アッスントがいった。「では、いかなる周波数もエネルギーに変換することが可能で、逆もまた然りであることを、自明の理と仮定しよう。あるエネルギーの谷にとらわれた輝素があり、それに対応する波動方程式にはそれぞれ一定の周波数を持つふたつの解がある」

「はい」カルラは答えた。「わたしが描いたふたつの波の絵は空間での変化を示していますが、それぞれの波はその形を保持しつつ、それぞれに固有の純粋な周波数で時間とともに振動します」

「そしてそこに、輝素の周波数間の差異と一致する周波数を持つ光波を加えたら――光波は、周波数が低いほうの輝素波を、高いほうの周波数に押しあげるのか？」

「そうです」

「さて、そこまでは意味をなす」アッスントがいった。「弦を伝わる波でも同じようなことができるな。張力を周期的に変化させ、その周波数をふたつの共鳴モードの周波数の差に合わせた場合だ」

「しかしさらに驚くべきは」とカルラ。「波がそのプロセスで従う単純なルールです。それぞれの波の割合をグラフ化した絵で〝純粋な波1〟の点と〝純粋な波2〟の点を結んでいる円弧は、美的装飾として描いたものではありません。波の動力学はじっさいに完全な円弧を描いてみせます。ふたつの割合を二乗して足すと、全プロセスを通じてつねに一に等しいままです」

「なるほど」その点についてアッスントは、カルラの言葉を鵜呑みにするつもりのようだ。仮にその重要性を理解しそこねているとしても（次ページ上図）。

カルラはいった。「その考えを先に進めます」

カルラは二枚目の紙を取りだした。

「これが悪い知らせのようだな」アッスントはその図を吟味した。「光は輝素を遊離させることは決してない？　つまり……きみの曇化理論はこれでおしまいということか？」

「待ってください」カルラは訴えた。「ふたつの波、ふたつのエネルギー準位しかない場合なら、ひとつの純粋な波からスタートしてもう一方の波にいたるまで、全行程を動力学が連れていってくれると期待できます。ほかに行く場所があるでしょうか？　けれどじっさいには、周波数がほとんど等しい無数の自由な波がある。この図の垂直軸は、それらすべてを包括しています。つまり、この可能性の空間をさすらう方法は複数あるんです――それぞれの割合を二乗したものの合計を一

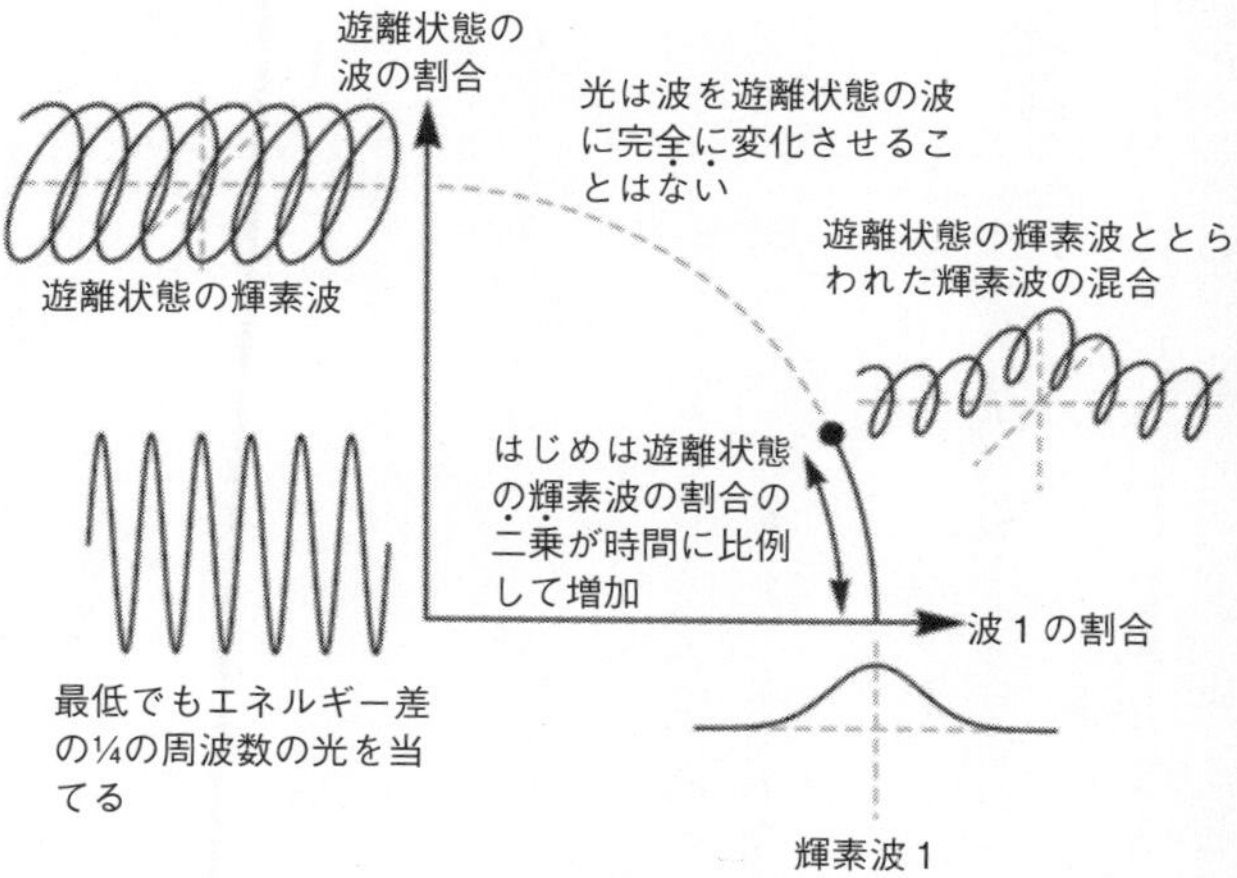

に保ちつつ、とらわれた波の割合がゼロに落ちこむことなく」

「その割合がそもそもそれほど落ちこむことなしにだな」このプロセスの限界を示す控え目な円弧を指しながら、アッスントが指摘した。「それは問題なく信じられる、きみの仮定を前提とするならば。だが、それは致命的にはならないのか？　どんなに長く露光させても波がほとんど変化しないなら、光が輝素を谷から弾きだすようすを、どうしてこれが記述できる？」

カルラは気を引きしめた。パトリジアとオネスト相手には、自分の仮説が完全に狂ったものではないことを納得させていたが、アッスントが正念場だ。

「肝心なのは」カルラはいった。「一個の輝素とひとつの光波より多くのものを、つねに考える必要があるということです。さらに鏡石の板全体も。輝素がたくさんあるという、そのような影響の大部分は、単純な〝エネルギーの谷〟の観点から足しあわせることで評価できます。しかし現実はもっと複雑です。すべての輝素波が自分自身のいた谷から途中まで這いだして行動範囲を広げることで、あらゆる輝素はその隣人と、さらにある程度は隣人の隣人とも、というように相互作用します」

「つまり、きみのモデルは不じゅうぶんだと？」アッスントが答えを促すようにいった。

「はい」カルラは認めた。「ですが、固体全体のモデルは、手に負えたものではないでしょう。結果を出す唯一の道は、モデル化可能なものから役に立つ予測を引きだせるようにしてくれる、確実な一般則の発見を目指すことです」

アッスントが疑わしげに、「どんな一般則をだ？」

「無理のないふたつの仮定からはじめます」カルラはいった。「純粋にとらわれた状態の波が固体の残りの部分と相互作用する場合、それはとらわれたままでいます。純粋に遊離した状態の波が固体の残りの部分と相互作用する場合、それは遊離したままでいます」

アッスントがいった。「それは受けいれられる。しかし、ふたつが混合した状態ではどうなる？」

「それを確実に予測できるようになれるとは、思っていません」カルラは正直にいった。「固体の中の輝素ひとつ残らずがどうなっていくかを、正確に知ることなしには。けれど、それでもたぶん、平均してなにが起こるかは予測可能でしょう。もしとらわれた波の割合の二乗を、輝素が固体の残りの部分と相互作用したときにとらわれたままでいる確率として扱えば、すべて意味が通ります。なぜなら、二乗した割合は足しあわせるとつねに一になるから。どんな可能性の集まりであっても、それぞれの確率を足せばつねに一になるように。真実にしては単純すぎるように聞こえるのはわかっていますが、数学は、正確な予測ができない状況で、確率として完璧に使える数字を提供してくれているように思えます」

アッスントが手をあげて沈黙を求め、カルラは相手に全体をじっくり考えさせた。やがてアッスントがいった。「正確には、どの時点でこの確率は事実に変わる？　光の影響だけで形を変える輝素波がある。しかしある時点でその輝素は固体の残りの部分と相互作用することになっていて、それで最終的に運命が決まる。しかし波が形を変えるとともに、確率は変化しつづける。ではどの確率を使うんだ？」

カルラはいった。「相互作用が正確にいつ起こるかによって違いが出ることはありません。相互作用がじゅうぶん頻繁に起こり、確率が時間に直接比例して大きくなるかぎりは。確率が、一停隔《ポーズ》後には一グロス分の一、二停隔《ポーズ》後には一グロス分の二……と変わっていくとします。もし固体の残りが、各々の輝素と一停隔《ポーズ》にいちど相互作用するだけだとすれば、曇化の速度は一グロスの輝素あたり一停隔《ポーズ》に一個になるでしょう。しかし相互作用がそれよりはるかに頻繁に起こる場合でも、相互作用が起こるたびにその間に上昇したであろう確率は、輝素が邪魔されずにもっと長時間放置された場合に比べると、はるかに小さい。このふたつの効果――確率が低くなることと、相互作用の回数が増えること――はほとんどたがいを打ち消しあい、単純な指数的減衰に落ちつくことになります」

カルラは結果をスケッチした（次ページ上図）。

アッスントに感銘を受けたようすはなかった。「じゅうぶんに短い時間スケールでは、ほとんどすべてのプロセスが線形に見える。だから曇化でなにが起こっているとしても、最終結果は指数的減衰に落ちつくことが考えられる。もしもう一回実験をするための太陽石を渡されたきみが、それと同じようなグラフを結果として持ってきたとしたら、なにが証明されたことになる？　まったくなにもだ」

「グラフひとつでは無意味かもしれません」カルラは同意した。「でも、悪い知らせがそれゆえにいい知ら

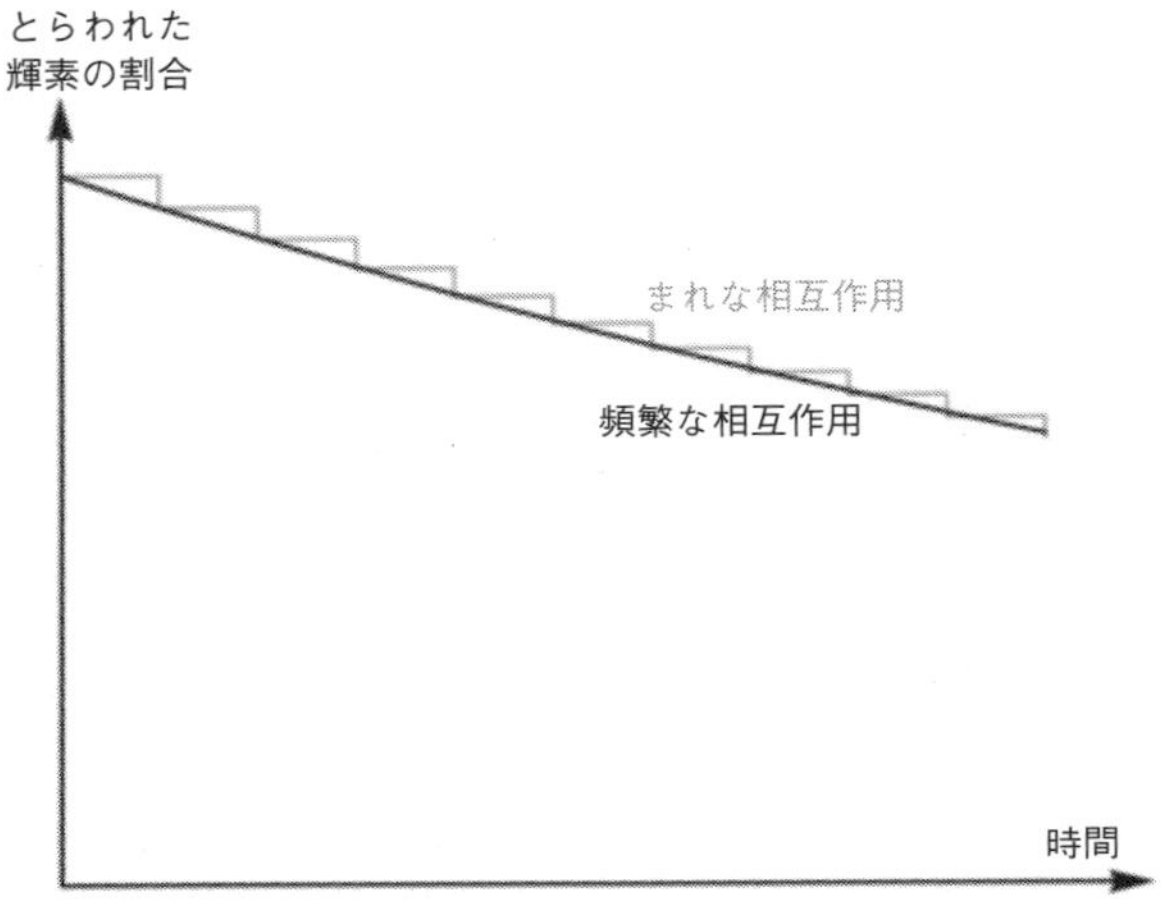

せに変わるのは、ここからなんです。エネルギー間隔がじゅうぶん小さくて光波がふたつの周波数を橋渡しできる場合、確率が上昇する速度は光の強度に単純に比例するでしょう。けれど、鏡石に見つかった層は、エネルギー間隔はそれが可能な大きさの四倍であることを示唆しています――そしてもっと低い周波数の光では、五倍になります。そのような場合、速度はもはや強度自体には比例しません。強度の四乗や五乗に比例します」

　アッスントはそのことの重要性を瞬時に理解した。

「つまり高次の効果ということか」アッスントがいった。「光波はエネルギーの谷に微小な擾乱《じょうらん》をあたえ、その効果は完全な線形ではない――従って完璧にそれを記述するには、波の二乗に依存する項、三乗の項、四乗の項……とどんどん小さくなっていく項を取りいれていかねばならない」

「そして波の四乗は」カルラがあとを続ける。「波自体の周波数よりも四倍高い周波数を含んでいます。安定した固体の中でエネルギー間隔に橋渡しできるような高さの周波数の光は、存在しません——しかしその擾乱の四乗は、四倍速く振動します」

「それで、このすべてをテストするために、どんな提案をするつもりだ?」アッスントが答えを迫った。

「これまでわたしは、太陽石を浪費していました」カルラは認めた。「測定可能だったのに、記録しようとさえしていなかった事柄があります。ですが今回は、必要なだけのことをいちどだけでやります。絞りとシャッターからなるシステムを使い、一回の実験で一枚の鏡石の板の異なる部分を、異なる光の強度に、異なる時間だけさらせるようにします。時間とともに変化する曇化は指数的減衰曲線を示すはずだし、強度による変化から第一層では四乗則を、次の層では五乗則を確認できるはずです。じっさいにそのようなべき乗則を発見できれば、それは確かにわたしたちが正しい方向にむかっている兆候といえるでしょう」

アッスントがいった。「この前の話では、層が意味するのは、各々の輝素が脱出するために作りだす必要のある〝光子〟とやらの数の印だということだったぞ」

「その点は変わりありません!」カルラは言葉を返した。「この光の強度のべき乗は、わたしが知っている、曇化速度を計算する唯一の方法です。しかし、だから光子が関わっていないということにはなりません。輝素がエネルギー準位を変えるときには、やはり光に対して整数個の光子を追加する必要があります。四個か五個、以前と同じように」

「しかしそもそも、なにが輝素をあるエネルギー準位から別の準位へ移動させるんだ?」アッスントは自分で自分の問いに答えた。「粒子が何度もぶつかることによってではない、波による揺さぶりによってだ」

カルラはそれを否定できなかった。パトリジアが散乱実験を粒子の衝突として解釈したのには反論できないように思えるが、まだいまのところ、曇化を同じ用語で記述する方法はなかった。真実への道は相変わらず途上、しかも手探りで進んでいる状態で、さらにだれもがジョルジョやヤルダの時代に結論が出たものと思っていた議論が、墓の中でおとなしくしていることを拒んでいた。

アッスントがいった。「あといちどの実験のために、きみに太陽石をあたえよう。だがこれが最後だ。理論をいじくりまわして再試行するのは認めない。予測したべき乗則を発見できなかったときには、自分のアイデアが誤りだったと証明されたことを認めて、この研究は終わりにするんだ。同意するか?」

話がこの結論にむけて進んでいることにカルラは気づいていたが、これだけはっきりと言葉にされたのを聞くと、即答はできなかった。共同研究者たちのところに戻って、すべてをもういちど検討したほうがいいかもしれない。検算をし、仮定を見直すのだ。もしかすると、自分たちは決定的ななにかを見落としていて、それが予測を変えることになるかもしれない――あるいはそのなにかが、まとわりついていた混乱を一掃して、賭けをより確実なものにしてくれるかも。

だがアッスントが交渉する評議会は、二旬《スティント》以内に新体制になるはずで、そのときアッスントが、カルラに太陽石をあたえる権限そのものを引きつづき持つという保証はどこにもない。この最後の実験をおこなうチャンスを逃すことになったとしたら、カルラたちが時間を無駄にしていただけかどうかをはっきりさせるための計算もできなくなる。カルラたちが正しいことは必要だが、それ以上に、実験結果そのものを知る必要があるのだ。

カルラはいった。「同意します」

19

カルロはいつもより一時隔《ベル》早くハタネズミの前を離れ、祝賀会に参加するために、物理学のメイン作業場の下にある集会場にむかった。途中の通廊にはシルヴァーノの次の選挙集会を告げるポスターが横一列に貼られて、投票者たちに**『子孫たちが誇れる社会を』**もたらすチャンスを約束していた。

カルラからは同僚たち全員とその家族を誘うよういい渡されていたが、カルロの見るかぎり、来ているのはアマンダと彼女の双だけだった。室全体が小さなランプをつないだロープで飾られ、そして——女たちにとっては無慈悲なことに、とカルロには思えたのだが——ロープの交点ごとに調味パンの籠が取りつけられていて、そこから発する香気は、じゅうぶんな食事をしている男でさえ、ほかのことに注意を集中するのを困難にしていた。

カルラの若い生徒のパトリジアが、会場の中央近くでロープにしがみついて、果てしなく放たれるお祝いの言葉をやりすごしていた。「これだけのことができたのは、わたしだけじゃなくて、三人の成果です」とパトリジアはいいつづけていた。「それに安定性の問題を解決したのはわたしじゃなくて、カルラです」パトリジアの謙虚さにはなんの偽りもないようだったが、この花形《スター》を取りまく物理学者の集団の中を移動しながらカルロが耳にするのは、〝パトリジアの原理〟を新しい問題のあれやこれやに早急に応用しはじめる必要があるという話ばかりだった。

カルロはこの女の子が受けるべき称賛をうらやむまいとしたが、そのせいで純粋にこの祝いの輪に加わるべきだという気分は弱まっていた。この固体に関する理論の些細な進歩に、じつのところ、祝うべきなにがあるのだろうか？　カルラはこのことで喜んでいるし、いずれはなんらかの具体的成果につながることに疑いはないが、それはどんな火急の用を満たすというのか？　母星の先祖たちは災難の解決法を見つけるのにどれだけ時間がかかっても、気にしないだろう。〈孤絶〉の乗員は、そんな贅沢をいっていられない。

カルラが隣に来て、「楽しんでいる？」と訊いた。

「もちろん」

「だれとも話していないみたいだけど」

カルロはいった。「輝素がどうこういう話で必要なことは、みんなきみに聞かされているからね」

カルラはカルロの肩を殴るふりをした。「だけど、ここにいるのはみんながみんな物理学者じゃないわ。〈ブユ〉を操縦することになっている女の人に会ってみたくはない？」

「〈物体〉を発見した例の天文学者か？」

カルラはいらだたしげなうなりを漏らした。「この一旬《ステイント》、あなたはどこに隠れていたの？　タマラは出産したのよ。彼女の後任のアーダがあそこにいる」

気は進まなかったが、カルロは会場を横切っていくカルラについていった。アーダも彼女の取り巻きたちの中心にいたが、その人たちはカルラのために場所をあけ、カルラがカルロとアーダを引きあわせた。

「生物学者のかたですよね？」アーダがカルロに尋ねた。

「そのとおり」気づまりな沈黙がおりて、カルロは自分の仕事についてもっと話すものと思われていることに気づいたが、じっさいにそうしたらどういう結果になるかはわかっていた。カルロが腕を切断した一件はだれもが知っていて、物笑いの種にされることにカルロはうんざりだった。

アーダがいった。「もしご存じなら教えてください。なぜトカゲの皮は赤外線に反応するようになったんですか？」

　カルロはそんなことはまるっきりでたらめだと否定しかけたところで、相手がなにを話題にしているかに気づいた。ある化学者が抽出した皮の成分は、赤外線を当てると可視光の蛍光を発するのだ。「皮がほんとうに反応している、つまりトカゲは赤外線にさらされたら、それがわかるという話は、どうかと思う。ぼくの知るかぎり、それは単なる偶然の産物で、生物学的な重要性のない化学的性質にすぎない」

「参考になりました」アーダがいった。「好奇心で訊いただけなんです、とても奇妙に思えたので」

　じつのところカルロは雑談をする気分ではなかったが、自分の双にバツの悪い思いをさせたくなかった。この女のことで、自分はなにか知っていただろうか？

「きみの同僚が役職を返上したときには、さぞ驚いただろうね」カルロはあえてその話題を振った。

「そういう公式なものじゃなかったんです」アーダが答えた。「あの人は辞任したんじゃなくて、わたしたちはご家族から話を聞かされただけでした」

「おや」それはそれでショッキングなことだが、そのほうがずっとすじが通る。正気な人なら〈ブユ〉を操縦する機会を手放したりはしないだろうが、まったく別の将来設計をしていたカップルが、夜中に目ざめて本能に身をゆだねてしまうというのは、前代未聞のことではない。

「子どもたちに会いたかったんですが」アーダが悲しげにいった。「でも彼女の双は農民で、家族ごと胴枯れ病で隔離されているんです」

「隔離？」相手の言葉を疑う理由はなかったが、カルロは面食らった。「ぼくは小麦の研究をしていたんだよ、少し前まで。小麦の胴枯れ病は通常、抑えこむのはむずかしくないんだがな」

「お父さんの話では、新種だとか」アーダが説明した。

　カルロの心に疑いがきざした。数日前に作物栽培学者の友人たち半ダースと顔を合わせたばかりで、そのとき新種の胴枯れ病の話など出なかった。カルロが小麦の研究から離れたことを腹に据えかねていて、話題の輪から締めだしたのだろうか？　いやたぶん、反乱を起こした指のことでカルロをからかうのにかまけていただけなのだろう。

「ともかく、旅の幸運を祈るよ」カルロはいった。ロープ伝いに遠ざかりかけたところで、アーダがとまどったような視線をカルラにむけるのを、カルロは見た。まるでカルロとの会話からもっと多くのことが得られると期待していたかのように。カルロは止まって、さらに話を先に進めるなら、どちらが適切だろうと考えた。アーダがより上の役職に任命されたことへの祝いの言葉か、彼女の友人の運命に対する哀悼の言葉か。

カルラがいった。「アーダはわたしに、〈ブユ〉に乗らないかといってきたの」

カルロはアーダのほうをむいた。その表情は、彼女が話したがっていたのがその件についてであることを、明白に物語っていた。「それは全部、抽選で決まることだと思っていた」カルロはいった。

「当選者が辞退したとき、わたしたちは評議会にその点の再考を要請したんです」アーダが説明した。「評議会は、わたしたちが専門知識を基準に新しい乗組員を選ぶことに同意しました。タマラは化学者をもうひとり採用しようといっていました――でも化学者は直交物質をじっさいに研究しているわけではありません。カルラがヤルダの第一問題を解決したらしいので……第三問題も解決する見こみがいちばん大きいのはカルラだろうと、わたしは考えました」

カルロは気分が悪くなった。カルラは興奮しているようすだったが、カルロには彼女が同時に不安も感じていることがわかった。ほんの少し前には、正気な人がこんな機会を手放すことはありえないと内心思っていたが、カルロの見解は大転換を遂げていた。

「カルラは一夜にして安定性問題を解決したわけじゃない」カルロはいった。「きみは本気で、要求すれば一世代にいちどの大発見が繰りかえされると思っているのか？　結果を出すことを迫られる状況で、あんな狭い乗物の中で……？」

アーダは安心してくださいというように手をあげた。「そんなことはまったく考えていません。現地へ行けば直交物質の謎が解明されるとも期待していません。新しいアイデアを熟知していて、機会が生じたらそれを応用できる人を連れていきたいだけです。イーヴォはとても経験豊富で聡明な化学者ですが、これからは輝素を波として考えてくれと彼にいっても、意味はありません。さらに率直にいえば、わたしについてもそれは同じです。それがどんな意味を持つのか、わたしにはまるでわかりませんから」

カルラがいった。「結論を出すまで、二、三日ある。でもアーダは、最終的な乗員リストを新しい評議会の初会合に提出して承認をもらいたがっているから、彼女に質問するならいましかない」

「なるほど」カルロは必死で頭をすっきりさせようとした。遠ざかって見えないほど小さくなる〈ブユ〉の中に自分の双がいると考えるだけで心が苦しくなるのに、ここでカルロはミッションの目的を直視しなくてはならない。山とほぼ同じ大きさの燃料の塊を、それに火を点けることによって捕獲すること。だれもその性質を理解していない直交岩がいきなり炎を噴出するのは、予想される最悪のシナリオではない——それこそが計画の核心なのだ。

カルロはあらためてカルラを見た。不安そうなのは確かだったが、これが彼女の望んでいることであるのも明らかだった。曇化実験に関するあれだけの作業のあとで、そして出だしのつまずきと袋小路をさんざん重ねたあとで、さらにアッスントに数々の難事を突きつけられたあとで……カルラにこの栄光の瞬間を手にする権利がないというのだろうか？　きみはもう母星の先祖たちへの貢献は果たしたのだからそれで満足しろ、とカルラにいうつもりは、カルロにはなかった。

いまカルロがカルラに対してなすべきなのは、励ますことだった。励ますことと、カルラが確実に安全でいられるようにするために、自分にできるかぎりのことをすること。

カルロはロープを伝ってアーダの近くに行った。そしていった。「もし〈物体〉を燃やしはじめることになったとき具体的にどうするのか、聞かせてもらえるかな。知りたいのはたとえば、点火地点との相対位置で〈ブユ〉がどこにいる予定なのか、そしてじゅうぶんな距離まで遠ざかるのが確実にまにあうと考えている理由だ」

20

選挙前夜、タマラは空き地へ歩いていって、よもや自分が日付をわからなくなったりはしていないかと、そこにある時計を確かめた。日付は合っていた。タマラの人生では四回目になるが、〈孤絶〉の住民たちは新しい評議会を選ぶための投票をしようとしていた。

花壇には雑草が伸びていた。タマロはもう何日もそこで寝ていないらしい。それは、タマロがタマラを怖がっているということだろうか？　それとも、もっとタマラの近くで日々を送っていて、畑に身をひそめながら、彼女の子どもが生まれてくるのを見張っているのだろうか？　たぶんタマロは、子どもたちがはじめて目をあけたときにその場にいさえすれば、子どもたちとの絆を作り、自分が生じさせた亀裂を埋めて家族を正常に戻せると本気で思っているのだろう。

　タマラは時計のぜんまいを巻いたが、雑草は自分が目にしたままに放っておいた。若干の小麦を挽いて一ダースのパンを作り、それをドアの脇の監視場所に持ちかえる。パンを三個食べて残りを貯蔵穴に埋めてから、寝床に横になった。いま眠るつもりはなかったが、土の冷たさは幸せな気分にさせてくれた。

　朝になったら、集票係の人々が農場をひとつ残らず訪れてまわるはずだ。この人々はどんな理由があっても、投票の義務を怠ることを認めない――ある人がいかに多忙だろうと、どれほど重い病気だろうと、投票結果にまったく関心がなかろうと。父のエルミニオはタマラの名前を投票者名簿から外しているだろうが、集票係をタマロと接触させずにおく手段があるだろうか？　息子は用事でよそに出かけていて、別の場所で投票しているはずだ、と説明するつもりかもしれない――だがそんなことをしても、その日の終わりには票数不足が発覚して、集計結果の発表が遅れ、投票を忌避したのがだれかを皆がこぞって突きとめようとするだろう。母星では、人々は議員の地位を金で買っていた――しかも、歴史家を信じていいなら、女はひとりとしてその地位に就いたことがなかった。タマラにはその話は、そしてそこから推測されるもっと現実離れした事態も、信じがたかった。〈孤絶〉が母星に戻ったとき、その四年間の不在のあいだに状況が変化しているということは、ありそうにない。だが、真偽はともかく、議員がそんなかたちで決まるという考え自体があまりに冒瀆的であり、それが毎回の選挙に対して〈孤絶〉の人々をいっそう真摯にさせていた。投票を忌避したら、母星の古いやりかたも悪くはなかったという宣言だと思われるだろう。

　タマラは目を閉じて、夜がもっと早くすぎてくれることを願った。農場でいっしょにとらわれの身になっている男には、タマラの脇をこっそり通って外へ出られる見こみはないし、彼の恥ずべき投票放棄が、タマラに望めるかぎりの人々の注意をまもなくふたりに引きよせるはずだ。あと一日か二日のうちに、タマラの苦難は終わるだろう。

　ただし、だれかがタマロの署名を偽造しなければだ。この地区の集票係はたぶん近隣のだれかで、タマロとは顔見知りだが、タマロも偽者も知る人のいない〈孤絶〉の遠隔地でなら、偽造は可能だ。タマロの偽者がそのあと自分のいつもの居住地に戻ってきて本人として票を投じれば、総票数は完璧に一致する。息子とは年齢が離れすぎているので、エルミニオ自身がその詐欺行為を実行することはできない。だが、自分より若い共犯者を買収して、息子の署名を真似るよう教えこめば、この計画は実行困難とはいえなかった。

　タマラは身震いしながら立ちあがった。こうして長いことドアの脇で不寝番をしてきたのは、無意味だった。だれもタマラを捜しにきたりはしない。友人たちはタマラを死んだと思い、集票係もそう思い、山全体がそう思っているのだから。監禁された最初の日から、農場を一平方歩離《ストライド》単位で掘りかえして、タマロが埋めた鍵を——あるいは、祖父が置き場所をまちがえたなにかの道具か、建設作業員が残していった秘密のハッチがないかを、探すべきだったのだ。だれかが捜しにくるなどという空想で時間を無駄にするよりは、なんだってマシだっただろう。

　タマラはドアのところまで歩いて、冷たい硬石の表面を手でなでまわした。もう一ダース回目になるが、細い指を成形して鍵穴に突っこもうとしてみたが、バネ仕掛けのタンブラーピンは鋭かった。痛みに耐えればなんとかできるという話ではない。もしタマラがあくまでピンをいじりつづけたら、硬化していようがいまいがかんたんに肉を削ぎおとされただろう。適切な道具があれば錠をこじあけることも可能かもしれないが、タマラの体だけでは不可能だった。

この出入口ひとつ以外、農場は気密密閉されていた。冷却システムの空気でさえ、胴枯れ病を小麦から小麦へ広めることがないように、空洞自体の中を吹きぬけるのではなく、床面の底深くにある密閉流路の中を通っている。ランプで壁を燃やして通路をうがつことはできないし、大鎌で外への道を掘ることもできない。そして周囲の岩は、どれだけ助けを求めて叫んでも近隣の人々に届くはずがない厚さだった。

父は、待ち伏せされる危険をおかしてこっそり戻ってくるつもりはないだろう。アーダやロベルトが圧縮空気粉砕機をかかえた建設班を伴って救出にやってくることもないだろう。外に出る唯一の手段は、鍵だ。鍵を手に入れる唯一の道は、タマロからだ。

タマロを見つけたときには朝になっていた。農場一面で赤い小麦の花が閉じはじめるころ、タマラは広がっていた花の下の隠れ場所からタマロが立ちあがって、もっといい隠れみのを探してきょろきょろしているのを目にとめた。

タマラが近づいてくる音を聞きつけてタマロは茎のあいだに姿を消したが、タマラは四つん這いになって頭の高さをタマロと同じにすると、薄暗い苔光の中で相手を追った。触れるたびに小麦がカサカサと音を立てるので、ふたりのどちらも気配を殺して動くことはできなかったが、タマラのほうがすばやかった。なぜタマロが動くのをやめて沈黙を味方につけないのか、タマラにはわからなかった。たぶん、タマラから完全に逃れるチャンスを手にするには、ふたりの距離をもっと広げる必要があると考えたのだろう。

茎のあいだを突きすすむタマラが立てるカサカサという止むことのない音は、似たような音のいっさいをかき消しても不思議はなかったが、タマロは行きつ戻りつするせいで、はっきり区別のつく独自のリズムを生じさせていた。タマラには、タマロが方向転換するたびにそれが聞きとれた。曲がる前にわずかな躊躇がある。昔、ふたりでこのゲームをしたことがあったな、とタマラは気づいた。一ダース年以上前だ。当時タマロは、タマラから逃げきる方法をついに学習しないままだった。そのときは、それで全然さしつかえなかったのだ。

ついにタマラは、相手の姿をほぼ視野にとらえた——というか少なくとも、前方で小麦の茎が跳ねかえるのが見えた。茎が瞬間的に密集して暗がりができ、そのあとふたたび広くなった茎と茎のあいだを苔光が通って明るくなる。次にいつタマロが針路変更するかを察したタマラは、その行く手をさえぎれる場所へ全速力で直行した。

左前脚に痛みが走った。タマラがびくっとして急停止すると、すっぱりと断ちきられた茎が弧を描いて前方の地面に落ちた。

「そこから動くな」タマロが警告を発した。

「話をしたいだけよ」タマラはいった。沈黙の中で、タマロが身震いしているのが音でわかった。「今度はどうするつもりなの？　わたしをバラバラに切りきざむ？」

「必要ならそうする」タマロが答えた。「おれが自分の身を守れないとは思うなよ」

タマロは怯えていた。この前タマロをつかまえたとき、タマラはほとんどなんの危害も加えたつもりはなかったが、タマロの側はもっとひどい目にあわされる寸前だと感じていたに違いない。タマラは陽気にブンブン音を立てたかったが、じっさいには悲しみと恥ずかしさにうなっていた。（わたしたちはふたりとも、おたがいから命の危険にさらされていると思っている。どうしてこんな風になってしまったんだろう？）

タマラは自身を律した。「あなたを傷つけるつもりはない。わたしたちは話しあう必要がある。この状況を修復する必要が」赤いきらめきが目に入った。タマロが大鎌を持ちあげ、タマラがむかってきた場合に備えて構えたのだ。「お願いよ、タマロ」

「おまえを外に出すわけにはいかない」タマロがいった。「おれは監獄にぶちこまれてしまう。父さんもだ」

「それは確かね」タマラは相手の言葉を肯定した。タマラがうまく嘘をつけば、それでタマロと父が無罪放免になるようなふりをするのは、無意味だった。「でも、罪がどれだけ重くなるかは、あなたしだいよ。わたしが死んだあとで逮捕されたら、終身刑になるのはわかっているでしょ。いまから自首してくれたら、わたしは評議会に寛大な措置をお願いする。刑期はほんの一年かそこらになるかもしれない」

「父さんをそんな目にはあわせられない。自分の父親を裏切ることなんてできない！」

タマラはうんざりして体が震えた。母親、父親……どうしていつもこの人のリストでは、自分の双がいちばん最後になるのだろう？

「どんな人生が望みなの？」タマラは尋ねた。「子どもたちを育てたいと思う？」

「もちろんだ」タマロがいった。

「だったら、それができる道を探しなさいよ。代理双を見つけて、あなた自身の子どもを育てればいい。もしわたしがここで出産するなら、それはあなたとなんの関わりもなく起きることだと思ってもらってまちがいないし、あなたには自分自身の子どもを持てるという希望がいっさい残らなくなる。もし鍵を渡してくれたら、約束は果たすわ。紙と証人が手に入ったら即、配給権譲渡証書に署名する」

小麦がカサカサと鳴った。タマロがふたたび鎌を動かしはじめていた。「どうしてそれを信じられる？」

「あなたはわたしの双だから」タマラはいった。「わたしはいまもあなたを愛しているし、いまも幸せな人生を送ってほしいと思っている。こんなことをしたあとで、わたしたちがいっしょに子どもを作れると思ってもらっては困るけれど、配給権のことはわたしはどうでもいい――だから、とにかくわたしに〈ブユ〉を操縦させて。幸せなひとときをあたえてちょうだい。わたしをわたしにならせてくれれば、わたしもあなたが同じことをできるようにするから」

沈黙は一分隔《ラプス》以上にわたった。タマラはその時間をずっと耐えていた。いまひと言でも不適切なことをいったら、なにもかもが犠牲になる。

タマロが大鎌をおろすのが聞こえた。

「鍵の隠し場所へ案内する」タマロがいった。

タマロがタマラを連れていったのは、とくに目立つところのない畑の一画で、近くには新しいのも古いのも貯蔵穴はひとつもなかった。タマロが作物の一本の脇の土を掘って、根のあいだから鍵を引きぬいたとき、自力では一年探しても絶対に見つけられなかっただろうとタマラは思った。

タマロが鍵をタマラに手渡した。

「いっしょに来て」タマラはいった。「外に出たら話をごまかすつもりはないけれど、あなたがつらい目にあうようなことはしたくない」

「おれはここで父さんを待たなくてはならない」タマロがきっぱりといった。「すべては父さんと話してからだ」

「わかった」タマラは手を伸ばし、自分が約束をひとつも破るつもりはないのを納得してもらうつもりで、タマロの肩に触れた。タマロは目を合わせなかった。タマラに対する自分の仕打ちを恥じているのだろうか、それとも父の計画を完遂できなかったのを恥じているだけだろうか？

タマラは畑の中にタマロを残して、ドアのほうへ走った。鍵はすんなり鍵穴に入ってタンブラーピンを押しのけたが、いざ鍵をまわそうとすると、錠はいうことを聞こうとしなかった。タマラはパニックになって鍵を引きぬき、指でこすってきれいにしてから、ドアに軽く打ちつけていると、鍵の入り組んだ溝のひとつから土の小さな塊が落ちた。

もういちど鍵を挿しこむと、シリンダーの中でピンがひとつひとつ噛みあうかすかなカチッという音が聞こえた。鍵を静かにまわしてから取っ手に手をかけると、ドアは非道なことなどなにひとつなかったかのようにさっとひらいた。

通廊を数通離進《ストレッチ》んで角を曲がったタマラは、隣人のカロージェロと鉢合わせした。カロージェロは投票箱と投票用紙の束をかかえていた。

「タマラ?」カロージェロは彼女を凝視した。「ええと……胴枯れ病はもう片がついたのかな?」

「ええ、確実に」胴枯れ病ね。事が成就するまで詮索好きな隣人たちをひとり残らず遠ざけておけるものが、ほかにあるだろうか? タマラは一瞬突っ立ったまま、父の悪知恵に感心していた。胴枯れ病の被害をあまり大きくいったら、作物栽培学者による余波の調査は厳しいものになってしまうだろう——だが、畑を二、三区画も焼きつくしておけば、脅威はタマロが完全に根絶したように見せることができる。

カロージェロはまだ混乱していたが、エルミニオから自分の子どもたちは投票ずみだと聞かされていたら、こうは続けなかっただろう。「タマロは出かけて投票するつもりだろうか?」

「なにも聞いていない。でも、農場に入っても全然だいじょうぶよ」

「それは確かかな?」

「絶対に。タマロは選挙のことをうっかり忘れていたんでしょう。中に入って、彼の票を受けとってくるといいわ」

「わかった」カロージェロは投票箱を下に置いて、タマラに投票用紙を渡した。「出かけてもよそで投票することはできるけれど、こうして顔を合わせたんだから、いますませるのがいいだろうね」

21

「カルラ！　あなたはもう、天文学者たちのところから帰ってこないのかと思っていました！」

パトリジアの外見は危険なほどやつれていたが、気分は上々のようだった。カルラはロープ伝いに小さな会議室をパトリジアのもとにむかった。旅の準備に忙殺されて、ふたりが話をするのは六旬《スティント》以上ぶりになる。「もしタマラの主張が通っていたら、わたしはいまも、またしても安全訓練の最中だったでしょうね」カルラは答えた。「すでに本物の〈ブユ〉の中ですごすことになるだろう以上の時間を、あの人たちが作った偽物の中ですごしているわ」

「準備不足よりはいいですよ」パトリジアがいった。

「確かに」〈ブユ〉乗組員のだれもが、じっさいの飛行中に起きたら致命的になるだろういくつもの過ちを、実物大模型の中でおかしていた。「でも、これだけはなにがあっても聞きのがせない。〝光子の降格〟ですって？　アッストはわたしたちの実験が決定的なものだったと認めたのよ。なのに手のひらを返してわたしたちにこんな批判をしてくるなんて、信じがたいわ」

「降格というのは批判に入るんでしょうか？」パトリジアが疑問を述べた。「少なくとも、〝光子など忘却すべし〟という演題ではないし」

「あなたは心が広すぎ」カルラはぼやいた。「あなたの経歴を台無しにするだろう話なのよ」

パトリジアがいった。「広い心で受けいれられる話かどうか判断するのは、話を聞きおわってからにすべきだと思いませんか？」

オネストの姿を見つけたカルラは、手をあげて挨拶した。「もっと自分を罰したくでもなった？」オネストは物理学が語る壮大な物語には魅せられていたが、自ら現場に手を出すことにはまるで熱心ではなかった。カルラが曇化実験についてのべき級数計算をするのを手伝ったオネストは、しまいにはうめき声をあげて頭をかきむしっていた。

「これがわたしの義務ですから」オネストがいった。「だれかがこの革命的研究の記録を残す必要がありますす」

「些細で取るに足らない反動的意見も含めて？」カルラは訊いた。

オネストは面白がるように、「ではあなたは、今回の演題を自分に対するものと解釈しているのですか？」

「わたしにはほかに解釈のしようがないでしょ？　わたしは自分が不滅の名声を手に入れるための主張を、守らなくてはならない」

「光子を発案したのはパトリジアだったのでは？」

「そうよ、でも名前を選んだのはわたし」

アッスントが入ってきたときには、部屋は混みあっていた。アッスントは入口脇の容器に自分の論文の複写の束を入れた。アッスントがそれを前もって見せて、反応を返す機会をあたえてくれなかったことで、カルラは感情を害した。〈ブユ〉の乗組員に加わることに同意して以降のカルラに、本格的な共同研究に取りくむような時間はまるでなかったが、文字どおり連絡がつかなくなっていたわけでは――まだ――なかったのに。

アッスントは形式的な挨拶抜きで話をはじめた。

「カルラと彼女のチームがおこなった曇化の実験は、固体中の輝素がいくつかの特定のエネルギー準位しか占めることができないという説得力のある証拠を示した。これらの準位は、輝素をあらゆる瞬間に単一の明確な位置を持っている粒子としてではなく、エネルギーの谷の幅いっぱいに広がっている定常波として扱うことで説明できる。

しかしいったん固体から遊離すれば、その同じ輝素が、じっさいに粒子であることを示唆するような方法で光を散乱する。そして散乱される光のほうも粒子から構成されていて、輝素の三倍程度重い粒子であることが示唆される。

だが、光はまぎれもなく波だ。ジョルジョとネレオは、光がふたつかそれ以上のスリットを通過するときに生じる干渉パターンからその波長を測定する方法を示した。カルラとパトリジアはそれを否定しようとしたことはない。しかし彼女たちは、この波が適切な粒子の取り巻きにつねにつき添われていることを受けいれなくてはならない、と主張する――それを波といっしょに移動させているのはいかなる説明可能な力でもなく、むしろあまりにも深遠で不透明な公理によって波と結びついているために、それ以上の考察や調査を拒んでいるかのようだ」

カルラは怒りに駆られまいと努力した。じつのところ、そこは自分たちの理論のいちばんの弱点だった。けれど、その不格好な継ぎ接《は》ぎの存在論を標的にしてどれだけ皮肉をいったところで、証拠は変えようがない。光の粒子としての性質は、あらゆる点で波としての特質と同じくらい明白だ。

「その点をどのように判断すべきか？」アッスントの話は続く。「わたしはパトリジアの原理の成功に基づいた解決策を提案する。エネルギーの谷にとらわれた粒子の運動を決める方程式は、この原理によって同じ谷の中の定常波の方程式に変換される。そのような波はそれぞれ異なるいくつかの特定の形しか取ることができず、それぞれは固有のエネルギーを持っている。

しかし、単純な粒子の力学に関するわれわれの考えがそのような根本的に新しいアプローチを必要とするなら、それを断片的に適用していくべきでないのは確かではなかろうか？　谷の中の粒子の運動を記述するのに適切だとかつてわれわれが考えていたのと、まったく同じ方程式に従うように見える、別の系を見つけたとしよう。その系は、まったく同じかたちで扱われるべきではないのか？」

アッスントがどんな例を考えているのか、カルラには見当もつかなかったが、表面的にはそれはすじの通った提案に思えた。

アッスントがいった。「単一の、純粋な周波数の光波で、一定の方向に進んでいて特定の偏極を持つものを考える。現実世界では、そのように単純なものに出会うことはない――が、虚空を進んでいるのをじっさいに観測できる波は、つねにそのような理想化された波を多数足しあわせることで構成できる。

この波は単一の周波数を持っているので、波が時間とともに変化する様子をすべてとらえるためには、場所をひとつ選んで、そこでの光の場の強さ、つまり振幅を測ればよい。この振幅はとても単純にふるまう。波全体で共有されている周波数で行ったり来たり振動するのだ。

そこから連想されるものはないだろうか？　たとえば……エネルギーの谷を行ったり来たり転がる粒子とか？」

アッスントは反論を待つかのように言葉を切ったが、部屋から声はあがらなかった。カルラは話を先取りしてやりたかった――類比を完全なものにし、その含意を把握して、アッスントが見落としている致命的な欠陥を見つけだす――が、心がはやるあまりに、かえって好機を逃してしまった。

「この対比は厳密におこなうことができる」アッスントが主張した。「理想化された光波の振幅は、一次元の無限に高い放物線的なエネルギーの谷の中心から粒子がどれだけ離れているかに対応する。光波のエネルギーはふたつの部分に分けることができる。ひとつは粒子の位置エネルギーに類似した、谷の中での位置だけに依存するもの、もうひとつは運動エネルギーに類似した、速度だけに依存するものだ。

カルラと彼女のチームは、固体中のエネルギーの谷にとらわれた粒子にパトリジアの原理を適用した場合にどうなるかを、すでに示した。われわれの系はより単純で、なぜなら固体中の谷は三次元で、厳密に放物線的でもないからだが、より単純なバージョンで同じ計算をおこなうと、無限に連なるエネルギー準位が得られ、それらはすべて同じ間隔で並んでいる。

なにがそのエネルギー準位の間隔を決めるのか？　固体では、それは谷の中で転がる粒子の固有周波数で決まる――一方われわれのケースでは、光の場の振幅が行ったり来たり振動するときの周波数で決まる。つまり光波のエネルギーの値は、離散的な値の集合のうちのどれかにならなければならず、それぞれの準位と次の準位の間隔は、パトリジアの定数に光の周波数をかけたものになる」

カルラはいま、アッスントの話の行く先がはっきりとわかった——そして、小馬鹿にしたような演題の意味も。

「しかしその間隔は、光波に関連づけられた光子一個が持っているとされるエネルギーと、まったく同じだ！」アッスントがいい切った。「つまり、波のエネルギーが変化するときは離散的な段階でしか変化できないという事実は、もはや風に飛ばされるダニの群れのように波につきまとう粒子の大群という、奇妙な虚像を必要としない」

アッスントがふたつの例を胸に描書した（図下）。

「この描像の中に、光の粒子があるだろうか？」アッスントは慎重にいった。「もし〝光の粒子〟を小さい砂粒のようなものと考えるなら、そのようなものはない。それぞれの波に対応する光子の数は、波のエネルギー準位につけられたラベルにすぎず、いちばん低い

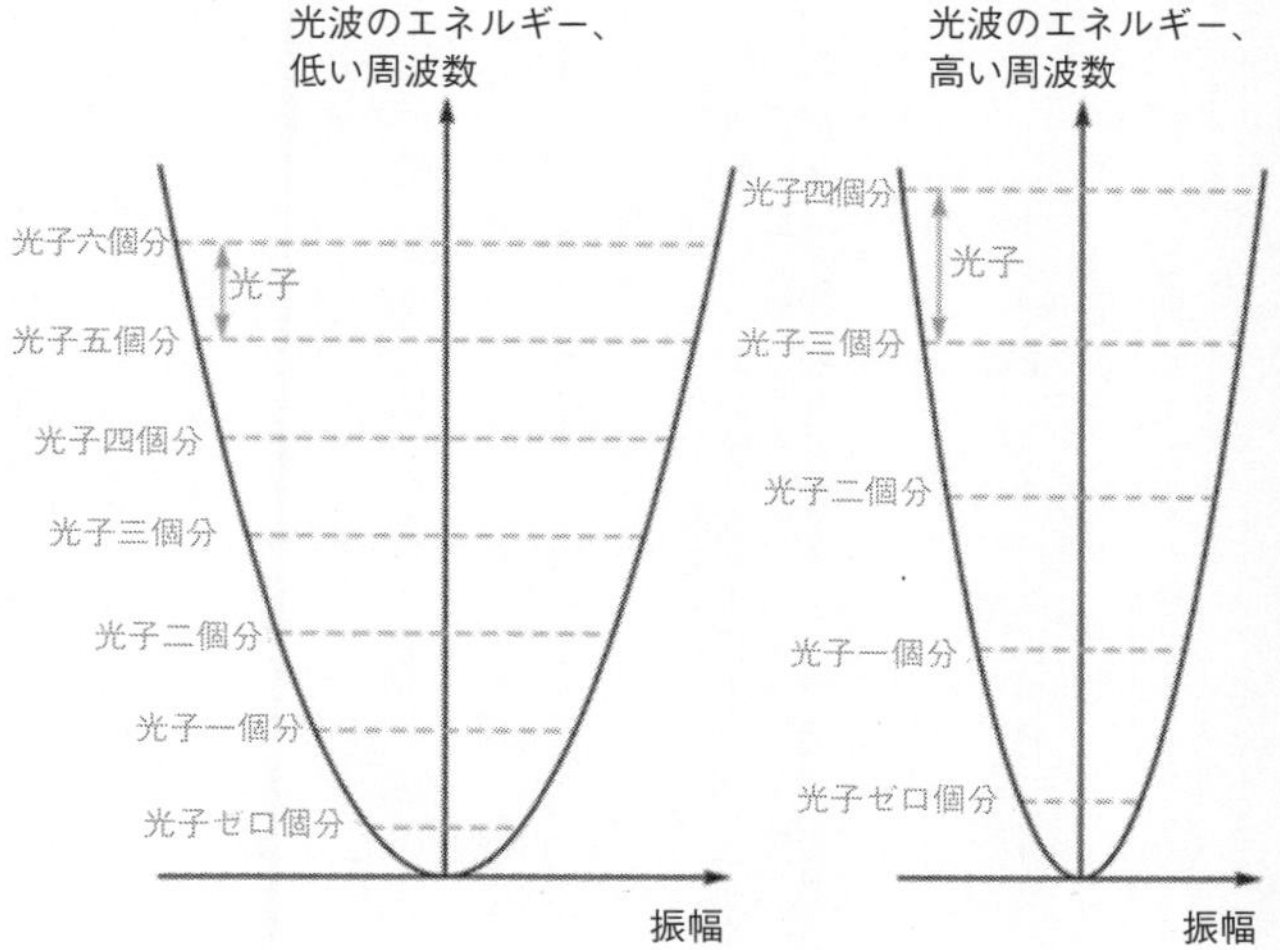

準位からはじめて上にむかって各段階を数えていったものだ。それは手に取れるような物の個数ではない」

「いちばん低い、光子がゼロの準位はエネルギーがゼロではありません」カルラは異議を唱えた。「それは……」

「奇妙？」アッスントが言葉を継ぐようにいった。

「その点は同意する。だが、同様のことが、きみたちのいう固体内の輝素にも当てはまる。谷の底でその粒子をじっとさせておくことはできない」

「確かに。それでも谷の底にはなにかが存在していきす」カルラは応じた。「あなたが主張しているのは、虚空そのものがエネルギーを持ち、光の場のあらゆる可能なモードがそれに寄与するということです！」光波が持ちうるあらゆる周波数、あらゆる方向、あらゆる偏極が虚空に対してエネルギーの痕跡を残し、それには波自身がそこに存在することすら必要ない。

アッスントがいった。「エネルギーはその変化しか検知できない。じっさいの値は無意味な概念だ。あらゆるエネルギー準位に同じ量を足したり引いたりして再定義したとしても、測定可能な変化はあらわれない。従って理論がなにもない空間に対しゼロでない値をあたえたとしても、わたしはかまわない……しかし、きみたちがその値を、目に見えるあらゆるものから差し引いて真空のエネルギーをゼロに引きさげるほうがいいというなら、そのようにすればいい。それによって違いが出ることはない」

カルラは黙りこんだ。その結論はやはり荒唐無稽に感じられたが、どうすれば反論できるかもわからなかった。

「これはわれわれをどこに導くだろうか？」アッスントが続ける。「われわれはヤルダの光の場からスタートした。その場は空間のどの場所、時間のどの時刻においても正確な値を持っている。しかしパトリジアの原理がもたらす理論では、同じように考えることはもはやできない。ちょうど固体中の輝素が正確な位置を持たずに谷の中に広がっているように、光波の振幅もある値の範囲に広がっている。じゅうぶんに強い光波の場合、この値の広がりは光のピーク振幅に比べると非常に小さくなるので、従来の光学においてわれわれが波を扱う方法と矛盾が生じることはない。しかし単一の輝素が〝光子を散乱〟するとき——ある周波数と方向を持つ光の光子個数をひとつだけさげ、別の周波数と方向を持つ光の光子個数をひとつだけあげるとき——従来の光学が適用できるとは考えられないし、古い法則がうまくいかないのは砂粒の衝突のようなものを扱っているからだと仮定することもまちがいだ」

アッスントは腕を広げて、それが結論であることを示した。論文自体にはもっと細かいことが書いてあるのだろうが、発表は終わりだった。「質問は？」

部屋にいる人の大半はまだ、いま聞いた話を必死で飲みこもうとしている最中だったが、オネストがすぐさま言葉を返した。

「輝素はどうなんですか？」オネストがアッスントに質問した。

「輝素のなにがだ？」

「輝素は同じ枠組みで取りあつかえるのですか？　もし光子がじっさいは光波のエネルギー準位の段階にすぎないというのなら、輝素も同じように考えることはできますか？」

アッスントがいった。「輝素波が固体中でより高いエネルギー準位に移動した場合、それは新しく輝素を作りだしたことにはならない。それはもとの輝素が以前よりも多くのエネルギーを持ったというだけだ」

「そこはわかっています」オネストがいった。「でもわたしは、固体中のエネルギー準位のことをいっているのではないんです。あなたはなにもない空間を進む光波を例にとって、各モードのエネルギー準位は、カルラとパトリジアが波の中の光子の個数と呼んだであろう量になることを示しました。それなら、なにもない空間にある輝素波についても、同じことをしてもいいのではないですか？　その波の各モードについて、輝素の個数に対応するエネルギー準位を見つければいいのでは？」

「なぜそうしないかといえば、そのふたつはまったく違う種類の波だからだ！」アッスントがいった。「光波は弦を伝わる波とそれほど違わない。波のピークが高いほど多くのエネルギーを運ぶ。そのようなエネルギーと波のサイズの関係を使うことで計算がうまくいき、パトリジアの原理を適用するとエネルギーは離散的な値しか取れなくなる。

しかし輝素波の場合はそもそも、波を出してくるためにすでにパトリジアの原理を単一の粒子のエネルギーに適用している。輝素波のエネルギーは、波のサイズとはなにも関係がない。全体のサイズは意味がなく、その形と周波数だけが重要だ。そのような波に、どうやったら二度目のパトリジアの原理を適用することができるのか？　それは意味をなさないだろう」

「わかりました」オネストは明らかに納得していなかった——けれど、自然が持つ対称性に関する彼の個人的感覚から、そうした面倒な専門的議論にとりあえずは従うことにしたようだ。

パトリジアがカルラのほうをむいた。「これは喜ぶべきことですよ！　アッスントはわたしたちの結論に異議を唱えようとしたんじゃなかった。光子についてのもっといい考えかたを見つけただけだったんです」

「興味深い理論よね」カルラはしぶしぶ認めた。じつのところ、いまも自分の権利が侵害されたように感じている。アッスントがカルラの個室に忍びこんで、ガイドロープを張りなおしたような感じ。その結果、ガイドロープが前よりも整然となったかどうかは関係がない。「わたしたちにも同じパターンを見つけだせないはずはなかったのに」カルラはいった。光波のエネルギーの公式は何世代《ジェネレーション》も前からある光学の初歩だ。もしカルラとパトリジアが、エネルギー準位という発想そのものにいたったときに空腹で半ばぼうっとしていなかったら、ふたりの成果にアッスントがちらりとでも注意を払うはるか前に、自分たちで類比に気づいてそれを突きつめていただろう。

「それで、これからどうします？」パトリジアがやる気満々で質問した。「わたしたちふたりで新しい論文を書けるんじゃないでしょうか、アッスントの方法で光子を扱って散乱実験を再分析することで」

「わたしが戻ってきたときには、できるかもね」カルラは答えた。

「ああ、そうでした」興奮のあまり、パトリジアは〈ブユ〉のことを忘れていた。「六日後には……？」

「わたしは虚空を旅している」カルラはいった。ほかの物理学者たちが列になって部屋を出ていくとき、アッスントの論文をうやうやしげに手にとっていくようすを、カルラは眺めていた。「そしてあなたに、なにもない空間がなんらかの謎めいた根源的エネルギーで満たされていることが判明したかどうかを、教えてあげられるようになる」

22

はっと目ざめたカルロは、一瞬それが、切迫した危険を感知したせいに違いないと思った。その思いは急速に薄れていったが、切迫感は残った。体の上にタール塗り布がピンと張られ、あいだに閉じこめられた荒砂が皮膚に当たるのを、そして、体の下にひんやりした寝床があり、樹脂のこびりついた砂があちこちに作った塊を、カルロは感じとった。そのふたつのなじみ深い、表面的な知覚の中間で、もうひとつの知覚がカルロの体全体を占めていた。カルロの肉と共存し、あらゆる筋肉と骨に動けとせっつく確固たる存在。

目は閉じたままで、カルロはカルラのほうへ腕を伸ばしたが、肩に手が触れる前に思いとどまった。拒絶されるとわかりきっている行為をするのは無意味だ。カルロは段取りを考えるあいだ、痛みを鎮めておこうとして、指を自分の胸に埋めこんだ。

『きみはじゅうぶんな業績をあげた』と話を切りだすのはどうだろう。『きみは自分の理論で火を灯した。その炎を大きくするのは、ほかの人にまかせてもいいんじゃないかな。なぜまた一日、空腹に耐えるんだ？　なぜ死ぬ危険をおかして宇宙空間に出ていくんだ？　いまこそきみは不死になることができる。愛され、記憶されるだけではなく、きみの子どもたちの肉の中で生きつづけることが。次々と永遠に、世代をくだって。母星の先祖たちはいずれきみの発見を耳にし、きみの子孫たちはきみの名声の分け前にあずかるだろう。

それ以上のなにを望む？　いまこそそのときだ』

カルロは目をひらいた。手を上に伸ばして手近のロープを握ると、タール塗り布の下から体を引っぱりだした。苔光の中で時計を見つめていると、ダイヤルがはっきり見えてきた。明かりを点けて一日がはじまったふりをするには、まだ早すぎた。

ロープ伝いに寝室を出たところでロープから手を放し、部屋の中を漂う。胸の中の痛みは相変わらずの強さで、その痛みを代弁する声は黙ろうとしなかった。

（ぼくに恥じなくてはならないことがあるか？　自分の双を、タマロのように監禁したとでもいうのか？　カルラの意思に反する行為を、ただのいちどでも本気で考えたことがあったか？　もしカルラが耳を貸すとしたら――もしぼくの言葉が彼女にとって意味をなすとしたら――ぼくの行為は不当になりようがないだろう？）

カルロの皮膚が床の冷たい石をかすった。腕を振りまわして適切なロープを探し、部屋の隅に体を引きよせる。寝床に戻らないのなら、少なくとも熱を体から奪ってくれるなにかの固体に触れていなくてはならない。

旅の前夜は同じ部屋で寝ようと提案したのは、カルロだった。彼がそこにいることでカルラの体が受けとる信号――未亡人になるのでも見捨てられるのでもない、という暗示――は、離ればなれでいるあいだ、彼女を守るのに役立つはずだ、とカルロは説いた。その論理に非の打ちどころはなかったが、カルロのほんとうの意図についていては、なんの証明にもなっていなかった。カルロ自身の肉には、違うメッセージが届いているように思われた。自分の双は危険にむかって突っこんでいこうとしていて、決して戻ってこないだろう、と。

カルロは指を広げて石に押しつけた。自分は何度、シルヴァーノの弱さを無言で罵っただろう？　『おまえはほんとうに自分を抑えられなかったのか？　ほんとうに待てなかったのか？』だがそういう自分はどれほど強いというのか――内心で葛藤している自分自身は？　自分の人生を完成させることになるひとつの行為を嫌悪している自分は？

　カルロの父は若くして死んだ。もしカルロ自身が、自分の子どもたちが成人する前に死んだとしたら？　それどころか生まれる前に？

　だが、カルロの父の死は強力な伝染病による偶然の結果で、遺伝性の素因によるものではない。カルロが同じ運命を怖れる必要はないのだ。あと一年か二年して——あるいは三年か四年かも——カルラの研究が完成したときに、カルロとカルラはふたりで決断をくだすことができるだろう。カルラはカルロをはねつけたりしないだろうし、カルロのもとを去ったりはしないだろうし、宇宙空間で自らを死に追いやるような真似もしないだろう。

　自ら追いやる？　そんな風にいうと、まるでカルラに選択の余地があるかのようだ、〈物体〉が恒星のように燃えあがって、その炎の中に〈ブユ〉を飲みこむときに。


　カルロは腕を鉤状にしてロープに引っかけると、手でぐるりと円を描いた。ロープの螺旋が前腕に食いこんだが、両手を握りあわせると、痛みが棘のように思考に突き刺さって明晰さをもたらすのが感じられた。

　もしふたりがいっしょに目ざめていたとしたら——隣りあって、目は閉じたまま、起きてからの人生で予定されていることは忘れて——あらゆることが起こりえただろう。いまではその危険がすぎていることをカルロは願ったが、どう少なく見ても、彼がカルラに決心を変えてくれと愚かな嘆願をぶつける可能性は、まだ残っていた。

　朝までここで待っていよう。時鐘《ベル》が鳴るのを待って、それからランプを灯し、それから双に、旅が安全で帰還が迅速であらんことを、と声をかけるのだ。

　〈ブユ〉と、それに先行したビーコンが建造された大作業場は、いまでは空っぽ同然になっていた。入口から見て、かつてはごみごみしていた床の上に出ているのは、解体途中の足場が作る山だけだ。マルツィオが遠くから挨拶をよこしたとき、相手の居場所が混乱するほどエコーが強かったので、カルロは声のいたずらをした共犯者を探してきょろきょろせずにはいられなかった。カルラは手を一本あげたが、言葉で返事をしたのはもっと近くに寄ってからだった。

「早く来すぎました？」カルラがマルツィオに尋ねた。ほかの人たちの姿は見えない。

「みんな早く来た」マルツィオが答えた。「ほかの人たちは下のエアロックのそばだ」

三人はいっしょに歩いていった。案内役がいてくれて助かったとカルロは思った。天井の苔の薄暗い光のもとでは、作業場のこのあたりは空っぽの宇宙空間も同然に特徴がない。

「ヴィヴィアーナとヴィヴィアーノがこの三時隔《ベル》をかけて、最終チェックをおこなった」マルツィオが力強く保証した。「すべてが正常で、故障はなく、完璧に調整されている」

「ありがとうございます」カルラが礼をいった。カルロはビーコンの実績をなにがしかの慰めとしていた。発射された一グロス個のうち、長い休止期間ののちに発光することがなかったのは、わずかに三個だった。マルツィオと彼のチームは、宇宙空間できちんと働く機械の作りかたをわかっていたし、天文学者たちが〈ブユ〉を目的地まで導いてくれるのをカルロは信じていた。だれの経験の範疇にもないのは、〈物体〉のふるまいだけだ。

エアロックに近づいていくと、そこに数人が集まっているのが見えた。人々の姿は、凸面状の天井の縁のむこう側から脚が最初に目に入ってきた。もう少し近づくと、脚の数が予想していたより二、三人分多い理由がカルロにもわかった。見送りは自分たちの家族のみでと〈ブユ〉乗組員たちが通告していたにもかかわらず、三人の評議員が臨席することに決めたのだ。

シルヴァーノが前に出てきて、大仰にカルラを出迎えた。そのふるまいを目撃する大勢の有権者――その人々の代表としてシルヴァーノが〈物体〉の所有権を主張できる群衆――はそこにいなかったが、のちのスピーチにこの瞬間を盛りこむことなら可能だった。次の選挙がめぐってくるころには〈孤絶〉の人々の半数が、あそこの岩の塊からどんな利益が得られるにせよ、そのすべてをシルヴァーノの私的な祝福と見なすようになっていることもありえた。

ほかのふたりの評議員、プロスペロとジュスタも、いつまでも後塵を拝してはいなかった。この三人のほかの同僚たち九人全員が、出発は内輪なものにしたいという乗組員たちの願いを尊重したことにカルロは感心したが、その九人は〈ブユ〉建造が承認された当時も現職だったので、ミッションは自分たちの手柄だと思う余裕があったのかもしれない。

カルラの相手をほかの評議員ふたりに取られたシルヴァーノが、カルロのほうをむいた。「さぞ誇らしい気分だろうな」

カルロは懸命にいらだちを抑えた。「カルラが学校で賞をとった子どもみたいないいかたをするんだな。今日のぼくは、カルラの安全のほうが心配だ」

「なにもかも順調に行くよ」シルヴァーノが請けあった。

「ほんとか？　なんでおまえにそんなことがいえる？」

「たくさんの善良な人々がベストを尽くしてきたといえるからさ」

これはまともな会話にならないとカルロは見切りをつけた。善意の友人から多少の紋切り型の言葉を聞かされても我慢するよう心がけるべきなのはわかっていたが、最近のシルヴァーノの言葉はすべてが評議員としての公式発言にしか思えなかった。

イーヴァは息子や孫たちと脇に固まっていたが、手をあげて新着者たちに挨拶した。カルラはカルロを引っぱって、政治家たちのところからアーダとアード、ふたりの父のピオ、それにタマラのもとに合流した。

「〈物体〉と〈ブユ〉のランデヴー直前に、観測所で落ちあいましょう」アードが熱をこめてカルロにいった。「ロベルトの話だと、第一次実験の結果はある程度見えるだろうとのことですから」カルロはそれを聞いて、怖ろしく思いながらも惹かれるものを感じた。自分は実験結果の光がカッと輝くのを見て、そこにこめられた意味をはるか遠くから判断したいだろうか？規則的で間隔を置いた閃光が連続すれば、〈ブユ〉乗組員たちがまだ状況を制御していることの証明になるだろうが、ずっと光が見えたままだったり、闇がいつまでも続いたりした場合は、どう考えればいいだろう？　カルロはしゃべりまくるアードを見つめ、この男はさぞ平和な一夜をすごしたのだろうと思った。

タマラがいった。「ぼちぼち搭乗開始よ」その言葉はナイフのようにカルロの皮膚に刺さったが、どうにもしようのないことだった。

カルロは軽くカルラを抱きしめた。「安全な旅を」カルロはいった。

「元気にしていてね」カルラが応じた。「またすぐに会えるから」

遠ざかるカルロと視線を合わせて、タマラがいった。「カルラは無事につれて戻るわ」カルロは返事がわりにうなずいたが、タマラに見つめられると落ちつかない気分になった。苦難を体験したことで、自分の双がおかしたのと同じ罪を繰りかえしかねない状態にほかの男たちがどれくらい近いかを正確に見抜く能力が、タマラに備わったかのように。

〈ブユ〉乗組員と、見送りの人々が分かれた。四人の乗組員が訓練を積んだ動作で冷却袋を着用するのを、カルロは眺めた。かさばるヘルメットをかぶってしまうと、三人の女たちは見分けがつかなかった。エアロックはふたりが同時に入れる大きさがあり、アーダとタマラがそこを先に通過した。カルラは自分の番が来ると布に包まれた腕の一本をあげて出発の挨拶をしてから、イーヴォといっしょにドアをくぐった。

マルツィオがカルロの肩に触れた。「発進を見にいこう」

覗き窓のまわりにみんなが集まっていた。幅二歩離《ストライド》の八角形の透明石の板が、エアロック脇の床に塡まっている。カルロが見おろすと、四人の搭乗者全員がまだ梯子をおりていて、体を閉じこめている白い生地が星明かりをとらえているのが見えた。〈ブユ〉自体は窓の真下にあり、黒いシルエットになって一ダースの太い支持綱にぶらさがっていた。アーダかタマラが梯子を離れて、ひらかれていたハッチをくぐって機体に入り、一瞬後、キャビン内で小さなランプが点灯した。

ピオがいった。「〈孤絶〉発進時の別れはどんなだったと思う。それに比べれば今回のはなんでもない」

カルロは相手を殴りたくなったが、いっていることはまったく正しい。列をなして山に入っていった搭乗者のだれひとり、あとに残った父や子どもや双のだれひとり、〈孤絶〉の旅が終わったときに再会できる望みはこれっぽっちもなかった。カルロ自身の世代の悩みも小さなものではないが、人は悲しみと無縁に生きることはできないのだ。

梯子の末端に着いたカルラが顔をあげると、大きく弧を描くように腕を振って別れの挨拶をした。興奮に満ち満ちていることは見まちがえようがなく、カルロは不意に、湧きあがるような幸福を感じた。これはカルラがやりたいと思っていることだ。カルラはあらゆることを危険と秤《はかり》にかけた上で、それでもやりたいと思った。夜中にどんな考えが頭をよぎったにしろ、カルロはカルラからこのチャンスを奪いはしなかった。恥ずかしさや怖れを感じることに、カルロは疲れていた。自分も純粋に喜んでなにが悪い？

カルラがハッチをくぐって乗りこんだ。イーヴォがそのあとに続くあいだにカルロは体を起こして、後ろにいたシルヴァーノがもっとよく見えるようにしてやった。

マルツィオがいった。「これからキャビンが与圧されるが、万一に備えて四人は冷却袋を着用したままでいる」

万一、機体そのものから空気が漏出したり、もっと悪い事態が起きた場合に備えて。万一、〈ブユ〉がバラバラに分解して、乗組員が空気推進で〈孤絶〉への帰還を試みなくてはならなくなった場合に備えて。

カルロは窓から離れて、エアロック脇の時計を確認した。そのダイヤルは発進時刻に合わせて調整されていて、残り時間は一鳴隔《チャイム》と少しだった。

「もし時間までに〈ブユ〉内の準備が終わらなかったら？」カルロはマルツィオに尋ねた。

「回転一、二回分の延期は可能だ」マルツィオが答えた。「あるいは一ダース回、もし必要なら。〈孤絶〉のむいている方向がぴったり正確でないと、その回転から〈ブユ〉が得る増速分が無駄になってしまうが、燃料は、発進のタイミングの変化に対応可能な量を積んでいる」

「安心しました」カルロは窓のところに戻っていった。乗組員全員が果てしない安全訓練をこなしてきた。航法士ふたりの熟達度は同等で、アーダは独力でも〈ブユ〉を飛ばせる準備ができている。それに、先祖たちは山を丸ごとひとつ、宇宙空間に打ちあげるということをやってのけたのだ。このささやかな遠征が、その子孫たちの手に余ろうはずがない。

カルロが見おろすと、機体全体がふたたび暗くなっていた。これはいい徴候だったなとカルロは思った。あらゆる作業が無事終わって発進準備が整うと、ランプは全部消されるのだとカルラに聞かされている。アーダとタマラは天文学者で、触覚と星明かりを頼りに作業をするのはお手のものだった。

　マルツィオが声に出してカウントした。「五。四。三。二。一」

〈ブユ〉内部の機械仕掛けが、支持綱をはさんでいたクランプを解放した。黒い物体が宇宙空間に落下して遠ざかっていくのを見ながら、カルロの皮膚は恐怖と畏怖でぞくぞくした。少しよろめいたカルロの肩に、シルヴァーノが手を置いた。

　星の尾を背景に縮んでいくシルエットは、天に区切りを記す明るい華麗な円にむかってまっすぐ落ちていく。だが〈物体〉とのランデヴー地点はその平面上にはなくて、〈ブユ〉を単純に目的地めがけて放りなげるというわけにはいかなかった。マルツィオがカウントを再開する。カルロは身構えた。

　ちっぽけな黒い点から光が噴きだした。〈ブユ〉の太陽石エンジンが活動状態に入ったのだ。「おれたちにもやれたぞ」ピオが小声でいった。母星から〈孤絶〉を打ちあげた技術は、失われていなかった。

　まばゆく発光する点は、長く延びて目もくらむような光のすじとなり、そして〈ブユ〉は視野から姿を消した。カルロは顔をあげた。窓の反対側の縁で、イーヴォの孫たちが父親の腕にかかえられて、まだ下を見つめていた。

「噴射は無問題だったように見えた」アードの言葉は、まるでこれと同じ出来事を生涯目撃しつづけてきたかのようだった。

　マルツィオがいった。「結果はすぐにわかる」

「中継係は今日は暇にしていられないだろうな」シルヴァーノが冗談をいった。

　紙テープ記録機がガチャンと音を立てた。マルツィオが歩みよって、観測所からのメッセージを声に出して読みあげた。「無事に予定の針路を航行」テープを繰《く》って読みおえた部分を床に落としながら、「ロベルトは正しい方角にある正しいサイズと明るさの光が、正しい方向にむかっているのを観測した」

カルロはそれがわかればじゅうぶんだと思いたかったが、黙っていることができなかった。「でも、もしエンジンに問題があったら、ぼくたちには知りようがあるんですか？　もし燃料の燃焼速度が速すぎたとか遅すぎたとか……」

「すべては順調だ」マルツィオが宣言した。「発進は完璧だった。〈ブユ〉は目的地へ飛行中だ」

23

排気のまばゆい輝きが窓から消え、自分の体重がエンジンの震動といっしょに消えていってすっかりなくなると、タマラは振動膜を弛緩させて、ハーネスのホックを外した。星明かりだけを照明とするキャビンは、まばゆい輝きを見ていたタマラの前眼には暗すぎたし、聞きとれるのはいちばん近くの時計がリズミカルにカチカチいう低い音だけだった。

ヘルメットを脱ぐ。ただしヘルメットは短い紐で冷却袋につながれたままだ。「みんなだいじょうぶ？」タマラは問いを発した。アーダ、カルラ、イーヴォの順で返事があったが、三人ともためらいがちだったのは、確信がないからというより、慎重さの結果に聞こえた。精神的・身体的な自己総点検は非常に重要で、間髪を入れずに返事ができるものではない。

タマラはカウチ脇のガイドロープを握って、キャビン中央にむかった。そこでは三本のロープがたがいに直交しているが、少しずつズレていて、じっさいには交わっていない。タマラは闇に順応した後眼をひらき、それによって加わった視野は前方の灰色の闇よりはるかに明瞭で、自分の後頭部に携帯ランプが縛りつけられているような感じがした。いまでは仲間の乗組員各員がはっきり見える。アーダはもうヘルメットを脱いでいて、カルラは脱いでいる途中だ。母星星群団《クラスター》の星々の明るい地平線の輝きが窓から見える。〈ブユ〉の軸に対するその円の傾きに、タマラは安心した。そうした些細な幾何学的ヒントだけからでも、自分たちが大幅に針路を外れていないことがわかる。エンジンになにか深刻な支障があった場合、〈ブユ〉が予定の方向にこれほど近いままでいることは、まずありえない。

「苦痛なし、めまいなし、聴覚障害なし？」タマラは尋ねた。

「わたしは平気」アーダが答えて、脚で蹴ってカウチから離れた。キャビンを横切って漂ってから、キャビンの左右に渡されたガイドロープをつかむ。

「わたしも」カルラがいった。イーヴォは返事をする前にヘルメットを脱いだ。「右肩が少しヒリヒリする。エンジンが点火したとき、腕がまずい位置で押さえつけられたんだろう。だが、再吸収するほどのことじゃない。少し休ませれば回復するだろう」

タマラはあまり心配しなかった。年齢的にイーヴォの体はほかの三人より脆弱だが、安全訓練の最難関課題後にイーヴォが申告した激痛に比べれば、これは大して深刻には思えなかった。冷却袋を脱がずに手肢を再吸収・再形成するのは困難だし、キャビンの空気は四人の体を十全に冷やしていたけれども、不意の機体破損に備えて冷却袋をずっと着用しているのが理想だ。

　タマラはいった。「イーヴォ、あなたはこれから六時隔《ベル》、休んでください。ただし、カルラが自分の器具のチェックを終えたら、彼女についてもらって、あなたの器具のチェックをするように」

「了解」イーヴォは応諾した。

　タマラはキャビン中央からロープ伝いに離れて、自分の定位置である、窓の多面体ドーム内部に据えられたひと組の経緯儀の横に移動した。反対側の窓が定位置であるアーダのところにも、これとそっくりだが独立した時計のついた彼女用の装置がある。タマラは手はじめに星の測定をいくつかおこなって、〈ブユ〉の正確な現在位置を特定してから、予定されている次のビーコンからの閃光が見えるはずの方向に最広視野で経緯儀をむけた。

「もし必要な正確さを持つ時計があったら」カルラが考えこみながらいった。「光が届くのにかかる時間から、各ビーコンとわたしたちの距離がわかったでしょうね」

　タマラは陽気にブンブンいった。「正確さって、ピッコロ停隔《ポーズ》単位とか？　そんなことをしている暇があったら、幾何学的周波数偏移でわたしたちの速度を計算すればいいじゃない？」

「そうとは限らないかも？」アーダが話に入ってきた。「もし〈孤絶〉と〈物体〉のあいだを人々が頻繁に往復するようになったら、一ダース世代後にも、航法士はまだこんなやりかたをしていると思う？」

「いま以上に時計をきっちり合わせるためにできることは、ほとんどないわ」タマラは答えた。「わたしたちはすでに、工学的な限界に近いところにいる」

「でも自然界には、すばやくて規則正しい周期運動をする系がたくさんある」カルラが反論してきた。「とりわけ、光そのものとか」

「それはまた、実際的な話ね」タマラは反駁《はんばく》した。

「単一の純粋な色をランプの光から漉《こ》しとったとしても、その光線はたくさんの短い波列で構成されているでしょう。ひとつの波列は数周期程度で、それらがたがいに対してランダムな位相となっているような。もしその周期を数えるなんらかの方法があったとしても、それは、大量の時計がそれぞれランダムな瞬間に動きはじめて何停隔《ポーズ》か動いてから止まってしまうような状況で、時計の音を聞きとるようなものよ」

「それはそうね」カルラがいった。「けれど、その同じ大量の時計を使う、もっといい方法を探せばいいのよ。曇化する鏡石が輝素を吐きだすときに出てくる光は、その放出をそもそも誘起した光と位相がそろっているはず。もしその放出された光を跳ねかえしてまた鏡石に当てて、そのプロセスを繰りかえせば、いかなる種類の自然な光よりも非常に長い期間、位相がそろっているような光源を作れるかもしれない」

「光が光を引きだしそれがさらに光を引きだすの？」アーダが冗談をいった。「なんだか〈永遠の炎〉みたいな話になってきた」

「そこまで永遠じゃない」カルラが残念そうにいった。「炎というものが燃料を焼きつくすのと同様、曇化が鏡石を消費するのも絶対確実だから」

「で、その周期を……どうやって数えるの？」タマラはカルラへの問いを重ねた。

カルラがいった。「その答えはまた後日とさせてもらうしかないわ」

タマラは指先のダイヤルが、待ちうけていた数字に達したのを感じた。一瞬遅れて、ビーコンの閃光が見えた——ほぼまちがいなく、タマラ自身の時計がわずかに進んでいるのが原因だ。だがこれはまだカルラの考えが実現したすばらしい新世界ではなく、いちばん肝心なのは星々に対するビーコンの位置であって、タイミングではなかった。角度を前腕に記録してから、経緯儀を二番目のターゲットにむける。

「最初の閃光を観測したわ」タマラは乗員たちに告げた。「完全に予定領域内で」

イーヴォが苦痛にうなった。「すまんが、冷却袋を出ないとどうにもならない。体の右側を、ほんの一部だ」

タマラはいった。「カルラ、手伝ってもらっていい？」

「ええいいわ」

タマラは持ち場を離れずに、ふたりに注視していた。それはきわめて単純な処置だったし、また〈ブユ〉がこの瞬間を選んでまっぷたつに裂け、四人全員を宇宙空間にまき散らそうとも、イーヴォもほかの三人と同様、自分の冷却袋とヘルメット、それに空気のシリンダー二本を身につけていることに違いはない。

右腕を再吸収したイーヴォがほっとして歓声をあげ、そのあと一分隔《ラプス》かけて体内で肉を再配置してから、新しい手肢を押しだした。カルラがそれを冷却袋に適合しなおすのを手伝ってから、テストとして空気を通した。

「ありがとう」イーヴォがいった。「これで器具の点検は自分でできるようになったと思うよ」

「痛みはまったくありませんか？」タマラはイーヴォに尋ねた。

「なにも。新しい腕は完璧だ」

「わかりました」ほかのだれかのことだったら、タマラはそんな些細な負傷を気にかけたりしなかっただろうが、イーヴォの作業精度は致命的な結果に直結しうる。

経緯儀に注意を戻したタマラは、別のビーコンの閃光を捕捉するのにまにあった。「二番目の閃光を観測」タマラはいった。「予定領域内に」星々を背景に観測される各閃光は、該当のビーコンを通る直線上に〈ブユ〉が乗っていることを示す。もし〈ブユ〉が静止しているなら、そうした直線二本の交点をその位置とすることができるが、移動していても、〈ブユ〉の軌道を算出するには三つの閃光を観測すれば足りて、さらに観測数を増やせば、計算結果の精度が向上する。測定ミスはすべてランダムに起こると仮定されているが、タマラとアーダはふたりの出した結果を比較して、系統的なバイアスをチェックできた。

「まだなにも見えない？」副航法士からまだひとつも観測報告がないのを不可解に思って、タマラはアーダに訊いた。各ビーコンが光るのは一時隔《ベル》に一回だけだが、一分隔《ラプス》にひとつかもうひとつのビーコンの閃光が見えるよう、タイミングがズラしてある。

「わたしの最初のターゲットは機能停止したか、窓になにかがついているせいで見えなかったんだと思う」アーダが説明した。

「なぜそれを報告しなかったの？」タマラはとまどった。ふたりはあらゆることを余さず伝えあう必要があり、アーダはそれを熟知している。すべての訓練をアーダは几帳面にこなしていた。

「イーヴォが傷の報告をしていたから、割りこまないでおこうと思って」

「でも、その報告が終わったあとは？」

「はい、そうです」アーダがいった。「ごめんなさい」その声は穏やかで、怒りのかけらもなかったが、それでもタマラはアーダを叱責したことで気づまりに感じた。

　直交塵との接触で窓が深刻な被害を受けた場合、すべての観測を機体外部上でおこなうという緊急時計画の準備もあるが、それは非常手段であり、手順全体を非常に困難なものにする。〈ブユ〉自体の排気から出る浮遊粒子も、窓の透明石にかすかな傷をほんの少しつけるだろうが、タマラはそんな些細な傷に対する適切な対応をとことん考えたことはいちどもなかった。

「ビーコンの観測が終わってから、窓の損傷を順序立てて徹底的にチェックしましょう」

「それがいいわ」といったアーダが、一瞬後に、「あ、最初の閃光を観測！　予定領域内」

イーヴォの腕の痛み。窓ガラスの二、三の傷。とくに自己満足しようというのではないが、こうした問題はタマラが対応していけるたぐいのものだ。訓練には、〈ブユ〉のキャビンが完全に崩壊した場合を想定したものもあった。冷却袋に入ったまま実物大模型の中をあっちこっちに振りまわされた四人は、空気シリンダーをロケットにしてエンジンモジュールに集合し、一枚の防護壁もない状態で帰還飛行をおこなう準備ができるようになるにいたった。それを上まわる事態でもないのに、タマラが動揺していてはいけない。

ふたりがそれぞれに〈ブユ〉の推定軌道を計算して、タマラの結果は誤差の範囲内でアーダの結果と一致した。その結果は、〈ブユ〉を正確にランデヴー地点にむかわせるには、エンジンに一時的に再点火する必要が生じるだろうことを意味するものだったが、再測定前に二、三時隔《ベル》かければ、精度をより高くすることが可能だった。

窓の傷を数値化するために、タマラとアーダは各人の持ち場から見えるはずの二グロス個の星の観測をおこない、像が不鮮明だったり歪んでいたりしないかチェックした。ひとつの星の尾の一部分がぼんやりとにじんだ楕円形の光になっているのを、タマラは二カ所で発見した――そしてむきを変えないまま経緯儀を脇にズラすと、この異常は視野を横切って移動したので、傷は窓そのものにあることがはっきりした。

アーダは三カ所発見した。問題のある割合ではない。それに、アーダが最初見逃したビーコンが再度光るはずのころには、軌道データを利用して天のどこにそれが見えるかをはるかに正確に予想できるようになっていた。今回、閃光は観測対象とした星の領域のどまん中にあらわれた。もともとの問題がなんだったにせよ、航宙手続きそのものはタマラが期待していたとおりに頼りにできるものであることの、これは証明だった。

カルラが貯蔵棚からパン四個を取ってきて、乗組員全員がいっしょに食事をした。女たちは食物摂取量を通常の二倍にすることで同意していた。ミッションが終了したらふたたび節食することはできるが、いま現在は、明晰に思考できることがなによりも重要だった。

「きみの輝素波について考えていたんだが」イーヴォがカルラに話しかけた。「波は完全に谷の中に閉じこめられているわけではないのだよね？」

「完全にではありません」カルラが肯定した。「波の大部分は、谷の中で同じエネルギーを持った粒子が転がって行き来する範囲にあります——しかし波は、粒子が止まって中心にむかって引きかえしていく点で、すぐゼロになるわけではありません。その点をすぎると単に弱くなっていくだけです」

カルラが図解をスケッチしたが、星明かりではははっきり見えなかったので、タマラは小さな携帯ランプを点けて、光線をカルラの胸にむけた（次ページ上図）。

「それは、谷の外にいて中へ入ってこようとする輝素についても同様だね？」とイーヴォが疑問を声に出す。「谷のいちばん上付近にあるエネルギーの尾根は、輝素波が入ってくるのを完全に防ぐわけではない——もし波と同じエネルギーを持つ粒子にとって、その尾根が越えられないものであっても？」

「そうです」カルラがいった。「エネルギー障壁はそれらの波にとって、粒子にとってのように絶対的なわけではありません」

イーヴォはパンを嚙みながら、しばらくそれについて考えていた。「なら、固体はなぜ圧力下で安定なのだろう？」

「圧力下で？」

「きみは本来の安定性問題を解決した」イーヴォがいった。「なぜ固体中の輝素が光を放射してエネルギー

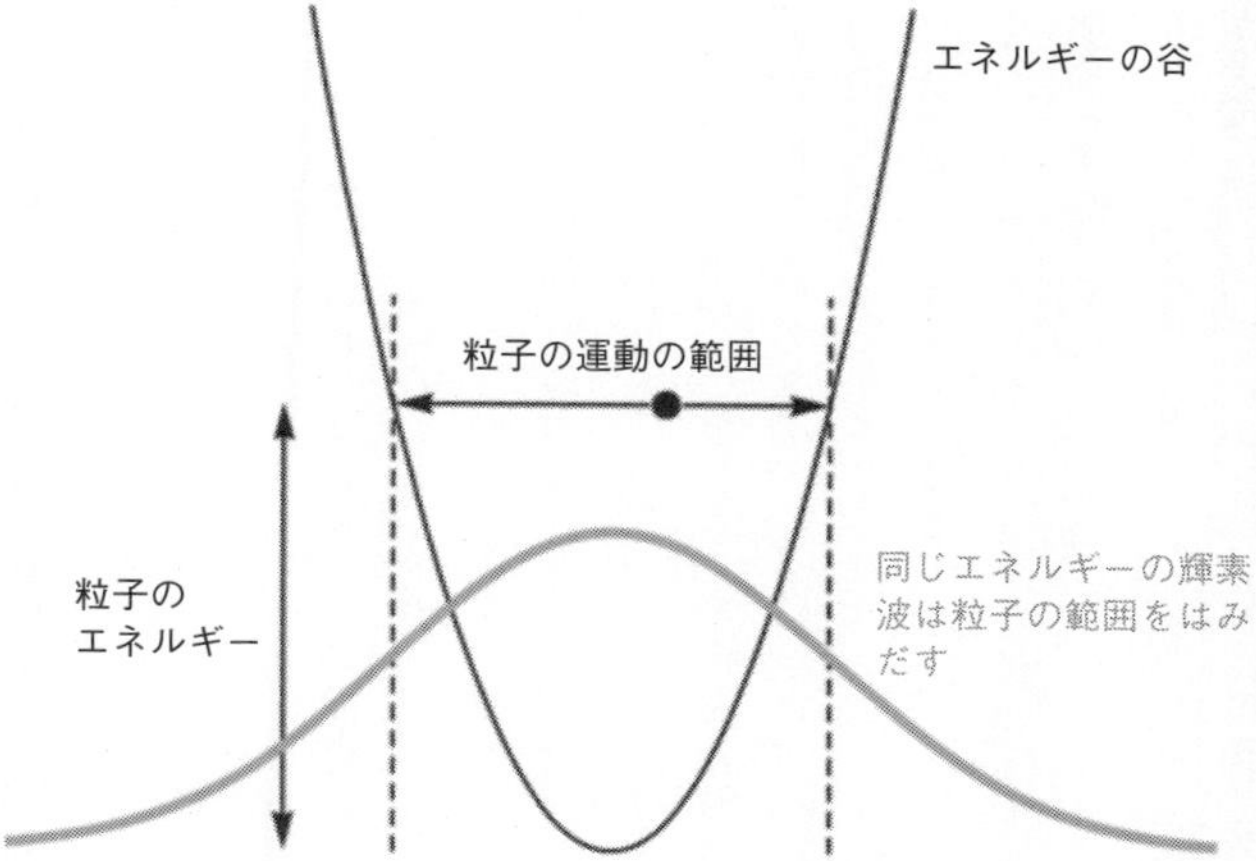

を得て、構造全体を吹きとばしてしまわないのかを説明したわけだ。だが、そこで新たな問題が出てきた。もし固体をじゅうぶんに強く圧縮したら、なぜ圧壊しないのか？　古い粒子の力学では、ふたつの谷のあいだにあるエネルギーの尾根が、隣接する輝素どうしを近づけないでおくと考えることができる。しかし輝素波がその尾根を越える確率がいくらかあるとしたら、時間が経てば、圧力下において、輝素はどんどん少数の谷へと押しこめられていくはずではないか？　あらゆる星の中心にある岩は、目に見えないくらいとても小さくて高密度な核になってしまうはずでは？」

　カルラがいった。「もし谷のそれぞれに輝素をどんどん詰めていったら、尾根は高くなっていき、波が尾根を越えるのがむずかしくなっていきます。しかし谷のほうもどんどん深くなっていき、波を引きいれるのを助けることになるでしょう。このふたつの効果がバランスするかどうかは、わかりませんが……」

「そして重力による圧力は、岩が高密度になるほど強くなっていく」イーヴァがいい足した。

「はい。この問題は複雑なんです。〈孤絶〉に戻ってから少し計算させてもらわないと」

「ふうむ」イーヴァは自分が悩んでいる問題にカルラが即答できないことが、うれしそうだった。「そして、さまざまな新しいアイデアが出てきたいまも、解放剤として作用する直交物質の力は、謎のままだ」

「そうです」カルラは少し守りに入っているような声になってきた。「通常の、植物から抽出した解放剤は特定の形状を持っていて、そのため特定の固体に結合してエネルギー準位を変化させるに違いありません――梯子の横棒を再配置して、輝素がいちどにただ一個だけの光子を放射することで、自由な状態にまで一気にのぼれるように。まれにしか起こらない五次や六次の現象が、一次の現象になります。何累代《イーオン》にもわたるか弱い光の細々とした流れが、瞬間的に殺到するんです。

　しかし、回転開始前の〈孤絶〉に落ちてきた直交塵が、安定石のエネルギー準位を変化させるのにちょうどいい幾何学をたまたま持っていた、というような可能性はどれくらいあるものでしょうか？　鉱物をランダムに選んでも、そんなことが起きないのは確実です。正の輝素を負のものと入れかえても、固体の構造はもとの構造とまったく同じになるでしょう。それが通常の安定石と若干異なる相互作用をすることはあるかもしれません――たがいに相手の谷が頂点に見えて、その逆もしかり。そしてふたつの鉱物の粒どうしは、通常より波長の半分だけ短い距離で引っつきあうかもしれない――しかしそれでも、弱くて距離の離れた結合です。だからどうしてその程度のものが、植物が何累《イー》代《オン》もかかって習得したような化学的トリックに比肩しうるのか、わたしにはわかりません……現に、安定石の解放剤となるようなものが植物から得られたことはないんです」

　アーダがいった。「その答えを見つけるのはどのくらいむずかしいの、もし直交物質の山ひとつを手に入れて、いじりまわせるようになったとして？」

「わたしたちは通常物質を何世代《ジェネレーション》もいじりまわしてきた」タマラは指摘した。「それでも、すべての答えを得たわけじゃない」

「もし物体が不活性だと判明したら」カルラが考えを述べる。「わたしたちが両方の物質をそれなりによく理解できているのを、意味することになるわ。そのとき残されるのは、〈孤絶〉を燃えあがらせる脅威となった塵に対する、歴史的好奇心だけ……そしてそれは、なにか異常なほどの悪運の結果だと判明するんじゃないかと思う」

　自分でもっといい説を思いつかなかったので、タマラは反論する気にならなかった。けれど、そうしたなにかの運を信じることもできなかった。


　タマラは新たなビーコン六個の閃光を確認し、それをアーダの結果と合わせて、〈ブユ〉の軌道計算をさらに精密にした。姿勢制御ジェットから二、三回空気を噴出して機体のむきを修正し、エンジンが軽く推進を加えれば所定の方向へむかえるようにする。タマラが制御機械装置に噴射のパラメーターを設定しおえると、四人はヘルメットをかぶって、ふたたび自分のカウチに体を固定した。

　窓から見える排気の輝きは発進時と同じくらいの明るさだったが、噴射が終了したとき、タマラはカウチにほとんど体重をかけていなかった。エンジンの再使用がイーヴォの問題を悪化させないかとタマラは案じていたが、今回はまったく無傷だったとイーヴォは請けあった。

　一時隔《ベル》後、いくつかの観測の結果は、修正された軌道が望みうる最良のものであることを示していた。到達目標の岩の位置はまだ同じ精度で定められていないので、〈ブユ〉の軌道を最終的に微調整するのは、もっと先でいい。〈孤絶〉で撮影した赤外線の色の尾からわかることには限界がある——だが、タマラたちはまもなく、ようやく適切な視差を用いて〈物体〉の軌道を明確に確定できるようになるだろう。

見慣れた星々を眺めわたしながら、タマラは自分がここまでいちども、天に〈孤絶〉の姿を探そうともしなかったことに気づいた。裸眼では見えないだろうとはいえ、探さずにはいられないと思ったこともないし、その姿が見えないことで、そこから切りはなされた気分になって心が痛んだこともなかった。そもそも、見捨てられたように感じる理由があるだろうか？　ビーコンと星々からの光は、手には触れられないガイドロープの網を形成し、山の周辺の宇宙空間を、しっかりと手掛かりの備わった、渡っていくことのできる領域に変えていた。

もしこの網を基盤とする場を認識する手段を見つけだし、ビーコンと観測所からなる恒久的な構造を築くことができたなら、〈孤絶〉から見る天は面である必要が、二度と決してなくなる——飾りたてられた円蓋という、科学以前の文化にはふさわしかった概念に逆戻りする必要は、二度と決してなくなる。〈物体〉がどんな凱歌を、あるいは失望を秘めているにせよ、ようやく手にした視差の恩恵を持ちつづけることさえできれば、少なくともタマラの世代はその点を財産とすることができる。

「異なる種類の岩が、少なくとも四つ！」アーダが興奮気味にいった。「異なる色合い、異なる質感、異なる反射能《アルベド》」

タマラは後ろにさがって、カルラとイーヴォが先に望遠鏡を覗けるようにした。順番待ちも、自分で画像を見る前に、ほかの人が見たものを言葉にするのを聞かされるのも、別に気にならない。それは調味パンの香りを可能なかぎり長いこと楽しんでから、ようやくひと口食べるようなものだ。

「色彩が多様であればあるほど、好結果が望める」目を細めて接眼レンズを覗きながら、イーヴォがいった。「ああ……もし四つの鉱物のひとつだけが安定石を発火させて、ほかは不活性だったら、完璧じゃないか？　それならシルヴァーノはあそこに彼のいう農場を持って、その上、解放剤採掘場も作ることができる」

イーヴォが脇に寄って、タマラは場所を入れかわる準備をした。〈孤絶〉からだと、〈物体〉をいちばんきれいに観測できた場合でも、おおよその大きさ以外はほぼなにもわからなかった。ここ二日間、タマラとアーダは経緯儀で〈物体〉を追跡しつづけていて、不鮮明な楕円の継時的位置を新たなひと組の航宙データとして扱うことで観測結果は一群の線を描きだしていき、それはいずれエレガントな幾何学的作図を完成させて、ランデヴーを可能にするだろう。いま現在の〈ブユ〉はその最大の望遠鏡——タマラ自身の体とギリギリで同じ大きさ——で、これまでのすべての演習の目的がはっきり見える距離まで近づいていた。

タマラは三つの目を閉じて、残りひとつを接眼レンズに当てた。楕円の画像はいまではずいぶん鮮明になって、中央部がくびれて傾いた特異な卵形をしているのがわかった。突出部のひとつの約三分の一は炎石のように赤いが、ほかの部分は、茶色、灰色、白、それぞれの断片の集まりだった。星明かりのもとではすべてが薄暗く、色合いは落ちついていた——じゅうぶんな照明のある作業場や倉庫で見た鉱物標本と比較してのタマラの判断は、当てにならないだろう——けれど、茶色の露頭は、同様の条件下で見た〈孤絶〉の安定石の山腹と多かれ少なかれ一致していた。あらゆるところに小さな衝突クレーターが散在している——タマラがこれまで、天文学の本に載っていた、先祖たちが内惑星ピオを観測したときのスケッチでしか見たことがなかった構造だ。

「わたしたちはついに、独自の姉星を持つことになった」タマラはいった。

「姉、それとも双？」アーダが混ぜっかえした。

「大きさは〈孤絶〉とほとんど同じでしょ」カルラが指摘する。「双なら小さくないと」

イーヴォがいった。「重要なのは、両者がいっしょになったときになにが起こるかだ」

「どちらにしろ」タマラはいった。「はじめて見るような相手ではなさそうね」三世代が宇宙空間で生まれて孤独にすごしてきたあと、〈孤絶〉の旅人たちには旅仲間を、それがどんな相手でも、平凡な些事として片づけることなどとうていできなかった。だがこの岩の集まりは、〈孤絶〉と同様に長い旅を経てきた古くてあばただらけの、通常の岩にしか見えない。もし〈物体〉の起源がほんとうに、宇宙の歴史をはるばるぐるりとたどって、過去方向へ分裂した始源世界にまで遡れるものだとしたら、〈孤絶〉を作っている物質との類似は、ますます意味深いものになるばかりだ。物質は物質であることに変わりがなく、どこででも同じルールと力によって形作られている――そして、たとえ時間を逆むきに出会っても、なんら違いがあるようには見えないのだ。


二回の短い噴射が、〈ブユ〉の軌道をランデヴー地点にむけて少し変えた。〈物体〉のゆっくりした自転が地表の全貌を露わにしていき、乗組員たちは何度となく望遠鏡の前に足を運んだ。同じ四種類の鉱物がさらに見つかり、小さなクレーターがさらに見えた。

「見つからないのは生物だけね」カルラがいった。

「草のひと塊もなければ、苔のひとかけらもない」

「ピオも、ジェンマとジェンモも、生命なき惑星だった」タマラは指摘した。「化学は普遍的なものだけれど、それでも生物は希有なのに違いない」

イーヴォが接眼レンズを覗く番になった。「生物のことは忘れろ」イーヴォがいった。「荒石がありそうなら、わたしはそれで幸せだ」

タマラも同じ気分だった。もし〈物体〉がゆるく結合した石の山でしかないとしたら、タマラたちにはその軌道を変えられる望みはないだろう——しかし、イーヴォが自分でサンプルを削りとる手間を省いてくれるほどに断片化しているとすれば、それはとてつもない利点だ。〈物体〉の自転はじゅうぶん遅く、その弱い重力でさえ理論的には、地表に散らばった小石をかろうじてとどめておくことができるが、そういう小石のようなものが作りだされてそこにありつづけるかどうかは、この天体全体の詳細な来歴しだいだった。時が経つうちに、星の光の放射圧によって、もっとも小さい土の粒は押しはなされてしまったはずだが、それは惜しくはない。むしろ小さすぎて目に見えず、それゆえ避けることもできないような物質は、大きな災難を引きおこすだけだっただろう。

タマラが農場に監禁されているあいだに、イーヴォはサンプル採取の技法に取りくんでいた。いまではイーヴォは、粉末石を対象とし、純空気を刃《ブレイド》として用いた場合でも、あるいは安定石を対象とし、空気流に微量の硬石を入れて研磨剤とした場合でも、まずまずの成果をあげられるようになっていた。ただし前者はごくかんたんだが、後者は一日以上かかることもある。

イーヴォは少量の解放剤をまぶした空気を使って、炎石を刻もうとしたこともあった。炎石を焼いて溝をつけるのはむずかしくなかったが、炎石の塊から無傷のサンプルを取りだすのは不可能であることが、結果的にわかった。

炎石の研究は大昔からなされてきた。だが、もしイーヴォが〈物体〉のかけらを刻みとろうとして、そのために使う唯一の刃物が〈物体〉にとっての炎にあたるものだとしたら、数日足らずのうちにその方法を見つける必要があるだろう。

減速は三段階に分けておこなわれる予定だった。タマラはあらゆる雑事を心から追いやって、航法士としての腕をふるうことに専心した。もはや旅仲間の星のギザギザに入り組んだ形の美しさにも注意が行かない。大切なのは、接近の幾何学とタイミングだけだった。

最初の、そしていちばん長い噴射が、〈物体〉に対する相対速度の大半を〈ブユ〉から奪った——だがエンジンのむきを非の打ちどころなく定めるのは不可能で、まもなく、機体を減速させる際にわずかに針路を外す力もかかっていたことが、観測結果から判明した。

タマラはそれを補正するよう、二度目の噴射を微調整した。その結果、新たな誤差が生じるかもしれないが、推力は小さくなっていて、影響も前ほど大きくないはずだ。

三度目の燃焼の前には、タマラとアーダは半日かけて、ビーコンの観測と再観測を重ね、星々に対してゆっくり漂う〈物体〉の動きを追った。標的はいまや時《ベ》隔《ル》単位で目に見えてどんどん大きくなっていて、〈ブユ〉は真正面からズレた適切なオフセット線にむかって進んではいたが、小さなミスがあればまっしぐらに岩に叩きつけられることもありえた。タマラはしかるべき細心の注意を払っている——けれど、正面衝突も最悪の結果とはいえないかもしれない、というおかしなプライドが思考に忍びこむのに抵抗するのはむずかしかった。〈ブユ〉が宇宙空間で迷子になったら、タマラの面目は丸つぶれだ——高体温の不快さはまったくの別問題として——が、こんな莫大な距離を横断してきたあげくに、ほんとうにこの孤独な粒に衝突したとしたら、一行の迎えた最期は、少なくとも航宙技術がほぼ完璧だったことの証となるのではなかろうか。

タマラは機械装置に噴射の設定をおこない、アーダがダイヤルをチェックしたあと、タマラ自身がもういちどチェックした。自分のカウチに体を固定してから、そんなことをするのは今回がはじめてだったが、両前眼をつむった。

カウチが背中に押しつけられ、エンジンの震動が骨を貫いた。排気のまばゆい輝きがまぶたを突きぬけてきて、ふたつの灰色の巨星が、窓があるだろう位置の闇の中に開花した。

灰色の星ふたつが消えた。タマラは目をあけて、ヘルメットを脱ぐと、ストラップを外してカウチを離れた。キャビンを横切っていくと、左側の窓は、いまやなじみ深い〈物体〉の地面の眺めでいっぱいだった——近づきも遠ざかりもせず、景観のすべてが静止して見えた。

静止していることはありえないのだが、ともかく到着と呼びうる瞬間があるとすれば、この瞬間がそれだった。思いきって〈ブユ〉を計画どおりの軌道に乗せようなどとするのは、大胆にすぎるだろう。〈物体〉が引きよせる力は弱すぎて、軌道速度も脱出速度もきびきびと歩く程度の速さで、ただそれぞれに少し差があるだけだからだ。それでも、注意深く観測し、空気ジェットを時おりほんの軽く噴かせば、安全高度と意図せざる離脱のあいだをジグザグに行ったり来たりできるに違いない。

最初に立ちあがってタマラのところに来たのはカルラで、眼下に静止している光景を見て、はしゃぎ声をあげた。「お見事！」といってからカルラは振りむいて、その言葉にアーダも含めた。

アーダがいった。「こうしてここに来られたんだから……しばらく休憩したあとすぐ、〈物体〉は不活性だという悪い知らせを伝えに引きかえしてもいいんじゃない？」

アーダは冗談をいったのだが、害になりかねないある程度の魅力をその提案が含んでいるのは確かだった。

「そうしても、わたしたちはたぶん罰せられずにすむかもしれない」タマラは返答した。「シルヴァーノは後続のミッションを派遣しようとするだろうけれど、評議会を説得してそれを支持させられるかは疑問だと思う。巨大な自給式エンジンのようなものをここまで引っぱってくるなんて、それも力ずくでこれを捕獲できるほど巨大な……」タマラは一本の腕を振って、いまや危険を感じるほど視野いっぱいになった〈物体〉沿いに弧を描いた。

　イーヴォがいった。「評議会がそんなことをするはずはないよ、それはまちがいない。われわれ自身の計画が、もうどうしようもなく正気ではないんだから」

24

　カルラはイーヴォが分光器を望遠鏡に取りつけるのを手伝ってから、彼が窓の脇のカタパルトに最初のサンプルを搭載するのを見ていた。その最初の少量の刺激物が引きおこす反応によって〈物体〉の性質が明らかになることを、一行は期待していた。〈ブユ〉にはエアロックのようなもの——キャビン全体を減圧せずに乗組員が機体を出入りできる大きさがある場所——はひとつもなかったが、マルツィオはその小型版を設計していて、そこにはレバーで操作するスコップとマジックハンドが設置されており、機体の厚さ分の短い距離を通過させて、このちっぽけなサンプルをカタパルトの発射チューブに移すことができた。

かつて、直交塵が原因の散発的な閃光に〈孤絶〉の地表が悩まされていたころに、その光のスペクトルを観測することに——ましてや記録することに——成功した人は、だれもいなかった。山の回転による遠心力が閃光の発生を終わらせる以前には、閃光がどこで起きるかを正確に予想できなくても問題でなくなるよう、視角の広い分光器を使えばいいといった提案もなされた。当時の人々がついに解決できなかったのは、タイミングの問題だった。閃光が生じたとたんに反応して必要なすばやさでシャッターをひらくことは、だれにもできない。かといって、長時間の広角露光をしている範囲内でたまたま閃光が発生しても、その閃光自体の信号は、星の反射光が累積された中に埋もれてしまっただろう。

奇妙な発火が残したちっぽけなクレーターやほかの傷跡を、ただひとつでさえ見つけられた人はいなかった。その後も三世代の〈孤絶〉の人々が、それ以上の経験的な手掛かりがないままで直交物質との衝突について考察するほかはなかった。衝突速度のみで閃光を説明しようとする説は、侵入してくる直交塵の粒を跳ねのけるには〈孤絶〉の適切な回転でじゅうぶんだったことで考慮から外され、直交塵と山そのものの岩とのなんらかの化学反応説が有力になった。しかし、化学ルミネセンスの理論からも、燃料と解放剤に関する理論からも、光と輝素に関する理論からも、閃光の発生について説得力のある説明は、いまだかつて出てきていなかった。

イーヴォがいった。「安定石一摘重《スクラッグ》、標的は北側の灰色の平地」

そしてカタパルトからそれを発射した。

カルラはキャビンのむこう側にいるアーダに目をやった。もし物体がジェンマと同じ反応をして恒星化しはじめたら、即座にエンジンに点火して〈ブユ〉を安全なところまで推進させられるよう、アーダは緊急レバーに手をかけている。アーダの脇でロープにしがみついているタマラは、分厚い目隠しをしていた。もし〈物体〉の燃焼がすさまじくて発光が体に害をなすほどになった場合、この気味の悪い予防策のおかげで少なくとも航法士のひとりは視力を保てるかもしれない。

カルラはしゃがんで、正面の経緯儀を覗きこみ――目のひとつを危険にさらすことに同意したのは、タマラが警戒している事態とは逆に、閃光が弱すぎた場合に備えてのことだ――指先で隣にある時計のダイヤルをなでた。安定石の粒が地表に到達するまでの時間はわかっているはずだったが、もし反応そのものが遅延するとしたら、正確なタイミングは貴重な追加データになる。

「シャッター開放」イーヴォが小声でいった。

カルラは星明かりを浴びた灰色の地表を凝視しながら、アンチクライマックスを予想していた。数世代の目を逃れてきた秘密が、最初に放りこまれた砂粒の前にのこのこ姿をあらわすはずもない。ダイヤルが予想衝突時間に達し、そのまま動きつづけるのをカルラは指先で感じた。一停隔《ポーズ》経過、二、三――

まばゆい光の点が灰色の中に花ひらいた。まるで針穴から覗いた太陽石ランプのよう。カルラは粛々と事象発生の正確な時刻を腿に書きこみながら、内心、針穴が爆発的に広がって、ふたつの領域の境界が引き裂かれ、混沌があふれだしてくるのを待ちうけていた。

光は弱まっていって、消えた。カルラはさっと体をまわして、光の影響を受けていない後眼を経緯儀に当てた。衝突地点から野火が広がっているようなことはなかった。地表にはまったく変化がないように見える。

イーヴォがいった。「わたしの見たものが幻覚ではないといってくれ」

「なんの幻覚？」タマラがいらだたしげに尋ねた。

「明るいけれど……地味だった」といういいかたをカルラはしてみた。「ちょうど昔の火災監視報告に書いてあったように！」ヤルダその人が――回転用エンジンの工事中の事故で死にかけたときに、宇宙空間から〈孤絶〉を振りかえって――自ら最初の目撃者となったときと同じように。

イーヴォが紙テープを分光器から引っぱりだした。それをきちんと調べられるよう、カルラはランプを点けた。紙は周波数全域にわたって黒ずんでいて、その点は燃焼中のどの燃料から生じる光が示すスペクトルとも似ているといえた。だが、黒い部分の上に、特徴的な痕跡が記されていた――非常に鮮明なのでカルラは最初それを、イーヴォが位置合わせのために紙につけた目盛線とまちがえたほどだ。だが、それは目盛線などではなかった。紙が黒くなったのは閃光自体によるもので、一グロス八ダース二ピッコロ微離《スキャント》の紫外線波に相当する狭い帯域の端から端までだった。

目隠しをしたままのタマラに、カルラはその結果を説明して聞かせた。

「それを生じさせられるのはなに？」タマラが質問した。「ひとつきりの鋭い紫外光の線を？」

「こんなものはまったく見たことがない」イーヴォが断言した。「通常物質の岩で、炎が出すほかのあらゆる光よりも明るい、狭いピークで燃えるものはない」

「ピークがひとつだけのものなんてなおさら」カルラはいい足した。「輝素が安定石から逃げだすために獲得する必要のあるエネルギーの総量は、あの紫外光の線に対応する跳躍の二ダース倍くらいでしょう。安定石の解放剤がエネルギー準位を変えて、間隔全体をたくさんのずっと少ない段階で橋渡しできるようになることはありうる――けれど、その段階すべてが、等しい高さにならなくてはいけない理由はないわ！」

アーダがいった。「だというのに、ここではそうなっている。ピークがひとつきり」

イーヴォが次の安定石一摘重《スクラッグ》を打ちだし、今度は〈物体〉の南側突出部の赤みを帯びた部分が標的だった。そこの地面は、まるで一面が炎石のように見えた。経緯儀を通して観測しながらカルラは、ジェンマ事象の完全な再現までは行かなくとも、野火の発生に備えて身構えていた。

衝突の三停隔《ポーズ》五瞬隔《フリッカー》後、針先ほどの発光が短時間、いちどだけ起きた。

イーヴォが分光器から取りだした紙に記録されていたのは、可視周波数では些細な違いはいくらかあったものの、前回とまったく同じ紫外光のピークが顕著なスペクトルだった。

イーヴォは、さらにふたつの特徴的な外観を持つ〈物体〉の区画を選んで、実験を繰りかえした。そのあと投射物を安定石から硬石に変え、続いて、粉末石、透明石、鏡石、炎石、そして太陽石と変えていった。二ダースと四つの異なる標的と投射物の組み合わせで、閃光までの遅延は少しばかり長かったり短かったりしたし、スペクトルの可視部分は標的とする地表の区画それぞれごとにはっきりと違っていた。けれど、どのケースでも、紫外光の線が一本だけ、紙のまったく同じ位置を黒ずませていた。

カルラにはまったく説明をつけることができなかったし、イーヴォも同様に当惑していた。イーヴォはとうとう、すべてのケースであらわれる線がじつは単に、思いもよらぬ光学機械の欠陥のせいではないことを確かめるために、分光器をキャビン内のランプにむけた。そんな欠陥はなかった。

「紫外光の線をこのスペクトルから除去し」南側突出部の赤い岩からの閃光に露光させた紙テープを掲げながら、イーヴォがいった。「さらにこちらからは解放剤の線を除去したなら」と、テスト用に分光器をランプにむけたときの紙テープをつかむ。「それらの特徴的な痕跡以外には両者はそっくり同じ、燃焼中の炎石だ」

「輝素を交換されているかどうかは別にして、炎石であることに違いはないとするなら」アーダがいった。「それがじっさいに燃えはじめれば、光は同一になる、ネレオの理論が予言していたとおり」

カルラはいった。「でも、〈物体〉の炎石が発火するプロセスは、解放剤が通常物質の炎石に作用する方法とは、まったくの別物に思える。そしてそれは完全に無差別ね。〈物体〉のどの鉱物についても、そのプロセスは同じ。固体の細かい構造にはおかまいなし——幾何学にも、エネルギー準位にも。魔法の芸当を演じると、あとはシューッと消えてしまう……」

タマラがようやく目隠しを外した。「わたしたちが発火のプロセスを理解していようがいまいが、これが燃料問題に対する答えなのは確かでしょ。〈物体〉は一摘重《スクラッグ》残らず燃やすことができる！ ちょっとかんたんすぎるのが不安材料だけれど……この天体を往復可能な距離内にとどめておける程度まで減速できれば、実際的な問題は次の世代が処理してくれるでしょう」

「わたしたちが減速しなくても、次の世代は〈物体〉に追いついて、引っぱりもどせるようになっているんじゃない」アーダがいった。「次の世代には、わたしたちがいま目にした結果について深く考えて、じっさいはどういうことが起きているかを解きあかす時間があるんだから。いまでは、〈物体〉の軌道が高精度でわかっている。見失うことはありえない」

タマラはその意見に傾きかけたように見えたが、そこでイーヴォが腹立たしげに割りこんだ。「われわれは〈物体〉をつかまえるためにここに来たんだ！ それが評議会の承認したミッションだろうが。サンプル採取、熱量測定、そしてこいつを静止したままにするような爆発の誘発。ここであきらめたら、今回のよりも長い旅と、われわれ自身が終わらせるべき作業をもっと困難なかたちにしたものを、子孫たちに遺すことになる。われわれは三世代かけて直交塵に関する理論を考えてきて、相変わらずなにもわからずじまいじゃないか。この物質を理解する唯一の方法は、実験することだ」

アーダがいった。「あなたはいま、ひととおりの実験を全部、終わらせたところじゃない！　自分が持ってきた道具とコンテナを片っぱしから燃えあがらせることのできるものに、本気でこれ以上近づきたいの？」

「空気を使う道具がある」イーヴォは譲らなかった。

「粉末石を刻むことしかできない道具でしょ」アーダがいい返す。

イーヴォがスペクトルの記録を掻きまわして、紙テープの一本を取りだした。「これだ！　北側にある灰色の鉱物。きみがいったように、輝素を交換されているかどうかは別にして、物質の基本的な特性は同じだ。紫外光の線を別にすると、このスペクトルは粉末石のスペクトルなんだ！　表面的には、この岩は粉末石のよ、う、に、見、え、る！　物理的に、それが粉末石とまったく同様に柔らかくてはいけない理由はない」

アーダとタマラが、カルラのほうを見た。「その点に異論はないわ」カルラはいった。「それは通常物質の鉱物と同じ力学的性質を持っているはず。でも、さっき目にしたことからすると、とにかくその粒はほかのな、に、か、に触れると――」

イーヴォがいった。「わたしの冷却袋からは、絶えず空気が流れだしている。〈ダニ〉の周囲にも空気シールドがある。もう試してみたが、触れることなく粉末石のサンプルを採取できた」

タマラはしばらく黙って考えてから、「わかりました」とためらいがちにいった。「あなたがいままでも、やれるという自信があるなら、止めるつもりはありません」

タマラがガイドロープの一本を巻きとって少し空間を空け、カルラはイーヴォを手伝って〈ダニ〉を保管庫からキャビンの中央に移動させた。〈ダニ〉は独立した乗物というよりは、宇宙空間用に仕立てて空気ジェットを取りつけた化学作業台《ワークベンチ》だった。イーヴォの交代要員が務まるように、カルラはそれの実物大模型で何度も単独演習をおこない、〈孤絶〉の周囲を飛ばしたり、軌道からの降下練習をしたりした。二、三日で〈ダニ〉の動きかたにはじゅうぶん習熟した――ただし、山と軽く衝突した回数は途中でわからなくなったが。

カルラは脇にどいて、イーヴォが一連の装置チェックをすませるのを待った。アーダが不満をこらえている顔でそのようすを見守っていたが、彼女がいちばん憤っているのはタマラに助言を無視されたことではないか、とカルラはにらんでいた。アーダはミッションを指揮し、一行のあらゆる行為の最終責任を負う覚悟を固めていた。自分の友人がじつは生きていたことを知った喜びがいかほどだったにせよ、その指揮者の役割を手放すのは、かんたんなことではなかったに違いない。

タマラがイーヴォにいった。「対象は粉末石の露頭部だけにしてもらいます。それ以外の場所でサンプルを採取しようとするのは、困難が大きすぎるでしょう。その一種類の鉱物だけで、ほかのすべての代用物とするしかありません」

「まあなんとかできるだろう」イーヴォが答えた。イーヴォは空気ブレイドの反動バランスをテスト中で、残されているガイドロープの一本の脇に浮かび、目に見えない切断ジェットを揺りうごかしても、自分がロープから一定の距離を維持していられることを確認していた。「なにかはわからないがあの紫外光の線の原因になっているものが、どのケースでも最強の反応のようだ。だから、粉末石のエネルギー放出量を測定できれば――」

アーダがいった。「右腕がどこか悪いの？」

「どこも悪くないが」イーヴォは切断ジェットを止め

ると、指摘された腕を持ちあげて調べた。「いったいきみは――」

「なるべく左腕を使っていたでしょ」アーダがきっぱりといった。

「そんなことはない」イーヴォが否定する。「丸ごと全部新しい手肢だ。再形成以後、まったく痛みはない」

タマラがいった。「ロープにつかまって、〈ダニ〉を縦軸のまわりに回転させてみて、右手だけを使って」

イーヴォは気を悪くしてブンブンいった。「そんなことをする必要が起きるわけはなかろう？　むきを調節する必要が生じたら、そのときこそ空気ジェットの出番だ」

「わかっています」タマラが静かにいった。「その腕の強さを確かめたいだけです」

いわれたとおり、イーヴォは脇のロープを握って、右手を〈ダニ〉の端に伸ばした。そしてそれを回転させることはできたが、無理に痛みを無視しているのは明白だった。

カルラはピンと来た。負傷した右腕だったイーヴォの肉は回復しておらず、それはイーヴォがじっさいには肉を再吸収しそこねたからだ。腕を胴に引きこむふりをしてから、まったく新しい手肢を成形したように見せかけたが、負傷は傷ついた組織をもともとの位置から動かせないようなものだったのだ。

アーダがいった。「負傷者は宇宙空間には出られない」

ごまかしを看破されて、イーヴォは返事ができなかった。彼が宇宙空間へ出る危険をおかさずにすんだことで、カルラはそれなりにほっとせずにいられなかった――とはいえ、この結果に対するアーダの喜びようは度がすぎているように思えた。アーダは自身の技能を存分に発揮するチャンスにすでに恵まれていて、それは過去数世代の航法士には無縁だったものだ。イーヴォがそれと同様のチャンスを奪われなくてはならない理由があるだろうか？　〈物体〉にむけて砂を投げつけて、花火を観察し、そのまま退散するだけで、満足できるとでもいうのか？　イーヴォは化学者で、ここへやってきたのは化学的なことをするためだ。イーヴォには、そのプロセスで自分が燃えあがったりすることなく、できるだけ手を汚して作業するのに近いことをする必要がある。

気がつくとカルラはいっていた。「わたしがいっしょに行く。わたしがイーヴォの右手になる」

「ミッション計画に操縦者ふたりを想定した項目はないわ」それで話はすんだというようにアーダが答えた。

「わたしは〈ダニ〉の使いかたをわかっている」といったカルラの中では、強情さが恐怖に勝ちをおさめていた。「もしイーヴォがなんらかの理由で自分では行けないとしたら、かわりに作業をすることになるのはわたし。でもこの程度の軽い怪我なら……イーヴォは余人にはかえがたい経験を持っている。〈ダニ〉にもうひとつハーネスを取りつけて、いっしょに外に出れば、必要が生じたときにわたしがすぐにかわりをできる」

アーダが顔をしかめてタマラのほうをむいた。「こんな話、認めるわけにいかないでしょ！」

タマラがいった。「イーヴォは？」

「うまくやれると思う」いままでになかった敬意の表情をちらりとカルラにむけながら、イーヴォがいった。「まちがいなくやれる」

「とにかくまずリハーサルをしてみてからね」タマラは慎重だった。「あなたがたふたりそれぞれが、もうひとりを乗客としてハーネスで固定して、軌道上のここで〈ダニ〉を操縦する。ひとつでも問題が起きたら、話はなかったことにする」

「それでいいわ」カルラは同意した。「公正だと思う」全身が興奮で満たされていくのを感じたが、頭の中では思慮分別がまさかの思いでわめき声をあげはじめていた。

イーヴォが手を伸ばして、自分の手のひらをカルラの手のひらに押しつけ、冷却袋にあけた小さな隙間越しにふたりの皮膚が触れあった。

『準備はいいか？』イーヴォが手のひらに描書した。

『いつでもどうぞ』カルラは返答した。

カルラは頭上一ダース歩離《ストライド》にある〈ブユ〉をちらりと見あげた。アーダとタマラが窓からこちらを見ていて、星明かりの中で姿はわかるが、表情を読むのは無理だ。

カルラは下右手の剝きだしの指先を〈ダニ〉下面にある時計のダイヤルに当てると、体をくねらせてもう少し楽な姿勢を取った。カルラとイーヴォは、主構造の脇に六本の細い支柱で離して固定された平らな長い板に、ハーネスで体をとめていた。支柱も板も中空で、細かい穴がびっしりあいている。カルラの冷却袋の生地から空気が流れだしているように、〈ダニ〉もあらゆる部位から空気が漏れ、危険防止を期待して細々とした空気の流れを宇宙空間に送りだしていた。その点にはじゅうぶん納得していたが、それでもカルラは滑稽なくらい宇宙空間に剝きだしになっている気分だった——穴のない〈ブユ〉のような機体のほうが、防護物としてはるかにすぐれているかのように。

イーヴォが下に手を伸ばして、左側の空気ジェットのバルブをひらいた。加速の反動それ自体は、気がつくほどのものではない。カルラはハーネスの片側が引っぱられて少しきつくなったのを感じただけだった。だがふたたび上を見たとき、〈ブユ〉は前へ遠ざかりつつあった——空気噴射が〈ダニ〉にゆるやかにブレーキをかけているので、〈ブユ〉が先行して軌道を進むかたちになったのだ。

イーヴォがジェットを止めた。〈ブユ〉との距離はごくゆっくりとひらいていくだけなので、タマラがハッチから空想上の宙の道に踏みだして、難なく〈ダニ〉のところまでやってくると、カルラたちが梱包しわすれたなにかの道具を手渡してくれる、という想像をカルラはしたほどだった。降下率のほうも、まったく目視してわかる大きさではなかった。けれど、軌道速度のわずかな減少は、軌道を円から楕円に変えていた。六時隔《ベル》もすれば、〈ダニ〉の高度は十分の一になっているだろう。

準備してきた飛行計画全体が、通常の天体力学法則は〈物体〉の周囲でも変わらずに作用するという仮定を前提としている。伝統的化学の手法が華々しく失敗したことからして、カルラはなにひとつ当然のことと決めこむつもりはなかったが、ここまでのあらゆる証拠が、下方の直交岩が、通常物質でできた同程度の物体と同じ種類の重力場を作りだしていることを示していた。〈ブユ〉の軌道周期からタマラは〈物体〉の総質量を見積もり、その数値はイーヴォのスペクトルが地表で識別した鉱物の種類と矛盾がなかった。岩は、四空間の異なる角度から接近したからといって、魔法のようにまったく新しいなにかに変わることはない。

確かに、こう主張する化学者の一派はいる――通常物質は正と負の輝素をともに、等しい数、対称な配列で含むはずであり、それゆえ〈物体〉にある正負の輝素を交換された岩は、通常物質の岩と文字どおり同一になる、と。カルラも純粋な美学的見地からその説に賛成しないでもなかった――そして、もしそれが正しかったら、シルヴァーノが喜んだことはまちがいない――が、イーヴォの投射物の運命はその説を粉砕するものだった。

『気分はいいか？』イーヴォが訊いてきた。

カルラはイーヴォのほうをむいて、『とても』ヘルメット越しに見える顔から判断するかぎり、イーヴォは落ちついたようすだった。もしすべてが順調なら、この先の六時隔《ベル》のあいだ、ふたりは星々と地表の風景を眺める以外にすることはない。危険はすべて地表で待っていて——そのときまで正気を保っているコツは、降下速度をあげてこの一件を少しでも早く終わりにすることは不可能なのを、受けいれることだった。

カルラは〈ダニ〉の真下の灰色の平地を見おろした。ふたりはこれからこの地帯を離れていくが、螺旋形の旅路が最後にふたりを降下させるのは、まさにこの場所になるはずだ。ここのクレーターは地表のほかの場所よりも大きくて数も多く、じっさいに灰色の岩が粉末石くらいにもろいと判明するのではないかという期待が強くなる。

平地が飛ぶように去っていくのを見ながら、カルラはそこに散らばるクレーターを作った衝突のようすを想像しようとした。通常物質との奇妙な反応によってできたものでは、たぶんないのだろう。ここのクレーターはピオのものとほとんどそっくりで、ピオのクレーターはたぶん惑星の速度ほどでの衝突の産物以外のなにものでもないと思われた。天文学者たちは、〈物体〉は一ダース光年彼方の直交星群団《クラスター》の奥深くから移動をはじめて、何累代《イーオン》ものあいだ宇宙空間を孤独に漂っていたと確信している。だが、かつてそれは、もっと大きななにかの一部だったに違いない。

その母惑星を引き裂いたのはなにか？　たぶん、母惑星深部の野火だ。その野火はどうやって発火したのか？　あらゆる岩の中のあらゆる輝素がエネルギーの谷から脱出するわずかな可能性によってだ——その可能性は宇宙的時間をかけて積みあがっていく。回復力があり、不可避のゆっくりした腐食以下のものには屈しない固体もあるだろうが、一カ所での変化が隣接する輝素のエネルギー準位間隔を縮めることによって一種の連鎖的な影響を被《こうむ》り、プロセスが加速する固体もあるだろう。

つまるところ、宇宙にあるあらゆるものは、光を作りだして、自分を粉々に吹っとばしたがっている。唯一異なるのは時間スケールで、それは固体から混沌への跳躍に必要な光子の数で決まる。だが、もし大部分の種類の岩の中にある輝素が、崩壊するためにいちどに六個か七個の光子を——各々が可能な最高のエネルギーを持つ六個か七個の遠赤外線の光子を——作りだす必要があるとしたら、その間隔をイーヴォのスペクトルが明らかにした紫外光子一個分にまで縮めることが可能なのは、いったいなんだ？

腸が締めつけられた。カルラは今回の旅がはじまってから空腹になったことはないが、自分が落花生のほっとする香りを恋しく思っていることに気づいた。

『ほかの手は問題ありませんか？』カルラはイーヴォに尋ねた。

『まったく』イーヴォが保証した。

カルラはこの反応を至近距離で見たかった。謎について頭をひねればひねるほど、それを理解したくてたまらなくなる。この旅に参加したというだけで、終わりにしたくはなかった。

回転儀《ジャイロスコープ》が星々に対する〈ダニ〉の方向を固定して、〈物体〉の周回軌道にのせると、今度は〈物体〉が空を横切って動くようになった。時計のチェックなどせずとも、カルラは自分たちがいつ〈物体〉を半周したかがわかった。いま頭上には地面と、上下は逆だが平らな地平線が広がって、地形の全貌がひと目でわかる。

現在、〈ダニ〉の前側になっているのはカルラの側なので、ブレーキをかけるのは彼女の番だった。空気ジェットをひらき、指先を時計に当てて瞬隔数《フリッカー》をカウントして、イーヴォのときより少し長く噴射した。ふたりの新しい軌道は前のよりも円に近いが、最接近時に地表をかすめるくらいには楕円形のままだった。ふたりの予定では、粉末石の平地の上すれすれを飛びながらもっとも有望そうな地点を選んで、速度を完全に殺すことになっていた。地表に手が届くところまで降下したら、それ以上の動きを止めるには垂直方向の最弱の推力をかければ足りる。

岩の天井が〈ダニ〉のイーヴォ側にむかって傾きはじめ、ふたりが〈物体〉の周囲をまわる速さは、降下した分さらに増した。すさまじい勢いで進んでいるのを実感しながら、カルラは危機感を覚えるよりも、力で満たされていく気分になっていた。待つのはもうたくさんだ。手を触れられるほど近く、足もとに直交物質の広大な平地が広がっているところを見たい。この始源世界のかけらは、宇宙の来歴を後ろむきにぐるりとまわって旅してきた。カルラの先祖たちを生みだした世界は、それとは正反対の針路を取った。一方の世界の子たる者としてもう一方と出会うことは、その壮大無比な環を閉じることを意味する——そして、疾走星群が激烈なかたちでおこなっているその出会いを、ここでは静穏になし遂げられるだろう。慎重にやれば、静穏に。

イーヴォがカルラの手を取った。『あれを見たか？』

『なにを？』

『閃光だ』イーヴォが答えた。

カルラはイーヴォのむこうに広がるギザギザの茶色の岩を見た。星明かりのもとでなんの変化もない。たぶん〈物体〉はときどき通常物質の塵とぶつかっているのだろう。あるいは、〈ブユ〉の機体由来の小物質片か、カルラたちの最終噴射で燃えつきなかった微量の太陽石が、たまたま地表に到達した可能性さえあった。

次の閃光はカルラも目にした。〈ブユ〉から引きおこした一ダースあまりの閃光ほどの激しさはないが、広がりはずっと大きかった——針先ほどの強烈な光というより、光の輝きが塗りたくられた感じ。あれほど広範囲の発火は、なんであれ小片が引きおこしたものではない。

『なにが原因?』カルラはイーヴォに尋ねた。イーヴォが答える暇もないうちに地表がふたたび発火して、青みを帯びた炎が岩をなめて爆発的に広がっていき、そのあとたちまち消えた。

『われわれか?』イーヴォが手のひらに描書した。

カルラは恐怖で筋肉が張るのを感じたが、イーヴォの説は理屈になっていなかった。これだけ長時間、冷却袋の中を空気が流れてきたあとで、まだ剝がれるものが残っているだろうか? 器具やふたりの体から離れやすい状態の物質があったなら、かすかだが絶え間ない空気の流れによって、とっくに宇宙空間に運びさられていたはずだ。

『わたしたちの、いったいなにが?』カルラはさらに訊いた。

イーヴォが一、二分隔《ラプス》考えているあいだに、また別の閃光が彼の左側で生じた。

『空気の中の汚染物質』イーヴォが結論を出した。

〈物体〉のほうをむいているイーヴォの表情は見えなかったが、背は恥じているように丸まっていた。イーヴォはタンクに詰める空気を責任を持って確認して、微粒子がいっさい入ることがないようにした。作業にあたってイーヴォが細心の注意を払わなかったなどとは、カルラはとうてい思わなかった。

だがイーヴォは、理由もなく責任を感じているのではない。事実がイーヴォの自己判定に残酷なまでの説得力をあたえていた。もし〈ダニ〉のいわゆる空気シールドがほんとうに微量の細塵を全方向にまき散らしているなら、いま起きている発火が投射物によるものよりずっと広範囲に散らばっている理由の説明がつく。

閃光はいまでは一、二停隔《ポーズ》ごとに生じていて、岩の壁はどんどん近づいていた。カルラはどうにか、パニックにならずにいた。ふたりがやりかねない最悪のことの第一位は、急上昇しようとして空気ジェットをまっすぐ地表にむけることだ。〈ダニ〉の空気タンクはすべて疑ってかかる必要がある。そのどれの中身が地表に触れても、〈ダニ〉を大火に飲みこむ可能性があった。

カルラは腿ですばやく計算をした。『四番ジェットを六瞬隔噴射《フリッカー》』カルラは提案した。四番ジェットは〈ダニ〉の軌道の真後ろをむいている。空気噴射は水平方向になるが、〈ダニ〉を増速させて軌道の曲率を小さくし、結果的に上昇させられるはずだ。

『そのときまき散らす分はどうする？』イーヴァが異議を唱える。

『どうにもできない』ジェットのノズルは広角で空気を噴出し、その一部は確実に地表に到達する。だが、なにも手を打たなければ〈ダニ〉はもともとの軌道にとどまり、やがて岩から二、三ダース歩離《ストライド》以内の高さを通過するようになる。たぶん爆発の炎は、すでに少なくともその高度まで届くものになっていた。汚染源がさらに近づけば、爆発はもっと激しくしかなりようがない。

『空気を完全に止めるか？』今度はイーヴァが提案した。

カルラは躊躇した。それはジェット噴射の危険をおかすよりも賢明な選択だろうか？　空気シールドは明らかに、防護手段になる以上に不都合の原因になっているが、冷却袋にも同じことが当てはまるかどうかはわからなかった。

『高体温の危険？』カルラは反論した。

『最悪なのはシールドだ』イーヴァが指摘した。『冷却袋の分を止めるのはあとまわし、ただしそれほどあとではない』

イーヴァは返事を待たずに第一段階に取りかかった。〈ダニ〉の中央に手を伸ばして、シールドに空気を供給していたタンクの出口バルブを閉める。

青い炎は燃えつづけ、衰えることもなく、カルラはもう少しで、イーヴォの気の滅入る仮説はまちがっていて、空気ジェットを使えば無事に退却できると主張しそうになった。そのとき、唐突に岩が暗くなった。

ひとたびそれが現実になると、地表を燃やす炎が止まったこの状態に難点を見出すのはむずかしかったが、原因がイーヴォの考えどおりだったからといって、空気を最小限にするという彼のシナリオが〈ダニ〉に最大の勝算をもたらすということにはならない。仮にジェットを使ったとして、どれだけの空気がまき散らされるだろうか？　爆発が届く高さはどれくらいか？　発火地点の拡大速度は、〈ダニ〉に追いつけるほどのものなのか？

カルラにはどれもわからない、というのが答えだった。どれひとつ、カルラには数値を示せない。

では、空気で体から熱を排出することなしに、どれくらいの時間、ふたりは生き延びられるだろう？　宇宙空間での事故から生還した人々が、そのとき時計で時間を確かめるのが可能だったことは滅多にないが、二鳴隔《チャイム》が限界だという話をカルラは聞いたことがあった。

〈物体〉は天の半分を占めている。カルラが迷っていたせいで、答えは自ずと決まってしまっていた。もはやジェットを使う危険をおかすには〈物体〉に近すぎる。降下軌道をたどっていく以外に選択肢はなかった。

灰色の粉末石の平地が近づいてくるのが見えた。カルラの下方左側から右側へとまわりこみ、岩の壁が傾いていき、またもとの場所に戻る。縮尺は判断不能だった。カルラは時計をチェックした。軌道の最低地点到達は、まだ七鳴隔《チャイム》先だ。

大きくて浅いクレーターがすべるように通過していき、その古い壁が崩れているさまは、父が暗誦して聞かせてくれたある英雄譚《サーガ》の中で描かれていた砂漠の城の廃墟のようだった。クレーターを通りすぎたところで、その縁沿いにいくつかの炎が噴きあがり、地面を広がった。（わたしが切望していたふたつの世界の出会い、その結果がこれだ）胸が痛いほどの悲しみを感じながら、カルラは愛しいカルロのことを思った。カルラを生きつづけさせられるように必死で自分と戦い、ともにすごす夜を決めるために人口調査統計を調べまくっていたカルロ。

青い炎がうねるように〈ダニ〉を追って、あばただらけの風景の中を走った。炎の発する光はまばゆくて痛いほどだったが、カルラは目を逸らせなかった。イーヴォが自分の胸のタンクに手を伸ばして、冷却袋への空気を止めた。数瞬後、炎は鎮まったが、完全に消えてはいなかった。

カルラはどう言葉にしていいかわからなかったが、自分に非難する気持ちがないことを知ってほしくて、イーヴォの手を握りしめた。イーヴォはカルラにも同じことをしろと無理強いはしなかった。地面はいまやごく近くなって、粒の粗い塊やカルラの握り拳大ほどの窪みといった岩の構造が見てとれるほどだった。その見た目は粉末石そのものだ。この場所でサンプルをかすめ取るというイーヴォの大胆な計画ですらうまくいっていたかもしれない、不注意から空気ブレイドが硬石の鑿《のみ》と変わらない自殺の道具と化すようなことさえなければ。

炎がまた立ちのぼってきて、〈ダニ〉に迫りつつあった。カルラは時計をチェックした。最低地点まではなお四鳴隔《チャイム》。カルラは流れが少しでも皮膚の上に感じられる程度のギリギリのところまで冷却用空気を絞ったが、炎の高さに及ぼした影響はわずかで、たちまちその分以上に〈ダニ〉が降下してしまった。いまでは燃える地面からの熱が感じとれ、その影響は自分の体熱がもたらす最悪の症状よりひどかった。

カルラも空気を完全に止めた。

炎は勢いを失い、そして消えうせて、〈ダニ〉は星明かりに照らされた風景の上をすべるように飛んでいた。多幸感が湧きあがったが、時間と幾何学はカルラに味方していなかった。彼女とイーヴォが意識を失ってしまったら、ふたりの死は絶対確実になる。ふたたび空気を出しても安全な地点まで来たときに、たとえふたりが生きていても、助かるチャンスに気づくことはないだろう。

カルラは作業台のてっぺんにある役立たずな空気ブレイドを、いまでは腹立たしい思いで見つめた。イーヴォは自分の孫たちの顔を目にしている。もしかすると、俗諺《ぞくげん》は結局正しかったのかもしれない。これで人生は完成を見たという思いから、イーヴォは自分の命に無頓着になっていて、いま彼のずさんさのせいでカルラも死にかけているということなのかも。カルラはその馬鹿げた道具を引っつかんで、それを地面にむけて栄光の炎の中で死んでいき、彼女自身の名前を英雄《サー》譚《ガ》に刻みこむことを考えた。

カルラはその場面全体を、自分の体の外の視点から思い描いた。彼女は自分の作りだした灼熱地獄を背にしたシルエットになって、上の手のそれぞれにブレイドをひとつずつ持ち、それらに空気を供給するチューブが〈ダニ〉内部に伸びている。まちがいなく印象的なイメージだ——だが、彼女の不敵なポーズを記録する目撃者はいない。

チューブだ。

カルラはイーヴォのほうをむいたが、イーヴォはハーネスを装着した状態でぐったりし、すべての目を閉じていた。ぐずぐずしている場合ではない——装置を分解するのに、イーヴォの許可が必要か？　カルラは右側のブレイドからチューブをねじり取り、手を伸ばして空気タンクの出口からチューブの反対端を引きぬいた。下の手で〈ダニ〉底面の内側を探って、自分がチェックしていた時計のダイヤル群を見つけだす。その機械部分は完全に剝きだしだった。マルツィオに祝福あれ、かの機器製造者は修理を面倒にするだけの装飾パネルで機械を覆いかくしたりはしていなかった。

カルラはダイヤル群につながっている数本のシャフトを探りあてた。一瞬、途方に暮れたが、瞬隔数《フリッカー》を数えている一本はその動きの速さで容易に区別がつき、停隔《ポーズ》のもさほど苦労せずにわかった。そのふたつの位置をしっかり心に刻むと、目当てのシャフト――一鳴《チャ》隔《イム》に一回転する――はすぐに見つかった。

時計の裏面とシャフト基部のあいだの空間を調べる。その間隔は空気チューブの太さよりも大きかった。小さいよりは大きいほうがマシだ――けれど、摩擦だけでチューブを固定しておけるほどには、ぴったりと塡まりそうにない。

カルラは空飛ぶ作業台のさらに奥を手探りして、小瓶のラックを見つけた。イーヴォが熱量測定実験で使う予定でいた試薬だ。小瓶のそれぞれは樹脂の厚い塊で密封されていた。カルラは指先を尖らせて、封のひとつの上半分を切りとり、ネバネバする樹脂をシャフトに塗りたくった。別の一本の封も同じようにして、ただし今度はギアの中心を覆うのに使う。このときには、カルラの体は熱に対して抗議しはじめていた。ダニが皮膚の下を這いまわり、無意味な本能かなにかが砂の冷却寝床の幻で誘惑しようとする。

カルラは空気チューブを折り曲げ、曲げた半分どうしを折れ目が狭くてなにも通れないくらいまでくっつけた――たぶん空気も通さないほどではないだろうが、それでもチューブの本来の幅に比べれば流れる量はごくごくわずかだろう。カルラはチューブを下の手のところまでさげて、折り曲げた端を樹脂で覆ったシャフトに押しつけた。

それからカルラは大いに苦労して、時計の狭い空間を縫うように出たり入ったりさせながら、チューブの長い尾を螺旋状に巻きはじめた。チューブは曲げられることに抵抗して、カルラの手を逃れた。カルラはまた別の二本の小瓶からさらに樹脂を切りとって、ギアとチューブに塗りひろげた。いまや全身の皮膚がチクチク痛み、光の点がいくつも視野を横切っていく。

ゆっくり回転するシャフトのまわりに五回巻きつけて、チューブが固定された。カルラは自分の冷却袋と空気供給タンクの接合箇所を引きはなして、急ごしらえのタイマーをあいだに入れた。

空気タンクのバルブをゆっくりとひらきながら、圧力が強すぎてチューブが外れてしまわないか、カルラは不安だった。指先の感触が記憶していた位置でバルブを止める――全開よりはずっと手前だが、なんらかの違いを生じるのにじゅうぶんな空気が皮膚の上を流れるのを、最後に感じた位置だ。折れ目を通ってくるものはなく、チューブが外れる前兆になるような反発もなかった。

カルラはもはや頭がくらくらして状況がよくわからず、自分で自分のやったことをチェックしたり、ましてや変更を加えようとしたりできるとはとても思えなかった。まぶたの裏に光が群がってさえずりはじめた。カルロのことを、双の体が自分に押しつけられているところを思い描こうとしたが、だまされることも、慰めをあたえられることも拒む部分がカルラの中にはあって、心の中のカルロの姿はくるくるまわりながらまっ白な世界に消えていった。

25

カルラは痙攣するように体を震わせると、細い汚物をヘルメットの中に吐いた。自分の肉が一微離《スキャント》残らず小槌《こづち》で叩きつぶされた気分。カルラが後眼をあけて見おろすと、真下の灰色の岩を覆って青い炎がちらついていた。またなの？　ヒステリーを起こしてブンブンいいだしかけたところで頭がはっきりしてきて、炎は悪い徴候とは限らないことに気づいた。

チューブが機械類に巻きこまれて故障させているのではと心配しながら時計に手を伸ばしたが、ダイヤルは止まるどころか、カルラが最大限期待していたのよりもあとの時間を示していた。〈ダニ〉は最低地点をすぎていた。そしてカルラは生きていて、危険から遠ざかりつつある。

カルラは急いでイーヴォの空気バルブをひらいた。それによって炎が大きくなったが、カルラは熱が危険なくらいになるまでこらえてから、空気の流れをわずかだけ減らした。

イーヴォは身動きしなかった。彼が自分の空気を止めたのは、カルラよりずっと前だ。カルラは身震いしたが、イーヴォの死を嘆くのはまだ早いと自分にいい聞かせた。数分隔《ラプス》待つと炎が完全に消えたので、イーヴォの冷却袋を機能全開にする。自分の命を救ってくれたチューブが時計のシャフトから外れて、目の前で輪になって浮かんでいるのがうっとうしかったので、カルラは自分の空気タンクと冷却袋を直結させて、チューブを〈ダニ〉の小さな収納仕切りのひとつの中にしまった。

イーヴォがもぞもぞと体を動かし、それから首の筋肉をほぐそうとしているかのように、頭を左右に振りはじめた。イーヴォが目をあけて、状況を自分で判断するまで、カルラはただ見守るだけでいた。

イーヴォが手を伸ばして、カルラと手のひらをあわせた。『上昇中?』

『はい』

イーヴォはカルラに、ここまでに起きたことの説明は求めなかった。しばらくすると、イーヴォは手を離して、ハーネスをゆるめはじめた。

カルラは最初、手を出さないようにしようとした。この苦難で体の内外を負傷して、もっと楽な姿勢を取ろうとしているのかもしれない、と直感的に思ったからだ。だがイーヴォが完全にハーネスを外し、〈ダニ〉から押しはなれようとした寸前になって、カルラはイーヴォの腕をぎゅっとつかんだ。カルラは全力を出せる状態ではなかったが、イーヴォもカルラに抵抗できる状態ではなかった。

カルラはイーヴォとまた手のひらをあわせた。

『死んだほうがマシだ』イーヴォが描書した。

カルラはなんと答えを返すべきかわからなかったが、とっさに相手の頭を引っぱたきたくなったのはこらえた。イーヴォは悪意からではない過ちをおかして、それはふたりを危機に陥れたが、だがふたりとも生き延びたのだ。イーヴォのせいで〈ブユ〉が〈物体〉を捕獲する見こみは足もとをすくわれたが、それはもっと準備を整えた将来のミッションがいつでも再挑戦できる。それに、イーヴォの世評はこの大失敗で損なわれるだろうが、それでも〈ブユ〉がともかく航宙をおこなったという事実は、彼の力があってのことだ。

空気の汚染はイーヴォらしくないミスだった。イーヴォが空気フィルターを顕微鏡で検査して、どこも破れていないのを確認するのをカルラは見ている。だが、もし問題が不注意から生じたものではないとしたなら、その原因はなんだ? 知識のどこかにまちがいがあったことになる。理解がより進んでいるのはどちらのプロセスだろう——空気から塵をフィルターで除去するのと……直交物質が存在する場合の空気のふるまいと？

『もし空気が純粋だとしたら？』カルラは手のひらに描書した。

そんな可能性を否定するかのように、イーヴォからは返事がなかった。化学全体を見渡しても、空気の不活性さほど揺るぎのない事実はほかにない。これまで完璧にそれを説明できた人はいないが、長いあいだそれは、気体の各粒子が輝素の球状のクラスターで、ネレオの力が外側でほぼ完全に打ち消しあうような配置になっているためだと想定されてきた。

しかし、空気が岩に跳ねかえされるとき、それを跳ねかえしているのはネレオの力だ。いったん空気の粒子がなにかとじっさいに接触したら、もはや内部の輝素は完全に姿を隠していることはできなくなる。だから、直交岩が正の輝素でできた空気と反応するとき、自身と同類の、おそらく無害な、入れかわったバージョンと反応するときとは異なるものになることは、考えられなくはない。だとしたら、その可能性に考えがいたらなかったことで責めを負わなくてはならないのは、〈ブユ〉と〈孤絶〉のすべての人だ。

カルラは漏れた空気が引きおこした炎のスペクトルを調べようとは思わなかったが、〈ブユ〉で見たのと同じ顕著なスペクトル線があるだろうということには、なにを賭けてもよかった。すべての鉱物の構造はそれぞれ異なった複雑さを示し、空気の粒子でさえも手のこんだ幾何学を持っている。しかしあの一本線は単純さを激しく主張していた。

『あの紫外線周波数はいくつ？』カルラは描書した。

イーヴォは波長を知らせてよこした。

『そうではなく、周波数を』

『それはわからない』というのが答えだった。イーヴォの分光器についている目盛りは波長のものだ。すべての結果を波長で表現するのが、化学者の慣行だった。

『計算で出せないの？』カルラは自分でそれができないほど平静さを失ってはいなかったが、イーヴォをなにかに取りくませておきたかった。

　イーヴォはカルラの意を汲んで、ふたりが皮膚を触れあわせている手のひらの上で計算をおこなった。スペクトル線の波長は光の最小波長よりそれほど大きくはない。ヤルダの公式を使うと、周波数は光の最大波長の十分の三に非常に近い数値になり、イーヴォはていねいにもそれに係数をかけて、およそ一ダースと三ジェネロソ周期毎停隔《ポーズ》という値を出した。

　カルラは最後の数字には注意を払わなかった。先祖たちにとっては、〝停隔《ポーズ》〟が母星の自転周期の何分の一とかなのは便利なことだったに違いないが、それは宇宙のほかのなにともまったく無関係だ。あらゆる真の物理学は数字の純粋な関係の中にあり、歴史や習慣の気まぐれには影響されない。

〈ブユ〉から〈物体〉に起こしたあらゆる炎に見られた紫外光の線は、光の最大周波数の十分の三だった。その周波数の光子はすべて、エネルギー・運動量ベクトルがもとの十分の三の高さになる急な傾きを持つような速度で動いていた。

　だが、三対十といえば、衝突する粒子の曲線を、輝素に散乱される光のデータに一致させようとしたときに、パトリジアが発見した比率だ。輝素の質量は光子の質量の十分の三。つまり、この紫外スペクトル線の光子はすべて、静止した輝素と同じエネルギーを持っている。

『もし輝素が光子になるのだとしたら？』カルラは描書した。

　はしゃいで音を出すようにイーヴォが体を揺らすのを感じた。『光源強度はどうなる？』と返事が来た。

　イーヴォが反論するのはもっともだ。輝素は光源強度の単位ひとつ分を持っていて、光子は持っていない。

ネレオの方程式から、光源強度が単純に消えてなくなることがないのは、数学的確かさを持って証明できる。

数学的には、しかし……打ち消しあうことができる。『ひとつの正の輝素、ひとつの負の輝素』とカルラは返した。厳密にいえば、不変に保たれるべき量は光源強度の総和だけだ。正の輝素の数マイナス負の輝素の数。個別の数は一定である必要はない。

イーヴォから返事はなかった。カルラが相手の顔を見ると、いまの件について考えこんでいるようだった。

カルラはそのプロセスを想像してみようとした。ふたつの輝素がやってくる、それぞれの符号のものがひとつずつ……そして単にたがいを跳ねかえすのでなく、もとの粒子が破壊されてふたつの光子があらわれる。

馬鹿げて聞こえるが、だがそれがどんな原理を破っているというのか？　光源強度は保存される、反応の前後でともに総量はゼロだから。エネルギーは保存される、それぞれの光子が輝素一個分のエネルギーを持っているなら。運動量は保存される、ふたつの光子が反対方向に進んでいて、反応の前後で総量がゼロになるなら。

『わたしを気づかってこんな話をしているのか？』イーヴォがカルラに尋ねた。

カルラはあっけにとられた。単にイーヴォがアーダやタマラに対する責任逃れをできるよう、カルラはこんな理論を丸々でっちあげたのだと、イーヴォは思っている。『そんなわけないでしょ！』

『輝素が消滅する？』イーヴォの表情からは、それが、出口のない箱の中からハタネズミを消してご覧にいれますという手品師の言葉程度にしか信頼できない話だ、と思っているのが明白だった。

『ふたつひと組で、です』このアイデアをまともなものにするにはそれでじゅうぶんであるかのように、カルラは返事をした。

だが、荒唐無稽に思われるのも不思議はない。結果を少しでも理解できることを期待しつつ、正と負の輝素がやって来るのを見るのが可能だったことが、いままでほかにあっただろうか？　〈孤絶〉地表で起きた、一瞬かつ制御不能な事象の場合は、そうではなかった。母星の先祖たちを脅かす、疾走星が生じさせる光についても違った。先祖たちは輝素の質量を知りもしなければ、エネルギーと周波数の関連性を把握してもいなかった。

ここへやってきてはじめて可能になったことだ。この美しい新たな物理学が人々をどこへ導くことになるにせよ、それはここでなければはじまることはなかったのだ。

〈ブユ〉が完全に再与圧されて、冷却袋を出るまでのあいだに、カルラは〈ダニ〉の災難についての話を、空気タンクの汚染の可能性をまったく持ちだすことさえないかたちで、アーダとタマラに聞かせおえていた。

「空気ジェットが岩を発火させた？」タマラはイーヴォとそっくりそのまま、疑わしげだった。「ほかに原因がないと確信が――？」

「空気は正の輝素でできている」カルラは割りこんだ。「ほかのあらゆる通常物質とまったく同様に。それだけで、直交物質を発火させるにはじゅうぶんなの」

カルラは図解してみせた（次ページ上図）。

「それぞれの線の長さがあらわしているのは粒子の質量で、高さは粒子のエネルギー。正の輝素の場合、ネレオの矢はわたしたちの時間軸と一致し、負の輝素では反対むきになる」

アーダがいった。「正の輝素が負の輝素を跳ねのけるんじゃない、近づいたときに？」

「そのとおり」カルラは肯定した。

「そして両者を押しはなす力は、接近していくと無限大に発散する」アーダが続ける。「なら、両者はどうやっても触れあえないんじゃ？」

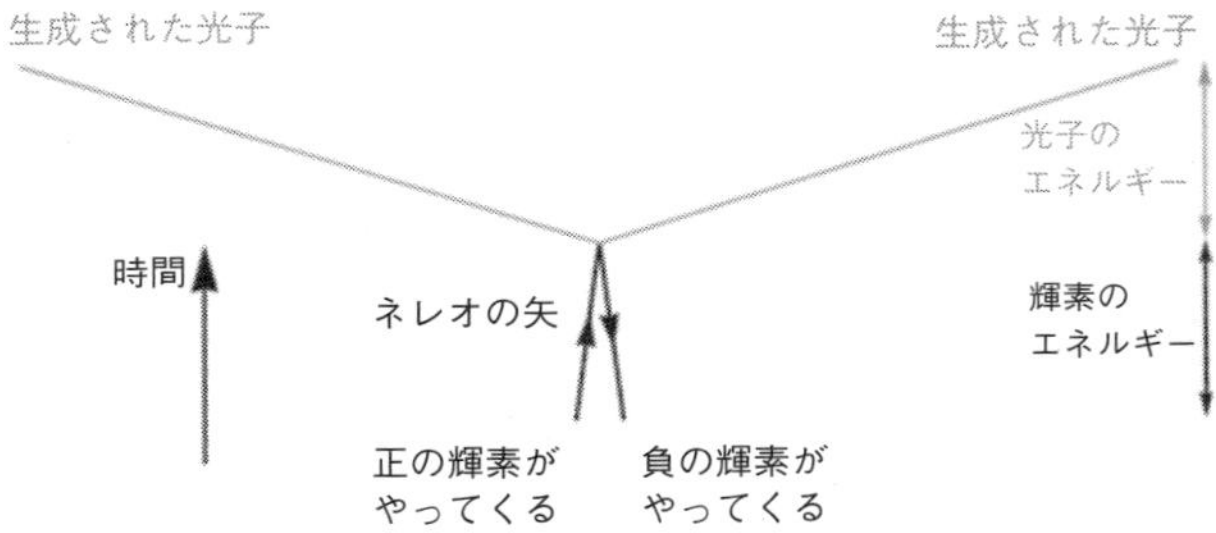

「輝素波はエネルギー障壁を絶対的に尊重するわけじゃない」カルラは答えた。「符号が逆のふたつの輝素波はほとんどの部分が、ネレオの力が引力にならないくらいじゅうぶん離れたエネルギーの谷にあるでしょうね――でも、その谷に完全に閉じこめられているわけではなくて、ふたつの輝素が接触する確率もいくらかあるでしょう。確率がとても小さいという事実が、このプロセスが比較的ゆっくり進行する――投射物を落としたとき、閃光の発生までに観測可能な遅延がある――ことの理由になる。けれど、ゆっくりとであってもなくても、ひとたびそれが起きたなら、それは起きたの」

アーダは半信半疑のようだった。カルラはいった。「考慮する価値のある別のプロセスを見て」

アーダは新しい図をじっと見た（次ページ上図）。「光子が左から来て、正の輝素が右から来る。両者は衝突して、たがいを跳ねかえす」

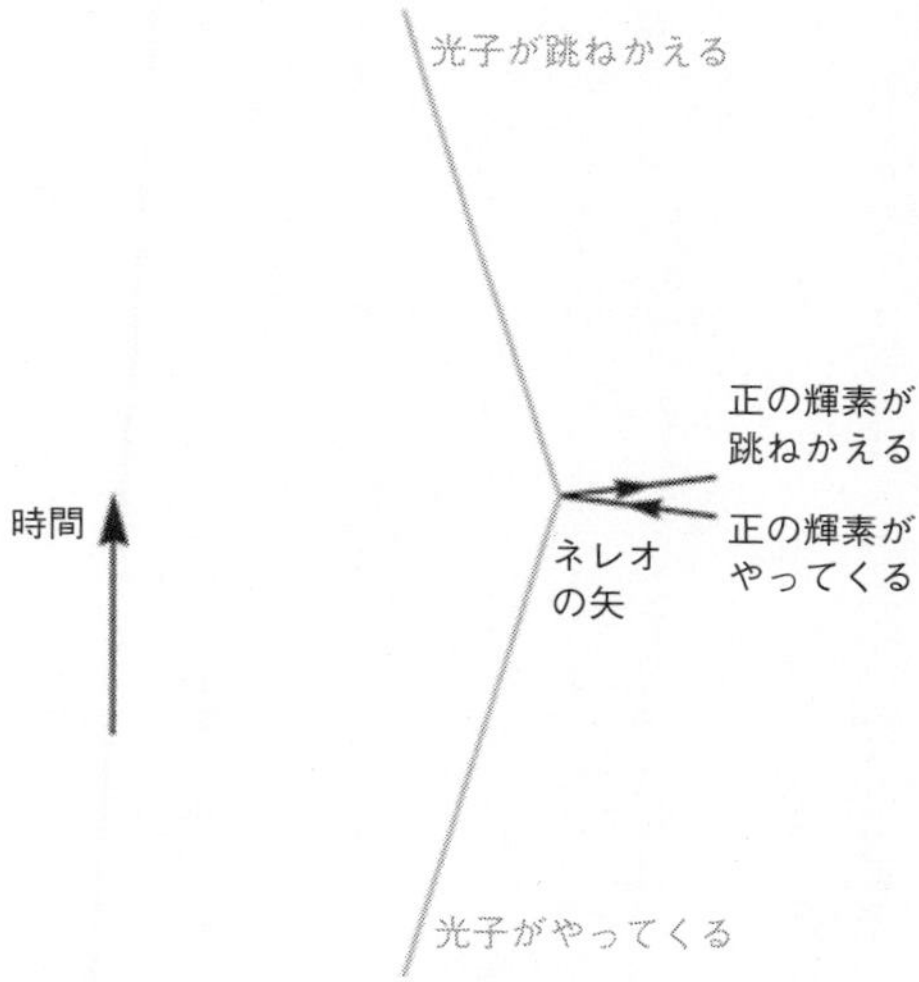

「変すぎるところはなにもないでしょ？」

「ないわ」アーダは認めた。

「この図は前のと同じ」カルラはいった。「単に四分の一回転させただけ。もし光子ひとつと輝素ひとつがこんな風に跳ねのけあうことができるなら、輝素ふたつが光子ふたつになるかたちの事象も、同様に可能に違いない。それは異なる視点から見た、まったく同一のことなのだから」

　アーダは納得がいかないようだったが、タマラは歓声をあげた。

「大胆な理論ね」タマラがいった。「でも、それはわたしたちにとってどんな意味があるの？　直交岩に空気で触れることさえできないとしたら、どうしたら反応を測定するためのサンプルを手に入れられる？」

「サンプルは手に入らない」カルラは答えた。「でも、このふたつの図が正しいなら、知る必要があることの大部分はここに記されている。紫外光の線はスペクトルのほかのすべてより明るいから、もし数握重《ヘフト》の安定石を〈物体〉に投げおとしたら、あの砂の塊の中のほとんどあらゆる輝素が、わたしの描いた図のような結末を迎えると思う。その反応で生じるエネルギーと運動量はわかっているのだから、それを最初の推定値として使って、すべてを較正できる」

タマラがイーヴォのほうをむいた。「どう思いますか？」

〈ブユ〉に戻ってきてからイーヴォはずっと黙ったまま、なにがあったかはカルラに好きなように話をさせて、言葉をはさまなかった。

「この仮説をどう判断していいのかわからない」イーヴォがいった。「だが、測定可能な影響を軌道にあたえられるだけの量の物質を――カルラの計算に従って――〈物体〉に落とせば、カルラの予測がどれくらい当たっているかを知る機会が得られることになる。試行錯誤で作業せざるをえないのなら、最初の試行でなにか結果が得られるようにしたほうがいい」

カルラは表面に投げこむ必要がある質量を計算したが、物体まで到達させるための軌道の詳細はアーダとタマラにまかせた。イーヴォがカルラの計算をチェックした――そしてカルラに、あらゆる数値の背景にある仮説を納得いくまで説明させた――とき、カルラは大きなカタパルトのぜんまいを巻く純粋な肉体作業を分担していた。高体温で体にどんな損傷を負っていたにせよ、ホイールに必死で取りくむうちに、痛みや過敏さはカルラの体から抜けていった。

イーヴォが機体内のレバーを操作して、貯蔵庫から安定石を計量してすくい取り、カタパルトのチェンバーに搭載した。前に小さな粒を投げおとしたのと比べたら、この新たな砲撃は宣戦布告ともいえた。カルラは、使用する物質のいくらかの部分が消費されずに表面から吹きとばされる可能性と、全体の効果が予期せぬプロセスによって増幅される可能性とを天秤にかけた。自分の目でジェンマを見たことはなかったが、暗い惑星が恒星になった話は、子どものころから際限なく繰りかえし聞かされている。

だがジェンマを発火させたのは、惑星の岩から見れば無限の速度で動いている疾走星だ。その運動量だけで疾走星は消滅が起こる前に表面から奥深くへと進み、発生した熱が閉じこめられたせいで被害が甚大なものになったのだろう。宇宙空間に剝きだしの場所で起こる爆発が、すべてをなめつくすような野火のきっかけになるとは、カルラにはまったく思えなかった。

今回はアーダが目隠しをしたが、指先で時計を読んで発射の命令を出したのも彼女だった。イーヴォがカタパルトの発射レバーを引き、カルラは茶色の石の破片がひと塊、星明かりの中を転がるように、〈ダニ〉の行程の最初くらいにゆっくりと遠ざかっていくのを見た。だが五時隔《ベル》のうちには、破片の塊はカルラとイーヴォがやったのよりもきつく〈物体〉の周囲をカーブして、針路上に直交岩の壁があらわれるだろう。そのときには〈ブユ〉は衝突地点の真裏にいて、〈物体〉が爆発に対する盾になってくれるはずだ。

待機は〈ダニ〉の降下時同様に緊張したものだったが、少なくとも会話はふつうのかたちでできた。「この悪い知らせをシルヴァーノに伝える役は、だれもやりたくないよね？」アーダが冗談をいった。「あの人がここで小麦を大量に育てられるとは思えない」

「燃料を大量に採掘することもね」タマラがつけ加える。「だれかが制御方法を考えだせれば別だけれど」

イーヴォのほうをむいて、「直交岩は燃料、それとも解放剤？」

「適切な言葉はない」イーヴォがいった。「化学は物質の再配列に関する学問だ。物体が消滅する場合には、化学はまったくお呼びではない」

衝突の半時隔《ベル》前にパンを配りながら、カルラは、以前の体重に戻ることが必要になったときに経験しなくてはならないだろう断食のことは考えまいとした。いま問題なのは、注意力を維持して、このあとどんな不意打ちがあっても反応できるよう備えておくことだ。

タマラが手で軽く叩いて、口から漂いだした最後のパン屑の進行方向を巧みに逆にしてから、操縦装置の緊急発進レバーを握った。もし今度の実験が引きおこす反応が、カルラの推測を嘲笑うかのように〈物体〉を丸ごと噴きとばしたとして、そのとき、爆発に対する最高の盾をあたえてくれるはずだった位置に〈ブユ〉がいたとしたら、燃えさかる巨大な残骸がまさにそこにむかって突進してくることになるだろう。

「衝突一分隔前《ラプス》」アーダが告げる。

カルラは窓のほうをむいた。粉末石の平地がふたたび〈ブユ〉の下に来ていた。破片の塊がぶつかる予定なのは、反対側の安定石の露頭だ。安定石が安定石と出会い、その呼び名に終止符を打つ。

くすんだ青い光輪が〈物体〉の縁にあらわれた。（野火がもうこんな遠くまで達したの？）だが光輪はさらに広がってから、それ以上近づいてくることなくゆっくりと消えていき、それでカルラは気づいた。発光するデブリの噴煙が衝突地点からはるか高くに立ちのぼり、宇宙空間まで舞いあがってとても大きく広がったので、その端が〈物体〉の地平線を越えて見えたのだ。

二時隔《ベル》後、じゅうぶんな距離を置いて〈物体〉を周回する〈ブユ〉から、デブリの噴煙がはっきりと見えた。ぼんやりと輝くガスと塵のすじが、星々を背景に延び広がっている。そのまま〈ブユ〉が進んでいるとまっすぐその中に入ってしまうので、軌道面が噴煙の軸と垂直になる新しい軌道にタマラは移った。

アーダとタマラが観測に取りかかって、ビーコンを見つけだし、さまざまな星が〈物体〉の端のむこうに消えるタイミングを計った。判断がくだされるのを待つあいだに、カルラは寝不足を解消しようとした。目を閉じると、ふたたび〈ダニ〉に乗って炎の中に降下していく自分の姿が見えたが、そんなことが別に気にならないほどタマラは疲れていた。

二日後、航法士たちは、安定石ロケットが生じさせた変化について、最初の推定値を出した。「〈孤絶〉に対する〈物体〉の相対速度は四分の一になった」タマラが発表した。「規模を小さくした修正を二回おこなえば、目標を達成できるはず」理想の結果は達成不能だが、目標速度になった〈物体〉は数世代のあいだ、手が届く位置にとどまるだろう。

一行はもう一日待って、噴煙が危険の原因にならないことを確かめ、それからタマラが〈ブユ〉の軌道を傾けて、衝突地点が見えるようにした。そのクレーターは〈物体〉上のほかのなにとも違っていた。幅一街《スト》離《ロール》近い平らな窪みで、底面はなめらかな黒い楕円形だ。衝突前の地面はギザギザだったが、この形を刻んだ火球は行く手をふさぐさまざまな高さの巨岩を一顧だにしていなかった。

「つまり、新しい驚異の燃料を使ったときに、〈孤絶〉のエンジンが対蹠《たいせき》地点の個室群に及ぼす結果が、これというわけね」アーダがいった。

カルラはブンブン音を立てたが、その冗談はきつかった。「噂が広まる前に引っ越しておこうかな」

もう二、三回爆発を起こせば、〈物体〉は捕獲できるだろう。一行はミッションを完遂して、大手を振って〈孤絶〉に帰還できる。

だが捕獲するのはいいが、現時点での〈物体〉とはなんなのか？　巨大な新しいエネルギー貯蔵所だ——ただし、制御法をだれも知らず、安全な利用法などなおさら、というかたちをとったそれだった。

燃料問題はまだ解決したわけではなかった。この新しい動力源を有望なものにしているあらゆる要素が、それを同じくらいの脅威にも変えてしまう。そして

〈孤絶〉の命運は、いまもなお、まだなされていない発見にゆだねられたままだった。

26

アーダとタマラがエアロックから出てくるのを見て、カルロの不安な思いは大きくなった。タマラは一行のリーダーだ。〈ブユ〉を最後にあとにするのは彼女であるべきでは？　ヘルメットを外した航法士たちの顔を見つめながら、カルロは自分の不安が現実になるのを覚悟した。

航法士はふたりとも疲れているようだが、うれしそうだ。凶報をもたらすようには見えない。

アードが自分の双に走りよって抱きしめ、ピオがすぐあとに続いた。タマラが残りの出迎えの人々のところへ来た。マルツィオ、カルロ、イーヴォの息子のデルフィノ。「ふたりもすぐにあがってきます」タマラがいった。「ふたりが帰路にしまいこんでいた記録類があるんですが、運びだすのを機内清掃班まかせにはできないと急に思いたったようで」

「ありがとう」といったデルフィノの声は、安堵でむしろ張りつめていた。デルフィノが自分の子どもたちをこの場に連れてこなかった理由は、カルロにもわかった。帰還できない危険性には〈ブユ〉搭乗者全員が直面していたが、中でもイーヴォのそれが最大だったからだ。

「それで、〈物体〉についてはどんな知らせが？」カルロはタマラに質問した。アードが話を聞いた天文学者たちは、〈物体〉が発火するのを三回見たとのことだが、カルロははるか離れての事象の解釈を信じることはできなかった。「ロケット燃料、それともただの岩？」

タマラがいった。「一連の顚末をあなたに話して聞かせる機会を奪ったら、あなたの双に殺されてしまう。もうしばらく我慢して」

「でも全員無事なんだね？」

「ぴんぴんしているわ」タマラが保証した。

マルツィオと話しはじめたタマラを、カルロは細かく眺めまわして、旅がなにか悪影響を及ぼしたようすがないかを探った。だが、なによりも目につくのは、とても体重が増していることだった。カルロもそれは予期していたが、いまそれを思いだせてよかった。その変化に気づいたところをカルラに見られて、帰還を喜びあうはずだった場で、カルラにこれから自分が直面するだろう苦難を考えさせるハメには、なりたくない。

ひとつの腕の下に紙の束をはさんで梯子をのぼってくるイーヴォの姿が、エアロックの内側に見えてきた。あとに続くカルラも、同じように大荷物をかかえていた。「あの書類を落っことしたら、ふたりとも後悔するだろうに」マルツィオが不思議そうにいった。「なぜ待ちきれなかったんだ？」エアロックに空気が満たされていくと、不安になるほど書類がはためきはじめたが、入口のハッチが閉じているので、永遠に失われる危険はもうなかった。

カルロはエアロックに近づいた。ドアを出たカルラからカルロは書類を受けとって、ヘルメットが脱げるようにした。冷却袋に入っていると、好きなように新しい手肢を形成することができない。カルラの左の手のひらを覆っていた生地に巧みに隙間が作られていることに、カルロは気づいた。

「お帰り」カルロはいった。

「会いたかった」カルラが答えた。その言葉には奇妙なくらい感情がこめられていて、まるで脅迫か告白のようだった。

ふたりが抱きあうと、あいだにはさまった冷却袋がくしゃくしゃになって音を立てた。袋の皺がくすぐったくて、カルロはブンブンいった。

「どうにかこうにか、評議員たちがここに来ないようにできたよ」カルロはいった。「公式祝賀会まで、きみはあいつらのだれとも顔を合わせなくていい」

「ふぅ」カルラが少しだけ緊張をといた。「かわいそうだけれど、シルヴァーノは祝う気分になれないでしょうね。まずこれを脱ぐから、そのあと話をしましょう」

ふたりはがらんとした作業場で、ささやかなプライバシーを保つためにほかの人たちとは距離を取って、ふたりきりでいた。最初の一連の実験結果を聞きながらカルロは大いに引きこまれたが、カルラがイーヴォといっしょに〈ダニ〉に乗る決心をしたくだりの話をはじめると、恐怖の表情を浮かべずにいるのは大変な苦労だった。そして話が進んでいくと、カルロは努力の限界だと思った。

「きみは死にかけたのか」カルロはいった。

「でも死ななかった」

カルラが生き延びたという感謝の念で怒りと釣り合いを取ろうとしたカルロだが、秤はじっとしていてくれなかった。

「イーヴォはひとりでも降下できたはずだ」

「負傷していたの」カルラが答えた。「だから、ひとりで降下するはずだったのは、わたしのほう。イーヴォの体調が万全でないとき、交代するのがわたしの仕事だったから」

カルロは言葉を返せなかった。（自分はこの無謀な行為をどうにかできないのか？）どうにもできはしない。すべては過去のことだ。

カルラの言葉に注意を引っぱりもどすと、輝素の消滅という理論の話の最中だった。カルラが胸の上にそのプロセスの図を呼びだしたとき、カルロはかろうじて少しは賢《かしこ》げな質問をすることができた。

「すべてを横むきにしたとき」カルロは訊いた。「そうした消滅が〝生みだす〟光子のひとつは、最初からそこに存在する必要があるのか？」

「そうよ」

「でも、それが先祖たちの座標系じゃないのか？」しゃべりながらカルロは気づいた。「もし先祖たちが今回のすべてを見ることができたら、なにかがまったく別のプロセスで光子を放出した、と主張すると思う——輝素を跳ねかえすのにちょうどまにあってそれがやってきた、という事実を説明するために」

カルラがいった。「あなたはそう思うかもしれないけれど、わたしは確かめる方法がないかぎりは、そういうことはいっさい断言するつもりはないわ」

「でも、それはこういうことを意味するんじゃないか、もし先祖たちが、適切な光子はないと請けあうことができたなら……ぼくたちは輝素がたがいに消滅させあうのを見ることはない、と？」

「現に起きたことは、現に起きたの」カルラのいいかたは格言のようだった。「宇宙のあらゆるものは、無矛盾であるはず。わたしたちにできるのは、自分たちにとって意味をなすかたちでそれについて語ること」

「それができない場合以外は」とカルロ。「ぼくたちにそれだけのことができる、という保証があるといえるのか？」

カルラは低くブンブンいった。「いまのところ、わたしたちはその能力を失っていないみたい。自由意志について心配するのは、母星への帰還の旅のときまでとっておきましょう」

ほかの人々が出口にむけて移動しはじめた。「祝賀会は明日、第三時鐘《ベル》だ」カルロはいった。「出る気はある？」

「我慢できると思う」カルラが答えた。「わたしは今夜どこで眠るんだっけ？　どう予定を決めていたか忘れちゃった」

カルロはためらった。ふたりで自分の個室へ行くつもりでいたのだ。そしてそれは予定どおりだというだけではなくて、そうしたくてたまらないからでもあった。自分の脇で無事に寝ているカルラを見たいから、カルラを失う危険は去ったと自分を安心させたいから。

だが、もし自分が夜中に目ざめたら、内心でどんな議論をすることになるか、いまからわかる気がした。

（危険は去った、いまのところは――だから、危険が再来する可能性を完全につぶすなら、いまだ）そしてカルラにむかっては、『きみはまたひとつ、ヤルダの難題を解いた。直交物質との反応を説明した！　これ以上なにを望む？　きみの人生のその部分は完成を見たんだ』

「祝賀会でまた会おう」カルロはいった。

「それでいいの？」

カルラががっかりしているように聞こえた気がした。カルロに拒まれて、ほとんど心が傷ついたように。そう思うなら、率直に話せばいいではないか？　ほかの人々はずっと先にいて、話を聞かれることはない。

「いまはぼくがつらすぎる」カルロはいった。「ぼくはきみを失いかけた。いまはきみに生きていてもらうことしか考えられない」

カルラは唖然としたようすだった。いわなくていいことをいった。カルラに信頼してもらえることは、二度とふたたびないだろう

けれどカルラは手を伸ばして、カルロの肩を握りしめた。「わたしもなの」かすかに体を震わせながら、カルラがいった。「もう数日、別々に暮らしたほうがいいわ、ふたりとも落ちつくまで」

アマンダがカルロと目を合わせると、小さく頭を振って、トスコがロープ伝いに作業場をふたりのほうへやって来るのを示した。

「ふたりともわたしのオフィスに来てくれ」トスコがいった。「次の鳴《チャイム》が鳴るときに。作業から手が離せるならだが」

アマンダは手を檻に入れて、固定された出産寸前のハタネズミに注射しようとしていたが、「問題ありません」と答えた。

カルロはいった。「ふたりでうかがいます」

トスコがいなくなると、アマンダが問うような視線をカルロに投げた。「見当もつかない」カルロはいった。ふたりの研究の進み具合は、だれにとっても期待に比べて遅々としすぎていたが、カルロに忍耐強さが大事だと助言したのは、トスコなのだ。

約束の時間にふたりでオフィスにむかうと、同僚のひとりのマカリアが戸口の前でロープにつかまって待っていた。マカリアがいまなにを研究しているのか、カルロはまったく知らなかった。メイン作業場を行き来したり、遠心分離機やほかの器具を使っているのは見ていたが、大部分の時間はマカリアはほかのどこかにいた。

トスコがオフィスから顔を出して、三人を呼びいれ

た。三人の居場所が決まると、トスコはカルロとアマンダに話しかけた。

「きみたちをここへ呼んだのは、マカリアの実験の説明をするためだ」トスコがいった。「彼女はまもなく結果を公表する予定だが、わたしはきみたちに最初に知ってほしかった」

カルロはほっとした。これはカルロ自身のプロジェクトの打ち切りという話の前置きには思えない。「どういう研究ですか?」

マカリアがいった。「あたしはトカゲの赤外線コミュニケーションの研究の初期段階にあります」

「コ、ミ、ュ、ニ、ケ、ー、シ、ョ、ン、?」アマンダは何年もトカゲを研究対象にしてきた。いまの話に疑義を呈する資格はある。

「〝信号交換〟のほうが適切な言葉かもしれない」トスコが言葉をはさんだ。「通常の意味での言語の話をしているわけではない」

「イーヴォはトカゲの皮膚に赤外線に反応する成分を発見した」マカリアが説明する。「あたしは、それが特定の役割を持っているのだろうかと思いました――通常の視覚をなんらかのかたちで補うというような。でも、研究の糸口としていちばん手っ取り早いのは、相補物質を探すことだと考えた。体内の信号に反応して、外部に赤外線を放、射、する物質を。そして、発見したんです」

「誘因は化学的なもの?」アマンダが訊いた。

マカリアがいった。「いいえ。それは肉の中の経路から発する通常波長の光に直接反応しますが、赤外線に対してのみ透明になる層によって、外部の可視光からさえぎられています」

「へえ」アマンダは納得しかけているような声を出したが、カルロはまだ疑問に思っていた。トカゲの皮から遠心分離機で抽出したネバネバの物質に興味深い物理的性質があることを立証したからといって、それはその性質が生物学的機能を担っていることの証明にはならない。

「あたしは赤外線カメラを設置して、さまざまな状況に置いたトカゲの小集団に露光させ、信号が使われているところをとらえられないかやってみました」マカリアが話を続ける。「実験の大半は空振りでした。新しい食料源も、捕食者の出現も――いずれも可聴音の鳴き声を誘発する出来事ですが――赤外線のおしゃべりの誘因にはならなかった」

カルロは促すように、「けれど……？」

「別々に生まれたふたつの集団をはじめていっしょにしたとき、記録紙は黒くなったんです」マカリアは染料を紙に塗りたくるように、手を行ったり来たりさせた。「あたしが予想していたのは、画像を横切る数本の灰色のすじでしたが、二分隔《ラプス》の露光の結果、トカゲが見えている場所ではどこでも、完全にまっ黒になりました」

カルロはこの集まりがなんのためかが理解できた。

「で、これが感化力を伝達していると考えた？」

トスコがいった。「わたしたちはどんな結論にも飛びつくことは避けたい」

「わかっています」しかしそれは、飛びつきたくなる可能性だった。関係のなかったふたつの動物の集団がいっしょにされると、ほぼ例外なくなんらかの形質の交換をなし遂げる。トカゲには雄が存在しないので、交雑は問題外だが、ほかの種《しゅ》で集団が身体的接触をおこなえないようにしていても、次世代の子どもは通常の遺伝では説明不能な形質を持っている。どういう仕組みでそうなるのかははっきりしないままで、生物学者はいまだに民俗学用語を用いていた。〝感化力〟が集団間を伝わった、と。現に形質が広まっているのにその方法が見当もつかないとき、ほかにどういえばいいというのか？

「あたしはその仮説をテストするつもりです、もちろん」マカリアがいった。「赤外線を遮断するか干渉するかして、それが形質の交換に影響するかを調べます。ただ、意味のある結果が出るのは、トカゲの数世代後になるでしょうが」

「ところで」トスコがいった。「これは共同研究を必要としているとわたしは思う。カルロとアマンダは光記録機で経験を積んでいて、体内信号の時系列を把握することができる。そこで、きみたち三人には協力しあって、この赤外線信号の構造を同様に分析してほしい」

カルロは不安のうずきが戻ってくるのを感じた。マカリアの発見は重要なものだが、こちらの研究を遅らせたくはない。「ぼくたちのプロジェクトを規模縮小しようというのではないんですね？」

「そんなつもりはない」トスコはこの視野の狭い反応が不快そうだった。「きみたちに頼んでいるのは、マカリアがきみたちのノウハウになじむのを手伝ってやる時間を見つけてほしいということだ。それ以上のことはきみたちしだいだ——とはいえ、マカリアの研究に関わって、おたがいにそこから学ぶ機会を持てたことを、きみたちは喜ぶことになるだろうという気がするがね」

カルロは期待されているとおり神妙にいった。「きっとそうでしょう」

それにトスコの言葉には一理あった。肉の内部を移動するメッセージの操作は、カルロが思っていたより難題であることが明らかになっていたが、マカリアが発見した信号はそこにあるのがわかっており、あとはつかまえるだけだ。ある形質が各個体の体内で姿をあらわす仕組みの詳細を分析しようとするかわりに、同じ形質の集団から集団への移動にそれなりの簡潔な説明をつけることは、いいチャンスになるかもしれない。

四児出産するハタネズミが二児出産するいとこに感化されて二児出産になったことがかつてあったかどう

か、カルロは知らなかった。だが、もしそういうことがあったなら――そしてそれを引きおこすデータ処理を記録できたなら――それはカルロの研究を大きく前進させるのではなかろうか？

「喜んでマカリアを手伝います」カルロはいった。「そして彼女から学ぶのが楽しみです」

27

タマラは面会室のベンチにハーネスで体を固定して、持ってきた調味パン三個をいじりまわしながら待っていた。壁のあちこちで赤い苔が輝いているが、タマラがいつも見ているのとは別の種《しゅ》に属しているかのように、色合いが変に見えた。監獄は使われなくなったエンジン給剤機室の中央にあった。タマラは人生のほとんどを、その存在を知ってはいたが、いったいどこにあるかは知らないまま送ってきた。

看守がエルミニオを部屋に連れてきて、すぐに出ていった。「あれはタマロを呼びにいったの？」タマラは父に尋ねた。

「タマロは来ない。あの子はおまえに会う必要はない」

必要？「それを決めるのはタマロでしょ」タマラはいった。「ここは退屈だろうから、タマロはだれが会いに来ても歓迎すると思うけれど、もっといい暇つぶしを見つけたというなら、それはそれでよかった」

タマラはパンのひとつをさしだした。エルミニオは少し躊躇してから、受けとった。

「タマロが時間をどう使っていようが、おまえには関係ない」エルミニオがいった。「あの子に会いに来る人はほかにいる」

父がなにをいおうとしているのか、タマラは察した。それを知ってタマラは虚を突かれたが、なるべくそれが挙動に出ないようにした。「さっきもいったけれど、それはよかった」

エルミニオはパンを食べおえると、ハーネスに縛られたまま反りかえって腕を広げた。「配給権を返してくれと頼みに来たんじゃなかろうな。もうそんな見こみはないぞ。行き先は完全に決まったんだ」

タマラはブンブンうなって嘲った。「あら、その人はもう出産したの？」

エルミニオがいった。「それはまだまだ先だ。だがタマロは正式に合意した。おまえの代理双と将来の子どもたちも含めて、おまえの譲渡を無効にすることは決してできない」

「しようと思ったこともないわ」タマラは腹を立てていた。「約束は守る」

「まあ、おまえの面倒を見てくれる人はいるだろう」まるでそれが自分のおかげであるかのように、エルミニオが鷹揚にいい放った。

タマラはいった。「譲渡の契約条項は知っている。わたしが自分で決めたんだから。タマロがここにいたら、あれについてはわたしに感謝の言葉をかけてくれたでしょうね。でも、なぜいまその件を持ちだしたの。父さんだって面倒を見てもらうことになるのに」

「その話でないなら、なんの用だ？」エルミニオが冷ややかにいった。「おまえが旅を無事に終えたことを、見せつけに来たのか？」

「自分でも気にする理由がよくわからない」タマラは返答した。「父さんたちはやっぱりわたしの家族だから、なにかしなくてはという気がして」

「家族はもうない」エルミニオがいった。「おまえが壊した。タマロは、この状況で自分にできる唯一の正しい行為をした。双を亡くした罪なき女の人生を救うことにしたのだ。しかし、おまえが受けついだ肉は、おまえとともに無に帰す。おまえは賭けをして勝ったことで、自分が正当化されると思っているな。だが、どこにおまえの子どもたちを育てる人がいる？　おまえは宇宙空間で死んでいたほうがマシだっただろう」

「帰ったほうがいいみたいね。タマロにわたしからよろしくと伝えておいて」タマラは背後のロープをつかむと、ハーネスを外しはじめた。

「また来ようなどという気は起こすなよ」エルミニオがいった。「面会人が多くて、気晴らしにはじゅうぶんだ。大勢の人が、わたしたちを支持していることを伝えたがっている。わたしたちの刑は不当だとわかっている人々だ」

　タマラはロープを伝って面会室を出た。「早かったですね」と看守がいった。

「父は話がすごく上手でね」タマラは返事をした。「全然時間をかけずにいいたいことを伝えられるの」

　看守は呆れながらも面白がっている顔でタマラを見た。「昨日の面会は一時隔《ベル》半かかりましたよ」

　山頂へ戻る道すがら、大勢の支持者がいるといった父の言葉について、タマラは考えるのをやめられなかった。自分の監禁者たちに対する寛大な措置を求めたとき、タマラはそれであのふたりに同情の余地がなくなることを期待していた。一年の収監が不当だというのか？　評議会は個人の自主性を重視している。タマラが要求していれば、刑期が六倍ということもありえた。

収監され、面目を失っても、タマロはあっという間に代理双を見つけた。評議会はタマラの父を犯行の扇動者として裁いたが、それでも友人たちがいるらしい。面識のあるだれもがタマラの前で、彼女の身に起きたことに憤っているといったが、その思いがすべての人に共通だと思ったら自分をだましていることになる、とタマラはわかっていた。古い世界とその蛮行から三世代を隔てても、女の人生は一種の借り物であって、じっさいには彼女自身のものでは決してない体を守ることに捧げられるべきであると——そして時が来たら、おとなしく立ちのくべきだと——いまだに信じている人々がいるのだ。

28

カルラはタール塗り布を脇に跳ねのけて、寝床から体を引っぱりあげた。寝ぼけたまま食料戸棚に近寄って取っ手を引っぱったが、扉は動こうとしなかった。そういえば前夜、スライド錠をかけたのだった。今日は断食の予定日だと自分に思いださせるために。

前回の断食日から、ほんとうにもう三日経ったのか？　腸が不審げにのたくった。腸は一日のサイクルに従うことは覚えられたが、数日おきという決まり事は内面化するには特殊すぎた。カルラはスライド錠の横棒に指を走らせながら、厳密なパターンを崩す理屈を思案した。今日、カルラははじめて評議会で証言する。食事なしですごす日は例外なくとてもつらいが、

〈物体〉との生死に関わる遭遇を別にすれば、これほど頭の回転の速さが必要な機会は過去いちどもなかった。今日は食事をして、明日、断食すればいい。

カルラは横棒を引っぱって、寝ぼけまなこでは解錠できないようにと作っておいた、ささやかな迷路のような仕切りをたどって動かしていった。途中でカルラは手を止めた。パターンを崩せば先例を作ったことになって、あらゆる断食日を潜在的例外として見るようになるかもしれない。定期的で機械的な習慣にしようとしている事柄の必要性を、ひとたび繰りかえし疑問に思うようになれば、計画全体が一種の拷問になって、すでにそうなっているより一ダース倍も続けることがつらくなるだろう。

カルラは横棒を最初の位置に戻すと、ロープをつかんで戸棚から離れた。以前の体重に戻ったら、昔の習慣に戻れるだろう。毎朝パンを一個、機械仕掛けのように。

カルラは一歩前に出て、明るい室《チエンバー》に集まった評議員たちとむきあった。評議員たちの後ろの壁には、ヤルダ、フリド、そしてその後に続いた数ダースの人々の肖像画がかかっている。旧友のシルヴァーノが〈孤絶〉の現時点のリーダー十二人の中にいることは、カルラを安心させる役にはまったく立たず、事情を複雑にしているだけだった。経歴を軒並み知らない相手に話をするなら、少なくとも個々人の重視する事柄に配慮するのをやめて、自説の真価を説明するよう最善を尽くすのが容易になる。

話を真剣に受けとってもらいたかったら、へりくだりそうになる本能を抑え、視線を逸らすのをこらえることが必要だ、とアッスントから忠告されていた。カルラはそのアドバイスに従った——だが、威圧感を覚えまいとして、カルラは自分の背後に集まっている仲間の〈ブユ〉搭乗員たちに注意をむけていた。

「わたしたちの理解しているかぎりでは」カルラは話しはじめた。「宇宙に存在するあらゆる固体も、あらゆる気体も、輝素でできています。宇宙的視点から見れば、すべての輝素は同じものです。しかし四空間における輝素の来歴は、ある種の矢印――ネレオの矢――によって印づけられており、この矢印がわたしたちの未来方向をむいている輝素と、過去方向をむいている輝素とを、区別することが可能です。慣習的に、前者は〝正〟、後者は〝負〟と呼ばれています。

〈物体〉と〈孤絶〉、それぞれ特有の来歴から、奇妙な乖離が生じます。熱力学的な時間の矢は〈物体〉と〈孤絶〉で一致しますが、輝素についている矢は一致しません。〈孤絶〉とそれが運んでいるあらゆるものは、隅々まで正の輝素からできており、〈物体〉では隅々まで負の輝素でできています。そして〈ブユ〉の実験で明らかになったように、もし正の輝素と負の輝素が出会ったら、たがいを消滅させます。わたしたちに利用可能な、純粋に化学的な面での物質の多様性は、ここでは役に立ちません。岩も樹脂も、植物が原料の品物も動物由来の製品も、気体や煙や塵も、なにひとつこの反応結果を免れることはないのです」

カルラはあえてシルヴァーノに視線を走らせた。シルヴァーノはいかめしい表情をしていたが、カルラは自分がこれから彼の気分を大いに向上させることになるのだと信じた。

「ただし、〈物体〉の物質と相互作用して無事でいられるものが、ひとつだけあります。光です。光はそれ自身では光を生みだしません。なのでその来歴はネレオの矢で印づけられていません。〝正〟の光や〝負〟の光というものは存在しないのです。通常物質の星が出す光も、直交星の光も、わたしたちと〈物体〉の両方に同じようにふりそそいで、どちらにもなんの害も引きおこしていません。ですから、〈物体〉のサンプルを入手したり扱ったりできる道具を作ることのできる望みがあるとすれば、それには新しい光源となるものが必要だとわたしは考えます」

　ジュスタ評議員が言葉をはさんだ。「つまり、巨大な太陽石ランプが出す光線で、〈物体〉に穴をあけようということ？」

「いいえ」カルラは答えた。「そうした闇雲な力では、大したことは達成できないでしょう。わたしたちが必要としているのは、どんな種類のランプが出す光線よりも出力が規則的な光源です」

　カルラは胸にスケッチを呼びだした（図下）。

「あらゆる固体の中の輝素は、いくつかの特定のエネルギー準位にしかいられないよう制限されています」カルラはいった。「こうしたエネルギー準位は複数の帯《バンド》を形成しています。帯どうしは非常に間隔が離れているので、輝素がそのあいだを飛びうつるためには、いちどに複数の光子を生成するしかありません。それはとても遅く非効率的なプロセスで、そのためにそも

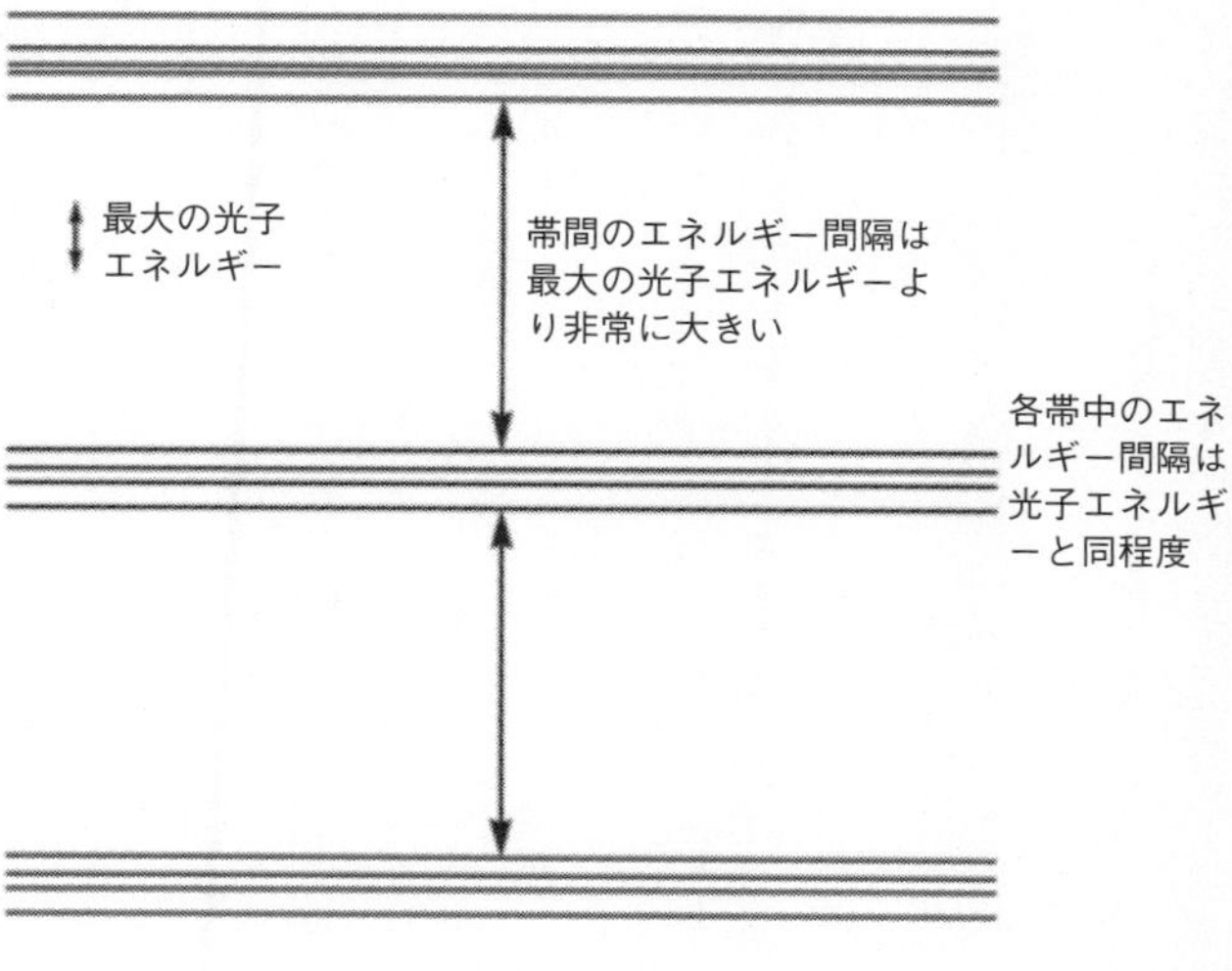

そも固体が安定に存在できるのです。

　しかし各帯の内部では、準位の間隔はじゅうぶんに狭く、輝素は光子一個だけを放出か吸収することで、それらのあいだを移動できます。放っておくと、ほとんどの輝素は帯の中でいちばん高い準位を占めるようになるでしょう。なぜなら、より低い準位にいるものは自発的に光子を放出し、上の準位に行くからです」

原因もなく起こるそうした事象についてだれかが疑義を唱えることを半ば予期して、カルラは言葉を切った。だが評議員たちは、アッスントの、宇宙を満たしあらゆる輝素をあらゆる想像可能な周波数で揺すっている〝ゼロ光子〟光について聞いたことがあるか……でなければ、輝素をもっとも不安定な状態から、より安定な位置へ押しやるなんらかの擾乱がつねに存在することを受けいれる気があるだけかの、どちらかのようだった。

「光子が固体に入った場合、それはふたつの異なるかたちで輝素に影響をあたえることができます」カルラは話を続けた。「高いエネルギー準位に輝素がある場合、それは光子を吸収し、より低い準位へ移動できます。一方、低いエネルギー準位に輝素がある場合、それは入射してきた光子とまったく同じ光子をひとつ放出し、より高い準位に移動できます。どちらの事象の場合でも、それが起こるためには光子のエネルギーがふたつのエネルギー準位の差に一致する必要があります（次ページ上図）。

　ふたつのプロセスは輝素をそれぞれ反対方向に押しうごかし、すべての事象が同等であれば、両者は厳密に同じ頻度で起こるでしょう。けれど運がよければ、各事象が同等とはほど遠いような状態に保たれているような固体を見つけることが、可能かもしれません。四つのエネルギー準位があり、そしていちばん上の準位からいちばん下へ輝素を押しさげるのにちょうどいい周波数の光で、その固体を照らしたとします（次ページ下図）。

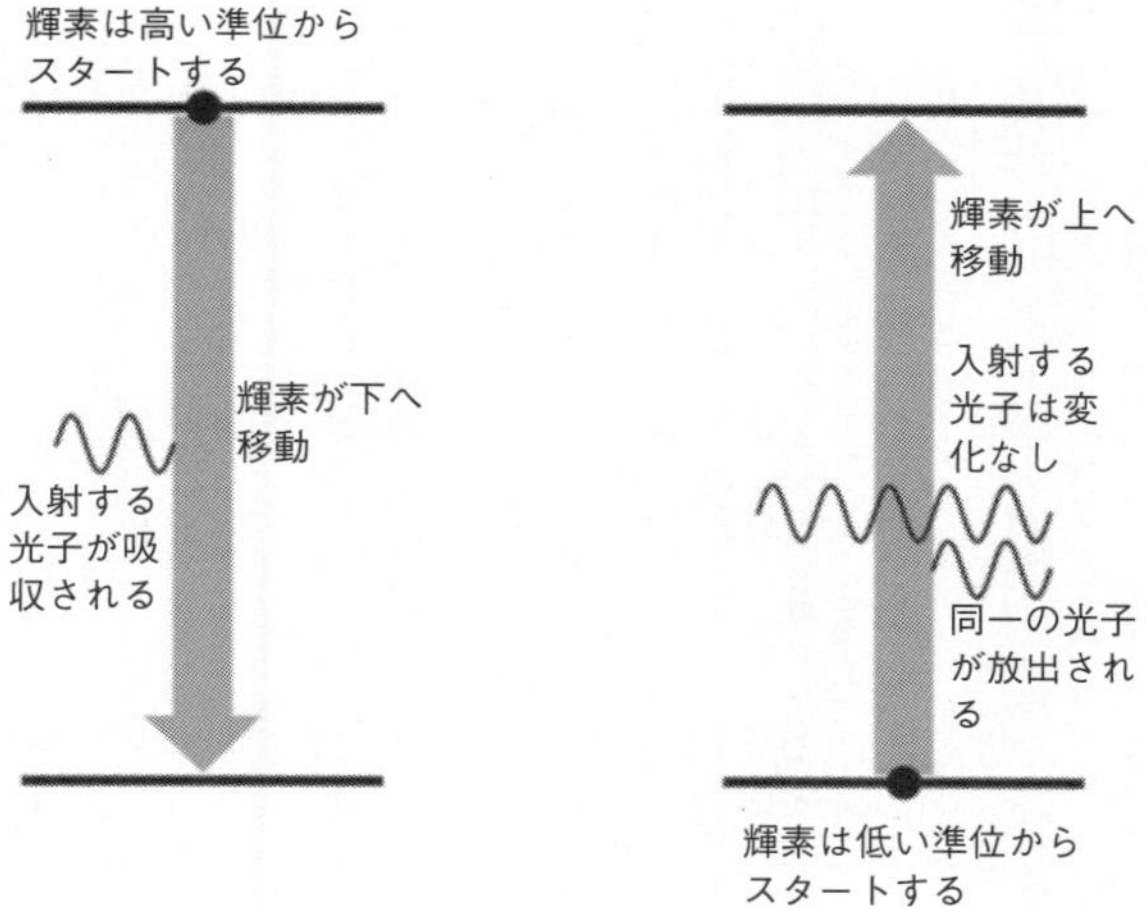
輝素は高い準位から
スタートする
輝素が下へ
移動
入射する
光子が吸
収される
輝素が上へ
移動
入射する
光子は変
化なし
同一の光子
が放出され
る
輝素は低い準位から
スタートする

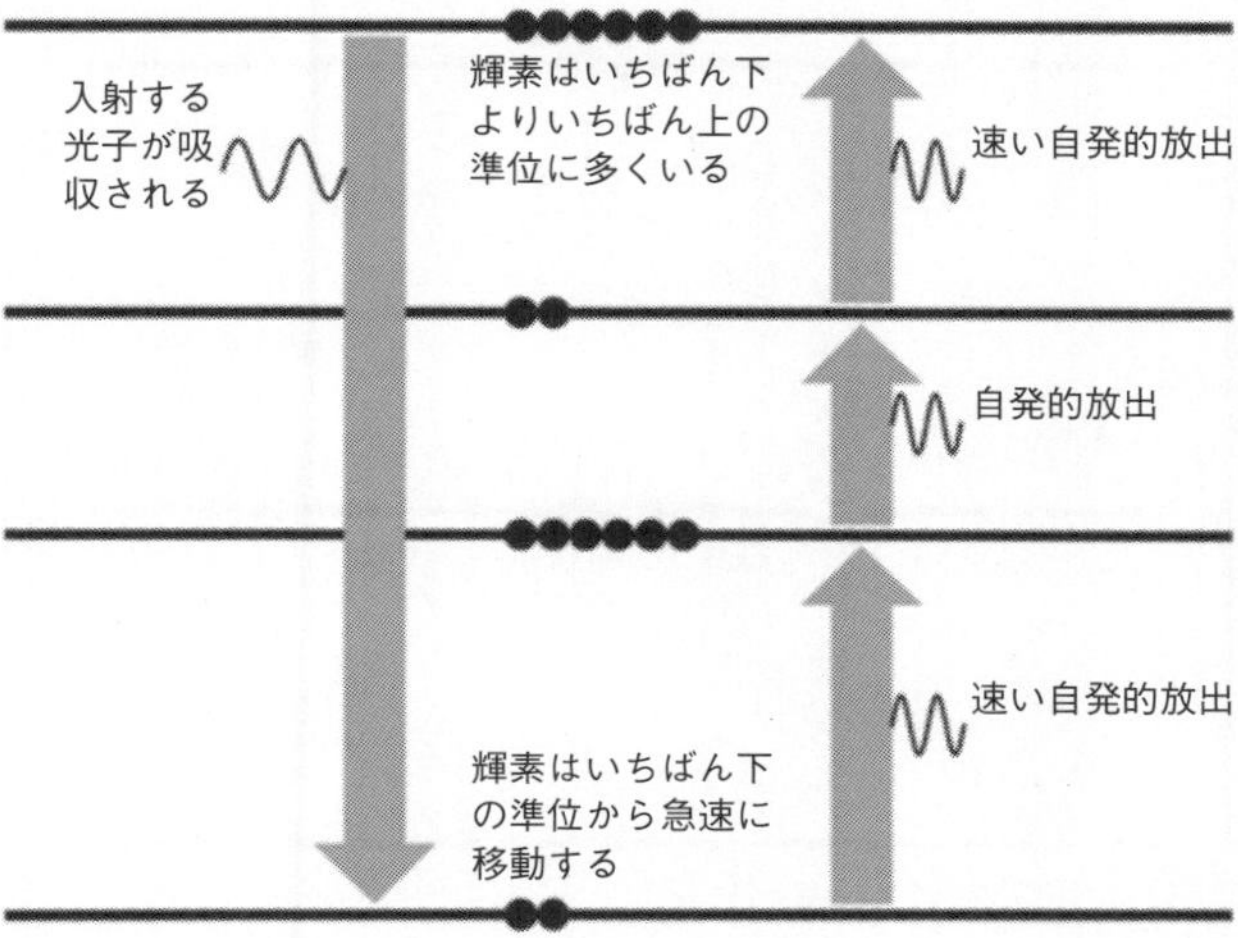
入射する
光子が吸
収される
輝素はいちばん下
よりいちばん上の
準位に多くいる
速い自発的放出
自発的放出
速い自発的放出
輝素はいちばん下
の準位から急速に
移動する

ほかになにも起こらなければ、同じ光が反対のプロセスも引きおこすでしょう。最低準位の輝素を刺激してジャンプさせ、最高準位へ戻すような。しかしここで、底の準位からひとつだけ上の準位への自発的なジャンプがとても速く起こり、ほとんどの輝素がいちばん下でなく二番目に低い準位に落ちつく、という仮定をします。そこから、輝素は自発的に準位をもうひとつジャンプし、さらにもうひとつのぼるでしょう。輝素がいちばん上に達してしまえば、わたしたちの光がそれを再度いちばん下へと押しさげるでしょう。

ここで、自発的に放出された光子は、ちょうどランプの光のようにランダムな位相と方向を持つことになります。しかしこの固体を、中間の遷移から出た光を反射し固体中を行き来させるような、一対の鏡のあいだに置いたとします（図下）。

光が反射して戻り、固体中を通るたびに、より多くの輝素を二番目に低い準位から一段だけジャンプさせ

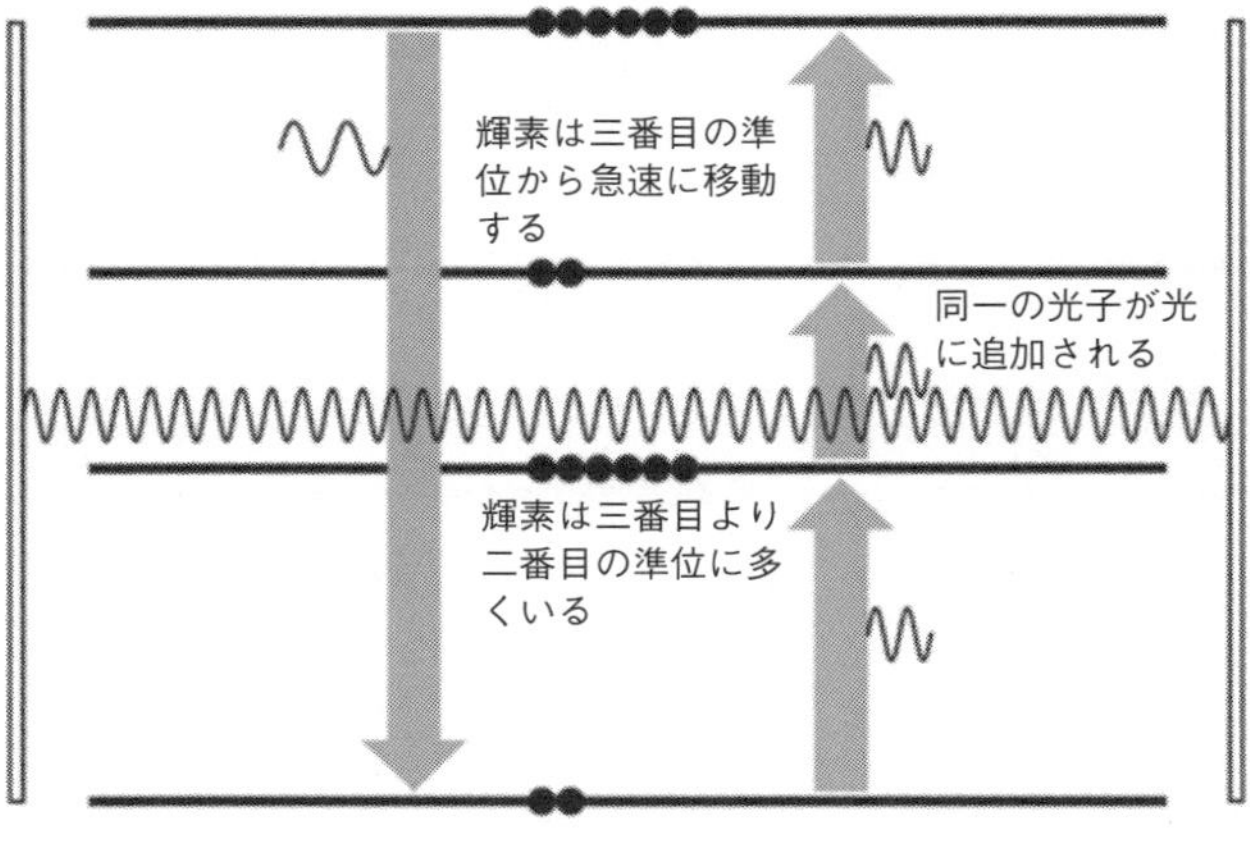
輝素は三番目の準位から急速に移動する
同一の光子が光に追加される
輝素は三番目より二番目の準位に多くいる

るよう促進し、固体を通過する光と同じ位相の光子を同じ方向に放出するでしょう。しかし、戻ってきた光子が倍増されるのではなく吸収されるという望ましくない逆方向のプロセスは、三番目の準位からいちばん上への遷移がじゅうぶんに速く起こるなら、避けることができます。その三番目の準位をほとんど空《から》の状態に保てれば、光を吸収する立場にいる輝素はほぼないでしょう。

　鏡のあいだの距離を、増幅したい光の波長の整数倍だけ離すことで、完全に平行で位相のそろったモードを増強することができます。もし一方の鏡を、光の一部だけ反射するようにすれば、この装置から出る光線は、これまでだれも見たこともないほど整列したものになるでしょう。レンズを使えば小さなスポットに集光でき、そのサイズは光学法則によってのみ制限されるので、光線のエネルギーを一微離《スキヤント》の何分の一かの標的にすべて集中することができます。そればかりでなく、光自体が整列した一連の波面から構成されることになり、時間的にも距離的にも、ランプから得られる乱雑な波よりもはるかに長いあいだ、決まったパターンを維持するでしょう。こうして、光の場がランダムに方向を変え、部分的にはそれ自身の影響を相殺するかわりに、場の全強度を焦点にもたらすことができるようになるのです。

　光の場が強いほど、それが加える圧力は大きくなります。ゆえにわたしは、もともとは空気ジェットを使おうとしていたのとほとんど同じかたちで、この〝可干渉光《コヒーレント》〟を使える可能性があると考えます。直接触れることなく、直交物質の小さなサンプルを扱うために」

　カルラは両腕を広げた。話すことはこれで全部だ。

一、二停隔《ポーズ》、評議員全員が無言だったが、まずシルヴァーノが質問した。「これによって、新しいエンジンの設計はどれくらい前進することになる？」

カルラはあえてシルヴァーノと視線を合わせた。エ、ン、ジ、ン、の設計？　いまの話でカルラはシルヴァーノに、〈物体〉に関する彼の主張が吹っとばされたいまでも多少は面目を保てるチャンスを提供したつもりだったが、むこうは燃料問題に対する即時回答以外のものでは満足する気はないらしい。「この道具を作れれば、予備実験を実施可能になるでしょう」カルラはいった。「制御された条件下で、ごく少量のサンプルのあいだでの消滅反応が研究できるようになります。けれど新しいエンジンの設計については、話をはじめるだけでも時期尚早です、それらの実験を終えるまでは」

マッシモ評議員が発言した。「きみは直交物質を〈孤絶〉に持ちこむことを、本気で構想できるようになると思うか？」

「それを取りあつかうための、きわめて信頼性の高いテクノロジーが開発されるまでは、無理です」

「信頼性？」マッシモが小さくブンブンいった。「きみは光だ、け、を使って万能解放剤を所定の位置に保とうとしているのだぞ。そのとき、光源に不具合が生じたら、なにが起きる？」

「もしサンプルが真空コンテナの中で無重力状態に保たれていれば、不具合からは数日で安全に復旧できるでしょう」

「だが、いましているのは、これを〈孤絶〉のエンジンで使うという話だ！」マッシモが念を押すようにカルラにいった。「エンジンに点火したら、〈孤絶〉は無重力ではなくなるのではないかね？」

エンジンの設計については話をはじめるだけでも時期尚早だと、カルラはついさっきいわなかったか？不作法にも非協力的にも聞こえずにすみそうな返事を、カルラは必死で考えた。「直交物質の保持に不具合が生じたら〈孤絶〉の後方に排出されるような設計を、考えることはできます——エンジンからまっすぐ宇宙空間に落ちるように。けれど、さしあたってわたしが話せるのは、コヒーレントな光源を作ろうとする研究計画についてだけです」

「ここは議論のために」プロスペロ評議員が発言した。「直交物質を〈孤絶〉の燃料にする方法が発見されたと仮定しましょう。それはわたしたちになにをもたらすか？　もし〈物体〉の一部を未使用のまま母星に持ちかえることができたら、それは燃料として惑星そのものを移動させることができますか？」

「いいえ」

「あるいは、大ロケット群の動力源になって、母星の先祖たちをひとり残らず避難させることができますか？」

「非常に疑わしいと思います」カルラは答えた。

「それなら、こんなものがなんの役に立つと？」プロスペロがぶっきらぼうに訊いた。

「そもそも〈孤絶〉を打ちあげたことがなんの役に立ったというんです？」カルラはぴしゃりといい返した。

「わたしはただ、直交物質に関するわたしたちの理解を進展させる手段として最善と思われるものを、提案しているだけです。そこからどのような成果が生まれるかは、わたしにはわかりません――その問題についてのわたしたちの無知が改善され、それは大いに必要とされていることである、という以外には」

ジュスタがいった。「あなたの提案に感謝しますよ、カルラ。そろそろ次の証人の話を聞く頃合いだと思います」

カルラは後ろにさがって、イーヴォの横に並んだ。

「あいつらのいうことなど気にするな」イーヴォが小声でいった。「人目のあるところでも、内輪揉めを演じずにはいられない連中だ」

次はタマラが評議員たちに話をする番だった。「本気で〈物体〉を利用しようとするなら」タマラはいった。「それどころか、もっともささやかな実験をあそこでおこなうためでさえ、〈物体〉と〈孤絶〉のあいだを安全に航宙するなんらかの恒久的な手段の確立が必要となります。〈ブユ〉の初飛行のために発射したビーコンの多くは、太陽石を使いつくしかけているか、ほかの不具合を起こしています――それに、すべてが遠く広がりすぎていて、もうそれほど長くは役に立ちません。

わたしの提案は、〈孤絶〉に対する相対的位置を固定された格子状に配置された、新しいビーコンのシステムです。それには各ビーコンの減速を手動で指示することが必要になります。終速をじゅうぶん低速にできる方法はほかにありません。ですが、たとえ評議会が〈物体〉にこれ以上の興味はないと決めたとしても、なおもわたしは、新しいビーコンの発射を提案します。必要が生じたときには、わたしたちは〈孤絶〉周囲の宇宙空間を意のままに飛行可能でなくてはなりません。〈物体〉のような別の天体が観測されたら、と考えてみてください。即座に観察者たちを送りだして、その位置を確定できたなら、どれほど対処が容易になることでしょう」

ディーノ評議員が発言した。「あなたは太陽石をどっさり積んだ新たな一グロス個のビーコンを天の彼方に置いて、一時隔《ベル》にいちど光らせようというのですか……万にひとつ、必要になったときに備えて？」

「わたしのもともとの計画はそうでした」タマラは認めた。「ですが、ここでわたしの同僚の話を聞いて、もっといいアイデアが浮かびました」タマラが振りむいて、カルラとむきあった。「心配しないで、〈ブユ〉であなたに聞かされた〝光時計〟云々のたわ言をあなたと議論するつもりじゃないから」

ディーノが当惑したようすで、「たわ言を聞かされるわけではないというのは、ありがたい話ですが――
――」

タマラがいった。「新たなビーコンにはランプを搭載する必要はありません、あるいは機械仕掛けも。鏡のたぐいだけでいいんです！　もしカルラがさっき自分でいっていたような光源を作れたなら、それが発生させる光は宇宙空間を旅するあいだにわずかしか拡散しないでしょう。わたしたちはここにいながらにして、ビーコンを照らすことができるようになる。すべてのビーコンを〈孤絶〉から照らすことで、ビーコン自体はシンプルにできるし、燃料補給や修理の必要もなくなります」

タマラが自分の計画をその場で具体化していくのを、カルラは喜々として聞いていた。〈物体〉への旅を日常業務とするのに必要な基本設備については、カルラはほとんど考えたことがなかったが、最初から航法士たちと示しあわせていても、カルラの光源に関する提案を、これほど強力なものにはできなかっただろう。

イーヴォが次に、それからアーダが証言した。四人の最優先事項はそれぞれ違っていたけれど、輝素を交換された岩を扱う手段については、だれからも独自の提案はなかった。その手段は光か、そうでなければなにもないかだ。

ジュスタが公聴会は休憩に入ると告げた。カルラは室を歩きまわりながら、落花生を持ってきていれば気が休まっただろうにと思った。光か、なにもないか——だが、旅のあとでカルラが話をした人の大半は、直交物質がどれほど危険なものかが判明したことを説明しただけで、ぞっとして尻ごみした。そして、マッシモの一連の質問にはいらいらさせられたとはいえ、その物質を燃料として利用する試みは、すべてがとてつもない危険をもたらすかもしれないことは否定できない。〈物体〉は手をつけずに宇宙空間に放ったらかしにしておいたほうがいいと思うのは、マッシモとプロスペロだけではなさそうだ。

イーヴォが近寄ってきた。「光源に使う物質をどうやって決めるつもりかな？」イーヴォが尋ねた。「試行錯誤を繰りかえすだけか、それとも吸収スペクトルから候補を絞りこめるのか？」

「原則的には、スペクトルは役立つはずなのですが」カルラは答えた。「正直にいえば、スペクトルの測定結果をもとに、それをエネルギー準位の地図へと変換できたことはありません」

イーヴォは驚いていた。「そんなにむずかしいことなのか？」

カルラは軽くうなった。「複数の輝素を複数のエネルギー準位に分配する方法がどれだけあるか、考えてみてください。唯一明らかなルールは、固体が暗闇の中にあるときは、帯《バンド》中にあるすべての輝素が、その帯のいちばん高い準位にいるだろうということだけです」

イーヴォは考えこんでから、「帯ごとの輝素の数を予想はできないのか？ あるいは谷ごとの数を？」

カルラはいった。「〈ブユ〉であなたがいった、安定性の難問を覚えていますか？」

「なぜ固体は圧力で圧壊しないのか、というやつだな？」

「計算をしてみました」カルラはいった。「その結果、問題は解決しませんでした。ひとつのエネルギーの谷に詰めこむことのできる輝素の数に、なんらかの制限がないといけない理由を、わたしは説明できません。つまり、わたしはここで固体中のエネルギー準位を利用する新しい方法についてべらべらしゃべっていますが……じつのところ宇宙にあるすべての惑星が、砂粒ひとつの大きさになぜ縮んでしまわないのかを説明できないんです」

「ふうむ」イーヴォはあまりうれしそうに聞こえないよう注意しながら、「問題がわたしの妄想でなかったのはうれしいが、どうすれば問題が片づくかがわかれば、ずっと喜べただろうな」

「わたしたちはみんな、なにかを見落としているのだと思います」カルラは率直にいった。「波のモデルが完全なまちがいということはありえませんが、わたしたちが考えることなしに拠り所としているなんらかの前提細目、誤りなのにそう思ってもいないなんらかの前提があるに違いありません――」カルラは空腹で腸が痙攣しはじめ、体の奥で引きつれる筋肉のせいで胸の上を波が渡っていくのが見てとれることに、遅まきながら気づいた。カルラが体の制御を回復するあいだ、イーヴォは礼儀正しく目を逸らしていてくれた。

評議員たちがどやどやと室に戻ってきた。表情からはどんな決定をくだしたかは読みとれない。シルヴァーノはうれしそうではなかったが、それはマッシモとプロスペロも同様だった。

ジュスタが評議会を代表して話した。「わたしたちは証人のみなさん全員に、証言してくださったことを感謝し、みなさんの提案を入念に熟考したことを請けあいます。当評議会は、直交物質の性質と潜在的利用法についての慎重な実験作業プログラムを可能にするテクノロジーを開発すべきである、と判断しました。当面は、そのような実験のすべては、〈物体〉近傍か、それと同じくらい離れた宇宙空間で実施されることを義務づけ、〈孤絶〉への直交物質の搬入は、これを厳密に禁止します。

評議会の知る範囲で、このプログラムを進捗させる唯一の実際的な手段は、カルラの提案したコヒーレントな光源の開発です。よって、当評議会はカルラに、資材と人員の詳細な計画案を提出して承認を受けるよう求めます」

「おめでとう」イーヴォがささやいた。

「本日、持ちこまれたほかの提案は、すべてこの同じテクノロジーにその成否がかかっています」ジュスタが続ける。「それらの提案についてのいっさいの判断は、カルラのチームの努力が成功か失敗かを報告できるようになるまで、延期するものとします」

カルラは忘我状態だった。評議員たちが室を出ていくあいだもふらついていて、アーダとタマラのお祝いの言葉は聞こえてはいたが返事ができなかった。

室の明かりが燃えあがるように明るく輝き、まぶしくて目が痛いほどになった。カルラは目を閉じようとしたが、閉じているのだとしても変わりはなかった。まっ白な世界から、声が呼びかけてくる。「だいじょうぶ？　カルラ？」だれかが肩に手をかけて、やさしく揺すっていた。

光は消えていった。タマラの顔が目の前にあった。

「だいじょうぶ」カルラはなんとか言葉を発した。

「あまりのことにびっくりしちゃっただけ」

29

カルロは赤外線記録機のファインダーをチェックした。被験体は少し中心を外れた位置に動いていたが、視界にはとどまっている。トカゲを警戒させることなく閉じこめていられるのは、アマンダが技を駆使したおかげだ。餌を並べて、細枝で内側を覆った檻の片隅にトカゲを誘いこんでから、事実上唯一の出口に細い枝をさしこむ。殺したての大量のダニを目の前にさしだされ、そそくさと逃げだす望みは絶たれているが、文字どおり罠にかかっているわけではないトカゲは、なにも強要されずとも、そのあとに続く出来事に自然なかたちで反応することになる。

「準備完了？」マカリアが通廊から呼びかけてきた。

「完了」カルロは返事をした。

三本の手で二本のロープを握り、四番目の手で檻をひとつ持ったマカリアが、ゆっくりと部屋に入ってきた。ふつうに臆病なトカゲなら、こんな風にして運ばれているだけで平静でいられないだろうが、マカリアはできるかぎりなめらかに移動していたし、檻の中のトカゲも過去二旬《ステイント》、数日おきにこんな風にして部屋から部屋へ移動させられて、この過程に慣れる時間をあたえられていた。

カルロは記録機をスタートさせた。マカリアが新たな檻を最初の檻から一歩離《ストライド》と離れていないところのガイドロープにクランプでとめるのを待ってから、アマンダが自分の記録機をまっすぐ新来のトカゲにむけて、記録紙を走らせはじめた。トカゲたちのあいだの見通し線をさえぎるものはなかった。被験体がきょろきょろさせる一対のみの目が餌から離れて、遠いいとこをとらえたとはカルロには断言できなかったが、餌に気を取られていようがいまいが、ほかの動物のにおいには気づくはずだ。いずれにしろ、赤外線伝達路だけで用は足りるらしい。マカリアの説によると、トカゲは定期的にかすかな近親集団確認信号を出していて、それは弱すぎるし散発的すぎて記録画像上にはあらわれないが、トカゲがそれを感知すると、信号交換の活性化が引きおこされるという。

ふたつの記録機を六分隔《ラプス》走らせて、スプールの収容限度まで記録紙を感光させる。

「二匹がおたがいに気づいているようには、あまり見えないな」カルロはいった。

「どうなると思っていたんですか？」マカリアが応じた。「この種《しゅ》は、同じ餌屑を取りあうときでもなければ、あまり攻撃性を見せないし、通常のあらゆる意味で潜在的な番《つが》いでもありません」

カルロは自分の記録機のスプールを巻きもどしはじめた。「だが、それは奇妙に思えないか？　顔もあげずに餌を食いながら、子孫の将来に関する注意事項を伝えるというのは？」

アマンダがいった。「母星の人々は、トカゲが感化力をやりとりしていたことに気づいてもいなかったの？」

「それを判断するのはむずかしい」カルロは認めた。「この問題の研究史はあいまいすぎる」

アマンダは自分の記録機のスプールを作業台に取りつけた。「たぶんわたしたち自身がいまもそれをやっているのよ。地理的に隔離されているわけでなくてさえ、〈孤絶〉のだれもがほかの全員と毎日交わっているわけじゃない。初対面の人と出会うことは、いまだにありうる」

「ふうむ」もしカルラが隠遁生活をしている——が尋常でなく評判のいいバラエティショーを見に洞穴から出てくるかなにかした——香草栽培者と偶然出くわしたら、自分の子どもたちはなにか変化するのだろうか、という浮き足立つような考えにカルロはふけった。

カルロの機械の記録紙は、紙の端に規則正しくつけられた時間コード以外、いまのところ白いままだった。記録機を止めるだいぶ前に信号交換が終わっていたか、交換がおこなわれなかったかだ。オリジナルの実験ではふたつの大きな集団を使ったマカリアだが、今回は一匹ずつの組から時系列をとらえようとしていた。一匹ずつにする理由はふたつあって、単純化と、今後の実験の機会を残しておくこと。二匹のトカゲがいちどたがいに姿をさらけ出しあうと、両者間の赤外線交換はしだいに弱まって途絶え、その後は両者の残りの生涯途絶えたままになる可能性が高いと考えられていた。

「おっ、出てきた！」巻きもどしているカルロのテープに印があらわれた。複雑な一連の黒い帯だ。パターン自体は見覚えがない感じだが、各個の黒い部分特有の長さから読みとれる全体的な時間スケールは、カルロが自分自身の体から記録した体内信号のそれと類似していた。

巻き取りを続けていたアマンダも、新しく連れてきたほうのトカゲがテープにつけた印に行きあたった。こちらのトカゲの動きを制限する工夫はあまりしていなかったので、帯はもう一匹のよりもかすかで、パターンが完全に消えている箇所もいくつかあった。

マカリアは気にしていないようだった。興奮してスプールからスプールへむき直り、あふれるような情報量そのものに舞いあがっている。「この通信でトカゲたちはなにをしているんでしょうね？」マカリアがいった。「もしこれがほんとうに形質一式を暗号化したものだとしたら、皮膚で受けとったあらゆる形質をそのまま子孫にあたえているのではないはずです」

アマンダがいった。「たぶん、なんらかの計測がトカゲの体内でおこなわれているのかもしれない。ある形質が、初対面の相手の大多数から送りだされていて、相手が快調そうなら、たぶんその形質は受けいれる価値がある。ほかのトカゲたちがその形質を取りこんでいて、うまく成長しているなら、その先例にならわない手はないでしょう？」

「それは競争相手を全滅させる最高の方法に聞こえるな」カルロはいった。「自分が生きていく上では、自分の体をあるかたちで作りあげておいて、暗号化して送りだすのはまったく別のなにか。いとこたちと団結して全員で同じ嘘を繰りかえし、新来者に健康の秘密を教えているふりをして、じつは相手の子どもたちを害するなにかを広めるわけだ」

「でもそうしたら、その暗号はあまり広まらない」アマンダが反論する。「わたしがいいたいのは、トカゲはこうしたことのどれも、意識的にたくらんではいないということ。競争相手を殺せる暗号は、少しはそれを送りだした動物たちの得になるかもしれないけれど、正真正銘有益な形質の暗号のほうが、結果的にははるかに広い範囲で複製されるでしょう」

「直接遺伝はそうやって、有益な形質を選択していますね」マカリアがいった。「これの場合は、形質が水平方向に広がるという違いはありますが。家系図を無視し、その形質が生まれる以前に分かれた枝を飛びこえる」

「すると、ある感化力は人を病気にすることができるのか、そうではないのか?」とカルロ。「それはじっさいにあることなのか、単なる民間伝承なのか?」しばらく考えこんで、「もしある暗号が、破滅的なものとは限らなくとも、複製を送りだすよう強制するものだったとしたら? それは体が本来すべきほかのことから資源を流用することになる――そして確実にその人を弱らせる――けれど、ほかの人々が受けいれて同じように反応するかたちの複製をひとりひとりが大量にまき散らせば、その暗号は野火のように拡散することになる」

「たぶん両方の種類があるのよ」アマンダが譲歩した。「いい感化力と悪い感化力、伝承がいうようにね」

「悪い感化力は植物の胴枯れ病のようなものだという結論が出るだろうと、ぼくはずっと思っていた」カルロは認めた。「なにか実体のあるものが空気を通じて広まっているのだと。目に見えない光として暗号化されたメッセージではなくて」

「あたしたちはまだ、赤外線信号が病気を伝達できると示すところまでは行っていませんよ」マカリアが指摘する。

アマンダがいった。「じゃあ、病気のハタネズミを見つけて、それが悪い感化力を生みだしているかを、わたしたち自身で確かめないとね」

「ハタネズミ?」カルロは当惑した。「なぜ別の種《しゅ》が出てくるんだ? ハタネズミがこの信号のたぐいを使っているかどうか、まったくわかっていないのに」

「トカゲはほとんど滅多に病気にならないんです」マカリアが説明した。「それとも、なってもあたしたちにはわからないか」

　繁殖センターのサビナは、カルロたちの頼みを喜んで聞いてくれた。「隔離中のハタネズミは五家族いる。好きなのを持っていって」

「三家族借りていい？」アマンダが尋ねた。「二時隔《ベル》で全部返すから」

「返す？」サビナはとまどっていた。「だれもそのハタネズミを別の実験で使う気にはならないわ」

「被験体には手も触れない予定です」マカリアが説明する。「ただ観察するだけで」

　カルロたちはそれぞれに雄一匹と子どもたち四匹が入った檻を三つ、作業場に持ちかえった。カルロはだるそうな動物たちをかわいそうに思ったが、これまでその同類を相手に、病後で休んでいるのを邪魔するのよりずっとひどいことをしてきたのだ。

　三家族すべての記録紙は、白紙のままだった。カルロがお手あげだと思いかけたとき、アマンダがいった。

「この三家族は数日間、いっしょに隔離されていた。もうたがいに感化力をあたえあっている。意味がなくなったのに暗号を送りつづける理由はないんじゃない？」

　カルロはいった。「ぼくたちがいるじゃないか？ぼくたちは感染させる価値がないのか？」

「きっと感化力は、わざわざ種《しゅ》を越えようとしたりしないんですよ」マカリアが推測した。「でなければ、あたしたちが檻を持ちだしたときに、もう試したのかも」

　アマンダがいった。「記録紙を詰めかえておいて。健康なハタネズミをもらってくるから」

　一鳴隔《チャイム》後に囮《おとり》用ハタネズミを持って戻ってきたアマンダは、トカゲ実験でのマカリアの再現に近いかたちで作業場に入ってきた。だが、いま作業場にいるハタネズミたちは別々に育ってきたのではなかった。病気の個体たちが引きはなされるまでは全部がいっしょに育てられていたので、いま交換される信号があれば、その中に知らないどうしであることが原因のものはまったくないはずだ。

カルロが巻きもどしたテープは、黒い帯で覆われていた。カルロは皮膚がゾクゾクするのを感じた。いま自分の目の前に、それがある。感染者から新たな感染者へ、赤外線のかたちで空中を飛びうつることのできる病気。ハタネズミは単に弱っているだけだが、カルロの父を死に至らしめたのがまったく同様のパターンだった可能性はある。

「全部の暗号を無視すればいいのに」カルロは疑問を言葉にした。「なぜぼくたちの体は、自分を害する危険をおかしたりするんだ?」

「きっとそれに値する代償があるからです」マカリアがいった。「有益な形質もまた、流布されているに違いありません。どの形質が有益か有害かは、じっさいに試してみないとわからない、という落とし穴がありますが」

カルロはいった。「そして……ぼくたちが取りこむ形質の中には、次の世代になってから発現するものもある。健康そうに見えるよそ者の集団と出くわして、赤外線で助言を交換し、そのうちのいくつかは有効かどうか試すのを、自分の子どもたちの世代になってからにする。もしみんながみんな正直だったら、みんなが得をする可能性がじゅうぶんにある」

「けれど、そこでシステムが乗っとられたら」マカリアが仮説の話を進める。「だれかが受け取り手に即座に作用する暗号を送りだして、受け取り手に無理やりその暗号の複製を送りださせる。たぶんそれに対する防護手段は作りだせるでしょうが……このプロセスを完全には遮断しないことが、結局は得になることが判明する。あたしたちは乗っとられたシステムを乗っとって、少なくともときどきはそれを役立たせられるようにする」

「そしてそのすべては、偶然に起こる」アマンダが静かにブンブンいった。「悪意によるものでも、慈善行為としてでもない。偶然うまくいっただけ」

カルロはテープをさらに巻きもどしながら、信号交換の開始時点を探した。もし暗号の中から、受け取り手に信号の内容すべてを試す価値があると認めさせる役割の部分を特定できれば、その部分を切りだして、子どもをふたりだけ生むようにという体に対する指示に継ぎたす……それでうまくいくだろうか？　そんな感化力はこれまで報告されたことがないが、だがしかし、そんな信号が生じるとしても、それが継続的に存在すると考える理由はない。自然の中に見つかるものは、生物学的に可能な事柄のごく小さな部分集合にすぎないのだ。

テープの最初まで巻きもどしてから、別になんでもなく見える縞を丹念に調べていく。『このあとの内容をすべて実行せよ』――その程度の単純なものなのだろうか？　この特定の指示を無視することを学んだハタネズミもいるのは確かだろうが、いいなりになった個体にとっては、たぶんその指示に抵抗することは、それ自身の肉の中を伝わるパターンに抵抗するくらいに困難だろう。

カルロはいった。「ハタネズミにおけるこのプロセスの研究を続ける必要はあるが、生物学的にはトカゲ同様にぼくたちから遠すぎる。ハタネズミは、生殖周期の短さが要求される場合には使わざるをえないが、体が小さすぎて体内信号は今後もつねに検出困難だろう」

アマンダがいった。「トカゲだってせいぜいで少し大きい程度だし、わたしたちとの共通点はなおさら少ないわ」

「そうだ」カルロはアマンダが運んできたハタネズミをちらりと見た。押しつけられた指示に体が従って、すでにおとなしくなっているように見える。「サイズを大きくして、系統樹的にもぼくたちにもっと近づける必要がある。樹精をつかまえにいく必要があるということだ」

30

「鏡のボールです」タマラはマルツィオにいいながら、丸めて持ってきた計画書を彼のデスクに広げた。「球を作って、小さい平らな鏡で覆う。それで完成。交換が必要になる燃料もなければ、可動部分もないし、調整や適応を要する部分もない。必要なのは、現在のビーコンがまだ見えているうちに、そのボールを必要なだけたくさん、定位置に配置することで、格子全体の組み立ては〈ブユ〉さえあればできます」

マルツィオはスケッチを一瞥した。「宇宙空間では鏡の曇化が早くなることは、忘れていないだろうね？」

「忘れていません」アーダが答えた。「でも、ボールを宇宙空間に置いたあとは、照らすのはごくわずかな時間だけです。使用時には周期的に発光させるだけ――現在の太陽石ビーコンの発火時間よりは長いので、見逃すおそれは小さくなりますが、パルス状なので鏡の総露光時間は少なくなります。さらに、だれも飛行していないときには、そもそも光線をまったく当てません」

「そればかりでなく」タマラがつけ加える。「もしカルラが周波数を選択できるようにしてくれれば、スペクトルの青いほうの端の光を選ぶことができます。それで曇化率をさらに減らせるでしょう。漂う速度をじゅうぶん低くできれば、鏡ボールは何世代《ジェネレーション》ものあいだ使うことができます」

「ふうむ」マルツィオはまだ乗り気には見えなかった。この新しい設計が単純すぎて侮辱のように思えるのだろうか、とタマラは疑った。現在のビーコンは精密工学の偉業だが、いまタマラがマルツィオに依頼しているのは、一グロスのそっくりな球に反射物のかけらを貼りつける作業を指揮することなのだ。

「最大の難題は、光線を標的に合わせつづけることです」タマラはあらためてマルツィオに指摘した。新しいビーコンそのものはおもちゃのように見えても、それを照らすのに必要な機械装置のほうには、機器製造の名人の技能が欠かせないことに変わりはない。「ただ、光源の試作品ができないことには、その方面ではなにも進展しませんが」

「そうだな」マルツィオは計画書をなでて、タマラが描いた球の切開図の中心部を指さした。「この部分の材料の選択が肝心だ、空気冷却なしで何世代《ジェネレーション》も鏡を保たせたいなら」

「はい」可動部分はないものの、新しいビーコンは純粋な光学効果によって徐々に熱エネルギーを得てしまう。だが、反応性冷却システムのような装置を加えていたずらに複雑さを増すよりも、温度上昇を緩慢にするに足る熱容量を球に持たせたほうが望ましい。

マルツィオがいった。「この件はわたしにまかせてくれ、考えてみる」

観測所へ戻る途中、アーダがタマラのほうをむいていった。「時間があったら、寄り道していきましょうよ。あなたに会わせたい人がいるんです」

タマラはその言葉の意味をすぐに察した。「前もっていっておいてくれればよかったのに」と不服をいう。「そして、行かない理由を考えだす時間をあなたにあたえろと?」アーダがからかうようにいった。「わたしの父から、相手を探そうかといわれたときには、拒否しなかったでしょ。これが意外だとはいわせない」

「ピオに対しては、失礼のないようにしただけよ」タマラはいった。「ほんとうにだれかを探す気だなんて思わなかったから」

「あなたのお父さんはタマロに代理双を見つけて、ふたりとも監獄で暮らしている」

「タマロは配給権を持っているわ」

「そしてリヴィオも、自分と死んだ双の配給権を持っている」アーダがいった。「男やもめがみんな望みを捨てて、配給権を売りに出すわけじゃない」

「そうね——賢い男やもめはふたり分の配給権を売らずにいて、同じように配給権を持ったままの未亡人を見つけ、子どもたちが生まれたら余分なほうを売る」

アーダはすでに先に立って脇通廊を進んでいた。断って立ち去るのは、どんどん無理そうになっていた。

「そのリヴィオという人の仕事は?」

「石工職人。建築と修繕。じつをいうと、〈ブユ〉のエアロックを作った作業員のひとりだった」アーダはためらってから、冗談めかしていい足した。「だから、これまで縁が全然なかった人じゃない。もうそういうところでつながっているんだから」

タマラは返事をしなかった。タマロとは生まれたときから隣りあって育ってきて、最後までいっしょにいるものと思っていた。どんなに都合のいい取り決めを代理双としても、その代替にはならない。タマロの裏切りが、ふたりの絆の本質についてタマラがずっと自分をごまかしていたことの証明なのかどうかはともかく、タマラがだれに対してもあれほどの親しみを感じることは、もう二度とないだろう。

アーダに導かれていった石工の作業場は、重力が塵を舞いっぱなしにさせないくらいに〈孤絶〉の軸から離れていた。代理双を求めてきた相手がふたりきりで会おうとは考えていないのがわかって、タマラは安心した。作業場では半ダースの人々が忙しく働いていて、安定石ブロックの形を整えたり磨いたりしていた。

アーダが石工のひとりに近寄っていった。背の低い、頑強そうな男だ。男は砥石車を止めて、安全バイザーを外した。

「タマラ、リヴィオ」アーダの紹介は少なくとも控え目ではあった。

「お会いできてうれしい」リヴィオがいった。

「わたしもです」タマラはもごもごといった。前もって聞かされていれば、適切な話題を考えておく時間があったかもしれないが、最小限すぎるアーダの紹介に続けて、この男になにを訊けというのか？　双の死について？

リヴィオがいった。「〈ブユ〉で宇宙空間に出たら、それはもうわくわくするんでしょうね」相手の興奮ぶりは本物のようで、もっと忌まわしい出来事への同情の言葉から話がはじまったのではないことを、タマラはありがたく思った。

「ほんとうにすばらしいですよ」タマラはいった。

「生涯最高の体験でした」タマラはアーダにちらりと目をやり、同一の体験をしたこの副航法士がここで話に入ってきて旅の逸話のひとつも披露して、荷を軽くしてくれないかと願った。「またすぐに、何度か新たな飛行ができればと希望しています——でも、わたしたちが〈物体〉に起こした最初の大爆発に匹敵するようなものを、この先また見られるかどうかはわかりません。衝突地点から大量の燃える煙が広がって、〈物体〉の裏側からも見えたほどでした」

「〈孤絶〉の斜面でちょっとだけ仕事をしたことがあります」リヴィオがいった。「星々を見おろすだけでも、美しかった。でも、わたしは自分の子どもたちに、宇宙空間を渡るチャンスを手にしてほしい。わたしたちはいつまでもこの岩に閉じこめられたままではいられない」

「ええ」タマラを安心させるためだけにこの男がこんな思いをでっちあげている、とは考えたくなかった。

「わたしが最初に〈物体〉を目にすることになったのは、ただのまぐれでです」タマラは正直な気持ちをいった。「わたしが〈ブユ〉に乗ることになったのは、それが唯一の理由でした。でも、いまわたしは、〈孤絶〉からの旅をできるかぎり容易にしようとしているところです。たぶん次世代には、それは抽選で当てるものではなく、単なる生得権になる。だれもが少なくともいちどは宇宙旅行をできるようになるんです」

リヴィオが歓声をあげて支持した。「すばらしい考えだ」

タマラはいった。「そろそろお仕事に戻らないといけませんよね」

「そうですね」リヴィオはためらってから、「またお会いできますか？　いっしょに食事でも？」

リヴィオが時間のことをいわなかったのは、タマラには自分なりの決まった食事時間があるとわかっていたからだ。「明日の第六時鐘《ベル》のころはどうですか？」

タマラは申しでた。

「かまいません。ここと山頂の途中にある食堂はご存じですか——？」

「はい」

「そこで待ち合わせを？」

「そうしましょう」

「ではまたそのときに」リヴィオがいって、感謝のしるしにアーダにうなずいてから、自分の作業台に戻っていった。

観測所までの道の大部分をタマラは黙っていた。リヴィオは魅力的で、洗練されて知識もある人に思えた。自分の子どもたちを宇宙空間の彼方へ送りだし、星々の光をいっぱいに浴びさせるだろう。たとえさっきのが全部演技だったとしても、タマラには家族に対する義務があるというタマロの果てしない説教よりは、ずっと惹きつけられる見世物だった。

けれど、その先になにが自分を待っているかを考えると、タマラは閉所恐怖がこみあげてくるのを感じずにはいられなかった。リヴィオの長所に見えたものがほんとうに嘘偽りなかったとしても、ふたりが代理双の関係を結ぶことの究極の目的は、変わりがない。いつか、ふたりはタマラの人生を終わらせるためにひとつになる。あの魅力的な男は、決してタマラに強制はしないかもしれない——それでもタマラはやはり、自分の代理双が歳を取りすぎて子どもたちを育てられなくなる前に、あるいは彼女自身の借り物の肉になにかほかの結末がふりかかる前に、自ら選択をおこなうよう期待されることになるだろう。

31

カルラは机から顔をあげて、ロープ伝いに作業場を横切って近づいてくるロモロを見た。太陽石ランプから漏れた光の矢が、その明るさでくっきりとした輪郭を漂う塵の中に浮かびあがらせて、ロモロの通り道とあちこちで交差し、ロモロの皮膚に当たってまばゆい光の斑点を輝かせている。カルラは、評議会後の症状が再発する予兆かもしれない視界の欠損のような警告のしるしにつねに注意しているようにといわれていたが、そんなものがわかるはずがない。この光の迷路で作業をしているだれもが、毎日一ダース回は瞬間的に目をくらませられている。

「ぼくはなにかを発見したんじゃないかと思います」

ロモロが慎重にそういうと、自分の分光器の記録テープをカルラにさしだした。

遠紫外線の領域で、一本の黒い線が背景に対して際立っている。一瞬カルラは、パニックを起こしかけた。もしこれが消滅する輝素の痕跡だとしたら、なんであれその背後にはカルラたち全員を殺すことのできるものがある。だが、目盛線に対する黒い線の位置からすると、その波長はイーヴォが〈ブユ〉で記録した紫外光よりさらに短い——それにロモロが休止状態にある負の輝素をひと山、透明石の塊から振りだしたと考えるのは、どんな周波数についても非現実的だろう。鋭くて単色の紫外光は、物質の崩壊に由来するとは限らない。それが必要とするのは、間隔の近いふたつのエネルギー準位のあいだの誘導放射だ。

カルラは自分のハーネスを外して、ガイドロープ伝いに戻っていくロモロについていった。作業場全体で、五人のほかの生徒が各自のサンプルに取りくんでいる。

〈孤絶〉の倉庫の備蓄品をそろえた先祖たちは、品ぞろえが網羅的になるよう力を注いでいて、色つき透明石は三グロス以上の種類がそろっていた。顕微鏡で見ると、そのうち約半分は斑《ふ》入りで、裸眼で見える色合いは各種包有物の色が混ざったものにすぎないことが判明したが、残りは明らかに純粋な標本で、カルラたちがおこなっているテストを終えるにはまだ何年もかかるだろう。

ロモロがいまコヒーレントな光源の候補として実験しているのは、カルラの親指大の暗緑色の円柱で、両端が平らで平行になるよう注意深く磨かれて、一枚の完全な鏡と、部分的に透明になるくらい薄い鏡のあいだに固定されていた。この調査をいっそう手のかかるものにしているのは、透明石のサンプルそれぞれを、一ダースの違う組み合わせの鏡で試す必要があることだった。最低品質の鏡石は、反射した光の色合いにわずかな、しかし測定可能な変化を生じさせるが、それと同じ影響は、たとえ測定不能なほど小さい場合でも、コヒーレントな光源を台無しにしてしまう可能性がある。いまのところ唯一の解決策は、純粋に数の力に頼って、最高品質の鏡をランダムに組みあわせていった中から、装置を機能させるに足る良質なものが二、三出てくるのを期待することだけだった。

カルラを呼びに来る前にロモロは太陽石ランプを消していたが、カルラに急かされて再点火すると、すばやく覆いを引っぱって装置のまわりを囲い、ランプの明かりの大部分が透明石の側面に当たるようにした。もしほんとうに、ぴったり正しいパターンのエネルギー準位を持つ物質に行きあたったのだとしたら、この光は輝素を最高準位にある自然状態から汲みだして、別の準位におろし、そこから三つの別々のジャンプを経て出発点へ戻し、循環プロセスを完成させるだろう。

円柱の一端から、拡散した薄緑色の円が分光器の入射口のスクリーンに落ちていた。裸眼ではどう見ても、完全に整列したコヒーレント光線の徴候はここにはなかった。「もっと長い波長ならいいのに」ロモロが泣き言をいった。

「もう！　贅沢なことをいわないで」不可視光の光源は航法士には別にうれしくないだろうが、カルラはその基礎をなす理論の正当性をどんなかたちでも受けいれるつもりがあった。「スペクトルは強い単色の信号を示している」カルラはいった。「太陽石の光の中の、周波数が同じ紫外光よりも強い。だから最低限、あなたはなんらかのかたちでエネルギーをその線に移したことになる。次にチェックする必要があるのは、コヒーレント光かどうかよ」

カルラは作業台上面の下にある戸棚に手を伸ばして、適切な二重スリット入りスクリーンを見つけた。即座に結果を見られないのは厄介だが、カルラはスリット入りスクリーンと紫外光感光カメラを光線の通り道に据えつけた。

カメラの画像は、どんな単色光源からも――ランプが放つ混沌とした混合物から濾光された単一の色合いであっても――予期されるとおり、干渉縞の鮮明なパターンを示していた。波がふたつのスリットのどちらを通るかで生じる移動時間のわずかな差が、それぞれの波列の継続時間を上まわらないかぎり、ふたつのスリットを通った光はこのように干渉する。

「さて、ここから結論を出すにはどうする？」カルラはロモロが答えるのを待った。いま生徒たちがそれに従って実験している計画案《プロトコル》に、カルラは考えうるあらゆる確認手順を細かく書きしるしてはいなかったが、ロモロがなにかを考えつけることを、カルラは確信していた。

「光の通り道の片方を遅らせます」ロモロが考えを述べた。

「そのとおり！」

ロモロが戸棚から、表面が光学平面になるまで磨かれた小さな長方形の透明石板を取りだすと、それがスリットの一方だけを覆うようにしてスクリーンの前に据えた。この装置設定でも、光のふたつの通り道の幾何学はほとんど同じだが、透明石を通るほうには余分な移動時間がかかり、それはどんな通常光源からの干渉パターンを壊すのにもじゅうぶん以上なはずだ。

ロモロがカメラに記録紙を詰めて、露光させた。そのあとロモロが記録紙を回収し、それを見たカルラは興奮で皮膚がチクチクした。干渉パターンは中心から外れてはいたが、縞は以前とほとんど同じくらいくっきりしていた。波の振動は頂と谷の規則的な連なりをなぞっていて、それが長いこと持続しているために、光を遅延させてもパターンを生みだしている位相のなめらかな変化を引っかきまわすことは不可能だったのだ。

「コヒーレント光ね」カルラはいった。「不可視であろうがなかろうが、原理は同じ。おめでとう！」

ロモロは自分がなし遂げたことをどう扱えばいいのか、よくわかっていないようだった。カルラはいった。「全歴史を通じて、こんな光を目にした人は、かつてひとりとしていなかったのよ」

ロモロはかろうじて謙遜気味の歓声を発した。「でも、ぼくは孫たちに、燃料問題を解決するのを手伝ったんだと話して聞かせられるようになるでしょうか？」

「たぶんね。あとは、ここからどういう結果が導かれるかしだい」

カルラはチームの全員を集めて、光線の視準をチェックする次のテストを見せた。ほんとうに平行な光線はありえないが、緑色の円柱の端からあらわれる紫外光の画像が示す円は、作業場を端から端まで横切っても、大きさに検出可能な変化はなかった。

「この光線の波面速度はきっと微々たるものなんですよ！」パトリジアが熱中していった。「谷に輝素を閉じこめたら、それが準位をジャンプするのを見る時間さえあるかも」

カルラはいった。「先走らないで。この光線にとらえられたものは、ひとつの方向でのみ閉じこめられている。それでは輝素波に離散的なエネルギーを取らせるようにするには、じゅうぶんではない」

パトリジアは気後れしたようすだ。ロモロがいった。「光線を三つ使えませんか、次元三つ分で？」手ぶりで三つの直交する平面を描いてみせる。「三つの波を結合したら、輝素を全方位から取り囲めます」

「たぶんね」カルラは同意した。もし三つの光線すべての波列がじゅうぶん長ければ、それらがいっしょになって形作るパターンは意味のある長さの時間、持続可能だろう。そしてパトリジアがいったように、波面自体は相対的にゆっくり動く。このなんとも奇妙な丘と谷の列——固体のエネルギー地形と似ているが、虚空に軽やかに浮かんでいる——は、それを作りだした光線を通りぬけて後ろに漂っていき、光線がそこに積むことのできた荷物ならなんでも運んでいくだろう。

カルラはロモロに、同じ透明石板を使って作業場にあるすべての鏡をテストする作業に取りかからせた。鏡をかえても装置がまだ作用するかどうかを調べれば、目的にかなう鏡がどれかが最終的に明らかになるだろう——そうすればロモロの同僚たちは、数年分の無駄な努力をしなくてすむ。

その日の終わりに、カルラはパトリジアとロモロを脇に呼んだ。「光線を閉じこめるのは、試す価値のあるアイデアだと思う」カルラはいった。「谷の大多数が最大でもひとつの輝素しか含まないように諸条件を設定できれば、それが研究対象として実現可能でもっとも単純な系になるでしょう——もしかすると、とても単純なので、そのスペクトルとエネルギー準位の直接の関連を図示することさえできるかもしれない」

ロモロは萎縮しているようだ。「そもそも、輝素がどんなエネルギー状態にあるかが、どうやったらわかるんですか？　制御方法の見当もつきません」

「制御できるとはわたしも思わない」カルラは同意した。

パトリジアがいった。「仮に一方の端から輝素を供給したら——単にあらゆる谷にばらまくのではなくて、です。そうすれば、開始地点からの距離が異なるさまざまな場所で光のサンプルが得られます。そこから、輝素が谷に落とされてからのさまざまな時間でなにが起きるかがわかる。あらゆる遷移は異なる速度で起きるだろうから、少なくともそれはいろんな現象をバラバラに拡げて、なにが起きているかを解きあかすのを容易にするはずです」

三人は協力して、必要となる装置の基本設計をスケッチした。新しいプロジェクトはかんたんには行かないだろうが、まわり道が無駄ではなかったとわかることをカルラは期待していた。幸運がだれも見ることのできないコヒーレント光の光源をもたらしてくれたが、それを梃子《てこ》にして、あらゆる固体のふるまいを規定しているルールをより深く理解できたなら、探究の残りをはるかに系統立てておこなえるようになるだろう。

32

　カルロは林冠をじっと見おろした。下方の巨大な紫色の花から発した光が、土埃や、浮遊する花びらや、長虫の死骸からなる薄闇をかろうじて突きぬけている。

「あわてないで！」アマンダが下から声をかけてきた。「居場所がわかったら、すぐにロープを投げるから」

「ぼくが見えないのか？　こっちからは見えているぞ！」ふたりとも同じゴミを透かして見ている――だが、色とりどりの光を放つ林冠を背にして静止しているアマンダの姿をカルロがとらえるのは容易だとしても、アマンダから見れば、カルロは天井にむらなく生えている赤い苔に後方から照らされて、形の定まらないゴミ溜めの中を漂っているようなものだ。そよ風になぶられて、周囲に浮かぶゴミが揺らいだ。小さな突風が吹くたびに、花びらがふりそそぎ、長虫の死骸さえ揺れずにはすまなかった。仮にアマンダがちらっとカルロの姿をとらえてすぐに目を逸らしたら、視線を戻そうにも手掛かりはないだろう。

「ああ、やっと見えたわ！」アマンダが答えた。「準備して」

　カルロの目に映ったのは、ロープの端を林冠から投げあげるアマンダの姿だった。投擲《とうてき》自体も巧みだし、ロープのほどきかたもうまかったので、鉤はほぼ一直線の軌跡を描いてのぼってきた。望みをかけて腕を伸ばすが、ロープは指先半歩離《ストライド》のところを通りすぎ、カルロを追いこして伸びていく。次の瞬間、ロープが伸びきり、カルロはそちらにむかって身構えた。鉤が反動で戻るとき、またこちらへ来るという見こみに賭けたのだが、かわりに鉤は横へさっと動いてロープがくしゃくしゃに折れ曲がり、投げたアマンダのほうへ戻っていった。

「ごめんなさい！」

「あと少しだった」励ますように叫びかえしたものの、その間もカルロは上昇していた。おそらく、あと一回しか試せないだろう。宇宙空間に消えた火災監視員のように、永久にここで立ち往生というわけではない。だが、アマンダが救助チームを連れて戻ってくるハメになったら、何年も屈辱に甘んじることになる。〈孤絶〉に乗っている成人なら——年から年じゅう、重力下で暮らすことに慣れている、人嫌いの農民を除けば——ガイドロープや頑丈な壁から跳躍する際に判断を誤りはしない。だが、カルロが森に入るのは子どものころ以来だったし、ほっそりした木の枝が複雑に跳ねかえる動きを感知する本能をかつては備えていたとしても、いまではなくしていた。

「おい！　樹精が見えるぞ！」その言葉を発したとたん、カルロは後悔した。いまはアマンダの気を散らしているときではない。だが、この獲物は気が狂いそうなほど間近にいた。その雌がしがみついている枝は、カルロがうっかり森の上へ飛びだす前につかんでいたのと同じ枝だ。大きさはカルロとほぼ同じで、きゃしゃな体つきだが、その体格が威嚇的でないとしても、行動は面食らわされるものだった。トカゲとハタネズミはたいていカルロを透かして先を見るような目つきをするのだが、この動物は食いいるように彼を見あげているのだ。しかも、ゴミに囲まれた中からでも難なく見つけだせるらしい。

「その話はあとで」アマンダが賢明に答えた。彼女はロープを手もとに集めなおしており、今度は幸いにも、森のゴミを透かして、おたがいの姿がはっきりと見えた。アマンダは直接カルロめがけて鉤を投げた。

鉤がのぼってくるうちに、カルロは横へ移動したが、ロープに手が届かなくなるほど遠くまでは行かなかった。ロープが伸びきる前につかむと、力がぐっと伝わるのを不安な思いで待つ。反対側の端がアマンダの手から飛びだしはしないか——あるいは、もっと悪いことに、それを押さえこもうとしてアマンダも枝から引きはがされはしないか、と心配したのだ。しかし、アマンダはロープと木の両方をしっかりと握っていた。

カルロは危険を承知で拍手喝采した。樹精は相変わらずこちらを見つめている。いまの有利な位置から矢を撃ちこもうとするのは、やる価値のあることだろうか、とカルロは思った。空中のガラクタが邪魔になるだろうが、林冠の迷路の中で撃てば、視界はもっと悪くなる。ベルトにつけた手製の小袋に手をさしいれ、パチンコを取りだす。だが、矢を手探りすると、かわりに布地の破れ目が見つかった。小さな品がひとつだけ残っていた。矢の一本から外れたキャップだ。自分を麻痺させずにすんだのは不幸中の幸いだった。

アマンダがカルロの握っているパチンコに目をとめ、「そんなものはしまって！」と叫んだ。「明日、専門家を連れて戻ってくればいい」

カルロの自尊心は傷ついたが、矢を残しているのはアマンダただひとり。「きみのいうとおりだ」カルロは答えた。林冠にむかって、ロープ伝いにおりていく。樹精を探してあたりを見まわしたが、その雌は森の奥へ姿を消していた。

ルシアの作業場はトカゲだらけだろう、とカルロは予想していたが、彼女のつかまえた動物は一匹残らず繁殖センターへ直行するらしい。壁には植物の絵と並んで、生き物のスケッチが何ダースも貼ってあった。いずれも綿密に観察され、巧みに描かれている。

ルシアの家族は三世代にわたり、生物学者のために森から動物を調達してきた。前回、樹精の調達を頼まれたとき、ルシアは幼い少女だったが、父親に同行をせがみ、一部始終を見学していた。「樹精を追いかけようとしても意味がないわ」とルシアが説明する。

「そうやって何日も遊ばれるだけで、連中は決してつかまらない。こっちにできるのは、いい場所を選んで待ち伏せすることだけ」

どうして待ち伏せがうまくいくのか、カルロには呑みこめなかった。「連中が追っ手の前に居つづけるほど頭が働くなら、静止している脅威を避けるくらいの頭もあるってことじゃないのか？」

「連中は近づいてこない」ルシアが答えた。「でも、必要以上に遠く離れてもいない。網の罠には近づかない——たとえ仕掛けるところを見なくても、においでわかるのよ。でも、矢は理解の埒外《らちがい》にある。打ち上げから二度使われただけだし、樹精はそういう知識を子どもに伝えられない」

アマンダがいった。「できれば生殖用の番いがほしい。双のペアを見分けられると思う？」

「外見だけでは無理ね」とルシア。「でも、運がよければ、行動でわかるでしょう」


翌日、三人は森の中で落ちあった。下生えに少し分けいったあと、ルシアが生物学者たちに待つようにいい残して、木立の奥へよじのぼっていった。

カルロは、前回の侵入の際、木の幹のあいだに張りわたしておいたガイドロープの一本にしがみついた。

「ここの種《しゅ》がこれほど長生きで幸いだったよ」と網《ネット》を被せた土壌に入りこみ、その下の岩に足がかりを築いている木の根のほうを身振りで示し、「重力がなければ、こういうことは二度と起きない。種苗はここでは根づかないだろう。それに自分の農場をあきらめて、辺縁で新しい森が育つようにする人もいない」

「エンジン給剤機室の空間が空くようになるとは思わないの？」アマンダが尋ねる。

「ぼくたちが生きているうちは無理だ」

アマンダはとまどい顔で周囲を見まわした。「トカゲはすっかり消えたわけじゃないのね」

「ああ」前日カルロは二、三匹見かけていた。

「もしトカゲが全滅していないのなら」とアマンダが推論した。「樹精が飢えているはずがない。でも、頭数の調査を見れば、樹精の大半が二児出産に切りかえたのは一目瞭然だわ」

樹精の出産をじっさいに観察しようという忍耐心の持ち主はこれまでいなかったが、カルロもその数字は見たことがあり、それらは説得力があった。「もしかすると、樹精の場合、閾値が違うのかもしれない」といってみる。「ぼくたちほどに飢えなくてもいいだけかもしれない」

「もしかするとね」アマンダは納得しなかった。「それとも、雄も雌と同じくらい必死に栄養を摂ろうとしている事実が原因かもしれない」

カルロは蔑むようにブンブン音を立てた。「生物学者に生命の事実を明かしたくはないが、すべての肉のもとになるのは雌の体だ」風変わりな民話が伝わっているにもかかわらず、先祖たちがすでに、雄の体重を生殖の前後に計り、胞胚形成に目立った寄与をしていないと立証していた。

アマンダは嘲りを無視して、「生殖は情報の交換よ。確かに雌は、子孫を作る際に処分できる肉体的資源を備えているけれど、利用できる事実を片っぱしから使ってもいいじゃない？ 雄の栄養状態は、雌自身の体重と同じくらい確実に、食物供給が乏しいことを物語るんじゃないの？」

ルシアの声が上からふってきた。「絶好の場所を見つけたわ！ あがってきて！」

ルシアのもとへたどり着くと、彼女の探していたものがカルロにもわかった。そこはまだ林冠より下だったが、幅が六通離《ストレッチ》ほどのひらけた空間に枝が突きだしている。もし樹精が好奇心旺盛なら、その樹間を隔てて侵入者を安全に観察できると感じない理由はない。カルロのパチンコの腕前では、それだけ距離があると大した脅威にはならないだろう。しかし、ルシアは圧縮空気を動力とする矢を撃つ銃《ダートガン》を持参していた。林冠を抜けて進む長い追跡に、そういうかさばる機械を持っていこうとしたら愚の骨頂だが、固定した武器としては、それほど非実用的なわけではない。

「わたしたちが避けるべき行動はある？」とアマンダが尋ねた。ルシアはふたりを黙らせておこうとはしなかった。一行がここにいるのは、気づかれて、数頭の見物客をおびき寄せるためなのだ。

「火はつけないで」ルシアは答えた。ともあれ、ランプは持ってきていない。「それに好戦的に見えることはしないで」

「叩きあってはいけないってこと？」

「できればやめて。連中を怯えさせる危険がある」

三人は機材を固定し、ハーネスを頑丈な枝に結びつけ、長い待機に備えて腰を落ちつけた。

「捕獲してから樹精の頭数を増やせると思っているの？」ルシアがカルロに訊いた。

「どこまでやれるか調べたい」カルロは答えた。「一回の分裂からでもデータが取れれば、ぼくは満足だ」分裂進行中の内部信号を記録するという計画を説明する。

「その究極の目標は、二児出産を随意で可能なものにすること？」ルシアはカルロの仕事にまつわる噂を耳にしたことがあるに違いない——おそらくは、彼の手に関する物語のおまけとして。

「それがぼくの望みだ」カルロは認めた。

「うまくいくといいわね」ルシアは見こみ薄だといいたげな声だったが、反対はしなかった。「そうなれば、たいていの人にとって生きるのが楽になる。でも、わたしは双が死んだときに配給権を売ったから、どっちにしろ男と同じ生きかたをすることになるけれど」

「代理双を探したことはないの？」アマンダが尋ねた。出産よりも死を選ぶ女がいるという考えに動揺しているようだ。

「ルシオのかわりはほしくなかった。正しくないように感じられた」ルシアはブンブン音を立て、自分の体を身振りで示した。「おまけに、埋め合わせがある。わたしが土に還るなら、少なくとも必死で節食しなくてすむ」

カルロは目を逸らした。自分の将来を確実に計画できる女はいない。だが、もしホリンが効かなかったら、ルシアの子どもたちはひとり残らず殺されるはずなのだから、節食に苦しむ意味はない。二児出産が普及すれば、配給権の市場は不要となり、孤児を間引く必要もなくなるだろう。

カルロは腸がぎゅっと引きしまるのを感じた。もしこの件に関する努力が——小麦の研究と同じように——無に帰したら、自分は後継者の研究意欲を刺激したことになるのだろうか、それとも、次世代に属すだれもが怖れをなしてこの分野に近づかないようにしたことになるのだろうか？　プロジェクト全体が、カルラの役に立つには遅すぎたのかもしれないが、自分の娘が同じ悪循環にとらわれるという見通しには耐えられない。

ルシアがカルロの表情を誤解した。「心配しないで、まだ早いわ。最初のうちは連中も警戒するはずよ。でも、すぐにじろじろ見に来るわ」

カルロは時計を持ってこなかったが、森の花は、いまだに母星のリズムをとどめている変則的なシフトで輝いた。いつ休めばいいか教えてくれる太陽光がないので、植物は一種のだましあいをするようになっていた。植物の半分が光を放ちはじめると、もう半分がそれを夜明けであるかのように扱い、六時隔《ベル》後に役割を交換するのだ。

陽が射さないので、山に連れてこられた動物たちの第一世代は混乱をきわめたに違いない。そして現在の子孫も、この紫色に染まった果てしない夜に、まだすっかりなじんではいないのではないか、とカルロはにらんでいた。自分の眠る番が来ても、かんたんには眠れなかった。森の空気はじゅうぶんに涼しく、砂の寝床に何夜か入らなくても無事でいられる。そしていったん目を閉じれば、ハーネスを締めて無重力状態でいるのと、ほかのどこかで無重力状態でいるのとは大差なかった。しかし、ふたりの仲間が見張りについていても、無防備な感じは否めなかった。民話に出てくる樹精が眠らないのも無理はない。林冠でくつろいでまどろむ、人とよく似た生き物よりは、一生眠らないでいることのほうが、まだしも想像しやすいのだ。

森での二日目も半ばをすぎたころ、樹間を隔ててこちらを見張っている樹精をルシアが見つけた。携帯望遠鏡をルシアから渡されて、カルロももっとよく見ることができた。あざやかに輝く黄色い花が群れている前で、雄が体を伸ばし、突きだした二本の枝を四本の手肢全部で握っている。カルロは生身の樹精をこれほどはっきり見たことがなかった。比較解剖学の授業で学んだスケッチは、すべて母星由来の古い書物にあったもので、この地の個体群になんらかの変化が生じるより前に描かれていた――そしていま、なにより印象に残ったのは、その生き物が下のほうの肢に形成している手と、〈孤絶〉の人々自身が無重力状態で作る手とが、薄気味悪いほど似ていることだった。

「いまなら撃てるわ」ルシアがいった。「でも、ほかに見張りがいれば、あの雄の双を捕獲するチャンスは、おそらく失われる」

アマンダがいった。「雄一頭では役に立たない。樹精一頭で妥協するハメになるなら、雌のほうがマシ。でも、生殖用の番いが捕獲できるなら、喜んで待つわ」

雄は一本の手を離し、目からダニを弾きとばした。

林冠の上を漂っているカルロを見物していた雌と同様に、興奮したり怖がったりはしておらず、好奇心に駆られているだけのようだ。

「樹精の双はどれくらいの時間をいっしょにすごすのがふつうなんだ？」カルロがルシアに訊いた。

「わたしの見たところだと、たいてい別々に食べ物を探すけれど、落ちあって食べ物を分けあうわね」

「じゃあ、この雄の双がどこか別の場所で食べ物を探していたら、その雌を見分ける方法はないってことか？」

「いっしょにいるところを見ないうちに、あの雄をつかまえたら、ない」ルシアが答えた。

カルロは携帯望遠鏡を返した。じれったくて、低いうなりを漏らさずにはいられない。繁殖センターからハタネズミでいっぱいの檻をひょいと持ってくることに慣れていたからだ。すべての双が、組み合わせ用の番号札をつけた状態で。

「これがむずかしすぎるとわかったら」アマンダがいった。「別の選択肢がひとつある」

「ほんとうに？」カルロは注意力のすべてをアマンダにむけた。

「ほかの動物は、どれも小さすぎて光探針《プローブ》に耐えられない」アマンダがいった。「でも、行為中に記録を取らせてくれる志願者なら、いつだって募れるわ」

三人は交替で携帯望遠鏡を覗き、こちらを見に来る樹精をくわしく観察した。最初の雄が退屈して姿を消すところを、カルロは目にしたが、一時隔《ベル》ほどのちに、第二の雄があとを引きついだ。アマンダは、最初の雄が雌を伴って、短いあいだ戻ってきたと報告したが、二頭が双であると証明する行動はなにひとつ見なかった。ルシアはまったくなにも見なかったが、姿を見せる時間だけからでもひとつの解釈が導きだせた。樹精たちは、侵入者がいるからといって眠らないわけではない。

「とにかく、どの花の周期を連中が夜のかわりにしているか、これで推測がつくわ」自分も休む準備をしながら、ルシアが大儀そうにいった。

「もう少し先見の明があったら、こういう事態に備えていたでしょうね」とアマンダ。「森にフルタイムの観察者を置くべきだったのよ、樹精の社会を裏も表も知りつくした人たちを」

「あと知恵でいうのはかんたんだが」とカルロがいい返した。「歴史を書きかえるなら、つかまえた樹精を生殖させる計画を起点にしたいね」

「母星ではいちどもうまくいかなかった」

「だからこその〈孤絶〉じゃないのか、母星ではむずかしすぎることをするための？」

次の二日間、同じ四頭の樹精が去来した。二頭の雄と二頭の雌。第二の雌は林冠で見たのと同じ雌だ、とカルロにはかなりの確信があった。ルシアの父親が祖先の一頭を生け捕りにし、熱意あふれる解剖学者のもとへ解剖用に送りとどけたとき、どの樹精も生まれていなかったはずだ。カルロがどんな計画を温めているのか、この樹精たちにわかるわけがない。だが、交替で観察を続けるほど好奇心旺盛で、組織化されているとともに、全員が同時に危害の及ぶ範囲に来ることもないのだった。

森での六日目、遠征隊の食料が尽きた。カルロはアマンダに食料を取りに行かせた。成功に見放されているのをルシアのせいにはできなかったが、不可能なことを頼んでいるだけではないのかという疑問が芽生えていた。


ルシアが眠っているとき、カルロの目の前で、見張りについている最初の雄に最初の雌が加わった。これは前例のないことではなく、その雌は滅多に長居しなかった。あの二頭は双なのだろうか？　友だちなのだろうか？　四児出産で生まれた兄や姉なのだろうか？　カルロは顔からダニを払いのけた。答えがわからないまま、死ぬことになりそうだ。

雌がトカゲの死骸を雄に渡し、その場に残って、雄が咀嚼するのを見守った。

「起きてくれ」カルロはルシアにそっと声をかけた。ルシアはいらだたしげにブンブン音を立て、ハーネスを装着したまま身じろぎした。「食べ物を分けあっているんだ」

身を寄せてきたルシアに、カルロは携帯望遠鏡を渡した。

「ひとつの出来事からはなにも確約できない」ルシアがいった。「でも、おそらくあの二頭は双よ」

「それでよしとするしかないな」カルロは決断した。「あの二頭を生け捕りにしなければ」

ルシアは携帯望遠鏡を返すと、機材を縛りつけておいた枝の分岐点まで全速力で戻った。圧縮空気のシリンダーはその場に残し、銃のついたホースを繰りだしていく。ルシアの命綱がもつれはじめていた。カルロは別の枝へ移動して場所をあけ、「早く！」と急かした。雄はトカゲを食べおわりかけている。ダートガンは自前の小さな照準鏡つきだ。ルシアが狙いをつけるのをカルロは見守り、それから標的に注意をむけた。

銃は一ダースの矢を連射できる。二発が雄の背中に命中した。雌が周囲を見まわす暇もなく、ルシアがその胸に三発撃ちこんだ。樹精たちの姿勢がゆるんだが、まだ枝にしがみついていた。麻痺しきる前に、なんとか森の奥へ数歩離《ストライド》は這えるかもしれない。だが、いったん薬がまわれば、六時隔《ベル》か七時隔《ベル》のあいだ、どこへも行けないはずだ。樹精たちの回収を試みるのは、アマンダの帰りを待ってからにしようか、とカルロは思案した。三人で力を合わせれば、仕事は楽になるだろう。

群生する黄色い花の後ろから、ほっそりした灰色の腕がぬっと伸びて、雄の下手首をつかむと、見えないところへ引きこんだ。

カルロは呆然とした。「見たか、いまの――?」いい終わらないうちに、麻痺した雌も同じように消えていた。

ルシアがいった。「友だちが仲間を隠そうとしてるみたいね。こっちとしては――」

カルロはルシアにむきなおった。「先に行くから押してもらえないか?」カルロはルシアに頼んだ。ルシアは命綱をほどこうと悪戦苦闘していた。ルシアは人生の半分を森ですごしてきたのだから、助けがなくてもやすやすとついてくるだろう。しかし、この前の跳躍で判断を誤ったあと、自分で狙いをつけて樹間を渡れると思うほど、カルロはうぬぼれてはいなかった。

「了解」

カルロは自分のロープを木から外し、巻きとってハーネスにたくしこむと、ルシアの正面にある枝へ這いあがった。ルシアは上のほうの手でカルロの下のほうの手を握り、ふたりとも肘を曲げて、腕をカタパルトにした。カルロがこれをするのは子どものころ以来、古い無重力の階段吹き抜けでカルラと遊んで以来だった。

ルシアは下のほうの手で枝をしっかりと握り、獲物に狙いをつけて、カルロの体と一直線に並ぶようにした。ふたりは指を離し、手を平らにして、掌と掌とを合わせた。

「いまよ!」ルシアがいった。カルロはルシアを押し、ルシアが押しかえして、カルロは木から飛びだした。

空中を進むあいだ、苦痛なほど遅く感じられた。枯れた花びらが渦を巻いて散らばり、カルロの針路から離れていく。命のないものでさえ、カルロを追いこせそうだ。しかし、樹間の反対側に近づくにつれ、みるみる迫ってくる枝が怖ろしげに見えてきた。手を伸ばして、枝をつかむ。小枝で掌がすりむけ、肩の筋肉にガクンと衝撃が走ると同時に、体がぶざまに停止した。

カルロは周囲を見まわして、現在位置を確認した。目の前の黄色い花には見覚えがある。ルシアはどんぴしゃりの場所に送りとどけてくれたのだ。ルシアが自分も飛びだす準備をしているのが見えたが、待たないことにした。ほんの一通離《ストレッチ》ほど前方で小枝が跳ねかえっている。もし追跡を遅らせたら、獲物を見失う危険があった。樹精は敏捷だが、麻痺している仲間は足手まといになるはずだ。もしあまり離されずに追跡を続け、自分たちも同じ目にあうという恐怖を樹精たちに吹きこめれば、友を見捨てるという選択肢しかなくなるだろう。

カルロはできるだけ速く動いて、撤退する樹精たちのほうへむかった。進みながら、色あざやかな花を丸ごと押しのけ、小枝をへし折っていく。木の曲がりにくい部分が、仕返しに彼を殴ったり、切り裂いたりしたが、カルロはひるまなかった。じきに方向感覚がすっかり失われたが、植物の光を背に黒々と浮かびあがる樹精の姿はちらちらと見えつづけた。器用に枝を押しのけ、荷物にしている仲間をあっちこっちに振りまわして、カルロが受けているような罰を免れさせている。その優雅さには屈辱を覚えると同時に、ひどく腹が立った。カルロ自身の野卑な努力が嘲笑われているというのに、感嘆せずにはいられないからだ。もしその樹精たちが足手まといをかかえていなかったら、ついていける見こみはこれっぽっちもなかっただろうが、じっさいはそうではないせいで、カルロは難儀を強いられていた。

「カルロ！」ルシアが追いついてきていた。

「まだ視界にとらえている」後方のルシアに声をかける。「そのままついてきてくれ！」

「落ちついて、さもないと気分が悪くなるわよ」ルシアが警告した。「何日もまともな寝床に入ってないんだから」

それをいうなら、樹精たちはいちども寝床に入ったことがない。だが、連中のほうが小柄なので、空冷の効率が高い。その反面、ふだんの体重の二倍を運んでいる――そして熱を貯え、あとで放出する方法を開発したのはカルロたちの祖先であり、空冷式のいとこたちよりも大柄になった。問題は、その熱の貯蔵庫がすでに満杯かどうかだ。

カルロはペースを保って進みつづけ、確実に距離を詰めていった。肌を刺すピリピリした感覚が、どの程度までが高体温のせいで、どの程度までが行く手の障害物に打たれるせいなのかは判然としないが、樹精たちも疲れているに違いない。

あでやかな緑の花を咲かせている蔓植物のもつれを掻きわけていくと、麻痺した雄に危うくぶつかりそうになった。枝と枝とのあいだをひとりで漂っていたのだ。カルロは勝利の叫び声をあげた。樹精たちはつらい選択をし、ひとりの友を見捨てていったのだ。しかし、連中が依然として運んでいる雌のほうが大柄だ。全体としては荷物が軽くなったものの、それで事態が大幅に改善されたとは思えない。この苦痛に感じるほど狭苦しい迷宮を抜けていきながら、重荷を分担しようとすれば、作業が複雑になるだけだろう。

「ルシア！」カルロは声をはりあげた。「連中は雄を置いていった！　見てもらえるか？　ぼくはこのまま進む」雄をつき添いなしで置いていったら、一頭が引きかえしてきて、雄をこっそり運びさるくらいは、樹精ならやりかねない。

「了解」ルシアはしぶしぶ答えた。

カルロには獲物が見えなかった。移動を止め、裂けた皮膚にもぐりこみはじめたダニを無視して、周囲の光り輝く森を探る。やがて遠くで枝が不自然に揺れるのが見え、いまいちど追跡に移った。

樹精たちは方向を変えていた。カルロは最初から多少は迷っていたが、少なくとも、枝の外縁から幹のほうへむかっているときは、そのことを自覚していた。いまは枝から枝へと木の軸をまわり、なんらかの弧、あるいはひょっとすると螺旋を描くように引きまわされているようだ。

皮膚をこする細い小枝でいっぱいの、この油断ならない木々のあいだを飛んでいくのは消耗する仕事だった——小枝はしなるときもあれば、跳ねかえるときもあり、針路を予想外の方向へ逸らすのだ。しかし、複雑に入り組んだ枝の奥へ入っていくよりはマシに違いない。皮膚がチリチリした。擦り傷や切り傷と同じくらい、たまった熱のせいであることに疑問の余地はない。しかし、この先どんな失敗を甘受するハメになるにしろ、スタミナ不足という理由だけでは、この追跡をあきらめるつもりはなかった。

いまや三頭の樹精がはっきりと見えた。燦然と輝く青い花をつけた太い枝と枝とのあいだにおさまったかたちだ。動ける雌が麻痺した雌を二本の右手でつかんでおり、一方雄はその脇でペースを合わせながら、ときおりふたりを小突いているが、その目的と効果のほどは判断がつかなかった。前方の闇は、洞窟の天井に生えた赤い苔の光に染まっていた。樹精たちは林冠をめざしているのだ、とカルロは悟った。雌は林冠の上で立ち往生したカルロを見たことがある。別の木へ飛びうつったら、カルロが追いかけるのを躊躇するか、狙いのつけかたがお粗末で追いつけないかのどちらかだ、とわかっているのだ。

カルロはもっと慎重にという強力な衝動に抗ってペースを速め、枝から飛びだすたびに押す力を強くして、勢いを保とうとした。無重力であるにしろないにしろ、いま自分は垂直に移動しているのだという思いが頭から離れず、その思いに危険の感覚が忍びこんできていた。カルロは重力下の森にいたことはないが、ひょっとしたら遠い祖先が営んでいた樹上生活——あるいは、樹上生活を捨てはじめたころ――に適応した本能を受けついでいるのかもしれない。いとこ種族たちに備わった、もっと優雅な解剖学的構造をひとたび失ったあと、祖先は樹上の高みに対する強烈な嫌悪感のおかげで、地面に頭蓋骨を叩きつけずにすんでいたのかもしれない。だが、この競争ではいとこに負けるわけにはいかない。とりわけ、墜落に対する誤った恐怖が敗因では。カルロは警告を締めだし、のぼりつづけた。

苔光がますます林冠に染みわたっていったが、カルロは樹精たちを視界にとらえつづけており、距離が縮まっているのがわかった。枝と枝とのあいだを飛ぶとき、樹精たちが協調するさまは驚くべきものだった。しかも雄は衝撃をやわらげる役目を担っているらしい――麻痺した雌が、勢いに釣られて友の手を振りきってしまいそうになると、押しもどしている――しかし、この英雄的な努力には代償がついてまわった。樹精たちはへばってきていた。逃げきれはしないだろう。

雄がけたたましい金切り声をあげながら、脇へ飛んだ。まるで囮の役を果たせると思っているかのように。カルロは雄にはかまわず、ひたすら進みつづけた。カルロ自身の体力も急速に衰えていたが、まだこちらに分《ぶ》があるのは確かだ。いましなければならないのは、雌を震えあがらせることだけ。そうすれば、二、三分《ラプ》隔《ス》休んで、ルシアと合流して二頭の標本を森から運びだす手立てを考えることができる。

雌が止まり、カルロの前方わずか一通離《ストレッチ》ほどのところにある枝にしがみついた。カルロも止まり、獲物が逃げるのを待ったが、雌はかわりにむきを変え、ふてぶてしい態度で意識のない友に三本の腕を巻きつけた。

カルロはもっと近い枝に飛びうつった。雌が憎々しげににらみつけてくる。その目はギラギラと紫色に輝いていた。自分も麻痺する危険をおかしていると理解するほど、この雌はほんとうに知能が高いのだろうか？　カルロはパチンコの小袋をあけ、中身を確認した。これだけの追跡をしたにもかかわらず、ルシアにもらった、前のよりじょうぶな小袋からは一本の矢もこぼれていなかった。

パチンコを取りだすと同時に、後眼にぼんやりした動きをとらえたが、反応する暇もなく、複数の腕に胸をかかえこまれ、一本の手がパチンコを引っぱり、拳が振動膜を強打して、歯が首すじに食いこんだ。かつてないほどの痛みが振動膜に走る。カルロは膜を強ばらせ、殴りかかってくる拳をなんとかつかまえようとした。雄は体を引きはなそうとしたが、うまくいかないと見ると、ありったけの力を顎にこめた。

カルロはかろうじて自制心を保ち、大声で悪態をつくことを免れた。上のほうの手はすでにふさがっていて、下のほうの手は首に嚙みついた顎に届かない。闘いを促す緊張のせいで全身が強ばり、体形を変える最初の試みは、体の力を抜けば降伏を意味するという感覚のせいで失敗に終わった。だが試みはやめなかった。ようやく下のほうの手肢が柔らかくなり、カルロはじゅうぶんな肉をそちらに押しこんで、樹精の口まで届かせた。生き物の歯のあいだに指をねじこみ、指先を硬くしてくさび形に変えると、顎をこじあけようとする。

しだいに樹精は屈服したが、カルロがその闘いに集中しているうちに、そいつは彼の手からパチンコを抜きとり、放りなげた。カルロは手をまた小袋にすばやく突っこみ、矢をつかんだ。親指をさっと動かしてキャップを外す。樹精がカルロの手首をつかみ、小袋から手を出せないようにした。

カルロの皮膚は熱っぽかったが、押しつけられている動物の肉はもっと熱かった。においは強烈そのものだったが、怖ろしいほどなじみがあった。死ぬ前の父のにおいを彷彿とさせたのだ。カルロはまだ樹精の顎に手をねじこんでいた。その顎をもっと大きくひらかせ、頭を鋭く後ろにひねる。これで溜飲がさがったが、どれほど苦痛を加えても、手首を握る樹精の力が弱まるわけではなかった。

カルロは第五の肢を押しだそうとしたが、なにも起こらなかった。振動膜への打撃を防いでいた拳をひらき、自由になったばかりの手の指先をとがらせると、小袋のすぐ上にある樹精の前腕に突きたてた。その下の筋肉が引きつり、弛緩するのがわかった。運動経路の一部を切断したのだ。

樹精は見るからに混乱していた。カルロの振動膜への攻撃を再開はしなかったが、次にどうするか決められないようすだった。その暇をあたえず、カルロは小袋から手を引きぬき、樹精の肩に矢を突き刺した。即座に樹精の体がぐったりしたが、それでも胸に巻きついている下のほうの手をもぎ離し、そいつを振り落とさなければならなかった。

雌はいなくなっていた。

カルロは周囲を見まわした。パチンコがそばの枝に引っかかっている。そこまで行って、パチンコをつかんでから、できるだけ速く林冠へむかって飛びだした。

のぼるにつれ、頭上の花からの光が弱まり、薄れて消えた。と思うと、そこはひらけた空中で、ふたたび薄闇に包まれた。カルロと洞窟の赤い天井とのあいだには、森の腐りかけたゴミしかない。これまで友を運んでいた雌は、友といっしょに安全なところまで飛ぶ前に、最後のひと休みをしなければならないかもしれない——それを期待して雌を探したが、そのとき雌たちが目に飛びこんできた。二通離《ストレッチ》離れた空中にいて、安全な隣の木へむかってまっしぐらに滑空していた。

カルロはパチンコに矢をつがえ、狙いをつけると、矢を放った。そよ風が土埃を揺らして視界をくらませたが、視界が晴れると、投射物は影も形もなかった。

もういちど試す。二発目の矢はガラクタを切り裂き、奇跡的に肉に命中した——だが、当たったのは、ルシアがすでに麻痺させていた雌のほうだった。

「行くな、行くな、行くな！」カルロは泣き言を漏らした。樹精たちは薄闇の中に姿を消した。カルロはなす術《すべ》もなく待ち、ふたたび姿をあらわしたとき、樹精たちは聖域まであと一歩だった。カルロは矢をつがえては放ち、つがえては放った。記憶と勘を頼りに、砂粒や渦を巻く枯れた花びら越しに狙いをつけて。やがて残る矢は一本となった。

最後の矢を無闇に使うわけにはいかない。カルロは視界が晴れるのを待った。いま生きている中で、ルシアほど森をよく知る人はいない。だが、最後に樹精が捕獲されたとき、彼女は子どもだった。この件に専門家はいない。人海戦術でこの仕事を成功させるとしたら、トスコに泣きついて何人を割いてもらう必要があるだろう？

ついに樹精を視界にとらえた。隣接する木の光を背にシルエットになっている。二頭は離れていた。それぞれの輪郭がくっきりと分かれている。疲れ知らずの強敵が手を伸ばし、友を安全なところまで引いていくのを待ったが、どちらの樹精もじっとしたままだった。あの雌は単にへばったのではない。矢が命中していたのだ。

二頭は枝と枝とのあいだまでは漂っていなかったが、決意の固い味方なら手が届きそうだった。もし洞窟の床までおりていき、下生えを突っ切って隣の木にのぼるとすれば、樹精たちがそれでも待っていてくれるという保証はない。

カルロは天井のほうを仰ぎ、引きかえしてルシアを連れてくるべきだろうか、と思った。だが、それでさえ長くかかりすぎるかもしれない。

握っている枝伝いに進んでから、別の枝をつかみ、二本をまとめて、しなり具合を試してみる。ゆるく、しなやかだ。樹精はその跳ねかえりかたを正確に判断できるのかもしれないが、その作業は自分の手に余る。

とはいえ、低い位置を目指せば、標的まで長いのぼりに直面することになるにせよ、林冠の上で立ち往生することはないだろう。

カルロは裂けた皮膚にちらっと視線を走らせた。ここまで来たからには、いまさら追跡をあきらめるわけにはいかない。カルロは揺れる枝の先端まで這っていき、それを下のほうの手だけで握ると、反動を利用して空中に飛びだした。

33

「行きづまりました」ロモロが音《ね》をあげた。「ちょうど〈二の法則〉がもっともらしく見えはじめたころで、それを第二のスペクトルのデータで検証したら破綻してしまいました」

カルラはパトリジアに視線を走らせたが、こちらも同じように意気消沈していた。

このふたりは一旬《ステイント》以上、光学固体から出るスペクトルに根気強く取りくんでいて、前回カルラが報告を受けたときには、ブレイクスルーも近いように思われたのだが。

「ここであきらめないで!」カルラはふたりを叱咤した。「ほぼ意味をなすところまで来ているんだから」

カルラはこの問題が、集中的・持続的・力技的計算の合わせ技に屈するだろうと期待していた――そして自分自身をほかの仕事にわずらわされない状態にするより、自分の最優秀の生徒ふたりをそうしてやるほうがかんたんだった。評議会の承認をじっさいに得ている実験のほうも、だれかが監督していなくてはいけない。

「意味をなす?」パトリジアが小さくうなって腹に拳を押しつけ、カルラもそれに共鳴するように空腹感に襲われた。物事が順調なときは、仕事に勝る気散じはないが、行きづまっているときの焦燥感は正反対の影響をあたえる。

「なぜ〈二の法則〉が光線の偏極に依存しなければならないんです?」ロモロが質問した。

「それに、そもそもなぜ、〈二の法則〉なんですか?」パトリジアが続けていう。「なぜ〈三の法則〉、あるいは〈一の法則〉じゃないんですか?」

カルラはとりあえず問題から一歩離れることにした。「第一のスペクトルのデータについてなら、あらゆるエネルギー準位はふたつの輝素しか保持できないとすると、じっさいに説明がつく。これはいい?」

「はい」ロモロが同意した。「でもなぜなんですか? ふたつの輝素がいちどこれほど近づくと、両者は単にたがいを引きよせあう。なのにひと組の輝素が、どんな新来者でも押しはなす力をどうやって得ているのか?」

「それはわからない」カルラは認めた。「でも、たぶんそれはイーヴォの安定性問題の解決になる」もし各エネルギー準位に最大でもふたつの輝素しか入らないなら、それぞれのエネルギーの谷に粒子をどんどん詰めていくと、ある時点からはそれ以上詰められなくなるだろう。宇宙のあらゆる惑星が塵微粒子ひとつの大きさにまで縮壊するのを防ぐには、それでじゅうぶんだ。

パトリジアがいった。「第一のスペクトルのデータは、光学固体の光の場を可能なかぎり単純なものにしました――三つすべての光線について、進行方向に偏極した光を使って。その種の場があるとき、各輝素のエネルギーは谷の中でのその位置によってのみ決まります。第二のスペクトルについては、光線のひとつの偏極を変えて、輝素のエネルギーがその位置とともに、その進行方向によっても決まるようにしました。けれどなにより奇妙なのは、波動方程式の解よりもたくさんのエネルギー準位があるように見えることです!」

カルラはいった。「わたしにもなぜそういうことが起こりうるのか、わからない」ふたつの解――輝素波のふたつの異なるかたち――が同じエネルギーを持つと判明することはあるけれど、その反対というのは馬鹿げている。輝素のエネルギーが波の形を変えずに変化することはありえない。

パトリジアが巻いた記録紙をポケットから引っぱりだして、カルラの机の上に広げた。光学固体の谷の深さはエネルギー準位が十個だけ出てくるように選んであり、それで準位間の可能な遷移の数が扱いやすい範囲になるよう制限される。しかしデータは、三つの光線のうちひとつが光の方向と直角に場がむくよう偏極すると、スペクトルが多くの線に分裂し、十個以上のエネルギー準位がないとすべてを説明できなくなることを、明白に示している。

「もし輝素自体が偏極しているとしたら?」カルラはいった。最初に波動方程式を導きだしたとき、主として単純化のためにカルラはその可能性を無視していた。「光の場の詳細な幾何学によっては、輝素の偏極がエネルギーに影響をあたえはじめ、新たな準位を追加するかもしれない」

「じゃあ、〈三の法則〉を見つけられなかったのは残念だな!」ロモロがカルラの言葉を受けていった。

「ほんとうの法則は〈一の法則〉だともいえるのかもしれません。それぞれの谷に、ある特定のエネルギーと偏極を持った輝素はたかだかひとつしか入れないという意味です。〈三の法則〉はいちばん単純な場――偏極がエネルギーに影響をあたえないから三つの輝素が異なることがわからないという場合――にしか適用できない」

パトリジアがロモロのほうをむいて、「でも、輝素がふたつの偏極しか持てないとしたら?」

ロモロはとまどったようすで、「それは空間にむかって、次元をひとつ減らすようにいうようなものじゃないのか?」

カルラはそこまで確信が持てなかった。もっと微妙な問題かもしれない。カルラはふたりにむかって、「列挙してみましょう。もしわたしたちがまちがった前提で作業をしてきたとしたら、わたしたちは物事を正しくしようとした結果として、いったいなににについてまちがっていたはずなのか?」

パトリジアはこの発想に熱中した。「輝素は偏極しない――まちがいです! 偏極にはつねに三つの種類がある――まちがい! 輝素はいくつあっても、同じ状態を取れる――これもまちがい! これくらいじゃないでしょうか」

カルラはいった。「最初のには実験で答えが出るけれど、二番目は少し考える必要があるわ」壁の時計に目をやる。カルロには彼の個室で第六時鐘《ベル》に会うといってあったけれど、カルラが時間どおりに行けないかもしれないことは重々承知だろう。「なぜわたしたちは、偏極に三つの種類があると決めこんだのか? 光の場合、それは四空間でふたつのベクトルを持っている。光の場それ自体の方向と、光の未来の方向。わたしがここで光を少し見て、あなたがそこで光を少し見たなら、わたしは自分が見た光を記述するふたつのベクトルをつかまえて四空間内でふたついっしょに回転させ、あなたが見た光を記述するベクトルと一致させることができる。それこそが回転物理学の核心よ。もしそれができないなら、あなたの光とわたしの光は同じ名前で呼ばれる資格がないわ」

パトリジアがいった。「もしふたつのベクトルが垂直であるよう制限されているなら、それはだれにとっても垂直に見えるでしょう。四空間を通る光の来歴を固定したら、場にとっては垂直な三つの方向が選択肢として残る。それが三つの偏極です（図下）。

それが平行になるような場合を考えることもできます。その場合でも、だれもが平行であることに同意するでしょう。しかし前者の光を後者の光に回転で変化させることはできないので、それらを同じものであると分類する理由はありません」

「そしたら、どんな選択肢があるんだ？」ロモロがいった。「光には三つの偏極があるけれど、ベクトルが平行な選択肢にはひとつしかない」

「輝素波は複素数の値を取る」カルラはロモロに思いださせた。「なので実数と虚数がたがいに垂直な方向

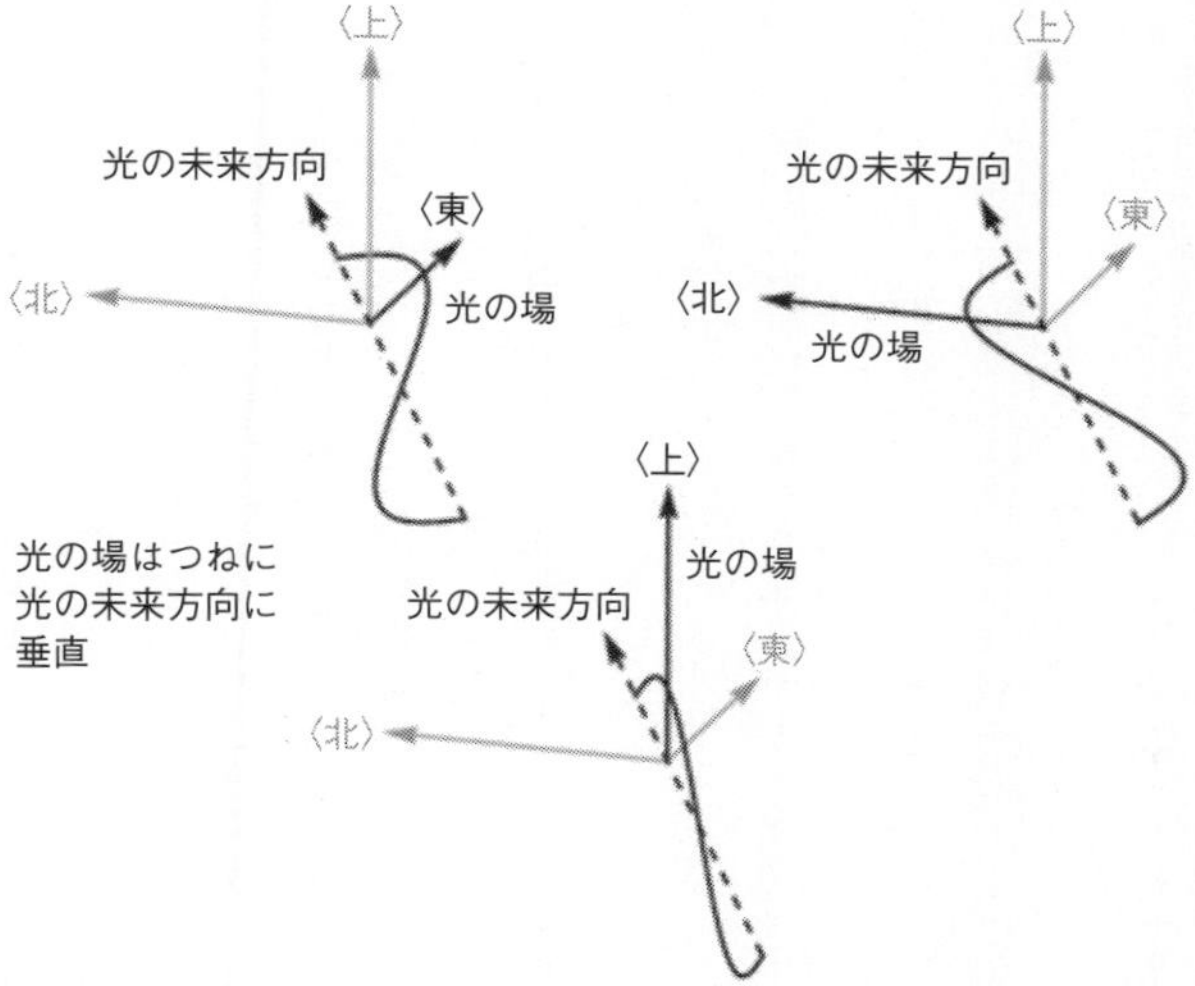

をむいていると考えれば、それは二次元的性質をすでに持っていることになる。けれど、それで可能な偏極の数が倍になることはない。輝素波が記述している物理的状態を変えることなく、複素平面で波をどんな角度にでも回転することができるから」

「だからそれは、可能性を半分にする」パトリジアがいった。「複素波は二次元に見えるけれど、ほんとうはひとつの次元しか持たない」

「四の半分は二」とロモロ。「通常の四ベクトルの半分のサイズが、ぼくたちの見ている偏極の数を決めている。これはこの話の役に立ちますか？」

　カルラにはなんともいえなかったが、チェックする価値はあった。「輝素波が、ふたつの偏極に対応するふたつの複素数からなっていると仮定しましょう」カルラはいった。「それぞれが実部と虚部を持つので、全部で四次元となる」

「つまり、通常の四次元空間をふたつの複素平面と見なすということですか？」とロモロ。

「そうなるかもね」カルラは答えた。「けれど、なにかを回転させたときにはなにが起こるか？　もしあなたが輝素の偏極を記述しているふたつの複素数を持っていて、そこへわたしがやってきてその輝素を上下逆さまに回転させたら、ふたつの複素数はどうなる？」

　ロモロがいった。「単に実部と虚部の数字を持ってきて、それに通常のベクトル回転のルールを適用すればいいんじゃないですか？」

「そうしてみるのが論理的ね」カルラは同意した。「では、それがうまくいくかどうか、やってみましょう」

　四空間における回転を記述するもっともかんたんな方法はベクトルの乗算と除算であり、そのルールを思いだせるようカルラは表を胸に描書した（次ページ上図）。

　いかなる回転も、あるベクトルを左からかけ、別のベクトルで右から割ることで実現できる。このふたつ

ベクトル乗算表

×	〈東〉	〈北〉	〈上〉	〈未来〉
〈東〉	〈過去〉	〈上〉	〈南〉	〈東〉
〈北〉	〈下〉	〈過去〉	〈東〉	〈北〉
〈上〉	〈北〉	〈西〉	〈過去〉	〈上〉
〈未来〉	〈東〉	〈北〉	〈上〉	〈未来〉

ベクトル除算表

÷	〈東〉	〈北〉	〈上〉	〈未来〉
〈東〉	〈未来〉	〈下〉	〈北〉	〈東〉
〈北〉	〈上〉	〈未来〉	〈西〉	〈北〉
〈上〉	〈南〉	〈東〉	〈未来〉	〈上〉
〈未来〉	〈西〉	〈南〉	〈下〉	〈未来〉

のベクトルの選択が全体の回転を決定する。ロモロが〈上〉を両方の演算に使い、計算例を示した（次ページ上図・下図・三二七ページ上図）。

「これをうまくいかせようと思ったら、ひとつ、きっちりしておくべきことがある」カルラは気づいた。「複素数のペアがあるとき、その両方にマイナス一の平方根をかけたら、ふたつの数は別々に影響を受ける。ふたつが混ざることは、いかなるかたちでも起こらず、単にそれぞれの複素平面が四分の一回転し、実数が虚数に、虚数が実数になるにすぎない。従って、もし四空間のふたつの平面をふたつの複素平面として扱うのなら、それに等価ななんらかの演算が必要になる」

「それはいま描きましたよ！」ロモロが言葉を返した。「左から〈上〉をかけると、〈未来〉-〈上〉平面にあるすべてのものが四分の一回転し、〈北〉-〈東〉平面にあるすべてのものが四分の一回転します。一方の平面にあるベクトルは他方へ移りません。これを二回や

左から〈上〉をかける

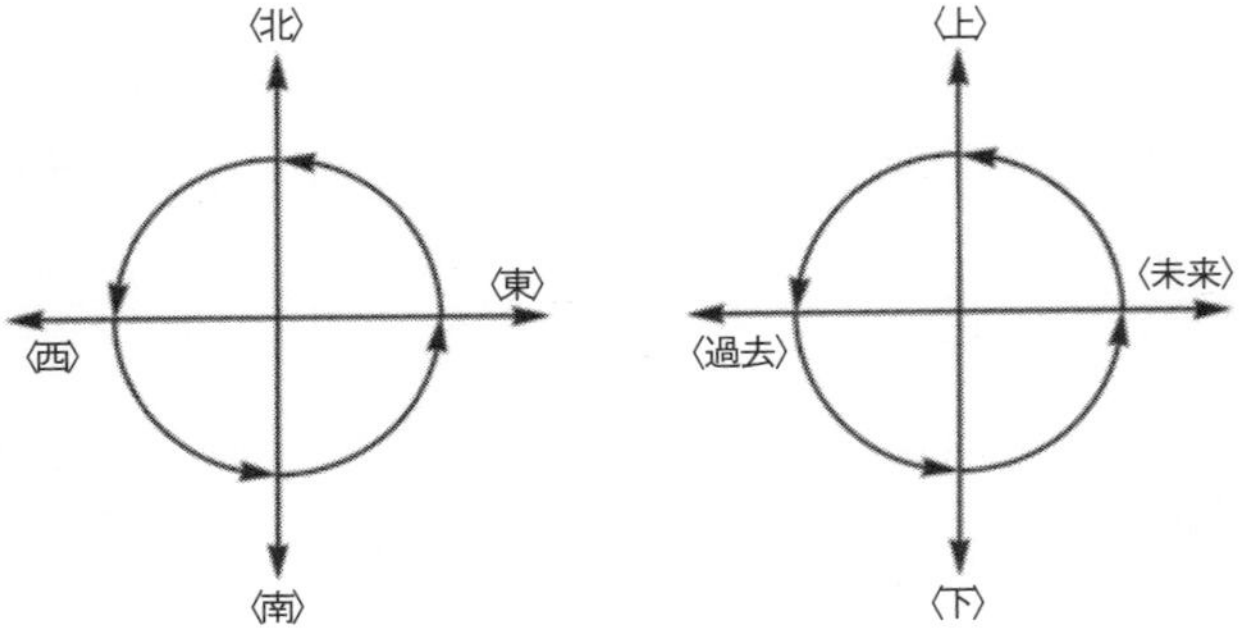

右から〈上〉で割る

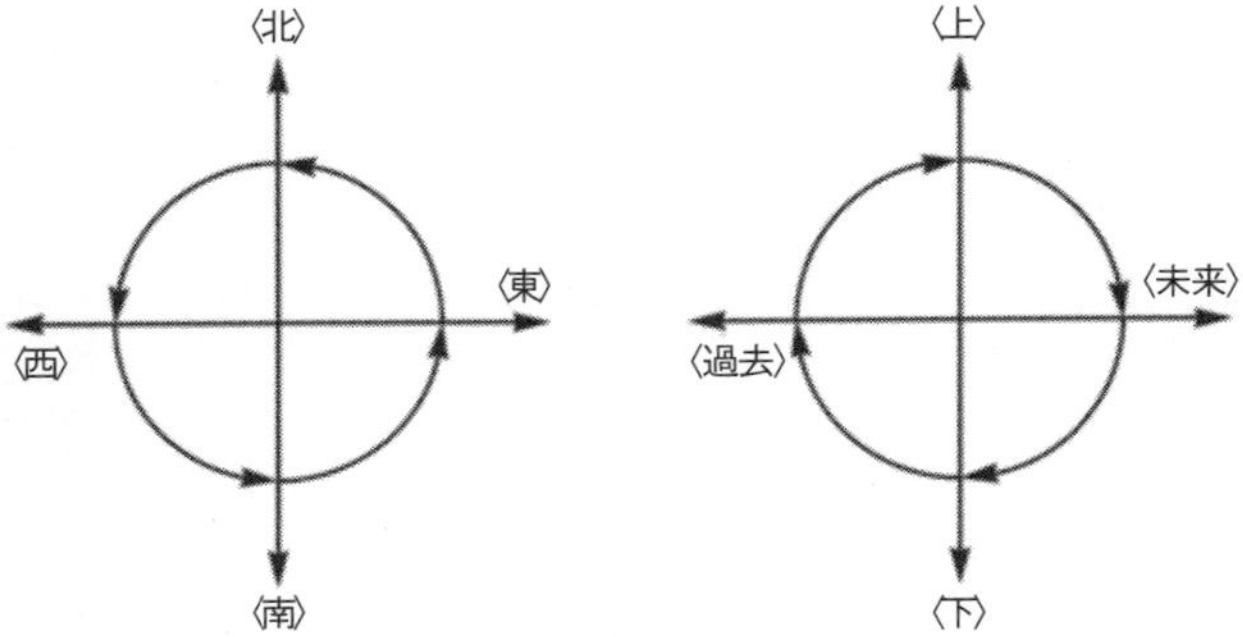

左から〈上〉をかけ、右から〈上〉で割るのを組みあわせると、〈北〉-〈東〉平面で半回転する

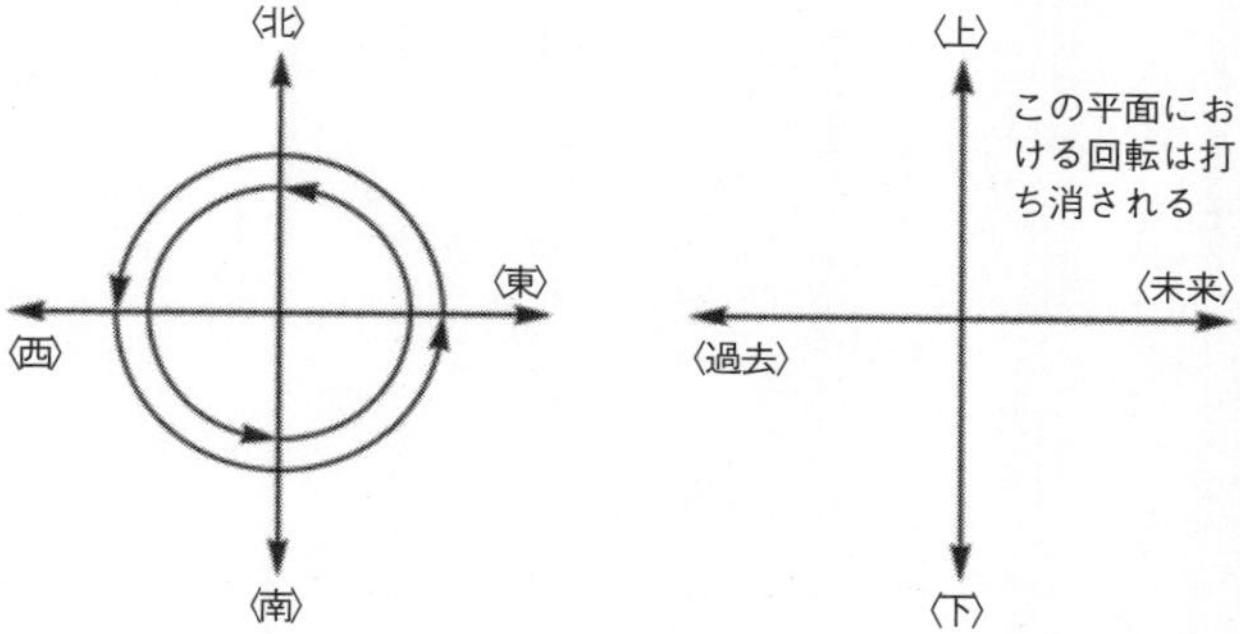

る――二乗する――とどちらの平面でも半回転になって、すべてのものにマイナス一をかけることになる。なのでこのふたつの平面を複素数と考え、左から〈上〉をかける操作を、マイナス一の平方根として使えばいい！」

カルラはそれだけでは満足しなかった。「いいでしょう、それ自体は完全にうまくいく。しかし同時に輝素を物理的に回転させたらどうなる？　通常のベクトルを回転させてから二倍するのと、二倍してから回転するのとでは、最終的には同じ結果が得られる。どう？」

「当然です」ロモロは困惑していたが、そこでカルラがいわんとしていることに気づいた。「つまりマイナス一の平方根をかけるのになにを使うにしろ、回転してからかけるか、逆の順番でやるかにかかわらず、答えは同じにならないといけない」

「そのとおり」

パトリジアは半信半疑のようだった。「それがうまくいくとは思えません」パトリジアがいった。「〈東〉を左からかけて、右から〈未来〉で割るような回転はどうです？　〈未来〉は一のようにふるまうから、なにも影響を及ぼさない。なのでこうなる」

回転したベクトル＝〈東〉×もとのベクトル÷〈未来〉
　　＝〈東〉×もとのベクトル

「ロモロのマイナス一の平方根のかけ算の定義は」

$\sqrt{-1}$ ベクトル＝〈上〉×もとのベクトル

「そのあとに回転を続けると」

回転した $\sqrt{-1}$ ベクトル＝〈東〉×〈上〉×もとのベクトル
　　＝〈南〉×もとのベクトル

「今度は回転を最初にしてから、マイナス一の平方根をかけると」

$\sqrt{-1}$ 回転したベクトル＝〈上〉×〈東〉×もとのベクトル
　　＝〈北〉×もとのベクトル

「計算結果は順番に依存する」パトリジアが結論をくだした。「ふたつのベクトルをかけ算するとき、その順番は変えられないから、この問題はいつも出てきて計算をダメにする」

パトリジアのいうとおりだ。マイナス一の平方根については、ロモロのとは別の選択肢もあるが、すべてが同様の問題をかかえている。左から、あるいは右から〈上〉か〈下〉、〈東〉か〈西〉、〈北〉か〈南〉をかけることはできる。それらはすべてふたつの別々の平面において四分の一回転をおこなう。しかしどのケースにおいても、この構想を破綻させるような回転を見つけることができる。

論破されたロモロは、しかし陽気にいった。「二プラス二は四になるけれど、自然界は非可換なかけ算にしか興味がないらしいね」

胸から式を消したあとも、パトリジアがまだなにか考えつづけているのが、カルラにはわかった。「もし輝素波が異なるルールに従っているとしたら？」パトリジアが声に出していった。「それはやはりふたつの複素数で、それを組みあわせて四次元のなにかを作ることができるけれど、輝素を回転させたとき、この四次元の対象物はベクトルとは違う変化の仕方を示します」

「ではそれはどんな法則に従うの？」カルラは尋ねた。

「右から〈上〉をかけるのを、マイナス一の平方根に選んだとします。左からなにかをかける操作はつねにこれと交換します。どちらを先にやるかは関係ありません」

「確かに」カルラは賛成した。「でも、あなたの回転の法則はどんなものなの？」

「左からなにかをかける、それだけです」パトリジアがいった。「通常のベクトルが左からなにかをかけて右から割ることで回転するのに対し、この新しいもの——〝左方ベクトル《レフトル》〟とでも呼びましょうか——は最初の演算しか受けつけません。割り算については忘れてください」胸に方程式を走り書きする。

回転したベクトル＝〈左側ベクトル〉×もとのベクトル÷〈右側ベクトル〉

回転したレフトル＝〈左側ベクトル〉×もとのレフトル

カルラは落ちつかない気分になった。「回転の記述の半分しか使わないということ？　残りは破棄してしまうの？」

「いけませんか?」パトリジアが反論する。「それで右からなにをかけてもいいようになって、マイナス一の平方根が回転と交換するようになるじゃないですか?」

回転したレフトル=〈左側ベクトル〉×もとのレフトル

$\sqrt{-1}$ レフトル=もとのレフトル×〈上〉

回転した $\sqrt{-1}$ レフトル=〈左側ベクトル〉×もとのレフトル ×〈上〉

$\sqrt{-1}$ 回転したレフトル=〈左側ベクトル〉×もとのレフトル ×〈上〉

「そうね、でもうまくいくべき事柄はそれだけではないわ!」カルラは自分の声がいらついているのがわかった。ここは落ちつかなくてはならない。飢えているし、カルロとの待ち合わせにも遅れている——だが、どうせ朝まで食事はできないのだし、いまこの話を打ち切ったら、あとで自分に腹が立つだけだ。

「ほかにどんなことがうまくいくべきなんですか?」ロモロが質問する。

カルラはしばらく考えた。「ふたつの回転を連続しておこなったとする」カルラはいった。「パトリジアのルールは、この新しい種類のものがそれぞれの回転でどう変化するかを教えてくれる。しかしここで、ふたつの回転を組みあわせて、同じ効果を持つひとつの回転にしたらどうなる——このルールでも、途中のどの段階でも一致する?」

パトリジアがいった。「どんなに多くの回転をおこなったとしても、単に左側のベクトルをすべてかけあわせることになるだけです。相手がベクトルであれレフトルであれ、それらをすべて同じ方法で組みあわせることになります!」

その論は完全無欠に聞こえたが、カルラはなおもそれを受けいれられなかった。右側のベクトルを破棄したら、なんらかの影響があるべきだ。「そうか。もし同じ平面で半回転を二回おこなったらどうなる?」

「一回転させることになります、もちろん」パトリジアが答えた。「そしてなんの影響も及ぼしません」

「でも、あなたのルールだとそうはならない!」カルラは各ステップについて、左側から〈上〉をかけ、右側から〈上〉で割ることで〈北〉-〈東〉平面を半回転させる方程式を書いた。

一度回転したベクトル=〈上〉×もとのベクトル÷〈上〉
二度回転したベクトル=〈上〉×〈上〉×もとのベクトル÷〈上〉÷〈上〉
=〈過去〉×もとのベクトル÷〈過去〉
=(-〈未来〉)×もとのベクトル÷(-〈未来〉)
=〈未来〉×もとのベクトル÷〈未来〉
=もとのベクトル

一度回転したレフトル=〈上〉×もとのレフトル
二度回転したレフトル=〈上〉×〈上〉×もとのレフトル
=〈過去〉×もとのレフトル
=(-〈未来〉)×もとのレフトル
=〈未来〉×(-もとのレフトル)
=-もとのレフトル

パトリジアは誤りを見つけだせるはずだと思っているかのように、その計算を何度も読みかえした。そしてついに、こういった。「おっしゃるとおりです――けれど、それでもなにも変わりません。一、二分隔《ラプス》前に、輝素波を複素平面で回転させても物理にはなんの影響もない、と教えてくれたのはあなたじゃないですか?」

「そうね」カルラは自分の最終結果をあらためて見おろした。二度の半回転は、ベクトルを変化させないいまだ。二度の半回転は、レフトルをマイナス一倍していた。しかし輝素波から得られる確率は、波のある成分の絶対値の二乗から計算される。波全体にマイナス一をかけても、そうした確率は変化しない。

　ロモロがいった。「つまり、この系をぐるっと回転させ出発点まで戻すと、波は符号を変える。でも、じっさいにそれは測定できない……だから、それは別に問題にはならない？」

「確かに不思議」カルラは同意した。「でも、わたしがもっと気になっているのは、回転の左側ベクトルを右側ベクトルとは違うかたちで扱っていること。このふたつのベクトルの役割を入れかえるには、単に系を鏡に映して見ればいい。鏡に映したら、物理が違って見えるべき？　そのような証拠をいままで見たことってある？」

　パトリジアはその批判を真剣に考えた。「じゃあ、その釣り合いを取ろうとしてみては？　対称性のために、レフトルだけでなく、〝右方ベクトル《ライトル》〟も入れてはどうでしょう？」パトリジアはこの新しい幾何学的なものの変換ルールを書いた。さっき提出した方程式の鏡像だ。


回転したベクトル＝〈左側ベクトル〉×もとのベクトル÷〈右側ベクトル〉

回転したライトル＝〈右側ベクトル〉×もとのライトル

「入れるってどこに？」ロモロが訊いた。

「輝素波に」パトリジアが答えた。「複素数がふたつ増えるけれど、そのふたつはライトルのルールで変化します。系を鏡に映して見れば、レフトルとライトルは入れかわります」

「とてもエレガントに聞こえる」ロモロがいった。

「でもこれで、偏極の数を二から四へ、倍にしてしまったんじゃないのか？」

「うーん」パトリジアは顔をしかめた。「それだと肝心な点が台無しになってしまう」

カルラは新たに出された案を熟考してから、「光の場は四次元のベクトルだけれど、場のベクトルとエネルギー・運動量ベクトルの関係のために、四つの偏極は出てこない。もしふたつの輝素場——レフトルとライトルの場——と輝素のエネルギー・運動量ベクトルのあいだに関係があるとしたら？　偏極の数を二に戻してくれるようななにかが」

ロモロがいった。「関係というのはどんな？　レフトルやライトルを通常のベクトルに対して垂直にするというのは、うまくいかない。それら三つをすべて回転させると、異なる変化の仕方をするので関係性が維持されません」

「そのとおり」パトリジアがしぶしぶ認めた。腹に拳を食いこませる。浮き浮きするような気散じは、またその力を失いつつあった。「もしかすると、これは全部捨て去って、一から考えなおすべきなのかもしれません」

カルラはいった。「そんなことはない。関係は単純なものよ」

カルラは書いた。

ベクトル＝レフトル÷ライトル

「これだけ」カルラはいった。「これらを回転させたとき、この三つのものがどう変換されるか見てみると」

回転したレフトル＝〈左側ベクトル〉×もとのレフトル
回転したライトル＝〈右側ベクトル〉×もとのライトル
回転したレフトル÷回転したライトル
＝〈左側ベクトル〉×（もとのレフトル÷もとのライトル）÷〈右側ベクトル〉

「レフトルをライトルで割ったものは、通常のベクトルとまったく同じように変化する。だから、もし輝素波のエネルギー・運動量ベクトルが波のレフトルをライトルで割ったものに比例しなければならないとした場合、回転はこの関係式を壊さない。そしてこの条件を満たすどんな遊離輝素の波も、回転によって条件を満たす別の波に一致させることができる」

ロモロがいった。「そしてライトルは、レフトルとエネルギー・運動量ベクトルによって完全に固定されている。余分な偏極はない」

パトリジアは呆然としたようすで、「幾何学をたどっていくとすべてがうまくおさまるんですね」そしてカルラと視線を交わした。こういうことが起こるのをふたりが見るのは、これがはじめてではないが、幾何学をたどるという手法の持つ力は、今回はとくに圧倒的だった。「〈二の法則〉に当てはまるふたつの偏極。でもそれは、物理的にはなにを意味するんでしょう？」

カルラはいった。「話をかんたんにするため、止まっている輝素から考えてみましょう。このときエネルギー・運動量ベクトルは、まっすぐわたしたちの未来をむいている。輝素場は〈上〉のレフトルを持つとします。ライトルも同じになるでしょう。〈上〉割る〈上〉は〈未来〉になるから。

この輝素を水平面、〈北〉-〈東〉平面で回転したとする。そのような回転はすべて、〈未来〉-〈上〉平面にあるベクトルを左からかけて右から割ることでおこなえる。それによってわたしたちのレフトルとライトルは〈上〉方向から、〈未来〉-〈上〉平面のどこかにある新しい位置に移動する。しかし〈未来〉-〈上〉平面はわたしたちが複素平面のひとつとして扱っているものなので、輝素場がその平面にとどまるなら、じっさいには物理的にはなにも変化しない。そして輝素を変化させずに水平面で回転できるのなら、それは垂直に偏極しているに違いない」

「では、同じ回転がほかの偏極にはどういう影響をあたえるんですか?」パトリジアが疑問を述べた。「もう一方の複素平面、〈北〉-〈東〉平面にあるレフトルのどれかを選んでみます。たとえば〈北〉を選んだとしましょう。〈北〉に左から、〈未来〉-〈上〉平面にあるベクトルをかけたとすると、結果はやはり〈北〉-〈東〉平面にあります。つまりここでもまた、輝素を水平面で回転させてもなにも変化しません」

「ふたつの垂直な偏極?」ロモロが混乱して小さくうなったが、その矛盾について考えはじめた。「光の場合、〈上〉に対する〈下〉のようにふたつの垂直な偏極について考えるのは無意味です。波が振動するとともに符号が変わるんだから。ある時点で光の場が上をむいていたら、一瞬後には下をむいている。しかし時間とともに振動する複素数をレフトルにかけた場合、その振動はレフトルを一方の複素平面からもう一方へ動かすことは決してない。つまりこのふたつの垂直な偏極は、じっさいに別々のものです」(次ページ上図)

「でも、一方の偏極をもう一方へ変化させるにはどうすればいい?」カルラがロモロにさらに問いを投げた。「たとえば、〈北〉のレフトルを〈上〉のレフトルに変化させるには?」

「〈東〉かける〈北〉は、〈上〉になります」ロモロが答えた。「それが四分の一回転するレフトルです。しかし左から〈東〉をかける操作を含むベクトルの回転は、〈北〉-〈上〉平面での半回転になる。それは〈上〉と〈下〉を入れかえます。だから輝素を上下にひっくり返すと、ふたつの垂直な偏極を入れかえることになる。それはすなわち、偏極がじっさいに〝上〟と〝下〟と呼ばれるに値するものだということを意味しています。レフトルにとって、〈未来〉-〈上〉平面全体は〝上〟むき垂直偏極を記述し、〈北〉-〈東〉平面全体は〝下〟むき垂直偏極を記述する」ロモロは詳

輝素波が時間とともに振動する影響

異なる偏極は別々のまま

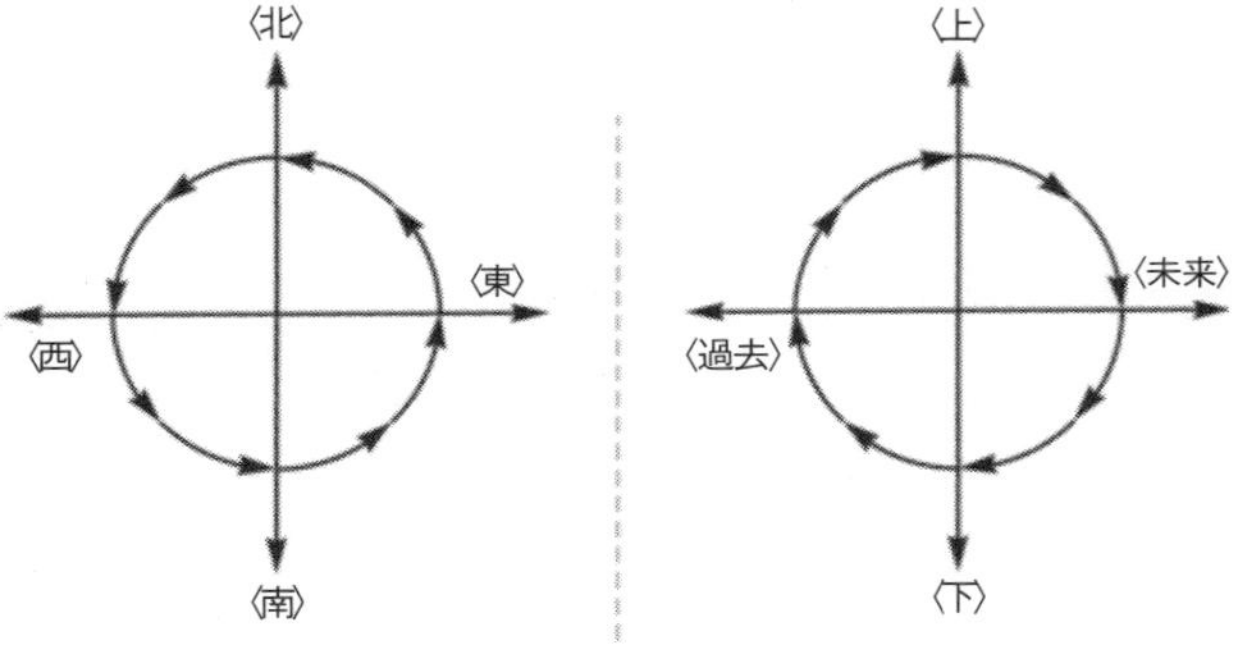

細をスケッチして、自分がいったとおりに回転がほんとうに平面を入れかえることを、自ら確かめた（次ページ図上）。

　パトリジアがいった。「つまり輝素は空間の中で軸を持っていて、それは反対むきのものと区別できる。ちょうど同じ軸のまわりで物体が自転《スピン》する方法が二種類あるように」

　カルラは自分でも適切な類比を考えようと四苦八苦したが、パトリジアの出した例は異常なほどの喚起力があった。「新しい波動方程式でこの軸のむきが保存されるか、確認する必要があるわ。じっさいにジャイロスコープの軸のように保存するかどうかを」

　カルラは場のレフトル、ライトルとエネルギー・運動量ベクトルの関係を、もっと伝統的な形式に変換した。そこではエネルギーと運動量は、それぞれ波の時間方向と空間方向の変化率から計算される。そこから三人は、偏極の軸の時間変化率をなんとか計算するこ

〈上〉と〈下〉をベクトルとして入れかえる
回転のレフトルへの影響

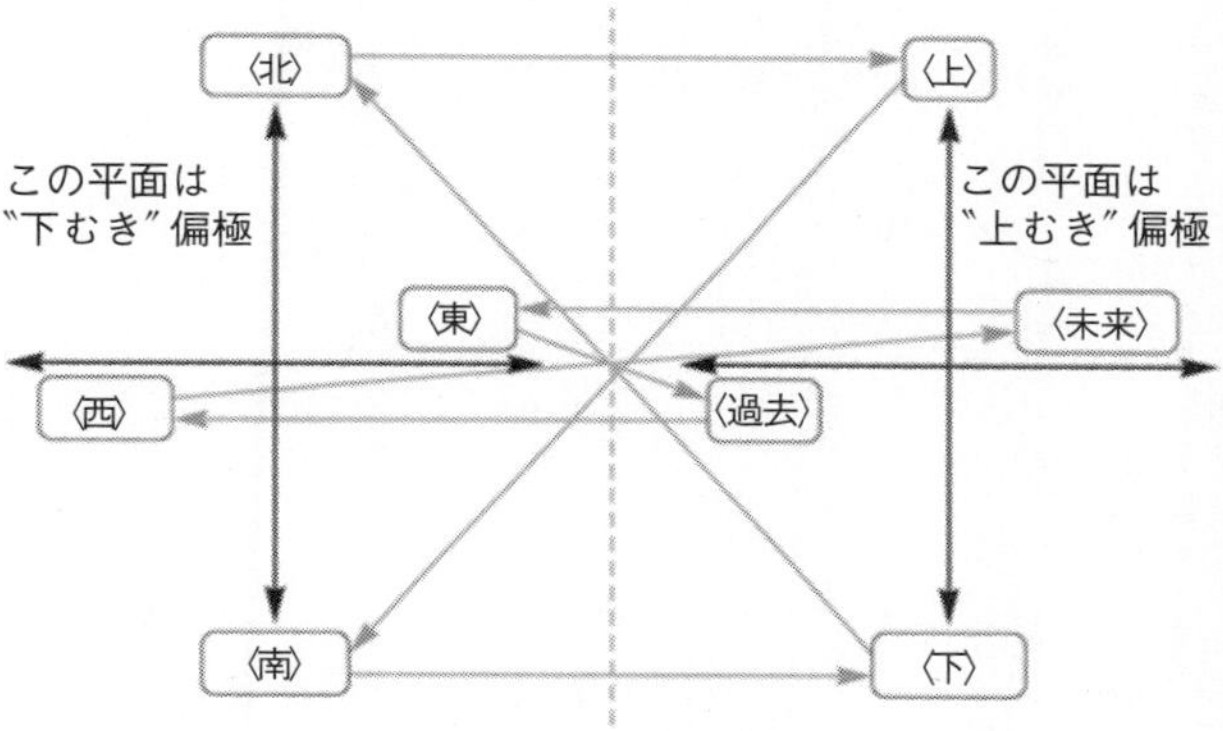

とができた。そしてそれはゼロになるとは限らなかった。ある輝素波では、軸が時間とともに変化するだろう。

「ジャイロスコープのようではない、ということですね」パトリジアがいった。

「ふうむ」カルラは結果を前に考えこんだ。「回転する物体の軸は、どんな場合でも一定に保たれるわけではない。その物体が恒星を周回する惑星のように動いていて、軌道運動と自転《スピン》のあいだで角運動量が行き来できるようななんらかのメカニズムがある場合、それぞれが個別に保存することは考えられない。合計の角運動量だけが、一定に保たれるでしょう」

パトリジアが警戒気味にいった。「ということは、輝素自体にいくらか角運動量をあたえて、あたかも偏極の軸に対してじっさいに自転《スピン》しているとして扱えば、その角運動量が変化するときは、かならず同じ量で反対符号の変化が軌道角運動量に起こって打ち消しあわないといけない、ということですか？」

「そう。もしほんとうに類比をそこまで続けられるのなら」カルラはへとへとだったが、その発想をテストされないままにはしておけなかった。計算をこつこつと進めながら、カルラは些細な、馬鹿げたまちがいを連発したが、まもなくロモロが、遠慮を捨ててまちがいを指摘しはじめた。

最終的な計算結果は、輝素の軌道角運動量がそれ自体では保存されないことを示していた。しかし角運動量の半分の単位を輝素自体に持たせて、その量は固定されるがむきは偏極の軸とともに変化できるようにすると、ふたつを組みあわせた量の変化率はゼロになり、合計の角運動量は保存された。

パトリジアのあげた歓声は、不信と歓喜が半々だった。「ネレオが聞いたら、なんていうでしょうね？最初は、彼の考えた粒子が波のように広がっていることがわかって、今度は、それが同時に自転《スピン》していることがわかった」

ロモロは自分たちが持ってきたスペクトルのデータに目を落とした。「つまり、輝素のエネルギーがその動きに依存するように光学固体の光の場を配置すると、エネルギーがスピンにも依存する――というのはすじが通りますね」夜中の計算に三人を駆りたてた謎は、解明されたも同然だった。ロモロはカルラを見あげた。「これでエネルギーがスピンにどう依存するかを定量化できますよね？新しい波動方程式が、それを可能にしてくれる！」

カルラはいった。「それはまた明日」

三人はいっしょにカルラのオフィスを出た。この地区の通廊に人けはなく、前を通っていく部屋は苔光でほの暗く照らされていた。「こんなに遅くまで仕事をしていても、あなたたちの双は気にしない？」カルラは問いかけた。

「わたしは数旬《ステイント》前から双とは別に暮らしています」パトリジアがいった。「そのほうが楽ですから」

「ぼくもたぶんそうする」ロモロがいった。「このプロジェクトの最中に、子どもたちを持つことにはなりたくない！」人前であることをまったく気にするようすもなくそういってから、つけ加えた。「双もまだ準備ができていないし。ふたりとも気がかりなしのほうが、より幸せになれるでしょうから」

三人は別れ、カルラはカルロの個室がある軸のほうへのぼっていった。カルロはまだ起きていて、居間でカルラを待っていた。

「傷は治ったように見えるけれど」カルロが傷を移動させただけではないことを確かめられるよう、一回転してみせてとカルラは手ぶりで促した。

「もう治っているよ」カルロがきっぱりといった。

「それで、樹精はもう番ったの？」カルラはその新しいプロジェクトを気味悪く感じていたが、森でカルロが悲惨な思いをしたことが無駄に終わってほしくはなかった。

「もう少し待ってやってくれ」

「感化力の携帯化は？」

「若干の進展があった」カルロは慎重ないいかたをした。「感染症状が見られる数人から、記録テープを作ることができた――あの人たちはまちがいなく赤外線を発している」

「そしてあなたは、その感染性の光が自分の皮膚に当たりっぱなしにしていたの？」

「記録を取るときはスクリーンの裏にいたよ」カルロは安心させるようにいった。「作業に際しては、できるかぎりの注意を払っている。でもたぶん、そういうことは山じゅうで起こっているんだ。きみもまったく同じ感化力に、まったく気づきもせずにさらされていることは、まちがいないよ」

「それなのにいまあなたは、そのテープを自分の体を使って再生させてくれる志願者を探しているわけ、そのテープに病気が記録されているかどうかを確かめるために？」英雄譚《サーガ》の中にそんな話があった、だれかの皮膚に描書された禁断の詩を自分の皮膚に写しとると、一発で死にいたるというような。

「まだ再生機の研究中だ」カルロがいった、「でも、次の段階は志願者になるだろうな」

　カルロがランプを消して、ふたりは寝室に移動した。

「また食事をわざと欠いたりはしていないだろうね？」カルロが厳しい声で訊いた。

「するわけがない！」カルラはカルロがタール塗り布《ステイント》をピンと伸ばすのを手伝った。「もう二、三旬待って視覚になんの問題もないのを確かめたら、次の実験をするわ」カルロから返事はなかったが、双がうれしそうでないのはわかった。「しないわけにはいかないことだから」カルラはいった。「今度はもっと慎重にやる。でもいつまでも延期はできない」カルロがいった。「また視力を危険にさらす前に、もう一年待てないか。待っているあいだに、選択肢について考えるんだ」

「もう一年？」カルラは寝床に入りこんで、樹脂塗りの砂の中に横たわった。カルロは本気で、研究中の魔法の光の詩をそのときまでに書きあげて、カルラがシルヴァーナの運命をたどらずにすむようにできる可能性がある、と考えているのか？「でも、その前になにかが起こったら？」カルラは苔光の中でカルロを見あげた。「わたしの準備ができる前に？」

　カルロはカルラ越しに手を伸ばして、寝床の彼女の側の貯蔵窪みからなにかを取りだした。それは長い三角形の硬石刃で、鋭い三辺が頂点にむけて先細りになっていた。

「ぼくが夜中にきみを起こして、ぼくたちの計画を変更しようとしはじめたら」カルロがいった。「これをぼくに見せてくれ。それで正気に戻るはずだ」

カルラは双の顔をじっくりと見た。カルロは真剣だった。「じゃあ、もしわたしのほうがあなたを起こしたら?」

カルロはナイフを隠し場所に戻すと、寝床の反対側からもう一本のナイフを取りだした。

34

カルロはマカリアからの引き継ぎに数鳴隔《チャイム》早く到着した。自分でも樹精観察の夜勤を一旬《スティント》間やってきたので、どれほど疲れるものであるかはカルロも知っていた。動物が不活発であればあるほど、ぼんやりせず、綿密な観察を続けることはむずかしくなる。これまで各勤務時間《シフト》の最後まで居眠りせずにいられたのは、ひとえに、ほんの数分隔《ラプス》の不注意でどれだけの代償を支払うことになるかを、絶えず自分にいい聞かせていたおかげだった。

「なにか変わったことは?」とカルロは尋ねた。

「ゾシモが一時隔《ベル》ほど起きていて、檻の中を飛びまわっていました」とマカリアが答えた。「ある時点でゾシモが双を起こした。なにかが起きるに違いないと思いました。でも、結局、何度か呼び交わしただけだった。ベニグナとベニグノは、そのドラマのあいだずっと眠っていました」

「ふうむ」カルロは母星で書かれた古い報告書を読んだことがある。それによれば、森の樹精は生殖のために夜中に起きるのを観察されたという。しかし、そうした記述の正確さにカルロは疑問をいだいていた。ましてや、祖先の本来の生息地から二度も切りはなされた、この虜囚たちに当てはまるとは思えない。

「こいつらをその気にさせるために打つ手があるはずです」マカリアが疲れた声でいった。「どちらのカップルも成熟していて生殖可能。だとしたら、なにを待っているんです？　決定的な環境の変化があるに違いない。もしかしたら食餌《しょくじ》が信号になるのかも――」

「食料の供給をこれ以上増やしたら、四児出産になる危険をおかすことになる」カルロは答えた。

「それがそんなにいけないことですか？　もし本気で分裂のあいだの信号を理解したければ、いつかの時点で二児出産と四児出産を比較する必要が出てくるのでは？」

　実験対象が無限に供給され、しかもプロジェクトの目的を達成するのに必要なだけ何世代でもかけられるなら、それは合理的な態度かもしれない。カルロはいった。「この群れから二児出産の分裂を記録するテープが得られなかったら、きみが志願して次の四頭の樹精を生け捕りにしてくれ」

　マカリアは引き継ぎをすませて立ち去った。

　カルロはふたつの檻の中間あたりで、ガイドロープの上に陣取った。ベニグナとベニグノを後眼で、ゾシマとゾシモを前眼で見られる位置だ。それぞれの檻と交差する、切断された枝で組まれた足場を飾る花々は、多かれ少なかれ本来の交替周期に従って、いまだに光を放っていたが、この数日にわたり、その輝きが衰えてきたことにカルロは気づきはじめていた。模造の森の光が薄れるにつれ、苔光が取ってかわり、その場所全体が、むしろひと握りの青白い小枝で装飾された、剝きだしの岩の牢獄のように見えてきていた。

観察者のシフトは樹精の活動に同期しており、カルロが到着したのは、ちょうど四頭の動物すべてが目をさますころだった。重い台座の上にとらわれている雌たちは、体を引きはなそうとする活発な試みをとっくの昔にやめていたが、ひとたび意識を取りもどすと、その姿勢と動きは一変した。睡眠中は体のあちこちをてんでんばらばらに引きつらせたり、腕を振りまわしたりしていたのに対し、不気味なほど規律正しく見える、一連の筋肉の曲げ伸ばしと、肉の再配置をするようになったのだ。ベニグナとゾシマはそれぞれの檻の中でほぼ同じ体操をおこない、それが運動不足に対する本能的反応であることをうかがわせた——ひょっとしたら、怪我から回復するあいだ、健康を維持するための手段かもしれない。だが、模倣の産物であるということも同じくらいありうる。台座から、おたがいがはっきりと見えるのだから。模倣だろうか？　励ましだろうか？　孤独感のあらわれだろうか？　カルロが追跡するあいだ、ゾシマはずっとベニグナのぐったりした体を運んで森を抜けた。その二頭が虜囚仲間で、たがいの窮状に気づいており、たがいの士気を保とうと必死になっているのだ、とどうしても考えてしまう。

雄のほうはといえば、やはり長いことじっとしてはいなかった。数分隔《ラプス》おきにゾシモかベニグノのどちらかが、いきなり枝から枝へ飛びうつった。檻には目下のところトカゲがいないものの、これらの動きは、樹精が餌食を待ち伏せするときに使う動きと似ているように見えた。トカゲの有無を司る、なじみのない法則を理解しそこねて、雄たちが食べ物を期待して影に飛びかかりはじめたのか、それとも、雌と同様に、活動的でいつづけようとしているだけなのかは、カルロにはよくわからなかった。

マカリアの報告に照らして、カルロはゾシモに格別の注意を払った。その雄はふだんよりも確かに活発で、それぞれの枝の上で落ちつきなく体を揺らしてから、次の枝に飛びうつった。檻はさしわたしが二通離《ストレッチ》しかないので、ゾシモは何度も同じ場所を訪れないわけにはいかなかった——だが、きっちりした反復周期の実行からはほど遠いものの、出発地と目的地の順列を複雑に組みあわせて、ミニチュアの森を縦横に飛びまわっていた。まるで貧弱な環境から、できるだけ多くの目新しさを絞りだそうとしているかのように。

給餌《きゆうじ》の時間になり、カルロは倉庫から二匹のトカゲを取ってきた。トカゲはしばらく身をくねらせて抗議したが、まるで死んだふりをすれば命が助かるかのように、カルロの手の中でぐったりした。樹精はいまではその日課を覚えたに違いない。だが、カルロが近づいても、ねだるようにまとわりつきはしなかった。カルロが檻の格子の隙間からトカゲを放りこむあいだ、ベニグノは素知らぬ顔で遠い枝にしがみついていた。ゾシモは侮蔑の念を隠さず、カルロにむかって威嚇するように歯を剝きだしたが、やはり距離を保っていた。

カルロは観察地点に戻った。いまではこの狩りをいやというほど目にしていたので、はじめから終わりまでゾクゾクしどおしということはなかったが、完全に無視することもできなかった。檻は小さかったが、どの枝にも隠れる場所が一ダースはあり、樹精が興味を示すよりずっと前に、トカゲたちはつねに視界から消えた。今日の追跡は、最初のうちは急いでいないように思え、やる気がないとさえいえそうだった。ゾシモは二、三度、目的ありげに枝から枝へ渡ってから、気を逸らしたように見えた。一方ベニグノの跳躍は、こっそり近づくためというよりは遊び半分であり、光り輝く花びらを空中へ舞いあがらせた。

カルロの思考はさまよったが、二頭の樹精がしだいに捜索範囲を狭めているのには気づいていた。新しい枝へジャンプし、一瞬あたりを見まわしてから、無関心を装い、ダニを追いはらうほうに関心があるようなふりをする。事態が急変したのは、一鳴隔《チャイム》近く経ってからだった。一匹のトカゲが狼狽して枝伝いに逃げる音がしたかと思うと、ゾシモが手を伸ばし、それを引っさらおうとした。トカゲは隣の枝にジャンプしたに違いない。ゾシモの手が空っぽで戻ってきたからだ。

しかし、すぐさまゾシモがトカゲを追って跳躍し、一瞬後にはトカゲをくわえ、まっぷたつに嚙みちぎっていた。

ゾシモはトカゲの半分を咀嚼しつづけ、満足げにそっと甲高い声をあげていた。ベニグノの檻の奥で不意になにかの動きが生じたが、なにが起きているのかわからなかったので、カルロはゾシモに注意をむけつづけた。その樹精は自分の分け前を飲みこむと、とらわれの双にいちばん近い枝まで飛んでいった。ゾシモはトカゲの残りをゾシマに渡した。ゾシマがそれを口もとに運ぶと、ゾシモは手を伸ばして、双の顔の側面をなでた。

カルロはゾシマが食べるのを見守った。ゾシモは双のかたわらにいた。はじめの数日は両方の雄が、自分の肉に複数刺さった光探針《プローブ》を抜きとろうとするそれぞれの双を手伝おうとしたが、プローブのチューブは硬石で、曲げたり折ったりすることは不可能だったし、カルロは雌の皮膚を癒着させて、台座にはめこんだ半ダースほどの輪っかに通していた。ふつうの方法で肉を変形させても外すことはできないし、たとえ自暴自棄が昂じて体を嚙みきったり、こそげ取ったりしようとしても、歯も鉤爪も届かない。

雌たちは手術のあいだ意識を失っていたし、術後は痛むはずがない。だが、この二頭に負わせた運命に対して、カルロの胸はいまだに嫌悪の念でうずいた。二頭は分裂するか、さもなければとらわれのまま。それが、カルロが石に刻んだ判決なのだ。

ゾシマは食餌を終えていた。そして複雑な一連の甲高い叫びを発し、返事がないと見ると、もういちど繰りかえした。そのパターンはほぼ同じだったが、今度はいくつかの音がほかの音よりも強調されていた。ややあってゾシモが応答した。

そのやりとりは、カルロがこれまでに聞いたどれよりも長く、手のこんだかたちで続いた。樹精にはほんとうの意味での言語はない、とカルロは教えられていたが、それを知る立場にある人がいるのかは疑問だ。古い報告書には、その叫びを分類しようとする粗雑な試みもあったが、その構造に関する体系的な注釈はなかった。もし未来の生物学者がもっと差し迫った関心事から解放される日が来れば、だれかが森の中で一年を費やし、この動物たちをひたすら観察して、その呼び声に耳を傾ける価値はあるかもしれない。

ゾシマが台座から手を伸ばした。双がその手を握ると、ゾシマは双を引きよせた。カルロはためらった。自分をあざむいて、その接近を誤って解釈しているのではないか、と一瞬不安になったのだ。しかし、ゾシモは枝を放しており、二頭は手順に従うようにして固く抱きしめあっていた。カルロは交差したロープ伝いに突進して、檻の前面の下にあるレバーに手を伸ばした。

レバーを引く。と、レバーが動かなくなった。パニックに陥らないようにしながら、レバーを押しもどし、障害物を通りこして動かしていき、ブレーキを外すことに成功した。六台の光記録機が不意にけたたましくカタカタいいはじめたので、樹精が驚いて気を変えるのではないかと心配したが、顔をあげると、二頭は機械にはかまわず、抱擁を続けていた。

カルロは観察しながら、覗きをしているという恥ずかしさを追いはらえなかった。もっとも、カルロの視線よりも記録機のほうがはるかに親密な行為をとらえているのだから、二重に馬鹿げているのだが。しかし、樹精の体位がこれほどいとこのそれに似て見えたことはなく、ゾシマとゾシモがいっしょに作りだす形は、長年にわたり思い描いてきたので頭脳に焼きこまれたカルラと自分自身の姿に近くて、心がざわついた。これはハタネズミの交尾とは別ものだ。

ゾシマは静かになったが、ゾシモは双を慰めるかのように、その顔をなでつづけた。両者が肌を合わせているところから黄色い光が放たれた。子どもたちの世話をするという、光にこめられた雄の約束だ。その光景に居心地の悪さを覚えるのは、どこまでが樹精に選択を強制した罪悪感に由来するもので、どこまでが、同じ約束をするまでは自分の命など無価値だと判断する、心の一部からの叱責に由来するものなのか、カルロにはわからなかった。

記録機の立てる騒音に、いきなり新しい要素が加わった。紙が千切れる音だ。「おい、おい、嘘だろ！」カルロは檻の下の、ぼんやりと照らされた機材ハッチまで飛んでいった。故障した機械に近づくうちに、紙の裂ける音がリズミカルなバシッという音に取ってかわられた。テープが完全に千切れて、駆動リールから外れた端が、シャーシを鞭のように叩いているのだ。モーターを止め、手早く両方のリールを外したが、損傷を受けたテープの断片をキャプスタンのあいだから残らず引きぬいてから、新しいリールをはめて、機械を再始動させるには、さらに数分隔《ラプス》かかった。

ハッチから出て、観察地点へむかってのぼりはじめたとたん、ゾシモが双から離れて、台座の上に張りだした枝に戻っているのがわかった。ゾシマはいま手肢がなく、カルロが不安の面持ちで見守る中、この雌の解剖学的構造が、意識的な努力では変えられなかった特徴を放棄しはじめた。振動膜の隆起が膜の中に沈んだかと思うと、その精妙な構造全体が胸の上部に溶けこみ、即席で生やした腕と同じくらいあっさりと再吸収された。閉じた口は、すでに奇妙に平べったい黒ずんだ唇だけになっていたが、顔の皮膚とのふだんの対照を失い、やがて完全に視界から消えていった。最後に消えた造作はまぶたで、頭そのものが変形しはじめると同時に、切れ目のはいった青白い楕円が回転し、垂直方向に伸びて、些細な傷の名残のように歪んだ。まるで何年も前にこの体を樹脂でこしらえた目に見えない彫刻家が戻ってきて、目茶苦茶になった顔の名残を親指で強打してから、ぎゅっと絞って像全体をいまや未分化の塊、再使用に備えるただの素材に変えたかのようだった。

　ゾシモが悲哀に満ちたうなりを長々と発した。カルロはなんとか心理的な距離を保とうとしながらこの雄を見あげたが、そのとき、樹精の全身が苦悶で震えはじめた。自然はこの変容に参加する両者に賄賂をつかませていた、その行為を比類ない喜びの感覚で染めあげることで。しかし、ハタネズミが分裂を引きおこす生《き》の快楽から、子どもを養うという強制的な義務へ難なく移行できるのに対し、この樹精は自分が失ったものを理解していた。生まれてからずっと彼を愛し、守ってくれた連れ合いが、たったいま目の前で消されたのだ。嘆き悲しむ以外にどうしろというのか？

　カルロは視線を逸らし、落ち着きを取りもどそうとした。自分とカルラがついに彼女の命を終わらせるとき、自分はどういう気持ちになると想像していただろう？　ほんとうに自分をだまして、こんな風に信じていられたのだろうか——生物学的強制によって無感覚になり、呆然としたままそのときを耐えぬき、自分のしたことの重大さに影響を受けずにいられる、と？痛み止めがわりの嘘以外のことを自分の子どもたちに語った男はいないが、カルロは少年だった自分を思いやってくれた父を赦せるとしても、だからといって自分の臆病さを赦すわけにはいかない。自分の学者としての訓練のすべて、自分がおこなってきた動物実験のすべては、真実を事実の山の下に葬る役にしか立たなかった。人生の最大の目的、自分を完全にするひとつの役割が、正しくもなく、耐えられるものでもなく、赦されるものでもないことを受けいれるしかない。ふたりがどれだけ待ったかは関係ない、どんな計画を立てていたかも関係ない、どれほど進んで最後の一歩を踏みだそうとも関係ない。最後にはカルロは自分のしたことを思い知らされ、子どもたちだけが正気を保たせてくれるだろう。

それも、子どもの数が適切だった場合に限られる。

カルロは顔をあげた。ゾシモが枝に身を寄せてうずくまり、上のほうの腕で頭をかかえて体を揺らしていた。彼は沈黙に陥っていたが、今度はベニグノとベニグナが咆哮で応答していた。だが樹精たちが激しく嘆き悲しんでいるあいだに、カルロはようやく自分にお祝いをいえる理由を手にしていた。

胞胚の表面に最初の隔壁があらわれていて——それは縦方向ではなく、横方向だった。ゾシマは二頭の子どもにしか分裂しないだろう。そして光記録機が、この結果の根元をなす信号をとらえている見こみがあるのだった。

35

「うまくいったぞ！」大声で上機嫌にいったロモロが、光線の中に鏡を入れ、小刻みに揺らすと、目もくらむ赤い点が、作業場の壁をよぎって走った。「とうとう目に見えるようになった！」

だれもが周囲に集まり、新しい装置を試してみた。カルラはその光景を喜ばしい思いで見守ったが、自分は後ろにさがって、チームのほかのメンバーを喜びに浸らせた。

この取るに足らない赤い点をビーコン用の光に拡大するのはひと仕事だろうが、航法士たちはまもなく、必要なものを手に入れられるはずだ。イーヴォはすでに、コヒーレントな紫外光源で直交物質のサンプルを捕獲するための機械に取りくんでいる。なんだか、〈ブユ〉の後継機が二年以内に〈物体〉まで飛んでいけそうに思えてきていた。

「エンジンにはこれを使うべきよ」とユーレイリアが感激さめやらぬ声でいった。「もう太陽石の爆発はなし、純粋な光を排出する光子ロケットがあればいい！」

「あーーー」ロモロが、その装置の動力源となっているランプを指さした。「この光線は、太陽石から出るエネルギーのごくわずかな量しか運んでいない。残りは浪費されている。もしこれに似たものを使って〈孤絶〉を駆動しようとしたら、もとのエンジンよりもはるかに速く太陽石を燃焼させせなければならないから、廃熱で山全体が蒸発してしまう」

「そして光源は働かなくなるはず」パトリジアがつけ加える。

「なぜ？」ユーレイリアが語気を強めて訊いた。「熱のせいで？」

「いいえ。加速のせいで」

ロモロはパトリジアにむき直り、「どういう意味だ、加速のせいというのは？」

「光源は、ある特定の周波数でしか働かない」パトリジアが答えた。「もし〈孤絶〉が加速していれば、光源の端から端まで光が移動するあいだに、透明石は光を発するときよりも速く動くことになる。光と透明石との相対速度に変化があれば、光の見かけの周波数も変化する――従って、それ以上の遷移を励起する正しい周波数ではなくなるの」

ロモロが絶句したので、カルラが割ってはいった。

「冗談をいってるのよ！　周波数の偏移があったとしても、極端に小さい。一重力のもとでさえ、光源の働きを停止させられる見こみはないわ」

「冗談でした」パトリジアは認めた。「でも、その偏移に意図的に敏感なシステムを設計して、それを加速計として使えるかもしれません――一種の航法支援として」

カルラは原理的な面では反対意見を思いつかなかった。「でしょうね」と彼女はいった。「またひとつ、孫にゆだねるプロジェクトが増えたわ」

ロモロは反射した光線をパトリジアの胸にむけた。赤い円盤は、皮膚に穴があいて内部の光の領域をさらけ出しているように見えた。


カルラが目ざめると、腸が痙攣していた。寝床の脇にある時計のほうをむき、目が焦点を結ぶのを待つ。朝食はまだ二時隔《ベル》以上も先だった。

タール塗り布の下に横たわりながら、カルラは静かにうなった。もしなんらかの約束を自分にしたら――空腹が耐えられないほどひどくなったら、それを終わらせると約束したら――役に立つだろうか、と考えてみる。でも、どうやって終わらせる？　シルヴァーナの運命をたどることは、たとえそうしたいと思っても、できない。カルラを飢餓から救えると確信しきっているカルロは、カルラの苦痛を癒そうとはせず、馬鹿げたナイフをふるってカルラを寄せつけないだろう。ホリン断ちをしたり、エアロックから踏みだすつもりはない。空腹に耐える以外に打つ手はないのだ。

もういちど眠ろうとしたが、無理だった。カルラは寝床から出て、個室をあとにした。疲れはてて限界が来るまで通廊をぐるぐるまわれば、意識を失えることを期待しつつ、また寝床に戻れるだろう。

〈孤絶〉のこの地区は静まりかえり、苔に照らされた通廊に人けはなかった。空腹が耐えられなくなったとき、ほかの女たちはどうするのだろう？　双のかたわらに横たわり、空腹がようやく終わる日を夢見ているのだろうか？　自分の人生にいだいていた計画をひとつまたひとつとすべて放棄し、あの輝かしいヴィジョンに屈する日まで。

カルラはもっと元気の出るものを探して、頭をふさごうとした。ロモロの新しい光源は、エネルギー準位の理論全体の、めざましい証明だ……しかし、その装置で可能になる旅について考えると、その将来像には恐怖がこみあげてくる。対消滅反応を深く理解しなければ、直交物質を燃焼させるエンジンに関するどんな計画も、ただの奇想で終わるだろう。だが、燃料となって自分自身を燃やす危険に、いちどならず、何度も繰りかえし直面することは、ほんとうに自分の義務なのだろうか？

もし拒めば、自分にかわる志願者はいくらでもいるだろう。自分はその反応の基礎となる理論の研究を依然として続けられるが、おそらく、新しい結果をじかに知る研究者たちの背後に追いやられる。もしパトリジアが第二の〈ブユ〉に乗って飛び、自分独自の発見をなし遂げて凱旋すれば、それによってついにパトリジアの名声が、まちがいなくカルラの名声を上まわるだろう。

　とはいえ、それがそんなに耐えられないことだろうか？　不当なことだろうか？　自分たちはふたりとも新たな発見に貢献したが、いちばん強力なアイデアはパトリジアの発案だった。いまにして思えば、自分のした最良のことは、より奔放なパトリジアの思弁に規制をかけてから、細部を整理して思弁を成果につなげることだったのではないか。それなら、その役割に甘んじるべきなのかもしれない。それが自分の遺産になるとしたら、そこから恨みを引きだすよりは、価値あることをしたと思ったほうがいい。

　ならば、自分に残っているものはなんだろう？　さらに整理することか？　加速計に関する大雑把なすじ道を、現実の装置に変えること？　じっさいに機能する光ベースの加速計の設計を思いつくことができれば、面目は立つ。〈ブユ〉のような小型機のスケールでは絵空事かもしれないが、もっと大きな距離ならば、加速計がその真価を発揮する時間があるだろう。

　探知できるうちでいちばん遅い赤外光が〈孤絶〉の端から端まで、つまり山の頂点から基部まで行って戻るのに、どれくらいの時間がかかるのだろう？　それでも一瞬隔《フリッカー》のごく一部にすぎない。その時間に、一重力の加速で、山の速度は変化するだろう……一グロスの五乗分のいくつか。

　カルラは速度をあげつつガイドロープを伝っていった。通廊をまず一周して、気がまぎれているうちに自室を通りすぎようと心に決めて。その問題をひねくりまわしているうちに、それまで自分が不注意だったことに気づいた。光源にむけて送りかえす鏡に光が跳ねかえるとき、その光の周波数が変わらないと仮定するのは道理にかなっている——結局、それが上質の鏡の定義なのだ——しかし、鏡が〈孤絶〉といっしょに加速しているという事実を失念していた。カルラが測定したいと思っている微小な効果を追いつづけるために欠かせない、細心の注意を要する詳細のレベルでは、その事実はじゅうぶんに結果を変える。

カルラは山の両端の来歴と、そのあいだを動く光の来歴をスケッチし、その幾何学をもっと注意深く検討した（図下）。任意の光のパルスを測定して得られた周波数は、測定装置と光のパルスそのものとの相対速度にのみ依拠する——逆にいえば、すなわち来歴どうしのあいだの角度に帰着する。それらの角度はかんたんに見つかり、そのうち四つがストーリー全体を語る。

接近する光へむかって鏡が加速すれば、光源を離れたときの速度よりもわずかに速く光が鏡に当たることになる。しかし、逆に光源は反射した光から遠ざかるかたちで加速しているだろう。光が光源に戻るころには、両者の相対速度は逆転するだろうが、その絶対値は変化しない——そして最終的な結果として、周波数の偏移はまったく起こらないだろう。

原則として、山の基部の光を、その場で別の光源が

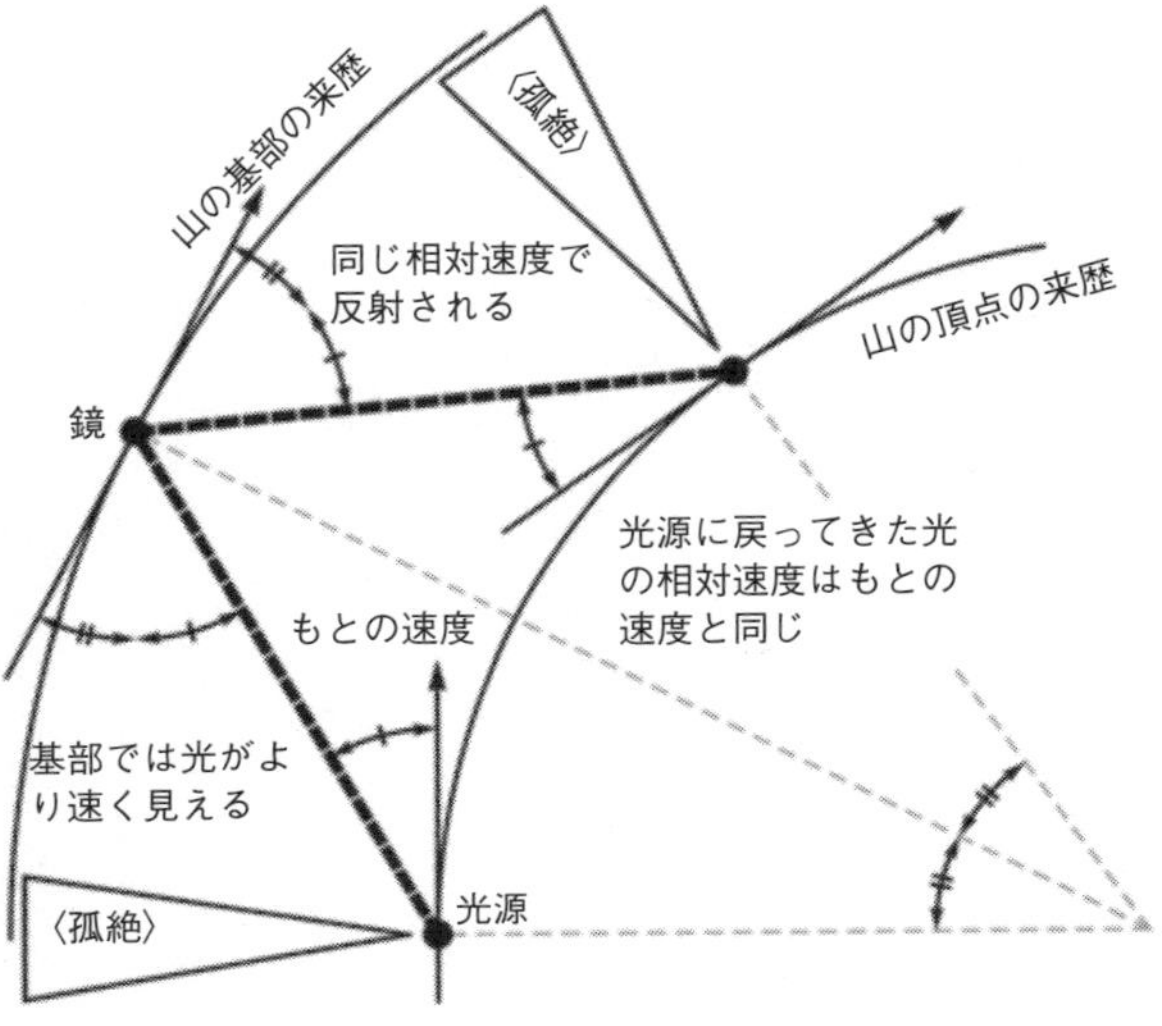

出す照合用の光線と比較することで、青方偏移は測定できる。しかし、偏移した光ともともとの光線とをじかに比較することができるなら、それに越したことはない。カルラはその問題を迂回する方法を探したが、幾何学はつねに同じ結果へと舞いもどった。山をくだる光線は青方偏移を起こし、山をのぼる光線は赤方偏移を起こす。そして光が変化せずに反射されるかぎり、往復の途上でふたつの効果は相殺される。それはエネルギー保存則の一形態にすぎない。

　ならば、ユーレイリアの空想上の飛行についてはどうだろう？　光子ロケットならば？　周波数の偏移はそこの光源の機能を妨害するだろうか、しないのだろうか？　もし光線が山の加速の原因となるほど強力なら、当たった鏡に運動量を分けあたえ、自らは多少の運動量を失うだろう。もはや変化せずに反射されることはない。赤方偏移を経験しないわけにはいかないのだ。

　だが、その運動量はどのくらいなのか？

　それは、それぞれの光子が実効的に当たって跳ねかえる物質の質量による。遊離輝素での実験では、光は大規模な赤方偏移で散乱させられた。個々の輝素の質量が、ぶつかってくる光子の質量よりも小さいため、反動は多くの運動量を獲得するからだ。コヒーレント光源を台無しにしかねない質の劣る鏡石の場合、輝素は物質全体に運動量を移しかえる前に、依然として大きく跳ねかえるほど動くことができる。最高品質の鏡石の場合、輝素は隣接する輝素と緊密に結ばれているので、それぞれの光子は実効的に鏡石のかなりの部分――動かないほど重い部分――と衝突する。しかし、この集団的慣性には限界がある。単一の光子は山全体を跳ねかえすことはできない、まるでその全体が不可分な剛体であるかのようには。従って、反射した光の周波数を決定するのは、山の加速ではなく、鏡そのものの物質的特性ということになる。

カルラは周囲への注意がおろそかになっていた。ガイドロープにしがみついていったん止まり、通廊を見まわして前後に並ぶドアを見る。自分の個室を二度も通りすぎていたことに気づいた。そしていまは、三周目に入ったところ。食料を入れた戸棚がほんの数通離《ストレッチ》背後にあると思いだしたとたん、また腸がねじれはじめたが、眠りにいざなってくれることを期待して、もう二周しようと決めた。

いまいちど議論のすじ道をたどる。質の悪い鏡は光を反射して小さな赤方偏移を起こし、もはや光子を生みだしたエネルギー準位間の間隔に合っていない光子を跳ねかえす。そして光子ロケットの一部になれるほど強烈な光線は、ひょっとしたら、その効果を激化させるかもしれない。より強い光の場は、より低い力のときなら完璧に適切な鏡を、実効的に〝軟化させる〟からだ。それを回避する道はあるだろうか？　赤方偏移は真のエネルギーの増加を意味する。反射した光子ひとつひとつがエネルギーを過剰に運んでいるので、本来の遷移から別の光子を放出させることはできない。だが、それなら、異なる仕事をあたえたらどうだろう？　もしエネルギーが準位間の別の間隔に適合するなら、まだ系全体に、有用なことをさせられるかもしれない。

カルラはしばらくその考えをいじくりまわし、やがてある可能性を思いついた（次ページ上図）。

輝素は三つの準位の最下層から出発する。そこまで外部の光源によって押しさげられなければならない。そこから、自発的にひとつ高い準位へとジャンプし、赤外光子を放出する。それからさらにひとつ高い準位へと移動し、紫外光子を放出する。

どちらの光子も反射され、鏡と衝突して赤方偏移する。しかし、鏡の特性とエネルギー準位の間隔が、ちょうどいい具合に関連していれば、反射した赤外光子は輝素を最下層まで押しもどせるだろう。それが出発

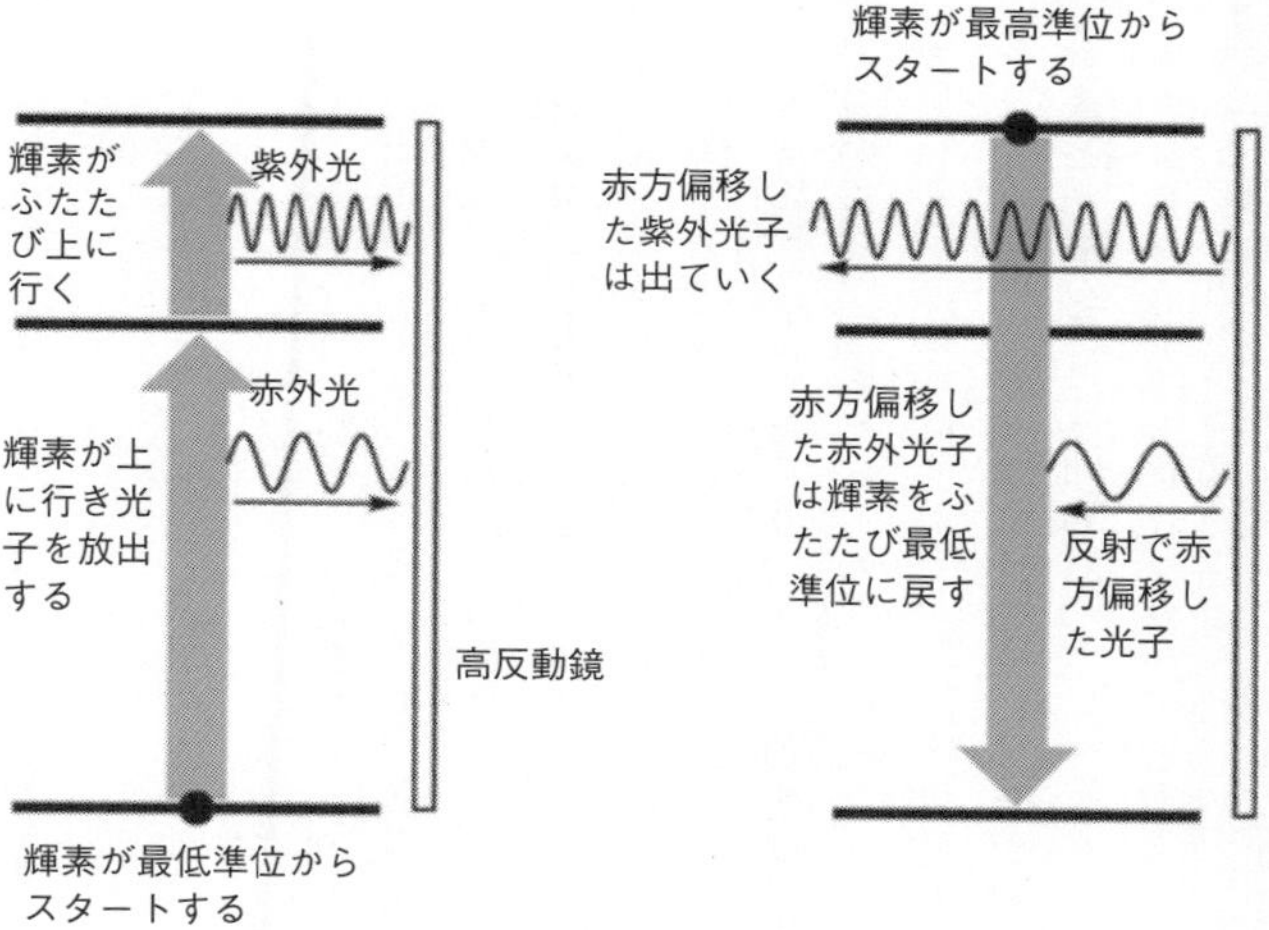

したまさにその場所へ。

そのあと、その周期がまたはじまる。

それぞれの周期において、ふたつの光子が生みだされ、ひとつはふたたび捕獲されることがない。その光子の真のエネルギーと釣り合いを取るために、透明石と鏡石は通常のエネルギーを獲得する必要がある。原理的には、運動エネルギー、熱エネルギー、位置エネルギーのどんな組み合わせでもいい。しかし、光子の運動量と釣り合いを取るためには、全体としての装置は加速しなければならず、従って獲得されるエネルギーは、全部が熱のかたちになることはありえない。燃料が解放剤に出会うとき、光が生みだされるのと同時に熱も生みだされる——そしてこの装置の温度は、ある程度は上昇するだろう。時間が経てば、なんらかの減損、なんらかの化学的変化も被《こうむ》るかもしれない。しかし、燃料を燃やすのとは違い、一瞬にして分解することもなければ、煙に変わることもない。

光を作り、消費されない。これは、〈永遠の炎〉の特性ではないか。

カルラはいったん止まり、自分の馬鹿げた結論を面白がりつつ、どこでまちがえたのだろうと思った。世の習いとして、じっさいにはすべてが都合よく同じ方向をむいている光子は生みだされないので、その装置はいくつかの改良が必要になることは確かだ。ひょっとしたら、跳ねかえす鏡の仕掛けを、コヒーレント光源の本来の設計と合わせられるかもしれない。けれど、この光源は、燃えあがる太陽石ランプから出るエネルギーの大部分を浪費しないだろう。それが放出する赤外光子の赤方偏移した反射そのものが、メイン・ポンプの役割を果たす。最初の閃光がプロセスを開始したあとは、わずかな照明を絶やさないようにするだけで、その不完全さと効率の悪さは埋めあわされ——そして、生みだされた光線が、慎ましいインプットよりも、はるかにまばゆく輝く。

それはエネルギー保存則にも、運動量保存の法則にも抵触しないだろう。どんな熱力学の法則にも抵触しないだろう。光子と廃熱を生みだすと、エントロピーは増大するのだから。しかし、この設計に基づく光子ロケットは、在来型のエンジンが必要とする太陽石のごく一部で飛ばすことができる。うまくいけば、燃料問題は解決だ。

いや——それどころではない。うまくいけば、先祖たち自身が、光子ロケットの集団に乗って母星から逃げられるかもしれない。うまくいけば、〈孤絶〉は帰郷するための手段を獲得するだけではなく、帰郷する権利が、帰郷する理由が獲得できるだろう。飛行任務の目的は果たされることになる。

ガイドロープのビュンと鳴る音に耳をすましながら、カルラは人けのない回廊をゆっくりと進み、自分の見逃していた欠陥が、自ずとあらわれるのを待った。とうとうそれが思いうかんだとき、カルラは自分の愚かさに意気消沈してブンブン音を立てながら、寝床へ戻ることができた。冷却はどうするのだ？　このロケットにも結局は、分離した冷却システムが必要だ、独自に燃料を燃やすシステムが……とはいえ、それが生みだす熱が、在来型のエンジンが生みだす熱と同じ量であることを要求する法則はない。それに、設計での正しい選択も役に立つだろう。装置に放出できる紫外光子が速ければ速いほど、鏡がもう一方の光子から奪う運動エネルギーは小さくてすむ——つまり、熱として終わるエネルギーが減る。

　時計を探すまでもなく、まだ早い時間だとわかったが、起こしてもかまわない山でただひとりの相手は、これを解決するのをあと数時隔《ベル》待てない理由を理解してくれる、ただひとりの相手でもあった。

　その地区にはかんたんにたどり着いたが、正しいドアが見つかるまで、一ダースのドアに記された名前を確認しなければならなかった。パトリジアが双と別々に暮らしはじめてから、訪ねるのはこれがはじめてだ。カルラはおずおずとノックし、遅ればせながら、自分のふるまいは完全に常軌を逸しているように見えるだろうか、と疑問に思った。しかし、心変わりして後退する暇もないうちに、ドアがひらいた。

「おはようございます、カルラ」パトリジアはとまどい顔だったが、起こされて気を悪くしているとしても、うまく隠していた。「どうぞ、入ってください！」

　個室は紙と真新しい染料のにおいがした。居間でランプが燃えており、本や、紐でくくったノートの束でぎっしりの壁をさらけ出していた。ここの重力は微弱だったが、カルラはガイドロープにひしとしがみついた。

「あなたの時間を無駄にはしないと思う」カルラはいった。「とんでもないことを思いついたの。あなたの意見を聞かせてもらわないと」

　カルラは鏡の仕掛けの基本原理を述べてから、それを現実の装置に応用する方法の説明に進んだ。話を終えると、反論のつるべ打ちに備えて身構えたが、パトリジアは無言のまま、考えこんだ顔で中空を見つめていた。

「これって、わたしの頭がおかしくなったの？」カルラは返事を促した。パトリジアが自前のナンセンスの犠牲になりかけたとき、カルラはこの少女の誤解を正してやった。今度は恩を返してもらう番だ。

「そうは思いません。なぜそんなことをいうんです？」

「こんなにかんたんに行くはずがないからよ！〈永遠の炎〉が――二、三枚の鏡と一枚の透明石で手に入るですって？」

パトリジアが振動膜をそっと揺らした。「英雄譚《サーガ》の中では、〈永遠の炎〉はなにひとつしません。冷ややかに、謎めいてそこにあるだけ。あなたのバージョンは、植物が毎日おこなっているプロセスにむしろ似ています。つまり、自らを燃やして灰にすることなしに、光の産物からエネルギーを抽出すること。あなたが考えたのととてもよく似た仕掛け――輝素をあちこちに動かして循環させる仕掛け――を、自然は見つけたに違いないです、たとえ似ても似つかない使いかたをするにしても。最小限の燃料で宇宙空間を渡ることを、花が有用だと思うことはないでしょうが、だからといって不可能だということにはなりません」

カルラはまったく安心した気分になれなかった。もしパトリジアが計画に明白な欠陥を見つけていたら、一件落着となっていただろう。だが、そのアイデアがパトリジアの簡潔な吟味に耐えたという事実は、なんの証明にもならない。「で、ほかのだれもこれを考えつかなかったの？　ヤルダも？　サビノも？　ネレオも？」

「それはみんな、エネルギーは連続していると考えていたからです！」パトリジアが反論した。「この計画はうまくいくんでしょうか、離散的エネルギー準位なしでも？」

「わからない」カルラは認めた。輝素が二、三の固定した状態のあいだを繰りかえし循環できるなら、確かにアイデア全体を把握しやすくなる。

「わたしたちが植物を研究することで、自在に光を作りだせるようになることを、ヤルダは望んでいたと思うんです」パトリジアがいった。「もしかしたら、それが最終的には、そのプロセスに関する最高の洞察をもたらしてくれるかもしれない。でも、それを可能にするような段階を、だれかが最初に理解する必要があった。その最初があなたなんですよ、カルラ。頭がおかしくなったわけじゃない、絶対確かです」

「ありがとう」率直な意見を述べてお世辞をいわない点について、カルラはパトリジアを信頼していた。

「でも、証明するまでは、自分が正しいとは信じないわ」

「じゃあ、どこから手をつけましょうか？」パトリジアが尋ねた。「正しいエネルギー準位にある各種の透明石を見つけなくてはいけませんが、鏡の赤方偏移を較正する必要もあります」

「これはまったく新しいプロジェクトになる」とカルラ。「評議会へ行って、計画の変更を承認してもらわないと」

「うーん」パトリジアは計画に着手したくてうずうずしていた。「評議会の承認を待たなくても、吸収スペクトルをいくつか分析しなおしてもいいんじゃないでしょうか？　この前ロモロとわたしが分析したときは、まったく違う特性を探していたんですから」

「確かにそうね」完璧な透明石探しは一からやりなおしだろう。それがいまいちど成功する見こみはある。しかし、航法士の慎ましい要求でさえ、ロモロが可視光源探しで消費した透明石の備蓄をもう一回分は必要とする。この新しい応用研究には――

「とても足りないわ」カルラは悟った。「たとえデモンストレーション用のロケットをうまく飛ばせても、エンジンを交換するだけの原料がそろう見こみはこれっぽっちもない」山の倉庫にあるエキゾチックな色合いの鉱物は乏しくはないが、先祖が意図していたのは、材料科学の研究用の代表的なサンプルを供給することだけだった。ひとつの特定の種類が太陽石よりも価値を持つようになる可能性など、まったくの予想外だ。

カルラは妙に満足した気持ちでブンブン音を立てた。評議会の面前で道化になる前に、自分の誤りに気づけてよかった。「なにを考えていたのかしら？　エンジンを丸ごと交換しないことには、無価値な話なのに。もし一重力に近いところまで〈孤絶〉を加速できなければ、わたしたちが帰るまでに、母星の時間が経ちすぎてしまう」数年遅れて――母星の時計で――帰りついたら、直交星群との衝突が本格的にはじまる、まさにそのときに到着することになるかもしれない。

パトリジアは困惑した顔でカルラをじっと見た。「あなたがいったことは、全部正しい」

「だったら、そう教えてよ。わたしはそれを聞きに来たんだから！」カルラは混乱してガイドロープ伝いに後退した。「どこでまちがったかを知る必要があった」

「いいえ、あなたの計画にまちがいはないんです」パトリジアはこだわった。「わたしにわかるかぎりでは。でもあなたがいったように、デモンストレーションをしないと証明にならない」

「そして、そのあとは？」カルラはいらだってブンブン音を立てた。「証明できた暁には、仮に山の半分がどんぴしゃりの種類の透明石でできていれば燃料問題は解決される、とわかったことに満足するの？　そして、どうやら先祖には母星から避難するのに必要な資源がそろっている、とわかったことに――けれど、唯一の問題はやりかたを先祖に教える手段がなにもないことだ、とわかったことに、満足するの？」

「光子ロケットの製造に成功すれば」パトリジアが答える。「まったく新しい目標にむけた活動のはじまりになります。化学者との協同作業で、手持ちの材料から正しい種類の透明石を、必要な量だけ作る方法を解明するんです」

カルラは懐疑的だった。「化学者に注文に応じて鉱物を作らせよう、とでもいう気？　化学者が予備の安定石をひとつ残らず太陽石に変えて、燃料問題を解決するような方法のことをいっているの？」

パトリジアがいった。「今度こそ頭がおかしくなったみたいなことをいいだしましたね。第一に、必要な量ははるかに、はるかに少ない。いま話しているのは、何年も動くエンジンを作ることについてで、一瞬にして使いつくされる燃料のことじゃないんです。第二に、異なる種類の透明石は、化学的にもエネルギー的にも、太陽石より安定石のほうにはるかに似ている、とわたしはにらんでいます。そして第三は……もしあなたのアイデアを実現できれば、慎ましいスケールであっても、それは新しいエネルギー源になります。太陽石を作るためのエネルギーを供給するために太陽石を燃やすのでは、提案は却下されたでしょう。でも、化学者がある種の透明石を小突いて別種の透明石に変えるのに必要なのが熱であれ光子であれ、あなたの仕掛けをうまく働かせて、自前の〈永遠の炎〉を——いちどでも——作れたとしたら、なにも消費しないで、そのエネルギーを供給することが可能になるに違いありません」

36

「きみの双と話をしてくれ！」シルヴァーノが懇願した。「なにがあったのかは知らないが、〈物体〉の開発計画から身を引いたら、カルラは評議会の信用を残らず失ってしまうぞ」

カルラ抜きで訪ねてくるように、とシルヴァーノに招かれたとき、カルロはとまどったが、異議は唱えなかった。ふたりだけのほうが気楽に話しあえる案件があることはわかる。とはいえ、カルラ自身がその案件のひとつになるとは、思いもしなかったが。

「カルラはもっといいことを思いついたんだ」カルロはいった。「ぼくは専門家じゃないし、ほかの物理学者の意見も割れているらしい。でも、ぼくにどうしろっていうんだ？　カルラに、自分自身の判断を無視しろなんていえるわけがない」

「この新しい光源の核心は、直交物質を操作することじゃないのか？」シルヴァーノは、なにもかもがそこに帰着すると考えているようだった。カルラはそういう前提で、自分のプロジェクトにシルヴァーノの支持を取りつけたのだから、いまになって、なんであれそこからの方針変更をしようとすれば、詐欺行為の罪に問われることになる。

「研究が別の可能性をひらいたんだ」カルロは答えた。「なぜそれが、そんなに悪いことなんだ？　〈物体〉はどこへも行かない。この新しいアイデアが袋小路だとわかっても、まだもとのプロジェクトを再開できるじゃないか」

「再開《ヽ》？」シルヴァーノが呆れ声をあげた。「だれかが気まぐれを起こすたびに、あちこちへふらふらしていいことにしたら、おれたちはなにも達成できないぞ。

はじめたことは終わらせないとダメだ！」

「どうやって終わらせるんだ？」カルロはロープの上でもぞもぞと位置を変えてから、遠慮しないことに決めた。「代替案を考えもしないうちに、人々が対消滅するところを見たいのか？」

「〈物体〉は危険すぎるので、完全に忘れるべきだといっているのか？　カルラの態度は、前はそうじゃなかった」

「いまの態度も違うだろう」カルロは認めた。「じゅうぶんな時間とじゅうぶんな努力を投入すれば危険に対処できる、とカルラがまだ信じているのは確かだ。だが、その危険を完全に回避できるチャンスがあるなら、なぜそっちを先に研究してはいけない？」

「それが幻想だからだ！」シルヴァーノは嘲《あざけ》るようにいい切った。「いいか、〈物体〉を捕獲する際にカルラが見せた勇気をおれは称賛する——そして、彼女がそこへ戻りたがらなくても、まったく責める気はない。カルラがもういちど宇宙空間を飛ぶ必要はないんだ。〈孤絶〉に乗っているだれにとっても、カルラはすでに英雄だ。でも、だからといってプロジェクト全体を妨害していいわけじゃない、ただ面目を保つために！」

カルロは「仕事がある」といった。一本の腕を伸ばし、ロープを押して離れたので、遊戯室の中を覗くことができた。「バイバイ、フラヴィア！　バイバイ、フラヴィオ！」子どもたちは建てていたテントから振りむかなかったが、後眼でちらっとカルロのほうを見て、挨拶がわりにうなずいた。

シルヴァーノが、もっと懐柔するような声を出そうとした。「待ってくれ、これがもしかんたんに決着がつく話なら、おれも喜んでカルラを支持するよ。でも、そう単純じゃないんだ、カルロ。たとえカルラのデモンストレーション計画がうまくいっても——まあ、おれの助言者たちは軒並み、見こみ薄だといっているが

——新しい透明石を注文に応じて大量生産するという事業とこれとは、まったく別の話なんだ。化学者たちにそんな好き勝手をさせたら、直交物質のほうがまだしも穏当に見えてくるだろう」

「それなら、宇宙空間で実験させればいい」とカルロ。「化学者のために新しい作業場を作って、〈孤絶〉から一、二大旅離《セヴエランス》離れた場所に置くんだ。そうすれば安全性の問題に対処できるし、航法士たちは技術を磨く新たな機会に恵まれる——それに、もし透明石の一件がうまくいかなくても、同じ施設を直交物質の実験にそのまま転用できるだろう」カルロは頭を傾け、ロープ伝いに後退をはじめた。

「おれにできるのは警告だけだ！」シルヴァーノが後ろから声をかけてきた。「耳を貸すかどうかは、おまえしだいだからな」

通廊でカルロはガイドロープ伝いに飛ぶように進み、興奮を静めようとした。なぜシルヴァーノは、この論争に自分を引きこんだのだろう？　カルラが彼女自身をあざむいている、彼女の考えていることは話ができすぎで真実のはずがない、ということはありうる。その一方で、〈物体〉はすべての問題を解決してくれる運命からの贈り物だという自分のヴィジョンに、シルヴァーノが固執しているだけということもありえた。

ありがたいことに、どちらが正しいと信じればいいのか決める必要はない。自分は評議員でも物理学者でもないのだ。この件に関しては、だれもカルロの意見を気にかけたりしない。

本人たち——カルラとシルヴァーノ以外には。

カルロは樹精の檻の脇にある倉庫をオフィスに改装していたので、トスコが割りあてた本来の感化力研究の作業場まではるばる往復しなくてもすんだ。その部屋はごみごみしていて、樹精の食料として死を待っているトカゲの悪臭が立ちこめていたが、ひとたびテープ視検機の脇にあるハーネスにおさまったカルロは、たちまち周囲の状況を忘れた。ラックの中におさまっている六つのリールは、特別なところがあるようには見えなかったが、視検機に嵌め、照明を当てて動かすと、テープに記録された縞がリズミカルに透明と不透明とのあいだを行き来しはじめ、自らに生殖を指示する体の言葉に近いなにかになった。

言葉と転写。カルロはゾシマの左下の探針《プローブ》から記録した一連の縞《シークエンス》の部分を巻きもどし、再度ゆっくりとランプを通過させ、二、三指離《スパン》ごとに一時停止して、自分の胸に視線を走らせ、メモをチェックした。これまでの記録テープからカルロは十ダース近い反復モチーフを目録化していたが、それらのパターンの中に、またさらに細かい違いがあった——同じ言葉が異なる抑揚で発せられるように。ここに、自分の目の前にあるのだ——生命の言語が。

ベニグナとベニグノが、ほぼ確実に四児出産するところまで餌をあたえられているいま、マカリアは、これ以上は介入せず、二頭に生殖させようとカルロをせっついていた。ふたつの分裂の記録を比較すれば、解明の糸口になるだろうと思ってのことだ。カルロは原則として、その考えに欠点を見つけられなかったが、実行するのはいまだに気が進まなかった。調査はまだ続行中だが、〈孤絶〉に棲む樹精は、おそらく全部で三ダース以下だろう——ゾシモとその子どもたちを勘定に入れても。さらに多くの樹精を監禁し、操作することの残酷さに良心がとがめるのを別にしても、対象を次々と消費する手法——ハタネズミやトカゲを対象にだれもが訓練されてきたやりかた——で実験を続けるには、単純に樹精の数が足りない。結果のわかりきった実験をいちどだけおこなって——そして、その過程で生殖年齢の雌をもう一頭失って——学べるよりも多くのことをベニグナから学べるとしたら、その方法を見つけることが、すべての樹精に対してカルロが負っている義務だ。

カルロは集中力が途切れはじめるまでテープを見つづけた。時計をあらためると、三時隔《ベル》近く経っていた。部屋から出て、赤外記録機をチェックしに行く。研究チームが病人から記録して、檻の中で再生した感化力の影響をゾシモと子どもたちが受けていないかを、四台積み重ねた機械がモニターしている。カルロは露光ずみのリールふたつを外してから、テープを入れかえ、機械をリセットした。

テープ視検機にかけると、リールの紙テープは白いままだった。樹精たちは、人の体に命令することができると証明されたメッセージには、まったく影響されないようだった。樹精ではなく人々に影響をあたえることが目的なのだから、最終的にはそれは重要ではないかもしれない。しかし、ひとつで両方の種《しゅ》を感化させられるメッセージがひとつもなかったら、計画全体のテストはかなりむずかしくなるだろう。

カルロは食事休憩をとったが、倉庫はその目的には快適な場所ではなかった。パンを噛みながら、樹精の檻のところへぶらぶらと戻る。ゾシモはカルロを無視したが、子どもたちは格子に飛びつき、隙間から手を突きだすと、ご馳走を投げてもらえるのを期待して、悲しげな声でハミングした。「おまえたちは、甘やかしてダメにしてもらいたいのか？」カルロは子どもたちをたしなめた。子どもたちに名前をつけるのはこらえていたが、それで愛着を覚えずにいられるようにはならず、以前は耐えられずに食べ物を投げてやったこともあった。「お父さんがもうじき食べさせてくれる。辛抱しろ」

カルロは最後のパンをすばやく飲みこんだ。アマンダはときどき交替時間より早めに来るので、食べているときに来られたら、気まずい思いをするだろう。倉庫へ戻ろうとしかけたとき、もうひとつの檻の中の動きに注意を引かれた。むきを変えて、もっとよく見よ

う と交差ロープ伝いに進む。

ベニグナは台座に釘づけのままだったが、手の一本になにかを握っていた。カルロが近づくと、樹精はそれを隠そうしたが、視界から隠すには大きすぎた。

それは長さ半歩離《ストライド》ほどの棒だった。片方の端が先細りで、大雑把なくさび形になっている。ほっそりした枝を折りとったものに違いない。だが、檻のベニグナ側の半分に枝はないし、ベニグノは双と自分を隔てる格子状の仕切りを破ったことがない。カルロは考えあぐねてから、ベニグノがまにあわせの道具を格子の隙間から放りこんだに違いないと気づいた。

カルロは体を横へズラし、もっとよく見ようとした。ベニグナの背中の皮膚が裂けていて、石の表面と自分の体とのあいだに棒をねじこもうとしていたかのようだ。「自由になりたいのか？」カルロは力なくいった。ベニグナがどんなに鉤爪を鋭くしようと、融合した肉に指を届かせることはできないが、もっといい計画を思いついただけではなく、必要なものを双に伝えてのけたのだ。

カルロは必死に決意を貫こうとした。いまあきらめたら、その結果はどうなる？　カルラが盲目になるのを見守るのか？　この動物たちは、自分自身の子どものうちふたりを殺すのか？　自分が負わせている苦難に値するようなことはなにもしていない——だが、自分なり乗員のだれかなりにしたって、いまの窮状に値するなにをしたというのだ？

「なにかあったの？」アマンダがやってきていた。

カルロは自分の推測を説明して、「ベニグナに鎮静剤を投与して、あれを取りあげたほうがいい」といった。ふたりはこれまで、先に薬を投与せずに檻に入って、ベニグナの手の届くところにトカゲの死骸を置いていた。だが、意識のあるベニグナの手から、先のとがった棒をもぎ取ろうとする事態は起きてほしくない。

「それで、またこんなことをするのはどうやって止める？」

「ちゃんとした壁を作ってだろうな」カルロは答えた。「建設班に頼んで、石の板を掛け渡してもらう」

アマンダはためらった。「さっさと生殖させてやったほうが、話が早いんじゃない？」

カルロは気をそそられ、「そのほうが話は早いだろう」といったん同意した。「でも、別の考えがある」

カルロは心の片隅で、役に立つかどうかよくわからないまま、ある考えをこねくりまわしてきたが、いまアマンダのおかげで公表する気になった。「ゾシマのテープをベニグナの体内で再生したい」カルロはいった。「それぞれのメッセージがなにをするのか調べたい」

「つまり……文脈から外れて？　ベニグノが彼女の反応を引きおこすことなしに？」アマンダは懐疑的な声を出した。

「そうだ」


「なにが起きると予想しているの？」

「わからない」カルロは認めた。「でも、一連の状態《シーケンス》全体を再構築しようとしても意味はない——記録のひとつから失われた部分が多すぎる。だから、別の方法を試すほうがいいと思う。個々の信号に、独自の効果があるのかどうか調べるほうが」

「彼女が不具になるだけだったら？」アマンダが抗議した。「あなたの指と同じ末路をたどったら、手肢の切断で治ることじゃないわ——それに、生殖できなくなるのは確か」

「その危険はおかすしかない」とカルロ。「ほかにどうやってこの言語を解読するんだ？　ぼくたちが研究しなければならないのは、くねくねと動く指よりも複雑なものだ——でも、それをもっと小さい部分に分けないかぎり、分裂のプロセスは絶対に理解できない」

「それがあなたの判断なのね」アマンダがいった。

「わたしとしては——」ベニグナのほうを身振りで示

す。

カルロは脇へのいて、台座を通して鎮静剤を投与できるよう、アマンダを機材ハッチから中へ入れた。

「シルヴァーノは評議会に働きかけて、きみを困らせようとするだろう」カルロはいった。「あいつはきみの支持を期待していたのに、いまは裏切られたと思っている」

カルラは弱々しくうなった。「なぜあの人は、なに事も私的に受けとってしまうの？　これがうまくいけば、エンジン給剤機を改良するよりもマシなチャンスが生まれるのよ。あの人は新しい農場のための空間がほしいんじゃなかった？　政治では目的がいちばん重要だと思ったのに」

カルロはランプのところまで行き、苔のくすんだ光しかなかった居間に明るさをもたらした。「政治では人々の感情が重要なんだ」

「そして自分自身の目的のために、それを利用することが」カルラが答えた。

カルロは相変わらずシルヴァーノに不快感を覚えていたが、そこまで冷笑的な気分ではなかった。「三世代にわたり、ぼくたちは母星から持ってきたものでやりくりしなければならなかった」カルロはいった。「〈物体〉があらわれたとき、だれもがそれになにかを期待した。シルヴァーノはそこで農作ができるという望みをかけていたが、すでにやむをえずその望みはあきらめた。万能解放剤は危険に聞こえる——それでも、それを自由自在に扱えるようになったらと思うと、自分たちが力を得た気分になる。そこへきみは、だれもが〈物体〉のことを忘れ、きみがなにもないところからエネルギーを引きだせるとにかく信じてくれといっているんだ」

「だれも信じなくていいわ」カルラは答えた。「もしうまくいけば、だれもの目の前でそうなるから」

カルロはいった。「でも、きみが人々の目の前に置きたがっている代物を作るためには、まず、資源に見合う値打ちがあると信じてもらう必要がある」

「そういうあなたは、それがうまくいく見こみがあると信じているの？」カルロが信じていないからといって、カルラが傷ついているようすはなかった。むしろ、その件について問うことのできる懐疑的な相手がいて、うれしいようだ。

カルロは正直にいった。「わからない。輝素をエネルギー準位のあちこちへ動かすことは、なんだか巧妙なごまかしに聞こえる」

「これまでにできあがった光源は、そもそも輝素をエネルギー準位のあちこちへ動かすものよ」カルラはいい返した。「評議会は問題なくそのアイデアを認めたわ」

「それは、きみがものすごく大きな太陽石のランプで光源を照らしているからだ！」カルロは答えた。「光を入れたら光を出せるという考えは、だれの常識にも反さない」

「わかったわ」カルラはしばらく考えた。「じゃあ、装置の細かいところは忘れて。それがやるという触れ込みのことだけを見て」

カルラが胸にすばやくスケッチした（次ページ上図）。

「この装置を使う前の〈孤絶〉は、一定のエネルギー・運動量ベクトルを持っている」カルラがいった。

「それは山全体の質量を長さであらわした矢にすぎなくて、〈孤絶〉が静止状態からはじまる基準系では垂直に描かれる」

「なるほど」それについていけないほどカルロは疲れていなかった。

「光子ロケットは光のパルスを放出する」カルラが説明を続ける。「紫外線が望ましい。そうすればすばやく動いて、そのエネルギー・運動量ベクトルは垂直からほど遠くなるから。保存則を満たすためには、パル

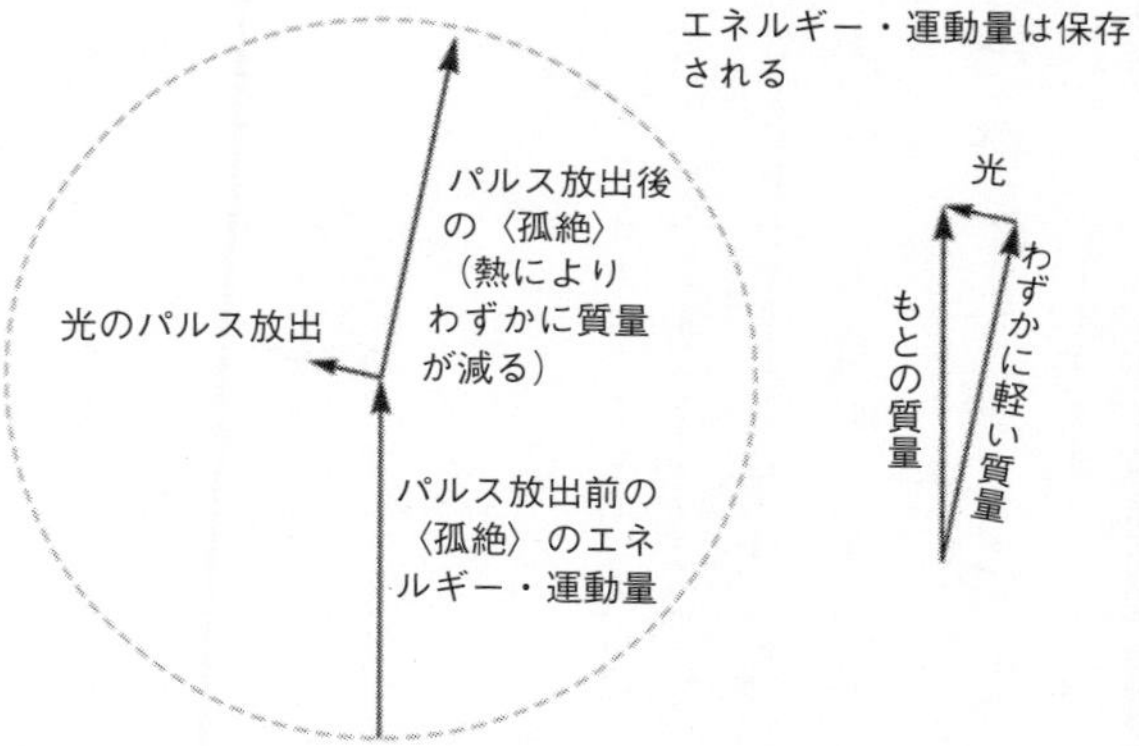

ス放出の前後で、エネルギー・運動量の合計が同じでなければならない。放出の前は、〈孤絶〉のもともとのエネルギー・運動量しかない。つまり、垂直の矢よ。パルスが放出されたあとは、光のベクトルに加えて、それがなんであれ、〈孤絶〉の新しいベクトルがある。最後のふたつのベクトルの合計は、最初のベクトルと同じにならなければならない。従って、もしそのふたつの矢の先端と後端をつなげれば、もとのベクトルと合わせて閉じた三角形を作る」

カルラが問いかけるように言葉を切った。「まだついていける」カルロはいった。

「もしロケットが、押す以外には山になんの影響もあたえなかったら」カルラは言葉を続けた。「新しいベクトルは、前とまったく同じ長さを持つ必要がある。つまり、同じ質量よ。それは理想的——だけど、そんなことができるとは、ひとこともいっていない！　かわりに、廃熱が〈孤絶〉の温度をあげるのを許せば、その余分な熱エネルギーのために、山の質量がごくわずかだけれど小さくなる。それでも幾何学は崩れない――まだ光のベクトルと加速された山のベクトルがあって、それを足しあわせると、ちょうど必要なベクトルになるから」

カルロはカルラの胸に描かれた、閉じた三角形に目を凝らした。「その状況で、それが物理的に不可能でないことはわかる」カルロは認めた。「でも、それ以外で光を作るすべてのものには、なんらかの燃料、なんらかのインプットがかならず必要だ」

壁を身振りで示し、「苔だって岩を食べなければならない」

「苔は光を作ることにしか関心がないわけじゃないからよ！ ほんとうの関心事は、成長し、修復すること。それはインプットなしではできないわ」

「ぼくたちも修復をしないといけない」

「もちろん」カルラは同意した。「たとえこの装置が完璧に作動したとしても、永遠の自給自足が実現するわけじゃない。冷却やほかの目的のために使う太陽石を含めて、やはり限られた蓄えを使い果たすことになるでしょう。先祖の窮境をじっくり考える時間を、もう一累代《イーオン》稼げるわけではない。この装置の成果を最大限に見積もるなら、わたしたちは故郷へ連れもどしてもらえるということよ――避難のために試す価値のある案をたずさえて」

「それは、ぼくたちの孫は母星を見るかもしれないということか？」カルロは冗談をいった。

「曾孫なら、ひょっとするわね」カルラが答えた。

「明日このエンジンを始動させるわけじゃないから」

その慎重なものいいは、カルラをいっそう本気に見せた。カルロはその考えを心の中で転がした。それがどれほど異質に感じられるかは、ショックを受けるほどだ。これはたぶん、〈孤絶〉の目的がついに成就されるということなのだろう。そしていま、だれひとりそんなことを予期していた人はいない。

「数世代のうちに帰れるなら……」カルロは言葉を途切れさせた。

「あまりうれしそうじゃないわね」とカルラが不満そうにいう。

「人々がどう受けとるか、わからないからだ」カルロは答えた。「抑制の終わりが見えてきたと人々が知ったら、人口を安定させるのがかんたんになるだろうか？　それとも、四児出産で人口が少し増えても、それが大問題を引きおこす前に母星に帰れると思うようになって、規律を保つのがむずかしくなるだろうか？」

「どちらかはわからない」カルラがいった。「でも、問題が起こるとしても、それはかかえる価値がある問題なんじゃない？」

カルロはシフトを組みなおし、再生実験の際、アマンダとマカリアが自分と並んで作業できるようにした。三人が探している変化は微妙なものかもしれないので、実験対象に注ぐ目はできるだけ多くが必要だった。目と、できるだけ多くの手だ。ベニグナに鎮静剤を投与し、台座に固定しているのだから、じゅうぶん安全に彼女の体を触診できる、とカルロは判断した。ほかにどうすれば、樹精の肉に起きる小さな変化をとらえられるだろう？

ゾシマの分裂開始の記録は、テープが千切れたせいで台無しになっていたが、カルロはその活動の結果として起きる休止を特定し、そのすぐあとに続く、切れ目ない指示のセットを分離していた。個々のプローブからいちどにひとつずつテープを再生することも考えたが、下半身のプローブ三つからの記録をまとめて視検機に通してみると、それらがモチーフを共有し、同調させていることからして、信号が連携して活動していることは明らかだった。そのことを無視すれば、単に病気を引きおこすだけのところまで、光の効果のバランスを崩す危険をおかすことになる。文字列の一部の解読を試みる場合、三文字ごとに二文字を捨ててから、それを母語とする人の前にさしだすようなことはしないだろう。そしてこの言語の構造に関するカルロの直感に意味があるとするなら、三つのプローブの記録——およそ一分隔半《ラプス》にわたる——は、樹精の体が理解できる可能性があるかもしれない最小の断片を構成している。

実験の朝、カルロは早めに到着し、ベニグナに鎮静剤を投与しはじめた。台座を通して彼女の内臓に注入される薬物は、矢の麻酔薬よりはるかに穏やかであり、即効性もないはずだった。もっとも、ベニグノが効果に気づくまで長くはかからなかった。彼は一連の低いうなりを発し、着実に弱くなっていく双の応答に不安を募らせた。

「悪いな」カルロはつぶやいた。カーテンを吊ってベニグノの目から実験を隠す——念のために、ゾシモの目からも——つもりでいたのだが、これほど早くそうすることになるとは思っていなかった。

作業を終えるころ、マカリアが姿をあらわした。カルロはカーテンの最後の隅を所定の位置に結びつけてから、ベニグナのところに行った。彼女の目はまだひらいていたが、腕を引っぱると、筋肉は弛緩していた。マカリアが合流し、ふたりは樹精の解剖のための基準線を引きはじめた。カルロは予備的な切開はしないことに決めていた。知識を得るには有益かもしれないが、測定したいと思っている効果そのものを阻害するリスクが大きすぎる。

アマンダがやってきて、機材ハッチに光再生機を設置しはじめた。カルロは手伝いにおりていき、今回はテープが千切れないと納得できるまで念入りに準備した。テープそのものは記録の複製にすぎないが、歪曲したメッセージは、ベニグナの肉体を目茶苦茶にしかねない。

「準備はいい？」カルロはアマンダに尋ねた。

「いいわ」アマンダは実験に熱意を示していなかったが、再生機を扱った経験にかけては、彼女の右に出る者はいない。

「数日もすれば生殖を試みられるさ」カルロはアマンダに約束した。

「このあともベニグナに生殖する力が残っていると、本気で思うの？」アマンダがテープを身振りで示す。

「ダメかもしれない」カルロは認めた。「反面、ゾシマのときとはまったく違う状況で同じ信号を受けとっても、ベニグナの体は無視するだけかもしれない――その場合は、このプロセスについてぼくたちはその点を学んだことになるし、ベニグナの四児出産を記録するチャンスがまだあることになる」

アマンダはその点を議論しなかった。「樹精のなにを調べるべきなのか、わかっている？」

「答えは？」

「二児出産における雄の栄養状態の影響よ」

カルロはいった。「それには六年の歳月と、何ダースもの樹精が必要だろう。まずははじめたことを終わらせよう」

カルロはロープをのぼって檻に入った。ベニグノが相変わらず心配そうにうなっていたが、カルロはその音を頭から締めだした。マカリアの隣の位置につき、手のひらをベニグナの皮膚に押しあてる。

「再生開始」カルロはアマンダに声をかけた。

檻の下からカタカタという音が聞こえてくると同時に、樹精の体を震えが走りぬけたが、それはおそらく単に機械そのものから発する震動だろう。ベニグナの胴体の反対側に指先をそっと走らせているマカリアに、ちらっと目をむける。「少し強ばってきたみたいです」マカリアがいった。

「ほんとうか？」カルロは親指をぐっと皮膚に押しつけた。さっきより少しだけへこみにくくなっている。

再生機が沈黙した。カルロは、冴えない結果に失望しすぎまいとした。把握できる影響をひとつだけ誘発することを期待して、短い一連の縞《シーケンス》を選んだのだし、この皮膚の硬化——分裂に先立つ必要条件——が、送りこんだモチーフに帰因するなら、言語全体の解明にむけての慎ましい一歩となるだろう。

だが、テープへの反応はまだ終わったわけではなかった。樹精の皮膚はますます硬直していった。カルロは触って確かめたとき、その下の肉に、かすかな黄色い光のちらつきが広がっているのに気づいた。散漫だが、見まちがえようがない。

マカリアがいった。「なにかを引きおこしたみたいですね」

体はその信号を閉じこめよう、ひとつの経路から別の経路へこぼれ落ちるのを防ごうと最善を尽くしている。表面まで光が届くのは、もっとも激しい活動だけだった。この逸脱した光を見てカルロが連想したのは、無重力状態で回転させたランプから転がりでる火花だった。それぞれの火花は遠ざかって消えていくが、つねに次の火花がすぐあとに続く。テープは、樹精の肉に単純な指示——これをやって、それで終わりにしろ——を出したわけではないらしい。肉自身の中で会話をはじめさせたのだ、皮膚の外側からでもかいま見えるほど熱狂的な会話を。

体が分裂するようにしむけることができたのだろうか？　カルロは困惑した。ベニグナは手肢を吸収さえしていないし、目に見える光学的な活動は、すべて胴体下部に限られている。カルロは手を伸ばし、ベニグナの振動膜にそっと触れてから顔に触れた。こちらの皮膚はまったく影響を受けていない。「これは小規模の再編成じゃないかな」カルロは推測を述べた。「局所的な硬化と、それに関連するいくつかの変化だ」

「かもしれません」マカリアがベニグナの胸に指を走らせた。「もし〝関連する変化〟が、隔壁の形成のことをいっているのなら」

カルロは、マカリアが触れたばかりの場所をつついた。表面が硬いだけではなく、その下に曲がらない壁が伸びているのが感触でわかった。「きみのいうとおりだ」

「横方向に、それとも縦方向に？」アマンダが尋ねた。機材ハッチを離れて、檻に入りかけている。

「横方向だ」カルロは答えた。

「その意味はわかるでしょ」アマンダがいった。「わたしたちは、ゾシマの体が自らに指示して二児出産の分裂をするプロセスを記録した——そして今度は、ベニグナの体をあざむいて、まったく同じことをしろといわれたと思いこませた」

「これは分裂じゃない！」カルロは譲らなかった。アマンダを呼びよせ、ベニグナの変化していない頭と上のほうの胸を触らせる。

マカリアがいった。「下半身のプローブ三つから採った信号を再生しただけです——その中に、プロセスのはじまりから採った信号はありません。もし分裂を引きおこす単一のメッセージがあるとしても、あたしたちはそれを複製してはいないと思います」

「じゃあ、これが分裂でないとしたら」アマンダが問いかえす。「いつ終わるの？」よく目立つ黒っぽい隆起が、樹精の胴体を横切って盛りあがっていた。

カルロは手探りして隆起の一端を見つけ、台座のほうへたどっていった。「体を一周しているわけじゃない」カルロはいった。「方向転換して、縦方向に走っている」肉の壁をつつき、深いところの形状を感じとろうとする。「内臓を避けているようだ」通常の分裂のあいだ——少なくともハタネズミの場合は——隔壁ができるよりずっと前に、消化器系全体がふさがって消失する。ベニグナの身にそれが起きなかったのだとしたら、隔壁はそれが作られる過程で、予想外の構造物を避けたのかもしれない——自らの適切な形に関する固定観念よりも、じっさいの状況の詳細に従って。

「脳はどの程度まで細かい指示を出す必要があって、胞胚内の肉はどの程度まで自力でやってのけるんでしょうか？」マカリアが疑問を言葉にした。

「脳が吸収されるのはずっと最後だ」とカルロ。

「だからといって、その瞬間までいっさいをコントロールしていることにはなりません」マカリアが反論する。

　アマンダがカルロの脇から手を伸ばし、ベニグナの強ばった下腹部に当てた。「もし彼女の体の半分に分裂が起こっていると思いこませたのなら、これ以上の指示はほんとうに必要かしら？　体が勝手に、はじまったことを終わらせようとするとしたら？」

　カルロは気分が悪くなった。「彼女を安楽死させるべきだろうか？」と問いかける。カルロは感傷的な質《たち》ではないが、理由もなくこの動物を苦しめる気はなかった。

「なぜです？」マカリアがとまどった顔で応じた。

「彼女が痛がっていると思うんですか？」

　カルロはベニグナの顔をしげしげと見た。筋肉は弛緩したままで、目はカルロの指の動きに反応しなかった。彼女の意識が戻ったと信じる理由はない。だがカルロは父から、英雄譚《サーガ》の中の、誤って生き埋めにされた者たちの話を聞かされており、それを考えるだけで、いまだに恐怖がこみあげてくる。雌にとって、死の等価物でなくなったなら、分裂はなにを意味するのだろう？　そこを越えたら、すべての思考が消えてなくなるはずだった境界のむこう側で目をさますことは――樹精にとってさえ――怖ろしいことではないのか？

　アマンダは板ばさみになったように見えたが、マカリアの側についた。「彼女を生かしましょう、苦しみださないかぎり。これが結末まで進むかどうか、知らなければならない」

　いびつな隔壁は厚くなっていった。カルロは嫌悪感を抑えつけて、その端から端までを探った。胴体を横断したあと、両方の体側で曲がって体の軸沿いに進んだ黒っぽい隆起は、樹精の腿の裏側、肛門を数微離避《スキャント》けたところでくっつき合って閉じていた。こうして形成された胞胚は、ベニグナの肉のうち、出産時以外には変形しない部位をまったく含んでいないので、切除しても生存自体は可能だ。

「餌をたっぷりあたえておいてよかった」マカリアがいった。「でなければ、使える部分があまりなかったでしょう」

「手肢は含まれるの？」とアマンダ。

「重要な点ですね」マカリアはベニグナの下のほうの腕を順番につついた。「ここの皮膚は硬くなっていない」胴体のほうへ指を走らせ、境界を探る。「あら！」

「どうした？」マカリアの声の響きから、カルロはその場所に自分で触るのは気が進まなかった。

「思ったとおりなら、じきにわかります」マカリアが答えた。

続く数分隔《ラプス》のあいだ、さらにふたつの黒っぽい隆起が、腿のつけ根にあらわれていった。どういうわけか、その先の肉は——消化器官と同じに——胞胚にとって受けいれられないらしかった。

「あれは浪費に思えるわ」アマンダが不平を漏らした。

「分岐を避けているんだ」カルロは推測した。「この段階ではふつう、母体に手肢がない。つまり、このあとどうなるにしろ、凸状の肉塊が必要だということだろう」もし通常の分裂時に、隔壁が最初に腿の前のほうへ逸れていたら、手肢が姿を消す経緯はもっと穏やかなものになっていただろう——だが、これは通常の状況の流れを奪われた闇雲なプロセスであり、ベニグナがそのプロセスのあいだ安らいでいられるよう、自然が工夫を凝らせる機会があったわけではない。

「次回の実験では、被験体がまず手肢を吸収するように設定してみましょう」マカリアがいった。

　胞胚――あるいは半胞胚――は、いまや境界を作りおえていた。それが囲っている容量は小さかったが、馬鹿げているほど小さくもなかった。ベニグナの肉の六分の一といったところだろうか。

「アマタとアマトの話を覚えていますか？」マカリアが訊いた。

「ぼんやりとなら」アマンダが答えた。カルロはよく知っていたが、暗誦を申しでる気分ではなかった。

「森の中で食べ物を探していたふたりは」マカリアが話をかいつまんで語った。「樹精に追われ、アマトが飲みこまれる。でも、数年後、アマタは復讐を果たす。その樹精をつかまえて、丸飲みにした――そしてアマタの双はずっと生きていて、樹精の内側にとらわれていたと判明する。アマトをよみがえらせるには、新しい肢を押しだすのと同じやりかたで、アマタ自身の体から切りはなすだけでいい」

「英雄譚《サーガ》から生物学を学ぼうとしてはいけないという教訓ね」アマンダが締めくくった。

「一般的には適切な教訓です」マカリアがいったん同意し、「でも、この物語はある疑問をいだかせます。あたしたちが通常の信号の断片だけでこれを起こせたなら、自然界でも同じようなことが時おり起きているのかもしれない、という」

「その物語が、体の一部だけで形成された胞胚のことをいっていると思うのか？」カルロは信じられない思いで尋ねた。

　マカリアがいった。「もし先祖がそういうものをじっさいに見たとしたら、たとえそれがなにか理解できても、ありのままに語ろうとはしなかったかもしれません。雌の体は、分裂しなくても新しい命を生みだせる。そんなのは扇動的なたわ言にしかならないじゃないですか？　新しい命をもとからある命ということにして、双を飲みこんだ怪物を飲みこむ話を考えだしたほうがマシです」

カルロは、疑わしい神秘生物学の手掛かりを求めてサーガを渉猟することに興味はなかった。いま大事なのは、目の前で語られている言語を解読することだ。

「強制的な二児出産まであと一歩だった」カルロはいった。ベニグナの変容にショックを受けるあまり、その肝心の点を危うく見失うところだった。「隔壁の形状を決めたのは、雌の質量ではなく、テープからの信号だった。もし六つの記録をすべて再生していたら、通常の二児出産分裂を引きおこせたかもしれない」

その推論に異論は出なかったが、同僚たちはカルロほどにはこの結論に満足しているようすがなかった。六本の硬石のチューブを女の体に挿入するという考えは、赤外線で苦痛なく皮膚に書ける感化力に信号を接合できるという見こみからは、大幅な後退だ——しかもどちらにしろ、雄がそのプロセスにどう組みこまれるのかは、はっきりしない。分裂が双によって開始されるときでも、光再生機からの信号はそこに介入して、子孫の数を決めることができるのだろうか？

カルロはベニグナをちらりと見おろした。下の肉が胞胚の壁から分かれるにつれて灰色の皮膚に皺が寄ってきて、腿の表面が萎縮している。視覚反応を検査したが、慈悲深くも彼女は無感覚のままだった。これはカルロ自身の手の切断より容赦ないが、カルロはその試練のとき、鎮静剤投与という保護を受けていたわけではない。カルロがベニグナの苦境にひるむのは、傷そのものよりも、この状況のせいだった。

だが、いまの状況はベニグナにとってどんな意味があるのだろう？　彼女は友だちのあいだで子どもが生まれるのを目撃したあと、出産という概念を形作ったのかもしれない。自分も同じ運命をたどる、と明敏に期待するようにさえなったかもしれない。けれどももし、その期待を満たされないかたちで出産しようとしているのを知ったら、彼女はいま悲しみに暮れるだろうか？　結果が通常と同じならそれでよしという気分にさせる本能がどれほど強力だとしても、異なる進みかたをした出来事に彼女が少しも悩まされない、ということにはかならずしもならない。

　カルロは顔をあげた。では、アマンダは、マカリアは？　ベニグナの状態に関してふたりとも不安を示しているにもかかわらず、カルロ自身の本能的な嫌悪感を共有しているようすはない。変形可能で、生存に不可欠ではない肉から形成されて、体から分離したひとりの子どもは、母親に傷を残すが、母親は生き延びる。生き埋めにされるのとはまったく違って。

　ベニグナの下右腕が千切れ、檻の格子のほうへ漂っていった。感知できない重力のもとで、カルロはどちらが下かを忘れかけていた。隔壁が縦に裂けはじめているのが見えた。

　体内の子どもが身をくねらせ、母親の胴体から下腹部の硬くなった皮膚を無理やり引きはがした。カルロはパニックに陥ってあとずさった。「父親を引きいれるべきだろうか？　あとは父親にゆだねるか？」

「慎重にすべきです」マカリアが強く注意を促した。「双が子どもを受けいれるか、殺してしまうかは、五分五分です」

　子どもはじっとしていようとはしなかった。正常な出産だったら双になっていただろうものから分かれようとして、体を引きつらせたり、ブルブル震えたりした。自分が作った黒っぽい、表面の硬くなった傷口から手肢のない体を起こす。やがて、子どもにくっついて動きを阻害しているものが、ひとつ残らず粉末石のようにボロボロと崩れはじめた。

　いまやカルロにはその子どもの頭が見えた。目は閉じていたが、振動膜を曲げ伸ばしして残骸を振りおとす。もし〈孤絶〉という苛酷な世界において、四人の子どもの出産が悲劇に、ふたりの出産が天恵になったのだとするなら、これはなんだろう？　自分の恐怖は完全に不合理なわけではない、という思いが頭に浮かんだ。総個体数を減らす生殖方式は、いかなる種《しゅ》においても標準になれるはずがない。世代を重ねるたびに、人口は最大時でもひとつ前の世代と同じにしかならず、減少に歯止めがかからなくなる。生殖方式がもっと異様になって、その行為が繰りかえせるものにならないかぎりは。つまり、母親が出産を生き延びられるだけでなく、いちどならず出産できるようにならないかぎりは。

子どもがうなりはじめた。ベニグノがそれを聞きつけ、うなりを返した。二頭はたがいにむせび泣き、絶え間ない嘆きのコーラスを奏でた。

マカリアが小さな樹精を腕に抱きとり、なでてきれいにした。その手つきはきびきびしていたが、やさしかった。カルロはその光景に対する嫌悪感と、自分が世話をするハメにならずにすんだという安堵感の入りまじった気持ちを覚えた。

「彼女は健康そうに見えます」マカリアがいって、調べられるように樹精をさしだした。

「彼女？」比較する双がそばにいないのに、生まれての動物の性別がどうしてわかるのか、カルロには見当もつかなかった。

「分裂が完全だったら、この子は雌のほうになっていたはずです」とマカリア。「ゾシマの分裂から記録した信号が性別を決めたか、それともベニグナの体内での位置で決まったか、どちらかです」

アマンダがいった。「別の雌でもういちどこの実験をして、同じ結果を得られるか、確かめないといけないわね」

マカリアは同意して、こうつけ加えた。「少なくとも半ダースは」一瞬考えこみ、「テープがもとの両親からの形質を伝えているかどうか調べると面白いでしょうね——一般的で、普遍的な信号をとらえただけなのか、それともゾシマとゾシモに特有のなにかが伝達されたのかどうかを」

カルロはそんな先のことまで考える心構えができていなかった。傷を負ったベニグナの体にむきなおる。隔壁の表面はバラバラになっており、形が残っている部分もすでに縁沿いに皮膚から分離していて、その下の肉が露わになっていた。カルロはこれほど大きな傷口を見たことがなかった。ただし、学生のころに遭遇したある死体は別だが——化学爆発でほとんどまっぷたつになり、嘆き悲しむ双によって解剖用に献体された女だった。カルロはいった。「彼女にもっと鎮静剤をあたえて、この傷を外科手術で閉じるべきだろうな」樹精が自然の秩序に反したのを自覚して動じるかどうかはともかく、ベニグナが目ざめて、こんな風にぱっくりとあいた穴を見たら、出産に対する彼女の哲学的態度など重要ではなくなるだろう。

子どもはマカリアの手の中でおとなしくなっていたが、ベニグノは相変わらず混乱して声を張りあげていた。雄の約束をしていない彼が、〝自分のものとはいえない娘〟に対してどうふるまうかは予想できなかったが、自発的分裂の産物と絆を結ぶ双もいることは、種を越えて知られていないわけではなかった。「少なくとも彼に見せるべきだ」カルロはいってみた。「子どもを危険にさらさなくても、彼の反応は観察できる」

「わかりました」マカリアが慎重に檻から出て、下のほうの手二本を使って、ガイドロープ伝いに進んでいった。カルロはそのあとについていった。

子どもを目にすると、ベニグノは黙りこんだ。もっとも、気持ちをなだめられたというよりは、とまどっているように見えたが。彼はさまざまな可能性を分けて考え、それに応じて行動できるのだろうか、とカルロは思った。もしベニグナが代理双といっしょに出産したのなら、子どものにおいで即座にそれとわかったのだろうか？　一方、ベニグナの子どもが父親抜きで生まれたのが、強制された別離の自然な結果だとしたら、ベニグノはそのことも認識し、あきらめてその子を受けいれるのだろうか？

　マカリアが近寄っていき、子どもをさしだした。ベニグノはしばらく子どもをまじまじと見てから、握っていた枝を後退していき、檻の側面に飛びつくと、そこで格子の隙間からベニグナを隠しているカーテンを腹立たしげにつつきはじめた。

「あの状態の彼女を見たら、彼が落ちつくとは思えない」カルロはいった。

「たぶんそうですね」マカリアが同意する。

「彼女を縫いあわせたほうがいいな」そのあと台座から彼女を解放しよう、とカルロは決めた。これだけの目にあえばじゅうぶんだ。

「二頭をまたいっしょにするべきよ」とアマンダ。

「そうしよう」カルロは必死に感情を抑えようとしていた。その一部は樹精に対する純粋な同情だったが、一部はおそらくショックにすぎなかった。「いったん彼女の傷が癒えれば、二頭とも森へ帰せる」

　気まずい沈黙がおり、やがてマカリアが静かな声でいった。「それはいい考えではないかもしれないと思います、カルロ」

「なぜだ？　テープをもういちどテストするべきなのはわかっている。でも、彼女でそうする必要はない」

　テープを父として生まれた樹精の赤ん坊が、身をくねらせはじめていた。マカリアがその子を抱きなおした。

　アマンダがいった。「この実験で彼女の体がどうなったかを知る必要があるわ。このあと、彼女はまだ自然に生殖できるのか？　それとも、いちど出産したら、もう生殖できないのか？　それがはっきりするまでは、彼女と双をいっしょにして、観察しなくてはいけない」

「確かにそのとおりだ」カルロは認めた。

そして機材ハッチにむかった。

女たちには見えないところで鎮静剤を注入しながら、カルロは自分が震えているのに気づいた。自分たち三人が目撃したものは、粗雑で残酷だったが、予想すべきことはこれでわかったので、いくつかの問題にはいますぐ手をつけられる。ベニグナが全快するのか、また、彼女の子どもが正常にすくすくと育つのかはまだ不明だが、それはじきにわかることだ。そしてじきに、ここで自分たちがはじめたことが洗練され、あらゆる女が危険にさらされず、不快感にも襲われずに経験できる手続きになるだろう。

従って、飢餓は追放されると考えていい。要求に応じた二児出産によってではなく、ひとりだけ生まれる子どもとともに生き延びる母親というかたちで。カルラを思って嘆く下稽古にあれだけの時間を費やしてきたあと、カルラがひとりの子どもを生んで、そして自分より長生きすることが可能になったのだ。さらに、女たちの早すぎる死の終わりを最大の成果のひとつとして、〈孤絶〉が母星へ帰ることも、夢ではなかった。

カルロは台座の基部から離れ、外科手術に備えて手の震えを止めようとした。この変容における自らの役割を果たした結果、いまや自分には息子ができないという見こみが生まれた。そして、だれもが自分の例にならい、この世に父親が二度と決して存在せず、双もニ度と決して存在しない時代が来る見こみが。自分は飢餓を、嬰児殺しを、女たちの人生における最大の暗い影を終わらせることになったようだ——そして自分自身の同族を完全に消滅させてしまうことにも。

37

「ぜひともご理解いただきたいのですが」とカルラは懇願した。「この種の研究は、工学というよりは探検に近いのです。行きたいところへ、かならず連れていってくれるわけではありません」

シルヴァーノはかたくなだった。「あなたの努力には感謝している、カルラ。しかし、百歩譲っても、研究の行き先を決めるのは、あなたの役目ではない」むきを変え、同僚の評議員たちに語りかける。「〈物体〉は、この山と同じくらい現実的で、実体があります。われわれはそれを目にし、それを訪れ、その軌道をわれわれ自身の軌道に合わせてきました――そしてそうすることで、それが強力な燃料として使える物質で構成されていることを、疑問の余地なく立証しました。しかし、いまこの請願者は、その資源を計画から転用してもらいたがっているのです、この途方もない恩恵を利用し、光だけでできている新種の物質に注ぎこむために！」

「一時的にです」カルラは強調した。「そしてお言葉を訂正するお許しをいただければ、評議員、光学固体は光だけでできているわけではありません。光波はエネルギー地形を作りだしますが、その谷に入れるものは輝素であることに変わりはありません。その種の系を使用する利点は、エネルギー準位を比較的かんたんに変えられるようになることであり、原則として、反《リバ》発子《ウンダー》を働かせることができるかどうかを調べられます。ひとたびそれがはっきりすれば、似たような特性を備えた通常物質を製造しようという試みに値打ちがあるのかどうかがわかるでしょう。ほんの一瞬存在させるためだけに太陽石を燃焼させねばならない〝固体〟でこの実験をおこなうのは、浪費そのものに聞こえるかもしれません——しかし、ほかに実用的な選択肢はないのです」

「すでに山の中にあるものでは、その仕事ができないのは確かなのですか?」とジュスタ評議員が尋ねた。

「まず確かです」カルラは答えた。「ありとあらゆる透明石のスペクトルを徹底的に調べ、エネルギー準位を推測しようとしてきました。それは絶対確実な過程ではありませんが、それと同じものをすべてじかにテストするには、一世代かかるでしょうし、わたしがいま提案している実験計画よりも、はるかに多くの太陽石を使い果たすでしょう」

「あなたは膨大な量を要求していますね」カルラの申請書にちらっと目をやりながら、ジュスタがいった。

「エネルギーの谷をじゅうぶん深くするためには、コヒーレントな光源を非常に高い強度で作動させなければなりません」カルラは説明した。「しかし、いったんこれに熟達したら——そしていったんその効果を通常の固体で再現できるようになれば——それはプラス収支のエネルギー源として働くでしょう。その段階まで行ければ、プロジェクトに太陽石は、それ以上はもはやまったくいりません」

ジュスタはシルヴァーノに目をやってから、ほかの同僚たちを見たが、カルラに対するそれ以上の質問はだれからもなかった。マッシモ評議員とプロスペロ評議員——前回の公聴会でカルラに対して無慈悲だったのと同様、先ほど〈物体〉を扱う際の危険に関して証言したアッスントにも無慈悲だったふたり——さえ、カルラの申しでている代替案に困惑しているようだった。反発子はすでに、科学以前の神話との比較が避けられないために怪しげなイメージに汚染されているが、光の結晶から自分なりの〈永遠の炎〉を作りだせるというカルラの主張も、奇術師のはったりのように——鵜呑みにしてくださいと頼んでいるのでさえなく、いっしょに冗談を楽しみましょうと誘っているかのように――聞こえるのだった。

「これより休会に入ります」ジュスタがいった。「証言に感謝します」

評議員たちが議場を出ていくと、カルラはアッスントとふたりきりになった。

「気が変わったら、直交物質チームにいつでも歓迎する」アッスントがいった。

「ありがとうございます」カルラはアッスントに含むところはなかった。カルラが放棄したあと、プロジェクトはだれかがかならず引きつぐことになるのだし、説得力を持って大義を主張するからといって、アッスントを非難するわけにはいかない。カルラ自身がその技能の恩恵にしばしばあずかっていた。

「このところ〈一の法則〉について少し考えていた」とアッスントが打ちあけるようにいった。「きみの考えを聞いてみたい」

「お安いご用です」パトリジアとロモロとともに〈二の法則〉をまっぷたつにした夜以来、カルラはもっと単純だが同じくらい謎めいている、残る原理を説明できずにいた。いったんスピンを考慮に入れれば、同じ状態にひとつ以上の輝素は決して見つからないのだ。

「輝素ふたつの系があるとき」アッスントが話しはじめた。「それはどちらの粒子の位置にも依存するような波として考える必要がある。従って、ひとつの粒子は大部分がここにあり、もうひとつは大部分がそこにあるとすれば、波にはそうした状況を位置の組み合わせにより正しく表現するような場所に、こぶがなければならない」

アッスントはいいたいことをスケッチした（次ページ上図）。

「おっしゃるとおりです」とカルラ。「わたしもそういう風に考えています」

「しかし、問題がある」アッスントは主張した。「その波を、ふたつの粒子を交換して得られる別の波と比

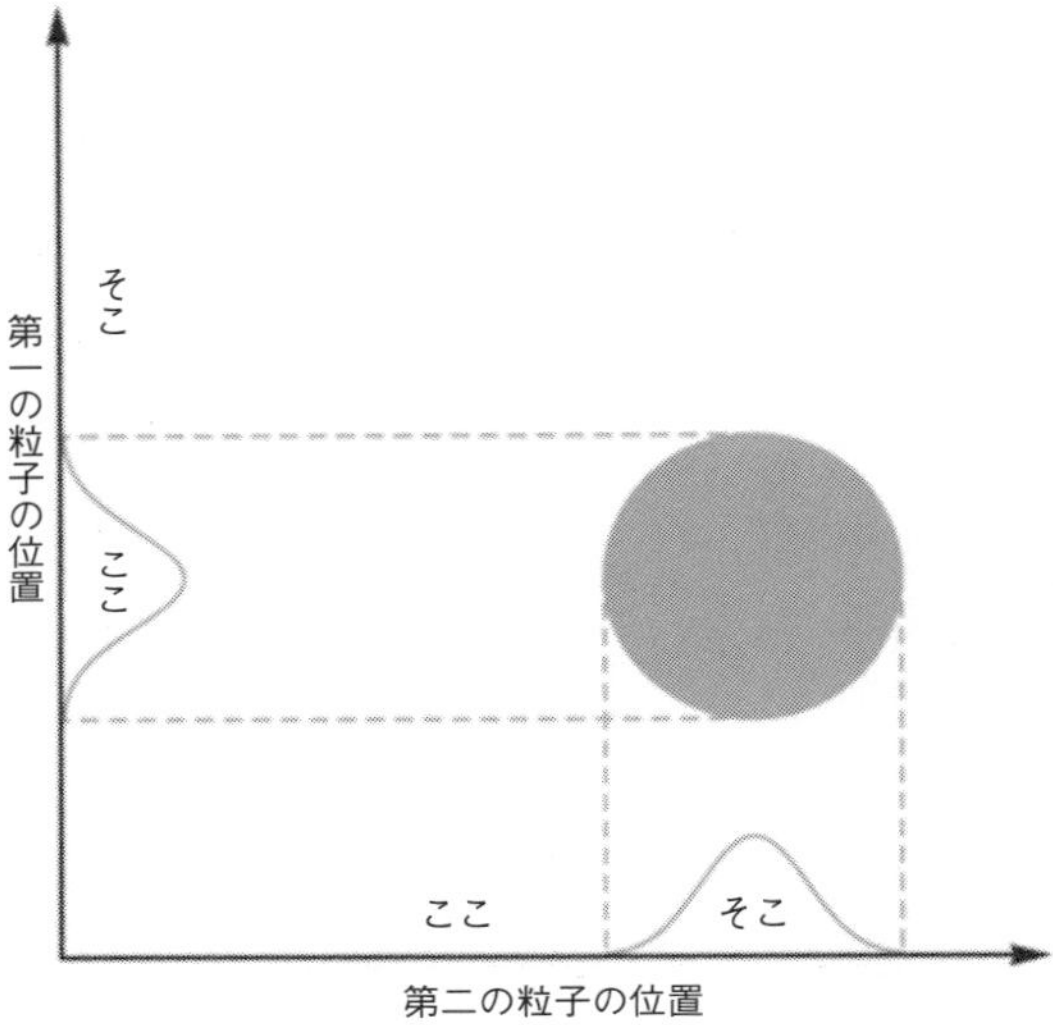

べたとしよう」（次ページ上図）

「それはじつは同じものです」カルラは反論した。「輝素は輝素です。ある位置に〝第一の輝素〟があり、別の位置に〝第二の輝素〟があるといっても意味をなしません。両者が異なるスピンを持っていないかぎり。では、スピンを使って区別しているんですか？」

アッスントがいった。「いや、そうではない。とりあえずスピンのことを忘れるか、スピンは同じだと仮定するだけにしてくれ。これらの輝素をほんとうに区別できないということを、前提として受けいれるんだ」

「それなら、ふたつの状況はまったく同じです」カルラは答えた。

「それはつまり、同じ物理状況を記述するのに使える、ふたつの異なる波があるということだね？」

「そうです」カルラは言葉を強めた。「それはただの約束事、どう名づけるかという問題にすぎません。選

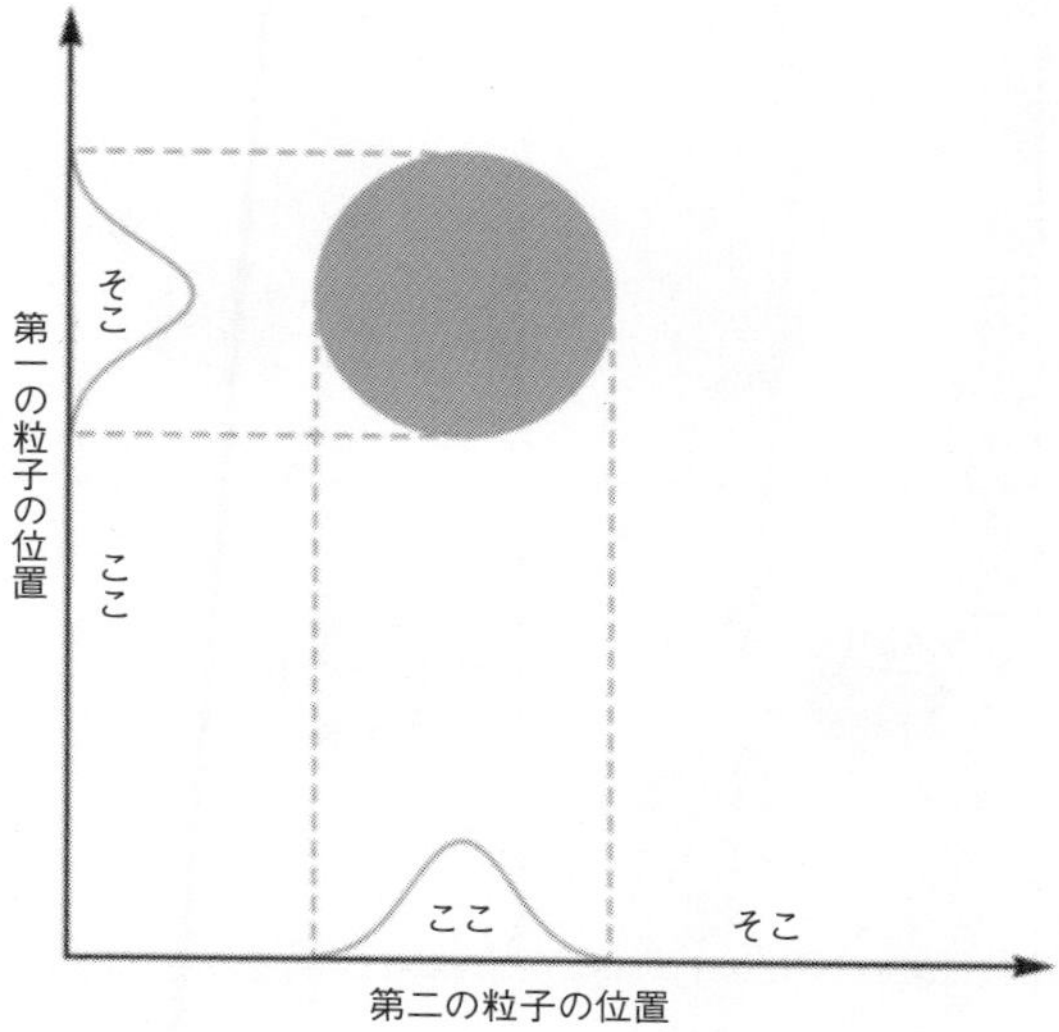

択はしなければなりませんが、選択そのものは違いを生みません」

「いいだろう」アッスントは同意した。もっとも、あくまでも暫定的に受けいれるといいたげだったが。

「しかし、今度はこの輝素のペアの波を、ほぼ同じ位置にある別のペアの波と比較したいのだとしよう。比較するには、じっさいのところどうするべきなのか？ ふたつの波のどちらを、それぞれの場合に使うべきなのか？ 全部で四つの可能性がある。その可能性の半分は、二対の輝素にうりふたつの波をあたえる……一方、別の半分はまるっきり異なる波をあたえるんだ！」（次ページ上図）

カルラはしばらく考えて、「両方に同じ手法を使うだけでいいのは確かですか？ つまり、ふたつの波のあいだに多少の重なり合いがあって当然なのは明らかです――もし異なる手法を使えば、重なり合いはまったくありません」

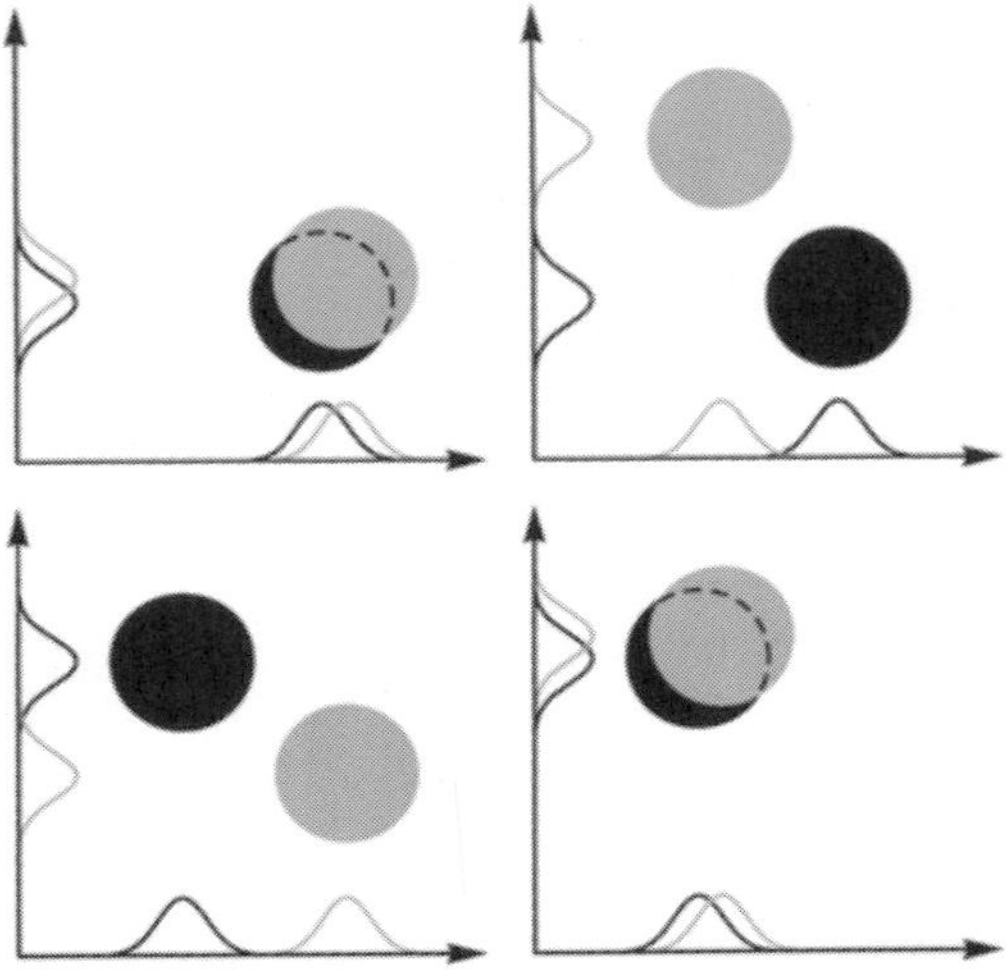

「しかし、輝素の区別がつかないのなら」アッスントが問いつめる。「〝同じ手法〟をどうやって定義する？　対になった輝素のどちらが、その位置をどちらの軸に割りあてられるのかを、じっさいにどうやって選ぶんだ？」

「ふうむ」アッスントはカルラを自己矛盾に追いこんでいた。カルラは手法をどう選ぶかは関係ないと主張したが、今度はそのつど正しい手法を選ぶことが大事だといいはじめているのだ。

「まずそれらの位置をちらっと見てから、どれでもいいが、いちばん近くにある粒子どうしを同じ軸に配するようにしなければならないのかな？」アッスントはいまやカルラをやんわりと嘲っていた。

「まさか」カルラは四つの図をじっと見つめた。空腹だったし、この三日ろくに眠っていなかったが、この問題でアッスントに馬鹿にされるわけにはいかなかった。

「両方の手法を使います」ようやくカルラはいった。「同時に。第一の粒子を第一の軸に配した波に、第二の粒子をその軸に配した波を加えるんです」

カルラはその考えをスケッチした（下図）。

「系全体で見れば、波は完全に対称的です」カルラはいった。「軸を交換しても、あるいは粒子を交換しても、違いは生じません。そしてふたつの状況を、ほぼ同じふたつの場所にあるふたつの粒子と比較すれば、波どうしに多少の重なり合いがあるという、まっとうな結果が得られるはずです」（次ページ上図）

「そのとおりだと思う」アッスントがいった。ふたりが同じ結論に達して満足しているように聞こえたが――

――その問題を終わりにしたのではなかった。「それは、区別できない複数の粒子を波動力学で扱うひとつの方法だ」

「ひとつの方法ですか？」

「それがいちばん自然な選択に見える」アッスントが

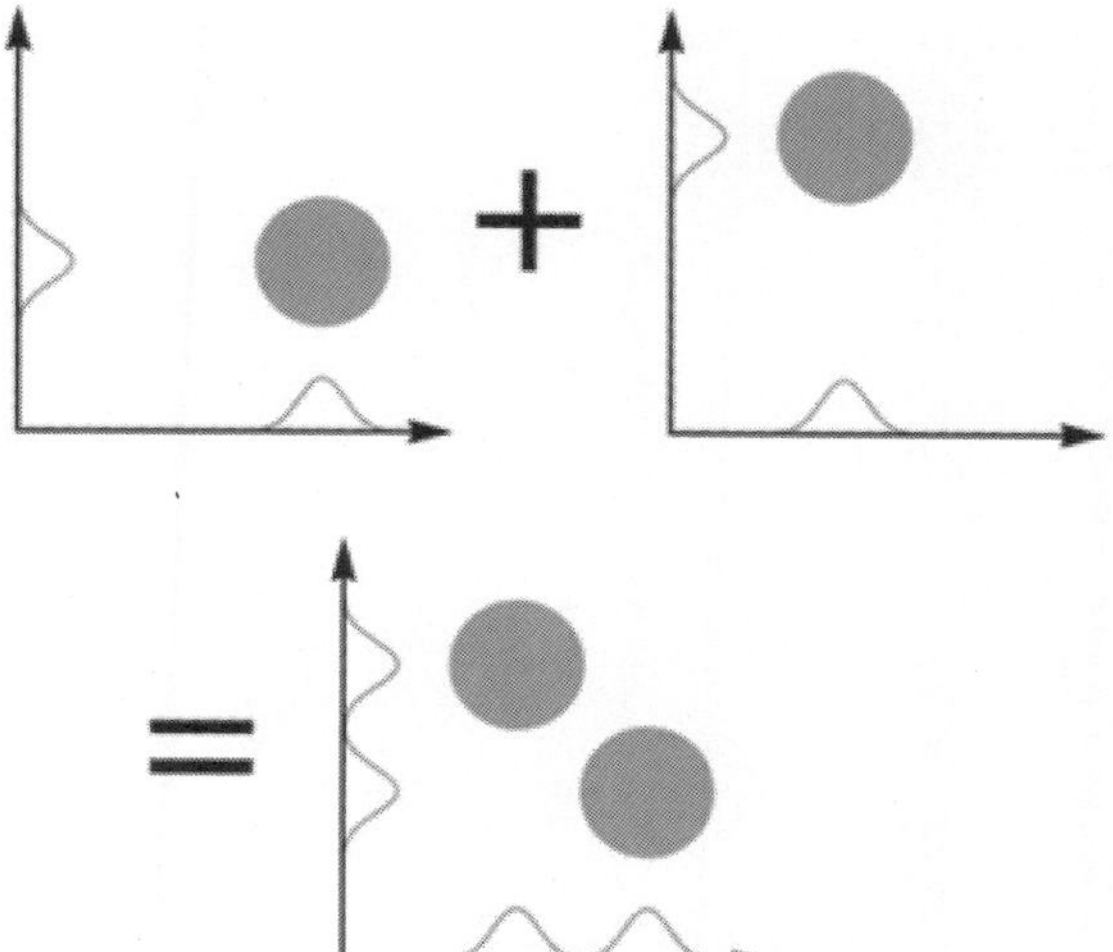

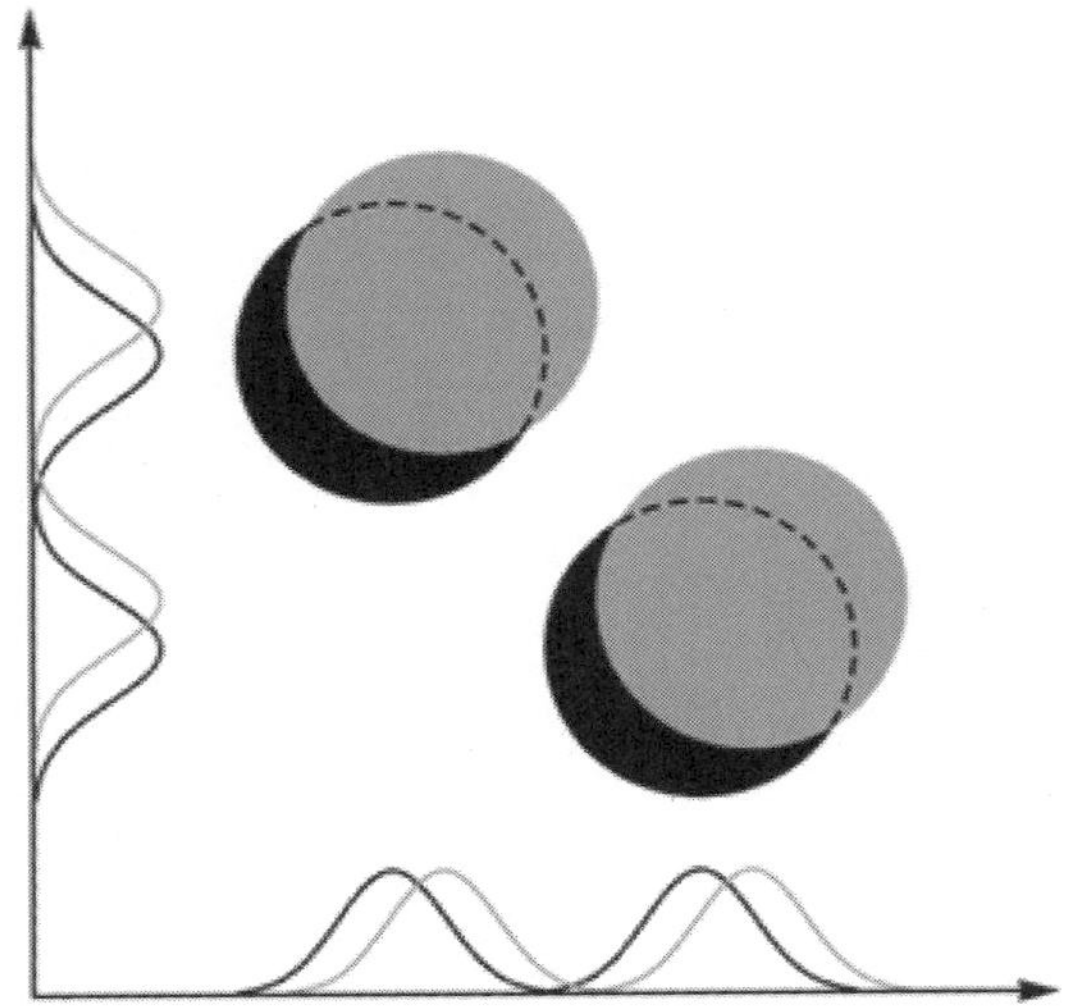

いった。「しかし、唯一の選択だとは思わない。これはどうだね？」（次ページ上図）

「波を足すかわりに引くんですか？」カルラはとまどった。「でも、どんな順序で引くんです？　同じ問題を蒸しかえしているんじゃないですか？　ふたつの同一の粒子のうち、どちらを第一と呼ぶかと？」

「いいや。なぜなら順序で違いは生じない」アッスントが答えた。「順序を変えたとしても、波全体が逆さまになるだけだ——そして、そのような符号の全般的な変化は、波の物理的特性に影響を及ぼさない」

　そのとおりだ。「でも、要点はなんですか？」カルラは尋ねた。「同一のこぶがふたつあるかわりに、符号が反対のこぶがふたつある波ができます。数学はほんの少し複雑になるでしょうが、最終的な答えは同じだとわかるでしょう」

「最終的な答えは、粒子を特定の順番で置くことにはよらない」とアッスント。「しかし、どうして足した

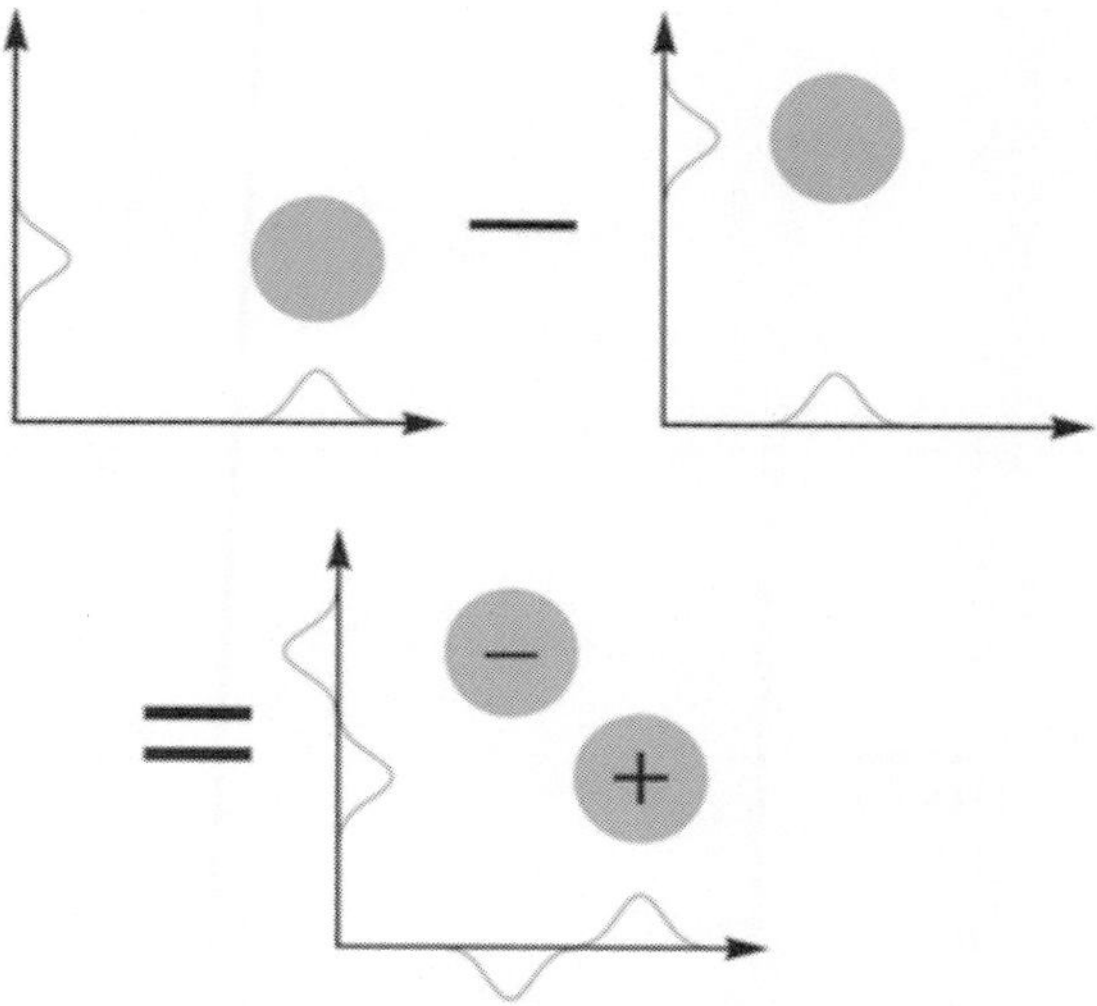

場合と引いた場合で答えが同じになると考えるんだ？」

　カルラは図をもういちど検討した。「もし粒子どうしが近づけば、引いたふたつの波は重なりはじめます」

「そのとおり」

「そして粒子がまったく同じ状態にあれば」カルラは気づいた。「なにもありません。ゼロです」（次ページ上図）

「まさにそのとおり」アッスントが小さくブンブン音を立てた。「それで思い当たる節がないかね？」

「〈一の法則〉です」とカルラ。「そうすると、ふたつの輝素を同じ状態にすることはできない、なぜなら、それらはこの引き算の手法に従い、ペア全体としての波が消えるから、ということなんですか？」

「そのとおりだよ！」

「でも、なぜです？　なぜ足し算の手法に従えないいんですか？」

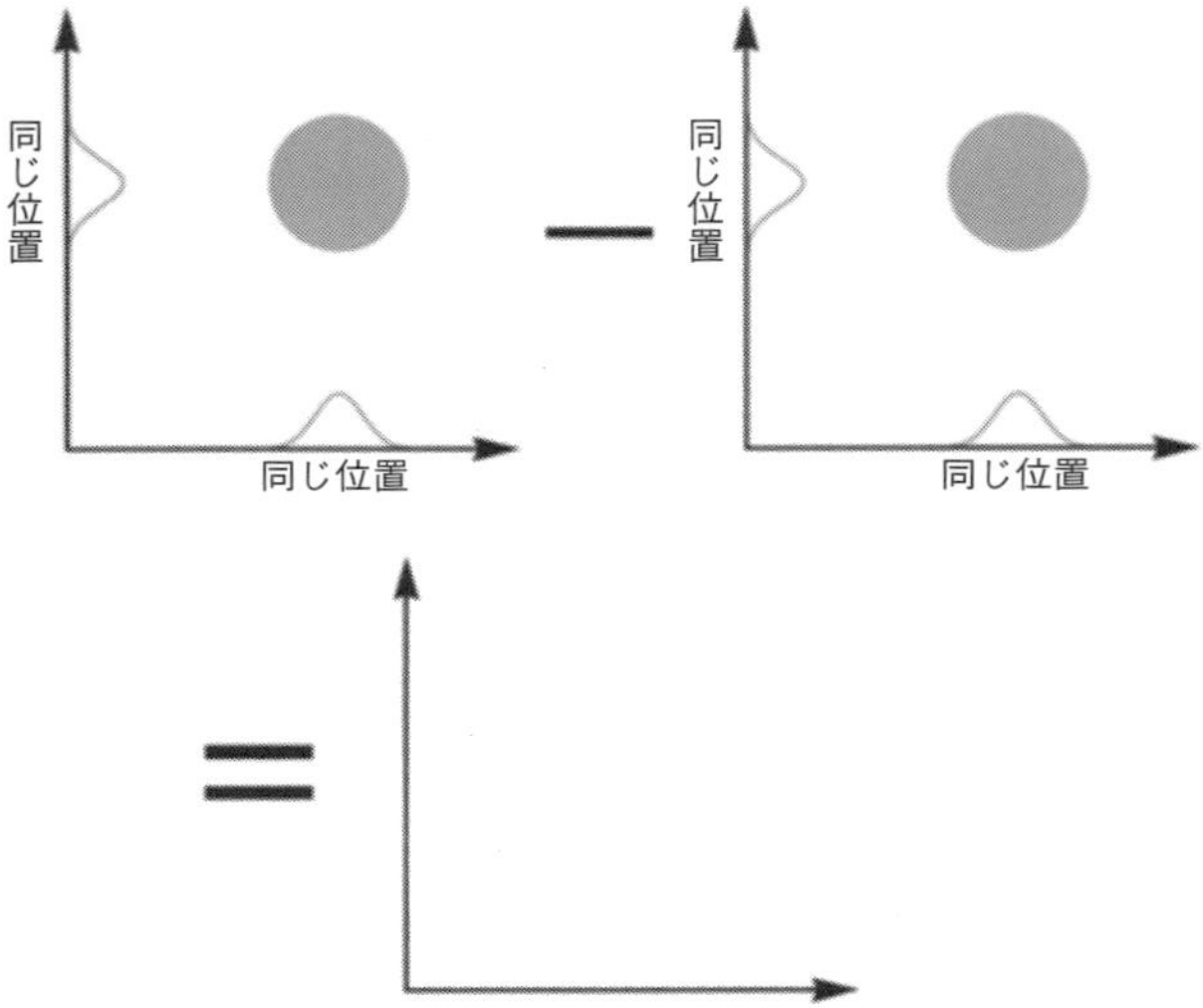

「輝素のスピンとなにか関係があるに違いない」とアッスント。「類似性について考えてみたまえ！　スピンが半分の輝素を取り、一回転させてみよう。その回転で、もともとの輝素波とは正反対になる。たいていのものを変化させないでおく変換は、符号の変化に通じる。そしていま、ペアを組むふたつの輝素を交換すれば――まったく影響がないと期待されるもうひとつの変換だが――波全体の符号も変わると仮定すれば、〈一の法則〉が得られると判明した」

カルラは無言のままだったが、アッスントの主張を疑ってはいなかった。こうしたことが、無意味な偶然の一致だということはありえない。アッスントは美しい謎に肉薄しているのだ。

アッスントがいった。「どうやら、あと一歩で輝素と光子の異なる特性をすべて説明できそうだ。光子は光の場におけるエネルギー準位間のジャンプにすぎないが、これを糸口にすれば、同じ観点で輝素を見る方法が見つかる可能性はあると思う。そんなのは馬鹿げている、ふたつのものは比較できないほど違っている、とこれまで信じていたのだが……見たまえ、波のできかたにおけるひとつの小さな変化から、どれほどの違いが生じるかを！　光子の場合、複数を配置できる方法をすべて足し算するので、仮に一ダースの光子が同じ状態にあっても、問題は生じない――光の場のある特定の様態《モード》を一ダース上のエネルギー準位に押しあげるだけだ。輝素の場合は、いったん最初の準位へ持っていったら、それぞれのモードのエネルギーを上昇させない数学的なひねりを見つける必要がある――その状態の輝素がひとつだけあるか、でなければまったくないようにする方法を。いったん〈一の法則〉を場の言語に翻訳すれば、なにもかもが一枚の絵に統合されるだろう」

　それは輝かしい未来図だった。そして魂に好奇心のかけらでも備わっていれば、それを追求したがらない人がいるだろうか？　光と物質を支配する究極の、単純きわまりない法則が、ついに完全に説明されるのを見たくない人がいるだろうか？

　カルラがいった。「もしわたしがチームに加わったら、反発子はどうなるでしょう？」

「政治の風むきがいいほうに変わるまで、待たせておけばいい」とアッスント。「シルヴァーノは永久に評議会にいるわけじゃない」

「そうでしょうか？」

「次の選挙までに、直交物質に基づくエンジンにむけてのほんとうの進歩があると思うのか？　新しい農場に場所を譲るため、古い給剤機が解体されるところを見られると思うのかね？」

「おそらく無理でしょう」カルラはしぶしぶながら称賛の目でアッスントを眺めた。「あなたは演技しているだけなんですね？　そういうエンジンが使いものになるとは、あなたはまったく思っていない」

「われわれの子孫がなにをなし遂げるかは、だれにもわからない」アッスントは悪びれずに答えた。「しかし、さしあたり、これが評議会との軋轢がいちばん少ない道だ。ならば、それを目いっぱいに活用したらどうだ？　直交物質の実験からなにが学べるにしろ、知る価値があることに違いない。もし一対の光子を作るためにふたつの輝素を破壊して、その二種類の粒子に関する洞察が得られないなら、ほかに洞察を得る方法は見当もつかない。だがきみは、その反応を発見したんだ、カルラ！　なのに研究を進める気がないなどと、いえるのか？」

「進める気はあります」とカルラ。「でも、評議会が最後には代替案への信仰を失うのを願って、反発子を脇へやれば……評議会がそういう状態になったとき、わたしはこの世にいないかもしれません」

「永久にこの世にいる人はいない」アッスントは六つほどカルラより年上なので、その言葉は意外なほど空々しく響かなかった。「わたしたちのどちらかが、なんらかの手段で、〈孤絶〉の減速を目にするまで生きられると思うのか？」

「おそらく無理でしょう」カルラは認めた。

「きみはアイデアを公にしている」とアッスント。

「それは刺激的で、挑発的だ。忘れ去られることは絶対にない。実現できれば、いつの日か使用されるのは確実だ」

「だから、わたしのアイデアはそこまでで放っておけというんですか？」反発子の可能性について、アッスントに判断を強いるような馬鹿な真似をカルラはしなかった。前回は、それが明白なかたちではなんの法則にも抵触しない、と認めさせるにとどめていた。「自分が母星を見られないのはわかっています。でも、〈孤絶〉を回頭させる方法を見つけたと死ぬ前に知ることができたら、それはやはりなんらかの意味があるでしょうね」

「そのアイデアを証明できなかった場合は？　もし実現できなかったら？」アッスントはカルラを追いたてているわけではなかった。たとえ基本的なアイデアに瑕疵がなくても、そういう結果に直面して終わる道すじはいくらでもある。「〈孤絶〉の上で生きることは、途中まで解決した問題を子孫に手渡すことを意味する。先祖は打ち上げのときにそれを受けいれるしかなかったが、いまの世代にとっても事情はさほど変わらない。われわれがこれの結末を目にすることなどありえない。最終的な結果を自分で見たいと思ったら、失望することになるだけだ」

　評議員たちが戻ってきていた。議場に入ってくる一行の顔色を、カルラは読もうとしなかった。視線を床にむける。自分はなにを考えていたのだろう――ある日には〈物体〉は有望だと持ちあげておいて、次の日にはもはや不要だと宣言するなんて？　科学とはそういうものだが、政治的な勢いを少しずつ変える道を探るべきだった――シルヴァーノの光り輝くロケットの前に立ちふさがり、腕を振りまわしてその針路を変えさせようとするのではなく。

　ジュスタが評議会の決定を発表した。アッスントの提案が認可されていた。直交物質の研究が、彼の監督のもとで続けられる。

「そしてカルラ」とジュスタが言葉を続けた。「あなたのアイデアが評議会にとって興味をそそるものであると同じくらい、われわれは子孫に対して、その遺産を無責任に使わないという義務を負っています。仮に未来のいつかの時点で、太陽石を蓄えておく必要が減じたと判明したなら――アッスントのプロジェクトのおかげで、そういうことになるかもしれません――そのときには、あなたの提案をふたたび考慮することもあるでしょう。しかしながら、さしあたりは、それほど大量の燃料を、それほど不確かな結果に割りあてる危険はおかせません」

38

「ここでなにが起きているのか、教えてくれる気はあるかね？」

トスコは、室を横切って樹精の檻のあいだに張りわたされたガイドロープの途中にいた。カルロが倉庫にいるあいだに、入ってきたに違いない。カルロは上司の態度をちょっと考えてから、嘘をついても仕方がないと判断した。少なくとも答えの一部をすでに知っているのでなければ、トスコはこれほど腹を立ててはいないだろう。

「この雌は元気です」カルロは左手の檻の中で眠っているベニグナを指さした。彼女の後ろにほぼ隠れるかたちで、もっと小さい体が同じ枝にしがみついている。「彼女は自分の子どもに規則正しく餌をあたえています。もっとも、双のほうは相変わらず子どもを無視していますが」

「自分の子どもだと？」トスコの声の響きには、その言葉を面白がっているようすも、信じられないといいたげなようすもなかったので、初耳だということはありそうになかった。自分の目で証拠を見に来る前に、その考えに慣れる機会があったに違いない。

「彼女がそう考えているとは思いません」カルロは答えた。「孤児になった身内を相手にするように扱っているのでしょう。いたとは知らなかった姪というところです。それに彼女は論理的な正確さにこだわる質《たち》ではありませんから、自分に姉がいなくて姪など存在するはずがないとしても、気にしないでしょう」

トスコは、家系由来の樹精の利他主義について議論しに来たわけではなかった。「生き残れるかたちで胞胚の形成を引きおこす方法を見つけたのか？」

「外科的な介入があれば生き残れます」とカルロ。

「それより強い言葉を使おうとは思いません」

「これまで何度こういうことをした？」

「三回だけです」

「ほう、三回だけね？」トスコはようやく状況に滑稽な点を見つけたというように、「いつわたしに報告するつもりだった？　一ダース回やってからか？」

「騒動になる前に、結果を確実にしたかったんです」

カルロは説明した。「もしこのベニグナがただの偶然だとしたら、公表する価値などないですから」

「そうかな？　公表することこそ正しいように聞こえると思うが」

「いえ、そういう風にはなりません」

「彼女を殺したまえ」トスコがぶっきらぼうにいった。「それから、適切な間隔をあけて、ほかの二頭も。そして解剖して、三頭すべてが不可解な形成異常を起こしていたことを発見してもらわねばならん」

カルロはためらい、あからさまな拒絶を避ける返事を言葉にする方法を考えようとした。「アマンダとマカリアは愚かではありません」カルロはいった。「ぼくがそういう偽装をしようとすれば、気がつくでしょう――ふたりがどういう騒ぎを引きおこすかは、だれにもわかりません」

トスコも愚かではなかった。女たちのひとりはまったく騒ぎを起こさないと知っていたとしても、そんな気配はまったく見せなかった。「光テープの複製はいくつあるんだ？」

「二、三本です」

「正確には何本だ？」トスコは答えを迫った。「どこにしまってある？」

カルロは穏便にすませるという考えをあきらめた。「数ダースあり、広範囲に散らばっています。破壊しようと思っているなら、忘れたほうがいい」

「きみは正気を失っているぞ、カルロ」トスコがいい放った。「これは二児出産に関する実験だったはずだ」

「いまでもそうかもしれませんよ」カルロは答えた。「あと一、二旬《ステイント》して、ベニグナにじゅうぶんな体重がついたら、同じ方法でふたり目の子どもを生めるかどうかを調べます。論文にいい題名がつきますよ――『光誘導による樹精の随意的連続型二児出産』。コンテストをひらいて、先祖なら最大の自己矛盾だと思いそうな生殖生物学用語を募集すべきですね」

トスコの好奇心が勝《まさ》ったらしい。「彼女の双はどうなんだ？　彼女と生殖しようとしたのか？」

「しました」

「それでどうなった？　彼女が追いはらったのか？」

「いいえ、協力しました。しかし、なにも起こりませんでした。少なくともその意味では、彼女は生殖不能です。自発的分裂をする能力も失った可能性もあります。もっとも、一年か二年待たなければ、確かなところはわかりませんが」

トスコの生物学に関する興味が消えうせた。「あと一年とか二年とかのことは忘れてかまわない。六日以内にすべての雌に死んでもらいたい。そして、すべての子どもも。すべてのテープが破壊されてほしいし――」

「そういうことにはなりません」カルロはいい切った。

トスコが身を寄せ、「だれのために働いているか、忘れたのか？　そもそも、これらの樹精を森から連れてくる許可を、だれにもらったんだね？」

「この件を評議会に諮りたいんですか？」カルロは尋ねた。「ぼくは喜んでその決定を受けいれますよ」

「そうするべきかもしれない」トスコが答えた。「評議会には五人の女と七人の男がいる――そして、すべての女が、きみと同じ見方をするわけではないだろう」

「すべての男が、あなたと同じ見方をするわけでもないでしょう」いずれにせよ、トスコはハッタリをかましている、とカルロは確信していた。トスコが望んでいるのは、ベニグナが体現している可能性が〈孤絶〉じゅうで討論されることではなく、ただちに埋もれることなのだ。

トスコがむきを変え、ベニグナの檻をしげしげと見た。「きみがわたしたちに強制したがっている未来があれか？　機械によって生殖する女だけの世界？」

「それを結末にしなくてもいいんです」とカルロ。「母親が生き残れるかたちでの雄の誕生を引きおこす方法が、見つかるかもしれません。そして長い目で見れば、感化力を通して、いっさいを体に統合しなおせるかもしれない。機械は使わず、ふたたび双どうしが交合するだけで——母親の死を伴わない出産にいたるかもしれないんです」

トスコはかたくなだった。「それは何世代も先の話だ、仮にそんなことができるとした上で」

「おそらく、おっしゃるとおりでしょう」カルロは認めた。「ぼくは、自分たちが石になにかを刻んだりはしていないことを、はっきりさせようとしているだけです。このプロセスのなにかが、この先すべての物事のありようを決めるわけではありません。数人の子どもが、この方法で生まれたとしましょう。その子どもたちが古いやりかたで生殖したいと決めても、いまの単者より悪い状況にはなりません。なんの気兼ねもなく、代理双を見つけに行けばいいんです」

「ただの〝数人〟？」トスコが皮肉っぽく尋ねた。「それなら、きみは数人の友人が出産を生き延びるのを助け、〈孤絶〉に乗っているあとの女のことは放っておいて、母親のあとを追わせるつもりかね？」

「もちろん、違います。しかし、評議会についておっしゃったとおり、すべての女がこれに賛成するわけではないでしょう。強制もせず、制限もしない——ぼくたちはこの方法を安全にしてから、人々に選択をゆだねるだけにするべきです」

「たいていの女は節食に対処できる」トスコがいった。「たいていの出産は、すでに二児出産だ。きみが友人につらい役目を負わされたのは気の毒だが、良心をなだめるためだけに社会全体を破壊する権利は、きみにはない」

カルロはトスコに、シルヴァーノの子どもたちの件を話したことはなかった。だが、いったんシルヴァーノが評議員となり、彼の人生のあらゆる側面が新たな意味あいを持ったからには、噂が広まっていても意外ではなかった。だが、自分が面とむかってそのことをいわれるとは、まったく思っていなかった。

「あなたが自分の双を殺してから、何年になるんです？」カルロは尋ねた。「五年ですか？　六年ですか？」

トスコは嘲笑するようにブンブン音を立てた。「トスカを殺した？　わたしたちはいっしょに選択をしたのだ」

「どんな選択です？　そのとき彼女を殺すか、それともあと数年飢えさせておくかの選択ですか？」

「子どもじみたことをいうんじゃない！」トスコはせせら笑った。「かわいそうなママはいなくなり、男たちが双に怖ろしいことをするといって、まだ夜泣きをしているのかね？　成長して、現実の世界にむきあいたまえ」

「しましたよ」カルロは答えた。「それにむきあい、これからそれを変えるんです」

「この話は終わりだ」トスコがいった。「終わったんだ」ロープ伝いに部屋から出ていこうとする。

カルロは怒りに身を震わせながらロープにしがみつき、これからどうするか決めようとした。トスコは評議会へは行くまい。味方を集め、樹精を殺して機材を叩き壊すために戻ってくるつもりだろう。

それに備える時間はどれくらいある？　二、三時《べ》隔《ル》？　二、三鳴隔《チャイム》？　自分がここでなし遂げたことを知らされたら、多くの人々が激怒するかもしれないが、そのメッセージは複雑で理解しにくい。トスコが食堂で二、三のスローガンを叫びさえすれば、暴徒を率いることができるわけではない。トスコはまず、同僚の生物学者たち、樹精の実験と、その意味するところを理解できる人々から手をつける可能性が高い。だが、その全員がこの件に関してトスコと見解を一にするわけではないだろう——そして見解を一にする面々に対してさえ、暴力を要求するには、かなりの説得が必要だろう。

　自分がパニックに陥って、いますぐ助けを呼びに行き、樹精たちを無防備にしたら、そのほうが危険が大きい、とカルロは判断した。冷静さを保ち、アマンダが交替勤務《シフト》に就くのを待つしかない。

　アマンダがやって来ると、カルロはなにがあったかを説明した。「ここへ連れてこられる人がいるかい？　警備に就いてくれると信用できる人が？」

　アマンダは恐怖の表情を浮かべて、まじまじとカルロを見た。「いったいなにがしたいの？　ここで立て籠もりでもはじめるつもり？　闘いかなにかになるの？」

「どんな選択肢があるというんだ？」対決を望まない点では、カルロもアマンダと同じだったが、脇へ退いて、トスコに自分たちの仕事を破壊させるわけにはいかない。

「考えさせて」アマンダはロープの上で体を前後に揺すった。「樹精を森に放したらどうなるの？」

「放したと連中に知られる」

「ひとつの可能性だと推測はするでしょうね」アマンダはいったん認め、「でも、森の中で樹精をつかまえることの困難さは、知ってのとおりよ。おまけにトスコだって、その樹精たちをここでちらっと見ただけ。

仲間にした人たちに特徴を正しく伝えられると思う？」

カルロは納得がいかなかったが、その議論はすじが通っていた。この室に立て籠もっても、闘いを仕掛ける理由を敵に提供するだけだろうし、樹精を森以外のどこかへ隠そうとするのも無駄な労力だろう。樹精の体にこのテクノロジーの秘密が隠されているわけではないのだから、敵になる人々の大半は、森で半日も樹精狩りをすれば意欲をなくすはずだ。

「わかった」カルロはいった。「でも、鎮静剤の投与は極力少量にしないといけない。でないと、もしだれかが森に探しに来たとき、樹精たちは無防備のままになる」

「そうね」アマンダは言葉を濁した。「トスコとのゴタゴタはほんとうに避けられないの？」まるで、それがかんたんなことだといっているように聞こえた。

「トスコはすでに大すじを知っていたんだぞ！」カルロは抗議した。「だれかが漏らしたんだ」

アマンダがいった。「わたしを見ないでよ、だれにもしゃべってないわ」

「秘密を守ると信頼している人にも？」

「わたしだって馬鹿じゃないわ、カルロ」

アマンダがダート・ガンを取りに行き、カルロは通常の用量の四分の一で矢を準備した。樹精たちはまだ一頭残らず眠っており、大部分は狙いやすい的だったが、ピアは茂りすぎた小枝と花の陰に隠れていて、撃とうとするカルロの邪魔になった。カルロは檻に入り、近くの枝まで進むと、ピアの胸に矢を撃ちこんだ。ピアの娘のリナが身じろぎして、ハミングをはじめた。カルロは手を伸ばし、リナを抱きとると、あやしてやった。リナが生まれたときに抱いてやったので、それ以来、彼女はカルロを嫌がらないのだ。母親の双はいまだに森の中にいるが、もしベニグノのふるまいが参考になるのなら、ピオはリナに愛情も敵意も示さないだろう。

「ぼくはまずこの二頭を連れていく」カルロはアマンダに声をかけた。

森の入口までは短い旅にすぎず、通廊はがらんとしていた。リナを肩にしがみつかせたカルロは、ぐったりした母親の体を脇にかかえ、ロープ伝いに進んでいった。アマンダがベニグナと、その娘のレナタを連れてあとに続いた。とまどった子どもは、網の中で身をくねらせたり、うなったりしていた。

森に入ると、カルロはピアを連れて林冠のほうへ少しのぼった。彼女が鋭い小枝の罠にはまらないようにするのがひと苦労で、ゾシマがベニグナを引っぱって自分から逃げたときの離れ業にあらためて感心した。ピアはすでに身じろぎをはじめていたので、彼女を放し、かたわらの枝をつかむまで待った。ピアはまだ弱々しかったが、漂流する危険はなかった。リナが母親の胸によじのぼり、カルロは森床へ引きかえした。

アマンダも荷物を伴って別の幹へのぼっていたが、それほど遅れてはおらず、まもなく追いついた。

「子どもたちが正常に生殖できるかどうか、はっきり確認する必要があるのにな」カルロはいらだった。

「二度目の出産を誘発できるかどうかよりも、そのほうが大事だ」

「この子たちが生殖可能なところまで成熟するのに二年はかかるわ」アマンダが答えた。「観察下に置いておくことより、生かしておくことのほうが大事だと思わない？」

「もちろん思うさ」カルロはためらった。「マカリアがトスコに内通したと思うかい？」

アマンダがいった。「それはないと思う。この研究を葬りさる気だったら、自分で樹精に毒を盛って、わたしたちが追加の複製を作る前にテープを破損できたんだから」

「そうだな」それなら、だれだ？　ベニグナが出産して以来、三人のうちひとりはかならず施設に詰めていたが、カルロはシフトの半分を隣の倉庫ですごすことも多かった。トスコが、こっそり研究のようすを調べるよう、だれかに頼んだのかもしれない——それからトスコと情報提供者は、自力で話の大部分をつなぎあわせたのだろう。

　ふたりは残っている樹精たちを森へ移してから、檻の下にあるハッチから光再生機を外しはじめた。ここには作りなおせないものはないが、まだ選択肢があるうちは、カルロはすべての機材を守りとおすつもりだった。三人の研究者はたがいに置き場所を明かさず、それぞれがテープの複製三本を隠しているのだから、トスコが夜昼なしに働くスパイの小軍団をかかえてでもいなければ、すべてを発見できる可能性はまずないはずだ。

　機材を荷造りすると、アマンダは箱をひとつかかえ、空っぽになった室を見まわした。「これからどうするの？」

「評議会へ行かなければ」カルロは心を決めた。「公式な保護が必要になる」

「で、評議会がトスコの側についてしまったら、どうなるの？」

　カルロは顔をしかめ、「どんな原則を盾にすれば、ぼくたちを止められるというんだ？　評議会の仕事は資源を管理し、ぼくたちを安全に保ち、飛行任務の目的を達成することだ。人口を安定させる——一方で女の仕事面での生産性と長寿に関する状況を改善する——のに役立つ別の出産方法があるかどうかを見出すことは、まさに適切な資源管理のうちじゃないか」

　アマンダがいった。「数旬《スティント》前、あなたは雄の食餌を減らしたら二児出産の可能性が高まるかどうかを調べることに、興味さえいだかなかった。それがいまは、男が絶滅に追いやられる見こみがあるとき、人々が原則に従ってくれると思うの？」

「それなら、きみはどっちを選ぶんだ？」カルロはいい返した。「きみの双が女のように飢えるのを見て満足することと、きみが腹いっぱい食べて、どんな男とも同じくらい長生きするチャンスと」

「だれかが飢えて
いるのを見たいとか、そういうことじゃない」アマンダが答える。「樹精たちは飢えていないけれど、両親の体が満腹ではないという信号を発するときのほうが、効果は強いに違いないわ」

カルロは激昂した。「それなら、いまきみは、望みうるかぎり最高の飢餓はどういうものかを議論したいのか——出産しても生き延びる話をしているときに？　まじめな話、もしこれが安全だと証明できたら、きみはどっちを選ぶんだ？」

「あなたには関係ない」アマンダがそっけなくいった。

カルロは自分を抑えた。「きみのいうとおりだ。悪かった」最初に出産を誘発して以来、カルロは自分が決意を貫くのは〈孤絶〉の女たちのためだと自分にいい聞かせて、自分自身の本能的な嫌悪感と闘うのに時間を費やしてきた。だが、それはどの女にとってもかんたんな決断ではないだろうし、その問題を個人レベルの話にする権利は、カルロにはなかった。

「でも、研究を支持しているんだろう？」カルロは尋ねた。

「わたしはプロジェクトを辞めてないでしょ？」アマンダが答えた。「だれかがこの方法で子どもを持ちたいというなら、わたしがそれを止めようとする理由がある？　でも、多くの人々は、これを選択肢としてはまったく見ずに、脅威として見るでしょう」アマンダはほかの箱を身振りで示し、「あれを持っていってもらえる？　トスコが破壊部隊を連れて姿をあらわすなら、ここにいたくないから」

カルロはその箱を取りにいき、アマンダのあとから室を出た。

「これを安全などこかにしまったら、マカリアに会いにいくわ」アマンダがいった。「なにがあったかあの子に知らせる」

「頼むよ」

「あなたが評議会へ行って、評議会がどういう立場を取るかがわかるまで、三人とも鳴りをひそめているほうがよさそうね」

「それがいちばんいい考えのようだ」カルロはいま、樹精を襲いに来る暴徒——胴枯れ病の小麦を焼きはらう農夫のように、燃えるランプを振りまわしている暴徒——を思い描いていたときよりも、不安を募らせはじめていた。どういうわけか、暴徒との衝突は一時隔《ベル》か二時隔《ベル》のうちに終わって、それですべての片がつくと想像していたのだ。

しかし、闘いという考えにどれほどカタルシスがあるように思えても、それではなにも解決しないだろう。勝者は敗者の心を変えられないし、そうやって力を誇示した結果としてだれが勝つにしろ、相手の考えは変わらずに生きつづけるのだ。

カルラは辛抱強く耳を傾けた。動物の生殖に関する仕事のために作物栽培学をあきらめた、とはじめてカルロが話したときと同じように、無言で注意深く。カルロが話しおえると、カルラはプロセスそのものについていくつか質問した。分裂中のゾシマから記録した信号の範囲や、ベニグナの出産を引きおこすのに使った特定の信号について。

「興味深い研究ね」まるでカルロが、テイボクハタネズミの皮膚にある遺伝性の模様に関する研究について語っただけであるかのように、カルラはいった。

カルロは双の声の調子を非難のひとつのかたちだと受けとった。「隠していて悪かった。でも、結果を再現するまでは、だれにもこの話はしないとチームで合意したんだ」

「それはわかる」とカルラ。

カルロはランプの明かりに照らされた双の顔をしげしげと見て、「それなら、きみはどう思う？　これは……有望な方向だろうか？」ほかにどういう言葉で尋ねたらいいのか、カルロにはわからなかった。下手をすれば、双には答える用意がないとわかっていることを、無遠慮に訊くことになる。

カルラは少し体を強ばらせたが、怒りはしなかった。「なにが可能かを知るのは、つねにいいことよ」と穏やかな声でいい、「トスコは愚か者。ひょっとしたら、いっさいを秘密にされていたことに文句をつける権利はあるかもしれないけれど、なにもかもを中止させるのは過剰反応だわ」

「評議会と直談判しなければならないだろう」とカルロ。「その件に関して、きみの助言が必要だ」

「はっ！　わたしが前回あそこで証言したとき、大勝利をおさめたから？」

「どんな過ちを避ければいいのか教えてもらえる」

カルラが考えこんだ。「公聴会本番より前に、何人味方にできるかを調べることね。わたしもそうするべきだった」

「評議会に知り合いはひとりしかいない」とカルロ。「シルヴァーノは、ぼくに有利にことを運ぶ気になってくれると思うかい？」

「なんともいいようがないわ」とカルラ。「あの人が同僚の評議員たちと合流する前に話をする機会があれば、わたしを新しいエンジン路線に引きこみそこなった件で、あなたに意趣返しをすることよりは、問題そのもののほうが重要だと判断するかもしれない」

「それはありえないことじゃない」カルロもいったん同意して、「でも、シルヴァーノは思いもよらない反応をするかもしれない。あいつが反対陣営に立ったら、なにもいわなかったほうがマシになるだろうな」

のちほど、ふたりいっしょに寝床に入ってから、カルロは怒りがこみあげてきた。自分は飢餓からカルラを救う道を拓こうとしている。そのためにキャリアのすべてを危険にさらしたのだ――カルラと、彼女の娘のために。かつてカルラがこちらの成功にあえて望みをかけないようにしたときには、その態度に納得したが、だがいま、事態は違うものになりうるという生きた証拠があるようになってさえ、なぜ励ましの言葉ひとつかけてくれないのか?

カルロはタール塗り布の下に横たわり、苔光をじっと見つめた。もしだれかから――男でも女でも、友人でも双でも――無条件の支援がほしいなら、自分はまちがった革命に足を取られてしまったのだろう。

「シルヴァーノが出かける前につかまえてみる」カルロはいった。

「それがいいわ」カルラが答え、食料戸棚から離れて双を通した。カルラは朝食のパンをゆっくりと噛み、まるでなにも変わらなかったかのように、ひと口を長く保たせようとしていた。とはいえ、生涯の習慣が一夜にして消えるわけはない。カルロは、出産前のベニグナと同じくらいふっくらしたカルラの姿を想像しようとした。古い禁制のすべてが逆転して、自分たちの最初の子どもの出産準備にカルラが取りかかる。カルラの子ども、自分たちの子ども? 自分は本能に縛られた樹精ではない。自分自身の肉と同じくらい、カルラの肉からできた娘を愛せるに違いない。

「議論を研究に限るようにして」カルラが助言した。「個人の問題にしてはダメ。もしこれをシルヴァーナの身に起きたことと結びつけようとしはじめたら――」

「ぼくはそこまで鈍感じゃない」カルロは答えた。「でも、とにかくありがとう」そしてドアへむかった。

「結果を知らせてもらえる?」カルラがいった。

カルロは後眼でつかのまカルラを見つめた。カルラはカルロのしていることに無関心ではなく、慎重な態度を取っているだけだ。

「もちろん」カルロはいった。「夜までに帰ってくるよ」

通廊に出ると、カルロは通行人たちにちらっと視線を走らせ、生きている樹精の母親たちに関する知らせをもう耳にした人はいるだろうか、と思った。アマンダとマカリアが秘密厳守の誓いから解放され、トスコが自分の味方を探しているのも確実なのだから、噂が山の隅々にまで届くのに長くはかからないだろう。結局、自分はひとつの手の指が勝手に動くようになったこと以外で有名になるのかもしれない。

曲がり角に来て交差ロープに移ったとき、反対方向からやってきたふたりの男が、カルロを挟み撃ちにするかたちで、そのロープに飛びうつった。

彼らは覆面をつけていた。目の部分に大雑把な穴のあいた黒っぽい布袋だ。

「どいてもらえるか？」この出会いが、じつは傍若無人な態度の問題ではないことにカルロは気づいたが、現実に見合う言葉を思いつけなかった。

背後の男が皮膚のポケットから細長い布を引っぱりだしたかと思うと、カルロの背中に飛びついて、振動膜に布を巻きつけようとしはじめた。カルロはロープを放し、男を払いのけることに専念した。つかまるものがなくなったふたりは、通廊を横切るかたちで脇へ漂った。それはぶざまな闘いだったが、カルロは打ち負かされる危険を感じなかった。森でゾシモと格闘したときのほうが、はるかに大変だったのだ。

もうひとりの男がロープを押して離れ、ふたりを追ってきた。人工の体袋から小さななにかを取りだす。カルロは急になりゆきを楽観できなくなり、できるかぎりの大声で助けを呼んだ。角を曲がる前に、通廊にはほかの人々がいた。だれかが聞きつけて、助けに来てくれるだろう。

布を持った男はカルロを黙らすことに興味を失った

が、そのとき巧妙な不意打ちで、カルロの両上手首に布を巻きつけた。圧迫された肉は動かなくなり、硬直しすぎて変形もできない。カルロは下のほうの手で男を押しのけようとしたが、布がふたりをつないだままだった。共犯者はロープから離れる動きの判断を誤っていたが、通廊の側面をかすめると、ふたたびふたりのほうへむかって来ていた。

「助けてくれ！」カルロはもういちど声を張りあげた。

布を持った男が、さらにきつく締めあげた。「裏切り者はこうなるんだ」男がいった。「裏切り者の声は、だれにも聞こえない」

ふたり目の男が手を伸ばし、なびいている布の端をつかむと、それを使って体を引きよせた。男がもう一本の上のほうの手に握った小さなものの位置をズラして、それを構えるのが見えた。もし彼らがトスコのために動いているのなら、おそらく鎮静剤だろう。本人たち独自の行動なら、なんであっても不思議はない。

カルロは胸から五本目の腕を押しだし、その男の手首をつかんで、矢を近づけないようにした。肢に肢を合わせるかわりに、男は布を放し、自由になった手を前へ持ってきたが、カルロはそれが格闘に加わる暇をあたえずに男を強く押しのけ、後ろへ飛ばしてやった。

背後の襲撃者が布の端をつかみ、カルロの五番目の手首に巻きつけた。カルロは六番目の肢を生やして、縛《いまし》めを引きはがそうとしたが、うまくいかない。共犯者がふたたび壁をこすり、なんとか動きを逆転させた。最初の男がカルロの後視界をふさいでいたが、前方の通廊は無人だった。

カルロには七番目の腕になる肉が残っていなかった。

「何者だ？」カルロは語気を強めて訊いた。矢を持った男が、どんどん近づいてくる。

「自然に刃むかっても無駄だ」もう一方の男が静かな声でいった。「どうなると思っていた？　自業自得ってやつだな」

39

「ちょっといいですか、カルラ?」パトリジアが教室の入口でロープにしがみついていた。「とんでもないアイデアがあるので、聞いてもらいたいんですが」

カルラは愛情のこもった困惑の表情でパトリジアを見やった。「アッスントのチームの計画会議になぜ出てないの?」

「アッスントのチームですか? わたしがそこにいる理由がなにか?」

「未来は直交物質にあるからよ」カルラは辛辣に聞こえないように努めた。「すべての新しい考え、すべての新しいテクノロジー――」

「すべての新しい爆発と手肢の切断」言葉を続けながら、パトリジアは部屋の前のほうへ移動した。「化学者たちは悪評にさらされていると思っていましたが、少なくとも負の輝素をもてあそぶことは、絶対しませんでした」

「実験に関わらないようにしていることはできるわ」カルラはいってみた。「アッスントは輝素の場の理論を築こうとしている。その一部になりたくないの?」

パトリジアがいった。「もし宇宙に行きわたる輝素の場があるなら、それは来年になってもまだ存在しているでしょうから」

「そのとおりよ。それで、あなたが来年に考えている大計画って?」

「あなたは来年どうするつもりですか?」

カルラは腕を広げ、空っぽの教室をかかえこんだ。

「わたしはそんなにひどい教師だった?」

「とんでもない。でも、それでいいんですか?」

「ほかのものにはうんざりしたのよ」カルラは認めた。

飢餓を終わらせようとするカルロの最良の試みに、いまでは番っている樹精から記録した信号を女の体に挿入する処置が関係してきそうだと知らされて、かつてはささやかでも持っていた、空腹によるめまいから解放してくれるかもしれないという希望は、打ちくだかれていた。「もしかしたら、政治の風むきが正しいときに、だれかが反発子にもういちど目をむけるかもしれない」

「政治のことは忘れてください」パトリジアが楽しげにいった。「これが通常の固体でうまくいけば、太陽石をせがむ必要はなくなりますから」

「山の中のありとあらゆる透明石を見てきたわ」カルラは反論した。「なにか新しいものをこしらえる気？」

「かならずしも新しくはないです」パトリジアは答えた。「でも、多粒子の波と〈一の法則〉に関するアッスントの論文をついさっき読んだんです」

カルラはためらい、無関係に見えるふたつを頭の中で吟味して、つながりが見えてくるだろうかと思った。見えてはこなかった。

「続けて」カルラはいった。

「ネレオの理論によれば」パトリジアが話しはじめた。「光源強度を持った、ふたつのとても小さな球をスピンさせて隣どうしに置き、もしふたつのスピンの〝北極〟のむきがじゅうぶんに近ければ、たがいに反発しようとする。つまり、その系は、ふたつの極を無理やりそろえると、位置エネルギーがもっとも高くなるわけです。そういうことが起きる状況は、球のスピンのむきと、球どうしの相対的な位置の両方しだいということになる」

パトリジアがふたつの例をスケッチした（次ページ上図）。

「妙な効果ね」カルラは考えこんだ。「ふたつの正の光源は、近接すると引きつけあうけれど、これらふたつの球の極は逆にふるまう。同じどうしが反発する」

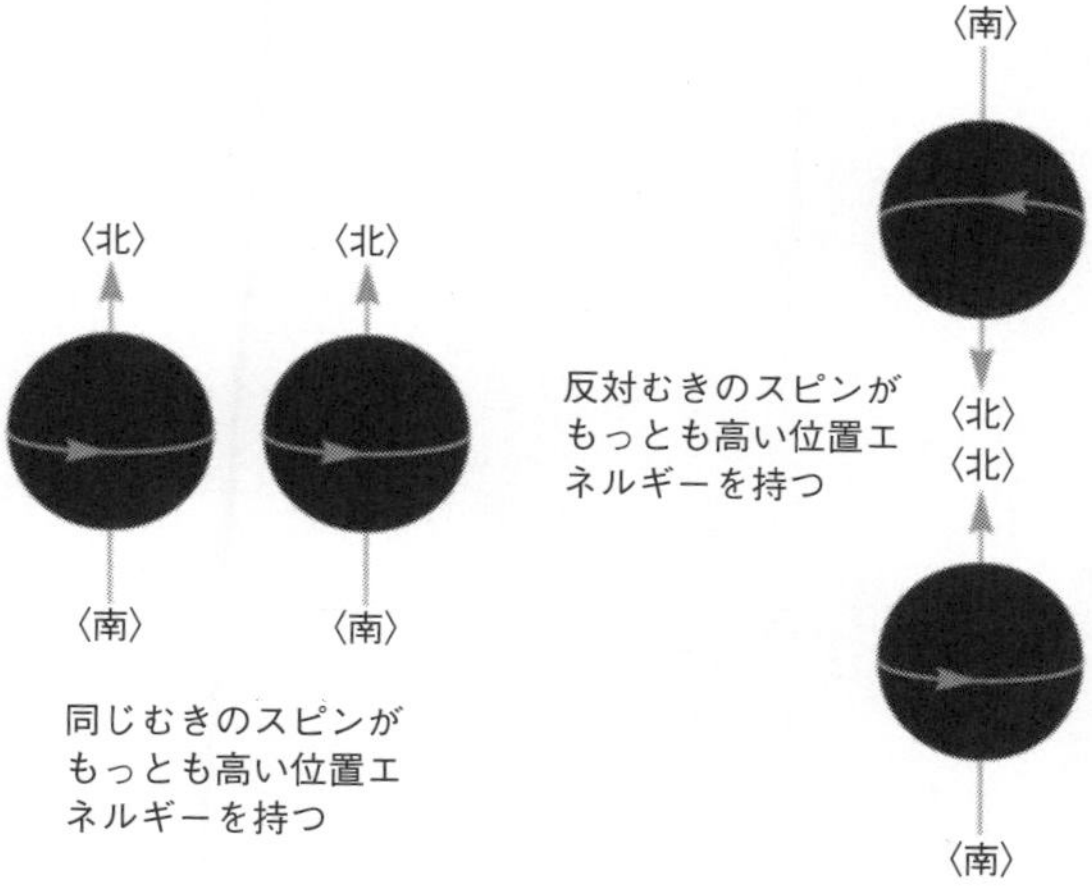

「奇妙です」パトリジアが同意した。「しかも、それがじかに立証されたことがあるとは、まちがってもいえません。それでも、わたしたちの知っているなにもかもが、それは真実だとほのめかす――そして通常の引きつける力に加えて、スピンしている輝素に適用されるはずだと」

カルラはいった。「それを議論するつもりはないわ」適切に偏極された場における単一の輝素のエネルギーが、そのスピンに依存していることはわかっており、スピンする輝素ふたつを横に並べたとき、そのアナロジーが突如として成立しなくなると考える理由はない。

パトリジアが言葉を続けた。「〈一の法則〉によれば、ふたつの輝素は同一の波と同じスピンとを持てない――でも、波そのものが異なる場合に、スピンがどうなるかは依然として不明です。もし固体のエネルギーの谷にあるふたつの輝素波について、この極どうしの反発を考慮に入れると、スピンが同じときは、平均すると位置エネルギーはより高くなる。従って、スピンが異なる状態からはじまったとしたら、この系は光子をひとつ放出してエネルギーを獲得し、片方のスピンを反転させて、両者を同じにするでしょう。いいかえれば、同一の形をした波を持つ輝素のペアは、反対のスピンを持たなければならないけれど、そうでないペアは、スピンのむきが最終的にそろうはずなんです！」

カルラはこの議論がどこへむかっているのか、よくわからなかった。「この極どうしの相互作用によるエネルギーの差異はとても小さいだろうし、波の形を正確に望んだものにすることは、おそらくできないでしょう。これが確固とした結論だと本気で考えているの？」

パトリジアがいった。「いません。だから、これまであなたの前では持ちだしませんでした。でもさっき、〈一の法則〉に関するアッスントの説明を読んで、なにもかもが変わったんです」

「それは効果を台無しにするの？」

「いいえ」パトリジアが答えた。「効果をとてつもなく強めるんです！」

カルラは当惑した。「どうやって？」

パトリジアがうれしそうにブンブン音を立てた。

「ここが面白い部分です。アッスントによれば、複数の輝素をまとめて記述する場合、任意のペアについて粒子を入れかえたら、符号が変わらなければならない。スピンが同じなら、その法則を満たすために、粒子を入れかえた波を引き算しなくてはならない。でも、スピンが異なるなら、粒子を入れかえたとき、全体の符号を変えるのに、波ではなく、かわりにスピンを使うことになる。つまりその場合、粒子を入れかえた波を足し算することで、輝素の位置がわかることになる」

パトリジアが例をスケッチした（次ページ上図）。

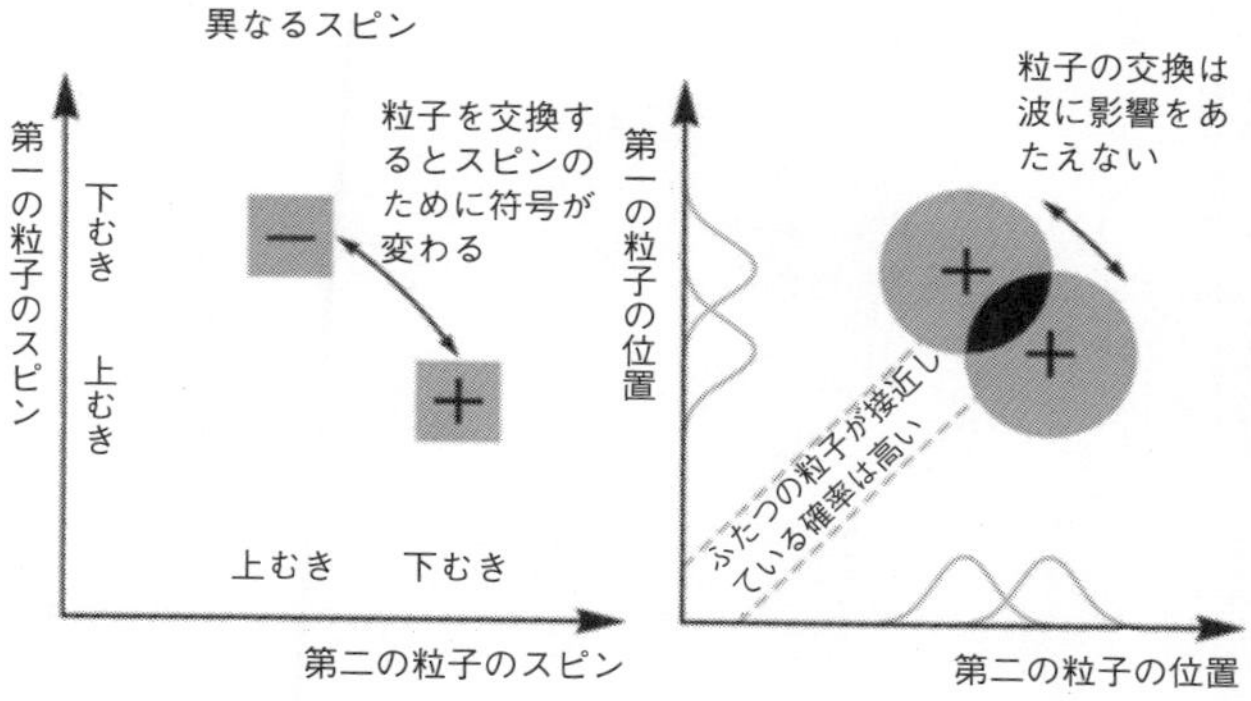

「波を足し算すると」パトリジアがいった。「輝素どうしが近くにある可能性が非常に高くなる。では、スピンが同じで、符号を変えるために波を引き算する必要がある場合と、これを比べてみましょう。輝素どうしが接近する可能性はずっと低くなります」（次ページ上図）

「スピンの働きだけで」カルラは驚嘆した。「そして輝素どうしの距離が変わると……」

「位置エネルギーが変わる」パトリジアが締めくくった。「極どうしの弱い反発の効果によってではなく、輝素どうしの引きつけあう力によって。アッスントの法則により、ふたつの輝素が同じスピンの力を持てば、輝素どうしの平均距離は長くなり、それはつまり、位置エネルギーが高くなるということです。従って、最初の結論に戻ることになります。ペアになっていない輝素は、じっさいに同じ方向にスピンしていなければならない」

　カルラはいったん間を置いて、頭の中で分析全体を

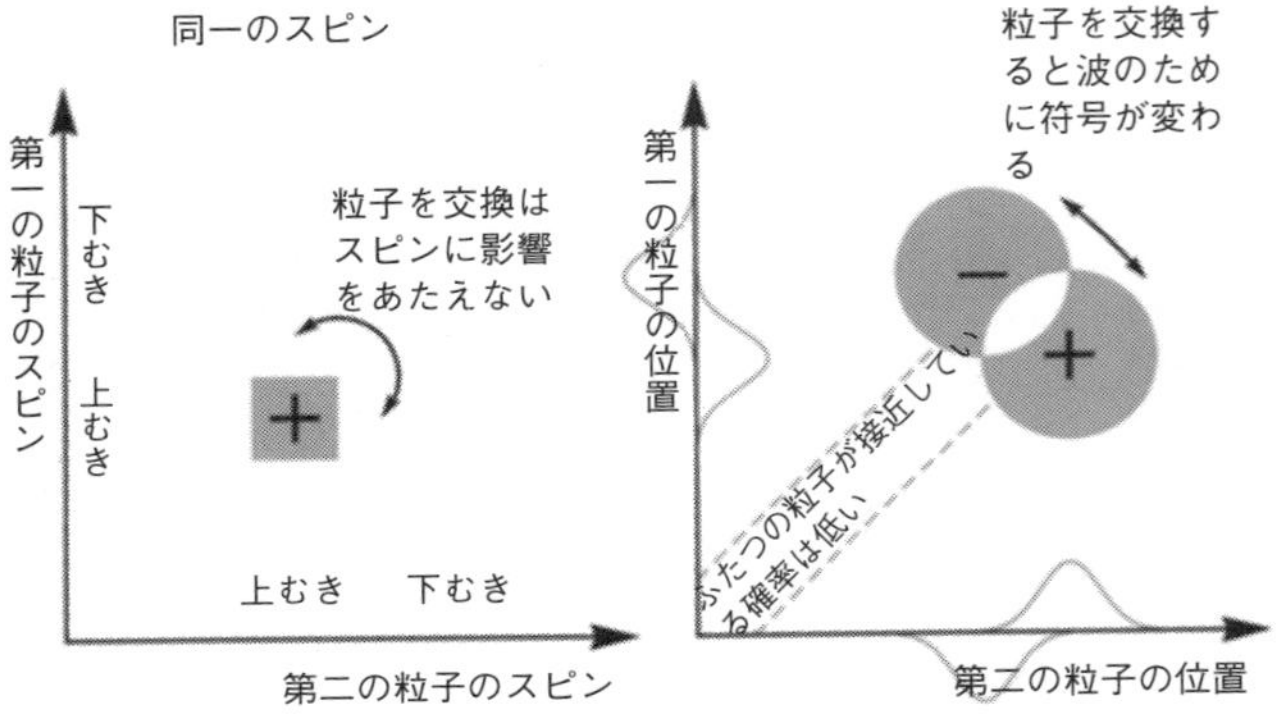

おさらいした。いまの議論には、自分たちが脈絡を失い、証明したと考えていることの反対を証明したのではないか、と心配になるくらいの紆余曲折があった。「すじは通るわね」カルラは結論づけた。「でも、反発子とはどう関係するの?」

パトリジアがいった。「光学固体の場合、光の偏極を使って、それぞれの輝素のスピンがエネルギーに影響するような場を作ることができる——通常のエネルギー準位を非常に小さい間隔で分けることができます。この近接した準位間の微小なジャンプは、不完全な鏡で反射された光子の微小なエネルギーの変化と完全に一致するはず。そうなるようにすることができるのは確かです——でも、ふつうの固体で同じことができたら、もっといいのでは?」

カルラはようやくつながりが理解できた。「同じ方向にスピンする輝素の数がじゅうぶんなら、通常の固体内部に同じような偏極した場を作りだす。でも、透明石のサンプルのスペクトルには、そういうものは影も形もなかった」

パトリジアがロープを握る力を調節した。「それぞれの谷の内部でスピンはそろうはず――でも、少しでも離れてしまうと、波の重なりははるかに小さくなって、輝素どうしのあいだに働く力は、引き付けと反発を行ったり来たりするようになる。従って、アッスントの法則に頼っていたら、どんな種類の長距離秩序も生みだせない。ある点を越えたら、スピンのむきはランダムに変化するだけになって――ランダムに偏極した場を発生させて、その大部分はたがいに打ち消しあってしまう」

「確かに」カルラはためらった。「それは残念だけれど、それについてじっさいになにができるの?」

「たぶんなにもできません」とパトリジアは認めた。

「でも、試せることがひとつあります。もし幾何学と、エネルギー準位と、ペアになっていない輝素の数がすべて都合のいいものであれば……光学固体の規則性を本物の固体に〝刻印〟できると思うんです。これまでにわたしたちが作った光学固体の内部を移動する場のパターンは、それほど速くは動いていない。同じ速さで、本物の固体を光の場に貫通させられない理由はありません。それなら、固体には定常的なパターンが作用することになります。整然と偏極化された場に物質をじゅうぶん長くさらしておけば、ペアになっていないすべてのスピンどうしの長距離整列を実現できるでしょう」

カルラは絶句した。パトリジアは愚かな真似をいくつもしてきた――そして、これもそのひとつかもしれない――だが、〈孤絶〉に乗っているほかのだれにも、この壮大で、大胆不敵な手法を考えだすことはできないだろう。

「刻印にむいている候補材料を特定できたら」パトリジアは言葉を続けた。「むずかしいのは、欠陥のない結晶を入手することでしょう。幾何学がほぼ完璧でなければ、この方法はうまくいきません。さもないと、違う谷にある輝素からの場は位相がズレてしまう。でも、小さな粒からはじめて、均一に見える粒を選べば――」

「サビノがネレオの力を測定したときのように？」カルラが言葉をはさんだ。

「まさにそれです」パトリジアは判決を聞くのがだんだん不安になってきたようだ。「それで、これは試す価値があると同意してもらえますか？」

カルラは用心深くいった。「同意するのを妨げるものはないわ。でも、全体をもっとくわしく見なければならない。外部場に置かれたペアになっていない輝素の動力学を調べる必要があるし――」

パトリジアは勝ち誇ったように歓声をあげた。「いつはじめますか？」

今日はもう教える授業がなかったし、これが反発子を救いだすチャンスをほんとうにあたえてくれるのかどうかがはっきりするまでは、ほかのことに集中できそうになかった。「いまからではいけない？」

ひとりの女が出入口からぶっきらぼうに声をかけてきた。「カルロの居場所を知ってる？」カルロの同僚のアマンダだった。

「いまこの瞬間は知らないわ」カルラは答えた。「今朝シルヴァーノに会うといっていたけれど、会合はたぶんもう終わっている」

アマンダがいった。「彼を見つけてちょうだい」

相手の態度が不作法のせいではないことを、カルラは悟った。追いつめられた気持ちなのだ。

「なにがあったの？」カルラはやさしく尋ねた。

「男たちが、個室から出たわたしをつかまえようとした」というのがアマンダの答えだった。「そして今度は、マカリアもカルロもどこにも見当たらない」

「その男たちって？」

「四人組で、全員が覆面をしていた。わたしといっしょになって追いはらってくれる人たちがいて、四人は逃げていった」

カルラは全身が強ばるのを感じた。「樹精の実験に関係があると思う？」

アマンダが「ええ」といった。

パトリジアがカルラにむきなおって、「今朝みんながその話をしているのを聞きました。たわ言だと思ったから、無視しましたが」

「みんなはなんといっていたの？」

「カルロが、女に出産を強制できる感化力を作りだした、と」パトリジアは馬鹿にしたような声でいった。

「光を人の皮膚に当ててるだけでいいんだとか！」

「それはほんとうじゃない」アマンダが請けあった。じっさいの手順を手短に説明する。

パトリジアは呆然としたようだった。「それはわたしが子どもをひとり生んで、生きつづけられるということですか？」

「まだ樹精でしかテストしていないわ」とアマンダが強調した。

「でも、人でもうまくいくといったん確信できたら——？」

「やはり単純な問題ではないわ」アマンダが答えた。

「出産の前後で外科手術が必要になるはず」

「それで子どもの数は？」パトリジアが尋ねる。

アマンダが答えた。「ひとり。かならずいちどにひとり」

カルラが割ってはいった。「シルヴァーノに会いに行って、そこからカルロの動きをたどってみる」

「いっしょに行くわ」アマンダがいった。

「マカリアはどうするの？」

「もう彼女の双に話してある。マカリオは友人を集めて、独自に捜索をはじめたわ」

「わたしも行きます」とパトリジア。「カルロを見つけるまで、わたしの手はあなたの手です」

カルラはこの連帯の誓いに感動したが、通廊に出たとき、それが単に友情から来るだけのものではないことに気づいた。パトリジアは、カルロのなし遂げたことにまったく狼狽していない。ひとたびショックがおさまったあとは、その知らせを歓迎するようすばかりを見せている。

（この奇怪な処置を歓迎する女たちがいる）カルロを危険に陥れているのは、パトリジアが耳にした噂を真に受けた、混乱した烏合の衆ではない。彼を危険に陥れているのは、このテクノロジーに関する真実を耳にし、双がそれを使って自分を完全にお払い箱にするのではと怖れている男たちのすべてだ。

「カルロは来ていないよ」シルヴァーノは断言した。子ども部屋のほうをむいてぴしゃりと叱りつける声を出してから、「いったいどういうことなんだ？」

カルラはアマンダに大すじを説明させた。樹精の実験、トスコの反応、アマンダの拉致未遂、失踪した同僚ふたり。シルヴァーノは称賛に値する落ち着きで実験の話を受けとめたが、その件を前もって知っていたのを隠すためにこれほど平然としているのではない、とカルラは判断した。

パトリジアが、新しい感化力について耳にした噂をくわしく述べた。シルヴァーノは一瞬啞然としたように見えたが、すぐにこういった。「評議会に緊急会議を呼びかける。トスコとアマンダの双方に証言を求め、この件を両側から検討できるようにする」カルラの顔が心痛で曇っていくのを見てとったに違いない。「きっとカルロは、もうじき無傷で見つかるよ。きみは中継網に報告を流すべきだ。評議会にできることは、噂を打ち消す声明を発表し、研究者に対していかなる行動も慎むよう、人々に警告することくらいだ」

「拉致が犯罪であることを、人々がまだ知らないとでも?」アマンダが辛辣な声で訊く。

「六年も監禁される危険をおかそうとしていることを思いださせてやれば、考えなおすかもしれん」シルヴァーノは答えた。タマラの監禁犯たちがいい渡された刑期は違っていた、とカルラは割りこみそうになったがこらえた。彼らに慈悲を示したのはタマラの選択であって、評議会のではなかった。

納得はしていないけれど、これ以上シルヴァーノから得られることがあるとも思えなかったので、会議のお膳立ては彼とアマンダにまかせ、カルラはパトリジアと連れだって最寄りの中継所へむかった。紙テープ穿孔機《せんこう》にハーネスで体を固定し、カルロの行動について知っていることと、目撃者がいれば連絡してほしいという訴えを記した報告書を作りあげる。穿孔機には二ダースの基本シンボルに対応したボタンしかなかったが、強制的に切りつめられた語彙のおかげで、メッセージが装飾過多になるのを防ぎ、脅迫と非難をつけ加えたくなる衝動をとどめることができた。書きおえて、プライベート・キーをダイヤルし、機械が書き手の証明として文章の暗号化された要約を追加するのを待ってから、完成したテープを中継係に渡した。二時隔《べ》以内《ル》に、複写が山じゅうに届いているだろう。

パトリジアが通廊で待っていた。「カルロはふだん通勤に使うのとは別のルートを通ったはずです」パトリジアがいった。「そして彼の行き先を、そいつらが知っていたわけがない」

カルラは気分が悪くなった。「わたしの個室からつけていったに違いないわ」カルラはいった。あの夜カルロが自分自身の個室ではなく、カルラといっしょにいたことを、どういうわけかそいつらは知っていたのだ。ふたりの居住の取り決めをトスコはおおよそ知っていたが、正確な同居のスケジュールを暗記していたということはありそうにない。もっとも、カルラの隣人たちは、カルロがいつ来て、いつ出ていくかを正確に知っているが。

「シルヴァーノの部屋から逆にルートをたどってみましょう」とパトリジア。「なにかに気がつくかもしれません」

「わかった」カルラは力なく同意した。

ふたりは通廊をゆっくりと進んでいき、パトリジアはまるでその出来事の物理的な痕跡が残っているかのように、周囲の壁を調べていた。カルラはすれ違う人々の顔をじっと見つめた。怒りのこもった目でじろじろ見れば、罪の意識がちらりと顔に出て、それが陰謀の全体像の解明につながるとでもいうかのように。

カルロが信じていたように、もし何者かがトスコと内通していたのなら、樹精の実験について何日も前から知っていた人々が、ほかにいたはずだ。だれにも三件の拉致をひと晩で準備はできない。だが、多くの人がタマラの監禁については旗幟《きし》を鮮明にしていて、そのとき監禁犯たちに共感した人々は、女の自由には適切な限界があるという自分の見解を友人のだれが共有していたか、忘れずにいただろう。こうしてカルロの研究の噂は、すでにおたがいを信頼できるとわかっている、同意見の乗員たちからなるネットワークを通じてあっという間に広まり、その人々が忌まわしい新テクノロジーを未然につぶす計画を立てたのだろう。

カルラの個室まであと少しというとき、パトリジアがいった。「あれはなに？」

カルラはパトリジアの視線をたどった。ちっぽけな黒っぽい物体——長さ一微離《スキャント》、幅四分の一微離《スキャント》ほどの円筒——が、通廊の床に転がっていた。

パトリジアがロープから離れ、器用にそれを回収して、巧みに狙いをつけた反動で帰ってきた。それをためつすがめつし、額に皺を寄せてから、カルラに渡す。

円筒は木製だった。芯の部分が細い空洞になっており、ほぼ端から端まで伸びているが、反対端の寸前で止まっている。カルラは似たようなものを前に見たことがあった。針のキャップとして使われていたものだ。「カルロになにかを注射したに違いない」カルラはいった。その物体をパトリジアに返す。

「そういう薬物に近づけたのはだれでしょう？」パトリジアが尋ねた。「薬剤師？　医師？　生物学者？　ひょっとして、樹精を捕獲するときにカルロを手伝った狩人では？」

カルラはいった。「だれにでも盗めたわ」

「でも、在庫は厳重に監視されているはずです」とパトリジアが答えた。「そういうものを使うグループを片っぱしから調べればいい」

「トスコの在庫からはじめる？」カルラはパトリジアの善意はわかったが、薬物の在庫目録を監査させてくれと人々に頼んでも意味はない。「犯人が何者であれ、テープについてカルロを尋問するはず」とカルラ。「つまり、樹精の番い中の記録よ」

「連中の狙いがそれだけなら、カルロがそのありかを教えれば問題は解決します」パトリジアが希望をこめていった。「かたくなに拒む理由はないでしょう？」

「いいえ、それこそが問題なのよ」とカルラ。「もしカルロがあっさりとテープをあきらめたら、それがほんとうに重要なものではないと悟られてしまう。いつでも別の記録を作れる。いつでも一からやり直せるのだ、と」

パトリジアがいった。「ではあなたが怖れているのは、連中がそれを悟って、樹精の皆殺しを図ることなんですか？」

「それもひとつの可能性ね。あるいは、もしかしたら、拉致犯たちはその一歩先を考えて、遅かれ早かれ、だれかが樹精のかわりを志願することに気づくかもしれない」

「それなら、テープが重要でなくて、樹精も重要でないとすると……？」カルラのいわんとするところをつかもうと、パトリジアは必死だった。

「カルロがテープのために闘おうとしなければ」カルラはいった。「拉致犯たちは、これを終わらせるにはカルロを殺すしかないと気づくことになる」

「まさか、そんな、まさか」パトリジアは手を伸ばし、カルラの肩をぎゅっとつかんだ。「そんなこと考えないで！ テープと動物を処分しても無駄だと気づくほど頭がまわるなら、連中はもうひとつのことにも気づくはずです。たとえカルロを――そしてマカリアとアマンダを――殺しても、一年か二年あれば、ほかのだれかが同じ技法をすべて再発明できる、と。山じゅうの人が、いまではなにが可能かを知っています。それは取り消せません」

カルラはいった。「かもしれない。でも、わたしが歴史を読んで学んだことからすると、ほかのどんな大義とも同じくらい多くの人命を犠牲にしたのに失われた大義は、いくつもあるわ」

パトリジアはそれに対する答えの持ちあわせはなかったが、こういった。「評議会の会議室へ行くべきです。中へは入れてもらえなくても、少なくとも評議会の決定を最初に聞くことはできます」

怒鳴り声が会議室から聞こえてきたが、言葉は不明瞭なままだった。なぜカルロは、自分のしたことをほかのだれかに突きとめられる前に、この発見を評議会に諮れなかったのだろう？ 研究を中止させるにしろ、継続を許すにしろ、少なくとも責任は評議会が負うことになっただろう。

会議はだらだらと続いた。半時隔《ベル》後、マカリオがやってきて見張りに加わった。

「なにか知らせは？」カルラはマカリオに尋ねた。この男のことはろくに知らなかったが、やつれた顔を見るのはつらかった。

「まだなにも」マカリオがいった。「だが、トスコが居場所を知っているなら、力ずくで吐かせてやる」

「この裏にトスコがいるとは思えないわ」カルラはいった。「いっさいを秘密にされてどんなに腹を立てたにしても、依然としてトスコはプロジェクトに対して権限がある。合法的にできることがたくさんあったのだから――」

マカリオがその言葉をさえぎって、「やつはカルロにこれを中止しろと命じたが、カルロは無視した。そんな〝権限〟てなんだ？」

カルラはこの議論をしたくなかった。「マカリアの件で報告を送ったの？」と尋ねる。

「もちろんだ。それにおれの友人たちが、各地の農場の捜索にむかっている」

「農場？」

「それ以外に人を隠せる場所があるか？」

すじは通っている。どこの個室や倉庫からでも、助けを呼ぶ叫び声があがればだれかが耳にするだろうし、いちばん騒々しいポンプ室でさえ、メンテナンス作業員が頻繁に訪れるから牢獄にはむかない。タマラの監禁犯たちが手本を示していた――彼らの選択は少しばかりあからさますぎたにせよ、ほかの利点がその欠点を補ってあまりある、と彼らの後継者たちが判断したとしても不思議はない。

カルラは捜索隊に加わろうかと思った。マカリオは、トスコを追いかけるためだけに、友人たちのもとを離れてきたようだ。しかし、まずは評議会の決定を聞かなければならない。もし研究が禁止されたら、拉致犯たちは確実に軟化するはずだ――その場合は、決定の知らせが広がるのをただ待っていたほうが、おそらくカルロの安全性は高まるだろう。

「会議が終わったみたいです」パトリジアが知らせた。

カルラはいった。「あなたの耳のほうがわたしの耳よりいいのね」

評議員たちが会議室から出てきはじめた。カルラはアマンダを探したが、先にシルヴァーノが姿をあらわした。

　カルラはシルヴァーノに近づいた。「どうなったの？」と語気を強めて訊く。

「投票が実施されることになる」シルヴァーノがいった。「実験を続行していいかどうかを決めるために」

「こ、ことになるですって？　なぜさっさと投票しなかったの？」

「投票というのは、全乗員参加のだ」シルヴァーノが説明する。「それが決定事項だ。おれたちが評議会に選ばれたとき、この件は争点ではなかった。だから、方針を決める権限を委譲されていないという点で意見が一致した。いまから二旬《ステイント》後、あらゆる成人がこの件に関して一票を投じられる」

「二旬《ステイント》？」カルラは腹立たしい思いでシルヴァーノをにらんだ。「あなたたちが選ばれたとき、争点でなかったことはたくさんあった。だからといって、あなたたちはそういう件についての決定をくだすことをやめなかった」

「カルラ、これは――」

「それで人々は、どういうことかを知りもしないのに、この件でどう投票ができるっていうの？」カルラは抗議した。「人々の半分は、カルロが遠くから女に出産させられる魔法の光再生機を作ったと考えるわ！」

　シルヴァーノがいった。「投票まで毎日、情報公開の集会がひらかれ、アマンダとトスコに事実をくわしく説明してもらう」

「トスコですって？」トスコはすでに強硬な実験反対論者であることを明かしている、とカルラは反対しかけたが、そこで、このことで議論する意味はないのだと気づいた。投票はおこなわれるだろう。カルラがなにをいおうと、それは変えられない。それなら、トスコにはプロジェクトを糾弾させればいいし、人々には信じたい噂を信じさせればいい――それは小麦の胴枯れ病よりも早く広まる分裂の疫病で、あらゆる女が六頭の樹精を出産する、だとか。もし投票が避けられないのなら、カルラに必要なのは、はじめからわかりきっている結果だ。カルロの側がある程度の敗北を喫すれば、拉致犯たちはカルロに危害を加える理由がなくなる。

マカリオがトスコを追いつめ、面とむかって叫んでいた。トスコが自分はなにも知らないと抗議するのを、カルラは見ていた。「だれかがわたしのオフィスにメモを置いていった」トスコがいった。「それがだれかは見当もつかない」

シルヴァーノがいった。「評議会の権限で〈孤絶〉の捜索をおこなう。火災監視員の登録簿から二ダースの人員を割いて実行するが、きみとマカリオにはその名前を見てもらい、利害の衝突する者がいると思えば、変更を要求してかまわない」

「わかったわ」

「そして捜索に加わるなら歓迎する、立会人として」

シルヴァーノがいい足した。

「ありがとう」カルラは絶望が少しだけやわらぐのを感じた。評議会は拉致された者たちを完全に見捨てたわけではないのだ。

しかし、拉致犯たちは捜索を予想しているだろう。カルロとマカリアの居場所を転々と移す用意をしているはずだ。山を捜しまわるチームがどれほど大規模だろうと、あらゆるところを同時に見ることはできない。二ダースの捜索者はゼロよりはマシだが、ほんとうの力は依然として投票者たちのもとにある。

もし生きているカルロにもういちど会いたいなら、カルラになによりも必要なのは、〈孤絶〉の全員をカルロに反対させる方法だ。

40

タマラは議場の外でリヴィオを待ちながら、ほかの参加者たちが入っていくのを見守った。集会のはじまりまであと一鳴隔《チャイム》はあるはずだったが、中から聞こえてくる声は、すでに耳を聾するほどだった。

リヴィオがやってきた。腕と胸に白い塵の跡をつけている。「遅れてすまない」リヴィオがいった。「終わらせないといけない仕事があって」

「遅れてないわ」タマラは掛け時計を指さした。

「聴衆の後ろのほうになるくらいには遅れたよ」

「そこがいちばん安全な場所かもしれないわ」タマラは冗談をいった。

ふたりは混雑した議場へ入っていった。誕生日に基づく予定表があり、人々はそれに合わせて個々の集会に出席することになっていたが、強制ではなかったので、タマラは原則論でそのルールを破ることにした。双どうしがこの知らせをいっしょに聞くのを許可されているのなら、なぜ代理双どうしで聞いてはいけないのか？

議場には目に見える隙間はなかったが、後方のロープがいちばん人だかりが少なかったので、ふたりは人混みを掻きわけてロープの一本まで行った。場所を見つけて落ちつくと、タマラは照れくさくなった。右側の見知らぬ人にぎゅうぎゅう押されるのは気にならなかったが、リヴィオの皮膚がこんな風に押しつけられるのははじめてだった。

タマロとの接触の意味は、時とともに変わっていった。子どものころは触れあってもどうということもなく、冗談を分かちあうのと同じくらい罪のない快楽だった。だが生殖年齢に達すると危険が伴うようになり、日一日と胸がときめくものになった。抑えがたい欲望が高まるにつれ、ふたりは鎌をはさんで眠るようになって、夜中に目をさましたとき、欲望に屈したらどうなるかを、その刃がきっちりと思いださせてくれた。そしてしだいに、皮膚と皮膚が偶然かすめるたびに、その悦楽も脅威も失われていった。それが予告する結果は確実なものでありつづけたが、無期限に先送りされていると考えるのが、第二の天性になった。

　リヴィオとの接触は、どう感じたらいいのかわからなかった。タマラは右側の男に注意を集中させてから、その男に対する無関心を全身に広げようとした。

　ジュスタ評議員が開会にあたって、カルロとマカリアに関する情報を持っている人は集会の終わりに前に来て自分と話をしてほしいと訴えた。聴衆の大半は礼儀正しく黙って耳を傾けていたが、前列での面白半分のやりとりがタマラの耳に入った。ひとことも聞きもらさなかったわけではなかったが、〈孤絶〉から裏切り者が一掃されて幸いだ、という趣旨だった。

　次にアマンダが発言し、自分と同僚たちが樹精の小集団におこなった実験について述べた。研究には続ける価値があると信じているのはまちがいないが、声高な主張は避け、動物の生殖周期へのチームの介入を淡々と説明するにとどめた。

　タマラにとっては、言葉を飾らないおかげで、アマンダの言葉はいっそう朗々たるものに聞こえた。「わたしたちがベニグナと名づけた雌は出産を生き延びました。ちょっとした外科手術のあと、彼女はふたたび活動できるようになり、娘に給餌をはじめました。彼女の双は、出産の場に居合わせなかったわけですが、子どもには興味を示しませんでした」出産を生き延びた。娘に給餌を。それは、この〈孤絶〉とは直交する旅を数累代《イーオン》の長きにわたって続けたのちに帰還した第二の〈孤絶〉から、この〈孤絶〉へだれかが持ちかえった言葉のように聞こえた。

アマンダは、自分たちがある種の伝染性の作用因を作りだしたという噂を打ち消すことに重点を置いていた。「今夜ここにいらっしゃるみなさんの中には、感化力の記録に志願されたかたがおいででしょう。あるいは、病気にかかっているときにそのプロジェクトに参加した人を、ご存じかもしれません。感化力の中には赤外光として広がり、皮膚から皮膚へ伝わるものがある、とわたしたちは信じています——そしてわたしたちが、その方法で樹精の体に二児出産の指示を送りこむ手段を探していたのは確かです。しかし、樹精に受けいれられた感化力はまったく見つかりませんでした——そして、いかなるかたちでも人々に影響をあたえる目的で新しい感化力を作ったことも、もちろんまったくありません」

疑り深い野次が飛んだが、ジュスタの訴えを笑いものにしたのと同じグループからのものだった。愚か者たちをにらみつけないよう、タマラは努力して自制した。いいあいをはじめても得るものはない。

ジュスタはトスコを専門家として紹介し、その視点がアマンダの側からの説明とバランスを取るだろうと述べた。

「みなさんは、これらの実験がわれわれに提示しているように思われる種類の社会について、個人的な見解がおありでしょう」トスコは述べた。「そしてひょっとしたら、飢餓の終わりというこの展望に引きつけられているかたもいるかもしれません。女が子どもを出産したのちも生き長らえ、男の運命に出会うまで生きつづけるという展望です。しかし、その結果をもっとくわしく吟味しなければなりません。

そのような世界では、だれが子どもたちを育てるのでしょう？　子どもたちの母親でしょうか？　自然には、その仕事にむいた女の気質を形作る理由がありませんでした。単者や出奔者の子どもたちを不屈の精神で世話する女たちについて、だれもが感動的な物語を耳にしてきました。これらの勇敢な女たちは、われわれの祖父母の多くを育てました。その祖父母自身の母親が、双の虐待から逃れるために、〈孤絶〉にひとりで乗りくんだのです。初代の搭乗者たちに占める女の多さは前例のない事態であり、その後に続いた混乱を生き延びたことを、われわれは誇りとするべきです。しかし、永続的な非常事態を基盤としては、安全で安定した社会を築くことはできません。災難に耐えることは称賛に値します。けれど、自らの選択で災難を招くことは、愚の骨頂でしょう。

さて、みなさんは、同じ種類の手順で、男の双のいる完全な家族を生みだせる見こみがある、という噂を耳にされたかもしれません。アマンダがすでに説明したように、二度目の出産はまだ立証されていませんし、この方法で雄はまったく誕生していません。しかし、議論のために、研究が続けられ、そのような結果にいたったとしましょう。

実験はすでに、結果がどうなるかを教えています。雄の樹精は、光再生機によって誘発された出産で生まれた双の子どもには、どんな興味も示しませんでした。女たちが苦しんでいる社会は、きわめて脆弱なものといえるでしょう――しかし、そこへ生得の目的を奪われた同じ数の男たちを混ぜあわせれば、結果は破滅です」

「わたしたちは樹精じゃない」タマラはいらいらとつぶやいた。リヴィオにむきなおり、「もし第一世代にこれほど苦しい時期があったら、ホリンの不足が原因だったのは確かじゃない？　友人たちがいきなりそれぞれ四人の子どもたちに分裂することと、自分自身の子どもをひとりだけ作るという意図的な選択を、どうして比較できるの？」

リヴィオは答えなかったが、前列のある女が、非難するようにタマラにむかってうなった。

トスコはさらに大胆な一連の可能性をあげ、それを打ち消していった。「ひょっとしたら遠い未来には、何世代もの研究の末、われわれの生物学を完全に設計しなおすことが可能になって、その結果、男女がふつうの方法で交合して、いまとの違いは女がその後も生き延びることと、子どもの数を完璧に制御できるようになることだけ、という時代が来るかもしれません。だれがそれに反対できるでしょう？　わたしにはできませんーーしかし、それが単なる幻想以上のものだとはとても思えません。この研究はそもそも、飢餓を伴わない二児出産を可能にする手段を探し、女たちが人口制御のために困難な代価を支払わなくてもすむようにすることが目的の、正当な研究でした。それはいまも達成する価値のある目標です。つまり、われわれの娘たちの生涯のうちに、飢餓の生殖抑制効果を模倣する単純な薬物を作ることですーーわれわれの曾々孫が、あらゆる生物学の法則を意のままに曲げられるという遠い見通しではなく」

ジュスタが聴衆から質問を募った。

「たとえ現状ではこの方法に欠点があるとしても」ある女が尋ねた。「さらなる研究を放棄する理由はなんですか？」

「注意の集中を妨げるからです」トスコが答えた。

「だれの注意をです？　そしてなにから？　三人がこの仕事をあと数年続けたとしたら、生物学者の人手がその分欠けたせいで悲劇になってしまうほど火急のプロジェクトが、どこにあるんですか？」

トスコがいった。「われわれ全員の注意の集中を妨げます。われわれの文化全体が、このような偽りの約束によって傷つけられるのです」

「われわれの文化が傷つけられるですって？」トスコの相手をしている女がブンブン音を立てた。「樹精に対する二、三の実験によって？　もっと特定してもらえますか？」

「だれもが受けいれてくれると確信しますが、われわれはれの住む複雑で、微妙なバランスの――」

質問者がその言葉をさえぎり、「女たちが出産を遅らせはじめるのを心配しているんですか？」

「それもひとつの可能性です」トスコは同意した。これを聞いて、聴衆から怒鳴り声がいくつかあがり、やがてジュスタが身振りで黙らせた。「わたしは女たちの自主性を全面的に尊重します」トスコは公言した。「出産の時期は個々人が選択するものです。しかし、だからといって、平均年齢があがりはじめたら、それに続く問題を無視してはいられなくなります。もし祖父が亡くなるまでに子どもが生まれなければ、父親はひとりで育てることになり――」

「母親が生きていればそうじゃないぞ！」若い男が割りこんだ。男の友人たちが浮かれたように爆笑した。どうやらその考えは、その一団にとって相変わらず現実離れしすぎていて、冗談にしかできないらしい。

次の質問はアマンダにむけられたもので、今度も質問者は女だった。「なぜひとつの性を丸ごと消去することを擁護しているの？」その女は腹立たしげに答えを迫った。「あたしの双はあなたにとっては人ではないの？　あたしの父は？　あたしの未来の息子は？」

アマンダがいった。「この研究ははじまったばかりです。雄の誕生を実証する機会がまだないからといって、それがありえないということにはなりません」

「でも、男はどこにも必要なくなるでしょ？　息子に割りあてられた配給権がそこで途絶えるなら、息子を生む気になる人がいると思う？」

「それはあなたの考えかたであって、わたしのではありません」アマンダは強ばった声で答えた。「どういう生殖が可能なのか正確にわかるまで、この研究は続けるべきだとわたしは信じます。それだけです。なんらかの方法を――新しいのも古いのも――だれかに押しつける気はありません」

「そういうことが絶対に起きないと約束できるという

の？」女は辛辣に尋ねた。「未来の評議会が、農場の半分を別の用途に使うと決定したらどうなる？　もし全員が子どもをひとり――女の子をひとり――だけ作るなら、小麦の量を半分にできて、それでも快適に暮らせるわ」

アマンダが呆れたように、「未来の評議会がどんな怖ろしいことをするか、わたしたちはひと晩じゅうだって想像していられます」といった。「けれど、だれかが、いつかその知識を悪用するかもしれないと怖れるあまり、自分たちにどんな選択肢があるかを突きとめるのを避ける必要なんて、ほんとうにあるでしょうか？」

ジュスタはあとふたつ質問を受けつけたが、どちらも罵詈雑言だったので、集会の終了を宣言することにした。タマラとリヴィオが出口にむかっていたとき、議場の前部に近いほうで乱闘が起きた。じっさいにつかみあっているのはほんの数人だったが、罵りあう、はるかに大きなふたつのグループに囲まれている。

「大量虐殺に投票したいのか？」ある男がいきなり叫び、ナイフを振りまわした。隣にいた男がそいつの手首をつかみ、ふたりは一瞬もみあったが、ナイフはどちらの手も届かないところに漂い去った。タマラは不安な思いでリヴィオをちらりと見た。リヴィオはロープ伝いに進もうとしていたが、その先にいるだれかが止まって喧嘩を見物していた。

「迂回しようか？」リヴィオがタマラに尋ねた。ほかの人々はすでにロープを離れて、頭上のがらんとした空間へ移動をはじめていた。壁にいちどか二度跳ねかえって、それを議場の弱い重力と組みあわせれば、うまく出口まで飛んでいけるだろうと踏んでいるようだ。

「やめておきましょう」タマラは答えた。たいていの人々は、この種の技を子どものころから実践していない。見ていると、ふたりの女が空中で衝突し、おたがいを金切り声で罵りはじめた。議場にはもうあと一ダース以上のロープを張って、空間全体を通路に使えるようにしておくべきだった——だが、その追加の通路がふたたび収束する出入口には、結局人々が殺到するだろう。

「議場をこんな風に満員にするべきじゃなかった」リヴィオが不平をいった。「だれも高体温で気絶しなかったのは奇跡だ」

ようやく出口に着くと、人々が外に居残っていた。どうやら叫びあってすっきりしたいだけらしい。議場から離れると、走りながら小競りあいをしている若者のグループふたつに追いこされた。通廊の壁から跳ねかえりながら、拳で殴りあっている。

タマラは身震いしたが、なにもかもを視界におさめておこうとした。このような騒動を冷徹に静観できる人はいない。その話題を持ちだすだけで、かならず苦い分裂が生じるだろう。しかし、暴力に訴えたのはひと握りの人々だけだ。そしてタマラがなによりも望まないのは、穏やかな生活のために投票で研究を中止させることだった。

「あれほどはっきりと言葉にされるのを聞くと、ショックだわ」タマラは認めた。数日にわたり、噂や又聞きを耳にしていてさえ、その結果を自分にとって現実のものとするには、アマンダの証言が必要だった。「でも、この方法を使えと強制される人はいない。新しい選択肢が提供されることに、だれが文句をいえるの?」

「だれも」リヴィオが答えた。「カップルがふたつの違うことを望むまでは」

その言葉でタマラは躊躇したが、思いきって、「どういう投票をするか決めたの?」と尋ねた。

「研究の継続に一票」とリヴィオ。「で、きみは?」

「同じよ」リヴィオがこの騒動に怖じ気づいていなくて、タマラはほっとした。「それが対立を引きおこすかもしれないと心配じゃないの?」

「もちろん、そういう結果になるだろう」リヴィオがいった。「だが、いま研究を中止しても、同じように暴力沙汰が起きるだろう。そして同じ実験が、結局は実行されるだろう——秘密裏に、おそらくはもっと安全性を欠いて。

この惨禍ですって？　この惨禍に完璧な解決策はない」

タマラはしばらく無言でロープを伝いつづけたが、そのまま放ってはおけなかった。

「もしわたしがこの方法で子どもを持ちたいといったら、あなたはどう答える？」タマラはリヴィオに尋ねた。

リヴィオに答えを考える時間は不要だった——しかし、それをいうなら、最後にはこの問題に直面すると、何日も前から当然わかっていたはずだ。「きみには自分の体にしたいことをする権利がある、と答える」

「そして、あなたはそれで問題ないの？」

リヴィオがタマラのほうをむいた。「きみはわたしの財産じゃない、タマラ。けれど、わたしの肉でもない。わたしたちは共通の利益のためにある合意をしたが、もしどちらかがそれに反したら、合意は無効だ。わたしは、作るのに自分がなんの役割も果たさなかった子どもを、きみが育てるのを手伝うつもりはない——そしてそういう子どもに配給権を渡すつもりはまるでない。わたしがほしいのは、わたし自身の子どもをふたり授けてくれる代理双だ。もしきみがその期待をもう受けいれられないのなら、おたがいに負っている義務は解消だ」

タマラが観測所のオフィスに到着すると、アーダが紙束をめくっていた。「これを見たことある？」アーダが一枚の紙を掲げて訊いた。

「いいえ」タマラは紙を受けとった。

「ただの複写だけれど」アーダが説明した。「でも、全体の要約にカルラの署名があるわ——カルロの個室で見つけたという声明つきで」

タマラは最初の紙に目を通してから、残りも見せてくれといった。それは二頭の樹精の解剖報告だった。母親と子どもで、後者は光再生機に誘発されて誕生したうちの一頭だ。母親の体には、胸の皮膚の下に隠れて、もうひとつの胞胚がおさまっていたことがわかった——形成異常が著しかったが、誕生から五日後に安楽死させられたときには、いまだに成長していたらしい。子どもは娘で、頭脳と内臓に異常な構造物があり、可塑性のある組織全体に癒着が見られたという。

「光の奇跡はこれでおしまい」アーダがむっつりといった。

「アマンダはこんなことにひとことも触れなかった」

タマラは混乱した。「すべての樹精は森に送りかえされたのだと思っていたんだけれど」

「三頭の母親とその子どもたちは森に帰ったわ。でも、アマンダは四番目の親子について話さなかったようね」

タマラは報告書を読みなおした。「これが偽造じゃないとどうしてわかるの？」

「わたしもそれを疑った」アーダがいったん認め、「でも、要約を確認したわ」

タマラはじれったげにうなった。「つまり、何者かがカルロの個室に偽造文書を置いて、カルラが見つけるようにしたのだったらということよ」

「自分の双の筆跡をカルラが知らないと思うの」アーダのいうことは理にかなっていた。

「ありえるでしょ？　タマロはわたしの作業ノートをいちども見たことがなかった」

「その結果はどうなったっけ」アーダが冗談をいった。

「こっちは真剣なのよ！」タマラは抗議した。「カルラとカルロは、ほとんどの日は別居していた。カルラはこれを鑑定するのに最適の人物ではないかもしれない」

アーダが腕を広げ、「じゃあ、だれがいいの？　アマンダはこれを、カルロの筆跡ではないといっているけれど、もし彼女が四番目の樹精について嘘をついたとしたら――」

「そしてトスコは、本物に見えるといっているんでしょ？」

「ええ。そうね、トスコが偏見にとらわれているのは明白よ」アーダは認めた。「それでも、証人は二対一」

タマラは報告書を中継所まで持っていき、要約を自分で確認しはじめた。

「わたしを信用できないっていうの？」アーダがぼやいた。

「だれだって、まちがって別のボタンを押すことはあるわ」

「確かにわたしはまちがえました、二度ね」アーダがいい返した。「でもそのときなにが機械から出てくるかは、知っているでしょ」まちがえれば機械はでたらめな文章を打ちだすだけのはずで、偽造文書を本物らしく見せる結果が生じるなどという確率は天文学的だ。

機械がガタガタ揺れ、要約は正当なものだと宣言した。

タマラはいった。「ほかの樹精を解剖するべきね」

「それは原則として名案に聞こえるけれど、だれがその樹精たちを同定するの？」とアーダ。「アマンダはじっさいに被験体になった樹精のかわりに、健康な個体を指さすだけでいい――」

「こんなの信じないわ！」タマラはデスクを拳で殴った。「カルラがどういう状態にあるか知っているでしょう！　だれかが彼女をあざむいた、それだけの話よ！」

アーダは冗談でタマラから怖がって逃げるふりをした。「わかりました！　だから落ちついて！　それがありえないなんていってないから！」

タマラはその点を議論するのをあきらめた。「これを解決する方法は、新しい研究だけよ」タマラはいった。「いまでは前にも増して重要だわ」

アーダに警戒の目で見られて、タマラはいった。

「投票を変えるなんていわないでよ！」

「変えないわ！」アーダが請けあった。「でも、正直になりましょう。それはいまや失われた大義よ」

ロベルトがシフトから戻ってオフィスに入ってきたので、タマラはその話題を引っこめた。この前ロベルトのいるところで投票の話をはじめたとき、彼の不快感は手で触れられるほどだった。

「外でなにか面白いことは？」タマラはロベルトに尋ねた。

ロベルトは疲れた顔で肩を伸ばして、「なにがあると思う？」と答えた。「一生涯で手に入る〈物体〉はひとつだけだよ」

観測所に入って、ハーネスで体をベンチに固定すると、タマラはおとなしく空を探索して通過する岩石を探したが、シフトが延々と続くにつれ、面前にある星の尾に精神を集中しているのがむずかしくなってきた。意のままにならない人々や出来事に振りまわされるのは、もううんざりだ。自分の運命は自分自身の手で握っていなければならない。

もし代理双をあきらめれば――そして子どもたちをあきらめれば――解放されるのではないか？　タマロから逃げたとき、そうするべきだった。もしホリンの服用を続けて、なにもまずいことが起きなければ、あと六、七年は生きられるかもしれない。それでなにを悔やむというのか？　そのときが来たら、男と同じ死にかたをすることは怖くない。

しかし、タマラの一部はいまだにその決断を前に尻ごみしていた。会える望みのない子どもたちに関して、強迫観念に取り憑かれたことはなかった――その子たちを名づけたこともないし、姿を思い描いたことさえない——けれど、いずれ子どもたちがこの世に存在するという希望をすべて放棄することを思うと、むなしさのようなものが肉の隅々にまで行きわたる。まるで暗黙のうちに子どもたちの存在を意識して人生をすごしてきたかのように。概念としてではなく、物理的な存在として。自分の皮膚の下に気持ちよく横たわって、生まれるのを待っている、まだ姿を見せないふたつの体として。

タマラは望遠鏡から目を逸らして、しばらく目を休めようとしたが、透明ドーム越しに外を見たとたん、もっと狭い範囲の探索では見逃していたなにかの姿をとらえた。地平線から三分の一ほどのぼったあたりで、ふつうなら一本の長い星の尾の一部を形作る明るい橙色のすじに、目立つ切れ目があったのだ。その隙間は半弧分角《アーク・ラプス》ほど——腕をいっぱいに伸ばして突きだした親指の幅の半分だった。もし通過する岩石だとしたら、驚くほど大きいか、驚くほど近いかのどちらかだ。もっとまともな解釈は、岩屑の小さな破片が、どういうわけかドーム本体の透明石に付着したというものだ。しかし、その可能性を試す手っ取り早い方法を考える暇もないうちに、星の尾がいきなりもとどおりになった。

タマラはできるだけすばやくクランクをまわして、それが見えた地点に望遠鏡をむけると、周囲の特徴半ダースから、その座標を見積もった。もともとの位置に見えるものはなにもなかった——そして、回転するドームにくっついた障害物がたどる方位角の円弧付近にもなかった。

半狂乱で掃天したあと、ついにそれは見つかった。星々を背に浮かびあがるシルエット。この控え目な倍率のもとでは馬鹿馬鹿しいほど巨大だ。タマラは時計のダイヤルに指先を走らせてから、時間と座標を前腕に書きとめた。シルエットは急速に動いており、その背後にある色あざやかなすじの一本一本を暗くする時間は、長くても四停隔《ポーズ》だった。正確な形を見きわめるのはむずかしかった。移動しながら回転しているらしく、輪郭が複雑に見えるのだ。

これは侵入者ではない。これほど速く空を横切る物体は、まずまちがいなく〈孤絶〉そのものに由来する。タマラは手を伸ばしてレバーを引き、コヒーレントな光源の動力となる、覆いのかかった太陽石ランプに点火した。その装置は、マルツィオの新しいビーコンの第一号の試験用にロモロが天文学者たちに貸した、まだ開発段階のものだ。鏡の間隔を調整していると整列した状態からズレてしまいがちで、二分隔《ラプス》の作業の末、モニター用のスクリーンがピンで刺したような安定した赤い光を映しだした。その赤い光は光線のごく一部から来るものだった。全体の輝きはタマラの目をくらませていただろう。タマラは鏡を、メインの装置に平行して取りつけられた第二の小さな望遠鏡に光線を送る位置にすべりこませた。

赤い点がシルエットの中心にあらわれた――その代物が大きくて遠いのでなく、小さくて近いことの証しとなる明るさで。差し渡しはせいぜい二、三歩離《ストライド》、とタマラは推測した――山の斜面から剝がれた岩か、エアロックから捨てられたなにかだろう。

いや、それではすじが通らない。山の回転が物体を放りだすことはありうるが、それはつねに軸とは直角に移動する。遠心力で投げとばされたものなら、すぐさま星々に対して静止し、観測所の地平線に固定された後退する像となるはずだ。この代物は地平線より上にあるだけではなく、上昇していた。山を離れたあと、別の力がその軌道を変えたに違いない。

人だ、とタマラは悟った。だれかが火災監視プラットフォームのひとつから落ちたに違いない。空気ジェットを使って戻ろうとしたが、パニックに陥って、方向がわからなくなったのだ。

タマラはハーネスをむしりとり、出口へ急いだ。

アーダはまだオフィスにいた。タマラは状況を説明し、監視員の軌道を未来に外挿するのに必要な時間と座標をあたえた。

「上に行って、光源を遭難者にむけつづけてほしいの。わたしはその光線をたどって外へ出る」

アーダがいった。「行方不明者の報告はないわ。あらゆるプラットフォームには自動警報《デッドマン》がある。人はただ宇宙空間に消えたりはしない」

「じゃあ、わたしはなにを見たの？」タマラは語気を強めた。「説明して！」

「見当もつかないわ」アーダの表情が一変した。「わざと落とされたのでないかぎり」

タマラはその意味にピンときた。何者かの気にくわないかたちの投票を声高に擁護しすぎていただれかが、火災監視に就いていたところへ、予期せぬ訪問者があったのかもしれない。警報の件は問題にしなくていいだろう。監視員たち自身が、交替のたびに警報を解除している。

「わたしのために光線で遭難者を追跡してくれる？」タマラは懇願した。

アーダがいった。「馬鹿げてるわ！　どうやってそれを見るつもり？」

「なにか手を考えるわ。お願い」

アーダは議論をあきらめた。「気をつけて」アーダがいった。

そして観測所にむかった。タマラはエアロックにむかった。

斜面に出ると、タマラはエアロックから上へ延びるガイドレール伝いにのぼっていき、やがて観測所のドームが視界に入ってきた。この距離でさえ、透明石パネルのひとつにほのかな赤い輝きが見えた。光線から散乱した光だ。タマラはレールを放し、無事にレールにぶつからずに落ちるのを一瞬待ってから、体にくくりつけた空気ジェットを使って、エアロックへ出る途中で獲得した横むきの速度を打ち消した。レールが遠のいていく一方、斜面の岩が脇をかすめすぎていった。

タマラはふたたびジェットを噴射し、山頂へむかった。いったんドームと水平になると、速度を落としてから、すばやい噴射を使って赤い輝きのほうへまっすぐ移動した。目標にしていたドームのパネルにまともにぶつかり、六本の手でその端をしっかりとつかんでから、ちらっと視線を落とすと、アーダが呆然とこちらを見あげていた。タマラは一本の手を放してアーダにむかって振ってから、別の手も使って空っぽの冷却袋を道具袋から引っぱりだすと、パネルを横切るように広げた。冷却袋の生地を通して明滅する幅半ダース微離《スキャント》のまばゆい赤い円盤というかたちで、光線が姿をあらわした。

ジェットを使うまでもなかった。ドームを押して離れ、横長の白い旗のように見える冷却袋を体の下で広げながら、ゆっくりと宇宙空間へ上昇していく。星々や、ドームや、山には目もくれず、光が冷却袋の上をふらふらするようすに注意を集中した。

ジェットのノズル《ズ》の狙いを慎重につけてから、一停隔《ポー》の数分の一だけひらいた。赤い円盤が生地の端にむかって激しく動き、一瞬見失ったかと思ったが、左腕を少しだけ伸ばしてみると、光がまたあらわれた。

次の修正をいますぐする必要がないのが明らかになると、タマラは後眼をひらいて、火災監視員のシルエットを探した。アーダが完璧に仕事をこなしてくれるのは信頼していたが、もし監視員が自分に当たっている光線に気づいていなかったら——あるいは、混乱した状態でその意味をつかみそこねていたら——考えられるかぎり最悪のことをして、軌道を変えようと、また空気ジェットを噴射したかもしれない。

タマラは一時的に光線から旗をズラし、光が障害物に当たらずに本来の標的まで延びるようにした。頭上の標的は長いこと影も形も見えなかったが、やがて漆黒に囲まれたほのかな赤い点が見つかった。シルエットはずっとそこにあったのだが、背後の星の尾が暗すぎて見分けられなかったのだ。シルエットが尾に作った隙間を見逃したのも無理はない。安心してくださいという光線のメッセージが理解されるのを願って、タマラはもういちど旗を広げるまでできるかぎり長く待ってから、自分自身が目標への直線上にいるかどうかをチェックした。

アーダの追跡は完璧で、監視員はランデヴーにおける協力的なパートナーであることを証明していた。宇宙空間で迷子になっただれかが、針路を変えようとするのをやめたときには、冷静さとは別のぞっとする理由がありうるが、それは考えたくなかった。

次の修正は、ほんの一瞬空気を噴射するだけでいい。タマラの指は、バルブを大きくひらきすぎるか、長くひらきすぎるかもしれないという不安のあまり、痙攣しそうだった。ノズルの推力の微小な変動を正確に反映して、光の円盤が小刻みに震動したが、それがおさまると、前よりも旗の中心に近づいていた。タマラは歓声をあげて緊張を解放してから、不意に驚きに打たれて、揺るがない赤い輝きに目を凝らした。〈孤絶〉を直交針路に乗せるという、その時代の奇跡を演じた航法士たちも、こういう光線をたどって宇宙空間を横断するなどということは、だれひとり想像できなかったはずだ。タマラはいま、山から少なくとも四区離《ソーンター》離れていたが、赤い円盤はその幅をほとんど増しておらず、明るさもほとんど減じていなかった。

三度目の修正は厄介そのものだったが、タマラはしくじらなかった。かたわらに自分の娘がいて、この技術を学びとり、手では触れられない赤いガイドロープの中で喜びを分かちあっているところを、タマラは想像した。

いまや頭上の人影がはっきりと見えた。女であることはほぼ確実で、星明かりを浴びてゆっくりと回転している。タマラは光線が女の冷却袋に当たるようにしたが、反応は引きだせなかった。

両者の相対速度を合わせようと必死になるのは、単なる時間の浪費だろう。速度が負傷を招くほど違っていないのはまちがいない。タマラは空っぽの冷却袋を道具袋に押しこみ、さらに二本の手を自由にすると、その女にまっすぐ狙いをつけ、相手をつかむ準備をした。

ふたりの体が低いバシンという音を立てて見事に衝突し、タマラは六本の腕をまわして、女をしっかりと抱きかかえた。一瞬、ショックのあまり手を離しそうになった。生地を通して押しつけられた皮膚が、ぎょっとするほど熱かったのだ。空気が抜けている形跡はないかと女の背中を手探りしたが、それはなかった。冷却袋には缶が取りつけられておらず、空気ジェットもない。タマラはすばやく自分の袋から予備の缶を引っぱりだし、塡め込み口に挿入した。空気が冷却袋に流れこみ、暖かいそよ風が宇宙空間へこぼれ出る。

冷却なしでどれくらい長く生きていられるのだろう？　タマラはぶるっと身震いし、希望を失わないように努めた。ふたりの冷却袋を命綱で結びあわせてから、ちょっと時間をかけて現在位置を確かめる。いまは回転しているし、光線を見失っていたが、視覚だけで山へ戻るのはむずかしくないだろう。

タマラはヘルメットを女のヘルメットに押しつけた。「もう安全よ」と保証する。「休みたければ気のすむまで休みなさい。急いで目をさまさなくてもいいわ」

この女は空気ジェットのタンクを使いきってから、冷却用の空気を代用品にしたのだろうか？　だが、それなら、なぜジェットがどこにもないのだ？　この状況にすじが通るのは、最初からジェットがなかった場合だけだった。女は助けになるものがない状態で宇宙空間へ落下した。冷却袋の空気缶を即興で用いて、速度をどうにか多少は打ち消したが、意識を失ったとき、缶が手から逃げていったのだろう。

タマラはその謎を脇へやり、回転を遅くすることに専念した。星々がもはや周囲でぐるぐるまわらなくなると、山頂を目で確認し、ジェットを噴射して、ふたりで帰路についた。

アーダがエアロックの脇でふたりを出迎えた。

「その人の具合は？」とタマラに訊く。

「まだ意識がないわ」タマラはふたりを縛っていた命綱をほどきはじめた。「まだ報告はないの？　行方不明者の」

「ないわ」アーダは身をかがめ、女のヘルメットを脱がすのを手伝った。「たぶんこの人を知っている」アーダが驚いた顔でいった。

「火災監視に就いていたの？」

アーダがいった。「そうじゃないと思う」

女が身じろぎをはじめた。目はまだ閉じていたが、腕を弱々しく振りまわしはじめている。

タマラは狂喜した。「だいじょうぶ？」と尋ねる。「なにがあったのか覚えている？　どこから落ちたの？」

女は答えなかった。

アーダがいった。「この人の双に連絡しなくちゃね。マカリオに連絡しなくちゃ」

41

　カルラは、火災監視プラットフォームの上に広がる、星明かりを浴びた山を見あげた。いまおりてきた梯子と、プラットフォームの太い支持ロープが遠くで収束し、ほっそりした一本の線になっている。この見晴らしのきくところからだと、火災監視員は、岩のくすんだ色合いを背景にした直交物質の閃光を見逃しようがないし、斜面に運びだされたランプでさえ、目をとらえずにはいないだろう。しかし、この大きく広がるパノラマの中では、自らが光を発しないものは、あらゆる細かなディテールが、おそらく薄闇にまぎれる。星明かりを頼りに活動する小規模のチームなら、油断を怠らない見張りの視線のもとでも、気づかれずに行き来できそうだ。

　タマラが肘でカルラを軽く押し、小型望遠鏡を渡してから、どこを見ればいいかを示した。カルラは拡大された視界を何度か前後へ移動させてから、ようやくそれを目にした。テント——あるいはハンモック——が、岩からぶらさがっている。丸い布が数カ所で岩の縁に留められており、まん中がたわんでいる。くわしく調べると、布に染められたカモフラージュの模様は驚くほど粗雑だった——だが、小型望遠鏡で同じ場所に二度視線を走らせても、カルラは気づかなかっただろう。隠れ処《が》についてマカリアの話をはじめて聞いたときは馬鹿げていると思ったが、いまは拉致犯たちは単に不運だったと認めるしかなかった。もし虜囚のひとりが脱走しなかったら、見つかることはなかっただろう。

　テントの中に動くものの気配はなかったが、もし見張りがついているなら、おとなしくじっとしているのが、カルロにとっては賢明なことだ。この空気のない牢獄で、マカリアはカルロの声を聞かなかったが、監禁されていた袋をなんとか切り裂いて、テントの端をするりと越えて宇宙空間に落下する前に、自分が監禁されていたのとよく似た袋をちらりと見たという。

見あげた自制心を発揮して――命を落としかけているにもかかわらず――マカリアは、〈孤絶〉の回転で拉致犯たちの見通し線から外れるまで、ジェットにするために冷却袋から空気タンクを取りはずそうとさえしなかった――もし自由落下を続けたら、山が一周したときには、遠すぎて裸眼では見えなくなっていただろう。マカリアは死んで、亡骸《なきがら》は気づかれずに漂い去ったのだ、と拉致犯たちが信じたということはありうる。反面、マカリアが逃げたという事実だけで、拉致犯たちがピリピリするのは確実だった。

カルラは小型望遠鏡をパトリジアに渡し、テントのほうへ狙いを定めるのを手伝いながら、火災監視員のほとんどを山の内部の捜索に送りだしてくれたシルヴァーノに無言で感謝した。もしアーダとタマラがプラットフォームを利用するために許可を取る必要があったら、マカリア救出の詳細と、次に打つ手の一覧を公報として発表することになってしまっていただろう。

殺すと脅されて、マカリアは自分の分の複製テープの隠し場所を拉致犯たちにしゃべったが、カルロも同じことをしたかどうかはマカリアには知りようがなかった。もし脱走していなかったら、拉致犯たちは最後にはマカリアを解放していただろうか？　たぶん拉致犯たちは投票を待って、自分たちが〈孤絶〉乗員のあいだでどの程度支持されるかの感触をつかんでから、最終段階の選択肢を比較考慮しただろう。カルラは、犯人たちのためらいに慰めを見出そうとした。自分たちの大義にどれほど深く傾倒していようと、罰せられることをどれほど怖れていようと、だれにとっても他人を殺すのは、たやすくできるようになることではないのだ。

　マカリア、マカリオ、アーダは、すでに自分たちの偵察行動をすませて、観測所のオフィスでカルラたちの帰りを待っていた。

　タマラがいった。「わたしたち六人でじゅうぶん。やれるわ」

　パトリジアがカルラをちらっと見てから、抗議した。「もしこの件を評議会に諮れば、警察を動かして——

——」

「噂が広がってしまう」アーダがきっぱりといった。

「ほかのだれにも話すリスクはおかせない」アマンダにさえなにも伝えていなかった。彼女には敵の監視の目が貼りついているはずだとわかっていたからだ。

「テントは六カ所で留められていた」とタマラ。「おそらく硬石の杭が岩に打ちこまれている。でも、杭を引きぬく必要はなくて、そのまわりの布を切りはなすだけでいい。六カ所を同時にやれば、なにもかもが地表から投げだされる。そのときテントと並んで自分たちも落ちるようにすれば、だれかひとりは確実にカルロをつかまえられるでしょう。マカリアは、見張りが空気ジェットを持っていると考えているけれど、たとえ持っていなくても、見張りはせいぜいひとりかふたりだろうし——スペアを持っていくつもりだから、必要なら犯人たちに渡すわ。だから、万事が順調に行けば、カルロは無事に帰ってきて、だれも傷つかない」

　カルラはそのすじ書き《シナリオ》を客観的に分析しようとした、カルロが宇宙空間へ自由落下する場面を思い描いたときでさえ。この方法で不意をつけば、見張りがカルロに危害を加える機会はありそうにない。数で負けても罠にとらわれたわけではない見張りにとっていちばん利口な行動は、抵抗ではなく逃走になるだろう。

「気づかれずに、どうやってそこまで近づくの？」とカルラ。

「連中は全方位を同時に警戒はできない」タマラが答えた。「あそこのエアロックからまっすぐ地表へ出たあと、斜面を伝って、できるだけ遠くまで行く。エアロックの周辺のガイドレールはテントが見えるところまで連れていってくれないから、最後の段階は空気ジェットで飛ぶ。連中が予想しているのは、楽な道を来るだれか、連中にいちばん近いエアロックから一直線にむかってくるだれかよ。星々のほうを見てシルエットを探したりはしていないでしょう。それに可能なかぎりの速さで上から行けば、連中がどこを見ていようと、わたしたちを目にして反応するチャンスは、大してないはずよ」

「地表に対して停止する操作は、かんたんじゃない」カルラは指摘した。

「ここに火災監視のための安全訓練に合格しなかった人はいる?」アーダが尋ねる。

いいます、と告白した人はいなかった。確かに安全訓練には、回転している斜面への軟着陸が含まれている——空気ジェットで浮いたまま、ガイドレールをつかむまで一カ所にとどまっている訓練だ——しかし、岩にドサッと音を立ててぶつかるのを避けることは、評価基準の中になかった。

カルラは部屋を見まわし、自分の望みを容れて救出作戦を中止してくれ、とタマラに頼んだら、どんな反応が返ってくるかを判断しようとした。拉致犯たちは、マカリアがテープを渡し、連中にとって使い道がなくなったあとでさえ、彼女に危害を加えなかった。一方、この急襲が失敗したら、なにが起こるかわからない。

どちらを選んでも賭けだ——そしてまだ選択肢がなかったときには、カルラは自分を説きふせて、投票だけですべてが一変するといったんは信じることにした。だが、友人や味方の技能と、そもそもカルロをとらわれの身にしたような連中が、投票に勝ったら寛大になるという幻想と——カルロの命を預けるとしたら、どっちがいい？

「タイミングを正確無比に合わせないといけないわね」カルラはいった。「だれかひとりでもテントにぶつかるのが早すぎたら、全然不意打ちじゃなくなってしまう」

アーダがいった。「それについては考えがあるの」

カルラの体重がかかると、頭上のガイドレールの支柱がわずかに岩から抜けるのが感じられた。カルラはいったん止まって支柱を見あげてから、それをわざと引っぱって完全に抜いた。ほかの五人と命綱でつながれているから、支柱が一本抜けても宇宙空間に落ちることはないが、もし不意に支柱が抜けたら、カルラがいきなり落下した衝撃で隣接する支柱もいくつか抜けて、全員が投げだされるかもしれない。

カルラが支柱を抜いても、なにも起こらなかった。ちらっと下方の星々に視線を走らせ、状況そのものよりも、自由落下の脅威のほうにずっと心乱されることを不思議に思った。レールからぶらさがって体を揺らすことは肉体的にはつらくないが、自分が体を預けている構造物が壊れるかもしれないという感じが一瞬たりとも去らないのは、いかんともしがたい。工学者たちがどんな改良をほどこしたにしろ、このレールの中には打ち上げ自体に先立つものがあるのだ。

カルラは移動を再開した。前を行く先頭のタマラがペースを定めており、カルラは彼女の足を引っぱりたくなかった。監禁用の袋の中で視野を奪われているだろう、カルロのことを考える。もしカルロ自身がいきなり落下したら、その恐怖が自由の前兆であることに気づくだろうか？

進むにつれ、小さな枯れ木のシルエットが、行く手の直交星群を背景に浮かびあがってきた——どんな大変動を経ても岩にしがみついていられるものがある証拠だ。数歩離《ストライド》後方では、パトリジアが前にいるアーダから後れを取ることなく、まるでその動きを鏡に映したようにきびきびと前進している。カルラは罪悪感のうずきを覚えた。なぜパトリジアの同行を許してしまったのだろう？　パトリジアがどんな忠誠心をカルラにいだいているにしろ、カルロの大義にどれほど敬意を払っているにしろ、〈ブユ〉乗組員の積んだ訓練も経験もパトリジアにはない。アマンダがカルラを探しにきたとき、もしカルラといっしょにいなかったら、パトリジアがこの件に巻きこまれなかったのはまちがいない。だがその点をとやかくいって彼女を送りかえそうとするには、遅すぎた。

タマラがレールの終端に達すると、カルラは体を片側へ寄せ、背後のだれもがリーダーの姿を障害物なしで見えるようにした。タマラは東を見ながら待った。タマラは宇宙空間を飛ばされていく方向の目印として、シーサの尾――シーサは全員が見分けられる星のひとつなので――の紫色の端を選んでいた。

明るい境界線、つまり古い星の尾が偏移した紫外線の猛烈な輝きとなって終わっているところが、地平線からぐんぐんあがってきた。カルラはシーサがのぼるのを見たが、見えただけでは合図にならない。その星は天頂に対して直角でなければならず――ありがたいことに、その判断をくだすのはカルラの役目ではなかった。

タマラが下右手であたりを払うような仕草をして合図を出すと、レールを握っていた手を放した。

カルラも同じことをし、六人がそろって宇宙空間へ落ちていった。カルラがちらっと顔をあげると、遠のいていく山が目に飛びこんできて、純粋な高揚感がこみあげてきた。偶然ではなく、自ら選んでこうするのは、ちっとも怖くない。二、三停隔《ポーズ》後、同期に些細なズレが生じたとたん、カルラとアーダをつないでいるロープがピンと張ったが、その衝撃は穏やかだった。

タマラが命綱でつながれたカルラと合流したが、グループのしんがりを務めているマカリオまで別の命綱がタマラからはるばる伸びて、ふたりをじかにつないでいた。いまタマラとマカリオはその長いロープの端をそれぞれたぐりはじめ、引きよせあっていた。ほかの五本のロープと同じ長さになったことを示す印の部分まで短くすると、ハーネスに引っかけて、六人の配置を固定する。

タマラがふたたび身振りで合図し、カルラは仲間たちと同時に、空気ジェットから短く水平に空気を噴射した。六角形もどきがゆっくり回転しながら広がって、ほぼ平面の図形となる。最初のうちはだれもが少しだけ跳ねまわり、六角形はなかなか安定しなかった。だが六人のバラバラで一定しない動きのエネルギーをロープが散らしていくと、六角形の堂々とした回転が残った。カルラがマカリアを見やると、その背景は古い星々のけばけばしいすじから、直交星群の短く、細かく縮れた尾へと移動しつつあった。

タマラが自分でいくつか些細な修正をほどこし、山と六角形の平面を平行にした。〈ブユ〉や〈ダニ〉を飛ばすのとは似ていないが、慎重にやれば、タマラは六角形のパイロットの役割を果たせる。回転しているかぎり、遠心力と、どんな小さな逸脱も弱めてくれるロープの効果のおかげで、六人は規則的な配置を維持できるだろう。

次の段階は、協力しあわないとうまくいかない。タマラの合図で、全員がシーサにむけていっせいにジェットを噴射しはじめた。平行噴射で〈孤絶〉から離れる速度を殺《そ》ぐのが狙いだ。空がぐるっとまわり、シーサを後眼の視界に送りこんだときでさえ、カルラは胸にストラップで留めたジェットに一本の手を、背中の第二ユニットに別の手を置いて、その星を目標にしつづけることができた。

タマラが操作停止を合図した。六人はいま、山に近づいていた。カルラはちらっと顔をあげたが、目的地を探さないように自制した。タマラは自分なりの陸標を選んで自分なりの計算をし、アーダがすべてを二度チェックしている。いまはただ、航法士たちを信頼するべきときだ。

斜面はぎょっとするほどの速さで迫っていた。帰還の速度は脇へ放りだされたときよりも速く、いまや岩そのものが六人を出迎えようとぐるっとまわっていた。タマラが一連の修正をほどこし、軌道を南へ傾けて、レールでは渡れなかった一帯を飛びこした。カルラの体は衝突への怖れに強ばり、この新しい恐怖は、追いやるのがはるかにむずかしかった。宇宙空間に落ちても無傷ですむことはありうるが、山腹に叩きつけられたら一巻の終わりだ。

ようやくタマラが、ブレーキをかけるよう合図した。カルラは第二の目標星——境界線上にある紫色の名もない輝き——にむけてジェットを噴射した。その作業で目が岩から逸れつづけ、ようやくちらっと上に視線を走らせると、ギザギザの地面が接近するペースは、悠然ともいえるものに変わっていた。いまではかんたんにテントが見つけられる。カルラにとって、カモフラージュは効果を失っていた。周囲の斜面に人けはなかった。もし見張りがいるとしたら、全員が内部にいて、山腹を凝視しているのだろう、侵入者が来るならエアロックから一直線のルートを取ると予想しながら。

タマラは全員に噴射をやめさせた。ノズルから漏れるシューシューいう音が静まったとき、カルラはつかのま岩の上で宙ぶらりんになっているような気がしたが、そんなことはありえないとわかっていた。一停隔《ポーズ》後、まっすぐにではないが、非常にゆっくりと、まだ標的に近づいていることがわかった。六角形をできるだけ水平に保つよう苦労しながら、アーダとタマラが交替で軌道を調整する。カルラはせいぜい数ダース歩離《ストライド》の距離に迫っている天井をじっと見あげていたが、視線をさげると、タマラの最後の合図をかろうじて見逃さずにすんだ。

六人はほぼ一糸乱れぬ動きで連結用の命綱を外し、引っかけ鉤つきロープの鉤の側の端を一本の手で握ると、ジェットを岩からそむけてバルブを大きくひらき、目標に突進した。

空いているほうの上の手を頭上に伸ばすと、カルラが思っていたのより速い速度でテントの端にぶつかったが、目標にしていたテントの杭のそばだった。ジェットが遠心力のかかった体重をやすやすと支えていたが、カルラを横すべりさせる危険もある。手を伸ばして、テントの布に鉤を食いこませた。布地は厚かったが、硬石の逆棘はそれをあっさりと切りひらいて、支持環がするりと入りこんだ。

カルラは噴射を止め、鉤つきロープでぶらさがるかたちになった。すばやく周囲を見まわす。だれもが無事で、所定の位置におり、多かれ少なかれカルラと同じ段階にあった。パトリジアもうまくやっている。そしてカルロがここにいて、もはや解放されたも同然だ。あとはただすばやく行動して、なにに襲われたのかに気づく暇も見張りにあたえないこと。

カルラは道具ベルトからナイフを引きぬき、杭の脇の布に突き刺した。ナイフの先端が岩まで届いた手応えがあった。横むきの力だけで布の切れ目を広げようとした——杭の止め頭のまわりの布をきれいな円に切りとろうとしたのだ——が、あまり進まないうちに布が刃に抵抗した。ナイフを引きぬいてもういちど突き刺し、ふたつ目の切れ目を作った。作業の遅れには動揺しないようにする。空気のない状態で、どれくらい見張りに聞こえるのだろう？　岩は音をよく伝えるが、布はそれほど効率的に伝えるわけではない。

三つ目、四つ目の切れ目を作る。全部を合わせても、円弧はまだ全体の半分にしかならなかった。切れ目のうちふたつのあいだを切り裂いてつなげてから、反対側のもうひと組にも同じことをする。半円に近い切れ目がふたつ、杭を取りかこんだ。意識の片隅で、テントの別の端がすでに岩から外れていることに気づく。もし見張りがいままで気づいていなかったとしたら、それによる優位はいま失われたのだ。カルラは作りかけの切れ目を突き刺し、ふたつの大きな円弧の片側をつなげてから、狙いをつけなおした。だが、ナイフを振りおろす暇もなく、残りの布が張力に負けて裂け、カルラは担当箇所もろとも岩から浮きあがった。

ごく短い距離だけ。テントそのものは、まだ四カ所で岩に留められている。中が見えるかと期待して顔をあげたが、多少の剝きだしの岩がちらりと見えただけだった。その岩が牢獄の天井であり、赤い苔光でほのかに光っていた。

またガクンと下に傾いた。右側でタマラの担当箇所が外れたのだ。大きな空気タンクがふたつ、布をすべり落ちてきて、危うくカルラにぶつかりそうになってから宇宙空間へ転がりでていったが、まだ人の姿は見えなかった。視界をもっとよくしようと思って鉤つきロープをよじのぼりはじめたとき、テントが完全に山から剝がれた。

カルラはテントの縁をまわりこむと、鉤つきロープを外し、テントのざらざらした布の襞《ひだ》をつかんで前進した。逃げていく見張りが見えた。星々を背にシルエットになっている――背格好からして男であり、空気ジェットで斜面の上を飛んで離れていく。じゃあ、カルロはどこ？　反対側から落ちてしまったのだろうか？　周囲に浮かぶたくさんの小さな物体は見えたが、テントの中心部は頭上の山に星明かりをさえぎられたままで、暗すぎてなにも見えない。その暗黒の中に這いすすむ。

カルラは手探りだけで監禁用の袋を見つけた。袋は紐でテントに固定されていた。内部にいるカルロの体の形をそっと手で探る。カルロはハッとしたようだが、すぐに動かなくなった。カルラはヘルメットを袋の上のほうに押しつけて、「わたしよ」といった。「もうだいじょうぶ」不鮮明な返事がかすかに聞こえ、そこでカルラは、自分のヘルメットが触れているのはカルロのヘルメットではなく、保護されていないカルロの頭蓋そのものだと気づいた。監禁袋の中のカルロは、冷却袋に入っていないのだ。

それが、マカリアに脱走された拉致犯たちの対応策だった。残った虜囚から宇宙空間で生き延びる術《すべ》を剝ぎとったのだ。カルロを生かしておくために、まにあわせの冷却システムを組んで、袋に空気を吹きつけていたに違いない――カルラの脇を落ちていったあのタンクから。だが、そのタンクがいまはない。

「だいじょうぶ」カルラはいった。「だいじょうぶよ」胸から空気ジェットのタンクを外し、自分の冷却袋の中央を長く垂直に切りひらく。それから一本の手をカルロの肩にかけ、彼がじっとしたままだと確信できるまで待ってから、ナイフを少しだけ監禁袋にさしこんだ。その刃の脇に自分の手をすべりこませ――これでカルロが動いても、カルロの皮膚はナイフに触れるより先に、カルラの指と接する――それから自分の冷却袋のと見合うかたちに切れ込みを入れた。

ナイフを押しやり、手をさし入れて、カルロの胸に手のひらを当てる。カルロの皮膚は温かかったが、まだ危険な状態ではなかった。カルロがカルラの手を取り、一瞬ぎゅっと握ってから放した。カルラは一本の腕を袋にまわし、カルロを抱きよせながら、テントの布に通された紐を切りはなした。それからできるだけうまく空気孔がそろうようにしながら、ふたりの袋を紐で縛った。

暗闇が晴れあがっていた。星々が山の周囲に姿を見せるほど遠くまで、テントが宇宙空間に落下したのだ。カルラの目に、近づいてくるタマラとパトリジアが映った。へなへなになった布を伝ってぎごちなく進んでくる。

タマラがカルラとヘルメットをくっつけた。「彼の具合は？」

「冷却袋がないけれど、いまは共有している。見張りはひとりだけだったの？」

「ええ」

「それで、どっちへ戻るの？」

タマラはカルロを見おろした。長距離の移動に理想的な状況ではない。「まずいちばん近いエアロックを試してみる。先遣隊を送って、障害がないか確かめさせるわ」

ほかの三人も合流して、一同はふたたび命綱でつながった──もういちど六角形を作るかわりに、ぴったりと寄り集まる。タマラが山にむかって仲間たちを連れもどすあいだ、カルラはテントが下方へ遠のいていき、小さな黒っぽい点にまで縮まるのを見守った。

アーダとパトリジアが、最初にエアロックをくぐった。カルラは、カルロの体を抱きしめて、入口プラットフォームの上に立っていた。再会して以来、カルロはほとんど身動きせず、カルラは彼の肉の中で熱が上昇するのを感じとれた。拉致犯の一党は短時間で何人の支持者を呼びよせられるだろう、とカルラは思った。自分と友人たちは、多勢に無勢ということになるかもしれない。

パトリジアが出てきて、梯子のほうに手を振った、自室に客を招きいれる主《あるじ》のように。

エアロックが再与圧されると、カルラは袋にまわして縛っていた紐をほどき、カルロをそっと床におろした。カルロはじっと横たわったままだ。袋を完全に切りひらいてカルロを外に出そうと思って、カルラがひざまずいたとき、カルロが不意に袋の中でもぞもぞ動くと、切れ目から出てこようとしはじめた。

袋を脇に放りだしたカルロを、カルラは腕に抱きかかえて、頭をカルロの肩にあずけた。自分がまだヘルメットをかぶっているのに気づく。

「だいじょうぶ？」カルラは尋ねた。

「ピンピンしているよ」カルラがヘルメットを脱ぐのを、カルロが手伝ってくれた。

「ほかの人たちを通してあげないと」とカルラ。

「きみたちだけじゃないんだ？」出入口で見張りに立っているアーダは見えるだろうが、急襲部隊の全容をカルロが把握しているわけがない。

全員が〈孤絶〉の内部に戻ったときには、カルロはふつうに動いており、一同と話したり、冗談をいったりしながら、しきりに現在までの状況を知りたがっていた。

「アマンダは拉致されなかった」カルラが説明した。

「そして評議会が投票を命じた。四日のうちに、だれもがあなたの研究の結果として生じる事態について、意見を表明することになる」

カルロがその知らせを消化していると、タマラがつけ加えた。「もっとも、賛成票は大して集まりそうにないわね、四頭目の樹精に関するあなたの解剖メモをだれもが見た、いまとなっては」

「ぼくのなんだって？　いったいなんの話だ？」

「出産した樹精の一頭を解剖したんでしょう？　カルカルラがあなたの個室で報告書を見つけたのよ」

「していない」カルロは混乱してカルラにむき直ったが、なにかいう前に、タマラが歓声をあげた。

「やっぱり偽造だったのね！」タマラはいった。「わかっていたわ！」

「この知らせを広めないと」パトリジアがカルラを急かした。「これでなにもかもが変わります！」

「いまさら撤回してもだれも信じないわ」アーダが悲観的な予言をした。「投票を左右するための戦略だと思われるだけよ」

カルラはだれとも目を合わせられなかった。「わたしが解剖メモを偽造したの」カルラはいった。「そうしたらきっと拉致犯たちも……」言葉が続かない。このだれもが命を賭けた大義を、カルラは台無しにしようとしたのだ。この人たちにいいわけのしようなどありはしない。

沈黙を破ったのはタマラだった。「みんな、理由をわかってくれるわ」タマラがいった。「短くていいから、それを説明する文章を書いて。そうしたら、いますぐ中継網で送りだすから。あなたの双がようやく安全になって、あなたは真実を語ることができる。それは戦略じゃないわ、正直なだけよ」

カルラはカルロに目をやった。「いい考えだ」カルロがいった。「なにがあったか、人々に知らせよう」カルラに腹を立てているとしても、隠していた。

一同が通廊を進むあいだ、カルラは頭の中でメッセージを組みたてた。通行人の中にはカルロとマカリアに気づいて、温かく言葉をかけてくる人もいれば、侮蔑の視線を投げて、さっさと行ってしまう人もいた。

中継所に着くと、カルラは紙テープ穿孔機の前にすわった。彼女がボタンを叩きはじめると同時に、パトリジアがいった。「ここに公報があるわ、一鳴隔《チャイム》前に着いたばかりよ」

「まだ知らなかったんですか？」中継係が驚いた。「いい知らせじゃありません」

パトリジアが壁に貼られた複写を無言で読んでから、脇へのいて、ほかの人たちにも見えるようにした。カルラはもはや自分の仕事に集中できなかった。

「どうしたの？」カルラは答えを求めた。

パトリジアは返事をしなかったが、マカリアが読みおえていた。「森が」呆然となったマカリアがいった。「森がなくなりました」

「どういう意味なの、なくなったって？」

「だれかが放火したんです。記事の感じからすると、太陽石を使ったに違いありません。消防班が到着したときには、できることはなかった。すべての入口を封鎖して、ひとりでに燃えつきるのにまかせたそうです」

42

森がいったいどうなったのかを自分の目で確かめる、とカルロがいって聞かないので、タマラはアーダとパトリジア、それにカルラとともに、彼を軸へ連れていった。マカリアはもうこれ以上、悪い知らせにむきあえないところまで来ていた。彼女はタマラに礼をいうと、双といっしょに自室へむかった。

一行が中央通廊へ入ったとたん、山じゅうに漂っている煙の片鱗が早くもにおった。タマラは、父が胴枯れ病を焼きはらうところをしょっちゅう見ていたので、火の広がりを制限する植物の能力には感銘を受けていた。少なくとも小麦の場合、茎の大部分を覆う皮があり、燃えはじめたら脱ぎ捨てられるのだ。しかし、不死身の生き物はいない。最強の樹木でさえ。じゅうぶん高密度な火炎の前では、空気を伝わってくる熱だけで、どんな種類の有機物も不安定になるだろう。

森のふたつ上の階層まで来ると、煙は濃密で、苔光を散乱させて方向を見失わせる赤い靄《もや》に変えるほどになっていた。タマラは必死に目を凝らして、一ダース歩離先《ストライド》を見通そうとした。これでは自分たちを待ち伏せしてくれといっているも同然だ。熱が無視できないものになっており、カルロは先ほどまでの高体温から回復する時間がないに等しかった。カルロがふらふらしはじめて、ガイドロープから手を放したので、カルラはようやく先へ進むのを思いとどまらせることができた。

「この距離でもう苦労しているんだから」カルラがいった。「森の洞《チエンバー》内がどうなっているか想像できるでしょう。樹精たちは助からない。わたしたちにできることはないわ」

タマラはとっくの昔に同じ結論に達していたが、そこから先の展開については考えないようにしてきた。いまや研究の継続にだれが投票するだろう？　形成異常を起こした樹精の報告書が――カルラの遅ればせの撤回にもかかわらず――いまだに人々の心をむしばんでいる上に、問題に決着をつける動物実験をこれ以上おこなえる見こみもないのに、そんなプロジェクトをだれが支持する気になるだろう？

カルラの個室は遠くなかった。タマラは、カルラとカルロにそこで休むよう提案した。そして自分が見張りに立つと申しでると、パトリジアとアーダも志願した。

一行はまわれ右し、煙を皮膚にまとわりつかせながら、軸を引きかえした。樹精に寄生するという噂の流れた〝胴枯れ病〟は、広がる暇もなく焼きはらわれた。タマラは病が根絶されたときのにおいに覚えがあった。

「こんなことをされて、黙っているわけにはいきません！」パトリジアが怒りのこもった声でいった。「同じくらい強烈な打撃をあたえてやらないと！」

　タマラは一本の手を自分の振動膜に当てた。カルラとカルロが隣の部屋で眠っているのだ。

「さっきは、評議会に警察を動かしてもらうとかいってなかった？」アーダが慎重に応じた。「今度は農場をいくつか焼きはらうつもり？　それとも、適当に何人か拉致すれば気がすむ？」

　パトリジアは顔をしかめた。「もちろん違います。でも、力ずくで投票に勝とうとしたらどうなるかを、連中に見せてやらないと。連中が泡を食うような手段を見つけなくては」

「報復合戦で、母星の先祖たちはひどい思いをした」とアーダ。「そしてわたしたちには、惑星規模の文化が持っていた回復力がない。もし人々がありとあらゆる暴力行為に仕返しをはじめたら、一年以内に全員が死ぬわ」

　タマラもその点に疑問はなかった。エルミニオの精《メン》神構造《タリティ》がまたしても勝利をおさめるかと思うと、気も狂わんばかりになる――が、ほんとうに正気を失いはしなかった。なんであれエスカレートした対立をかかえこんだら、〈孤絶〉は生き延びられない。評議会はいずれ、拉致と放火の罪で罰するだれかを見つけるだろうし、タマラもそれで満足するしかないだろう。

　パトリジアはその問題を看過できず、興奮してロープの上で体を前後に揺らした。「暴力は抜き」しばらくしてパトリジアがいった。「それでも連中に打撃をあたえられます。連中がもっとも怖れるものが、こちらにはまだひとつあるから」

「そういう謎めいたいいかたをされても、わたしにはよくわからないんだけど」アーダが本音をいった。

　タマラはピンときた。「わたしたちには、まだテープがある」タマラはいった。「まだあといちど実験ができる。投票がおこなわれて、評議会が研究を禁止する前に」

アーダがいった。「つまり、樹精からハタネズミに、サイズを小さくしてってこと？」

「いいえ、サイズを大きくするんです」パトリジアが訂正した。「投票の前に、だれかに出産してもらう必要があります。それがうまくいくと証明するために、それが安全だと証明するために。それがほんとうに可能であることを、山全体に示すために」

それを聞いてアーダが黙りこんだ。三人とも黙りこんだ。タマラは壁を見つめたまま、そんな出産がおこなわれたという噂を、拉致犯たちや放火犯たちがはじめて耳にしたときのことを思って覚える喜びと、その噂を現実のものにするにはどんな処置を受ける必要があるかを考えたときに襲われる、内臓レベルのパニック感という、奇妙な食い違いが自分の中にあることを不思議に思った。


パトリジアがいった。「わたしがやります、必要ならば」

「あなたは若すぎる」タマラはにべもなくいった。

「それって――わたしがまだ生殖可能じゃないと思っているんですか？」

「そのリスクをおかすには若すぎるといっているの」

「だれかが一番手になる必要があります」パトリジアが答えた。「もう樹精のテストはできません。女にとって安全かどうかを突きとめるには、だれかがそのリスクをおかすしかないんです」

アーダがいった。「だれかがするとしても、それは単者よ。だれの双だって、一日ではこんなことに折り合いをつけられない。ふつうの方法で父親になる機会をあきらめなければならない、と男にいえばすむ話じゃない――警告もなし、議論もなしに。そんなことを受けいれられる人はいないし、要求するのもフェアじゃない」

タマラも同意した。「だれにとってもひどくつらいことに違いはないけれど、投票の前にひと組でもカップルの合意を取りつけるとなると、不可能ね」

パトリジアが妙な目つきでタマラをちらっと見た。押しつけるようないいかたをされたことに憤っているだけではない。

タマラはいった。「わたしがやりたいところだけれど、わたしは配給権を持っていない。食べさせられないのに、子どもをこの世に生みだすわけにはいかないわ」

パトリジアはためらってから、遠慮をかなぐり捨てて、「離縁の合意に、あなたの子どもたちに関する項目はないんですね?」と尋ねた。

「そうよ」タマラは答えた。「わたしの双の子どもたちが、配給権のすべてを相続する」

「わたしの権利の十二分の一を正式譲渡するとしたら、どうですか?」パトリジアが申しでた。

タマラは一本の手を掲げ、「あなたの子孫を飢えさせるわけにはいかない。それはフェアじゃない――」

「だれも飢えさせはしません」パトリジアは引きさがらなかった。「この方法がうまくいけば、人口は減少するでしょう。いまでは、他人の三番目と四番目の子どものために、権利の一部を譲渡する余裕のある人はいない――悲しいことだけれど、それが残酷な論理です。でも、ある女のただひとりの子どものために権利の一部を譲渡するのは、まるっきり話が別です」

アーダがいった。「パトリジアのいうとおりよ。わたしも十二分の一を提供するわ。そして必要な数の女たちにこの話を持ちかける――もしそれが、ほんとうにあなたの望むことなら」

タマラは必死に冷静さを保とうとした。だれもここで、彼女を罠にかけようとしているわけではない。タマラの言葉を真に受けているだけだ。ノーといえば、それで話は終わりになる。

（わたしの望みはなんだろう？）自分たちの意思を力ずくで山じゅうに押しつけようとする狂信者たちを、打ち負かしたい。彼女の肉は、保護し、制御し、最後には自分たちの決めたときに収穫するための自分たちの財産だ、と信じているすべての男たちから自由になりたい。

けれど、自分の思いどおりのかたちで、子どももほしい。

一番手になることを、カルロの方法のテストを、それが安全かどうか確かめるのを、ほかのだれかにまかせるという手はある。だが、もし同じことを、この提案を持ちかけられた単者という単者、未亡人という未亡人、出奔者という出奔者が考えたら、どうなる？　投票は四日以内におこなわれる。もし、自分がそれをすることを考えただれもが尻ごみしたら、だれもがチャンスを失うことになるのだ。

タマラはいった。「カルロは協力してくれると思う？」

「まるっきり」アーダが答えた。「マカリアもよ。あのふたりに頼むのはフェアじゃないし、それに率直にいって、次の三旬《ステイント》のあいだ、どんな生き物の手術もあのふたりにさせようとは思わない」

「そうすると、残るはアマンダね。彼女とは話をしたこともない」タマラはブンブンと低い音を立てた。自分はほんとうに、体を切りひらき、番っている樹精から記録した光を体内で輝かせることを、見ず知らずの他人に頼むことになるのだろうか？

「会ったことがあります」パトリジアがいった。「拉致があった日に」

「それなら、あなたに紹介してもらったほうがいいわね」タマラはいった。「たぶんわたしひとりでは、アマンダの護衛に通してもらえないから」

個室の奥の部屋で、護衛たちからは離れて、アマンダは礼儀正しくタマラの計画に耳を傾けた。しかしそのあと、反対意見を述べはじめた。

「わたしたちにわかっているのは、この信号が樹精になにをするかよ」アマンダはいった。「ほかの種《しゅ》の雌になにをするかは、わかっていない」

「でも、ほかにどうすれば突きとめられるの？」タマラは反論した。

「ひょっとしたら、その必要はないかもしれない」アマンダが答える。「このテープが樹精ではなく、女から記録されたものだったら――」

「次の四日のうちに、それを志願する人が見つかると思う？」その提案をだれかに持ちかけようとすることは、タマラには想像もできなかった。

「いいえ」

「そのあとは、評議会が投票を集計し、あなたがその種のことをするのは、いっさいが非合法になるわ」

「ひょっとしたら」アマンダは認めた。

「あまり心配していないようね」タマラは混乱した。この女は研究の継続を力強く訴えている、と聞かされていたのだが。

「わたしたちはつねに、できるだけ多くの情報を集めるようにするべきよ」アマンダがいった。「でも、投票結果がこの方法の利用に反対するものになったとしても、それで生殖力の研究が終わるわけじゃない」

「生き延びられる出産は終わるのでは？」タマラは踏みこんだ。

アマンダはしばらく考えて、「この世代のうちは、おそらく」

タマラは相手の立場がわかってきた。アマンダはじつはカルロの方法に好意的ではない――しかし、それでも誠実に議論する用意はあるのだ。

「それなら、もしわたしがこれをしたら、具体的にどういうリスクがあるの？」タマラは質問した。

「〝具体的に〟？　これよりひどいことは起こらない、

という線を引いてほしいわけ？」アマンダは腕を広げた。「どうすればそんなことができるのか、見当もつかないわ」

「わたしは死ぬかもしれないし、傷を負うかもしれない」とタマラ。「子どもは死ぬかもしれないし、ひどい形成異常かもしれない」

「ええ。そういうことはすべてありうるわ」

「ある種の雑種を生むことはあるの？　半分人で、半分樹精の？」

アマンダは答えをためらった。「その可能性は完全には排除できないけれど、この信号の性質に関してわたしたちの考えが正しければ、そういうことはありえない。信号がどちらの親からの形質を暗号化したものでもないのは、確かだと思う。樹精たち自身に見られた現象が、いくつもの反証をあたえてくれているのよ。ではこれらの信号がなにかというと、肉に一定のやりかたでの組織化を開始させる、一般的な指示らしい――そして詳細な指示は、体自体にもとから備わっている」

「それなら、ほんとうの問題は」タマラは理解した。「わたしたちがその目的のために、いとこと同じ信号を使っているのか、いないのかということね？」

アマンダがいった。「ええ」

「わたしの肉に、あれをしろ、これをしろ、これもしろ、と細部のすべてにわたって指示を出す、という感じじゃなくて……むしろ単にこういう指示を出すのにずっと近い――すでにやりかたを知っていることをしろ、子どもを形作るために、と」

アマンダが目を見ひらいて、賛同の意をあらわした。

タマラはいった。「しばらく分かれて暮らしていた、ふたつのグループの人々が使う言語のようなもの。同じものを指すのに、ふたつの違う言葉を使いはじめているかもしれないし、そうではないかもしれない」

「だいたいのところは、そういうことになるわ」アマンダが同意した。

「もしわたしが、樹精の言語で、子どもを形作れと自分の肉にいったら――そしてわたしの肉が使う言葉が違っていれば、肉はあなたのテープがいったことを理解できない――それに対して肉が、わたしの体を不具にしたり、障害を負った子どもを作ったりというかたちで反応すると考える理由が、ほんとうにあるの？」

「どういうことが起きるか、正確なところは教えてあげられない」アマンダが正直に答えた。「そもそも、わたしたちが隠喩として〝言語〟といっているこの代物の正体と、それがどう働くかを正確に説明できないんだから」

タマラは、カルロの手に起きた事故を思いおこした。あのときは、確かにひどくまずい事態が生じた。あの実験には、アマンダがさっき説明した詳細な指示が関連していたのだろう。テープに記録されていたのは詳細な指示の信号で、その内容を体が誤解したというよりタイミングの問題かなにかで果てしなく演じられてしまったのだ。

「危険について隠さずに話してくれて、お礼をいうわ」タマラはいった。「でも、それでもわたしはこれをしたい」

アマンダはうれしそうではなかった。「わたしには人々がどう反応するかわからない。状況を悪くすることもありうる」

「わたしたちの人生を、あの凶悪犯どもの思いどおりにさせたいの？」タマラは尋ねた。「だれであれ、なにかに放火したやつが最終決定権を持つの？」

「いいえ」アマンダが低い声で答えた。「そんなのはごめんよ」

自分がどれほど怖がっているか、タマラはそれまで気づいていなかった。しかし、もしだれもが怯えるままでいたら、永久になにも変わらない。

「機械をそろえるのに、早くてどれくらいかかる？」

カルロの作業場は急遽、丸ごと解体されたとタマラは耳にしていた。

　アマンダが機材の手配について考えはじめた。もし答えが五日か六日だったとしても、とタマラは思った、だれにも異議は唱えられない。

「一時隔《ベル》か二時隔《ベル》以内で」というのがアマンダの返事だった。「でも、はっきりいっておくけれど、たとえこれが申し分なくうまくいっても、あなたが回復するには二日かかるかもしれないからね」


　アマンダが必要な薬物と機材を別々の隠し場所から取ってくるあいだ、タマラはアマンダの個室で待っていた。マカリアと同様に、カルロは最後には樹精のテープのうち自分の複製三本のありかを拉致犯たちに明かしていたが、アマンダは自分の複製の無事を確信していた。

　パトリジアがタマラにつき添い、数鳴隔《チャイム》後、アーダが加わった。「十二人の譲渡署名が集まったわ」アーダがいった。

「それなら、わたしにはもう逃げ道はないわね」タマラは冗談に聞こえるような返事をした。

　アーダがタマラの肩をぎゅっとつかみ、「過去、ほかのあらゆる女が、こうして当然のごとく死を迎えたの。もしその関係を断ち切ったら、あなたは空前絶後の英雄よ」

「まるでうらやましがっているみたいね」タマラはアーダをからかった。「ほんとうに交代しなくてもいいの？」

「ええ――いま思えば、〈ブユ〉の指揮を譲ってくれるのが、公正なことだったのにね」とアーダ。「わたしはいつだってその任に就いて当然だったんだから。でも、この任に関しては、勝ち目がないわ」

　タマラは静かにブンブンと音を立てたが、平静な見かけを保つのはむずかしかった。過去、ほかのあらゆる女は、出産を迎え、当然のごとく死んだ。そのとおりだが、だからといってなんの慰めにもならない。将来出会うかもしれない代理双のイメージを思いうかべて、いま直面しつつあるのはごく当たり前の運命にすぎない、と体をなだめすかして信じさせようとしたが、それすらもできなかった。かつてのタマラなら、タマロに抱かれて、すべての恐怖から解放されていたかもしれない――そしていまのこれに比べれば、分裂して自分が確実に消滅することのほうが、はるかに怖ろしくないのはまちがいないと思えた。

タマラは居間のほうを覗きこんだ。そこは奇妙な機械仕掛けや、色あざやかな小瓶でふさがっていた。光再生機と麻酔薬だ。

アマンダが袋を持ってやってきた。その中に、テープをおさめた木箱があった。

「だれにも見られなかったのは確か？」タマラは尋ねた。アマンダから返事はなかったが、確かにそんなことは確約のしようがない。もしテープを持っているところを見つかっていたら、いまにも暴徒がドアの外にあらわれ、室内のいっさいを焼きはらおうとするかもしれないのだ。

「寝床に穴をいくつかあけて、光再生機とつなげる必要がある」とアマンダが説明した。

「わかったわ」

「まず、あなたの体の寸法をいくつか測らないと」

アマンダがタマラの皮膚に巻き尺をあてがい、背中側の下のほう三カ所に染料で印をつけた。チューブの挿入箇所だ。

「無理にやらなくてもいいのよ」アマンダがやさしくいった。タマラが震えはじめたのを感じたに違いない。

「でも、やるわ」タマラは答えた。なにを怖れることがある？　薬物のおかげで、苦痛の大半は免れるだろう。自分は農場で死んでいたかもしれないのだし、〈ブユ〉に乗っているときに死んでいたかもしれない。

それに、もしこの獲物を持ちかえったら——あるいは、それが宇宙空間へこっそり逃げ去っていく前に、〈孤絶〉に乗っているすべての女の手の届くところへそっと押してやれば——それは〈物体〉の無限倍の価値を持つだろう。

アマンダが寝床の安定石の板に斜めの穴をうがちはじめた。見ていなくてもすむように、タマラはロープを伝って居間へ移動した。

タマラが個室に来てから、アマンドがずっと見張りに就いていた。アマンドがタマラに会釈した。

「あなたはこれをどう思うの？」不安のせいで大胆になり、いつものように礼儀にとらわれることなく、タマラは尋ねた。「わたしたちは男の存在を抹消しようとしていると思う？」

「いいや」

「孫息子のことが心配じゃないの？」

アマンドは双のほうを身振りで示し、「ぼくらにはぼくらの計画がある」といった。「子どもたちが、自分たちの時代になってどんな選択をするかはわからない。でも、その決定をくださせることに不安はない」

「いまから一ダース世代後、いまわたしがしていることを、だれもがすると決めたら？」

アマンドはそのシナリオをじっくり考えた。「それでも子どもたちは生まれてくるし、人々はその子たちの世話をするだろう。男と同じくらいうまく世話ができないなら、あなたのほのめかしたような——それが普遍的な——状態には決してしていたらない。もし子どもたちを世話する人々が自分たちを女と呼びたければ、女と呼ばせればいい。でも、だれにわかる？　もしかしたら、世界から消えるのは男ではないかもしれない。子どもたちを世話する人々は、つねに男として知られるのかもしれない」

タマラは相手をじっと見返した。その考えを面白がると同時に、少しだけめまいがした。「それなら、これは女の絶滅への道ね」タマラはいった。「不平をいうばかりで――子どもたちの世話ではまったく役に立ったことがない、あのいらだたしい生き物の」

アマンダが寝室から声をかけた。「タマラ？　準備ができたわ」

43

タマラは痛みで目がさめた。それはひりつくようなパニック状態、肉体の形状という概念に先立つほど切羽詰まった損傷を受けたという感覚としてはじまったが、それがタマラにのろのろと意識を取りもどさせるにつれて、腹部の苦しい張りへと変わっていった。まるでなにか巨大な鉤爪を持つ生き物が、タマラの体をつかまえて、まっぷたつに切ろうとしたかのようだ。切ろうとして、ひょっとして成功したのかもしれない。

タマラは目をあけた。アーダが寝床の脇のロープにしがみついていた。

「わたしはどのくらい眠っていた？」タマラは尋ねた。

「食欲はある？」アーダが尋ねた。「できるだけたくさん食べるべきだ、とアマンダがいってた」

タマラは腹ぺこだった。「手がないわ」

「手伝ってあげる」アーダが寝床の脇の戸棚からパンを取ってきた。

飲みこむのは苦痛だったが、タマラはがんばった。パンを食べおえると、腸が痙攣し、縫い目がピンと張るのがわかったが、無理やり食べ物を飲みくだした。

「聞きのがした知らせはある？」タマラは尋ねた。

「あなたの娘に勝る知らせがあるとは思えないわ」アーダが答えた。

「みんな知っているの？　もう秘密ではないの？」

「ええ、秘密じゃないわ」アーダがなにげなさそうにいった。

タマラは急に不安のうずきを覚えた。「で、どうなったの？　ここは包囲されてるの？」

「個室の外には人だかりが絶えないわ」とアーダ。

「ほぼ一日。気分はどう？」

「よくはないわ」タマラはアーダの表情を読もうとした。「なにがあったの？」

「あなたに娘ができて、彼女は元気よ」アーダが請けあった。「娘さんをここに連れてきてほしい？」

「やめて！」タマラは結果に対して律儀に安堵の念を覚えた、まるで見ず知らずの他人が間一髪で死を免れた、と聞かされたばかりであるかのように――しかし、自分から分裂して出てきたその代物をじっさいに目にすることを考えると、ぞっとした。「まだいいわ」アーダに心を読まれるのを怖れて、タマラはつけ加えた。

「まだ弱りすぎているから」

自分の体に視線を走らせる。出産実験の開始時には手肢を再吸収していたが、いまこのときは、そこから回復するエネルギーを持てるとは想像もできなかった。奇怪にも先細りのくさびのようになった胴体には、胸の中央ではじまる縫い目が縦横に走っていた。

「子どもに贈り物を持ってきて、あなたの幸せを願っている人々で」

アーダが皮肉をいっているのかどうか、タマラにはわからなかった。「真面目にいってるの？」

「真面目もいいところよ」アーダが答えた。「まだ評議員はだれも来ていないけれど、時間の問題にすぎないでしょう」

タマラはブルブル震えはじめた。喜ぶべきだったが、感じるのは苦痛と混乱だけだった。

アーダがいった。「だいじょうぶ、すぐまた元気になるから」


タマラは眠った。目をあけると、寝床の脇の置き時計を確認した。三時隔《ベル》がすぎていた。

パトリジアがアーダと交替していた。「お腹は空いていますか？」パトリジアが尋ねた。タマラが答える暇もなく、パンがさしだされた。

タマラは空腹だったが、これは正しくなかった。「さっき食べたわ、ちょっと前に」

「ルールが変わったんです」とパトリジア。「あなたが飢えるということはありません――とりわけいまは」

「飢えないですって？」すじは完全に通るにもかかわらず、生涯の習慣を捨てるという考えに、タマラはいまだにひるんだ。「あれだけ体重をつけずにいられると思っていたのに」

パトリジアがパンをタマラの口のほうへ動かす。タマラはいった。「いいえ、自分でやらせて……」目を閉じて、肩から二本の腕が伸びるところを思い描いたが、なにも起こらなかった。

おとなしく、パトリジアに食べさせてもらう。タマラは大量の肉を失っていたので、完全な全快は望めなかった。（だけど、もしずっとこのままだったら？）

「いまお子さんに会いたいですか？」

タマラはそのことに思いをめぐらした。それを考えても、もはや嫌悪感は覚えなかったが、自分の娘を抱くことさえできない。「わからないわ」

「名前は決めました?」

「まだよ」

「ヤルダはどうです?」パトリジアが提案する。

心ならずも、タマラはブンブン音を立てた。そのせいで縫い目が痛んだ。「暴動を起こしたいの?」打ち上げ以来、ヤルダの名前を自分の子どもにつけるほど厚かましい人はいなかった。この大義にその名を持ちだしたら、出産そのものを別にして、タマラたちにできる最大の挑発行為となるだろう。

「まずあの子を見てもらわないとですよね」パトリジアがひとり決めすると、タマラが答えようとする前に、するりとカーテンを抜けて、居間へ出ていった。

恐怖の前触れのようなものに、傷がうずきはじめた。タマラにこれほどの危害を加えた自分勝手な肉が、中へ戻ってくるためにタマラの皮膚をふたたび大きく裂こうとしているかのように。(自分は完全じゃない、強くない、準備ができていない)

パトリジアが頭でカーテンを押しのけた。一本の手でロープを握り、もう一本の手で子どもを抱いている。

「ほかの人たちからこの子を引きはなすのが大変で」パトリジアがこぼした。「しばらくは、あなたもライバルたちと戦うことになるかもですよ」

タマラは幼児《おさなご》をまじまじと見た。彼女の娘が穏やかな興味を示し、怖れることなくじっと見つめかえしてきた。

「この子は樹精にはあまり似ていませんね」パトリジアが感想を述べる。

タマラはいった。「なにもかもを手に入れるのは無理よ」

パトリジアが近づいてきた。子どもをタマラの胸に置いたが、そばを離れず、子どもがすべり落ちたらつかまえようと身構えていた。子どもは一本の手をタマラの肩にかけ、もう一本の手で彼女の顔をつついた。

ほとんどなにも考えずに、タマラは二本の手を押しだした。子どもはその芸当にびっくりしたようだった。もっとも、それはその子自身がまもなくやってのけるに違いないことだったが。子どもはブンブン音を立て、タマラの腕に自分の腕を巻きつけた。

「さあ、名前は?」パトリジアがせっつく。

「エルミニア」タマラは心を決めた。

「お母さんにちなんで?」パトリジアはしばらく考えてから、賛意を示した。「それがいいですね。混乱を起こさずにそういうことができるのは、これが最後かもしれない」

「わたしは母の肉を借りているんだ、とずっといわれてきた」とタマラ。エルミニアの手首に一本の指を絡ませ、「この子は美しいわ」タマラが感じているのは、どんな子どもに対しても覚える、ふつうのやさしい気持ちでしかなかった。どんな父親とも同じくらいに熱意をこめてこの子を守れるようになるだろうか——その一方でエルミニアの肉をエルミニアのものとし、一時的に預けられた世襲財産とはせずにおけるだろうか?

「この子をこのままここに置いておくつもりじゃないですよね」パトリジアがいった。「外にいるおばさんやおじさんたちが、暴動を起こします」

「もういちど眠る必要があるみたい」

エルミニアはタマラの縫い目を発見して、それをほどこうとしていた。パトリジアが手を伸ばして、やさしく彼女を抱きとった。

「この子は安全かしら?」タマラは不安を言葉にした。エルミニアはタマラの胸にしがみついて、噛みかけの食べ物を楽しげにタマラの肩に吐きつけていた。

「だれがそれに答えられるの?」アマンダが身も蓋も

ない返事をした。「もしかして、あなたの幸せを願うといっている人は、みんな自分が支持する立場を偽っているのかもしれない。そうでなくても、ほんの数人はそうなのかもしれない。でも、あなたを無理やりどこかへ行かせる人はいないし、あなたは好きなだけ娘とここにいてかまわない。あなたがそうしたければ、個室を交換してもいいわ」

パトリジアがいった。「もし外に出るなら、あなたの信頼する人々が周囲を固めます。でも、そのほうがよければ、いちどにひとりずつ、証人に赤ちゃんを見に入ってきてもらって、その人たちが友人たちに話を聞かせるというかたちにもできます。なにが起きるにしろ、投票日にはまだ、疑う人と信じる人がいるのは確かでしょう」

「ここで囚人になりたくないわ」タマラはいった。部屋をぐるっと見まわす。たくさんの友人たちがいる。ドアの脇には護衛たちが固まっている。エルミニアは

一生危険にさらされるのかもしれないが、最大の防護がもたらされるのは、この子が唯一無二でなくなったとき、ついで例外でなくなったときだろう。もし最初に政治的なかわいらしいシンボル《マスコット》の一種扱いされなくてはならないのなら——このような変化は起こりうるのだということを示すために——ほかの針路を取ろうとしても、もう手遅れだ。

タマラはアマンダのほうをむいた。「その申し出に感謝するわ、そしてご厚意のすべてに。でも、自分の個室に帰る頃合いだと思う」

アマンドとマカリオがまず個室を出て、外にいる人々に少し空間をあけてくれと頼んだ。その意味するところが群衆に広がるにつれ、興奮したおしゃべりが聞こえてきた。しばらくするとアマンドが戻ってきて、「道すじのすべてを前もって確保することはできない」といった。「でも、これなら無理なく出発できそうだ」

男がみんな通廊へ出ていき、急襲部隊でタマラと行動をともにした四人の女が続いた。娘を抱きかかえて、タマラは出入口に近づくと、ロープを伝ってそこを抜けた。防護者たちのむこうに目をやると、はるか遠くまで通廊に並ぶ人々が見えた。通廊が彎曲して視界から消えるところまでずっと。

近くのだれかがエルミニアに気づいた。「あれがその子よ」女が小声で友人に告げる。タマラはその女と目が合った。女はわずかに頭を傾けた。なんの返事も求めない挨拶だ。

アーダがタマラの肘に触れた。「中央のガイドロープを使って。わたしが前を行き、カルラが後ろ、パトリジアとマカリアは両側のロープで行くわ」

「わかった」

五人の女たちが配置につくと、アードと父のピオ、アマンドとマカリオが行列を完成させた。どれくらいのあいだ、移動するときはこういう風にする必要があるのだろう、とタマラは思った。あと二日だろうか？　あと二年だろうか？

一行はロープを伝って通廊を進みはじめた。タマラは上右腕にエルミニアを抱きかかえ、ほかの三本を使ってロープにしっかりとつかまった。子どもは大勢の見知らぬ人たちに警戒するようすはなかった。タマラを見つめてころころと表情を変え、いったん止めるのは、標的に自分の表情を真似して返させるか、喜びのブンブンいう音を出させるかしたときだけだった。

娘のほうに顔を曲げているので、タマラは後眼で前方の見物人たちを見ることができた。いちばん落ちついている人たちでさえ近寄ろうとしすぎるのではないか、エルミニアと触れあいたくて押しあい、危険を招くのではないか、という不安をタマラは持っていた。しかし、だれもが節度ある距離を保ち、母と娘が近づいてくるのを一心に見守りながら、静かに言葉を交わしていた。

群衆には数人の男が交じっていたが、もし敵意をいだいて来たのだとしても、うまくそれを隠していた。子どもの姿に、彼らのほとんどは顔をパッと輝かせた。人々の混み具合さえ別にすれば、タマラは危険をまったく感じなかった。この支持者の塊の中から彼女めがけて突進してきても、正式な護衛たちのところまで来るずっと前に、つかまってしまうだろう。そういう見世物の一部になるのは、奇妙でたじろぐようなことだったが、怖れる気持ちはなかった。

一行が最初の曲がり角に近づいたとき、タマラはエルミニオとタマロを目にとめた。まるで見覚えがないかのように、タマラは視線を素通りさせた。彼らは無表情だが、激怒しているのだろうと想像できた。タマラは娘に集中し、感情をまったく露わにしないよう最善を尽くした。この勝利にほくそえむことも、報いを怖れることもなく。彼らの人生と自分の人生は絡まりあっていたが、それはいまや、まちがいなく、解きほぐされたのだ。彼らは彼らのルールに従えばいい、それをともにしたいと思う人がいれば、その人たちといっしょに。そして、自分は自分のルールに従っていく。

「噂がどんどん広まっています」パトリジアが興奮した声でいった。「明日には、これをこの先も探求しつづけるのは危険すぎると考える女は、〈孤絶〉にはひとりもいないでしょう」

「かもしれない」

「もっとも、なにか食べ物を持ってくるべきでした」パトリジアが嘆いた。「あなたがお腹いっぱい食べるところを人々に見せるべきだった。投票日にあらゆる女が胸にいだくイメージになったでしょう――そして、空腹がうずくたびに、どうしたら飢えを免れられるかを思いださせるんです」

タマラはいった。「あなたのせいで、だんだん怖ろしくなってきた」

自分たちは投票に勝つかもしれない、とタマラは思った。もはやその希望は皆無ではない。しかし、もし勝ったら、それはなにを意味するのだろう？　この方法が安全だという、この最初の、まだ不確かなしるしを輝かしい知らせとして受けとる人ひとりにつき、相変わらず苦々しげに反対する人がひとりいるだろう。タマラを名誉男性に喜んで分類するアマンドひとりにつき、タマラは子どもを育てるには不適当だし、彼の性を絶滅に追いこむ先駆けだと糾弾するトスコがひとりいるだろう。

勝利の見通しが立ったわけではない。数のバランスによって強制された休戦があるだけだ。投票がなにをもたらすことになるにせよ、真の自由は依然として数世代先にあるのだ。

44

カルロは空腹で目がさめたが、食料戸棚には鍵をかけたままにしておいた。できるだけ早く個室を出る。ぐずぐずしていたら、日々の決め事に反したくなるのがわかっていたからだ。

数鳴隔《チャイム》早めに観測所の入口にたどり着いたが、すでにカルラが待っていた。

「外で最終チェックをしているんだと思った」とカルロはいった。

カルラは面白がった。「これだけのテストを重ねたあとで失敗が起きるなら、いまさら直そうとしても手遅れよ。今日わたしは、ぜんまいを巻いて、打ち上げ時間をセットしただけ」

カルラの声はカルロの声よりも落ちついて聞こえたし、カルロがかわりにやきもきしても役には立たない。カルロは目を見ひらいて、手をさしだした。「じゃあ、行こうか」

無重力観測プラットフォームには、式典のためにガイドロープが縦横に張りめぐらされていたが、いまのところパトリジアと彼女の娘しかいなかった。カルロは近づいていきながら挨拶した。

「とうとうこの日が来た！」声に熱がこもる。

「わたし、三時隔《ベル》前に起きたの」レオニアがそれに応えて誇らしげにいった。

「ほんとうに起きたのよ」パトリジアが嘆いた。

「ぼくも眠れなかった」とカルロ。「新種のロケットなんて、毎日見られるものじゃないからね」

次に到着したのは、記録学者のオネストだった。カルラとパトリジアがプロジェクトに取りくみはじめて以来、オネストはふたりについて山じゅうをまわり、一歩ごとにメモを取ってきた。

「公式な歴史の証人のお出ましだ」カルロがからかった。「未来の世代のためにその瞬間を記録しにおいでになった」

オネストがいった。「その役割なら、わたしはまったくの余計者です。ここのだれもが、自分自身で物語を伝えることはまちがいありません」

「だが、きみはもっと専門的な仕事をすることになるんだ」カルロは指摘した。

「ひょっとしたら」とオネスト。「でも、もっと早く創案者たちを追いまわしはじめていれば、と思うばかりです。初期の会話のいくつかにはたまたま居合わせましたが、いちばん重要なものをいくつも聞きのがしました」

「記憶にあるかぎりは話してあげたわ！」カルラが断言する。

「ええ、確かに」オネストが悲しげに同意した。「編集され、検閲され、整頓されて。あなたを責めているのではなく、記憶はそういうことをするものなんです」

「それがほんとうに大事なの？」パトリジアが疑問を言葉にした。「うまくいく技術は繰りかえされ、わたしたちが証明した結果は教えられ、さらに教えられる。そこにいたるまで、わたしたちがどれだけ馬鹿なまちがいをしたかなんて、知る必要があるの？」

オネストがいった。「想像してください、いまから一ダース世代のち、波動力学があらゆる機械の動力となり、だれもがそれを当たり前だと思っている時代を。それが完全な完成形で空からふってきた、とその時代の人々が考えてもいいんですか。じつはその幸運は、史上もっとも強力な変化のエンジン――つまり、科学について論じる人々――に負うものなのに」

アッスントとロモロがやってきた――カルラのもと上司ともと生徒だ――続いてタマラとエルミニア、その次がアーダと双と、娘のアメリア。カルラがアーダと思い出話の花を咲かせているあいだ、ロモロは〈物体〉への自分の最後の旅について、カルロ相手に興奮気味にしゃべった。ロモロは〈物体〉で自分がしたことを些末なものと化した同僚たちに、まったく恨みをいだいていないように思えた。

「じきにぼくたちは輝素場の理論をテストするでしょう、グロスの四乗分の一の精度で！」ロモロの言葉には驚嘆が感じられた。

「それは大したものだ」これがほんとうに真実なのか、それとも熱狂的な誇張にすぎないのか、カルラに訊いてみること、とカルロは内心にメモした。

その時まであと半鳴隔《チャイム》というころ、十二人の評議員がぞろぞろと入ってきて、雑談はすべて終わりになった。マッシモ評議員がスピーチをし、カルラとパトリジアの粘り強さを讃えたが、なにかまずいことになった場合に備えていい抜けの余地を残していた。

マッシモのスピーチが終わると、レオニアが打ち上げまでのカウント・ダウンを開始する大役に名乗りをあげた。まもなくだれもが唱和していた。カルロはカルラを見つけて、ロープ伝いにそちらのほうへむかった。

「この〝反発子〟とやらは、今度はどこにあるんだ？」カルロは冗談を飛ばした。

カルラはドームの外にある立方体の装置を指さした。幅一歩離《ストライド》ほどで、短い柱のてっぺんにあるプラットフォームを背にして鎮座している。

「あれが永久に加速すると、信じろっていうのかい？」

「過熱するまではね」カルラが答えた。「運がよければ、半年は保つでしょう」

「三！」レオニアが絶叫した。唱和しているだれよりも自分の声を大きく聞かせたくて仕方がないのだ。

「二！　一！」

シャーシから青白い光がこぼれるのが、カルロの目に映った。まばゆいが、太陽石のエンジンから出る排気の強烈さにはほど遠い。ほんの少しの燃料があそこでは燃やされているが、推進に使われているわけではない。それが発する光は、カルラの奇妙な装置の導火線に点火しているのだ。その装置とはひとつの結晶で、それ自体が持つ秩序正しく偏極した光の場によって、エネルギー準位が微細に分裂している。原理を説明してもらったにもかかわらず、作業場でのテストに立ちあってきたにもかかわらず、正直にいえば、カルロの一部は依然として、箱の中のランプが飛行の力を持てるとは信じようとしなかった。

しかし、不遜にも〈永遠の炎〉と名づけられたものは、上昇した。遠心力のかすかな押しに逆らってそれを拘束しているプラットフォーム沿いにするするとのぼっていき、縁を越えて、苦痛なほどゆっくりと離脱していく。その排気はコヒーレントな紫外光の光線なので、裸眼で見えるのは、ランプから漏れる光だけ。カルロは勝利と誇りの恍惚とした感覚と、小さな密封された空気タンクがあれば、同じ結果はごくかんたんに生みだせるのではという、あるまじき考えとのあいだで引き裂かれた。

ロケットがとうとうドームの頂部より上へあがったとき、人々が喝采をはじめた。その高さが二倍になるには半分以下の時間ですんだように思われた。レオニアが望遠鏡で見せてくれとタマラをせっつきはじめた——そして彼女が願いをかなえたころには、それはもはや少しも子どもっぽい願いではなかった。裸眼のカルロには、もうほとんどロケットが見えない。望遠鏡の順番がカルロにまわってきたとき、タマラが光学装置に紫外線蛍光発生フィルターをすべりこませた——すると、遠のいていくロケットの基部が、目もくらむ円に変容した。光線がドームの一方の端を狙っていなかったら、目がつぶれていただろう。

プロスペロ評議員がふたつ目のスピーチをし、〈孤絶〉に直交物質を持ちこむことに自分がつねに反対だったことを思いださせ、そのような危険な戦略がまもなく不必要だと証明されるという心強い兆候を歓迎した。カルロはシルヴァーノのことを思った。自分には友人を訪ねる義務がある。落選したいまなら、一時期よりずっとつきあいやすくなっていることだろう。

パトリジアが食べ物を配ったが、気をきかせてカルロを避けた。カルロは、カルラのかたわらにパトリジアがいるのを見ることに慣れていた。ひとりは出産後、もうひとりは節食中。そしてふたりの体の大きさの違いは、もはやカルロには奇異に見えなかった。けれど、これほど多くの女が公の場で食事をしている光景は、無視するのがむずかしい。空腹のうずきで夜中に目がさめるとき、カルロは双と共有している重荷を自分に思いださせて、耐えることができた——しかし、重荷そのものがもはや不要だと思い知らされることは、受けいれるのがもっとむずかしかった。

夕方には祝典は下火になっていた。客たちがひとりまたひとりと実験者たちに祝いの言葉を述べて、去っていった。レオニアはハーネスをつけて望遠鏡の前に陣取り、ロケットの進み具合を疲れ知らずにチェックし、再チェックしていた。

カルラが近づいてきて、「もう行くわ」といった。

「いっしょに行ける?」

「もちろんだ」カルロはほかの人々に挨拶をすると、レオニアが脇にのくまでくすぐって、〈永遠の炎〉の見納めをした。

通廊に出ると、カルラはもの思わしげになった。

「スケールアップするのに、現状でどれくらいかかると思う?」カルロは尋ねた。「エンジンのサイズまで」

「少なくとも一ダース年」カルラがいった。「もしかしたら、その二倍」

カルラは心が折れそうになる同様の時間の尺度を以前もほのめかしていたが、カルロは納得しなかった。

「きみは資源をせがむのに時間を費やしすぎて、悲観的になってるんだ。いまや評議会の覚えがめでたいんだから、なにもかもが変わるさ」

カルラはブンブン音を立てた。「評議会は好きなように度量のあるところを見せればいいけれど、わたしたちが話しているのは、山の基部を覆うほど大量の、スピンが偏極した透明石のことよ。わたしたちはどんな種類の通常の透明石でさえ、それだけの量を持っていない。それを製造する方法を見つける必要があるわ」

「わかっているさ。でも、いったんはじめたからには」とカルロは予言した。「きみたちは新しい考え、新しい近道、新しい改良点を見つけるだろう。いつもそうなるじゃないか?」

「そうだといいけれど」とカルラ。「もしかしたらレオニアは、エンジンの完成を見るかもしれない。順調に行けば、彼女の世代は」

ふたりはカルロの個室に着いた。

「寄らせてもらえる？」カルラが訊いた。

カルロは急に不安を覚えた。「なぜそんなことをいうんだ？」

カルラがカルロの肩に手を置き、「わたしは人生に望むことを、残らずかなえた。完成させたいと思ったものは、残らず完成させた。わたしたちの子どもたちは、いま生まれるべきよ、あなたがもっと歳を取る前に。わたしたちの孫たちを見たくないの？」

カルロは体が震えるのを感じた。「そんなことはどうでもいい。きみを失いたくない」

「そしてわたしは、男と同じ死にかたをしたくない」カルラがいった。「いちどそうなりかかったわ、〈物体〉に行ったときに。それは、わたしが望む終わりじゃない」

「自分の娘を目にしたら、それも悪くないと思えるようになるさ」とカルロは請けあった。「男の場合、それで楽になるんだ。きみはパトリジアと話をするべきだよ！　彼女が教えてくれる！」

カルラは動じなかった。「わたしがとっくの昔に決心していたのは、知っているでしょう」

「決心を変えてくれ」カルロは懇願した。カルラと空腹状態を共有することに決めたとき、それが彼女の決心をぐらつかせる役に立つだろう、とカルロは自分にいい聞かせた。もう少しだけ多く食べさせれば、カルラはパトリジアに一歩近づくことになるだろう——そして、自分の集中力がまだパトリジアほど万全でないことに気づいて彼女をうらやむくらいまで、頭がすっきりするはずだ、と。

「できない」カルラがいった。「その考えはわたしの中にない。子どものころからずっと、わたしはこれを想像してきたの」

「それは、選択肢ができるとは思いもしなかったからだ！」カルロはぶるっと身震いし、怒りのこもった声でつけ加えた。「もしそれが選択肢にならないのなら、ぼくはなんのために闘ったんだ？」

カルラが彼の肩をぎゅっと握り、「そしていま、わたしは選択をしている。あなたは時間を無駄にしたわけじゃない。わたしたちの娘は、別の選択をするかもしれないわ」

カルラはドアを押してひらき、ロープを伝って個室に入った。カルロは通廊でロープにしがみついたまま、このまま自分が逃げだしたら彼女はどうするだろう、と思っていた。ホリンの服用をやめるとは思えない。こういう脅迫でカルロに強要はせずに、説得しようとしつづけるだろう。だが、彼が拒みつづけても――旬《ステイント》に次ぐ旬《ステイント》、一年また一年――彼女はかんたんに代理双を見つけるだろう。

子どものころからずっと、わたしはこれを想像してきたの。その言葉は、カルロにとってもまったく同じくらい真実だった。そして、まだどれだけの可能性をふたりが持っているかを知っている自分の一部を脇に追いやれば、彼のやりたいことは、そのうずきに屈して、その輝かしい渇望を満たすことだけだった。

カルラが出入口に姿をあらわした。

「寝床へ来て」彼女はいった。「わたしたちはここで眠るべきよ。いっしょに横になって、そして朝になったら答えが出ているわ」

補遺

角度		回転換算
1弧瞬角《アーク・フリッツカー》		1/248,832
1弧停角《アーク・ポーズ》	＝12弧瞬角《アーク・フリッツカー》	1/20,736
1弧分角《アーク・ラプス》	＝12弧停角《アーク・ポーズ》	1/1,728
1弧鳴角《アーク・チャイム》	＝12弧分角《アーク・ラプス》	1/144
1弧時角《アーク・ベル》	＝12弧鳴角《アーク・チャイム》	1/12
1回転	＝12弧時角《アーク・ベル》	1

質量		握重《ヘフト》換算
1 摘重《スクラッグ》		1/144
1 挟重《スクルード》	＝12 摘重《スクラッグ》	1/12
1 握重《ヘフト》	＝12 挟重《スクルード》	1
1 塊重《ホウル》	＝12 握重《ヘフト》	12
1 梱重《バーデン》	＝12 塊重《ホウル》	144

倍数の接頭辞

アンピオー	$=12^{3}$	=	1,728
ラウトー	$=12^{6}$	=	2,985,984
ヴァストー	$=12^{9}$	=	5,159,780,352
ジェネロソー	$=12^{12}$	=	8,916,100,448,256
グラヴィドー	$=12^{15}$	=	15,407,021,574,586,368

分数の接頭辞

スカルソー	$=1/12^{3}$	=	1/1,728
ピッコロー	$=1/12^{6}$	=	1/2,985,984
ピッチノー	$=1/12^{9}$	=	1/5,159,780,352
ミヌトー	$=1/12^{12}$	=	1/8,916,100,448,256
ミヌスコロー	$=1/12^{15}$	=	1/15,407,021,574,586,368

補遺1　単位と度量法

距離		歩離《ストライド》換算
1 微離《スキヤント》		1/144
1 指離《スパン》	=12 微離《スキヤント》	1/12
1 歩離《ストライド》	=12 指離《スパン》	1
1 通離《ストレツチ》	=12 歩離《ストライド》	12
1 区離《ソーンター》	=12 通離《ストレツチ》	144
1 街離《ストロール》	=12 区離《ソーンター》	1,728
1 小旅離《スログ》	=12 街離《ストロール》	20,736
1 中旅離《セパレーシヨン》	=12 小旅離《スログ》	248,832
1 大旅離《セヴエランス》	=12 中旅離《セパレーシヨン》	2,985,984
母星の赤道	=7.42大旅離《セヴエランス》	22,156,000
母星の軌道半径	=16,323大旅離《セヴエランス》	48,740,217,000

時間		停隔《ポーズ》換算
1 瞬隔《フリツカー》		1/12
1 停隔《ポーズ》	=12 瞬隔《フリツカー》	1
1 分隔《ラプス》	=12 停隔《ポーズ》	12
1 鳴隔《チヤイム》	=12 分隔《ラプス》	144
1 時隔《ベル》	=12 鳴隔《チヤイム》	1,728
1 日	=12 時隔《ベル》	20,736
1 旬《ステイント》	=12 日	248,832
〈孤絶〉の回転周期	=6.8分隔《ラプス》	82

		年換算
1 年	=43.1 旬《ステイント》	1
1 世　代《ジエネレーシヨン》	=12 年	12
1 代《エラ》	=12 世　代《ジエネレーシヨン》	144
1 期《エイジ》	=12 代《エラ》	1,728
1 世《エポツク》	=12 期《エイジ》	20,736
1 累代《イーオン》	=12 世《エポツク》	248,832

補遺2　光と色

色の名前は「赤」から「紫色」への変化が、波長が短くなることに対応するよう翻訳した（イーガンが、作中世界の概念を、の意）。〈直交〉三部作の宇宙ではこの変化は、光の時間における周波数の減少を伴う。われわれ自身の宇宙ではその逆が成りたつ。すなわち、短い波長は高い周波数に対応する。

光の可能なもっとも小さい波長、λ_{min}は約231ピッコロ微離《スキャント》である。これは「紫外極限」の無限に速い光の場合である。光の可能なもっとも高い時間周波数、ν_{max}は49ジェネロソ周期毎停隔《ポーズ》であり、これは「赤外極限」の定在的な光の場合である。

色	赤外極限	赤	緑色	青	紫色	紫外極限
波長、λ						
（ピッコロ微離《スキャント》）	∞	494	391	327	289	231
空間周波数、κ						
（グロス周期毎微離《スキャント》）	0	42	53	63	72	90
時間周波数、ν						
（ジェネロソ周期毎停隔《ポーズ》）	49	43	39	34	29	0
周期、τ						
（ミヌスコロ停隔《ポーズ》）	36	40	44	50	59	∞
速度、v						
（大旅離《セヴエランス》毎停隔《ポーズ》）	0	41	57	78	104	∞
（無次元）	0	0.53	0.73	1.0	1.33	∞

補遺3　ベクトルの乗算と除算

〈孤絶〉の人々は四次元ベクトルの乗算と除算の方法を開発し、それらをよりなじみ深い実数や複素数と同様の本格的な数体系へと発展させた。われわれ自身の文化において、この体系は四元数として知られていて、一八四三年にウィリアム・ハミルトンにより発見された。ちょうど実数が一次元の線を、複素数が二次元の平面を構成するように、四元数は四次元空間を構成し、四次元の幾何学のための理想的な数体系になっている。われわれ自身の宇宙においては時間と空間の区別により四元数をじゅうぶんに活用することができないが、〈直交〉宇宙においては四次元空間の幾何学と四元数の算術はたがいによくなじむ。

〈孤絶〉で用いられているバージョンでは、四次元における主要な方向は、〈東〉、〈北〉、〈上〉、〈未来〉と呼ばれ、その反対は〈西〉、〈南〉、〈下〉、〈過去〉である。〈未来〉の方向が数字の1の役割を果たす。どのようなベクトルも〈未来〉をかけたり割ったりした場合、もとのベクトルを変化させない。ほかの三つの主要方向、〈東〉、〈北〉、〈上〉は二乗するとつねに〈過去〉に、すなわちマイナス1になるので、複素数には一種類のマイナス1の平方根すなわちiがあるのに対し、この数体系には三つの独立したマイナス1の平方根がある（もちろん反対の方向、〈西〉、〈南〉、〈下〉も、複素数でのマイナス・iと同様に二乗するとマイナス1、すなわち〈過去〉になるが、これは独立した平方根とは数えられない）。

この体系における乗算は交換しない。つまり$a \times b$は一般的に$b \times a$と同じではない。

ベクトル乗算表

×	〈東〉	〈北〉	〈上〉	〈未来〉
〈東〉	〈過去〉	〈上〉	〈南〉	〈東〉
〈北〉	〈下〉	〈過去〉	〈東〉	〈北〉
〈上〉	〈北〉	〈西〉	〈過去〉	〈上〉
〈未来〉	〈東〉	〈北〉	〈上〉	〈未来〉

ベクトル除算表

÷	〈東〉	〈北〉	〈上〉	〈未来〉
〈東〉	〈未来〉	〈下〉	〈北〉	〈東〉
〈北〉	〈上〉	〈未来〉	〈西〉	〈北〉
〈上〉	〈南〉	〈東〉	〈未来〉	〈上〉
〈未来〉	〈西〉	〈南〉	〈下〉	〈未来〉

すべてのゼロでないベクトルvは唯一の逆数あるいは逆元を持ち、v^{-1}と表記され、以下のようになる。

$$v \times v^{-1} = v^{-1} \times v = \text{〈未来〉}$$

たとえば、〈東〉$^{-1}$=〈西〉、〈北〉$^{-1}$=〈南〉、〈上〉$^{-1}$=〈下〉、そして〈未来〉$^{-1}$=〈未来〉である。はじめの三ケースでは逆数はその反対方向に等しいが、それは一般的には成りたたない。

ベクトルで割り算する場合、$w \div v$は単にv^{-1}のかけ算である（右側からかける）。

$$w \div v = w \times v^{-1}$$

乗算が交換しないため、逆数の計算や割り算をおこなう場合はベクトルの順番に注意する必要がある。ふたつ以上のベクトルの積の逆数を計算するときは、その順番が逆になる。

$$(v\times w)^{-1}=w^{-1}\times v^{-1}$$

この逆転は、もとのベクトルが正しい順番でやってきて最後に計算結果が〈未来〉になるために必要である。

$$(v\times w)\times(w^{-1}\times v^{-1})=v\times\langle\text{未来}\rangle\times v^{-1}=\langle\text{未来}\rangle$$
$$(w^{-1}\times v^{-1})\times(v\times w)=w^{-1}\times\langle\text{未来}\rangle\times w=\langle\text{未来}\rangle$$

同様に、ベクトルの積で割り算する場合は、その順番を逆転させる必要がある。

$$u\div(v\times w)=u\times(v\times w)^{-1}$$
$$=u\times w^{-1}\times v^{-1}$$
$$=(u\div w)\div v$$

表には四つの主要方向の乗除算の結果しか記していないが、同じ演算はどのようなベクトルでもおこなうことができる（例外として零ベクトルでの除算はできない）。完全に一般的なベクトルは、さまざまな主要方向の定数倍を足しあわせることで得られる。

$$v=a\langle\text{東}\rangle+b\langle\text{北}\rangle+c\langle\text{上}\rangle+d\langle\text{未来}\rangle$$

ここでa、b、c、dは実数であり、正、負あるいはゼロの値を取りうる。もうひとつのベクトルwを、別の四つの実数A、B、C、Dを用いて以下のように定義しよう。

$$w=A\langle\text{東}\rangle+B\langle\text{北}\rangle+C\langle\text{上}\rangle+D\langle\text{未来}\rangle$$

vとwの積は通常の代数規則に従って、ベクトルの積を書きおろす順序に注意しながら以下のように計算できる。

$$
\begin{aligned}
v\times w=&(a\langle\text{東}\rangle+b\langle\text{北}\rangle+c\langle\text{上}\rangle+d\langle\text{未来}\rangle)\\
&\times(A\langle\text{東}\rangle+B\langle\text{北}\rangle+C\langle\text{上}\rangle+D\langle\text{未来}\rangle)\\
=&aA\langle\text{東}\rangle\times\langle\text{東}\rangle+aB\langle\text{東}\rangle\times\langle\text{北}\rangle\\
&+aC\langle\text{東}\rangle\times\langle\text{上}\rangle+aD\langle\text{東}\rangle\times\langle\text{未来}\rangle\\
&+bA\langle\text{北}\rangle\times\langle\text{東}\rangle+bB\langle\text{北}\rangle\times\langle\text{北}\rangle\\
&+bC\langle\text{北}\rangle\times\langle\text{上}\rangle+bD\langle\text{北}\rangle\times\langle\text{未来}\rangle\\
&+cA\langle\text{上}\rangle\times\langle\text{東}\rangle+cB\langle\text{上}\rangle\times\langle\text{北}\rangle\\
&+cC\langle\text{上}\rangle\times\langle\text{上}\rangle+cD\langle\text{上}\rangle\times\langle\text{未来}\rangle\\
&+dA\langle\text{未来}\rangle\times\langle\text{東}\rangle+dB\langle\text{未来}\rangle\times\langle\text{北}\rangle\\
&+dC\langle\text{未来}\rangle\times\langle\text{上}\rangle+dD\langle\text{未来}\rangle\times\langle\text{未来}\rangle\\
=&(aD+bC-cB+dA)\langle\text{東}\rangle\\
&+(-aC+bD+cA+dB)\langle\text{北}\rangle\\
&+(aB-bA+cD+dC)\langle\text{上}\rangle\\
&+(-aA-bB-cC+dD)\langle\text{未来}\rangle
\end{aligned}
$$

ベクトルの長さはピタゴラスの定理の四次元版を用いて計算できる。ベクトルvの長さを$|v|$と書くことにすると、それは各成分の大きさと以下のような関係がある。

$$|v|^2=a^2+b^2+c^2+d^2$$

ふたつのベクトルをかけあわせると、その長さは単純にもとのふたつのベクトルの長さの積になる。

$$|v\times w|=|v|\,|w|$$

あるベクトルvがあるとき、その共役ベクトルを考えると便利なときがある。これをv^*と表記し、その成分のうち三つの空間方向についてはvの反対の値で、

時間方向の成分は v とまったく同じであると定義する。

$$v^* = -a\langle東\rangle - b\langle北\rangle - c\langle上\rangle + d\langle未来\rangle$$

ベクトルと、それ自身の共役ベクトルをかけると単純な結果となる。

$$v \times v^* = (a^2+b^2+c^2+d^2)\langle未来\rangle$$
$$= |v|^2\langle未来\rangle$$

この体系では〈未来〉の方向が数字の1のようにふるまうので、もし v の長さが1であればその共役 v^* は逆数 v^{-1} でもある。もし v の長さが1でなくても、v の共役をその長さの二乗で割ることで v の逆数を計算できる。

$$v^{-1} = v^* \div |v|^2$$

このベクトルの共役と逆数の密接な関係のおかげで、ベクトルの積の共役をとった場合は逆数の計算と同様、その順序を逆転しなければならないことを見てとるのは容易である。

$$(v \times w)^* = w^* \times v^*$$

あるベクトル v と別のベクトルの共役 w^* の積、$v \times w^*$ の〈未来〉成分は、ふたつのベクトルの幾何学に関する有益な情報を持つ。

$$v \times w^* \text{の〈未来〉成分} = aA + bB + cC + dD$$
$$= |v||w|\text{（v と w のあいだの角度のコサイン）}$$

第一式の右辺の量はvの四つの成分（a、b、c、d）とwの成分（A、B、C、D）をかけあわせてから足しあげたもので、ふたつのベクトルの内積として知られている。第二式が示すように、この量はベクトルの長さと両者のあいだの角度にのみ依存する。

四次元空間でのあらゆる回転は、長さが1であるようなふたつのベクトル、たとえばgとhを指定し、ベクトルに左からgをかけ、右からhで割ることでおこなうことができる。ゆえにベクトルvは次のように回転される。

$$v \to g \times v \div h$$

たとえば、〈北〉と〈南〉を入れかえ、同時に〈未来〉と〈過去〉を入れかえ、ほかの直交する方向は変化しないようにする回転は、g=〈南〉、h=〈北〉とすることでおこなえる。

この操作がほんとうに回転であることを確かめるには、どうすればよいのか？　まずは、vの長さが変化しないことは、$|g|=|h|=|h^{-1}|=1$であることと、以下の式からかんたんにわかる。

$$|g \times v \div h| = |g||v||h^{-1}| = |v|$$

またふたつのベクトルのあいだの角度が、両者に同じ操作をおこなった場合にどうなるかは、$v \times w^*$がどう変わるかを見ればよい。

$$v \to g \times v \div h$$
$$w \to g \times w \div h$$
$$v \times w^* \to (g \times v \div h) \times (g \times w \div h)^*$$
$$= g \times v \times h^{-1} \times (g \times w \times h^{-1})^*$$
$$= g \times v \times h^{-1} \times h \times w^* \times g^{-1}$$
$$= g \times (v \times w^*) \div g$$

$v \times w^*$の〈未来〉成分がこの操作で変化しないことは、$g \times$〈未来〉$\div g=$〈未来〉であることからわかる。そして$v \times w^*$の〈未来〉成分はvとwの長さと両者のあいだの角度で決まり、長さは変化しないことをすでに見たので、角度も変わらないことがわかる。

空間三次元だけに関わる回転はすべて、もとの式で$h=g$の場合に限定することで得られる。

$$v \to g \times v \div g$$

たとえば、水平面（〈北〉-〈東〉）ですべてのものを半回転する操作は$g=$〈上〉とすることで得られる。

別のふたつの種類の回転として、$h=$〈未来〉として単純に左から g をかけるだけの操作、

$$v \to g \times v$$

および、$g=$〈未来〉として単純に右からhで割るだけの操作があげられる。

$$v \to v \div h$$

このどちらの操作も、ふたつの直交する平面で同時に、まったく同じ角度で回転をおこなう。たとえば、左から〈東〉をかけると、〈未来〉-〈東〉の平面と〈北〉-〈上〉の平面で四分の一回転をおこなう。

gとhで指定され、ベクトルを以下の通常の式に従って変化させる回転を考えよう。

$$v \to g \times v \div h$$

四元数で表現できる幾何学的実体にはさらに別の二種類のものがあり、それは同じ回転操作に対してベク

トルとは異なる規則に従って変化する、ベクトルとは別のものである。

$$l \to g \times l$$
$$r \to h \times r$$

これらの興味深い実体は「スピノル」として知られる。lは「左手スピノル」で、rは「右手スピノル」である。われわれの宇宙でのスピノルの数学は、〈直交〉宇宙のように単純なものではまったくないが、とてもよく似ていて、どちらの宇宙でも、スピノルは特定の素粒子が回転した場合のふるまいを記述するのに決定的な役割を果たす。

著者あとがき

二十世紀初頭、物理学者たちは古典的な力学、熱力学、電磁気学の法則で説明できないさまざまな種類の非常に不可解な現象を、自然現象において、あるいは実験において、見出していた。白熱した物体から放射される光のスペクトルは意味をなさなかった。可能なあらゆる周波数はどれもほぼ同じ量のエネルギーを持っていなければならないが、そのかわりにエネルギーは周波数が高くなるにつれ急激に減少し、この不一致は「紫外発散」と呼ばれた。また原子は正負の両方の電荷を持った粒子で構成されているが、それが安定に存在できる理由をだれも説明できなかった。また水素のスペクトルがいくつかの厳密に定義できる周波数で構成され、その周波数が単純な数学的規則に従う理由も説明できなかった。

〈直交〉宇宙では、光の周波数に上限があるため紫外発散はなく、古典物理から予測されるスペクトルはじっさいの量子力学バージョンと少ししか違わない。そして電荷を持った物質の安定性の謎は残るものの、新しい理論の基礎的な叩き台となるべき水素原子に直接等価なものは存在しない。それに加え、われわれの宇宙で量子理論の誕生時期におこなわれた多くの実験の背後にある単純な電子機器は、〈直交〉宇宙では利用できない。電磁気の本質的性質により、顕微鏡スケール以上の大きさで感知可能かつ持続する静電力を発生することは、ほぼ不可能である。

カルラの曇化した鏡については、それにもっとも近いものが、量子理論の初期の画期的実験にある。光電効果である。この現象の理論的研究をおこなったアルバート・アインシュタインと、骨の折れる実験をおこなったロバート・ミリカンは、それぞれ一九二〇年代にノーベル賞を受賞した。ただしミリカンは、その理論を否定するために実験をおこなったようだ！　光電効果とは、真空中で金属表面にさまざまな周波数の光が当たったときに電子が放出される現象を指す。表面からの時間あたりの電子の放出量を、その電子を集めて導線を流れる電流として測定できる。金属に当たる光の周波数がある臨界値を下まわると突然この光電電流が止まる現象は、光の吸収や放出が離散的な量でしか起こらず、そのエネルギーが光の周波数に比例するという概念を支持するものだった。金属表面から一個の電子を引きはなすのに一定のエネルギーが必要であるため、光の量子の一個、つまり光子がその最小エネルギーを持っていないかぎり、電流を発生させることはできない。

〈直交〉のバージョンは若干仕組みが異なる。エネルギーを得るのに光を吸収するのでなく、入ってくる光によって表面が刺激されそれ自身が光を放射し、それによって通常のエネルギーが生成される。また、束縛された輝素と遊離輝素とのあいだのエネルギー間隔を橋渡しするためには、一個以上の光の量子が必要だ。さもなければ物質が安定に存在できない。

電子機器を使えない状況で、カルラが観測できるのは、曇化現象それ自体と、真空中に放出された輝素が散乱する光だけである。遊離輝素と光とのあいだの予期せぬ相互作用は、われわれの宇宙におけるもうひとつの画期的な実験である、グラファイト中の自由電子に散乱されたX線が明確な粒子的ふるまいをかいま見せることをアーサー・コンプトンが発見した実験に対応している。

〈直交〉宇宙の科学者たちは、こうした多くの困難に直面するが、ひとつ有利な点もある。量子力学的スピンの数学が、量子力学の発見のはるか以前から研究されていても不思議ではない、美しい幾何学的枠組みにうまく適合する点である。〈直交〉宇宙では、四次元のベクトルは、われわれが四元数と呼ぶ数体系と自然に同一視できる（詳細は補遺3を参照）。驚くべきことに、四元数はわれわれにスピノルという名で知られている、われわれの宇宙では電子などの粒子に対応し、作中では輝素に対応する対象を記述するのにも使える。ベクトルとスピノルを内包できる出来合いの数学体系を持っていることは、われわれの量子力学の歴史において多くの年月を経て確立された洞察への、強力な近道を提供する。この洞察に関して、スピノルを四元数として見る方法を説明してくれたジョン・バエズ氏に感謝する。

「磁性」という言葉は作中に出てこないが、多くの読者は、固体中の輝素のスピンのむきをそろえるというパトリジアのアイデアは、永久磁石の作成によく似たものだと気がつくだろう。〈直交〉宇宙で静電力が巨視的な距離をまたいで物体を引きよせることが不可能なように、磁性もそのような力を及ぼせないので、この現象を身近なものとする長い歴史的伝統は存在しない。しかし驚くべきことに、パトリジアがスピンの配向を支配していることを発見した微妙な量子効果は、彼女の宇宙よりわれわれの宇宙で、より永久磁石の存在に本質的に関わる要素となっている！　われわれの法則では、スピンする電子のあいだに働く磁力は、両者に反対むきのスピンを持たせて、たがいの磁場を打ち消すように働く。そして鉄のような物質が強力な磁場を保持できるのは、われわれが「交換相互作用」と呼ぶ量子効果——異なるスピンの組み合わせが電子のあいだの平均距離に影響をあたえ、それにより両者の平均的静電反発に影響する——のおかげである。

作中で説明されている「光学固体」は、現実世界の研究者が極低温で原子をとらえて観察するのに使う「光格子」を思いおこさせるかもしれない。しかし、じつは両者は非常に異なるシステムである。〈直交〉宇宙では、光の電場の山と谷をゆっくり移動させ、電荷を持った粒子を谷の中にとらえた状態で光といっしょに移動させることができる。三つの光線を組みあわせて、この「エネルギー地形」をすべての三次元的方向で粒子を閉じこめるように形作ることができる。

われわれ自身の宇宙でこれは不可能である。電荷を持った粒子は移動する光の波に絶対追いつけない。そして光の強度が固定された空間パターンを形成するような定常波では、電場はやはり時間とともに振動し、一秒間に何百兆回も谷が山に、山が谷に変化する。しかし、光格子はそのつねに変化する電場の中に電荷を持った粒子を閉じこめることはできないが、より微妙な種類の力を及ぼす。この力は電場の方向よりも光の強さに関係し、時間の経過とともに変化しない方向を保持し、電気的に中性な原子を閉じこめるのに使える。

この小説の補助的な資料は、**www.gregegan.net** にある。

〈直交〉宇宙の量子場の理論入門

琉球大学理学部准教授
前野［いろもの物理学者］昌弘

「物理法則に含まれるたった一個の符号を変えただけで、全く違う宇宙が出現する」——これがイーガンが創りだした〈直交〉宇宙の面白さである。「変えただけ」と書いたけど、物理法則は互いにつながりを持って成立しているので、一箇所だけ変えて「はいＯＫ」とはいかず、その影響があちこちに及んだ結果、〈直交〉宇宙は〈我々の〉宇宙とは全く違う様相を呈している。ここまで物理法則をいじり倒す（しかも互いに矛盾がなるべく起きないように！）ために、〈直交〉宇宙の構築にはものすごい労力がかかっているだろう。著者のホームページの本書関連部分を読んでいると、大いなる尊敬を込めて「イーガンはん、これはやりすぎでっせ」と言いたくなる（褒め言葉である）。〈我々の〉現代物理の大きな部分を占めるのは、相対性理論と量子力学、そしてその二つの結果を取り入れた「量子場の理論」である（熱力学や統計力学はどうした、という声が聞こえてきそうだが、ごめん、ここではそこまで語れない）。最近のノーベル物理学賞を見ても、自発的対称性の破れ、小林・益川理論、ヒッグス粒子にニュートリノ振動、などなど「量子場の理論」の成果に贈られたものは多い。本書では主人公たちが〈《我々の》〉宇宙で人類が半世紀ぐらいかけて達成した）量子力学から場の理論までという物理学の発展を〈直交〉宇宙の中で（あれよあれよのうちに）達成していく。〈我々の〉現代物理のうち、相対性理論の部分が〈直交〉宇宙においてどう変わるか（「回転物理学」に変わるのだが）ということは『クロックワーク・ロケット』の巻末で板倉充洋氏が解説してくださっているので、ここでは量子力学と量子場の理論がどのように我々の宇宙と変わっているのかについて解説していこうと思う。

量子力学の解説というと、しばしば「万物は波と粒子の二重性を持ち云々」という話から始まる。量子場の理論はこの波動と粒子の二重性を数学的に定式化しつつ、粒子が互いに相互作用する（たとえば電子が光子を放出したり吸収したりする）現象を表し、予言できるようにしたものだ。

量子場の理論ではまずは「波を伝える媒質」として（空気でも水でもなく！）真空中でも存在する「場」を考えて、次にそれを「量子化」する。「場」は、「空間の各点各点に〝架空の方向〟（実際の方向とは何の関係もない）に振動する無限個の振動子（バネ振り子）がある」というイメージで捉えることができる（次の図1と図2はそのモデルである）。

たとえば誰か（何か）がこの振動子の一個をコツン、と叩く。すると〝架空の〟バネを通じて力が伝わり、連鎖反応的に隣の振動子を次々に振動させる。結果、振動が伝わっていく。

その「場」の振動が時空間を伝わっていくことを我々は「粒子（光子だったり電子だったり）が飛

図1　質量のない粒子（たとえば光子）の場のモデル

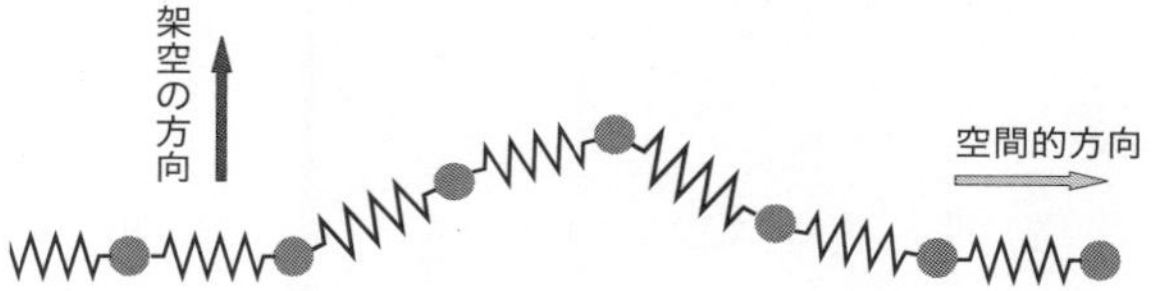

図2　質量のある粒子（たとえば電子）の場のモデル

図3　伝わる波（飛んでいく粒子）

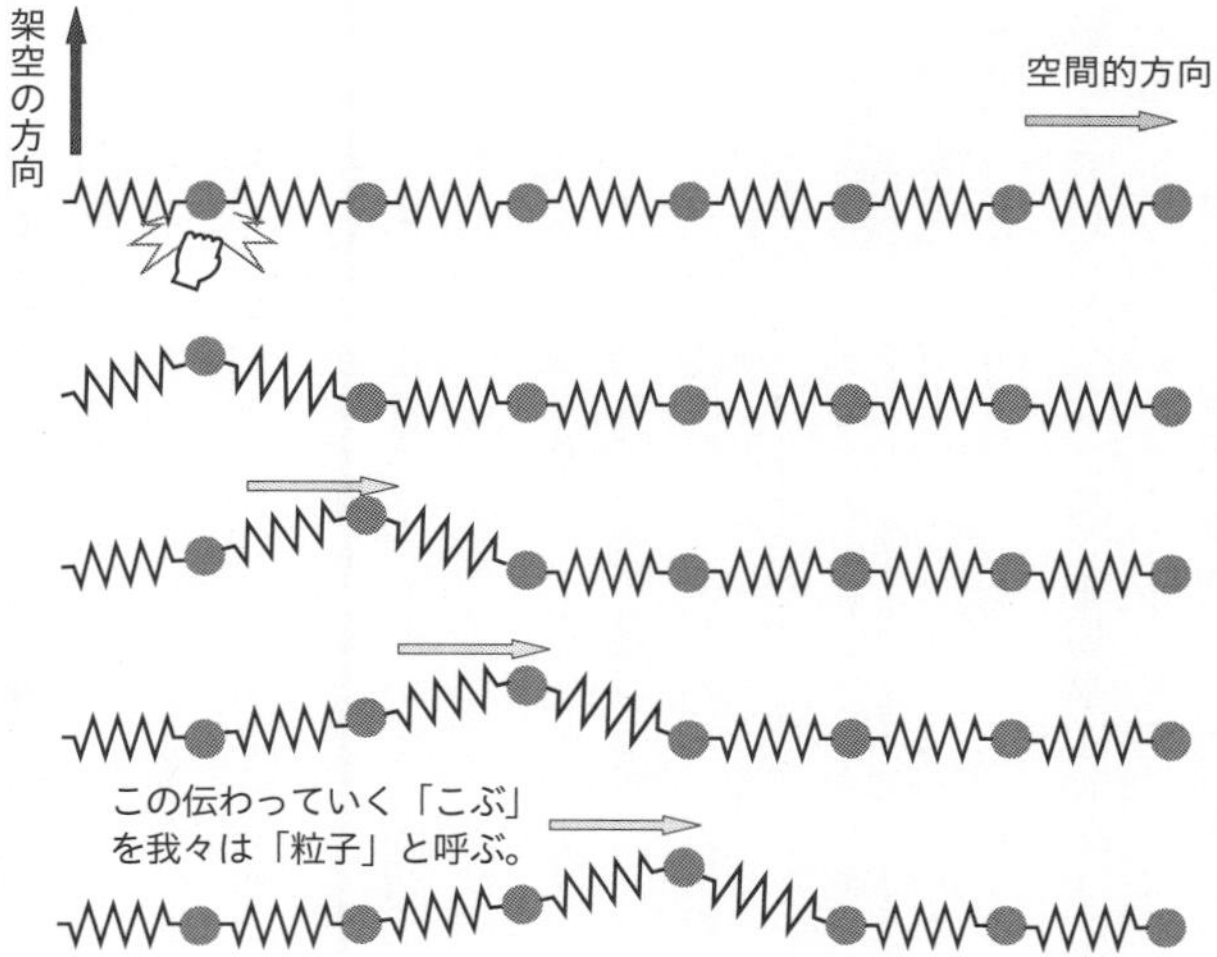

んでいる」と観測する。間違えてはいけないのだが、図に描いた●が粒子なのではなく●が盛り上がり「こぶ」になっている〝状態〟、すなわち「場の励起状態」が粒子なのである。〈我々の〉宇宙における「場」には2種類の架空のバネがつながっている。一つは振動子と隣の振動子をつなぐバネ。もう一つは振動子と、「架空の台座」とをつなぐバネである。質量の有無は台座とつながるバネがある（図2）か、ない（図1）かの違いである。2種類の架空のバネはどちらも、振動子の並びを平坦に戻そうとする「復元力」の役割を果たしていることに注意して欲しい。この復元力があるおかげで、波は振動し、伝播する。

図1の場合、ある点で起こった振動はその場にとどまらず、どんどん隣へ隣へと移動し続けてしまう（移動速度は光速である）。一方図2の場合は「振動が伝わらずにその場で振動を続ける（もっとも、すこしずつ広がっていってしまうことは避けられない）」ことが可能になる。すなわち、質量のない粒子（〈我々の〉光子など）は静止できないが、質量のある粒子（電子など）は静止できる。

この「場」という「無限個の振動子の集まり」が起こせる振動が、どんなエネルギーを持ってもよいのではなく、振動数ごとに一定の「単位エネルギー」の整数倍の振動しかできない、というのが「量子化」である。この「単位エネルギー」は振動数に比例し、その比例定数は〈我々の〉宇宙では「プランク定数」、〈直交〉宇宙では「パトリジアの定数」と呼ばれる。よって「無限個の振動子に起こった波」はその単位エネルギーを使って「一つ二つ」と数えることができる不連続な実体になる。これが粒子性である（ただし、「観測」を行わないときにはいろんな励起状態の重ねあわせの状態――

―いわゆるシュレーディンガーの猫状態――が実現していてもよい)。

「量子場の理論」の説明については、ここで描いた図の「動くバージョン」をウェブ上で公開しているので、これだけではいまいち理解できないという人は参考にしていただきたい。

「ヒッグス粒子ってなあに?」
http://irobutsu.a.la9.jp/movingtext/HiggsHS/index.html
「ニュートリノ振動ってなあに?」
http://www.phys.u-ryukyu.ac.jp/~maeno/Neutrino/index.html

以上が、ものすごい駆け足で概観した〈我々の〉宇宙での量子場の理論であるが、〈直交〉宇宙ではどうなるだろう?

〈我々の〉宇宙でも〈直交〉宇宙でも、光子の場は「電磁場」である。電磁場は、〈我々の〉宇宙では静電気が引きあったり反発したりする現象(磁石の極でも同様)を作り出すものとして、割とおなじみのものだ。ところが〈直交〉宇宙の物理現象は(我々から見て)奇妙なことに「静電場が波打ち、同じ電荷でも距離によって引きあったり反発したりする」などということが起こる。また、〈我々の〉光子は質量がないが、〈直交〉宇宙の光子は質量(それも輝素の3倍もの質量)を持っている。

どうしてそうなっているのかを説明しよう。〈我々の〉宇宙において光子や電子の場の励起（こぶ）が隣へさらに隣へと伝播できたのは、「架空のバネの復元力」によって平坦に戻ろうとする力が働いたからである。〈我々の〉光子は質量がなく、波のような形になっているときは「隣とつながるバネ」の力により振動を起こす。〈直交〉宇宙における光子がもし質量がなければ、（〈我々の〉宇宙と符号が逆転するので！）図4の中段にあるような（架空方向への）力が働くが、これはあきらかに波を振動させる復元力になっていない。つまりこのような場では「伝わる光」が存在できない。

〈直交〉宇宙に伝播する光子が存在するためには、光子の場に「架空の台座に戻そうとする力」を追加する必要がある（図4の下段のように）。こうして「光の波動方程式」（なお、方程式わからん、という人は力を反転させたり加えたりするという操作が方程式の変形に対応しているのだ、と思いつつ図を見て欲しい）を作る過程は『クロックワーク・ロケット』の6章で記述されているが、この段階では「光」は波動なので、この「架空の台座に戻そうとする力」の存在が「光子に質量がある」と等価であることはまだ言述されていない。光を量子化すると光子になることは本書の中で発見される。

図4の下段を見ていると、「この二つの力がつりあうと静止した波ができるのでは？」と気づく（逆に「静止した電磁波なんてない」というのが〈我々の〉宇宙では相対論の始まりだった）。〈直交〉宇宙の光子の場は「静電場なのに波の形」という〈我々の〉宇宙ではありえない状態を取れるのである。この性質のおかげで「あるサイズで球殻状に電荷を配置すると外部の電場が消失する」など

図4　３種類の粒子

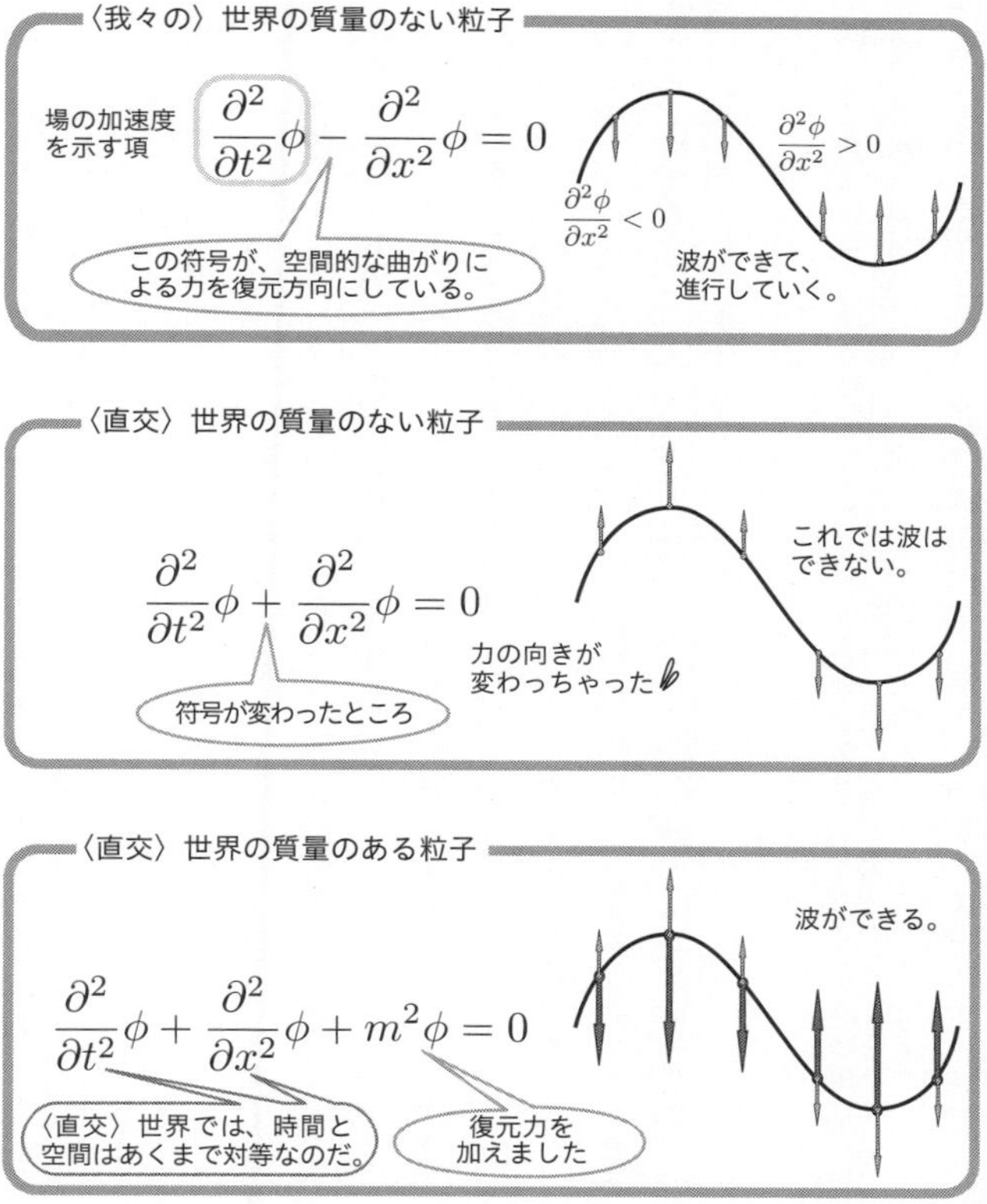
〈我々の〉世界の質量のない粒子
場の加速度を示す項
$\frac{\partial^2}{\partial t^2}\phi - \frac{\partial^2}{\partial x^2}\phi = 0$
$\frac{\partial^2 \phi}{\partial x^2} > 0$
$\frac{\partial^2 \phi}{\partial x^2} < 0$
この符号が、空間的な曲がりによる力を復元方向にしている。
波ができて、進行していく。
〈直交〉世界の質量のない粒子
$\frac{\partial^2}{\partial t^2}\phi + \frac{\partial^2}{\partial x^2}\phi = 0$
これでは波はできない。
力の向きが変わっちゃった
符号が変わったところ
〈直交〉世界の質量のある粒子
$\frac{\partial^2}{\partial t^2}\phi + \frac{\partial^2}{\partial x^2}\phi + m^2\phi = 0$
波ができる。
〈直交〉世界では、時間と空間はあくまで対等なのだ。
復元力を加えました

の面白いことが起こる。『クロックワーク・ロケット』の終わりちかくの19章ではこれらの〈我々〉から見ればおかしな）性質から原子の安定性を説明しようとしたが失敗したという話が語られていたが、本書において〈直交〉宇宙での原子の安定性は、〈我々の〉宇宙でそうであったように、量子力学と場の理論と「排他原理」を使って説明された。

〈我々の〉歴史を振り返ろう。量子力学の発見は、量子力学以前の物理で計算すると空洞内に閉じ込められた電磁波のエネルギーが無限大になるという謎の探究から始まったが、〈直交〉宇宙では電磁波のエネルギーが有限になる（著者あとがき参照）。

上限があるのは光に質量があり、かつエネルギーE、運動量p、質量mの間の関係（「質量殻の条件」と呼ばれる）が〈我々の〉宇宙とは違うからである。質量殻の違いを図5に示した。〈我々の〉宇宙では質量の違いに関わらず、エネルギーはいくらでも大きくなるが、〈直交〉世界ではエネルギーと質量の関係が円なので（「回転物理学」の名の由来はここにある）、光子のエネルギーは上限と下限を持つ。さらに「運動量が大きいと真のエネルギーが小さい（！）」ことも図からわかるだろうし、「未来へ進む粒子」と「過去に進む粒子」が連続的に〝回転〟で移ることもわかるだろう（これは〈我々の〉宇宙ではないことだ）。

〈直交〉宇宙では「エネルギー」と「真のエネルギー」と二つのエネルギーがあり、互いに逆符号で定義されたものになっている。図5の縦軸は真のエネルギーの方である。「運動量が大きいと（動きが速いと）増える」という意味で我々のよく知っている「エネルギー」は「真ではない方のエネルギ

図5　質量殻〈真のエネルギーと運動量の関係〉

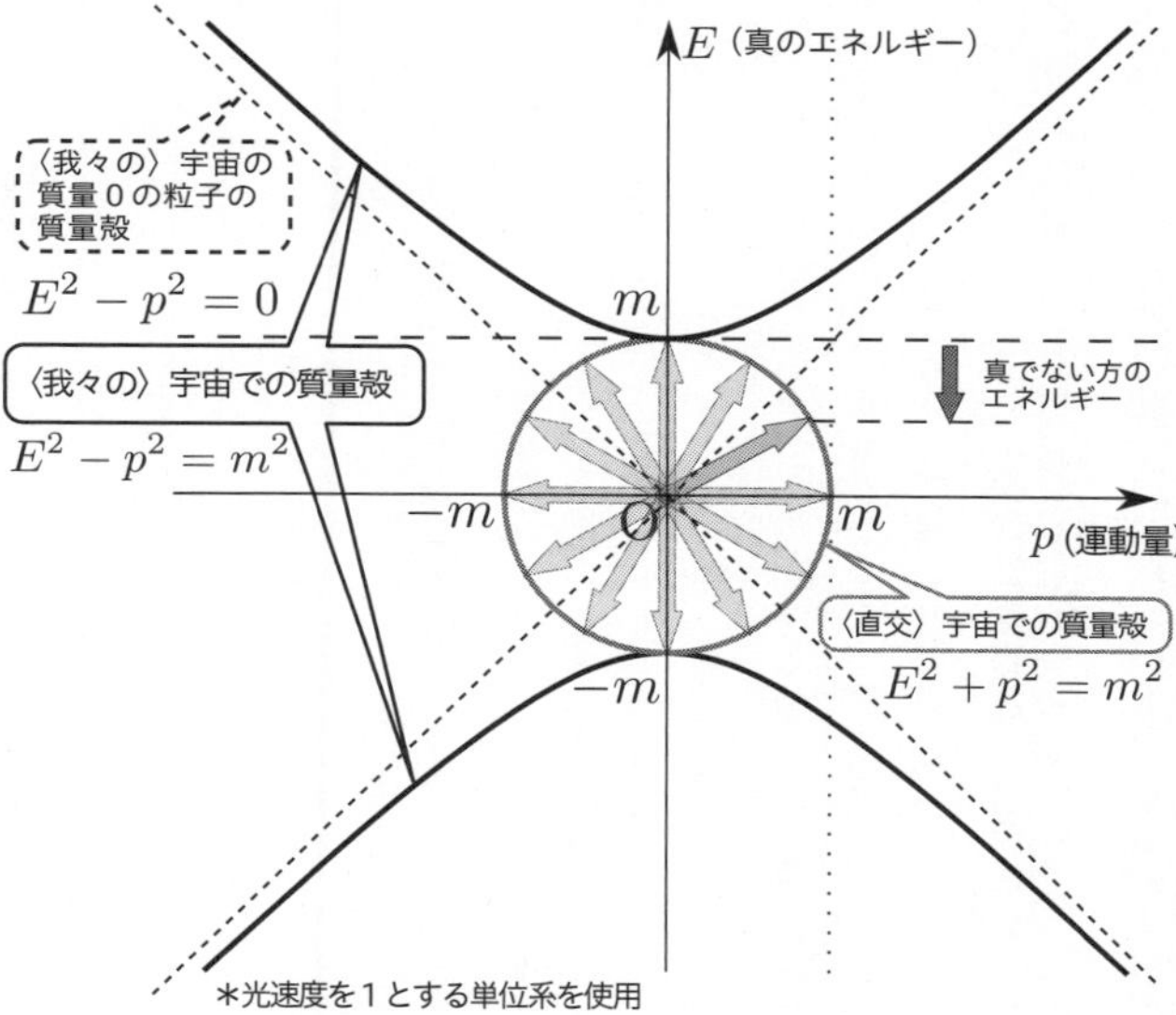

＊光速度を1とする単位系を使用

ー」である。輝素が光を放出／吸収するときに保存するエネルギーは「真のエネルギー」の方なので、結果として「光を放出すると真のエネルギーが減る（＝通常の意味でのエネルギーが増える）」というおかしな現象を起こす。これがどんどん連鎖反応的に起こってしまうと全ての物質が暴走して困るのだが、〈直交〉世界の量子力学は〈我々の〉量子力学とは少々違うためにそれが抑制されている。作中では〈永遠の光〉を使うことでエネルギーが取り出せるようになっている。

〈我々の〉量子力学の発展では、まず光のエネルギーが不連続であることがわかり（プランクの黒体輻射《ふくしゃ》とアインシュタインの光量子仮説）、次に物質である電子の方にも同じような不連続性があることが示され（ボーア模型）、ド・ブロイの物質波の概念を経て量子力学ができあがる。次に原子の安定性を保つためには「同じ状態に2個の電子が入ることができない」という原理（パウリの排他律）が成り立たなくてはいけないことがわかった。量子場の理論が完成すると、「パウリの排他律」は電子が「フェルミ粒子（フェルミオン）」だったことから導かれることがわかった。

〈我々の〉宇宙における量子力学の発展については、高林武彦『量子論の発展史』（ちくま学芸文庫）、朝永振一郎『スピンはめぐる――成熟期の量子力学』（みすず書房）などを読むと、〈直交〉宇宙における量子力学の発展と比較できて楽しいかもしれない。

〈我々の〉宇宙においては、クォーク、レプトンという「フェルミオン」が物質を構成し、光子、W粒子・Z粒子、グルーオン、重力子という「ボース粒子（ボソン）」が物質の間の力を媒介している。〈直交〉宇宙では粒子の種類は違うものの役割分担は同じで、輝素はフェルミオン、光子はボソンである。ボソンとフェルミオンの違いは「粒子を作る」操作、つまり「励起状態を作る」操作の性質の違いである。二つの粒子を作る操作の順番を交換したとき、その操作が交換する（粒子を作る順序を変えても結果の符号は変わらない）か、それとも反交換する（粒子を作る順番によって結果が反対符号になる）か、がボソンとフェルミオンを分けている。この違いを「統計性の違い」と呼ぶのだが、統計性の違いは「スピンが整数か半奇数か」の違いと関連している（はて、〈我々の〉宇宙ではこの関連が成り立つのは相対論的因果律のおかげなのだが、〈直交〉宇宙の因果律はどうなのだろう？）。

〈直交〉宇宙での統計性の違いについての議論は本書の37章にある。

33章では輝素の場を記述するための数学が構築され、その不思議な性質（三六〇度回しても元の状態に戻らない、など）が語られる。この不思議な性質は創作ではなく、〈我々の〉宇宙の電子が持っている性質、ほぼそのまんまである。〈直交〉宇宙の輝素や〈我々の〉宇宙の電子のようなスピン（½）の粒子の場を記述するのに使われる数学的道具であるスピノル（本書の言葉ではレフトルとライトル、なかなかいい名前だ）は「かけ合わせるとベクトルになる」という意味で、いわばベクトルの平方根のような存在である。イーガン自身が著者あとがきで述べているように、スピノルの計算は、むしろ〈直交〉宇宙での方が簡単になる（と言っても信じられないかもしれないが、そうなのだ）。ここでカルラたちがやっているのはスピノルを二つ、ある特殊な方法でかけ算するとベクトルになる、という〈我々の〉宇宙でも起きている事実の検算なのである（カルラたちの作っているかけ算ルールは四元数もしくはパウリ行列のかけ算ルールと本質的に同じものだ）。

本シリーズを読み〈直交〉宇宙に生きて旅することで、〈我々の〉宇宙が素晴らしく精密にできあがっていることを再確認することができる。現実とは違う世界へと連れて行き、そこから現実の世界を見直させてくれるのはＳＦの醍醐味の一つだと思うが、それにしても随分遠くまで連れてきてくれたもんである。イーガンの「やりすぎ」に深く感謝しつつ、この世界を楽しみたい。

訳者あとがき

山岸 真

本書は二〇一二年にNight Shade Books社（米）とGollancz社（英）から刊行された、グレッグ・イーガン*The Eternal Flame*の全訳であり、本叢書既刊の『クロックワーク・ロケット』に続く、〈直交〉Orthogonal三部作の第二巻である。

三部作の舞台となるのは、われわれが住む宇宙とは物理法則が少しだけ、だが決定的なところで異なる宇宙で、前巻巻末の「著者あとがき」や板倉充洋氏の解説「『回転物理学』虎の巻」でその詳細が説明されている。

『クロックワーク・ロケット』では、ある惑星に天文学スケールの危機が迫り、その解決策となるような科学技術を生みだす時間を作りだすために、巨大ロケット〈孤絶〉（内部を改造した高さ九三六〇歩離《ストライド》の山）が打ちあげられた。作中の宇宙ではその物理的性質によって〝逆ウラシマ効果〟ともいうべきものが生じるため、これを利用するのが狙いだ。

前巻の主人公たちを〈孤絶〉第一世代とすると、本巻の主人公たちは第四世代にあたる（作中に三世代という言葉が何度か出てくるので混乱するが、前巻18章で描かれた〈孤絶〉の回転開始が「祖父の親たちの時代」の出来事）。

前巻終盤で〈孤絶〉の前途（社会の維持）に暗い影を投げかけそうだった問題は、世代を経るあいだに解決したようだが、本巻の時代には、食糧増産の課題が解決されていないために、配給権という制度が導入されている。これは食料割り当てのことであると同時に（それゆえに）、事実上、親ひとりにつき子どもをひとり持つ権利でもある。

ここで本三部作の登場人物である知的生物種族の出産について説明すると、双と呼ばれる男女ペアの双子が同時にふた組生まれるのが、通常時のかたち。そして子作りは基本的に双のあいだでおこなわれ、母親、つまり女の双の体が完全に四つに分裂することが、すなわち出産である（こういう出産形態であるため女のほうが男より体が大きく、力も強い）。

しかし、母親が極端に〝痩せている〟（飢餓状態にある）と、ほとんどの場合は四分裂＝四児出産ではなく二分裂＝二児出産（双がひと組だけ生まれる）になり、母親と父親の配給権を合わせれば、そのふたりの子どもを食べさせることは可能だ。このため、この世代の〈孤絶〉の女たちは、苛酷な節食を強いられている（配給権は子どもに相続され、父親への食料割り当てはその後も継続されるかたちのようだ。子どもができる前に双のどちらかが死んだ場合は配給権を売りに出すこともできるが、その場合も本人への食料割り当ては継続される）。

こうした状況からはじまる本巻のストーリーは、三人の主人公を章ごとに、（途中までは）順にめぐって進行する。

主人公となるのは登場順に、生物学者のカルロ、天文学者のタマラ、物理学者のカルラ。カルロとカルラは双である（このふたりのように、双の名前は最後のひと文字以外は同じ。また全登場人物について、名前の最後がア段なのが女、オ段なのが男）。

三人の各パートは、〈孤絶〉のかかえる別個の課題（具体的な内容にはここでは触れないが、母星を救う方法や、〈孤絶〉自体の存続に関わるもので、両者がリンクしてくる場合もある）を軸に、カルラとカルロが時おり接触するものの、最初は独立して展開していく。だがそのままで終わるわけではなく、中盤にむけての、そして終盤でのストーリーの流れは、『ゼンデギ』（ハヤカワ文庫SF）のふたりの主人公の物語が合流していく展開以上に、見事なものだと思う。

なお、カルラの専門は、前巻の主人公のヤルダと同じ光学物理学のようだ。そしてこのパートが、ハードSFの中のハードSFである本三部作の中でも、もっともハードな部分だろう。たぶん現時点までの全イーガン作品の中でも、いちばんハードなのではないかと思う。その部分については、同じ作者の『宇宙消失』（創元SF文庫）で量子力学の解説をお願いした前野昌弘氏に、現実の（われわれの宇宙の）科学との関係を絡めた解説を書いていただいた。

カルラのパートだけでなく、ほかのパートでも、さまざまな研究・実験・発見・理論構築の過程が細かく書きこまれているが（これはイーガン作品の多くに共通のスタンスでもある）、本巻最終章のあるセリフが、その理由を説明していると思う。そしてそれは、やはりイーガンの『万物理論』（創元SF文庫）の主人公がアーサー・C・クラークの第三法則（「じゅうぶんに発達したテクノロジーは魔法と区別がつかない」）に言及して、人間の生んだテクノロジーを人々が魔法扱いしないようにするのが科学ジャーナリストの使命だと述べるくだりを連想させる。

あと本巻では、三人の主人公それぞれに専門分野での対等またはそれに近いパートナーがついていて、とくにその何人かは弟子・後輩格であるのも興味深いところ。前巻で単独の主人公を務めたヤルダは、専門分野での史上有数の天才であると同時に、〈孤絶〉第一世代のリーダーで、いくつかの局面では心強いパートナーが登場するものの、基本的にはひとりで道を切りひらいていた。本巻のカルラは、自身もきわめて優秀ではあるものの、天才的なひらめきという点では、彼女の生徒のパトリジアのほうがまさっているような場面もしばしばある。カルロとアマンダ（およびマカリア）、タマラとアーダの関係にも同様な面があり、これがキャラクターの膨らみを増している。

各パートの内容は、ある意味、本巻内で完結しているが、シリーズものの途中の巻のあとがきでよくいわれる、「この巻からでもまったく問題なく読めます」を本巻にもあてはめるのは、少々無理があるだろう。本巻だけでは読みとりにくそうな点のひとつは、本三部作に出てくる生物は呼吸をする必要がないが、放っておくと体温が上昇して死にいたるので、空気は体を冷やすために必要であるということ。口の役割は消化管の入口のみで、発声（と聴覚）は振動膜という器官が担っている。

細かいことでもう一点。本巻での〈孤絶〉は、母星発進当時の「壁」が「床」になっているが、32

章に出てくる森だけは、遠心力に影響されないほど山の軸近くに位置していることと、必要な作業の膨大さから、手つかずで残された（前巻18章）。つまり、森の木は、山の基部方向（かつての床）から山頂方向（かつての階層の天井）にむかって生えている。

本書の翻訳は、1章から31章と33章を山岸真が、32章と34章から44章を中村融氏が訳したあと、各種の統一などそれ以降の作業は山岸がおこなった。板倉充洋氏には今回も科学や数学が関わってくる部分を中心に用語や訳文の全面的なチェックやアドバイスをしていただき、とくに物理学的議論や補遺・著者あとがきについては基本的な訳文も作っていただいた。表紙は前巻に続いてRey.Hori氏にお願いした。本書の編集は早川書房の東方綾氏が、校閲は清水晃氏が担当された。解説の前野昌弘氏を含め、各氏に心から感謝いたします。翻訳や内容解釈のまちがいをはじめとする不備のすべての責任は、山岸にある。

三部作完結篇の *The Arrows of Time* は、二〇一七年二月に本叢書から刊行の予定。本巻の主人公たちの孫世代の物語で、男女ひとりずつの主人公の章が交互に語られることと、前巻と本巻の関係同様、本巻終盤で〈孤絶〉の社会に大波乱を起こしそうな問題とは別の問題が全面的にストーリーの核になることだけを書いておこう。

A HAYAKAWA SCIENCE FICTION SERIES No. 5028

山《やま》岸《ぎし》　真《まこと》

1962年生，埼玉大学教養学部卒
英米文学翻訳家・研究家
訳書
『順列都市』『白熱光』『ゼンデギ』グレッグ・イーガン
編書
『SFマガジン700【海外篇】』
（以上早川書房刊）他多数

中《なか》村《むら》　融《とおる》

1960年生，1984年中央大学法学部卒
英米文学翻訳家
訳書
『宇宙への序曲〔新訳版〕』アーサー・C・クラーク
『マンモス』スティーヴン・バクスター
『時の眼』
アーサー・C・クラーク＆スティーヴン・バクスター
（以上早川書房刊）他多数

この本の型は，縦18.4センチ，横10.6センチのポケット・ブック判です．

〔エターナル・フレイム〕

2016年8月20日印刷　2016年8月25日発行

著者	グレッグ・イーガン
訳者	山岸　真・中村　融
発行者	早川　浩
印刷所	中央精版印刷株式会社
表紙印刷	株式会社文化カラー印刷
製本所	株式会社川島製本所

発行所 株式会社 **早川書房**
東京都千代田区神田多町2－2
電話　03-3252-3111（大代表）
振替　00160-3-47799
http://www.hayakawa-online.co.jp

（乱丁・落丁本は小社制作部宛お送り下さい
送料小社負担にてお取りかえいたします）

ISBN978-4-15-335028-1 C0297
Printed and bound in Japan